Reader's Digest
Auswahlbücher

Reader's Digest Auswahlbücher

Verlag DAS BESTE
Stuttgart · Zürich · Wien

Die Kurzfassungen in diesem Buch erscheinen
mit Genehmigung der Autoren und Verleger

583
PRINTED IN GERMANY
ISBN 3 87070 202 8

Inhalt

Die Teufels-rose

Eine Kurzfassung
des Buches von
Jack Higgins

Ins Deutsche
übertragen von
Hans Joachim Becker

Illustrationen von
Brian Sanders

Selbst wenn Martin Brosnan die Mauern des ausbruchssicheren französischen Staatsgefängnisses auf der Ile du Paradis überwinden könnte, bliebe er ein Gefangener: Von dieser Gefängnisinsel ist noch keinem die Flucht gelungen.

Aber Brosnan, Amerikaner irischer Abstammung, ehemaliger Vietnamsoldat und zuletzt Guerillakämpfer der Irisch-Republikanischen Armee, IRA, soll eine Rolle in einem Plan spielen, den Brigadegeneral Ferguson vom britischen Abwehrdienst gefaßt hat. Über hohe und höchste Stellen soll seine Freilassung erreicht werden.

Martin Brosnan ist allerdings nicht der Mann, der sich ohne weiteres in die Pläne anderer einfügt. Und er tut gut daran …

Prolog

Vietnam 1968

Der Rettungshubschrauber überflog, begleitet von einem Kampfhubschrauber, in dreihundert Meter Höhe das Mekongdelta. Regenschwere Wolken standen in der Ferne drohend über dem Dschungel. Dumpf grollender Donner war zu hören.

Anne-Marie Audin saß mit geschlossenen Augen in einer Ecke des Rettungshubschraubers, eine zierliche junge Frau mit dunklem Teint. Das schwarze Haar trug sie extrem kurz geschnitten, wie es das Leben an der Front verlangte. Sie war mit einer vorn geöffneten Fallschirmspringerjacke in Tarnfarben, einem Khakihemd und Hosen bekleidet, deren Beine sie in die halbhohen Stiefel gesteckt hatte. Das Auffälligste an ihrer Ausrüstung waren die Kameras: zwei Nikon-Fotoapparate, die an Lederriemen um ihren Hals hingen. Statt Munition trug sie in den Jackentaschen eine Reihe von Wechselobjektiven und ein paar Dutzend Filmpatronen mit sich herum. Sie schlief.

Der junge Sanitäter, der neben dem schwarzen Zugführer hockte, sah sie mit unverhohlener Bewunderung an. „So was habe ich schon lange nicht mehr gesehen", sagte er. „Eine tolle Frau."

„Kann man wohl sagen, mein Junge." Der Zugführer reichte ihm eine Zigarette. „Wo die schon überall gewesen ist! Letztes Jahr ist sie mit den Paras in der Kongoprovinz Katanga abgesprungen. Die Zeitschrift *Life* hat vor sechs oder sieben Monaten einen Artikel über sie gebracht. Sie kommt aus Paris. Kaum zu glauben, wie? Und außerdem stammt sie aus einer stinkreichen Bankiersfamilie."

Der junge Sani riß erstaunt die Augen auf. „Was hat sie dann hier zu suchen?" fragte er.

Der Zugführer grinste. „Das darfst du mich nicht fragen. Ich weiß ja nicht mal, was *ich* selbst hier suche."

„Hat mal jemand eine Zigarette? Meine sind anscheinend alle", unterbrach ihn Anne-Marie Audin.

Sie hatte die Augen geöffnet. Leuchtendgrüne Augen. Der Zugführer warf ihr eine Schachtel hinüber. „Behalten Sie sie“, meinte er.

Sie schüttelte eine Zigarette aus der Packung und zündete sie mit einem alten Messingfeuerzeug an, das aus einer Patronenhülse angefertigt worden war. Dann schloß sie wieder die Augen. Der Junge hatte natürlich recht. Was hatte sie eigentlich hier zu suchen? Ihr Großvater, einer der reichsten und mächtigsten Industriellen von Frankreich, vergötterte sie; ihr Vater, ein Kriegsheld, war in Algerien gefallen. Und ihre Mutter war vor zwei Jahren bei einem Autounfall ums Leben gekommen.

Armes, kleines, reiches Mädchen. Ihre Lippen kräuselten sich zu einem spöttischen Lächeln. Die Prunkvillen, die Dienstboten, die vornehmen englischen Privatschulen und dann das Studium an der Sorbonne; ein Jahr in der muffigen akademischen Atmosphäre hatte ihr genügt. Natürlich hatte sie auch genügend Liebesgeschichten erlebt und kurze Zeit, weil es chic war, Drogen genommen.

Die Kamera wurde ihre Rettung. Schon als sie mit acht Jahren ihre erste einfache Kodak bekommen hatte, war deutlich geworden, daß sie eine natürliche Begabung fürs Fotografieren besaß. Nach der Sorbonne ging sie sechs Monate lang bei einem der besten Modefotografen von Paris in die Lehre und nahm anschließend einen Job bei der Zeitschrift *Paris-Match* an. In nur einem Jahr erwarb sie sich in ihrem Metier einen hervorragenden Ruf. Aber das war offenbar nicht genug, denn als sie ihren Chef darum bat, nach Vietnam geschickt zu werden, wurde sie ausgelacht.

Daraufhin hatte sie kurzerhand gekündigt, freiberuflich weitergearbeitet und ihrem Großvater in einer heftigen Auseinandersetzung die Zusage abgerungen, seinen beträchtlichen politischen Einfluß dazu zu verwenden, ihr die notwendigen Papiere vom US-Verteidigungsministerium zu verschaffen. Nur für sechs Monate, hatte sie ihm versprochen. Doch sie wußte ganz genau, daß sie dieses Versprechen auf keinen Fall halten würde.

Und so war es gekommen. Denn als die Zeit um war, konnte sie nicht mehr zurück. Sie war berühmt. Ihre Fotos wurden von allen großen Zeitschriften in Europa und den USA veröffentlicht. *Time, Paris-Match, Life* – alle hatten sich um die Exklusivrechte an den Fotos dieser verrückten jungen Französin gerissen, der kein Auftrag zu anstrengend oder zu gefährlich war.

Was sie auch ursprünglich gesucht haben mochte – gefunden hatte sie die rauhe Wirklichkeit des Krieges in Vietnam. Keine Bilderbuchschlachten, keine Trompetensignale im Abendwind, kein ferner Trommelwirbel, der die Herzen höher schlagen ließ. Die Wirklichkeit, das waren verbissene Straßenkämpfe in Saigon, waren die Sümpfe des Mekongdeltas, waren die Urwälder des zentralen Hochlands und die Beingeschwüre der Verwundeten, die sich wie Säure bis zu den Knochen durchfraßen.

Und jetzt war sie hier angelangt. Den ganzen Vormittag hatte sie bei strömendem Regen auf eine Transportmöglichkeit nach Din To gewartet, bis es ihr schließlich gelungen war, einen Platz in diesem Rettungshubschrauber zu ergattern. Mein Gott, war sie müde. Vielleicht, dachte sie, geht hier etwas zu Ende. Sie runzelte die Stirn. Und dann hörte sie den Ausruf des Zugführers.

Er lehnte sich aus der offenen Tür und zeigte mit der Hand nach Osten, wo in ein paar hundert Meter Entfernung eine Stichflamme emporgeschossen war. Beide Hubschrauber schwenkten sofort in östliche Richtung.

Anne-Marie war aufgesprungen, stellte sich dicht hinter den Zugführer und spähte hinaus. Am Rande eines Reisfeldes sah sie das ausgebrannte Wrack eines Hubschraubers und daneben mehrere ausgestreckt daliegende Gestalten. Der Mann, der auf dem angrenzenden Erddamm stand und heftig mit den Armen ruderte, trug eine amerikanische Uniform.

Der Rettungshubschrauber schwebte nach unten, während sein Begleiter noch ein paar Schleifen flog. Anne-Marie setzte ein Objektiv auf eine ihrer Nikons und begann, Foto um Foto zu schießen.

Als sie nur noch etwa zehn Meter vom Erdboden entfernt waren, nahm sie fast gleichgültig zur Kenntnis, daß der winkende Mann, den sie jetzt im Sucher ihrer Kamera erkennen konnte, kein Amerikaner, sondern ein Vietnamese war. Vom vierzig Meter entfernten Dschungelrand ratterten zwei schwere Maschinengewehre los.

Der Zugführer in der offenen Tür hatte keine Chance. Kugeln schlugen in ihn ein und warfen ihn gegen Anne-Marie, die ihrerseits gegen die Arzneivorräte geschleudert wurde. Sie wälzte den Mann zur Seite und rappelte sich benommen auf. Als ein weiterer Feuerstoß aus den Maschinengewehren das Cockpit durchsiebte, hörte sie den Piloten aufschreien.

Sie torkelte nach vorn und hielt sich an einer Verstrebung fest. In diesem Augenblick riß es den Hubschrauber in die Höhe, und sie wurde durch die offene Tür in den Schlamm und in die Pfützen des Reisfeldes geschleudert. Der Hubschrauber stieg über ihr hoch, kippte scharf nach links weg und explodierte in einem gewaltigen Feuerball.

Anne-Marie kam schlammbedeckt wieder auf die Füße und sah sich dem Vietnamesen in der amerikanischen Uniform gegenüber. Das Gewehr, das er auf sie gerichtet hielt, war ein russisches AK 47. Weiter hinten kletterte ein halbes Dutzend Vietcong mit Strohhüten und weiten schwarzen Hosen aus dem Graben auf den Erddamm und kam auf sie zu.

Der Kampfhubschrauber fegte heran. Die Geschosse aus seinen Bordkanonen trieben die Vietcong in den Graben zurück. Der Hubschrauber schwebte über dem Feld. Plötzlich tauchten aus dem Dschungel am entlegenen Ende des Reisfeldes vierzig bis fünfzig Soldaten der regulären nordvietnamesischen Armee in Khakiuniform auf und eröffneten das Feuer. Der Hubschrauber flog ihnen entgegen, feuerte aus allen Rohren, und die Vietnamesen zogen sich Hals über Kopf in den Dschungel zurück. Dann drehte er ab und kreiste in sicherer Entfernung über dem Kampfgebiet.

Anne-Marie hatte sich an die Böschung des Erddamms gekauert und versuchte, wieder zu Atem zu kommen. Schließlich richtete sie sich langsam auf. Es war sehr still, und sie betrachtete die Zerstörung ringsum, den ausgebrannten Hubschrauber und die vielen Leichen, die zum Teil von Schlamm und Wasser bedeckt waren. Sie war allein und war noch nie zuvor in so großer Gefahr gewesen. Die Verstärkung, die der Kampfhubschrauber zweifellos über Funk angefordert hatte, war die einzige Rettung, auf die sie hoffen konnte. Bis dahin blieb wirklich nur eins zu tun ...

Die Nikons, die sie um den Hals hängen hatte, waren schlammbespritzt. Sie nahm ein sauberes Objektiv aus einer der Taschen ihrer Jacke und legte einen neuen Film ein. Dann begann sie zu fotografieren, stapfte durch knietiefes Wasser, stieß dabei gegen treibende Leichen. Eiskalt, leidenschaftslos, völlig losgelöst von ihrer Umwelt tat sie ihre Arbeit. Dann wandte sie sich um und sah in knapp zwanzig Meter Entfernung drei Vietcong stehen.

Für einen Augenblick herrschte Totenstille. Die ernsten, asiatischen Gesichter blieben ausdruckslos. Der in der Mitte, ein Junge von vielleicht fünfzehn oder sechzehn Jahren, hob sein AK 47 und zielte sorgfältig. Und ebenso sorgfältig richtete Anne-Marie ihre Kamera auf ihn.

Der Tod, dachte sie. Mein allerletztes Foto. Ein hübscher Junge in einer weiten schwarzen Hose. Über ihren Köpfen grollte der Donner, unvermittelt begann es wie aus Kübeln zu gießen, und plötzlich drang ein schriller Schrei durch Regen und Donner, der Schrei des Kriegers, der angesichts der schrecklichsten Bedrohung keine Furcht kennt.

Die Vietcong fuhren herum. Hinter ihnen, etwa vierzig Meter entfernt, brach ein Mann durch das hohe Schilfrohr, stürzte auf sie zu und feuerte gleichzeitig aus seinem M-16-Gewehr, den Mund zum wilden Kriegsschrei verzerrt.

Instinktiv richtete sie die Kamera auf ihn und fotografierte, wie er, aus der Hüfte schießend, erst einen, dann den zweiten Gegner erledigte und schließlich mit den restlichen Kugeln aus dem Magazin den Jungen tötete. Ihr Retter machte sich nicht die Mühe nachzuladen, nahm sie einfach bei der Hand, drehte sich um und stapfte mit ihr durch das aufspritzende Wasser zum Schilfgürtel zurück.

Auf dem Erddamm hinter ihnen waren jetzt Stimmen zu hören. Schüsse fielen. Sie fühlte einen Schmerz, als habe ihr jemand einen Tritt gegen das linke Bein gegeben, und sackte zu Boden. Er drehte sich um, schlug ein neues Magazin in sein Schnellfeuergewehr und beharkte den Damm. Und das Schreckliche war, daß er dabei lachte. Als er sich zu ihr hinunterbeugte und ihr auf die Beine half, spürte sie die geballte Energie, die von ihm ausging, eine Urkraft, wie sie ihr noch nie begegnet war. Und dann stand sie wieder aufrecht, und sie verschwanden beide im schützenden Schilf.

Er hatte sie auf eine kleine Schlamminsel gezogen, ihr das Hosenbein mit einem Messer aufgeschlitzt und untersuchte jetzt die Wunde.

„Sie haben Glück gehabt", sagte er. „Ein glatter Durchschuß. War wohl ein M 1. Eine Kugel aus einem AK hätte den Knochen zertrümmert."

Geschickt legte er ihr einen Notverband an, brach den Hals einer Morphiumampulle ab, zog eine Spritze auf und gab ihr eine Injektion. „Sie werden es brauchen", erklärte er. „Eine Schußwunde schmerzt anfangs nie, weil der Schock zu groß ist. Der Schmerz stellt sich erst später ein."

„Kennen Sie das aus eigener Erfahrung?"

Sein Mund verzog sich zu einem schiefen Lächeln. „Kann man wohl sagen. Ich würde Ihnen gern eine Zigarette anbieten, aber ich habe mein Feuerzeug verloren."

„Ich habe eins."

Er öffnete ein Zigarettenpäckchen, steckte sich zwei Zigaretten zwischen die Lippen und stopfte das Päckchen wieder in eine Tasche. Sie hielt ihm das Messingfeuerzeug hin. Er zündete die Zigaretten an, gab ihr eine und sah sich das Feuerzeug genauer an.

„Russisches Kaliber sieben Komma fünfundsechzig. Wirklich interessant."

„Es hat meinem Vater gehört. Im August 1944 hat er einem deutschen Fallschirmjägeroberst, den Partisanen gerade erschießen wollten, das Leben gerettet. Zum Andenken hat der Mann ihm das Feuerzeug geschenkt. Mein Vater ist später in Algerien gefallen, nachdem er den französischen Teil des Vietnamkrieges überlebt hatte."

„Wenn das keine Ironie des Schicksals ist." Er gab ihr das Feuerzeug zurück. Sie schüttelte den Kopf und sagte aus einem Grund, den sie sich nicht hätte erklären können: „Nein, behalten Sie's."

„Zum Andenken?"

„Zum Andenken an den Tod", entgegnete sie. „Wir werden hier nicht lebend rauskommen."

„Da bin ich gar nicht so sicher. Der Kampfhubschrauber hält bestimmt Verbindung. Ich würde sagen, in zwanzig Minuten müßte eigentlich die Kavallerie hiersein; ganz so, wie in einem Hollywood-Western. Ich will denen mal lieber klarmachen, daß wir hier warten." Er zog eine Pistole aus einer Seitentasche seiner Jacke und schoß eine rote Leuchtkugel in den Himmel.

Ihr Bein begann zu schmerzen. „Nun wissen sie also, wo wir sind", sagte sie. „Die Vietcong, meine ich."

„Das wußten sie ohnehin."

„Und werden sie kommen?"

„Anzunehmen."

Er wischte sein M 16 mit einem Lappen sauber, und sie nahm eine Kamera und visierte ihn an. Im Sucher erschien das Bild eines großen, breitschultrigen Mannes, dessen dunkles Haar von einem Stirnband zurückgehalten wurde. Die Haut seines Gesichts spannte sich straff über den Backenknochen, und auf dem energischen Kinn und den hohlen Wangen waren Bartstoppeln zu erkennen. Doch das Bemerkenswerteste an diesem Mann waren die Augen: Sie waren grau wie Wasser, das über Kiesel strömt, ausdruckslos und geheimnisvoll.

„Wer sind Sie eigentlich?" fragte sie.

„Sergeant Martin Brosnan, Green Berets, Luftlandetruppe."

„Was ist hier passiert?"

„Wir sind diesen schlauen kleinen Bauern genau wie Sie in die Falle gegangen. Der Hubschrauber hatte uns nach einer Routinepatrouille aufgelesen, und wir waren auf dem Weg nach Din To. Vierzehn Mann und die Besatzung. Ich bin wohl als einziger übriggeblieben."

Sie machte immer noch Fotos, und er runzelte die Stirn. „Sie können es nicht lassen, stimmt's? So stand es im vergangenen Jahr in *Life* über Sie. Es ist eine Art von Besessenheit. Sie waren tatsächlich drauf und dran, den Jungen zu fotografieren, der Sie erschießen wollte."

Sie ließ die Kamera sinken. „Sie wissen, wer ich bin?"

Er lächelte. „Wie viele weibliche Fotografen haben denn schon die Titelseite von *Life* geziert?"

Etwas an seiner Stimme kam ihr eigenartig vor. „Brosnan", überlegte sie laut. „Den Namen habe ich noch nie gehört."

„Ein irischer Name", sagte er. „Um genau zu sein, aus der Grafschaft Kerry."

„Ich hätte auf Engländer getippt."

„Engländer!" Er sah sie mit gespieltem Entsetzen an. „Mein Vater würde sich im Grabe umdrehen, und meine Mutter, Gott segne sie, würde vergessen, daß sie eine Lady ist, und Ihnen die Augen auskratzen. Nein, wir sind echte Irisch-Amerikaner von der Bostoner Sorte. Die Brosnans sind während der großen Hungersnot im letzten Jahrhundert dort eingewandert. Alles Protestanten, ob Sie's glauben oder nicht. Meine Mutter ist allerdings in Dublin geboren. Als überzeugte Katholikin hat sie meinem Vater nie verziehen, daß er mich nicht im rechten Glauben erzogen hat."

Er redete, um sie abzulenken. Sie wußte das und war ihm dankbar dafür.

„Und der Akzent?" fragte sie.

„Oh, den legt man sich auf der richtigen Privatschule und der richtigen Universität zu. In meinem Fall waren das Andover und Princeton."

„Und was macht ein Junge von einer der Eliteuniversitäten in Vietnam? Und noch dazu als Unteroffizier in einer der härtesten Einheiten der Armee?"

„Das habe ich mich schon oft selbst gefragt", sagte Brosnan. „Ich wollte eigentlich noch ein wenig länger im Elfenbeinturm bleiben und in englischer Literatur promovieren, bis ich dann eines Tages Harry, unseren Gärtner, weinend im Gewächshaus angetroffen habe. Als ich wissen wollte, was los wäre, entschuldigte er sich. Dann erzählte er, er habe gerade erfahren, daß sein Sohn Joe in Vietnam gefallen sei. Ein Jahr zuvor hatte er schon einen Sohn im Mekongdelta verloren."

Lastendes Schweigen senkte sich herab. Es regnete noch immer heftig. „Und dann?" fragte Anne-Marie.

„Meine Mutter ließ den Mann rufen und schenkte ihm tausend Dollar. Er war so verdammt dankbar."

Martin Brosnan schüttelte den Kopf, und Anne-Marie bemerkte leise: „Da wollten Sie selbst etwas tun."

„Ich habe mich vor ihm geschämt. Und bei mir bleibt es selten beim Gefühl – ich handle."

„Und wie finden Sie es?" fragte sie.

„Vietnam?" Er hob die Schultern.

„Aber es hat Ihnen doch Spaß gemacht? Ich glaube, Sie haben ein Talent zum Töten." Die grauen Augen blickten sie wachsam an. „Sie müssen schon verzeihen, mein Lieber", fuhr sie fort, „aber in Gesichtern zu lesen gehört nun einmal zu meinem Beruf."

„Ich bin mir nicht so sicher, ob es Spaß macht", gab er zurück. „Ich weiß nur, daß ich es gut kann. Hier draußen ist das auch nötig, wenn der Kerl, der auf einen zukommt, ein Gewehr in der Hand hält und man Weihnachten wieder zu Hause sein will."

Lange Zeit schwiegen sie beide, dann meinte er: „Eins weiß ich genau – ich habe die Nase voll. Im Januar ist meine Zeit um, und ich kann es kaum erwarten, bis es soweit ist. Erinnern Sie sich an das, was T. S. Eliot sagt über den Weg, den wir nie gehen und der auf eine Tür zum Rosengarten führt, die wir nie öffnen? Verlassen Sie sich darauf, von jetzt an werde ich jede Tür öffnen, an die ich komme!"

Das Morphium tat seine Wirkung. Der Schmerz war vergangen,

aber Anne-Marie fühlte, wie ihre Sinne betäubt wurden. „Und dann", fragte sie, „holen Sie sich in Princeton Ihren Doktorhut?"

„Nein", erwiderte er. „Dafür habe ich mich mittlerweile zu sehr verändert. Ich werde nach Dublin aufs Trinity College gehen. Frieden und Ruhe genießen. Und mich ein wenig im Land meiner Vorfahren umsehen. Ich spreche Gälisch; das hat mir meine Mutter eingepaukt."

„Aber zu Hause, wartet da kein Mädchen auf Sie?"

„Sicher nicht mehr als zwei Dutzend. Aber wenn es nach mir ginge, säße ich lieber mit Ihnen in einem der Straßencafés auf den Champs-Élysées, wir würden an einem Pernod nippen, und Sie würden ein Pariser Modellkleid tragen."

„Vergessen Sie den Regen nicht." Anne-Marie schloß schläfrig die Augen. „Regen gehört unbedingt dazu. Damit wir den Duft der Kastanienbäume riechen können", erklärte sie. „Ein unerläßlicher Teil des Paris-Erlebnisses."

„Wenn Sie meinen", sagte er, und seine Hände schlossen sich fester um das M-16-Gewehr, als er ganz in der Nähe im Schilf eine Bewegung wahrnahm.

„Aber gewiß doch, Martin Brosnan." Ihre Stimme klang jetzt sehr müde. „Es würde mir ein unermeßliches Vergnügen bereiten, Ihnen Paris zeigen zu dürfen."

„Abgemacht", flüsterte er. Er richtete sich halb auf, brachte das Gewehr in Anschlag und feuerte ins Schilf.

Man hörte einen Schmerzensschrei. Dann wurde das Feuer erwidert. Brosnan spürte einen Schlag gegen seinen linken Oberarm und wurde rücklings über das Mädchen geworfen. Sie machte ein paar kraftlose Bewegungen; er kam wieder hoch, packte das Gewehr mit einer Hand und schoß auf den Mann, der durch das Schilf auf ihn zustürmte. Auf Brosnans Zügen stand wieder das seltsame Lächeln, und als er sein Magazin leergeschossen hatte, schleuderte er dem Angreifer das Gewehr entgegen, zog sein Nahkampfmesser und zielte damit nach dem Herzen seines Gegners, als sie zusammen zu Boden gingen.

Lange Zeit lag er so im Schlamm, den Vietcong an sich gepreßt, und wartete, bis der Mann sein Leben ausgehaucht hatte. Plötzlich sausten zwei Skyraider im Tiefflug über sie hinweg, und dann tauchte aus dem Regen eine Formation von sechs Kampfhubschraubern auf.

Brosnan rappelte sich mühsam hoch, reichte Anne-Marie seine

rechte Hand und half ihr auf die Beine. Als sie langsam durch das Schilf auf das offene Reisfeld zu wateten, preßte er durch die zusammengebissenen Zähne: „Na, hab ich's nicht gesagt?! Die Kavallerie kommt uns zu Hilfe."

Sie schlug die Augen auf. „In letzter Minute, was? Und nun?"

Er grinste. „Eins steht jedenfalls fest: Es kann eigentlich nur noch besser werden."

Erstes Kapitel

Paris 1979

Ein kalter Wind fegte über die Seine und trieb den Regen gegen die Fenster der Kneipe an der Brücke, die die ganze Nacht geöffnet blieb. Es war ein mieser kleiner Laden, in den gerade ein halbes Dutzend Tische paßten. Zur Stammkundschaft zählten vor allem Prostituierte. In einer solchen Nacht war die Kneipe freilich wie ausgestorben.

Der Wirt lehnte am zinkbeschlagenen Tresen und las Zeitung. An einem Tisch beim Fenster saß der einzige Gast, Jack Corder, ein hochgewachsener, dunkelhaariger Mann Anfang Dreißig. In seinen Jeans, der abgetragenen Lederjacke und der Schiebermütze sah er aus wie ein Arbeiter von der Nachtschicht beim Fischmarkt am anderen Ende der Straße. Doch er war alles andere als das.

Halb zwölf, hatte Barry gesagt, und um ganz sicherzugehen, war Corder schon um elf gekommen. Jetzt war es bereits halb eins morgens. Aber das war noch kein Grund zur Aufregung. Bei Frank Barry wußte man nie, woran man war.

Corder zündete sich eine Zigarette an und rief: „Einen schwarzen Kaffee und noch einen Cognac, bitte!"

In diesem Moment läutete das Telefon hinter dem Tresen. Der Wirt nahm den Hörer ab und drehte sich kurz darauf mit fragender Miene um. „Heißen Sie Corder?"

„Richtig."

„Draußen an der Ecke wartet ein Taxi auf Sie." Er legte den Hörer auf. „Wollen Sie noch den Kaffee und den Cognac, Monsieur?"

„Nur den Cognac, bitte." Corder schüttelte sich unwillkürlich, als er den Cognac auf einen Zug hinunterstürzte. Er schob ein paar Francs über die Theke und ging nach draußen. Der Regen schlug ihm ins Gesicht, als er zu dem alten Taxi hinüberlief, das an der nächsten Straßenecke auf ihn wartete. Er stieg hastig hinten ein. Das Taxi fuhr sofort an, und Corder sank in die Polster zurück.

Der Fahrer war ein unrasierter, alter Mann, und Corder bemerkte, daß er ihn im Rückspiegel musterte. Es fiel kein Wort, während sie durch ein Gewirr dunkler Gassen fuhren, schließlich in der Hafengegend landeten und vor einem Lagerhaus hielten. Ein schwaches Licht beleuchtete ein Schild mit der Aufschrift RENOIR & SÖHNE, IMPORTHANDEL. Der Taxifahrer wartete, immer noch wortlos, bis Corder ausgestiegen war, dann fuhr er davon.

Außer dem Prasseln des Regens war kein Laut zu hören. Im trüben Schein der Lampe erkannte Corder eine kleine Tür im Haupttor der Lagerhalle. Er fand sie unverschlossen und trat ein.

Drinnen war es dunkel, aber am entgegengesetzten Ende der Halle schimmerte ein Licht; darauf ging er zu. Ein Mann saß an einem Zeichentisch unter einer nackten Glühbirne. Eine Landkarte lag ausgebreitet vor ihm, und er machte sich Notizen in ein kleines, in Leder gebundenes Notizbuch.

„Hallo, Frank", begrüßte ihn Corder.

Frank Barry sah von der Karte auf. „Ah, da bist du ja, Jack. Tut mir leid, daß ich dich in der Gegend herumhetzen mußte."

Der Mann hatte eine gepflegte Aussprache mit einem kaum hörbaren nordirischen Akzent. Er lehnte sich in seinem Stuhl zurück. Seine achtundvierzig Jahre sah man ihm nicht an, da das volle blonde Haar ihn wesentlich jünger erscheinen ließ. In dem schwarzen Burberry-Trenchcoat wirkte er merkwürdig elegant. Ein gutaussehender Mann mit einem scharfgeschnittenen Gesicht, in dem ständig ein Lächeln war, als ob ihn die Welt und ihre Bewohner permanent belustigten.

„Ein großer Coup?" erkundigte sich Corder.

„Könnte man sagen. Hast du gewußt, daß der britische Außenminister im Moment Gast des französischen Staatspräsidenten ist?"

„Lord Carrington?" Corder runzelte die Stirn. „Nein, keine Ahnung."

„Das weiß auch sonst niemand. Die ganze Sache ist streng geheim. Die neue konservative britische Regierung will die angeschlagene *Entente cordiale* kitten. Das letzte Treffen der beiden findet jedenfalls morgen früh in einer Villa in Rigny statt." Er stieß den Finger auf die Landkarte. „Hier, ungefähr sechzig Kilometer von Paris entfernt."

„Na und?"

„Um zwölf Uhr mittags wird er den Konferenzort mit dem Wagen verlassen und nach Vézelay fahren, von wo aus ihn eine Maschine der britischen Luftwaffe schnellstens ins gute, alte England zurückbringen wird, als ob er nie fortgewesen wäre."

„Und worauf soll das alles hinaus?"

„Schau her!" Barry stieß wieder mit dem Finger auf die Karte. „Da ist Saint-Étienne, fünfundzwanzig Kilometer von Rigny entfernt. Es gibt dort nur eine Tankstelle und an der Straße ein Café, das zur Zeit geschlossen ist. Geradezu der ideale Ort."

„Wozu?"

„Um ihn auf der Durchfahrt zu erwischen. Ein Wagen, der nur von vier Polizisten auf Motorrädern begleitet wird – da dürfte es eigentlich keine Probleme geben."

Corder wurde sich plötzlich bewußt, wie die Kälte ihm in die Knochen drang. „Mach keine Witze", sagte er. „Damit kommen wir nie durch. Dazu ist eine sorgfältige Planung nötig; da muß alles auf die Sekunde genau ablaufen."

„Nur keine Sorge", entgegnete Barry fröhlich. „Du solltest mich doch kennen, Jack. Ich ziehe Leute vor, die für Geld arbeiten. Ausgemachte Fanatiker, wie du einer bist, aufrechte Marxisten, die an die gute Sache glauben, die nehmen alles zu ernst, und das vernebelt ihnen den klaren Blick. Da lobe ich mir den echten Profi."

„Was hast du denn für Leute?" fragte Corder.

„Drei Gangster aus Marseille, die in eine Schießerei verwickelt waren und jetzt vor der Union Corse, der größten Verbrecherorganisation Frankreichs, auf der Flucht sind. Einer von ihnen hat sein Mädchen dabei. Wenn ihre Forderungen erfüllt werden – vier falsche Pässe und Flugtickets nach Argentinien –, tun die alles."

Corder starrte auf die Landkarte. „Und wie soll die Sache ablaufen?"

„Ganz einfach. Wie ich schon sagte, ist das Café geschlossen. Bleiben noch der Tankwart und seine Frau. Um die wird man sich kümmern. Und meine Leute werden, als Mechaniker verkleidet, ab Viertel nach zwölf auf dem Posten sein und auf dem Hof vor der Garage an einem Wagen herumbasteln."

Corder schüttelte den Kopf. „Ich kann mir vorstellen, daß der Konvoi diesen Punkt mit verhältnismäßig hoher Geschwindigkeit passieren wird. Weißt du noch, was in Clamart bei dem Attentat auf General de Gaulle im August 1962 passiert ist. Selbst Maschinenpistolen auf kurze Distanz haben nichts ausgerichtet, weil der Wagen des Alten einfach weitergefahren ist. Mehr als eine Sekunde bleibt dir nicht, dann ist er vorbei."

„Also müssen wir den Wagen zum Halten bringen", sagte Barry.

„Unmöglich. Heutzutage sind die Fahrer von Prominenten auf derartige Situationen vorbereitet. Wenn ich das hier auf der Karte richtig deute, kann der Fahrer diesen Punkt auf der schnurgeraden Straße schon lange im voraus sehen. Wenn ihr die Straße sperrt, drehen die einfach um und hauen ab." Wieder schüttelte er den Kopf. „Der Fahrer hält nicht an, Frank. Und du kannst ihn auch nicht dazu bringen."

„Und *ob* ich das kann!" entgegnete Barry mit Nachdruck. „Nämlich mit Hilfe des Mädchens, das ich vorhin erwähnt habe. Im richtigen Moment wird sie mit einem Kinderwagen die Straße überqueren. Sie stolpert, und der Wagen rollt auf die Fahrbahn."

„Du bist verrückt", stöhnte Corder.

„Wirklich?" Barry lächelte. „Auch Prominentenfahrer sind nur Menschen. Wenn ihm ein Kinderwagen vor das Auto rollt, wird er ausweichen und dabei auf die Bremse treten."

„So betrachtet, hast du wahrscheinlich recht", mußte Corder zugeben.

„Ich habe immer recht, mein Bester." Barry öffnete eine Aktentasche, die auf dem Boden stand, und nahm einen kleinen Senderempfänger heraus. „Hier, nimm! Auf einem Hügel bei Rigny verläuft eine kleine Nebenstraße, die durch Obstgärten führt; von da oben kann man die Villa gut beobachten. Ich möchte, daß du um elf Uhr morgens dort bist. Draußen im Hof steht ein Peugeot für dich bereit; der Zündschlüssel steckt. Sobald Carrington sich zur Abfahrt bereitmacht, nimmst du auf Kanal zweiundvierzig Verbindung mit mir auf. Du sagst: ‚Hier ist Rot. Das Paket wird geliefert.' Ich werde antworten: ‚Hier Grün. Nehme das Paket in Empfang.' Dann setzt du dich in deinen Peugeot und machst, daß du wegkommst. Ich möchte, daß du vor Carringtons Ankunft in Saint-Étienne bist."

„Wirst du auch dort sein?"

Barry sah ihn überrascht an. „Wo sollte ich sonst sein?“ Er lächelte. „Ich habe 1950 in Korea gedient. Bei der UN-Truppe unter General MacArthur. Das hast du nicht gewußt, nicht wahr, Jack? Eins kannst du mir glauben: Wenn meine Boys angegriffen haben, war ich stets in der vordersten Linie. Ich habe da drüben in Korea eine Menge Kommunisten erledigt. Eigentlich komisch, wenn ich an meine heutigen Auftraggeber denke.“ Er erhob sich und schlug Corder freundschaftlich auf die Schulter. „Geh jetzt. Schlaf dich aus. Morgen früh brauchst du einen klaren Kopf.“

Corder wog den Minisender in der Hand und steckte ihn in die Tasche. „Also dann, gute Nacht.“

Als er auf den Hof hinaustrat, sah er den Peugeot vor dem Haupteingang stehen; der Zündschlüssel steckte, wie Barry gesagt hatte. Corder setzte sich hinters Steuer und fuhr los. Seine feuchten Handflächen rutschten am Lenkrad ab. Sein Magen krampfte sich zusammen.

Sie wollten Carrington umlegen; einen der anständigsten und menschlichsten Politiker! Mein Gott, was würde Barry sich wohl als nächstes ausdenken? Aber diese Frage war an sich schon überflüssig, denn jetzt würde dieser Bastard Barry endgültig erledigt sein. Auf so eine Gelegenheit hatte Corder seit über einem Jahr gewartet.

Kurze Zeit später hielt er vor einem kleinen, durchgehend geöffneten Café an der Ecke eines Boulevards, der in die Innenstadt führte. Drinnen bestellte Corder sich einen Kaffee, bat darum, ein Auslandsgespräch führen zu dürfen, und betrat die verglaste Telefonzelle. Seine Hand zitterte, als er langsam eine Nummer in London wählte.

Der militärische Abwehrdienst, DI 5, existiert offiziell in Großbritannien gar nicht. Sein Hauptquartier befindet sich jedoch in einem großen rot-weißen Backsteingebäude in der Nähe des Londoner Hilton-Hotels. Dort rief Jack Corder jetzt an, genauer gesagt, in der Abteilung A vier, die täglich rund um die Uhr besetzt ist.

Der Hörer wurde abgenommen, und eine Stimme fragte: „Wer sind Sie?“

„Lysander. Ich muß sofort mit Brigadegeneral Ferguson sprechen. Dringlichkeitsstufe eins. Sie können mich nicht abweisen.“

„Von wo rufen Sie an?“

Corder diktierte seinem anonymen Gesprächspartner die Nummer, die auf der Wählscheibe seines Apparates stand. Die Stimme sagte: „Wenn die Sicherheitsprobe klargeht, wird man Sie zurückrufen."

Der Hörer wurde aufgelegt. Corder öffnete die Tür der Telefonkabine, ging an die Bar und trank seinen Kaffee.

Alle Anrufe im DI 5 wurden automatisch aufgezeichnet. In diesem Augenblick verglich der Computer eine gespeicherte Stimmprobe von Corder mit der Bandaufnahme seines Anrufs. Ferguson lag wahrscheinlich zu Hause im Bett. Sie würden ihn anrufen und ihm die Telefonnummer geben. In zehn Minuten würde er sich wohl hier melden.

Aber Corder hatte sich verschätzt, denn das Telefon läutete schon nach knapp fünf Minuten. Er zwängte sich in die Zelle, schloß die Tür und nahm den Hörer ab.

„Hier Lysander."

„Ferguson", meldete sich sein Gesprächspartner mit dröhnender Stimme. „Lange nichts von Ihnen gehört, Jack. Dringlichkeitsstufe eins?"

„Frank Barry, Sir. Er ist endlich wiederaufgetaucht."

Fergusons Stimme wurde schärfer. „Das ist allerdings interessant."

„Eine Frage, Sir. Besucht Lord Carrington gerade Staatspräsident Giscard d'Estaing?"

Nach einer kleinen Pause antwortete Ferguson: „Offiziell weiß niemand etwas davon. Berichten Sie bitte!"

Corder sprach leise und drängend. Fünf Minuten später verließ er mit einem Lächeln auf den Lippen die Telefonzelle.

In seiner Wohnung am Cavendish Square hörte sich Brigadegeneral Charles Ferguson noch einmal die Tonbandaufzeichnung seines Gesprächs mit Corder an. Er war ein hochgewachsener, gütig aussehender Mann mit erheblichem Übergewicht, zerzausten grauen Haaren und einem Doppelkinn. Die Halbbrille, die er aufsetzte, um etwas in einem kleinen Notizbuch nachzulesen, gab ihm das Aussehen eines harmlosen Professors. In Wirklichkeit war er freilich so rücksichtslos wie Cesare Borgia und kannte keine Skrupel, wenn es um die Interessen seines Landes ging.

Es klopfte, und sein Diener, ein ehemaliger Angehöriger eines Gurkha-Regiments, trat ins Zimmer und knotete sich den Gürtel seines Morgenmantels zu.

„Tut mir leid, Kim, aber es gibt Arbeit. Machen Sie Frühstück – reichlich Tee und Eier mit Speck. Ich gehe nicht mehr zu Bett.“

Der kleine Gurkha verschwand wieder, und Ferguson ging ins Wohnzimmer, stocherte in der Glut des offenen Kamins herum, goß sich einen doppelten Brandy ein, setzte sich ans Telefon und wählte eine Nummer in Paris.

Der französische Geheimdienst gliedert sich in fünf Sektionen mit vielen Unterabteilungen. Die interessanteste ist fraglos Sektion fünf, die allgemein für ihre Sondereinsätze bekannt ist; sie hatte während der Algerienkrise mehr als alle anderen Sicherheitsorgane zur Zerschlagung der rechtsradikalen OAS beigetragen. Die Nummer dieser Sektion wählte Ferguson jetzt.

„Hier Ferguson, DI 5“, meldete er sich, „Oberst Guyon, bitte.“ Er runzelte ungehalten die Stirn. „Natürlich ist er im Bett. Das war ich vor kurzem auch noch. Ich habe Sie nur angerufen, damit Sie die nötige Sicherheitsprüfung vornehmen können. Sagen Sie ihm, er möchte mich unter dieser Nummer zurückrufen.“ Er diktierte sie rasch. „Dringlichkeitsstufe eins.“

Als er den Hörer auflegte, brachte Kim schon Tee, Rührei mit Speck, Brot, Butter und Orangenmarmelade auf einem silbernen Tablett.

„Wunderbar“, rief Ferguson, als der kleine Gurkha ein Tischchen vor ihn hinstellte, „Frühstück um halb drei Uhr morgens – was für eine großartige Idee! Sollten wir öfter machen.“

Als er nach der Serviette griff, läutete das Telefon. Er nahm sofort ab. „Ah, Pierre, ich habe da etwas für Sie“, sagte er in fließendem Französisch. „Eine sehr üble Sache. Hören Sie bitte gut zu.“

NACHDEM Jack Corder gegangen war, blieb es einen Moment lang still im Lagerhaus. Barry ging zum Eingang und verriegelte die kleine Tür. Als er sich umdrehte, trat ein Mann aus dem Schatten und setzte sich auf die Tischkante.

Nikolai Romanov, knapp fünfzig Jahre alt, war seit zehn Jahren Kulturattaché an der sowjetischen Botschaft in Paris. Über einem dunklen, maßgeschneiderten Anzug trug er einen ebenso eleganten blauen Mantel. Für einen Oberst im russischen Geheimdienst KGB sah Romanov vielleicht etwas zu gut und etwas zu elegant aus und glich mit seiner silbernen Mähne eher einem verdienten Schauspieler.

„Der Mann ist mir nicht ganz geheuer, Frank", sagte er in ausgezeichnetem Englisch.

„Mir ist niemand geheuer", erwiderte Barry. „Auch du nicht, alter Knabe. Jack Corder ist wenigstens ein guter Marxist. Was immer das bedeuten mag."

„Ach, du lieber Himmel", stöhnte Romanov. „Das habe ich befürchtet."

„Vor Jahren, als er noch in Oxford studierte, wollte er der Kommunistischen Partei beitreten. Man versuchte, ihm klarzumachen, daß er von größerem Nutzen sein könne, wenn er als unauffälliges Mitglied in die Labour Party eintrete. Das hat er getan. Sechs Jahre lang engagierte er sich in der Gewerkschaftsarbeit, dann ist er eines Tages während eines Bergarbeiterstreiks durchgedreht und hat einen Polizisten verdroschen. Sie haben ihm zwei Jahre Knast verpaßt, und als er wieder draußen war, wollte die Gewerkschaft nichts mehr mit ihm zu tun haben. Dann ist Jack nach Frankreich rübergekommen und hat mit einer Anarchistengruppe zusammengearbeitet, die weit links von der hiesigen Kommunistischen Partei steht. Aber wieso machst du dir überhaupt Sorgen? Hat die ‚Abteilung Chaos' des KGB mittlerweile andere Ziele?"

„Nein", erwiderte Romanov. „Chaos ist immer noch unser Hauptgeschäft, Frank. Und je mehr Verwirrung wir im Westen stiften, desto besser. Chaos, Furcht, Verunsicherung. Deshalb arbeiten wir mit Leuten wie dir zusammen." Er sah sich die Landkarte an. „Wird es klappen?"

„Aber Nikolai", entgegnete Barry tadelnd. „Du willst doch wohl nicht im Ernst, daß Lord Carrington auf einer französischen Landstraße erschossen wird, oder? Das wäre so ähnlich, als wenn die Irisch-Republikanische Armee die englische Königin erschießen würde. Nein, so etwas zahlt sich nicht aus."

Romanov sah ihn verdutzt an. „Was für ein Spielchen spielst du denn jetzt?"

„Das wirst du bald merken", sagte Barry und fügte munter hinzu: „Das Geld nehme ich übrigens trotzdem. Chaos, Furcht, Verunsicherung. Ich werde mein Bestes tun, damit ihr auch etwas für euer Geld bekommt."

Romanov zögerte einen Moment, dann zog er einen großen, braunen Umschlag aus der Tasche und schob ihn über den Tisch.

Barry ließ ihn zusammen mit der Landkarte in einer Aktentasche verschwinden.

„Brechen wir auf?"

Er ging zum Eingang voran und öffnete die Tür. Ein Windstoß trieb ihnen Regen ins Gesicht.

Romanov fröstelte und schlug den Mantelkragen hoch. „1943, als ich vierzehn war, habe ich mich in der Ukraine einer Partisanengruppe angeschlossen und war zwei Jahre dabei. Damals war alles einfacher. Wir wußten, daß wir gegen die Nazis und für unser Land kämpften. Aber die Verhältnisse haben sich geändert, und wir leben in einer Welt, in der Leute wie du, mein Freund, nicht einmal an ihr eigenes Land glauben."

„Ulster?" Barry lachte höhnisch. „Dieser nordirische Schlamassel geht mich schon lange nichts mehr an. Wie heißt es doch so schön? Es gibt nichts Schlimmeres als eine Ansammlung unwissender Menschen mit einem legitimen Grund zur Klage. Los, gehen wir endlich!"

Die Äpfel an den Bäumen auf der Anhöhe über Rigny hätten schon längst gepflückt werden müssen; sie waren überreif, und die Luft in der warmen Mittagssonne war schwer von ihrem Duft.

Jack Corder lag im hohen Gras und beobachtete mit einem Fernglas die Villa. Es war ein hübsches Haus aus dem 18. Jahrhundert. Eine breite Steintreppe führte zu dem säulengetragenen Vorbau des Portals hinauf.

Im Hof standen vier Wagen. Wenigstens ein Dutzend Polizisten warteten neben ihren Motorrädern; am Tor waren uniformierte Gendarmen postiert. Alles ziemlich unauffällig. Es war bekannt, daß es der Präsident in dieser Hinsicht wie General de Gaulle hielt und jeden Rummel, wenn es ging, vermied.

Corder stellte sein Fernglas schärfer ein, als der französische Präsident Valérie Giscard d'Estaing und der britische Außenminister aus dem Haus traten.

Der Präsident schüttelte dem Außenminister die Hand. Lord Carrington ging die Stufen hinunter und bestieg rasch einen schwarzen Citroën.

Corders Kehle war wie ausgedörrt. Er nahm den Minisender aus der Tasche, schaltete auf Kanal 42 und meldete ein wenig atemlos: „Hier Rot. Das Paket wird geliefert."

Eine Sekunde später hörte er Barrys Antwort, kühl und gelassen. „Grün hier. Nehme das Paket in Empfang."

Eskortiert von vier Polizeibeamten auf Motorrädern, rollte Carringtons Wagen auf das Tor zu. Corder sprang auf und rannte zu seinem Peugeot hinüber.

Der Konvoi war noch nicht in Sicht, als er die Hauptstraße erreichte. Er bog ein, trat das Gaspedal durch und preschte davon.

Seine Handflächen waren wieder schweißnaß, und seine Kehle war immer noch trocken. Das Schlimme war, daß er nicht wußte, was in Saint-Étienne passieren würde. Wahrscheinlich würde es von Beamten des Mobilen Einsatzkommandos nur so wimmeln, die auf alles schossen, was sich bewegte – vielleicht auch auf ihn. Aber er mußte dort aufkreuzen; denn wenn er wegblieb, würde Barry sofort mißtrauisch werden, die Sache abblasen und spurlos verschwinden, wie er es schon so oft getan hatte.

Als er höchstens noch drei oder vier Kilometer von Saint-Étienne entfernt war, geschah es. Aus einer Nebenstraße schoß ein Polizist auf einem Motorrad hervor und fuhr hinter ihm her – eine drohende Gestalt mit Sturzhelm, dunkler Schutzbrille und einer schwarzen Lederjacke. Der Polizist überholte ihn und gab ihm ein Zeichen anzuhalten. Corder fuhr auf den Seitenstreifen und hielt. Wollte Ferguson ihn vielleicht auf diese Weise aus der Sache heraushalten?

Der Polizist hielt vor dem Peugeot, stieg von seiner schweren Maschine und bockte sie auf. Er kam auf den Wagen zu, einen behandschuhten Finger im Abzugsbügel des Schnellfeuergewehrs, das er vor der Brust trug. Er blieb am Seitenfenster stehen und sah auf Corder hinunter. Dann schob er seine Brille hoch.

„Wir haben den Plan ein wenig geändert, mein Freund." Frank Barry grinste. „Fahr mir nach, ich zeig dir den Weg."

„Du hast die Sache abgeblasen?" fragte Corder verblüfft und erleichtert zugleich.

Barry sah ihn erstaunt an. „Warum sollte ich?" Er stieg wieder auf und fuhr los.

Corder folgte. Was tun? Einen Augenblick lang betastete er den Griff der Walther PPK, die er bei sich trug. Doch das beruhigte ihn auch nicht sonderlich. Er hatte noch nie jemanden erschossen, und es war nicht sehr wahrscheinlich, daß er es jetzt tun könnte.

Etwa einen Kilometer vor Saint-Étienne bog Barry in eine schmale, von hohen Hecken gesäumte Landstraße ein, und sie fuhren bergauf, an einem kleinen Bauernhof vorbei, bis zum Rand eines Abhangs. Barry stellte sein Motorrad unter einer kleinen Baumgruppe ab.

Corder stieg aus und ging zu ihm hinüber. „Frank, was geht denn hier vor?"

„Habe ich dir je von meiner Großmutter mütterlicherseits erzählt, Jack? Wenn die so richtig üble Kopfschmerzen hatte, gab's innerhalb einer Stunde ein Gewitter. Bei mir ist das anders. Ich kriege nur Kopfschmerzen, wenn es irgendwo gewaltig stinkt. Und im Moment platzt mir fast der Schädel."

Corder überlief es heiß und kalt. „Ich verstehe nicht, was du meinst."

„Schöne Aussicht von hier oben." Barry zeigte auf Saint-Étienne, das wie eine Stadt aus dem Baukasten unter ihnen lag. Die Tankstelle mit der Werkstatt erkannte man auf der einen, das Café und den Parkplatz auf der gegenüberliegenden Seite der Straße.

Barry zog ein kleines Fernglas aus der Tasche seines Regenmantels und reichte es Corder. „Sieh es dir genau an. Ich habe das Gefühl, daß wir uns heute mit dem Zuschauen begnügen sollten."

Corder richtete das Fernglas auf den Hof vor der Werkstatt. Zwei Männer in gelben Overalls arbeiteten am Motor eines Wagens. Ein dritter Mann saß im verglasten Büro neben den Zapfsäulen und sprach mit einem Mädchen, das mit dem Kinderwagen an der Tür stand.

„Ist der Konvoi schon zu sehen?" fragte Barry.

Corder richtete das Fernglas auf die Straße. „Nein, aber da hinten kommt ein Lastwagen."

„Schau, schau. Das ist ja interessant."

Es war ein hoher Dreiachser mit einer grünen Zeltplane. Als er die Gebäudegruppe erreicht hatte, verlangsamte er die Fahrt und bog auf den Parkplatz ein. Der Fahrer kletterte aus dem Führerhaus und schlenderte zum Café hinüber.

Barry nahm Corder das Fernglas aus der Hand und entzifferte die Aufschrift auf der Zeltplane. „GEBRÜDER BOUVIER, FERNTRANSPORTE, PARIS UND MARSEILLE", las er laut.

„Wenn der Fahrer merkt, daß das Café geschlossen ist, fährt er bestimmt weiter", sagte Corder.

„Bestimmt gibt's auch einen Weihnachtsmann", erwiderte Barry, „bloß glaube ich nicht daran."

In diesem Augenblick ratterten im Lastwagen Maschinenpistolen los. Unter dem Einschlag der Geschosse zersplitterten die Glaswände des Tankstellenbüros, das Mädchen wurde rückwärts über den Kinderwagen geschleudert, die beiden Killer brachen tödlich getroffen an ihrem Wagen zusammen, aus dessen durchlöchertem Tank Benzin floß. Flammen züngelten hoch, und dann explodierte der Tank in einem Feuerball, und Wrackteile wurden hoch in die Luft geschleudert. Es war ein höllisches Feuerwerk. Wenigstens zwanzig Männer des Mobilen Einsatzkommandos sprangen hinten aus dem Laster und rannten über die Straße.

„Gründlich sind sie", bemerkte Barry ruhig, „das muß man ihnen lassen."

Corder leckte sich nervös die trockenen Lippen und fuhr mit der linken Hand in die Tasche seiner Lederjacke, wo er den Griff der Walther umspannte. „Was kann denn da schiefgegangen sein?" fragte er mit unsicherer Stimme.

„Wahrscheinlich hat einer dieser Versager aus Marseille den Mund zu weit aufgemacht", sagte Barry. „Und wenn die Union Corse von der Sache erfahren hat..." Er zuckte die Achseln. „Wenn's um Politik geht, werden selbst Gangster nervös. Da verpfeifen sie einen, ohne lange nachzudenken." Er schlug Corder auf die Schulter. „Wir machen uns jetzt besser aus dem Staub. Fahr einfach hinter mir her. Wenn ich dich eskortiere, wird uns sicher niemand anhalten."

Wieder fuhr Corder hinter dem Motorrad her. Das Ganze war wie ein böser Traum, und er sah vor seinem geistigen Auge immer noch den Körper des Mädchens, der im Kugelhagel über den Kinderwagen stürzte. Barry hatte das Ganze vorhergesehen und die armen Schweine dort unten trotzdem nicht gewarnt!

Fünfzehn Kilometer hinter Saint-Étienne kamen sie zu einer kleinen Reparaturwerkstatt mit Café neben der Straße. Dort hielt Barry an. Als Corder neben ihm parkte, zerrte er gerade eine Segeltuchtasche aus einer der Satteltaschen.

„Ich kenne diesen Schuppen", sagte er. „Auf der Rückseite gibt es eine Toilette. Ich ziehe mich nur rasch um. Wir lassen das Motorrad hier und fahren mit dem Peugeot weiter."

Ehe Corder etwas erwidern konnte, war Barry schon fort. Eine junge Frau trat aus dem Tankwärterhäuschen neben den Zapfsäulen und kam auf Corder zu.

„Volltanken, Monsieur?“

„Ja. Und gibt es hier ein Telefon?“ fragte Corder.

„Im Café, Monsieur, aber das ist heute geschlossen. Ich bin ganz allein hier.“

„Ich muß dringend telefonieren.“ Er drückte ihr einen Hundertfrancschein in die Hand. „Der Rest ist für Sie.“

Sie sah ihn erstaunt an und zuckte dann die Achseln. „Kommen Sie“, sagte sie.

Das Café machte einen mittelmäßigen Eindruck – ein paar Tische und Stühle, eine Theke mit ein paar Flaschen Bier und Mineralwasser, eine Tür, die wahrscheinlich in die Küche führte. Das Telefon war an die Wand montiert, daneben hing ein Telefonbuch.

Die junge Frau verschwand in der Küche. Corders Hände zitterten, als er die Vorwahlnummer für London und dann die DI-5-Nummer wählte. Ihm blieb nicht einmal Zeit für ein kurzes Stoßgebet. Am anderen Ende wurde sofort der Hörer abgenommen, und eine Frauenstimme fragte: „Wer sind Sie?“

„Lysander“, meldete sich Corder hastig. „Machen Sie die Leitung frei. Ich muß sofort mit Brigadegeneral Ferguson sprechen. Höchste Dringlichkeitsstufe!“

Ferguson übernahm sofort, als hätte er mitgehört. „Was ist denn los, Jack?“

„Totaler Mißerfolg, Sir. Barry hat den Braten gerochen und deshalb uns beide rausgehalten. Die anderen sind von den Männern eines Mobilen Einsatzkommandos weggepustet worden.“

„Und verdächtigt er Sie?“

„Nein – er glaubt, einer der Gangster aus Marseille habe den Mund nicht halten können.“

Barry, der in der Küche am Nebenanschluß lauschte, lächelte. Die junge Frau lag vor ihm auf dem Fliesenfußboden. Wo er sie mit dem Griff seiner Pistole an der Schläfe getroffen hatte, sickerte Blut aus einer häßlichen Wunde. Er ließ den Hörer an der Schnur hängen, zog einen Schalldämpfer aus der Tasche, schraubte ihn auf den Lauf der Pistole und ging durch die Verbindungstür ins Café.

Corder sprach immer noch hastig und mit gedämpfter Stimme. „Nein, das Problem ist, daß ich nicht weiß, wie lange ich noch durchhalten kann“, sagte er gerade.

„Jack!“ flüsterte Barry.

Corder fuhr herum, und Barry schoß ihm zweimal ins Herz. Er wurde gegen die Wand geschleudert, prallte ab und fiel mit dem Gesicht auf den Fußboden.

Der Hörer baumelte an der Schnur. Barry griff danach und sagte in die Sprechmuschel: „Sind Sie's, Ferguson? Hier spricht Frank Barry. Wenn Sie Corder abholen wollen, dann schicken Sie mal einen Sarg ins Café Rosco in Saint-Julien."

Er legte auf und ging, während er den Schalldämpfer abschraubte, leise pfeifend ins Freie.

Zweites Kapitel

Es regnete, als Ferguson sich am nächsten Morgen von seinem Chauffeur vor der Downing Street Nr. 10 absetzen ließ. Er hatte um elf Uhr eine Besprechung mit der Premierministerin. Trotz des Regens hatte sich wie üblich eine kleine Gruppe Neugieriger, zumeist Touristen, auf dem Bürgersteig gegenüber versammelt und wurde von ein paar Bobbies auf Distanz gehalten. Ein weiterer Polizist stand an der Tür. Keine sonderlich aufwendigen Sicherheitsvorkehrungen für die bekannteste Adresse Englands. Aber Ferguson wußte genau, daß noch einige unauffälliger gekleidete Männer bereitstanden, beim geringsten Anzeichen von Gefahr einzugreifen.

Der Polizist salutierte, und die Tür wurde geöffnet, noch ehe Ferguson ganz dort war. Er betrat das Haus, wo er von einem jungen Mann begrüßt wurde, der ihn in den ersten Stock geleitete.

Im Treppenhaus hingen die Porträts früherer Premierminister: Peel, Wellington, Disraeli, Gladstone. Wenn er diese Stufen hinaufging, wurde Ferguson sich immer besonders der langen Geschichte seines Landes bewußt. Allerdings machte er heute sozusagen seinen Antrittsbesuch bei der amtierenden Premierministerin. Und zum ersten Mal mußte er vor einer Frau zum Rapport erscheinen – einer wirklich klugen Frau.

Oben klopfte der junge Mann an eine Tür, öffnete sie und führte Ferguson ins Zimmer.

„Brigadegeneral Ferguson, Frau Premierministerin", meldete er und zog sich zurück.

Das Arbeitszimmer mit seinen blaßgrünen Tapeten, goldfarbenen

Vorhängen und äußerst geschmackvollen, bequemen Polstermöbeln wirkte sehr elegant. Aber die Frau hinter dem Schreibtisch war noch eleganter. Ihr blaues Kostüm und die Bluse mit dem weißen Spitzenkragen paßten ausgezeichnet zum blonden Haar. Wirklich eine gutaussehende Dame von Welt, die nun von dem Schriftstück aufschaute, in dem sie gelesen hatte.

„Der französische Präsident hat mir heute früh persönlich versichert, man werde über diese unerfreuliche Angelegenheit Stillschweigen bewahren. Es ist nichts passiert. Sie verstehen mich doch?"

„Selbstverständlich, Madam."

Sie deutete auf einen Sessel. „Setzen Sie sich, und erzählen Sie mir von diesem Barry. Warum ist dieser Mann so wichtig? Und was mich noch mehr interessiert – warum ist er so schwer zu fassen?"

„Er ist ein genialer Verrückter, Madam, und für die internationale Terroristenszene genauso wichtig wie Carlos, aber in der Öffentlichkeit weniger bekannt."

„Wie kommt das?"

„Das ist eine Frage der Persönlichkeit. Viele Terroristen sind ganz wild auf öffentliche Selbstdarstellung. Die Leute sollen nicht nur wissen, wer sie sind, sondern auch, daß sie Polizei und Nachrichtendienste zum Narren halten können. Daran scheint Barry nichts zu liegen. Und da es auch in unserem Interesse ist, keinen Reklamerummel für ihn zu veranstalten, ist er zumindest für die große Öffentlichkeit ein Unbekannter geblieben."

„Was wissen Sie über seine Vergangenheit?"

„Er wurde in Ulster geboren. Hat im Koreakrieg bei den UN-Truppen gedient und sich ausgezeichnet geschlagen. In den Anfangsjahren des nordirischen Bürgerkriegs hat er sich zu den Republikanern bekannt und eine Gruppe ins Leben gerufen, die sich ‚Söhne Irlands' nannte und uns erhebliche Scherereien gemacht hat. Sie wurde allerdings von der provisorischen IRA strikt abgelehnt. Als 1972 die Abteilung A vier gebildet wurde, ist es mir gelungen, einen meiner Agenten in Barrys Organisation einzuschleusen. Die ganze Sache endete damit, daß Barry schwer verwundet wurde. Daß er mit dem Leben davongekommen ist, hat er lediglich der Kunst der Chirurgen in der Militärabteilung des Belfaster Musgrave-Park-Hospitals zu verdanken."

„Sie hatten ihn also gefaßt?"

„Er ist uns wieder entwischt, Madam. Laut Krankenbericht war er praktisch bewegungsunfähig. Tatsache ist aber, daß er als Pfleger verkleidet fröhlich aus dem Hospital marschiert ist."

„Und danach?"

„Wir glauben, Madam, daß er seitdem für wenigstens fünfzehn Morde und eine ganze Reihe von Bombenanschlägen verantwortlich war. Seine Handschrift ist unverwechselbar, und es scheint ihn wenig zu kümmern, für welche Seite er mordet. 1973 hat er zum Beispiel den kommandierenden General des spanischen militärischen Abschirmdienstes im Baskenland ermordet. Er war aber ebenfalls verantwortlich für den Mord an einem osteuropäischen Geheimdienstgeneral, während dessen Besuch im Westen 1975. Grosch war so etwas wie mein Gegenspieler im DDR-Ministerium für Staatssicherheit. Sie sehen also, Madam, daß Barry sowohl Faschisten wie Kommunisten auf dem Gewissen hat."

„Politische Ideologien spielen demnach für diesen Mann keine Rolle?"

„Nicht die geringste." Ferguson nahm ein Schriftstück aus seinem Aktenkoffer und reichte es der Premierministerin über den Schreibtisch. „Eine Liste der Attentate, mit denen er unserer Meinung nach zu tun hatte. Wie Sie sehen, gehören seine Opfer allen möglichen politischen Gruppierungen und Richtungen an."

Die Premierministerin las Zeile für Zeile und runzelte die Stirn. „Wollen Sie damit sagen, er arbeitet für jeden, der ihn bezahlt?"

„Nein, Madam, ich glaube nicht, daß es so einfach ist. Alle seine Unternehmungen haben eins gemeinsam: Sie richten, wo immer sie auch über die Bühne gehen, den größtmöglichen Schaden an."

Sie war unten auf der Liste angelangt, als sich ihre Miene plötzlich verfinsterte. „Sie erwähnen hier, er sei möglicherweise an der Ermordung von Lord Mountbatten beteiligt gewesen."

„Wir haben guten Grund zu der Annahme, daß man sich zumindest bei ihm Rat geholt hat."

Sie schüttelte den Kopf. „Das alles ergibt doch keinen Sinn."

„Es ergibt einen Sinn, wenn man seine uns bekannte Verbindung mit dem KGB berücksichtigt. Ich glaube, daß die meisten Attentate, für die er verantwortlich war, vom KGB in Auftrag gegeben worden sind. Und zwar einzig und allein mit der Absicht, im Westen soviel Verwirrung wie möglich zu stiften."

„Aber wenn Barry doch kein Marxist ist?“

„Frank Barry, Madam, ist nichts und niemandem verpflichtet. Gewiß, er nimmt das Geld, aber alles, was er tut, dient seinem eigenen Vergnügen. Ich bin sicher, die Psychiater haben für das, was in seinem Hirn vor sich geht, einige hübsche Fachausdrücke. Aber das interessiert mich gar nicht. Ich will ihn lediglich endgültig ausschalten.“

Die Premierministerin gab ihm die Liste zurück. „Dann machen Sie sich an die Arbeit. Lassen Sie alles andere liegen, und konzentrieren Sie sich ganz auf Barry.“

Ferguson erhob sich, steckte die Liste wieder in seinen Aktenkoffer und verabschiedete sich: „Wie Sie meinen, Frau Premierministerin.“

FERGUSON zog es im allgemeinen vor, in seiner Wohnung am Cavendish Square zu arbeiten. So saß er auch jetzt am Kamin, trank Tee und röstete Toast an einer langen Messinggabel über dem Feuer, als Kim die Tür öffnete und Harry Fox ins Zimmer führte.

„Ah, da sind Sie ja, Harry. Haben Sie's dabei?“

„Ja, Sir. Jeden Fetzen Papier, den wir über Frank Barry in den Akten haben.“

Fox war dreißig; ein schlanker, eleganter junger Mann. Den Lederhandschuh an seiner Linken trug er, seitdem er die Hand während seiner Dienstzeit in Belfast durch eine Bombenexplosion verloren hatte. Fox war seit einem Jahr Fergusons Assistent.

„Wonach suchen wir eigentlich, Sir?“

„Ich weiß es selbst nicht genau, Harry. Jack Corder war der dritte Mann, den ich auf Barry angesetzt habe, und zwei von den dreien sind schon unter der Erde. Wir müssen die Sache irgendwie anders anpacken.“

„Sehr richtig, Sir. Wie ich immer sage: ‚Mit Dieben fängt man einen Dieb.‘“

Ferguson, der sich gerade bemühte, eine Weißbrotschnitte auf die Messinggabel zu spießen, unterbrach seine Tätigkeit und blickte auf. „Was haben Sie da gesagt?“

„Jack Grand vom Sonderdezernat hat mir neulich erzählt, sie hätten einen ihrer Männer als Häftling ins Parkhurst-Gefängnis geschleust. Es hat keine zwei Tage gedauert, da sind die anderen Gefangenen über ihn hergefallen und haben ihn übel zugerichtet. Die können wahrscheinlich wirklich einen Bullen auf drei Kilometer Entfernung riechen. Bei Frank Barry wird es nicht anders sein. Dem können Sie schicken, wen Sie wollen, er wird wohl immer Lunte riechen."

„Da könnten Sie schon recht haben", sagte Ferguson nachdenklich. „Fangen Sie mal an, die Aktennotizen zu lesen. Laut, wenn ich bitten darf."

Die beiden Männer arbeiteten geschlagene sechs Stunden, und als Ferguson aufstand und die Glieder reckte, war es draußen dunkel geworden.

Fox sah noch das Fotomaterial durch. „Ein wenig dürftig, Sir. Seit 1972 haben wir von Barry kein Foto mehr. Und aus der Zeit davor existiert nur dies; es stammt aus einem *Paris-Match*-Artikel von 1971, den irgendeine Journalistin verfaßt hat. Die beiden anderen Männer heißen Liam Devlin und Martin Brosnan."

Ferguson durchquerte das Zimmer mit einer für einen Mann seiner Körperfülle geradezu erstaunlichen Geschwindigkeit und nahm Fox den Artikel mit dem Foto aus der Hand. „Mein Gott, Liam Devlin – und Brosnan. Ich hatte ganz vergessen, daß sie mal mit Barry zu tun hatten; so lange ist das schon her."

„Aber wer sind die beiden, Sir?"

„Oh, ein paar archaische Gestalten aus den frühen Tagen des irischen Bürgerkrieges, ehe die Bombenlegerei und Metzelei richtig losging. Diese Männer hielten sich selbst noch für ritterliche Widerständler im Kampf gegen das übermächtige Britische Empire. Ich habe einmal einen Film über den Anführer einer Freischärlergruppe gesehen. Der Mann wurde 1921 in der Nähe seines Heimatdorfes von britischen Truppen umzingelt. In der Hütte, in der er steckte, waren auch Frauen und Kinder, und so ist er ins Freie gestürmt, in jeder Hand einen Revolver, und hat sich den Weg frei geschossen. Devlin und Brosnan sind auch solche Narren, die gern den Helden Spielen."

„Ich kann mich nicht erinnern, während meiner Dienstzeit in Ulster auf edle Ritter gestoßen zu sein", bemerkte Fox sarkastisch.

„Sicher nicht; aber es ist ganz gut, wenn man sich hin und wieder daran erinnert, daß, wie in allen Organisationen, auch in der IRA sehr verschiedene Menschen zu finden sind. Lassen Sie mich jetzt erst mal allein; ich brauche ein wenig Zeit zum Nachdenken."

Fox verabschiedete sich. Ferguson schenkte sich einen Brandy ein und ging zum Fenster hinüber. Er sah auf den Platz hinaus und dachte bedauernd an Jack Corder und die anderen, die er gegen Barry ins Feld geschickt hatte.

„Irgendwo", sagte er leise, „sitzt dieser Bastard jetzt und lacht mich aus."

Barry stand in diesem Augenblick ebenfalls – mit einem Glas Cognac in der Hand – am Fenster einer Wohnung, nur daß diese in Paris lag und Barry auf den Boulevard Saint-Germain blickte. Es klopfte. Er öffnete, ohne die Sicherheitskette abzunehmen. Romanov stand draußen.

„Nun?" fragte Barry, als er den Russen eintreten ließ.

„Ziemlicher Betrieb bei Sektion fünf, Frank. Sie wissen, daß du hinter der Sache steckst, und nun setzen sie mit Unterstützung der britischen Nachrichtendienste alle Hebel in Bewegung, um dich zu finden. Dein Brigadegeneral Ferguson und Pierre Guyon von der Sektion fünf sind alte Freunde."

„Tja, das ändert allerdings die Lage. Ich hätte nicht gedacht, daß DI 5 und die Franzosen miteinander reden. Wie kannst du sicher sein, daß Ferguson und Guyon so gute Freunde sind? Oder hast du einen Informanten in Guyons Abteilung?"

„Kein Ding ist unmöglich", sagte Romanov geheimnisvoll.

Barry ließ sich seine Überraschung anmerken. „Und im britischen Geheimdienst etwa auch? Ich dachte, die hätten mittlerweile alle Maulwürfe ausgebuddelt. Mir haben deine Leute jedenfalls nicht viel geholfen. Ich mußte Corder ganz allein entlarven."

„Um ehrlich zu sein, Frank, im Augenblick erhalten wir nur unbedeutende Informationen. Aber das wird sich ändern."

„Ist mir schleierhaft, wie ihr eure Leute einschleust", staunte Barry. „Man sollte doch meinen, DI 5 würde die Vergangenheit aller Mitarbeiter bis in den Mutterleib zurückverfolgen."

„Vielleicht tun sie das sogar, Frank. Doch in diesem Fall würde ihnen auch das nichts nützen. Die Zeugnisse dieser Frau sind absolut einwandfrei."

„Na, jedenfalls gibt es im Moment niemanden, der mich hier verpfeifen kann; außer dir natürlich, alter Knabe."

Romanov lächelte ein wenig gezwungen. „Ich hielte es für das beste, wenn du eine Zeitlang untertauchtest", sagte er.

„Und wohin, meinst du, sollte ich mich zurückziehen?"

„Nach England.“

Barry lachte. „Da würden sie mich wahrscheinlich zuallerletzt vermuten. Hast du vielleicht an einen bestimmten Ort gedacht?“

„Ja, an den Lake District im Nordwesten.“

Barry schenkte sich noch einen Cognac ein. „Also, Nikolai“, sagte er. „Nun mal raus mit der Sprache.“

Der Russe öffnete seine Aktentasche und nahm eine Reihe von Landkarten heraus.

„Die Sache ist eigentlich einfach“, begann er. „Die Westdeutschen haben eine brillante neue Waffe entwickelt. Sie ist so leicht, daß sie von jeder Infanteriegruppe mitgeführt werden kann. Diese Waffe feuert zwölf Raketen gleichzeitig ab; jede Rakete hat eine wärmeempfindliche Zielsucheinrichtung. Dieses Waffensystem kann eine ganze Panzerformation ausschalten. Wir *müssen* so ein Ding in die Finger kriegen, Frank.“

„Und was ist meine Aufgabe dabei?“

Romanov faltete die Landkarten auseinander. „Die Deutschen wollen den Briten diese Waffe am kommenden Donnerstag auf dem Versuchsgelände in der Nähe vom Wast-Water-See im Lake District vorführen. Am Mittwoch fliegt ein deutsches Expertenteam – ein Offizier und sechs Mann – dorthin. In Brisingham, nur dreißig Kilometer vom Versuchsgelände entfernt, gibt es einen ehemaligen Fliegerhorst der britischen Luftwaffe. Dort werden die Deutschen landen und den Rest des Weges per Lastwagen zurücklegen.“

„Interessant.“ Barry breitete die Landkarten auf dem Tisch aus.

„Frank, wenn du das für mich erledigst, ist eine halbe Million für dich drin. Ein Trawler wird vor der Küste ankern und die Waffe übernehmen.“

Barry schien ihn nicht gehört zu haben. „Ich brauche Unterstützung vor Ort“, sagte er, „einen erfahrenen Profi, auf den ich mich verlassen kann. Können deine Leute in London mir den besorgen?“

„Sicher. Was brauchst du noch, Frank?“

„Generalstabskarten. Heute abend muß mir die Gegend vertraut sein wie meine Westentasche. Außerdem gefälschte Pässe, damit ich mich frei bewegen kann. Und fünfzigtausend Pfund Betriebskapital.“ Er lächelte. „Und mein Honorar beträgt eine Million, Nikolai.“

Romanov zuckte die Achseln. „Frank, besorg uns das Ding, und du kannst deinen Preis selbst bestimmen, das verspreche ich dir.“

Er ging, und Barry schloß hinter ihm ab und legte die Kette vor. Dann setzte er sich an den Tisch, beugte sich über die Karten und begann seinen Plan auszuarbeiten.

HARRY FOX schlief fest, als das Telefon klingelte. Er fuhr hoch, fluchte und hob den Hörer ab.

„Harry, hier Ferguson. Sie haben doch vorhin gesagt: ‚Mit Dieben fängt man einen Dieb.' Das hat mich auf eine Idee gebracht. Gehen Sie ins Büro, und holen Sie mir dort Martin Brosnans Akte. Und die von Devlin können Sie auch gleich mitbringen."

Fox sah auf seinen Wecker. „Morgen früh, Sir?"

„Natürlich sofort, verdammt noch mal!"

Ferguson knallte den Hörer auf die Gabel. Fox legte ihn fast behutsam auf und sah noch einmal auf die Uhr. Es war kurz nach zwei Uhr morgens. Er seufzte und begann sich anzuziehen.

Zwei Stunden später saß er wieder in der Wohnung am Cavendish Square und ging mit Ferguson Brosnans Akte durch.

Fox trug vor. „Brosnan wurde 1945 in Boston geboren, Sir. Die Eltern sind Irisch-Amerikaner. Sein Ururgroßvater ist während der großen Hungersnot aus der irischen Grafschaft Kerry in die USA ausgewandert. Hat sein Vermögen in der zweiten Hälfte des neunzehnten Jahrhunderts im Reedereigeschäft gemacht." Fox runzelte die Stirn und blickte von seiner Lektüre auf. „Er ist Protestant. Erstaunlich."

„Wieso denn?" fragte Ferguson. „Er ist gewiß nicht der erste Protestant, der ein vereinigtes Irland will."

„Hier steht, daß Brosnans Mutter katholisch ist. Und es auch in Boston geblieben ist. Geht viermal in der Woche zur Messe! Sie ist in Dublin geboren. Ihr Mann ist schon seit ein paar Jahren tot. Sie regiert das Familienimperium mit eiserner Faust. Ich glaube, der einzige Mensch, dem sie nie ihren Willen hat aufzwingen können, ist ihr Sohn. Der hat anscheinend alles mitgemacht, was in diesen Kreisen so üblich ist: Privatschulen, Eliteuniversität. Dann meldete er sich 1966 freiwillig nach Vietnam. Green Berets, Luftlandetruppe. Und das als einfacher Soldat, Sir. Wirklich erstaunlich."

„Da sind Sie auf etwas Wichtiges gestoßen, Harry." Ferguson schenkte sich Tee nach. „Der Vietnamkrieg war in Amerika nie sonderlich populär. Wenn man auf der Universität war, konnte man um den Wehrdienst herumkommen – was die meisten jungen Männer aus Brosnans Kreisen getan haben. Er wäre nicht eingezogen worden, wenn er sein Studium fortgesetzt und sich um eine Doktorarbeit bemüht hätte. Statt dessen ist er in den Krieg gezogen."

Fox pfiff durch die Zähne. „Und es sieht so aus, als habe er seine Sache nicht schlecht gemacht, Sir. Ehrenkreuz, Silberstern mit Eichenlaub, Tapferkeitsmedaille." Er runzelte die Stirn. „Und das Kreuz der französischen Ehrenlegion. Wie, zum Teufel, kommt er denn dazu?"

Ferguson erhob sich und ging zum Fenster hinüber. „Eine interessante Sache", sagte er. „Brosnans letzte Großtat. Er hat einer berühmten französischen Kriegsberichterstatterin namens Anne-Marie Audin das Leben gerettet. Sie war in einen Hinterhalt der Vietcong geraten oder so was Ähnliches. Dieses Mädchen ist schon einmal aufgetaucht. Erinnern Sie sich an das Foto aus dem *Paris-Match*-Artikel mit Brosnan, Liam Devlin und Frank Barry? Es stammt von Mademoiselle Audin. Derselbe Artikel erschien in *Life:* ‚Ein Blick hinter die Kulissen des nordirischen Bürgerkrieges'."

„Aber wie ist Brosnan von Vietnam in die IRA geraten?"

„Auf Umwegen. Aber eigentlich ganz folgerichtig." Ferguson drehte sich um und kam ans Kaminfeuer zurück. „Nachdem er aus der Armee entlassen worden war, ist Brosnan ans Trinity College in Dublin gegangen, um sich dort den schon erwähnten Doktortitel zu holen. Im August 1969 hat er einen alten Onkel mütterlicherseits besucht: den katholischen Pfarrer der Kirche an der Falls Road in Belfast. Während er dort war, brannte ein protestantischer Mob die Kirche nieder. Der alte Herr wurde zusammengeschlagen."

„Ich verstehe", sagte Fox.

„Das glaube ich nicht, Harry. Sicher, die IRA hat genügend Verbrecher und Bombenleger in ihren Reihen und vielleicht zu viele Leute vom Schlage eines Frank Barry. Aber sie hat auch ihre Liam Devlins und Martin Brosnans – echte Idealisten. Diese Männer glauben leidenschaftlich daran, daß sie in einen Kampf verwickelt sind, in dem es um nichts weniger als die Freiheit ihres Landes geht."

Fox hob die behandschuhte Hand. „Tut mir leid, Sir, aber ich habe zu oft Frauen und Kinder nach einem Bombenanschlag schreiend davonrennen sehen, als daß ich daran noch glauben könnte."

„Sie haben's erfaßt", sagte Ferguson. „Männer wie Devlin und

Brosnan wollen einen offenen und ehrenhaften Kampf. Tragischerweise ist das in einem solchen Krieg einfach nicht möglich."

Er stand wieder auf und ging ruhelos im Zimmer hin und her. „Für das, was damals in jener Augustnacht 1969 in Belfast passiert ist, kann ich Brosnan keinen Vorwurf machen. Eine Handvoll Anhänger der Republik, angeführt von Liam Devlin, ist auf die Straße gegangen. Sie hatten drei Gewehre, zwei Revolver und eine veraltete Thompson-Maschinenpistole. Beim Kampf um die Kirche war Brosnan plötzlich mitten im dicksten Schlamassel. Und als ein Mann neben Devlin erschossen wurde, nahm Brosnan instinktiv dessen Gewehr an sich. Von da an war er in die Sache der Irisch-Republikanischen Armee verstrickt. Und solange Devlin IRA-Stabschef in Ulster war, war er dessen rechte Hand."

„Und danach?"

„Während der ersten paar Jahre ging alles glatt. Männer wie Devlin und Brosnan konnten die gute alte Art von Guerillakrieg führen. Bombenanschläge überließen sie Leuten wie Frank Barry. Übrigens, wie kämen Sie sich vor, wenn Sie der Oberkommandierende der britischen Streitkräfte in Nordirland wären, und Sie gingen eines Tages in Ihr Büro und fänden eine Rose auf dem Schreibtisch?"

„Allmächtiger!"

„Ja, Brosnan liebte tollkühne Gesten. Die Rose spielte auf seinen Namen an: B-*ros*-nan. Er hat seinen Blumengruß übrigens auch dem damaligen nordirischen Premierminister und dem britischen Nordirlandminister überbracht. Was er damit sagen wollte, war klar."

„Er hätte diese Leute auch töten können, hat es aber nicht getan."

„Richtig. Natürlich mußten wir das unbedingt aus den Zeitungen heraushalten. Aber dann änderte sich alles. Das Blutvergießen nahm auf schreckliche Weise zu. Devlin leitete jetzt den IRA-Nachrichtendienst von Dublin aus. Brosnan arbeitete für ihn als eine Art fliegender Adjutant."

Fox las weiter: „Hier steht, daß er die irische Staatsbürgerschaft besitzt. Wie ist es denn dazu gekommen, Sir?"

„Nun, die amerikanische Regierung war nicht gerade erfreut über seine Tätigkeit. Dann hat Devlin ihn 1974 nach New York geschickt, um einen Verräter zu exekutieren. Brosnan hat den Auftrag mit der ihm eigenen rücksichtslosen Gründlichkeit ausgeführt und ist nur mit knapper Not aus New York herausgekommen. Als das US-

Außenministerium seine Auslieferung forderte, beantragte er die irische Staatsbürgerschaft, die ihm nach irischem Gesetz zusteht, da seine Mutter in Irland geboren ist."

Fox überflog den Rest der Akte. „Dann passierte die Geschichte in Frankreich."

„Richtig. 1975 hat ihn Devlin nach Frankreich geschickt, wo er über eine Waffenlieferung verhandeln sollte. Der Mittelsmann entpuppte sich aber als Polizeispitzel, und als Brosnan in einem Fischerdorf in der Bretagne ankam, um die Ladung zu übernehmen, wimmelte es dort bereits von Polizei. Bei der unvermeidlichen Schießerei hat Brosnan zwei Polizisten verwundet und einen erschossen, wofür er von einem französischen Gericht zu lebenslanger Haft auf der Ile du Paradis verurteilt wurde."

„Ile du Paradis, Sir?"

„Die Paradiesinsel. Die Franzosen schicken die ‚Lebenslänglichen' nicht mehr auf die Teufelsinsel. Sie haben jetzt diese kleine Paradiesinsel für sie im Mittelmeer eingerichtet. Klingt doch hübsch. Aber natürlich ist es dieselbe Hölle für alle Betroffenen."

Fox schloß den Ordner. „Worauf soll das alles hinaus, Sir?"

„Mit Dieben fängt man einen Dieb, Harry. Das haben Sie selbst gesagt."

Fox sah ihn entgeistert an. „Aber Brosnan sitzt im Gefängnis, Sir."

„Vielleicht läßt sich das ändern."

Das Haustelefon läutete, und Ferguson ging hinüber und nahm den Hörer ab. „Gut. Sagen Sie ihm, wir kommen gleich runter." Er drehte sich zu Fox um. „Alsdann, Harry, schnappen Sie sich Ihren Mantel, und ab geht die Post. Wir haben keine Zeit zu verlieren."

„Wenn Sie erlauben, Sir, wohin soll's denn gehen?" fragte Fox.

„Zur Bradbury-Lines-Kaserne in Hereford. Hauptquartier des 22. Luftlanderegiments. Alles andere erkläre ich Ihnen unterwegs." Ferguson stürmte wie ein Wirbelwind aus dem Zimmer.

Drittes Kapitel

Die Paradiesinsel, sechzig Kilometer südöstlich von Marseille und etwa sechzehn Kilometer vor der Küste gelegen, ist eine wildromantische Felseninsel. Die Festung, die im 18. Jahrhundert auf der Insel errichtet wurde, scheint direkt aus dem Fels herauszuwachsen und hat der Ile du Paradis ein so grimmiges Aussehen gegeben, wie man es im ganzen Mittelmeer sonst nicht mehr findet. Außer der Festung gibt es einen riesigen Steinbruch und an die sechshundert Gefangene: politische Häftlinge oder gefährliche Gewaltverbrecher. Die meisten von ihnen werden vermutlich dort sterben; ganz gewiß ist jedenfalls eines: Noch nie ist jemand von der Paradiesinsel entkommen.

Dafür gibt es ein paar sehr einfache Gründe. Zum einen darf sich kein Schiff der Insel auf mehr als sechs Kilometer nähern, und zum andern wird die Sperrzone um die Insel von einem ausgezeichneten Radarsystem überwacht. Hinzu kommt ein überaus wirksamer Schutz durch die Natur selbst: eine Art Mahlstrom, eine wilde Strömung, die selbst bei ruhigem Wetter das Wasser aufschäumen läßt.

Martin Brosnan lag mit nacktem Oberkörper in einer Zelle der Festung auf seiner Pritsche und las. Man sah, daß sein starker und muskulöser Körper durch die schwere Arbeit im Steinbruch gestählt war. Auf seiner linken Brustseite fielen die häßlichen Narben zweier Schußwunden auf. Sein dunkles Haar hing fast bis auf die Schultern herab; aber in solchen Dingen zeigte sich die Gefängnisleitung erstaunlich tolerant. Auch mit Lesestoff waren die Häftlinge gut versorgt, wie an der Reihe von Büchern auf dem hölzernen Regal über Brosnans Bett zu erkennen war.

Der Mann auf dem Bett gegenüber warf Brosnan ein Päckchen Gitanes zu. „Komm, rauch eine mit, Martin“, sagte er auf französisch.

Er war etwa 65 Jahre alt, mit schlohweißem Haar und lebhaften blauen Augen in einem zerfurchten, lustigen Gesicht. Er hieß Jacques Savary, war ein Boß der Union Corse und zu seiner Zeit einer der berüchtigsten Gangster von Marseille gewesen. Seit 1965 saß er in der Festung ein, wo er auch bis zu seinem Tod bleiben würde. Das war etwas ungewöhnlich; denn normalerweise konnte die Union Corse, diese mächtige Verbrecherorganisation, ihren enormen Einfluß bei der Justiz dazu benutzen, Mitglieder vom Rang eines Jacques Savary verhältnismäßig rasch loszueisen.

Aber Savary war ein besonderer Fall. Er hatte sich mit den Gegnern eines unabhängigen Algerien verbündet und in der OAS gekämpft. Und Charles de Gaulle war dem Tod nie näher gewesen als bei dem gescheiterten Attentat, das Jacques Savary geplant hatte. Wenigstens konnte ihn die Union Corse vor der Exekution bewahren. Man hatte sich mit einer lebenslangen Haftstrafe auf der Ile du Paradis abgefunden und geglaubt, Savary eines schönen Tages wieder freizubekommen. Doch das hatte sich als Fehleinschätzung erwiesen.

Regen peitschte gegen das Fenster, der Wind heulte. „Was liest du?" fragte Savary.

„Ein Gedicht von T. S. Eliot, in dem es heißt, daß das Ende immer gleichzeitig der Anfang ist", antwortete Brosnan.

„Das ist aus dem Gedichtzyklus ‚Little Gidding' in dem Band ‚Die vier Quartette'", sagte Savary.

„Gut. Setzen!" rief Brosnan. „Da siehst du mal, was eine exklusive Schulbildung wert ist, Jacques. Und du kriegst sie hier ganz umsonst."

„Na ja, du hast auch viel gelernt, Martin. Kannst du noch immer die Tür öffnen, wie ich's dir beigebracht habe?"

Brosnan stand auf, nahm einen Löffel aus dem Schränkchen neben seinem Bett und ging zur Zellentür. Das Türschloß war von einer Stahlplatte bedeckt, und er zwängte den Löffelstiel rasch zwischen Stahlplatte und Türrahmen. Er stocherte ein paar Sekunden lang herum, dann knackte es hörbar, und er zog die Tür ein paar Zentimeter weit auf.

„Damit komme ich nicht weiter als bis zum Treppenabsatz", überlegte Brosnan laut. „Ich habe dir nie davon erzählt, aber ich kenne einen Fluchtweg. Man müßte nur ein bißchen klettern und ein Stück durch den zentralen Abwasserkanal waten, und man ist draußen. Das habe ich vor drei Jahren herausgefunden. Ich war damals dem Heizungsmonteur als Helfer zugeteilt und konnte den Plan für das gesamte Kanalisations- und Entlüftungssystem studieren."

Savary setzte sich im Bett auf, er war bleich. „Und warum hast du nie etwas unternommen?"

„Weil es sinnlos ist. Man sitzt dann immer noch auf diesem Felsen und weiß nicht, wohin."

Auf der eisernen Treppe, die zu ihrem Gang heraufführte, war das Geräusch näher kommender Schritte zu hören, und Brosnan drückte rasch die Tür zu, hantierte mit dem Löffel, bis es wieder „klick" machte, rannte zu seiner Pritsche und legte sich hin.

Die Schritte hielten vor der Tür, ein Schlüssel drehte sich im Schloß, und die Tür wurde aufgestoßen. Der uniformierte Wärter, der in die

Zelle blickte, war ein freundlich aussehender Mann namens Pierre Lebel mit einem buschigen Walroßschnauzbart. Er trug Ölzeug.

„Auf, ihr beiden! Ihr werdet gebraucht. Ich habe gerade das Bestattungskommando für die nächsten vier Wochen bekommen. Ihr kennt ja die Vorschriften. Hier dürfen die Leute ihr letztes Bad nur bei Nacht nehmen."

Die beiden Sträflinge zogen sich an und gingen mit Lebel zu einer Trennwand aus Stahlgitterdraht am Ende des Ganges, wo sie warten mußten, bis er die darin eingelassene Tür aufgeschlossen hatte.

„Wer ist denn gestorben?" fragte Savary.

Lebel sah auf seinem Personalbogen nach. „Nummer 67824, Bouvier. Hat 32 Jahre hier gesessen. Todesursache: Krebs."

Keiner der Männer sprach, als sie in die Halle hinunter und zum Eingangstor gingen, wo ein anderer Wärter ihnen die kleine Tür öffnete. Sie überquerten den Hof und stiegen die Stufen zur Leichenhalle hinauf.

Es war ein einfacher Raum mit weißgekalkten Wänden, der von einer einzigen nackten Glühbirne beleuchtet wurde. Der Leichnam lag, in Segeltuch eingenäht, auf einem blankgescheuerten Holztisch. Ein vom Alter gebeugter Häftling wischte den Fußboden mit Karbol auf. Er unterbrach seine Arbeit und stützte sich auf den Besenstiel. „Es ist alles bereit, meine Herren", sagte er.

Brosnan hatte diese Arbeit schon häufig verrichtet. An einer Wand stand ein hölzerner Karren, den er jetzt heranschob. Mit Savarys Hilfe legte er den Leichnam darauf.

„Also dann", sagte Lebel. „Auf geht's."

„Und wo bleibt der Pfarrer?" fragte Savary, als sie den Karren vorsichtig die Stufen hinunterrollen ließen.

„Er hat gesagt, er will keinen. Ein Atheist."

Savary war entsetzt. „Verdammt, jeder sollte einen Priester dabeihaben, wenn er über den Jordan geht." Er sah Brosnan von der Seite an. „Ich hoffe, du sorgst dafür, daß sie mich auf die Reise schicken, wie es sich gehört."

„Du stirbst doch nicht, du alter Gauner", sagte Brosnan. „Du lebst ewig."

Der Wärter am Haupttor kam aus seinem Wachhaus und schloß auf. Die drei Männer schoben ihren Karren nach draußen, wandten sich nach links und gingen auf einer Straße weiter, die in einer Linkskurve bergan führte. Es war Schwerarbeit, den Karren hochzubugsieren. Endlich erreichten sie ein kleines Plateau am Rand der Klippen. Es war eine mondlose, regnerische Nacht. Die Felswand fiel gut zwölf Meter steil zum Meer hin ab, und man konnte von dort oben eine kabbelige Dünung und weiße Schaumkronen mehr ahnen als sehen. Brosnan schmeckte Salz auf den Lippen. Es war wie der Geschmack der Freiheit.

Lebel schloß die Holztür eines kleinen Geräteschuppens auf. „Also, legen wir ihm die Gewichte an", sagte er.

In der Mitte des kleinen Raumes stand eine hölzerne Bank, auf die Brosnan und Savary den Leichnam legten. An einer Wand hing Ölzeug und eine Reihe orangefarbener Schwimmwesten. Auf dem Boden lagen, säuberlich aufgerollt und nach Gewicht sortiert, schwere eiserne Ketten. Eine Tafel an der Rückwand gab Auskunft über die verschiedenen Gewichtskategorien.

Lebel sah noch mal in den Personalbogen. „Hier steht, daß er fünfzig Kilo wiegt." Er ging zur Tafel an der Wand. „Laut Tabelle braucht er fünfundvierzig Kilo Kette. Legt sie ihm an."

Brosnan nahm eine Kette vom entsprechend gekennzeichneten Haufen und zog sie durch die Schlaufen, die eigens zu diesem Zweck an dem Segeltuchsack angebracht waren.

„Warum macht ihr wegen der Gewichte solch ein Brimborium, Pierre?" erkundigte sich Savary.

„Ganz einfach", erwiderte Lebel. „Die meisten Leute glauben, der Mahlstrom um die Insel gehe in eine Richtung. In Wirklichkeit sind es aber zwei Strömungen mit verschiedener Richtung. Die obere trägt alles nach Saint-Denis, das sechzehn Kilometer von hier an der Küste liegt. Regelmäßig angespülte Leichen würden die alten Damen ganz schön erschrecken, die dort ihre Schoßhündchen ausführen. Wenn man einen Leichnam dagegen auf fünfundfünfzig Meter Tiefe bringt, trägt ihn die zweite Strömung ins offene Meer hinaus. Ihr seht also, daß das Gewicht eine Rolle spielt. Na ja, bringen wir's hinter uns."

Brosnan und Savary trugen den Leichnam an den Klippenrand. Dort hielten sie einen Moment inne, der Regen peitschte ihnen ins Gesicht, und Savary murmelte: „Ein Priester hätte trotzdem dabeisein sollen. So ist das nicht richtig."

Lebel nahm seine Mütze ab und sagte: „Herr, in Deine Hände empfehlen wir die Seele von Nummer 67824, Jean Bouvier. Er hat nicht viel gehabt von diesem Leben. Vielleicht kannst Du im nächsten mehr für ihn tun." Er setzte seine Mütze wieder auf. „Werft ihn rein."

Brosnan und Savary schaukelten den beschwerten Segeltuchsack ein paarmal hin und her und ließen auf ein Kommando los. Der Leichnam schlug auf dem Wasser auf und versank. Stumm sahen die Männer ihm nach.

„Nur so werde ich eines Tages diesen Felsen verlassen", flüsterte Savary. „Ich werde hier sterben, Martin."

Völlige Hoffnungslosigkeit sprach aus diesen Worten, und Brosnan legte dem alten Mann die Hand auf die Schulter. „Vielleicht", sagte er. „Vielleicht auch nicht."

Savary starrte ihn an und runzelte die Stirn, während Lebel die Tür des Geräteschuppens wieder absperrte.

„Gehn wir", sagte der Wächter. Schweigend traten sie den Rückweg an.

UM SECHS Uhr morgens frühstückten Ferguson und Harry Fox in einer Fernfahrerkneipe kurz vor Cheltenham. Fox war überzeugt, daß er schon lange nicht mehr so gut schmeckende Eier mit Speck gegessen hatte.

„Erzählen Sie mir mehr von Devlin, Sir."

„Ein bemerkenswerter Mann. Wird wohl jetzt Mitte Sechzig sein. Nordire von Geburt. Er ist Gelehrter, Journalist und Dichter in einem. In den dreißiger Jahren war er einer der besten IRA-Schützen. 1936 hat er für die Republikaner im spanischen Bürgerkrieg gekämpft, ist von italienischen Truppen gefangengenommen worden und hat bis 1940 im Gefängnis gesessen. Dann hat die deutsche Abwehr ihn herausholen lassen. Man hat ihn nach Berlin gebracht, um zu sehen, ob er für Abwehraufgaben von Nutzen sein könnte."

„Und war er es, Sir?"

„Das Problem war, daß er in ihren Augen ein zu großes Risiko darstellte. Er war ein leidenschaftlicher Antifaschist, müssen Sie wissen. Die Irland-Sektion hat ihn ein einziges Mal eingesetzt. Sie haben ihn hingeschickt, damit er einen ihrer Agenten aus Irland herausschleust. Aber der Agent wurde geschnappt, und Devlin hat mehrere Monate gebraucht, um sich wieder nach Berlin durchzuschlagen. Anschließend hielt er bis zum Herbst 1943 Vorlesungen an der Berliner Humboldt-Universität." Ferguson langte nach der

Marmelade. „Was wissen Sie vom versuchten Anschlag der Deutschen auf Churchill im November desselben Jahres, Harry?"

Fox lachte lauthals los. „Ich bitte Sie, Sir, das ist doch ein Ammenmärchen." Er sah Ferguson an und hörte zu lachen auf. „Oder etwa nicht, Sir?"

„Nun, nehmen wir einmal an, daß es nur eine unterhaltsame Geschichte ist, Harry. Der Handlungsablauf wäre dann etwa folgender: Die deutsche Abwehr bietet Devlin, der sich an der Universität zu Tode langweilt, einen Job an. Devlin geht nach Norfolk und fungiert als Mittelsmann zwischen der erfolgreichsten Agentin, die die Abwehr während des ganzen Krieges hatte, und einer Eliteeinheit deutscher Fallschirmjäger unter dem Kommando eines gewissen Oberstleutnants Kurt Steiner. Zweck der Übung: Man will Churchill schnappen, der sich in seinem Landhaus aufhält."

„Bitte, fahren Sie fort, Sir."

„Die Operation wird natürlich ein völliger Fehlschlag. Es war nicht Churchill, sondern lediglich ein Double. Der große Mann war gerade auf dem Weg nach Teheran. Steiner und seine Leute sind trotzdem umgekommen. Devlin ist entwischt."

„Sie meinen, das alles sei tatsächlich passiert, Sir?" rief Fox verblüfft aus. „Und Devlin hätte für die Nazis gearbeitet? Da komme ich nicht mehr mit. Haben Sie nicht gesagt, er sei Antifaschist gewesen?"

„So einfach ist das Ganze wohl nicht. Allerdings wäre er wahrscheinlich mit weit größerer Begeisterung bei der Sache gewesen, wenn jemand auf unserer Seite vorgeschlagen hätte, Adolf Hitler zu kidnappen. Nun ja. Nach dem Krieg war Devlin Professor an einem College im amerikanischen Mittelwesten. Während der Unruhen 1969 ist er nach Ulster zurückgekehrt. Er hat die provisorische IRA mit aufbauen helfen. Aber er war immer gegen die Bombenanschläge. 1975 hat er sich enttäuscht und ernüchtert aus der Bewegung zurückgezogen. Eine lebende Legende, was immer dieser abgedroschene Begriff auch bedeuten mag. Seitdem ist er Professor für Anglistik am Trinity College in Dublin."

Ferguson schob seinen Stuhl zurück, und die beiden Männer standen auf. „Und er war mit Brosnan befreundet?" fragte Fox.

„Das kann man wirklich behaupten." Ferguson stand bereits in der Tür und winkte seinem Fahrer. „Wir müssen weiter nach Hereford, Harry."

Das 22. Regiment der Luftlandetruppe SAS ist eine britische Eliteeinheit, die für ihre einzigartigen und äußerst erfolgreichen Einsätze bei bürgerkriegsähnlichen Unruhen in der ganzen Welt bekannt ist. Die SAS nimmt nur Freiwillige auf, die bereits bei anderen Einheiten gedient haben. Das Ausleseverfahren stellt an die Kandidaten körperlich und geistig so hohe Anforderungen, daß schließlich nur fünf Prozent der Bewerber durchkommen.

Das Büro des Kommandeurs des 22. SAS-Regiments in der Bradbury-Lines-Kaserne in Hereford war einfach, aber zweckmäßig eingerichtet. Für einen Oberstleutnant war der Kommandeur noch ziemlich jung. Er hatte ein scharfgeschnittenes, intelligentes Gesicht. Auf der Ordensspange an seiner Uniformjacke hing unter anderem ein Verdienstkreuz. Er hörte Ferguson aufmerksam zu und sagte dann: „Sehr interessant."

„Aber ist es durchführbar?" fragte Ferguson.

Der Oberstleutnant lächelte. „Natürlich, Brigadegeneral. Solche Aufträge erledigen meine Jungs ständig. Ich glaube, Tony Villiers ist der richtige Mann für Sie." Er schaltete die Gegensprechanlage ein. „Lassen Sie bitte Hauptmann Villiers ausrufen. Er soll sich unverzüglich bei mir melden. Und bringen Sie uns inzwischen Tee."

Eine Viertelstunde später klopfte es an die Tür, und ein junger Mann von etwa 26 Jahren kam ins Büro. Irgendwann einmal hatte er sich das Nasenbein gebrochen – allem Anschein nach in einem Boxring. Er trug einen schwarzen Trainingsanzug. Etwas ungewöhnlich war, daß er schwarzes, fast schulterlanges Haar hatte.

„Tut mir leid, daß ich so spät komme, Sir. Ich war draußen auf der Aschenbahn."

„Schon gut, Tony. Ich möchte Ihnen Brigadegeneral Ferguson und Hauptmann Fox vorstellen."

Villiers nickte den Besuchern zu. „Guten Tag, meine Herren."

„Brigadegeneral Ferguson ist vom DI 5, Tony. Er hat einen sehr dringlichen Auftrag für uns. Ich habe mir gedacht, Sie wären der geeignetste Mann dafür."

„Irland, Sir?"

„Stimmt", meldete sich Ferguson zu Wort. „Ich möchte, daß Sie jemanden für mich entführen. Nach meinen Informationen wird er das Wochenende in seinem Haus in der Grafschaft Mayo in der Nähe der Killala Bay verbringen. Innerhalb von sechsunddreißig Stunden müssen Sie ihn mir in London übergeben. Meinen Sie, das ist zu schaffen?"

„Warum nicht, Sir?" Villiers ging zur Karte von Irland hinüber, die an der Wand hing. „Es ist nur hundert Kilometer von der nordirischen Grenze entfernt."

„Ausgezeichnet", sagte Ferguson.

„Ein IRA-Mitglied, Sir? Irgendein hohes Tier?"

„Ein Universitätsprofessor namens Devlin."

„*Liam* Devlin, Sir? Ich dachte, er sei nicht mehr dabei."

„Das denkt er selbst auch", erwiderte Ferguson. Er zögerte ein wenig und fuhr dann fort. „Sind Sie sicher, daß Sie diese Sache einfach so aus dem Stand durchziehen können?"

Villiers grinste und fuhr sich mit der Hand übers Haar. „Es gibt einen guten Grund, weshalb ich mir nie die Haare schneiden lasse, Sir. Sondererlaubnis. Tarnung ist nämlich alles."

„Das Soldatenhandwerk hat sich seit meiner Zeit fraglos geändert", sagte Ferguson.

Der Kommandeur erhob sich. „So, meine Herren. Ich glaube, wir sollten jetzt mit den Vorbereitungen für unseren Einsatz beginnen. Sie haben das Kommando, Tony."

VON dem alten Farmhaus, das zwischen Buchen an einem Steilhang über der Killala Bay lag, hatte man einen der schönsten Ausblicke an der ganzen irischen Westküste. Devlin wurde seiner nie müde. Wieder einmal blickte er, auf der Terrasse stehend, über die Klippen hinaus auf das offene Meer, in dem die Abendsonne blutrot versank. Rechts lagen die Sligo Bay und die Berge von Donegal. Er wandte sich nur widerwillig ab und ging ins Haus zurück.

Liam Devlin war ein Mensch, der zu dem Schluß gekommen war, daß das Leben ein schlechter Scherz sei und daß man am besten daran täte, darüber zu lachen. Er hatte leuchtendblaue Augen und dunkles, welliges Haar, in dem noch keine grauen Strähnen zu entdecken waren. An seiner rechten Stirnseite konnte man die verblaßte Narbe einer alten Schußverletzung erkennen.

Er ging in die Küche, rollte die Hemdsärmel hoch und machte sich an die Zubereitung eines Eintopfs. Während er etwas pedantisch Kartoffeln schälte und Gemüse putzte, pfiff er leise vor sich hin. Sein unstetes Leben hatte es mit sich gebracht, daß er unverheiratet geblieben war. Aber es paßte zu ihm. Er war gern allein und genoß seine Freiheit. Und wenn er gewollt hätte, hätte er immer noch eine Frau finden können.

Er setzte den Eintopf auf und ging ins Wohnzimmer, um ein paar Holzscheite aufs Kaminfeuer zu legen. Draußen war es jetzt dunkel. Er zog die Vorhänge vor, goß sich ein Glas von seinem Lieblingswhiskey ein, machte es sich am Feuer bequem und begann in einem Buch zu lesen.

Ein kalter Windhauch traf seine Wange, im Kamin züngelten die Flammen hoch. Als er alarmiert aufblickte, ging die Tür zum Flur auf, und Tony Villiers stand plötzlich im Zimmer. Er trug eine dunkle Matrosenjacke und Jeans und war unrasiert. Er sah nicht nur verwegen, sondern wirklich gefährlich aus – ein Eindruck, den der Browning in seiner Rechten noch unterstrich.

„Ei, wen haben wir denn da?“ sagte Devlin leise, stand auf und lehnte sich gegen den Kaminsims. „Na, Junge, welcher Verein hat dich hierhergeschickt? Die Roten Rächer von Ulster oder ...“

„Nur ruhig Blut, Professor“, unterbrach ihn Tony Villiers in einwandfreiem Queens-Englisch.

„Mein Gott“, sagte Devlin mit gespieltem Entsetzen, „nicht schon wieder diese verdammten Engländer!“

Im gleichen Atemzug ergriff er mit der rechten Hand die Walther-Pistole, die für Notfälle wie diesen im Kamin an einem Haken hing. Als seine Hand zurückschwang, schoß er auch schon und traf Villiers in die linke Schulter. Der SAS-Mann taumelte und stürzte zu Boden. Der Browning war ihm entglitten.

Villiers rappelte sich auf und stützte sich auf ein Knie. Seine Wunde blutete stark. „Gut gemacht“, sagte er. „Wirklich sehr gut.“

„Mit Schmeicheleien erreichst du gar nichts, mein Junge“, sagte Devlin, als hinter ihm die Küchentür krachend aufflog. Villiers' Begleiter stürzten mit vorgehaltenen Pistolen ins Zimmer.

„Wir brauchen ihn lebend!“ brüllte Tony Villiers den beiden Männern zu. „Dem Professor wird kein Haar gekrümmt. Das ist ein Befehl!“ Er lächelte grimmig. „Ich verlange wirklich viel von den beiden, Professor. Die sind aufs Töten spezialisiert. Ich gebe Ihnen den guten Rat, die Waffe fallen zu lassen.“

„SAS! Stimmt's?“ fragte Devlin.

„Sie sagen es.“

„Heilige Jungfrau, warum hast du mir nicht den Teufel geschickt? Mit dem stehe ich wenigstens auf gutem Fuß." Er wandte sich den anderen beiden zu. „Kann sich vielleicht einer von euch um seine Schulter kümmern? Ich mache mir Sorgen um meinen Teppich. Echter Perser. Ein Geschenk von einem Freund."

Tony Villiers schüttelte den Kopf. „Später, Professor. Jetzt packen Sie bitte erst mal einen Koffer. Nehmen Sie alles mit, was Sie für eine längere Reise benötigen."

„Ob Sie wohl so liebenswürdig sind, mir das Reiseziel zu nennen?"

„Wenn alles nach Plan geht, müßten wir in etwa zwei Stunden die Grenze nach Ulster überschreiten. Morgen früh geht es dann weiter. Gegen Mittag werden Sie in London erwartet. Wir haben nicht viel Zeit, Professor. Bitte, beeilen Sie sich."

„Ja, natürlich." Devlin ging auf eine Tür zu, dicht hinter ihm einer der SAS-Männer. „Ich bin nämlich sehr neugierig und möchte so rasch wie möglich erfahren, was das alles soll. Dort drüben steht Whiskey. Bitte bedienen Sie sich." Lächelnd verschwand er im Flur.

Morecambe ist ein Seebad an der Küste von Lancashire südlich des Lake District. Es wird selbst in der Hochsaison hauptsächlich von älteren Leuten frequentiert. Frank Barry war mit dem Tragflächenboot nach Jersey gefahren und hatte von dort ein Flugzeug nach Manchester genommen. Damit umging er die strengeren Zoll- und Einreisekontrollen in London. Romanov hatte für ihn ein Treffen mit einem KGB-Kontaktmann um zwölf Uhr mittags auf dem Pier von Morecambe arrangiert.

Das Städtchen gefiel ihm. Auf der Strandpromenade waren nicht viele Leute, was freilich im November kaum verwundern konnte. Barry hatte Seebäder außerhalb der Saison mit ihren geschlossenen Cafés und Läden und den verwaisten hölzernen Strandpromenaden immer irgendwie als stimulierend empfunden. Er war merkwürdig gut gelaunt, als er auf den Pier hinausging, sich an das Geländer lehnte und tief die gute, salzige Seeluft einatmete.

Der Wind setzte dem dunklen Wasser der Morecambe Bay weiße Schaumkronen auf, und im Norden konnte Barry die Berge des Lake District sehen, die sich schwach durch den Dunst abzeichneten.

Er zündete sich eine Zigarette an und wartete. Nach einiger Zeit hörte er Schritte. Der Mann, der kurz darauf neben ihm am Geländer lehnte, trug einen dunklen Regenmantel und einen dunklen Hut.

„Sie haben etwas für mich?" fragte Barry.

Der KGB-Kontaktmann stieß mit dem Fuß gegen die Aktentasche, die er neben sich abgestellt hatte. „Da ist alles drin, was Sie brauchen, Mr. Barry. Meine Telefonnummer in London ist auch dabei. Für den Notfall. Bitte lernen Sie alles auswendig, und vernichten Sie die Unterlagen anschließend."

Barry hob die Aktentasche auf und grinste. „Hör mal, Kleiner", sagte er, „ich habe dieses Spielchen schon gespielt, als du noch an der Mutterbrust gelegen hast." Er ging über den Pier davon.

Zwanzig Minuten später war Barry in einem gemieteten Ford Cortina schon auf dem Weg nach Norden zum Lake District. Auf einem Rastplatz hielt er an und öffnete die Aktentasche.

Sie enthielt tatsächlich alles, was er brauchte: eine Kontaktadresse in Marsh End, einem kleinen Ort südlich von Ravenglass an der kumbrischen Küste, der in günstiger Entfernung zum Versuchsgelände beim Wast-Water-See lag; Einzelheiten über die für Mittwoch nacht geplante Übergabe der Waffe – ein Hochseetrawler von der russischen Fischereiflotte würde dazu abgestellt werden. Noch interessanter war die Pistole mit dem aufgeschraubten Schalldämpfer, eine tschechische Tscheska vom Kaliber 7,5 Millimeter. Schließlich fand er noch Munition und – nicht zu übersehen – 50000 Pfund Sterling, säuberlich gebündelt, in Zwanzigpfundnoten.

Barry schob die Tscheska in die Tasche seines Regenmantels, schloß die Aktentasche, legte sie auf den Beifahrersitz, die maschinengeschriebene Liste obendrauf, und fuhr los. Während der Fahrt warf er hin und wieder einen Blick auf das Papier und prägte sich die einzelnen Angaben der Liste ein. Eine Stunde später hielt er vor einer kleinen Kneipe an der Landstraße. Er ging auf die Herrentoilette, riegelte sich in einer der Kabinen ein, zündete sich eine Zigarette an und hielt die Flamme des Feuerzeugs an das Papier. Erst als es fast völlig verbrannt war, warf er es in die Toilette und betätigte die Wasserspülung. Dann ging er hinaus, stieg in seinen Wagen und fuhr in Richtung auf die kumbrische Küste weiter.

Viertes Kapitel

Ferguson saß am Schreibtisch in seinem Wohnzimmer, und Harry Fox stand neben ihm, als Tony Villiers und Liam Devlin von Kim hereingeführt wurden.

Villiers' Jacke hing ihm lose über die Schultern. Darunter konnte man Bandagen erkennen; sein linker Arm steckte in einer Schlinge. Der Schmerz hatte tiefe Furchen in sein blasses, verzerrtes Gesicht gegraben.

„Ich bringe Ihnen Professor Devlin, Sir", sagte er.

„Hören Sie gut zu, Sie alter Halunke", sagte Devlin freundlich. „Sie haben da einen prima Jungen, den Sie gar nicht verdienen."

Ferguson erhob sich. „Sie gehören sofort ins Krankenhaus, Hauptmann Villiers. Betrachten Sie das als einen Befehl. Kümmern Sie sich um ihn, Harry."

Harry Fox faßte Villiers am Ellenbogen. „Also, Tony, gehen wir."

Als er die Tür öffnete, drehte sich Villiers noch einmal um. „Eine Frage, Professor: Warum haben Sie mich nicht erschossen? Sie hatten die Gelegenheit dazu."

„Diese schreckliche Vergeudung, wissen Sie", antwortete Devlin, und seine blauen Augen blickten plötzlich nicht mehr fröhlich. „Meinen Sie nicht, daß schon genügend Leben vergeudet wurde?"

Die Tür fiel hinter den beiden Männern ins Schloß, und Devlin wandte sich Ferguson zu. „Da wären wir also. Was meinen Sie, ob man hier wohl eine Tasse Tee bekommen kann? Es war eine verdammt anstrengende Reise."

Ferguson lächelte und schaltete die Gegensprechanlage ein. „Tee, Kim. Extra stark, auf irische Art."

Devlin nahm sich eine Zigarette aus einem Kistchen auf Fergusons Schreibtisch, zündete sie an und machte es sich in einem Sessel am Kamin bequem.

Gleich darauf erschien Kim und brachte den Tee auf einem silbernen Tablett. Hinter ihm trat Harry Fox ein. „Ich habe Tony in den Bentley verfrachtet und ihn ins Militärhospital bringen lassen. Dort habe ich Oberst Jackson Bescheid gegeben, daß er unterwegs ist."

„Gut", sagte Ferguson, „sorgen Sie dafür, daß es ihm an nichts fehlt."

Kim zog sich zurück, und Devlin goß sich selbst Tee ein. „Und wer ist dieser junge Mann hier?" fragte er.

„Hauptmann Fox ist mein Adjutant", sagte Ferguson.

Devlin sah auf die behandschuhte Hand. „Ich nehme an, er hat nicht viel übrig für Leute wie mich."

„Stimmt", murmelte Fox.

„Okay, mein Junge. Es ist immer gut, wenn man weiß, woran man ist." Dann wandte er sich Ferguson zu. „Jetzt heraus mit der Sprache. Was soll das Ganze?"

Ruhig fragte Ferguson: „Wann haben Sie Brosnan das letzte Mal gesehen?"

Devlin sah ihn argwöhnisch an. „Martin? Vor vier Jahren."

„Und zwar genau gesagt im Februar 1975, als Sie ihn nach Frankreich geschickt haben, nicht wahr? Und seither ist er dort an einem sehr unfreundlichen Plätzchen namens Ile du Paradis vor der Mittelmeerküste ansässig."

„Das soll irgendwo in der Hölle liegen, habe ich mir sagen lassen", entgegnete Devlin.

„Sehr treffend formuliert. Und er sitzt dort lebenslänglich. In einem Etablissement, das sich rühmt, daß noch nie jemand von dort entkommen ist."

„Und weiter?"

„Was wäre, wenn ich ihn freibekäme?"

Devlin runzelte die Stirn. „Und wie wollen Sie das fertigbringen?"

„Ein kleiner Handel mit den französischen Behörden."

„Aber warum sollten Sie sich solche Mühe machen?"

„Wegen Frank Barry."

Jetzt starrte ihn Devlin verblüfft an. „Frank Barry? Was hat der denn damit zu tun?"

„Wenn Sie Ihre irische Zunge mal fünfzehn Minuten lang im Zaum halten können, werde ich's Ihnen erklären."

Als Ferguson seinen Bericht beendet hatte, ging Devlin nachdenklich im Zimmer auf und ab. „Na schön", sagte er, „Frank Barry ist ein verrückter Hund. Und ich will auch nicht leugnen, daß ich ihn nicht ausstehen kann. Aber Barry ist ein Dorn in *Ihrem* Fleisch, und den müssen Sie schon selbst beseitigen."

„Seien Sie doch vernünftig", sagte Ferguson. „Sie geben doch wohl zu, daß Barrys Aktivitäten Ihrer Sache nicht gerade förderlich waren. Im Gegenteil, er hat ihr geschadet wie kaum ein anderer. Und zwar noch ehe er in den Mord an Lord Mountbatten verwickelt war; nichts hat der IRA in den Augen der Welt so geschadet wie dieses Attentat."

„Da bin ich ganz Ihrer Meinung", entgegnete Devlin. „Aber Sie irren sich in einem entscheidenden Punkt: Es ist nicht mehr meine Sache."

Fox war wie vom Blitz getroffen. „Ist das Ihr Ernst?"

Devlin nickte. „O gewiß, ich bin immer noch hundertprozentig für ein vereintes Irland, aber es kostet zu viele Menschenleben. Wir befinden uns mittlerweile in einem Leichenhaus. Mehr haben wir nicht erreicht. Offen gestanden, ich glaube, daß Martin Brosnan derselben Ansicht ist."

„Fragen Sie ihn", ließ Ferguson nicht locker. „Sprechen Sie mit ihm. Mehr verlange ich gar nicht."

„Und wie wollen Sie das arrangieren?"

Ferguson nickte Harry Fox zu, der einen britischen Paß aus einem

Umschlag zog und über den Tisch reichte. Er war auf den Namen Charles Gorman ausgestellt, und als Devlin ihn aufschlug, starrte ihn sein eigenes Gesicht an.

„Und wer ist, bitte, dieser Charles Gorman?"

„Ein höchst angesehener Anwalt, der Brosnan besucht, um mit ihm über juristische Familienangelegenheiten und über die Möglichkeit eines Gnadengesuchs zu sprechen."

Devlin schüttelte verwundert den Kopf. „Wollen Sie damit sagen, ich werde bereits erwartet?"

„Gewiß. Am Dienstag vormittag. Übermorgen nehmen Sie in Saint-Denis in der Nähe von Marseille das Versorgungsschiff zur Ile du Paradis."

Devlin schnippte gedankenverloren mit dem Finger gegen den Paß. „Um das in die Wege zu leiten, haben Sie aber in Frankreich erstklassige Beziehungen spielen lassen müssen", überlegte er laut.

„So umständlich war das nicht", erwiderte Ferguson. „Der richtige Kontakt genügt. Oberst Guyon von der Sektion fünf hat selbst ein begründetes Interesse an Frank Barrys Ergreifung; besonders, seit der versucht hat, Lord Carrington auf französischem Boden zu ermorden. Guyon hat uns die Besuchserlaubnis rasch und unbürokratisch verschafft."

„Sektion fünf?" Devlin war überrascht. „Wollen Sie damit sagen, daß Guyon auch Martins Entlassung in die Wege leiten kann?"

„Keineswegs." Ferguson schüttelte verneinend den Kopf. „Das könnte nur in sehr schwierigen Gesprächen auf einer viel höheren Ebene ausgehandelt werden. Nein, im Moment will ich weiter nichts, als daß Sie Brosnan aufsuchen und herausfinden, ob er im Prinzip bereit ist."

„Bereit wozu? Seine Freiheit zu erhalten unter der Bedingung, daß er Frank Barry aufstöbert und für Sie den Henker spielt?"

„Warum nicht? Ein simples Geschäft auf Gegenseitigkeit. Oder glauben Sie im Ernst, er würde lieber den Rest seines Lebens in einer Zelle auf der Paradiesinsel verbringen?"

Devlin schüttelte den Kopf. „Es stimmt, daß Martin diesen Barry von Anfang an für einen Schlächter gehalten und ihm das auch unmißverständlich gesagt hat. Andererseits ist unser Martin ein komplizierter Mensch. Sein Killerinstinkt ist in Vietnam an die Oberfläche gekommen und hat sich nicht wieder unterdrücken lassen.

Aber hier oben", er tippte sich mit dem Zeigefinger an die Stirn, „wohnt ein Gelehrter, Philosoph und Dichter von einigem Rang. Er ist unberechenbar, und niemand kann voraussagen, wie er sich entscheiden wird."

„Glauben Sie, daß er erst richtig wütend auf Barry sein müßte?" fragte Ferguson. „Das ließe sich ganz einfach arrangieren." Er nickte Fox zu, der ein Foto aus einer Akte zog und es Devlin reichte.

Das Mädchen auf dem Foto saß im hohen Strandhafer auf einer Sanddüne, hatte die Arme um die Knie geschlungen und lachte. Sie war höchstens siebzehn; ihr schulterlanges, schwarzes Haar umrahmte ein außergewöhnlich schönes Gesicht. Devlin wurde blaß, als er das Foto betrachtete.

„Norah Cassidy, Martins Cousine aus Belfast."

„Wissen Sie, was mit ihr geschehen ist?" fragte Ferguson.

„Sie ist vor einem Jahr gestorben. In Frankreich." Devlin fuhr sich müde mit der Hand übers Gesicht und erstarrte plötzlich. „Habe ich Frankreich gesagt?" flüsterte er. „Worauf wollen Sie eigentlich hinaus, Ferguson?"

„Sie ist 1976 an die Pariser Sorbonne gegangen, um Romanistik zu studieren", erwiderte Ferguson. „An der Universität hat sie sehr bald Anschluß an Extremistenkreise gefunden. Dann ist Frank Barry aufgetaucht."

„Barry?" rief Devlin ungläubig. „Barry und Norah? Das nehme ich Ihnen nicht ab."

„Sie war über ein Jahr lang seine Geliebte. Doch Belfast hatte in ihr bereits seine Spuren hinterlassen. Sie hatte den Alptraum, in dieser Stadt leben zu müssen, nur mit Beruhigungsmitteln ertragen. In Barrys Gesellschaft ist sie auf härtere Drogen umgestiegen. Schließlich hat sie sich Heroin gespritzt. Sie wurde immer abhängiger von der Droge und damit auch von Barry, der sie ihr besorgte. Etwa vor einem Jahr hätte die Polizei ihn auf einem Bauernhof in der Normandie fast geschnappt. Er ist mit knapper Not entwischt, hat aber Norah im Stich gelassen."

„Dieser Dreckskerl", stöhnte Devlin.

„Was Sie jetzt sehen werden, ist nicht schön, aber wir kommen wohl nicht darum herum." Ferguson nickte Fox zu. „Sie können anfangen, Harry."

In einer Ecke des Zimmers stand ein Fernsehgerät über einem

Videorecorder. Während Fox die Geräte einschaltete, erklärte Ferguson: „Ich habe dieses Videoband von Guyon bekommen. Wie gesagt, erfreulich ist es nicht."

Norah Cassidys verwüstetes Gesicht war groß im Bild. Sie erinnerte nur noch sehr entfernt an das lachende Mädchen auf dem Foto. Sie weinte hemmungslos, und die Kamera fuhr zurück, um zu zeigen, wie das Mädchen von zwei Krankenschwestern gestützt wurde. Eine von ihnen schob den weiten Ärmel von Norahs Krankenhausnachthemd hoch, und in Großaufnahme sah man auf ihrem Arm Dutzende von Einstichspuren, die von Heroininjektionen herrührten.

Die Szene wechselte. Das Mädchen lag jetzt festgeschnallt in einem schmalen Krankenhausbett und bäumte sich auf, den Mund zu einem stummen Schrei geöffnet. Dann eine erneute Großaufnahme des Gesichts. Es war völlig unbeweglich und sah ganz friedlich aus. Doch Norah schlief nicht; denn als die Kamera zurückfuhr, wurde deutlich, daß das Mädchen tot auf einem Tisch im Leichenschauhaus lag.

Fox schaltete die Geräte aus. Devlin hatte Tränen in den Augen, als er mühevoll hervorstieß: „Mir ist schlecht. Wo ist die Toilette?"

„Dort drüben durch die Tür", sagte Ferguson.

Als Devlin gegangen war, nahm Fox die Kassette aus dem Videorecorder.

„Wissen Sie was, Sir?" fragte er mit bebender Stimme. „Genau genommen wäre ich lieber wieder in Belfast."

„Ich verstehe, Harry. Wir betreiben ein verdammt schmutziges Geschäft; je länger man dabei ist, desto klarer wird einem das. Aber irgend jemand muß es schließlich tun."

Die Tür ging auf, und Devlin kam wieder herein. Er ging zur Anrichte, goß sich einen doppelten Whisky ein und trank ihn in kleinen Schlucken. Schließlich fand er seine Stimme wieder. „Ist Ihnen klar, daß Martin das Mädchen geliebt hat wie seine eigene Schwester? Im August 1969 hat sie uns im Kugelhagel mit Munition versorgt. Damals war sie gerade zwölf Jahre alt."

„Wollen Sie jetzt Brosnan sehen?" erkundigte sich Ferguson.

„O ja", erwiderte Devlin mit leiser Stimme.

„Gut. Sie können von diesem Apparat das Trinity College anrufen. Erzählen Sie einfach, daß Sie einen längeren Urlaub nehmen müßten. Sie übernachten heute in Harrys Wohnung. Morgen früh fliegen Sie nach Marseille. Papiere, Geld und alles andere besorgen wir. Sie haben zwei Tage, dann will ich Sie wieder hier sehen."

„Geht in Ordnung", gab Devlin zurück.

„Wir glauben, daß Barrys Verbindungsmann in Paris ein gewisser Nikolai Romanov ist; Kulturattaché an der sowjetischen Botschaft, in Wirklichkeit aber Oberst im KGB. Hier ist ein Foto von ihm und die Adresse seiner Wohnung am Boulevard Saint-Germain."

Devlin sah sich nachdenklich das Foto an. „Warum unternehmen Ihre französischen Kollegen nichts gegen ihn?"

„Offiziell besitzt er Diplomatenstatus. Er müßte also auf frischer Tat ertappt werden. Außerdem hat der KGB immer noch seine Leute im französischen Geheimdienst sitzen. Hier habe ich noch etwas, das vielleicht von Nutzen ist." Ferguson hielt das alte Foto von Devlin, Brosnan und Barry aus *Paris-Match* hoch. „Erinnern Sie sich noch an das Mädchen, das dieses Foto gemacht hat?"

„Anne-Marie Audin." Devlin nahm ihm den Artikel aus der Hand. „Das war 1971. Damals hat es in Belfast von Journalisten nur so gewimmelt. Aber dieses Mädchen hat allen den Rang abgelaufen."

„Das war wohl nicht so schwierig, oder?" fragte Ferguson. „Schließlich kannte sie Brosnan aus Vietnam. Sie brauchte ihn nur wissen zu lassen, daß sie sich in Belfast aufhielt. Anscheinend war sie ganz sicher, daß er mit ihr Verbindung aufnehmen würde."

„Richtig", bestätigte Devlin. „Sie ist eine Woche bei uns geblieben und hat viel durchgemacht. Und ihre Story war großartig."

„Sie hat ihn später zweimal in Dublin besucht", sagte Ferguson. „In Paris haben sie sich auch wenigstens einmal getroffen. Ich möchte behaupten, daß da mehr im Spiel war als journalistische Neugier."

„Das geht nur die beiden etwas an", sagte Devlin energisch.

„Sie arbeitet an diesem Wochenende in London für die französische Zeitschrift *Vogue*. Meinen Sie, es könnte sich lohnen, sie aufzusuchen? Auf jeden Fall wird sie wohl kaum die Bullen auf Sie hetzen."

„Nein, das würde sie nicht tun." Devlin nickte und mußte an die aufregende Zeit von 1971 denken. Als sie sich einmal nachts durch die Grafschaft Armagh schlugen, durchbrachen sie eine Straßensperre britischer Truppen. Die Fenster ihres Wagens zersplitterten im Kugelhagel, und Devlin hatte Anne-Marie zu Boden gerissen und sich schützend über sie geworfen.

„Gut", sagte Ferguson. „Leiten Sie alles in die Wege, Harry." Er schob Devlin das Telefon hin. „Rufen Sie Ihre Universität an, und erfinden Sie eine überzeugende Ausrede."

Devlin hob den Hörer ab und zögerte einen Augenblick. „Mir fällt da ein altes Sprichwort ein", sagte er. „Wer den Teufel berührt, kommt nicht wieder los."

„Interessant", bemerkte Ferguson. „Und was soll das bedeuten?"

„Oh, ich glaube, das wissen Sie sehr genau. Sie und ich, Villiers, Martin in seiner Zelle, Frank Barry – keiner von uns kann zurück." Er begann die Nummer zu wählen. „Das Schlimme dabei ist, daß wir nicht mehr das Spiel spielen. Das Spiel spielt uns."

Der Wachposten in der schwarzen Bärenfellmütze und der scharlachroten Uniform der Grenadiere behielt seine Habachtstellung bei. Den Blick starr in die Ferne gerichtet, stand er regungslos vor dem Saint-James's-Palast und versuchte, das junge Fotomodell im Hosenanzug aus weißer Seide und in hochhackigen goldenen Sandaletten zu ignorieren, das verführerisch dicht bei ihm posierte.

In der Nähe standen ein Beleuchter, ein zweiter Kameramann, eine Kostümbildnerin mit zwei Assistentinnen, drei weitere Fotomodelle und eine Menge neugieriger Passanten, die stehengeblieben waren, um Anne-Marie Audin bei der Arbeit zuzusehen.

Sie trug eine einteilige Khaki-Kombination und kniehohe Stiefel. Ihr schulterlanges Haar hatte sie zu einem Pferdeschwanz gebunden. Ihr Gesicht war tief gebräunt, und sie hatte nur ein wenig helles Lippenrot aufgelegt.

Fox hatte seinen Wagen am Bürgersteig abgestellt und ging mit dem Iren auf die Gruppe zu. „Hat sie sich sehr verändert?" fragte er.

Devlin schüttelte den Kopf. „Sie engagiert sich jetzt sehr für die Feministinnen. Aber sie ist immer noch ein reizendes Mädchen, auch wenn sie das nicht gern hört."

„War sie nun Brosnans Geliebte oder nicht?" fragte Fox leise.

„Ja, natürlich." Devlin sah sie an, während sie ein Foto nach dem anderen schoß. „Ich habe es Ferguson nur nicht sagen wollen."

Anne-Marie sprach mit ihrem Assistenten. „Das wär's", sagte sie auf französisch. „Wir machen jetzt im Park weiter. Die letzte Serie dann vor dem Buckingham-Palast."

Ihr Blick fiel auf Devlin. Sie wandte sich zum Gehen, hielt plötzlich inne und drehte sich um.

„Guten Tag, Mädchen“, grüßte Devlin fröhlich. „Gott schütze die gute Sache!“

Anne-Marie Audin wurde blaß unter ihrer Sonnenbräune. Er trat auf sie zu und küßte ihr zärtlich die Hände.

DEVLIN und Anne-Marie saßen auf einer Bank im Saint-James's-Park. Weiter hinten am See bereitete sich das Fototeam für die nächste Aufnahmerunde vor.

Devlin sprach fließend Französisch, wenn auch mit einem schrecklichen Akzent. „Du hast dich gut gehalten, Mädel“, sagte er.

„Du dich auch, Liam. Immer noch mit Leib und Seele bei der guten Sache? Da müßte London doch ein heißes Pflaster für dich sein.“

„Nein, das ist nichts mehr für mich“, antwortete Devlin. „Ich werde langsam alt, mein Kind.“

„Wer's glaubt“, sagte sie und zerzauste ihm das Haar.

Aus seinem verbeulten, silbernen Etui bot er ihr eine Zigarette an. Sie schüttelte den Kopf, und er nahm sich eine. „Modeaufnahmen?“ Er deutete auf das Fototeam. „Ist das nicht ein Abstieg für Frankreichs beste Kriegsberichterstatterin?“

„Nun hört euch den Professor an“, lachte sie. „Sei kein Snob, Liam. *Vogue* ist die beste Modezeitschrift der Welt, und ich selbst gebe bei jedem Auftrag mein Bestes. Aber ich bin noch aus einem anderen Grund hier. Heute abend mache ich Filmaufnahmen für eine Fernsehdokumentation über Londoner Elendsviertel und ihre Bewohner.“

„Das hätte ich mir ja denken können.“ Er grinste verschmitzt. „Und immer noch aktiv in der Frauenbewegung und immer noch nicht verheiratet und schon fünfunddreißig.“

„Dreiunddreißig“, protestierte sie in gespieltem Zorn und boxte ihn auf den Oberarm.

„Aber trotzdem noch nicht verheiratet, und wir wissen beide, warum.“ Sie sah ihn ausdruckslos an und starrte dann über den See. „Hast du ihn in letzter Zeit mal gesehen?“ fragte Devlin leise.

„Vor drei Jahren habe ich es das letzte Mal versucht. Ich hatte mir über das Justizministerium eine Besuchserlaubnis verschafft und bin auf die Ile du Paradis gefahren. Er hat sich geweigert, mich zu sehen. Später kam ein Brief; es war sein letzter. Darin stand, ich solle ihn als tot betrachten.“

„Ich werde ihn am Dienstag besuchen. Es dürfte eine belebende Begegnung werden."

Sie wandte sich ihm abrupt wieder zu. Ihre Augen waren dunkel. „Du wirst Martin besuchen? Aber wie ist das möglich?"

Er weihte sie rasch und knapp, aber ohne etwas auszulassen, in den ganzen Plan ein. Als er fertig war, saß sie lange stumm da und sah ihn aus großen Augen an.

„Aber das ist doch verrückt!"

„Vielleicht kommt er auf diese Weise frei. Oder wäre es dir lieber, er verbrächte den Rest seines Lebens auf dem Felsen dort unten?"

„Nein, natürlich nicht." Sie krallte ihre Finger in seinen Oberarm. „Ich würde alles tun, damit er freikommt. Nicht meinetwegen, Liam. Seinetwegen!"

„Ich weiß, Kleines, ich weiß", beruhigte er sie.

Vom See her drang ein Ruf herüber. Ihr Assistent ruderte mit den Armen. „Ich muß gehen", sagte sie. „Hör zu, wir müssen uns noch einmal treffen."

„Ich fliege morgen früh nach Marseille."

„Dann heute abend um neun. Ich filme im Süden von Lincoln's Inn Fields. Bitte, komm dorthin, Liam!"

Ihre Stimme war leise, aber drängend. Als sie aufstanden, nahm er ihre Hand. „Habe ich dir je etwas abschlagen können?" fragte er.

Als Devlin und Harry Fox kurz vor neun in Lincoln's Inn Fields ankamen, fanden sie dort eine Feldküche der Heilsarmee vor, neben der ein französisches Filmteam seine Geräte aufbaute. Fox parkte den Wagen und ging dann mit Devlin zu Anne-Marie hinüber, die in eine dicke Schaffelljacke gehüllt war und mit einem fröhlich aussehenden Major der Heilsarmee sprach. Sie drehte sich um, erblickte Devlin und Fox und kam auf sie zu.

„Es wird Zeit, daß ihr euch kennenlernt", sagte Devlin. „Dies ist Harry Fox."

„Sehr erfreut, Miß Audin", grüßte Fox galant.

Abgerissene Gestalten schlurften heran, und Anne-Marie zeigte auf sie. „Diese Leute sind ohne Hoffnung", sagte sie. „Überwiegend Männer. Manchmal sind auch Frauen darunter. Wenn die Asyle voll sind, schlafen sie unter freiem Himmel. Die Suppe und das Brot hier sind wahrscheinlich ihre erste Mahlzeit heute."

„Na schön", sagte Devlin. „Und was willst du damit beweisen? Daß diese Leute dir nicht gleichgültig sind? Das weiß ich. Warum wolltest du mich sehen?"

„Ich will nach Marseille mitkommen", sagte sie. „Du könntest Martin bitten, mich zu empfangen. Auf dich hört er vielleicht."

„Und deine Arbeit?" Devlin deutete auf die Szenerie vor ihnen.

„Oh, das Material, das ich brauche, habe ich in ein paar Stunden im Kasten."

Devlin wandte sich Fox zu und nickte. „Sie könnte unter Umständen sehr nützlich sein."

„Also gut, Miß Audin", stimmte Fox nach kurzem Zögern zu. „Dann sehen wir Sie morgen früh am Flughafen Heathrow. Seien Sie bitte spätestens um zehn Uhr dort. Ich besorge Ihnen ein Ticket. Wir treffen uns am Eingang zur Auslandsabflughalle."

„In Ordnung", sagte sie und küßte Devlin feierlich auf beide Wangen. „Danke, Liam. Und jetzt muß ich an die Arbeit."

Am frühen Abend erreichte Barry Marsh End, eine Ansammlung von heruntergekommenen kleinen Häusern zu beiden Seiten der Straße. Das Haus, nach dem er suchte, lag eineinhalb Kilometer außerhalb des Ortes. Das eiserne Tor stand offen, und ein von Buchen und Rhododendronbüschen gesäumter Kiesweg führte auf ein graues Steinhaus zu. Auf einem Schild neben dem Tor stand in goldenen Lettern: Beerdigungsinstitut Henry Salter, Erd- und Feuerbestattungen.

Barry fuhr den Kiesweg entlang und parkte den Cortina am Fuß der Treppe, die zur Eingangstür hinaufführte. Als er ausstieg, trat ein junges Mädchen aus dem Stallgebäude zur Rechten, blieb stehen und sah ihn wortlos an. Sie trug Gummistiefel, einen alten Anorak und ein Kopftuch und hielt in jeder Hand einen Eimer. Sie hatte ein ruhiges, ebenmäßiges Gesicht, das im Abendlicht fast übernatürlich schön leuchtete.

„Ist Mr. Salter zu Hause?" erkundigte sich Barry.

„Ich werde nachsehen, Sir. Wer sind Sie, Sir?" Sie sprach den unverkennbaren Dialekt der Leute aus Cumberland, aber ihre Stimme klang tonlos.

„Maurice Sinclair." Barry lächelte. „Sie werden sehen, er erwartet mich bereits."

Henry Salter arbeitete allein im Einbalsamierungsraum, als hinter ihm die Tür aufging und das Mädchen eintrat. Sie hatte das Kopftuch abgenommen. Ihr dunkles Haar war zerzaust, das zu klein gewordene Baumwollkleid wirkte schäbig, die Nähte waren an mehreren Stellen aufgeplatzt.

„Ich habe dir tausendmal gesagt, du sollst mich nicht bei der Arbeit stören, Jenny!" fuhr Salter sie an.

„Ein Mann will Sie sprechen, Sir. Ein Mr. Sinclair. Er wartet unten."

„Ach ja, Mr. Sinclair. Er wird bei uns übernachten, Jenny. Bezieh das Bett im Gästezimmer. Dann kannst du Mr. Sinclair etwas zu essen machen. Nun sei ein braves Mädchen und geh!"

„Ja, Sir", antwortete Jenny und verschwand. Salter hob die Leiche vom Tisch und ließ sie vorsichtig in eine steinerne Wanne gleiten, die mit Formalin gefüllt war. Er band die Gummischürze ab, zog die Gummihandschuhe aus und ging in den kleinen Waschraum am anderen Ende des Einbalsamierungsraumes, um sich die Hände zu waschen.

Anschließend schlüpfte er in ein dunkles Jackett aus Alpakawolle und zog den Knoten seiner schwarzen Krawatte fester. Das graue Haar, das hagere Gesicht, die randlose Brille – all das gab ihm das Aussehen, das die Öffentlichkeit seiner Meinung nach von einem Leichenbestatter erwarten durfte. Der Tod war schließlich eine ernste Sache, und niemand war mehr davon überzeugt als Salter selbst. Jedenfalls erinnerte in dem ernsten Gesicht, das ihn aus dem Spiegel anschaute, nicht mehr viel an den ehemaligen kleinen Gauner, der als junger Mann dreimal im Gefängnis gesessen hatte.

Als er den Korridor entlangging, dachte er über diesen Sinclair nach. Das Angebot, das man ihm gemacht hatte, war zu verlockend gewesen, als daß er hätte ablehnen können. Es war von zehntausend Pfund die Rede gewesen, die ihm wahrhaftig sehr gelegen kommen würden. Erst in der Woche zuvor hatte er einen teuren neuen Verbrennungsofen im Krematorium einbauen lassen.

Außerdem konnte er gar nicht ablehnen, weil das Angebot von einflußreichen Leuten aus der Londoner Unterwelt gekommen war, mit denen er in der Vergangenheit einige Male zu tun gehabt hatte. Die Küste bei Marsh End war eine einsame, düstere Sumpflandschaft; geradezu ideal für jemanden, der ein schnelles Boot besaß und im

Schutz der Dunkelheit hier rasch etwas entladen wollte. Salter hatte öfter eine Ladung Drogen weitergeleitet, die für London bestimmt war. Wer einmal in derartige Geschäfte verwickelt war, konnte nie wieder nein sagen.

Er stieg die Treppe hinunter und sah Frank Barry, der im Büro auf ihn wartete. „Mr. Sinclair?“ sagte er und streckte ihm zur Begrüßung die Hand entgegen. „Ich bin Henry Salter. Gehen wir doch ins Wohnzimmer.“

Durch einen engen Flur gelangten sie in ein Zimmer, das mit viktorianischen Möbeln vollgestellt war und in dem es muffig roch. Die Wände waren mit dunkelgrünem Damast bespannt, die Vorhänge waren aus stumpfrotem Samt.

„Einen Drink, Mr. Sinclair?“

„Noch nicht“, antwortete Barry. „Kommen wir erst zum Geschäft.“

Er zog die Tscheska aus der Manteltasche und legte sie auf den Tisch. Salter fuhr sich nervös mit der Zunge über die Lippen. Barry stellte die Aktentasche auf den Tisch und öffnete sie. Er nahm einige Bündel Zwanzigpfundnoten heraus und warf sie Salter hin.

„Das sind fünftausend. Die andere Hälfte bekommen Sie, wenn die Sache unter Dach und Fach ist. In Ordnung?“

„Vollkommen in Ordnung, Mr. Sinclair.“ Salter nahm die Geldbündel und ließ sie in einer Schublade verschwinden.

„Nun zur Sache“, sagte Barry. „Haben Sie alles, was ich benötige?“

„Sie können das Boot gleich morgen früh inspizieren. Ich dachte, Sie wollen vielleicht hier übernachten.“

„Was haben Sie sonst noch zu bieten?“

„Ein kleines Farmhaus am Ende des Tals, etwa sechs Kilometer von hier. Die beiden Männer, die ich anheuern sollte, sind heute nachmittag angekommen. Sie sind dort untergebracht.“

„Was sind das für Leute?“

„Stammen aus der Unterwelt von Liverpool. Sie haben beide wegen schwerem Raub gesessen. Ziemlich rauhbeinige Burschen, fürchte ich.“

„Genau das, was ich brauche“, meinte Barry. „Es genügt, wenn ich sie morgen treffe. Und die Ausrüstung?“

„Ein junger Mann hat heute schon in aller Frühe zwei Koffer für Sie abgeliefert.“ Salter öffnete einen kleinen Schrank neben dem Kamin und holte sie heraus. Es waren solide Koffer aus echtem Leder. Die Schlösser konnten nur durch die richtige Einstellung einer Zahlenkombination geöffnet werden, die Barry auf der Liste in der Aktentasche gefunden und auswendig gelernt hatte. Rasch stellte er die Zahlen ein und öffnete den ersten Koffer. Er enthielt zwei Sterling-Maschinenpistolen, zwei Smith-&-Wesson-Revolver des bei der britischen Armee verwendeten Modells, einen Browning und mehrere Gasgranaten. Salter riß die Augen auf. Barry verschloß den Koffer wieder und öffnete den zweiten, der Kampfanzüge in Tarnfarbe, mehrere dunkelblaue Felduniformmützen und Koppel enthielt.

Als Barry den Kofferdeckel zuschlug, klopfte es an die Tür. Jenny kam mit einem Tablett ins Zimmer. „Wie oft soll ich dir noch sagen, daß ich nicht gestört werden will?" herrschte Salter sie an.

„Ich hab mir gedacht, Sie hätten vielleicht gern eine Tasse Tee, Mr. Salter."

„Schon gut. Geh jetzt und mach für Mr. Sinclair etwas zu essen."

Sie ging wieder hinaus. Frank Barry ignorierte den Tee, ging zur Anrichte und bediente sich aus der Whiskyflasche. „Ist die eigentlich ganz richtig im Kopf?" fragte er.

Salter goß sich Tee ein. „O ja, nur ein wenig langsam. Sonst ist sie durchaus normal. Sie hat früher auf der Farm gewohnt, die ich vorhin erwähnt habe. Zusammen mit ihrem Vater, einem reizenden alten Säufer. Er ist eines Nachts mit seinem Wagen gegen eine Mauer gerast und hat sich das Genick gebrochen. Das Mädchen hätte völlig mittellos dagestanden, wenn ich die Farm nicht gekauft und sie nicht zu mir genommen hätte."

Barry grinste schief. „Ein richtiger Menschenfreund, unser Mr. Salter."

Salter trank hastig seinen Tee aus. „Wenn Sie mich jetzt bitte entschuldigen – ich habe noch zu tun. Morgen nachmittag findet schon die Beerdigung statt. Jenny wird sich um Sie kümmern."

Er verließ das Zimmer. Barry trank sein Glas leer, steckte die Tscheska wieder ein und ging zur Tür.

Als er sie öffnete, schlug ihm Essensgeruch entgegen. Er ging dem Geruch nach und landete schließlich in einer alten Küche mit Steinfußboden. Das Mädchen stand am Herd und rührte mit einem Holzlöffel in einem Topf herum.

„Es ist fast fertig“, sagte sie mit ihrer tonlosen Stimme, als sie den Löffel beiseite legte und sich das Kleid über den Hüften glattstrich. „Ich gehe jetzt raus in den Schuppen und hole noch etwas Feuerholz.“

Sie nahm eine große rote Taschenlampe von einem Nagel unter dem Spülstein und wandte sich zum Gehen. Barry war vor ihr an der Tür und öffnete sie. „Ich komme mit“, sagte er. „Sie können wahrscheinlich ein bißchen Hilfe gebrauchen.“

Sie sah unsicher zu ihm auf, dann gab sie ihm die Taschenlampe. „Na gut, es ist gleich da drüben.“

Als das Mädchen die Schuppentür öffnete, sah er, daß dort mehrere Fahrzeuge abgestellt waren: ein schwarzer Leichenwagen, eine große schwarze Limousine und ein Landrover.

Der Holzstoß befand sich an der Längswand unter einem Hängeboden, der mit Heu vollgestopft war. Als das Mädchen sich vorbeugte, hielt Barry sie an der Hüfte fest. Sie blickte ihn stumm über die Schulter an.

Barry gab ihr die Taschenlampe und lächelte. „Halten Sie mal“, sagte er. „Ich trage das Holz.“

Ihr Gesicht blieb im Dunkeln, als sie ihm leuchtete. Er legte sich ein halbes Dutzend Holzscheite in die Armbeuge, dann gingen sie in die Küche zurück.

Nach dem Essen führte Salter seinen Gast eine schmale, hölzerne Stiege hinauf. Er öffnete eine Tür am Ende des Ganges und knipste das Licht an. Barry stellte seine Aktentasche und die beiden Koffer ab, die er mitgeschleppt hatte. Die Einrichtung des Zimmers bestand aus einem Doppelbett mit Messingrahmen, einem Kleiderschrank aus Mahagoniholz und einem Waschtisch mit Marmorplatte.

„Hier sind Sie gut aufgehoben“, sagte Salter. „Die Hintertreppe ist manchmal sehr nützlich. Ich selbst schlafe vorn im Haus. Hier hinten sind nur Sie und Jenny.“ Ein Lächeln flog über seine Züge. „Also dann bis morgen. Wir werden uns zuerst das Boot ansehen, dann nehme ich Sie mit zur Farm und stelle Ihnen die beiden anderen vor.“

Er zog die Tür hinter sich zu. Barry schloß ab, legte seine Pistole in Reichweite und streckte sich angezogen auf dem Bett aus. Er rauchte und dachte über die Aufgabe nach, die vor ihm lag. Es war wirklich sehr einfach. Er mußte den Lastwagen anhalten, die Deutschen und ihren Begleitschutz ausschalten, mit der Wunderwaffe nach Marsh End fahren, sie dort auf das Boot umladen, das Salter beschafft hatte, und später nachts auf die See hinausschippern, wo er den russischen Trawler treffen würde. Zu einfach das Ganze, so daß eigentlich etwas schiefgehen *mußte*.

Gerade als er sich eine neue Zigarette anzündete, sah er, wie sich der Türknopf langsam drehte. Er griff nach der Tscheska, sprang blitzschnell zur Tür und drehte den Schlüssel um. Er riß die Tür auf und sah Jenny davorstehen. Sie war barfuß, trug ein weißes Baumwollnachthemd und hatte sich ein Tuch um die Schultern gelegt.

Sie starrte ihn wortlos an, wobei ihr Blick immer wieder zu der Pistole in seiner Hand glitt, zeigte aber keinerlei Reaktion. Schließlich huschte sie an ihm vorbei ins Zimmer, legte sich wortlos aufs Bett, die Hände über dem Tuch gefaltet, und starrte an die Decke. Barry schloß die Tür ab, deponierte die Tscheska wieder in Reichweite und legte sich neben Jenny aufs Bett.

Er küßte sie, aber sie reagierte nicht, lag nur da und ließ ihn gewähren. Doch Barry war das jetzt gleichgültig. Er hatte schon seit Jahren nicht mehr ein solches Verlangen nach einer Frau gehabt.

Hinterher rollte er erschöpft auf die Seite und griff nach einer Zigarette. Das Mädchen lag noch einen Moment still, dann erhob es sich wortlos, schloß die Tür auf und ging.

Barry rauchte und sah die Zimmerdecke an. Dann schloß er die Augen und dachte an Norah Cassidy.

Fünftes Kapitel

Die Flut rollte heran und überzog das Watt mit einem schimmernden Wasserteppich. Irgendwo schrie ein Brachvogel, einsam in einer düsteren Welt.

Barry und das Mädchen überquerten einen schmalen Steindamm und gingen dann auf einem Pfad durch hartes Sumpfgras und mannshohes Schilf weiter. Ein wogender Schilfgürtel erstreckte sich zu beiden Seiten einer Flußmündung bis hin zum Meer; der Wind fuhr gespenstisch flüsternd hindurch.

„Man könnte schwören, daß man hier von allen Seiten beobachtet wird", sagte Barry mit ernster Miene.

„Die Geister der Verstorbenen", erwiderte Jenny. „Mein Vater hat mir oft erzählt, daß vor zweitausend Jahren die Römer hier in der Gegend waren. Ravenglass, weiter oben an der Küste, war sogar schon damals ein Hafen." Er sah, daß sie zitterte. „Ich mag diesen Ort nicht", fuhr sie fort. „Er macht mir angst. Kein Einheimischer kommt hierher, wenn es nicht unbedingt sein muß."

„Fein", bemerkte Barry. „Das ist mir sehr recht."

Wenig später traten sie an einem schmalen Meeresarm aus dem Schilf. Ein verfallener hölzerner Bootssteg auf faulenden Pfählen ragte ins Wasser hinaus. Zwei Boote lagen dort vertäut.

Das erste besaß echte Klasse. Es war weiß gestrichen, hatte einen scharfen, steilen Bug und wirkte sehr elegant. Das Boot wurde offenbar liebevoll gepflegt. Der Name *Kathleen* stand in Goldbuchstaben am Bug. „Mr. Salters Boot", erklärte Jenny. „Das andere hat er gestern von einer Werft bei Ravenglass geholt."

Es war weit weniger ansehnlich; ein zwölf Meter langes, schwarzes Motorboot, dessen Name, *Jason,* so verblichen war, daß Barry Mühe hatte, ihn zu entziffern. Er sprang über die Reling und ging ins Ruderhaus. Das Mädchen kam ihm nach.

„Es sieht nicht nach viel aus, aber es ist ein tüchtiges Boot", sagte sie.

„Warst du mal damit auf See?"

Sie nickte. „Mr. Salter leiht es sich hin und wieder zum Fischen aus. Die *Kathleen* nimmt er nur bei gutem Wetter."

„In seiner Freizeit poliert er bestimmt dauernd die Kompaßhaube und so weiter."

Sie sah ihn erstaunt an. „Woher weißt du denn das?"

„Oh, das paßt zu ihm. Hast du übrigens schon die beiden Männer auf der Farm gesehen?"

„Ich habe heute morgen Milch hingebracht."

„Alte Freunde von Mr. Salter?"

„Kann ich nicht sagen. Ich habe sie zum erstenmal gesehen."

Draußen auf dem Bootssteg waren Schritte zu hören. Barry ging an Deck, als Salter über die Reling kletterte. „Da sind Sie ja, Mr. Sinclair!" rief Salter. „Sagt Ihnen das Boot zu?"

„Das andere macht einen besseren Eindruck", erwiderte Barry.

Salter erschrak. „Mein eigenes Boot, Mr. Sinclair. Ein wunderschönes Boot, wie Sie selbst sehen können. Aber in der *Jason* hier steckt mehr, als man auf den ersten Blick vermutet. Sie macht zweiundzwanzig Knoten, besitzt Echolot und eine automatische Steuerung und ..."

„Schon gut", unterbrach ihn Barry. „Ich nehme Sie beim Wort."

Salter war sichtlich erleichtert. „Wenn es Ihnen recht ist, werde ich Sie jetzt zur Farm bringen und Ihnen Preston und Varley vorstellen. Ich habe es ein wenig eilig wegen der Beerdigung heute nachmittag."

HEDLEY PRESTON erwachte und mußte sich lange besinnen, bis er sich erinnern konnte, wo er war. Er hatte einen schalen Geschmack im Mund, und sein Hals war trocken. Er stand auf und griff nach der Whiskyflasche auf dem Schrank. Sie war leer, und er warf sie wütend

in die Ecke. Er zog sich Jeans und einen Pullover an; ein hagerer Mann mit zerzaustem schwarzem Haar und einem zynischen Gesichtsausdruck.

Als er die Tür öffnete, stolperte Jenny Crowther mit vor Schreck weit aufgerissenem Mund ihm direkt in die Arme. Sam Varley, ein Bulle von Mann, kam hinter ihr her gestürmt. Die Augen in seinem aufgedunsenen Gesicht funkelten wild. Preston hielt das Mädchen um die Hüften gefaßt und schob Varley mit dem anderen Arm zurück.

„Augenblick mal", sagte er. „Was ist denn hier los?"

„Gestern abend hatte ich noch eine Stange Zigaretten in meinem Zimmer. Jetzt sind sie weg. Das Miststück muß sie geklaut haben."

Sein Atem roch sauer, und das nicht nur vom Trinkgelage der vergangenen Nacht. Seine aufgefrischte Fahne ließ ahnen, daß er bereits wieder an der Flasche gewesen war.

„Du hast die Kippen gestern nacht beim Poker an mich verloren“, sagte Preston besänftigend.

„Blödsinn“, knurrte Varley, „du willst sie bloß in Schutz nehmen.“

Das Mädchen riß sich von Preston los und lief weg. Varley stieß Preston beiseite und rannte ihr nach. Sie war schon aus der Tür, als er sie an der Schulter zu fassen bekam. Da stolperte er und krachte der Länge nach auf das Steinpflaster des Hofes. Er versuchte aufzustehen, aber jemand trat ihm gekonnt die Beine weg und setzte ihm einen Fuß auf die Kehle. Flach auf dem Rücken liegend, starrte er in Frank Barrys erbarmungsloses Gesicht. Barry zog die Tscheska aus der Tasche und drückte Varley die Mündung an die Stirn.

Das Mädchen schrie erschrocken auf und hielt sich gleich darauf den Mund zu. Salter war hinter Barry getreten. „Um Gottes willen, Mr. Sinclair“, stieß er hastig hervor.

„Wenn du sie noch einmal anfaßt, mache ich dich zum Krüppel“, sagte Barry gefährlich sanft.

Varley gelang es, Furcht und Wut zu unterdrücken. Barry zog seinen Fuß weg und trat einen Schritt zurück. Preston, der am Türpfosten lehnte, mußte lachen, als der schwergewichtige Varley sich mühsam aufrappelte.

„Was für eine rührende Szene.“ Er ging auf Barry zu, der seine Aktentasche aufhob. „Ich bin Hedley Preston, Mr. Sinclair. Das da ist Sam Varley. Sie dürfen ihm nicht böse sein; er hat erst vor kurzem aufrecht gehen gelernt.“

„Eines Tages werde ich dir dein freches Maul für immer stopfen“, zischte Varley und verschwand im Haus.

Preston ließ, spöttisch grinsend, den anderen den Vortritt. Dann ging auch er ins Haus. Als sie das Wohnzimmer betraten, saß Varley mit einer Flasche in der Hand am Feuer.

Barry stellte die Aktentasche auf den Tisch und bat Jenny: „Geh mal in die Küche und mach für uns Tee.“

Salter schloß die Tür hinter ihr. Barry deutete auf Varley und sagte zu Preston: „Der fängt ja früh an.“

„Nur eine vorübergehende Schwäche. Wenn's drauf ankommt, Mr. Sinclair, ist er voll da.“

„Tatsächlich?" Barry legte die Tscheska neben seine Aktentasche.

„Also, um was geht's?" fragte Preston.

„Ganz einfach. Wir halten am Mittwoch morgen auf einer Landstraße dreißig Kilometer von hier einen Lastwagen an, schnappen uns die Ladung und bringen sie hierher."

„Und was hat er geladen?" wollte Preston wissen.

„Das geht Sie nichts an." Barry öffnete die Aktentasche. „Aber das hier." Er warf Preston mehrere Geldbündel hin. „Fünftausend für jeden und noch einmal soviel, wenn die Sache gelaufen ist."

Varley wurde lebendig, kam an den Tisch und griff nach dem Geld. Preston schob seine Hand beiseite. „Und mehr sagen Sie uns nicht?" fragte er.

„Vorläufig reicht das", gab Barry zurück. „Sie erfahren am Mittwoch morgen, was Sie zu tun haben. Höchstens drei Stunden Arbeit, dann können Sie sich wieder auf die Socken machen. Wenn Sie allerdings kein Interesse haben ..."

„Aber natürlich", beeilte sich Preston zu versichern und schob die Geldbündel rasch zu einem ordentlichen Stapel zusammen. „Sie sind der Boß, Mr. Sinclair. Wie sagte doch der Geist aus Aladins Wunderlampe? ‚Euer Wunsch sei mein Befehl.'"

„Vergessen Sie's nur nicht." Barry schloß die Aktentasche und sagte zu Salter gewandt: „Ich fahre mit Ihnen zurück. Heute nachmittag brauche ich Ihren Landrover."

Als er mit Salter auf den Korridor hinausging, kam Jenny gerade mit einem Tablett aus der Küche. „Soll ich etwa allein hierbleiben?" fragte sie erschrocken.

„Ich bin heute abend wieder zurück", sagte Barry lächelnd. „Mach dir keine Sorgen. Der Affenmensch wird dich nicht noch einmal anrühren. Der andere hat mehr Grips; der paßt schon auf."

Als Salter und Barry vom Hof fuhren, sah Varley ihnen durch das Wohnzimmerfenster nach und sagte tückisch: „Wenn wir hier fertig sind ..."

„Quatsch nicht so dämlich, Sam", unterbrach ihn Preston. „Du solltest besser aufpassen, daß er dich dann nicht fertigmacht." Er tippte mit dem Zeigefinger auf die Geldbündel. „Zehn Riesen, Sam, und weitere zehn bei der Endabrechnung. Überleg doch mal. Die Ladung auf diesem Lastwagen muß schon höchst interessant sein."

Varley lächelte unsicher. „Willst du etwa damit sagen ...?"

„Ich habe in der Schule Latein gelernt, Sam. *Festina lente.* Eile mit Weile. Dann bekommst du am Ende alles."

„Auch ihn?"

„Warum eigentlich nicht?"

Varley lachte begeistert und griff nach der Flasche. „Darauf muß ich einen trinken!" rief er.

BEI Salter angekommen, nahm Barry den Landrover und fuhr zu dem verlassenen Fliegerhorst der britischen Luftwaffe bei Brisingham, wo die Wunderwaffe eingeflogen werden sollte.

Er rollte im Schrittempo am Haupttor vorbei, das mit einem Vorhängeschloß gesichert war, und fuhr dann mit höherer Geschwindigkeit davon. Acht Kilometer weiter zweigte eine schmale Landstraße nach Wast Water ab und schlängelte sich in die Berge hinauf. Dort fand Barry ohne große Mühe, was er suchte: ein kleines Wäldchen auf einer grasbewachsenen Anhöhe neben der Straße. Als er den Motor abgestellt hatte, hörte man in der Stille nur den Ruf eines Brachvogels.

Er stieg aus dem Geländewagen und sah sich lächelnd um. „Frank, alter Knabe", sagte er leise, „ich glaube, dies ist das richtige Plätzchen."

DIE Linienmaschine der Air France landete pünktlich auf dem Flughafen Marignane, knapp fünfundzwanzig Kilometer außerhalb von Marseille. Fünfundvierzig Minuten später waren Devlin und Anne-Marie in einem gemieteten Peugeot auf dem Weg zur Küste.

„Für heute nacht suchen wir uns ein Hotel in Saint-Denis", sagte Devlin. „Von dort fährt das Versorgungsboot zur Insel ab." Sie nickte stumm, ganz auf das Fahren konzentriert, und Devlin fügte hinzu: „Ist dir klar, daß du morgen noch nicht mitkommen kannst? Ich muß erst einmal die Lage peilen."

„Natürlich, Liam." Sie sah ihn von der Seite an und lächelte. „Ich muß sogar damit rechnen, daß er mich immer noch nicht sehen will. Daß ich von Martin nichts erwarten darf, weiß ich schon lange. In Vietnam, als es einmal so aussah, als würden wir beide sterben müssen, haben wir ein Rendezvous in Paris verabredet. In einem Straßencafé. Bei Regen. Mit dem Geruch von Kastanienbäumen . . ."

„Absolut unerläßlich", sagte Devlin.

Sie lächelte, ohne ihn anzusehen. „Lieber Liam, warum habe ich mich bloß nicht in dich verliebt? Ich sollte ein Pariser Modellkleid tragen, superchic."

„Wie in der Fernsehwerbung. Träume vom schöneren Leben."

„Mit dem Unterschied, daß unser Traum wahr geworden ist, Liam. Er hat seinem Krieg in Ulster eine Pause gegönnt und sich mit mir in Paris getroffen. Wir haben unser Straßencafé gefunden, und die Kastanien haben großartig mitgespielt. Zwei Wochen. Dann ist er wieder zurückgegangen." Sie zuckte die Achseln. „Eine andere Geliebte hat auf ihn gewartet. Sie war unendlich viel anspruchsvoller. Sie heißt Irland."

Schweigend fuhren sie weiter. Es gab wirklich nichts mehr zu sagen.

Der Steinbruch auf der Ile du Paradis fraß sich langsam in die Nordseite der Insel. Eine Sprengladung sollte hochgehen, als Lebel sich näherte. Die rote Warnflagge flatterte im Wind. Eine riesige Felsschulter zerbarst in unzählige Stücke, die donnernd zu Tal rauschten. Auf ein Pfeifsignal hin, tauchten die Sträflinge mit ihren bewaffneten Aufsehern aus ihren Unterständen auf und gingen wieder an die Arbeit.

Brosnan und Savary schufteten gemeinsam. Savary belud eine Lore, die auf provisorisch verlegten Schienen neben ihnen stand, und Brosnan zerkleinerte größere Felsbrocken mit Vorschlaghammer und Keil. Er arbeitete mit bloßem Oberkörper. Sein Haar wurde von einem Stirnband zurückgehalten; unter seiner gebräunten Haut spielten bei jedem Hammerschlag die Muskeln.

Als Lebel herankam, rief ihm Savary zu: „He, Pierre, ich werde langsam zu alt für diese Plackerei! Wie wär's mit einem Job in der Küche?"

„Unsinn", antwortete Lebel grinsend. „Für einen Mann Ihres Alters sind Sie großartig in Form. Das haben Sie nur der geregelten Arbeit in frischer Luft zu verdanken." Er wandte sich Brosnan zu und zog ein Formular und einen Kugelschreiber aus der Tasche. „Morgen früh kommt mit dem ersten Boot Besuch für Sie. Wollen Sie ihn sehen?"

Brosnan stützte sich auf den Hammerstiel. „Wer ist es?"

Lebel blickte auf das Formular. „Monsieur Charles Gorman. Anwalt, Lincoln's Inn Fields, London. Grund des Besuchs: juristische

Beratung." Lebel wiederholte seine Frage: „Also, wollen Sie ihn sehen?"

„Warum nicht?" sagte Brosnan.

Lebel hielt ihm Formular und Kugelschreiber hin. „Dann müssen Sie hier unterschreiben." Brosnan unterschrieb. „In Ordnung", sagte Lebel. „Und jetzt zurück an die Arbeit."

Als Lebel gegangen war, erkundigte sich Savary, während er sich nach einem Granitbrocken bückte: „Warum hast du mir nicht gesagt, daß dein Anwalt dich besuchen kommt, Martin?"

„Er ist nicht mein Anwalt", erwiderte Brosnan. „Ich habe noch nie in meinem Leben von Charles Gorman gehört."

Er ließ den Vorschlaghammer mit aller Kraft niedersausen und zerlegte den Felsbrocken, den er sich vorgenommen hatte, säuberlich in zwei Hälften.

Es WAR Lebels Aufgabe als diensthabender Wärter in Brosnans Zellenblock, ihn am Dienstag vormittag in den Besucherraum zu führen. Als er Brosnan eintreten ließ, stand Devlin am Fenster und hatte ihnen den Rücken zugekehrt. Der kleine Mann drehte sich zu ihm um. Brosnan stockte für einen Moment der Atem.

„Ah, Mr. Brosnan. Ich bin Charles Gorman. Die Brosnan Corporation in Boston, Massachusetts, hat mein Büro beauftragt, mit Ihnen einige Dinge zu besprechen, die Ihre Zukunft betreffen. Außerdem sollten wir zu diesem Zeitpunkt ein Gnadengesuch an den französischen Staatspräsidenten ins Auge fassen. Ihre Frau Mutter ist der Ansicht –"

„Meine Mutter", unterbrach Brosnan ihn, „vergeudet ihre Zeit. Sie wird mich von dieser Insel bestenfalls in einem Sarg herunterbekommen."

„Monsieur Gorman", schaltete sich Lebel ein, „ich darf Sie und Ihren Klienten allein lassen, aber Sie müssen sich am Tisch gegenübersitzen. Ich werde die Tür abschließen. Klingeln Sie bitte, wenn Sie fertig sind." Er verließ den Raum, und der Schlüssel drehte sich im Schloß. Brosnan streckte die Hand über den Tisch, und Devlin nahm sie und hielt sie lange fest.

„Cead mile failte", sagte Brosnan auf gälisch. „Sei mir hunderttausend Mal willkommen."

Devlin lächelte. *„Go raibh maith agat"*, erwiderte er. „Meinen Dank dafür. Laß uns weiter Gälisch sprechen; falls die Brüder zuhören, können wir sie vielleicht ein wenig verwirren." Er setzte sich, zündete sich eine Zigarette an und schob Brosnan die Packung hin. „Schön, dich zu sehen, Martin. Du siehst erstaunlich gut aus."

„Ich bin auch in bester Form. Das macht die tägliche Arbeit im Steinbruch. Aber du siehst auch nicht schlecht aus. Bist du immer noch am Trinity College?"

„Sie geben mir dort das Gnadenbrot. Die amerikanische Yale-Universität hatte mir für dieses Jahr eine Gastprofessur angeboten. Aber das Außenministerium hat mir das Visum verweigert." Er sah sich mit düsterer Miene im Zimmer um. „Ist das hier wirklich das Ende vom Lied?"

„Die Straflager auf der Teufelsinsel haben sie geschlossen", sagte Brosnan, „aber sie hatten das hier in der Hinterhand. Und jetzt heraus mit der Sprache, Liam, was hat dich hergetrieben?"

„Die einfache Frage: Möchtest du gern diese ungastliche Stätte verlassen?"

Brosnan nahm ihn keine Sekunde lang ernst. „Ein wenig göttliche Hilfe wäre wirklich göttlich. Ohne dieselbe geht nämlich hier gar nichts. Das hat meine Mutter, diese energische Dame, schon vor Jahren herausgefunden. Weder Gebete noch erhebliche Bestechungssummen konnten etwas ausrichten."

„Hat sie dich hier besucht?"

„Einmal, das ist vier Jahre her. Ich habe nur mit ihr gesprochen, um ihr klarzumachen, daß wir uns nie wiedersehen würden."

„Und Anne-Marie?"

Brosnan erstarrte. „Was soll die Frage?"

„Ich habe sie heute morgen in Saint-Denis zurückgelassen. Sie möchte dich sehen."

„Nein", sagte Brosnan gepreßt. Er sprang auf, ging zum Fenster, umklammerte mit beiden Händen die Gitterstäbe und drückte die Stirn gegen den kalten Mauerstein.

Devlin schüttelte sich. „Mein Gott, ich kann das nicht ertragen, dich hier eingesperrt zu sehen."

Brosnan kam zurück und setzte sich wieder an den Tisch. „Also gut, Liam, worauf willst du hinaus?"

Devlin grinste. „Nimm mal an, ich sei die göttliche Hilfe, nach der du suchst. Und jetzt halt mal die Klappe und hör mir zu."

Als Devlin geendet hatte, lehnte sich Brosnan in seinem Stuhl zurück. Er grübelte, doch seine grauen Augen verrieten keinerlei Gemütsregung.

„Nun?“ fragte Devlin.

„Ich weiß nicht recht“, antwortete Brosnan. „Früher hatte ich es immer mit den großen Parolen, wie: ‚Freiheit für Irland!‘ oder: ‚Irland den Iren!‘ Wortspielereien, romantische Vorstellungen. Bis mir dann klar wurde, daß man bereit sein muß, über Leichen zu gehen, um solch ein Ziel zu erreichen.“

„Und das ist es nicht wert?“

„Heute frage ich mich, ob es überhaupt etwas gibt, das wert ist, daß man dafür auch nur ein einziges Menschenleben opfert.“ Er stand auf und ging wieder ans Fenster. „Ich fühle mich plötzlich alt, Liam. Das alles läßt mich jetzt kalt. Dieser Frank Barry und der KGB, Ferguson und DI 5 und ihre blödsinnigen, blutigen Spielchen.“

„Willst du selbst dann nicht mitspielen, wenn du dadurch hier rauskommst?“

„Ferguson kann mich bestimmt nicht freibekommen“, sagte Brosnan mit Nachdruck.

„Ferguson ist da ganz anderer Ansicht.“

Brosnan schwieg, und Devlin kam auf das Thema zu sprechen, das er bisher vermieden hatte. „Hast du gehört, was mit Norah passiert ist, Martin?“

Brosnan nickte, ohne sich umzudrehen. „Ich habe es gehört. Sie ist vor etwa eineinhalb Jahren gestorben.“

Devlin räusperte sich. „Kennst du auch die Umstände, unter denen sie ...“

Brosnan wandte sich um. Sein Blick hatte sich verfinstert. „Was hast du mir zu sagen?“

„Ich weiß nicht recht, wo ich anfangen soll, Martin“, sagte Devlin verlegen.

Mit drei raschen Schritten war Brosnan bei ihm und packte ihn unsanft an der Schulter. „Sag's mir!“ flüsterte er heiser. „Sag's mir!“

Hinterher saß er lange am Tisch, den Kopf in die Hände gestützt, und schwieg. Dann stand er plötzlich auf und drückte auf den Klingelknopf.

Er sah Devlin an. „Ich muß nachdenken. Wir reden später weiter.“ Ehe Devlin etwas erwidern konnte, drehte sich der Schlüssel im

Schloß, und Lebel erschien. „Monsieur Gorman will ein paar Unterschriften von mir“, erklärte Brosnan. „Ich brauche ein wenig Bedenkzeit. Kann ich eine Stunde in meine Zelle gehen?“

Lebel sah Devlin fragend an. „Haben Sie etwas dagegen, Monsieur?“

„Nicht das geringste. Ich warte.“

MAN hatte Savary gerade zur Mittagspause in die Zelle geschlossen, als Lebel Brosnan brachte.

„In einer Stunde also“, sagte der Wärter und ging.

„Na, wie war's?“ erkundigte sich Savary, doch Brosnan bedeutete ihm mit einer Handbewegung zu schweigen und horchte an der Tür.

„Ein Geheimnis?“ flüsterte der alte Mann, als Brosnan sich auf das Bett setzte. „Ah, ich verstehe“, fügte er mit pfiffigem Gesichtsausdruck hinzu. „Dieser Gorman war jemand, den du kennst?“

„Halt die Klappe und hör zu“, sagte Brosnan. „Ich habe nicht viel Zeit.“

Nachdem Brosnan berichtet hatte, saß Savary da und ballte und öffnete aufgeregt die Fäuste. „Mensch, Martin, du mußt diese Chance wahrnehmen. Geh, Junge, geh!“

Brosnan legte ihm beruhigend die Hand auf die Schulter. „Nein, Jacques, hör zu. Zum einen glaube ich einfach nicht daran, daß Ferguson mit den französischen Behörden diesen Handel machen kann. Ich bin nicht irgendein kleiner Ladendieb – ich habe einen französischen Polizisten erschossen, und du weißt, wie man so etwas hierzulande ahndet. Zum anderen: Selbst wenn Ferguson es arrangieren könnte, würde es mir zu lange dauern.“

„Und welche andere Möglichkeit siehst du noch?“

„Ich breche aus“, sagte Brosnan trocken.

„Aber Martin, das ist unmöglich. Von diesem verfluchten Felsen ist noch keiner entkommen.“

„Ich weiß seit langem, daß man durch den Abwasserkanal aus der Festung rauskommt. Das habe ich dir schon erzählt. Aber damit wäre natürlich noch gar nichts gewonnen, weil man dann immer noch auf der Insel ist. Doch als wir neulich mit Lebel als Leichenkommando unterwegs waren, ist mir ein Gedanke gekommen. Wir brechen den kleinen Geräteschuppen auf, stehlen jeder ein paar Schwimmwesten und springen vom Bestattungsfelsen aus ins Wasser.“

Savary sah ihn aus weit aufgerissenen Augen an. „Wir? Hast du ‚wir' gesagt?"

„Klar, wir beide. Wenn du hierbleibst, wirst du früher oder später doch im Meer landen. In einem Segeltuchsack. Warum willst du es nicht mit dem Meer aufnehmen, solange du noch kämpfen kannst?"

„Du vergißt den Mahlstrom!" rief Savary. „Er wäre unser Tod."

„Oder unsere Rettung!" konterte Brosnan. „Der Mahlstrom erreicht eine Geschwindigkeit bis zu zehn Knoten und verläuft in Richtung Saint-Denis. Wenn an der richtigen Stelle ein Boot auf uns wartete –"

Savary unterbrach ihn. „Kein Fischerboot darf sich der Insel auf mehr als sechs Kilometer nähern, das weißt du ganz genau."

„So weit trägt die Strömung uns in einer halben Stunde."

„Aber das Boot würde uns niemals finden."

„Daran habe ich auch schon gedacht", entgegnete Brosnan. „Wir brauchen weiter nichts als einen dieser winzigen elektronischen Signalgeber, mit denen man Piloten ausrüstet. Die Dinger werden an der Schwimmweste befestigt und zeigen dem Rettungshubschrauber den Weg, wenn ein Pilot aussteigen mußte."

„Und wenn sie uns verfehlen?" flüsterte Savary.

„Und wenn dein Herz stehenbleibt oder du die Kälte nicht ertragen kannst?"

Savary winkte ab. „Hör auf. Du hast mich ja schon mit deinem Irrsinn angesteckt. Wann soll es losgehen?"

„Ich sehe keinen Grund, noch lange zu warten. Alles, was wir benötigen, können wir uns hier beschaffen – außer den Signalgebern, und die sind nicht größer als eine Zigarettenschachtel. Devlin muß wenigstens einen besorgen und mir zuspielen."

„Und das Boot?"

„Ich dachte, das wäre vielleicht eine Aufgabe für deinen Sohn."

„Jean-Paul?"

„Wenn die Union Corse nicht einmal mehr eine nächtliche Bootsfahrt von Saint-Denis aus organisieren kann, hat sie gewaltig nachgelassen."

„Recht hast du!" rief Savary lachend. Er umarmte Brosnan überschwenglich und küßte ihn auf beide Wangen.

Brosnan machte sich los und hämmerte mit der Faust an die Zellentür. „Okay, Pierre!" rief er. „Kommen Sie schon!"

Anne-Marie hatte vom Balkon ihres Hotelzimmers aus das Versorgungsboot einlaufen sehen und war deshalb nicht überrascht, als Devlin zwanzig Minuten später auf dem Balkon nebenan erschien. Er kletterte zu ihr hinüber und ließ sich in einen Korbsessel fallen.

„Hast du mit ihm gesprochen?“ erkundigte sie sich gespannt.

„O ja, das hab ich.“

„Und geht es ihm gut?“

„Er ist in ausgezeichneter Verfassung. Hat sozusagen sein bestes Kampfgewicht.“

Sie sah plötzlich besorgt aus. „Nun rede schon!“

„Von dem geplanten Handel war er nicht sonderlich begeistert. Jedenfalls glaubt er nicht, daß Ferguson ihn loseisen könnte. Offen gestanden bin ich selbst nicht davon überzeugt. Dann habe ich ihm von Norah erzählt.“ Er schüttelte den Kopf. „Wenn Frank Barry in Reichweite gewesen wäre, hätte Martin ihn mit bloßen Händen in Stücke gerissen.“

Anne-Marie stand auf und schenkte Devlin einen Whisky ein. Sie blieb stehen und blickte aufs Meer hinaus. „Und danach hat er seine Meinung geändert?“ fragte sie.

„So könnte man es nennen“, fuhr Devlin fort. „Er hat vor, in den nächsten zwei, drei Tagen zusammen mit seinem Zellengenossen, einem gewissen Savary, auszubrechen.“

„Aber wie will er das schaffen?“ fragte sie.

Devlin erklärte ihr den Plan. „Völlig verrückt, nicht?“

Sehr zu Devlins Überraschung antwortete Anne-Marie: „Oh, das würde ich nicht sagen. Irgendwie kann ich es mir schon vorstellen. Es ist so herrlich einfach, daß es durchaus klappen könnte.“

„Und ebensogut kann es auch schiefgehen.“ Devlin stellte sich neben sie ans Geländer. „Ich habe mich unterwegs mit dem Kapitän des Versorgungsboots unterhalten. Er hat gemeint, daß der sogenannte Mahlstrom bei der Insel in manchen Nächten einem reißenden Fluß bei Hochwasser gleicht.“

„Und was hast du Martin gesagt? Daß du ihm helfen wirst?“

„Mir blieb keine andere Wahl. Wenn ich bis Donnerstag nacht nichts arrangiert hätte, würde er sich trotzdem der Strömung anvertrauen und versuchen, sich die fünfzehn Kilometer bis Saint-Denis treiben zu lassen.“

„Unmöglich.“ Sie schüttelte den Kopf. „Bis dahin wären sie längst an Unterkühlung gestorben. Sag mal, dieser Savary, den du vorher erwähnt hast – ist das zufällig Jacques Savary, der Gangster?"

„Genau der. Er hat offenbar einen Sohn, Jean-Paul, der in Vaters Fußstapfen getreten ist. Ich soll so rasch wie möglich in einem Nachtclub mit dem schönen Namen Maison d'Or mit ihm Verbindung aufnehmen."

„O ja", sagte sie, „das berüchtigste Etablissement von ganz Marseille. Würde mich interessieren, wie du da zurechtkommen willst. Ich glaube, mein lieber Liam, bei deinem Französisch solltest du dich besser der Dienste einer guten Dolmetscherin versichern."

Er runzelte die Stirn und ergriff ihren Arm. „Überleg dir das gut", sagte er drängend. „Wenn etwas schiefgeht und bekannt wird, daß du in diese Sache verwickelt bist, landest du möglicherweise selbst im Gefängnis."

„Lieber, guter Liam." Sie küßte ihn sacht. „Siehst du auch nur die geringste Möglichkeit, mich aus der Sache herauszuhalten?"

Sechstes Kapitel

Es regnete, als Frank Barry und Jenny Crowther wieder durchs Schilf zu dem Bootssteg hinausgingen. Die beiden Boote dümpelten im Wasser. Barry, der einen seiner Koffer dabeihatte, betrat überraschenderweise Salters Boot.

Er ging in das blitzblanke Ruderhaus der *Kathleen* und untersuchte es sorgfältig, bis er entdeckte, was er gesucht hatte. Unter dem Armaturenbrett befand sich eine große Inspektionsklappe mit Scharnieren. Als Barry den Schnappriegel zog, sprang sie auf.

„Sei ein liebes Mädchen, und paß gut auf, ob Salter auftaucht", befahl er Jenny.

Aus der Manteltasche zog er einige Dinge, die er an diesem Morgen im Ort gekauft hatte: einen Schraubenzieher, Schrauben, einen Vorstechbohrer, eine kleine Eisensäge und einige Werkzeughalter.

Sauber und systematisch bohrte er Löcher für die Schrauben vor und befestigte dann mit den Schrauben die Halter an der Klappeninnenseite. Nachdem er eine der Sterling-Maschinenpistolen aus seinem Koffer genommen und geladen hatte, klemmte er sie in den Haltern fest. Anschließend lud er vorsichtig einen Smith & Wesson und befestigte ihn unter der Sterling. Er hob die Klappe hoch, drückte sie an, und der Schnappriegel rastete wieder ein.

Jenny war nicht entgangen, was Barry tat. „Wozu soll das denn gut sein?“ fragte sie.

„Es ist immer gut, wenn man noch ein As im Ärmel hat.“

Er nahm die zweite Sterling aus dem Koffer und sägte mit der Eisensäge von der Spitze des Schlagbolzens gerade soviel ab, wie nötig war, um sie unbrauchbar zu machen. Anschließend verfuhr er mit dem zweiten Smith & Wesson auf die gleiche Weise. Nachdem er sich davon überzeugt hatte, daß beide Waffen nicht mehr funktionierten, packte er sie wieder in den Koffer zu den Gasgranaten.

In Jennys Blick lag Unverständnis. „Jetzt schießen sie nicht mehr“, sagte sie.

Er legte dem Mädchen einen Arm um die Taille. „Ich bin nun mal ein sehr ordentlicher Mensch, Jenny“, entgegnete er. „Ich will immer ganz genau wissen, wo's lang geht.“

Sie schmiegte sich an ihn, und er küßte sie. „Ich liebe den Regen“, sagte er. „Nichts auf der Welt hat eine so stimulierende Wirkung auf mich.“ Er sah lächelnd auf sie hinunter. „Und da der Rest dieses Tages noch vor uns liegt, schlage ich vor, daß du mir die Sehenswürdigkeiten der pulsierenden Weltstadt zeigst, die du Ravenglass nennst.“

Zwanzig Minuten später und acht Kilometer hinter Marsh End trat Barry plötzlich auf die Bremse und fuhr auf das Bankett.

„Was ist denn los?“ fragte Jenny.

„Weißt du, was da drüben ist?“

Von der Straße aus konnte man einen Wachturm sehen, ein paar verfallene Flugzeughallen und eine von Gras überwucherte Landebahn. Der Maschendrahtzaun um das Grundstück war verrostet.

„Tanningley Field“, antwortete sie, „wurde im Krieg als Luftwaffenstützpunkt angelegt und wird schon seit Jahren nicht mehr benutzt.“

„Tatsächlich? Das ist ja wirklich hochinteressant.“

Er ließ den Motor an und fuhr weiter.

DAS Maison d'Or lag in der Altstadt von Marseille, und man konnte es nur zu Fuß durch eine schmale, mit Kopfsteinen gepflasterte Gasse erreichen, die an vier- und fünfstöckigen Häusern mit Fensterläden und kleinen, schmiedeeisernen Balkonen vorbeiführte. Die Tür des

Etablissements war verschlossen, und Anne-Marie drückte auf die Klingel. Sofort ging ein kleines Schiebefenster auf, und zwei kalte, blaue Augen musterten sie.

„Wir wollen uns ein bißchen amüsieren", sagte Anne-Marie.

„Wer will das nicht, Schätzchen? Sind Sie Mitglieder?"

„Nein, wir sind nicht von hier; aber ich habe meinem Freund ein bißchen Spaß versprochen."

Die Tür ging auf, und sie wurden eingelassen. Der Türsteher sah aus wie ein ehemaliger Boxer. Er musterte Anne-Marie beifällig und pfiff leise durch die Zähne.

Der Vorraum war in Scharlachrot und Gold gehalten. Die beiden Mädchen hinter dem Garderobentisch trugen elegante schwarze Kleider; eine kam herüber und nahm Anne-Marie und Devlin die Mäntel ab.

In einem reichverzierten Spiegel bemerkte Devlin einen dunkelhaarigen jungen Mann, der hinter ihnen aus einer fast verborgenen kleinen Tür neben dem Eingang gekommen war. Er blickte sie aus schwarzen Augen verächtlich und spöttisch an, und seine eingeschlagene Nase paßte aus irgendeinem Grund ausgezeichnet zu dem eleganten und teuren Anzug aus dunkelblauem Flanell. „Erlauben Sie, Monsieur?" bat er höflich.

Devlin hob die Arme ein wenig vom Körper weg, und der junge Mann tastete ihn mit geübten Bewegungen nach Waffen ab.

„Was soll denn das?" protestierte Anne-Marie ungehalten.

„Pst, Kleines", sagte Devlin. „Nur keine Aufregung. Ich bin unbewaffnet."

„Nichts für ungut, Monsieur", sagte der junge Mann, als er fertig war.

„Aber bitte. Ich habe vollstes Verständnis dafür", erwiderte Devlin vergnügt. „Wir möchten übrigens Monsieur Savary sprechen."

„Das ist leider nicht möglich", bedauerte der junge Mann. „Monsieur Savary ist im Augenblick nicht hier. Wollen Sie eine Nachricht hinterlassen?"

„Lieber nicht", sagte Devlin. „Was ich ihm zu sagen habe, ist nicht für fremde Ohren bestimmt. Es handelt sich um eine Botschaft von seinem Vater."

Das spöttische Lächeln im Gesicht des jungen Mannes war verschwunden. „Interessant, Monsieur."

„Wenn Savary kommt, können Sie es ihm vielleicht ausrichten. Wir haben es nicht eilig."

Devlin nahm Anne-Marie beim Ellenbogen und steuerte mit ihr auf den Eingang zum Clublokal zu. Der junge Mann schnippte mit den Fingern, und wie durch Zauberei erschien ein Ober und führte sie an einen Tisch.

„Champagner", sagte Anne-Marie. „Und einen Whisky für den Herrn."

„Sie haben nicht zufällig irischen Whisky in der Bar?" fragte Devlin.

„Aber natürlich, Monsieur", erwiderte der Ober. „Im Maison d'Or sind wir stolz darauf, die Wünsche all unserer Gäste erfüllen zu können."

„Alle Achtung, dazu gehört schon einiges", schmeichelte Devlin und sah sich interessiert um.

Das Maison d'Or war ein Nachtclub, wie man ihn auf der ganzen Welt findet: ein Trio, das leise Barmusik spielte; eine kleine Tanzfläche; dicht beieinanderstehende Tischchen und ein Spielsalon in einem Nebenraum. Allerdings war die Einrichtung überraschend geschmackvoll.

Der Ober kam mit den Drinks zurück. „Möchten Sie auch etwas essen?"

Anne-Marie antwortete. „Vielleicht später. Erst einmal warten wir auf Monsieur Savary."

Der Ober zuckte die Achseln und ging. „Hast du auch das Gefühl, daß wir hier nicht sehr gern gesehen sind?" fragte Devlin.

Der Türsteher lehnte mit einem Glas in der Hand an der Bar und beobachtete sie. Er leerte das Glas in einem Zug und kam zu ihnen herüber.

„Achtung", flüsterte Devlin, „wenn mich nicht alles täuscht, bekommen wir gleich Ärger."

„Hören Sie", sagte der Türsteher, „Monsieur Savary kommt heute abend nicht mehr. Wenn ich Sie wäre, würde ich rasch austrinken und verschwinden. Das Häschen kann natürlich hierbleiben." Er legte Anne-Marie seine Pranke auf die Schulter, und seine Finger glitten in ihren Ausschnitt.

Sie verzog keine Miene. „Schenk mir bitte noch ein wenig Champagner ein", sagte sie zu Devlin.

„Gern." Er langte nach der Flasche. „Ach", sagte er beiläufig zum

Türsteher, „ich wäre Ihnen wirklich sehr verbunden, wenn Sie Ihre Greifwerkzeuge wieder einziehen würden."

Er goß Anne-Marie Champagner ein, packte dann plötzlich die Flasche am Hals und schlug sie dem Türsteher auf den Schädel. Mit einem Aufschrei ging der Mann in die Knie, wobei er sich am Tischtuch festhielt und die Gläser herunterriß, die auf dem Boden zerschellten.

Die anderen Gäste schauten konsterniert herüber, die Band hörte auf zu spielen, und aus verschiedenen Ecken des Lokals kamen finster dreinblickende Gestalten im Smoking angerannt. Der junge Mann mit der verbogenen Nase pfiff sie mit einem scharfen Befehl zurück.

Die Rausschmeißer verzogen sich, während sich der Türsteher hochrappelte. Er schüttelte den Kopf wie ein verwundeter Stier und drückte eine Serviette auf die blutende Wunde. „Sie hatten recht, Chef", sagte er. „Der Kerl sieht harmloser aus, als er ist."

Der junge Mann besah sich die Verletzung. „Ist nicht so tragisch, Claude", versicherte er. „Du hast schon Schlimmeres abbekommen. Geh und laß dich verpflastern."

Ein halbes Dutzend Kellner hatte die Unordnung in der Zwischenzeit schon beseitigt. Der junge Mann drehte sich zu Devlin um. „Gut gemacht, Monsieur …?"

„Devlin."

„Ich mag Ihren Stil."

„Und ich Ihren", sagte Devlin. „Sie sind Jean-Paul Savary?"

„Ich bekenne", sagte Savary und verbeugte sich übertrieben tief.

„Warum dann das Versteckspiel?"

„Weil ich Mademoiselle Audin erkannt habe." Er küßte ihr galant die Hand. „Ich bin ein großer Bewunderer Ihrer Arbeit. Da ich aus Gewohnheit vorsichtig operiere, wollte ich erst einmal abwarten." Er setzte sich an den Tisch. „Sie haben also eine Botschaft von meinem Vater? Wie ist das möglich?"

„Er teilt seine Zelle mit einem Freund von mir."

„Sträfling 38930, Martin Brosnan", sagte Savary.

„Stimmt." Devlin runzelte nachdenklich die Stirn. „Sie kennen sogar seine Sklavennummer?"

„Was meinen Vater und die Ile du Paradis angeht, da gibt es nichts, was ich nicht weiß. Alle Sträflinge auf der Insel behalten ihre Nummer bis zum Tod. Sie wird ihnen auf den rechten Unterarm tätowiert."

„Ihr Vater ist schon sehr lange dort", schaltete sich Anne-Marie ein. „Eigentlich verwunderlich, daß die Union Corse noch nichts für ihn hat tun können."

„Ja, wenn er wegen eines anderen Vergehens dort säße." Savary schüttelte den Kopf. „Aber er hat versucht, General de Gaulle aus dem Weg zu räumen. Und – er hätte es um ein Haar geschafft. Das vergeben sie ihm nie."

„Sie haben also nie versucht, ihn gewaltsam zu befreien?" fuhr Anne-Marie fort.

„Von der Paradiesinsel?" Er lachte ungläubig. „Da ist noch keiner lebend weggekommen. Keiner."

„Nun", sagte Devlin bedächtig, „Donnerstag nacht werden Martin Brosnan und Ihr Vater die Probe aufs Exempel machen; ob Sie ihnen dabei helfen oder nicht. Das ist die Botschaft, die ich Ihnen von Ihrem Vater bringe."

Jean-Paul Savary saß wie erstarrt da und sah zuerst Devlin, dann Anne-Marie an. „Ist das wahr?"

„Ja, sicher."

Er holte tief Atem und stand auf. „Dann schlage ich vor, daß wir die Angelegenheit in meinen Privaträumen im ersten Stock besprechen."

Es WAR sehr warm in dem gemütlichen Wohnzimmer, und Anne-Marie öffnete die Balkontür, ging hinaus und sah zum Hafen hinüber. Nach einer Weile kehrte sie ins Zimmer zurück. Devlin und Jean-Paul hatten ihre Jacketts ausgezogen und beugten sich über eine Karte, auf der in großem Maßstab die Paradiesinsel und die gegenüberliegende Küste zu sehen waren. „Ist es durchführbar?" fragte Devlin.

„Theoretisch schon. Den elektronischen Signalgeber, den Brosnan erwähnt hat, können wir ohne große Schwierigkeiten besorgen; das Boot ebenfalls. Wir besitzen sechs Trawler. Morgen schon kann einer davon in Saint-Denis liegen. Ich mache mir nur wegen der Strömung Sorgen. Ihre Chancen stehen günstigstenfalls fifty-fifty."

„Das scheint Sie aber nicht sonderlich zu stören."

„Mein Vater vegetiert seit vierzehn Jahren in einem steinernen Grab, Mr. Devlin. Eine Chance wie diese bekommt er nur einmal. Wie könnte ich mich da weigern, wenigstens einen Versuch zu unternehmen? Doch es gibt da noch etliche Schwierigkeiten zu bedenken, die Sie anscheinend noch nicht erkannt haben."

Es klopfte, und Claude, der massige Türsteher, erschien im Zimmer. „Doktor Cresson ist gekommen“, meldete er.

„Gut. Führ ihn herein.“

André Cresson war ein großer Mann mit dunklen, traurigen Augen und einem Doppelkinn. Sein hellbrauner Gabardineanzug sah aus, als habe er seit Wochen darin geschlafen. Außerdem war der Doktor Kettenraucher und zündete sich eine Zigarette nach der anderen an, während Savary ihn einweihte.

„Sie werden also durch den Abwasserkanal fliehen?“ fragte er.

„Richtig“, bestätigte Devlin.

Cresson verzog das Gesicht. „Das gefällt mir gar nicht. Kloaken sind immer eine üble Sache, und auf dieser Insel ...“ Er zuckte die Achseln. „Es ist wahrscheinlich noch die ursprüngliche Anlage aus dem achtzehnten Jahrhundert.“

„Was wollen Sie damit andeuten?“ fragte Jean-Paul.

„Nun, da entwickeln sich oft Kohlendioxyd und Sumpfgas. Das eine führt nur zum Erstickungstod, das andere kann aber außerdem schon beim kleinsten Funken explodieren.“

„Also keine Kerzen oder Streichhölzer“, sagte Devlin.

„Genau. Werden Sie diesen Brosnan vorher noch einmal sehen, Monsieur?“

„Ja. Ich habe eine Besuchserlaubnis für Donnerstag morgen.“

„Dann sollten Sie nach Möglichkeit eine kleine Taschenlampe reinschmuggeln. So etwas läßt sich im Gefängnis nicht so leicht besorgen. Besonders gefährlich wäre es nämlich für die beiden, wenn sie in der Dunkelheit ausglitten und in das Abwasser fielen. Ein kräftiger Schluck von dieser widerlichen Brühe kann bereits nach ein paar Stunden Übelkeit, Erbrechen und einen raschen Tod zur Folge haben.“

Bedrücktes Schweigen folgte. Schließlich fragte Anne-Marie: „Und was kann man dagegen tun, Doktor?“

„Das beste wäre eine sofortige medikamentöse Behandlung, nachdem sie aufgefischt worden sind.“ Er lächelte traurig. „Falls sie tatsächlich aufgefischt werden. Wir dürfen den Mahlstrom nicht vergessen, Freunde. Sein kaltes Wasser wird selbst in einer lauen Nacht die Körpertemperatur extrem schnell absinken lassen. Das würde besonders meinen alten Freund Jacques in Mitleidenschaft ziehen; schließlich ist er auch nicht mehr der Jüngste.“

Jean-Paul griff wieder in die Diskussion ein. „Dann werden Sie eben mit uns an Bord des Trawlers sein und den beiden, wenn nötig, die Medikamente verabreichen."

„Angenommen, die beiden schaffen es", sagte Devlin. „Wie soll es dann weitergehen?"

„Wie ich dir bereits gesagt habe, besitze ich einen kleinen, abgelegenen Bauernhof in den Bergen über Nizza", sagte Anne-Marie. „Dorthin ziehe ich mich zurück, wenn ich mal Ruhe brauche. Man kann von da oben jeden, der sich nähert, schon von weitem erkennen. Dort können sie sich erst einmal erholen."

„Und die Leute auf dem Hof?" wollte Devlin wissen.

„Das ist kein Problem. Ich halte dort nur Schafe, und Louis, der alte Schäfer, ist mit der Herde meistens weit oben in den Bergen."

„Hört sich gut an."

„Ich weiß das Angebot zu schätzen", sagte Jean-Paul. „Aber ich werde mich selbst um meinen Vater kümmern."

„Die beiden müssen sich auf jeden Fall eine Zeitlang verbergen", erklärte Devlin. „Jeder Bulle in Frankreich wird nach ihnen suchen."

„Stimmt", sagte Jean-Paul. „Aber sie könnten ja auch ertrunken sein. Sie könnten an Unterkühlung sterben und von der Strömung auf die Klippen vor Saint-Denis gespült werden."

Alle schwiegen. Dann sagte Anne-Marie leise: „Wenn Sie damit das andeuten wollen, was ich vermute, so ergibt sich das offensichtliche Problem, daß die angeschwemmten Leichen nicht die von Jacques Savary und Martin Brosnan wären."

„Allerdings wären sie bis zur Unkenntlichkeit entstellt, trügen Gefängniskleidung mit der richtigen Sträflingsnummer und gestohlene Schwimmwesten!" Jean-Paul hob die Schultern. „Ich halte es für sehr unwahrscheinlich, daß die Behörden in diesem Fall die Leichen noch genauer untersuchen werden." Er setzte sich bequemer hin und starrte gedankenverloren auf die Landkarte. „Natürlich kann ich keinen Eid darauf schwören", sagte er nach einer Weile, „aber ich habe das Gefühl, daß man die beiden Leichen so rasch wie möglich verschwinden lassen und einfach bekanntgeben würde, die Sträflinge Brosnan und Savary seien gestorben; entweder eines natürlichen Todes oder bei einem Unfall im Steinbruch."

„Sie sind also der Ansicht, man würde die Flucht vertuschen", überlegte Devlin.

„Wäre das nicht das Vernünftigste? Auf diese Weise stünden die Behörden nicht als die Blamierten da, und der Ruf der Paradiesinsel mit ihrem absolut ausbruchssicheren Gefängnis bliebe bestehen."

„Damit könnten Sie recht haben", gab Devlin zu. „Aber wie geht es jetzt im Augenblick weiter?"

Jean-Paul wandte sich an Cresson. „Nun kommt es allein auf Sie an, André. Durchstöbern Sie die ganze Stadt. Leichenhallen, Beerdigungsunternehmen. Sie wissen ja Bescheid. Der Trawler sticht morgen nachmittag in See. Bis dahin müssen zwei passende Leichen in seinem Kühlraum liegen."

André Cresson zog einen Kugelschreiber und ein kleines, in Leder gebundenes Notizbuch aus der Brusttasche. „Was Jacques betrifft, so weiß ich Bescheid", sagte er zu Devlin. „Schließlich war ich lange genug sein Arzt. Nun brauche ich nur noch eine möglichst genaue Beschreibung Ihres Freundes Brosnan, Monsieur."

DIE Leichenhalle lag an einem kleinen, mit Kopfsteinen gepflasterten Platz in der Altstadt. Als Jean-Paul Savary, Devlin und Anne-Marie sich am nächsten Tag dem Gebäude näherten, stand ein prunkvolles Leichengespann davor. Alles war in feierlichem Schwarz gehalten. Vergoldete weinende Engel zierten die vier Ecken der Karosse. Die Pferde trugen schwarze Straußenfedern zwischen den Ohren.

Jean-Paul betätigte den Glockenstrang am Seiteneingang. Unmittelbar darauf wurde die Tür von einem hochgewachsenen, spindeldürren alten Mann, der einen schwarzen Anzug trug, geöffnet. „Bitte, hier entlang, Monsieur Savary."

Er führte die drei Besucher durch einen langen, dunklen Gang und öffnete eine Tür am Ende des Korridors. Das Zimmer, das die Besucher jetzt betraten, war der Vorbereitungsraum, in dem die Leichen vor dem Einsargen gewaschen und einbalsamiert wurden. In der Mitte standen zwei steinerne Tische, auf denen je ein Körper lag.

Dr. Cresson, wie immer eine Zigarette im Mundwinkel, sprach gerade mit einem kleinen rattengesichtigen Mann, der ein schwarzes Köfferchen trug.

„Geht alles nach Plan?" unterbrach Jean-Paul die Unterhaltung.

„Ich glaube schon. Die zwei sind bei Autounfällen ums Leben gekommen."

„Können wir die Polizei mit den Leichen wirklich täuschen?" fragte Devlin.

Cresson nickte. „Ja. Aber um sicherzugehen, werden wir noch etwas nachhelfen." Er stellte den Mann mit dem Rattengesicht vor. „Jean-Paul, dies ist der Tätowierer, von dem ich gesprochen habe. Mr. Black ist Engländer, lebt aber schon seit geraumer Zeit in Marseille."

Jean-Paul schüttelte dem kleinen Mann die Hand. „Ich bin Ihnen für Ihre Hilfe in dieser Angelegenheit sehr verpflichtet und kann Ihnen versichern, daß die Union Corse sich erkenntlich zeigen wird."

„Es ist mir ein Vergnügen, Mr. Savary", erwiderte Black. „Kann ich jetzt anfangen?"

„Aber natürlich. Achten Sie nur darauf, daß die richtige Leiche auch die richtige Nummer erhält. Mr. Brosnans Nummer ist 38930."

Anne-Marie und Devlin sahen fasziniert zu, wie der kleine Mann sein Köfferchen öffnete, eine batteriegetriebene Tätowiernadel und ein Fläschchen mit Farbstoff hervorholte und sich daranmachte, Brosnans Nummer geschickt auf den Unterarm der größeren Leiche zu tätowieren. Er rieb den Farbstoff ein, tupfte die Stelle mit einem Wattebausch ab, hob den Arm etwas hoch und erkundigte sich: „Zufrieden, Mr. Savary?"

„Wunderbar", antwortete Jean-Paul. „Sie sind ein echter Künstler. Und nun zu meinem Vater. Nummer 28917."

Jean-Paul sah Anne-Marie und Devlin an und sagte: „Ich glaube, alles andere müssen wir dem Schicksal überlassen."

Siebtes Kapitel

Frank Barry lag im Bett und starrte an die Zimmerdecke. Es war sieben Uhr; ein kalter Novembermorgen; der Regen prasselte gegen das Fenster. Neben ihm schlief Jenny Crowther. Sie atmete ruhig durch ihre leicht geöffneten Lippen und sah unglaublich unschuldig aus.

Barry stieg aus dem Bett, ging barfuß zum Stuhl hinüber, auf dem er seine Kleider abgelegt hatte, und zog sich Hosen und einen alten Pullover an. Dann holte er seine Koffer aus dem Schrank. Jenny erwachte und setzte sich auf. „Wohin gehst du?" fragte sie besorgt.

Er ging zum Bett hinüber. „Du bleibst hier", sagte er. „Ich kann dich heute auf der Farm nicht gebrauchen, klar?"

Sie sah ihn forschend an. „Kommst du zurück?"

„Später", erwiderte er, obwohl er ganz genau wußte, daß er keine Zeit mehr für sie haben würde. Er hatte jetzt an Wichtigeres zu denken. Mit den Koffern in der Hand verließ er schnell das Zimmer.

Im Haus roch es nach Frühstücksspeck. Salter stand am Herd in der Küche. „Guten Morgen, Mr. Sinclair", grüßte er freundlich, „kann ich Ihnen eine Kleinigkeit zu essen anbieten?"

„Nein, danke." Barry goß sich eine Tasse Tee ein und trank sie rasch aus. „Ich arbeite am liebsten mit leerem Magen."

Das Lächeln verschwand aus Salters Gesicht. „Dann ist also heute der große Tag?"

„Man sollte meinen, ein alter Gauner wie Sie hätte gelernt, daß man um so besser dran ist, je weniger man weiß", knurrte Barry, nahm die Koffer wieder auf und ging zur Tür. „Und ich möchte nicht, daß Sie und Jenny sich heute auf der Farm blicken lassen."

Kurz darauf parkte Barry den Landrover in der Nähe des Bootsstegs. Es regnete in Strömen, und weit und breit war keine Menschenseele zu sehen. Er kletterte an Bord der *Kathleen* und ging ins Ruderhaus. Zuerst überzeugte er sich davon, daß die Sterling-MP und der Smith & Wesson noch an Ort und Stelle waren. Das Beiboot der *Kathleen,* ein gelbes Schlauchboot mit Außenbordmotor, war mit einer Leine am Heck befestigt. Er zog es an den Steg heran, kletterte hinein und legte ab. Der Motor sprang sofort an, und Barry tuckerte den Meeresarm hinunter in Richtung auf die offene See.

Nach fünfhundert Metern bog er in einen Seitenarm ein, folgte ihm, nahm dann einen anderen und fuhr so an die zwanzig Minuten kreuz und quer, bis er endlich fand, was er suchte. Es war eine Art Teich, fast kreisrund und mit einem Durchmesser von annähernd zwanzig Metern. Er stellte den Motor ab. Der Grund fiel zur Mitte hin steil ab, und das Wasser war dort etwa fünf Meter tief.

Er schien der erste Mensch zu sein, der diesen Ort je gesehen hatte. Nur das Rauschen des Regens durchbrach die Stille, und Barry erschauerte unwillkürlich bei dem Gedanken an die Geschichten von Elfenteichen, die er als Kind in Irland gehört hatte. Allerdings würde diese Stelle für seinen Plan hervorragend geeignet sein. Barry warf den Motor wieder an und fuhr zu den Booten zurück.

Hedley Preston stand vor dem Garderobenspiegel und rückte sich die blaue Felduniformmütze angemessen verwegen zurecht. Die Tarnuniform gab ihm ein bedrohliches Aussehen. Er schnallte das Koppel enger.

„Sieh an“, sagte er leise zu sich selbst. „Hedley in Uniform. Wer hätte das gedacht?“

Er ging nach unten und traf den ebenfalls uniformierten Varley mit einem Glas in der Hand vor dem Kaminfeuer sitzend an. Varley wandte den Kopf, sah Preston über die Schulter an und sagte säuerlich: „Schau, schau. Ein richtiger Kriegsheld.“

„Eins steht fest“, erwiderte Preston fröhlich. „Wenn Sinclair dich mit einem Glas in der Hand erwischt, bist du die längste Zeit ein Held gewesen.“

„Zur Hölle mit Sinclair“, schimpfte Varley. Aber als er Schritte auf dem Flur hörte, versteckte er hastig das Glas.

Barry kam herein, einen der beiden Koffer in der Hand. Er sah aus wie ein altgedienter Soldat, und der Browning in der Halfter an seinem Koppel paßte genau ins Bild.

„Jetzt werden wir wohl erfahren, worum es geht“, sagte Preston.

„Nur soviel wie nötig.“ Barry legte den braunen Koffer auf den Tisch, öffnete ihn, nahm eine Landkarte heraus und entfaltete sie. „Ein oder zwei Lastwagen werden diesen Punkt an der Straße zum Wast-Water-See passieren. In einem davon wird mit Sicherheit ein halbes Dutzend Soldaten sitzen. Außerdem wird noch Geleitschutz dabeisein. Wieviel Mann insgesamt, weiß ich jetzt noch nicht ...“

„Moment mal“, unterbrach ihn Varley. „Soldaten?“

„Mach dir nicht in die Hose“, entgegnete Barry. „In Großbritannien ziehen keine bewaffneten Soldaten mit dem Gewehr im Anschlag durch die freie Natur. Es besteht also kein Grund zur Besorgnis. Wir versperren dem Konvoi mit dem Landrover einfach den Weg.“ Er nahm eine der Gasgranaten aus dem Koffer. „Werft eine davon hinten auf den Laster. Das Gas wirkt sofort. Sie werden eine Stunde lang bewußtlos sein.“

„Und wir?“ fragte Preston.

„Keine Sorge.“ Barry hielt eine kleine, khakifarbene Gasmaske mit grünem Filter hoch.

„Sie schlafen also wie die Babys“, stellte Preston fest. „Was machen wir, wenn soweit alles geklappt hat?“

„Wir verfrachten die Ladung des Lastwagens in den Landrover. Dann geht's in dreißig Minuten zur Küste zurück, wo ich ein Boot liegen habe. Wir bringen die Ladung an Bord, und dann habt ihr es hinter euch und könnt verduften."

„Mit weiteren fünftausend Pfund für jeden", ergänzte Preston. „Wir wollen doch nicht das Wichtigste vergessen."

Barry nahm die Sterling-Maschinenpistole und den Smith & Wesson aus dem Koffer. „Sie sind sicherheitshalber beide geladen", sagte er. „Aber niemand schießt, ehe ich den Befehl dazu gebe, klar?"

„Wie dicke Tinte, Mr. Sinclair." Preston hob die Sterling fast liebevoll auf. „Wahre Schönheit ist doch unvergänglich", murmelte er.

Varley nahm den Smith & Wesson behutsam in die Hand und schob ihn dann in sein Holster. „Eins wüßte ich gern", meinte er aufmüpfig. „Was ist denn so Wichtiges in dem verdammten Lastwagen?"

Barry schloß den Koffer, nahm ihn vom Tisch und sah die beiden Männer eine ganze Weile wortlos an. Dann befahl er: „Los, gehen wir!"

Mit ein paar Schritten war er aus dem Zimmer. „Was glaubt dieser Kerl eigentlich, wer ...", rief Varley erbost, doch Preston brachte ihn mit einer Handbewegung zum Schweigen.

„Ruhig Blut, Sam! ‚Eile mit Weile', denk dran. Tun wir erstmal, was der Mann verlangt." Er nahm seine Sterling vom Tisch und ging.

VON seinem Aussichtspunkt unter der Baumgruppe neben der Straße, zweihundert Meter nördlich vom Landeplatz Brisingham, beobachtete Barry durch ein Fernglas, wie die deutsche Transportmaschine von Bundeswehrsoldaten entladen wurde. Er konnte nur zwei Fahrzeuge ausmachen: einen Lastwagen und einen Jeep. Die Soldaten luden drei Kisten auf den Lkw und kletterten dann selbst auf die Ladefläche.

Ihr Begleitoffizier, ein Major der Artillerie, sprach noch ein paar Minuten mit einem jungen Hauptmann der britischen Armee. Schließlich stiegen beide in den Jeep und fuhren vor dem Lastwagen her zum Haupttor. Barry wartete, bis beide Fahrzeuge die Straße erreicht hatten, dann sprang er in den Landrover und fuhr dahin, wo er Varley und Preston zurückgelassen hatte.

Die beiden Männer kauerten hinter einem niedrigen Steinmäuerchen unter den Bäumen unweit vom Straßenrand. Varley hielt eine kleine Whiskyflasche in der Hand, aus der er wiederholt einen kräftigen Schluck nahm.

„Ich glaube, du bist wirklich bekloppt", sagte Preston.

„Kümmere dich um deinen eigenen Kram", fuhr ihn Varley an. „Ich lasse mich nicht herumkommandieren. Nicht von dir und schon gar nicht von diesem Sinclair, der sich aufführt wie der Allmächtige oder so was Ähnliches." Er leerte die Flasche und ließ sie ins Gras fallen.

In diesem Moment war das Geräusch eines sich nähernden Wagens zu hören.

„Achtung, ich glaube, er kommt!" rief Preston.

Einen Augenblick später war der Landrover da. Barry parkte ihn quer auf die Straße, stieg aus und ging zu den beiden Männern hinüber.

„Alles in Ordnung?" fragte Preston.

„Alles in Ordnung. Es sind zwei Fahrzeuge. Ein Jeep mit drei Mann vorneweg, dann ein Lastwagen. Der Lkw-Fahrer und ein Unteroffizier sitzen vorn im Führerhaus. Hinten hockt ein halbes Dutzend Deutsche. Für uns heißt das: drei Granaten. Ich werfe die erste in den Jeep, wenn ich mit den Offizieren rede. Ihr beide übernehmt den Lastwagen. Eine Granate ins Führerhaus, die zweite unter die Plane."

„Zu Befehl, Herr General", lallte Varley. Seine Ehrenbezeigung mißlang.

Barry hob die leere Whiskyflasche auf und schleuderte sie mit einem Fluch ins Gebüsch. Er packte Varley vorn am Kampfanzug. „Wenn du mir diese Sache vermasselst, du betrunkenes Schwein", zischte er, „dann blase ich dir dein bißchen Gehirn aus dem Schädel." Näher kommende Motorengeräusche ließen ihn innehalten.

„Los!" kommandierte Barry. „Gasmasken auf!" Er drehte sich um und lief zur Straße. Nachdem er seine eigene Maske aus dem Landrover geholt und sich umgehängt hatte, stellte er sich neben den Wagen und wartete.

Der deutsche Major auf dem Rücksitz des Jeeps unterhielt sich mit dem jungen Hauptmann, der vorn neben dem Fahrer saß und sich halb umgedreht hatte. Daher sah der Hauptmann Barry erst, nachdem der Fahrer den Fuß vom Gas genommen und ihn auf das Hindernis aufmerksam gemacht hatte. Er kurbelte das Seitenfenster herunter. „Was ist denn hier los?" erkundigte er sich bei Barry.

„Plan geändert. Haben die Ihnen nichts davon gesagt?“ fragte Barry. „Das ist doch wieder mal typisch.“

Er zog die Gasgranate ab, warf sie durch das geöffnete Fenster, drehte sich weg und streifte sich blitzschnell die Gasmaske übers Gesicht.

Preston und Varley rannten unterdessen zum Lastwagen hinüber. Preston sprintete nach hinten und warf seine Gasgranate über die Ladeklappe.

Varley aber verpatzte die Sache. Er zog schon im Laufen seine Granate ab, stolperte und fiel hin, und die Granate kullerte in einer weißen Rauchwolke davon.

Die linke Tür ging auf, und ein schwergewichtiger Feldwebel sprang aus dem Führerhaus. Barry blieb keine andere Wahl, als ihn mit dem Browning niederzuschießen. Sekunden später hob er die rauchende Granate auf und warf sie ins Führerhaus, wo der Fahrer noch wie gelähmt am Steuer saß.

Plötzlich war es totenstill. Preston kam hinter dem Lastwagen hervor, während Barry, der Varley auf die Beine zerrte und dabei wütend schüttelte, unverständliche Flüche hinter der Gasmaske ausstieß. Dann ließ er von ihm ab, lief ans hintere Ende des Lastwagens, öffnete die Ladeklappe, stieg über die leblos daliegenden deutschen Soldaten und untersuchte die drei grünen Kisten.

In genau vier Minuten hatten die drei Männer die Kisten in den Landrover umgeladen. Eine weitere Minute später fuhren sie davon und ließen die beiden Militärfahrzeuge mitten auf der Straße zurück.

Kurze Zeit danach kam der Landrover am Ende des Bootsstegs zum Stehen. Barry stieg aus und ging um den Wagen herum nach hinten, wo Preston und Varley mit den drei Kisten saßen.

„Dann wollen wir die Dinger mal so schnell wie möglich an Bord der *Jason* schaffen“, sagte er. „Gebt mir die erste Kiste.“

„Mit dem größten Vergnügen“, erwiderte Preston, als er sie ihm hinschob. Sie war verhältnismäßig leicht. Barry hatte keine Mühe, sie über die Reling zu hieven und die Kajütstreppe hinunterzutragen. Er öffnete die Tür zur Kajüte und stellte die Kiste dort ab. Als er sie auf den Boden setzte, kamen Preston und Varley schon mit der zweiten, etwas größeren Kiste an.

„Gut“, sagte Barry. „Eine noch, und wir haben’s geschafft. Dann könnt ihr abhauen.“

Varley sah Preston verstohlen von der Seite an, doch der reagierte nicht, und die beiden stiegen die Kajütstreppe wieder hinauf. Barry kam hinterher. Dann überwachte er den Abtransport der dritten Kiste. Als die beiden auf dem Steg angelangt waren, holte er unter dem Fahrersitz des Landrovers seine Aktentasche hervor und ging hinter den Männern her.

Barry war gespannt, wann sie wohl losschlagen würden. Er baute sich an der Heckreling auf, stellte die Aktentasche vor sich aufs Deck, zog den Browning, entsicherte ihn und ließ ihn wieder in die Halfter gleiten. Dann zündete er sich eine Zigarette an und wartete. Aus der Kajüte drang Stimmengemurmel herauf.

Schließlich erschienen die beiden Männer wieder an Deck, und Preston sagte: „Ich hoffe, Sie haben das Geld dabei."

„Aber natürlich."

„Darüber würden wir uns gern mit Ihnen unterhalten. Und wir möchten auch wissen, was sich dort unten in den Kisten befindet und wieviel Geld wirklich in der Aktentasche ist."

„Mit anderen Worten", platzte Varley dazwischen, „wir wollen alles."

Auf Barrys Lippen erschien ein spöttisches Lächeln. Preston hatte jetzt die Maschinenpistole auf ihn gerichtet, und Varley zog seinen Smith & Wesson.

„Komm ich hier lebend weg?" fragte Barry ruhig.

„Ich fürchte, das wird sich nicht machen lassen, Mr. Sinclair." Preston grinste. „Sie haben das Spiel leider verloren."

„Wirklich eine Schande." Barry warf seine Zigarette über die Reling. „Vor allem, wenn man bedenkt, daß ihr jetzt eigentlich schon mit eurem Anteil auf dem Heimweg sein könntet."

Als er den Browning zog, drückte Preston den Abzug der Sterling durch. Nur das mechanische Rattern des Bolzens war zu hören. In diesen schrecklichen letzten Sekunden seines Lebens durchschaute Preston das Spiel, und das Grinsen erstarb auf seinen Zügen.

Aber um zu handeln, war es schon zu spät. Barry schoß Preston in den Kopf, und er wurde gegen das Ruderhaus geschleudert. Varley feuerte krampfhaft seinen Smith & Wesson ab und hörte nur ein metallisches Klicken nach dem anderen. Mit einem verzweifelten Wutschrei warf er schließlich die nutzlose Waffe nach Barry und wandte sich zur Flucht. Barry schoß ihn kaltblütig zweimal in den

Rücken. Varley brach in die Knie und blieb mit ausgebreiteten Armen über der Reling hängen.

Vögel stiegen aus dem Schilf auf, und die Luft war erfüllt von ihrem Flügelschlag und ihren panischen Schreien. Barry tastete die beiden Toten rasch ab. Wie erwartet, trugen sie ihre fünftausend Pfund bei sich. Er warf die beiden Leichen nacheinander die Kajütstreppe hinunter, holte seine Aktentasche, stieg über die Reling und ging rasch zur *Kathleen* hinüber.

Auf dem Schiff sah er sich im Ruderhaus um. Die Sitzbank an einer der Wände hatte eine mit Leder gepolsterte Sitzfläche, die hochgeklappt werden konnte. Darunter lag allerlei Plunder verstaut. Dort verbarg Barry die Aktentasche.

Dann ging er zur *Jason* zurück, hüllte die drei Kisten rasch in eine wasserdichte Plane und befestigte danach das Beiboot der *Kathleen* am Heck der *Jason*. Schließlich machte er an Bord der *Jason* die Leinen los, rannte ins Ruderhaus und startete den Motor. Vorsichtig suchte er seinen Weg durch das Schilf und erreichte schließlich die teichähnliche Stelle, die er an diesem Morgen entdeckt hatte.

Er stellte den Motor ab. Die *Jason* driftete noch ein wenig und kam nach einem Moment zum Stillstand. Ohne die Leichen zu beachten, ging Barry die Kajütstreppe hinunter und öffnete sämtliche Bordventile vom Bug bis zum Heck. Als er wieder auf Deck stand, sackte das Boot bereits langsam ab. Er holte das Beiboot ein, kletterte hinein und ruderte zum Schilfrand.

Von dort aus beobachtete er, wie die *Jason* rasch sank. Erst als sie völlig verschwunden war, warf Barry den Außenbordmotor an, zwängte sich durch das Schilf und tuckerte zum Bootssteg zurück.

HENRY SALTER saß in der Küche und trank Tee. Der Wind rüttelte an den Fensterläden, und Regen prasselte gegen die Scheiben. Er haßte den Winter. Dieses Wetter erfüllte Salter immer mit Unbehagen; allerdings längst nicht so sehr wie Sinclair, den er oben rumoren hörte.

Als Barry gleich darauf herunterkam und die Küche betrat, hatte er den dunklen Regenmantel an, den er bei seiner Ankunft getragen hatte, und hielt einen der braunen Koffer in der Hand. „So, das wär's", sagte er. „Ich habe auf der Farm ein wenig Ordnung gemacht. Es sieht wieder so aus, als wäre nie jemand dort gewesen."

„Und Preston und Varley?"

„Die konnten es kaum erwarten abzuhauen, als sie ihr Geld in den Fingern hatten. Und da wir gerade von Geld reden ..." Er öffnete den Koffer, nahm Prestons Anteil heraus und schob die Geldbündel über den Tisch. „Die restlichen fünftausend, wie versprochen."

Salter schwitzte, als er die Hand nach dem Geld ausstreckte. „Ich habe die ganze Zeit Radio gehört. In den Nachrichten wurden keinerlei ungewöhnliche Zwischenfälle in unserer Gegend gemeldet."

„Warum wohl sollte sich ein angesehener Bürger wie Sie über derartige Dinge den Kopf zerbrechen, Mr. Salter?"

„Natürlich", beeilte sich Salter zu versichern. „Warum eigentlich? Fahren Sie jetzt mit der *Jason* raus?"

„Die *Jason* ist bereits draußen, alter Junge." Barry lächelte. „Alles in bester Ordnung. Ich gehe sehr systematisch vor, müssen Sie wissen." Plötzlich holte er noch Varleys Anteil aus dem Koffer und warf die Geldbündel einzeln auf den Tisch. Salter traute seinen Augen nicht. „Sie haben eine Zulage verdient, Mr. Salter. Sie sind mir sehr behilflich gewesen, und meine Devise ist: Wie die Arbeit, so der Lohn. Ich nehme an, ich werde bald wieder in Ihre Gegend kommen. Keine allzu schwierige Sache diesmal. Aber es wäre beruhigend zu wissen, daß ich auf Ihre Unterstützung rechnen kann."

„Selbstverständlich, Mr. Sinclair, bin jederzeit gern zu Diensten", sagte Salter beflissen.

„Gut, dann werde ich jetzt gehen." Barry nahm seinen Koffer und verließ die Küche. Nachdem er gegangen war, blieb Salter noch am Tisch sitzen und lauschte. Erst als er den Cortina abfahren hörte, begann er mit zitternden Händen das Geld zu zählen.

ANNE-MARIE saß auf dem Balkon vor ihrem Hotelzimmer in Saint-Denis und suchte den Horizont nach der Ile du Paradis ab. Schließlich konnte sie die Insel ausmachen, doch selbst durchs Fernglas betrachtet, war sie nicht viel mehr als ein winziger Punkt.

Devlin trat im Bademantel auf den benachbarten Balkon heraus und rubbelte sich mit einem Handtuch die Haare trocken. „Nur zu deiner Information", sagte er, „der Trawler hat vor einer Stunde am Fischerkai festgemacht."

„Fährst du morgen nacht mit Jean-Paul und Cresson raus?"

„Ja."

„Kann ich mitkommen?"

„Bist du auf das Schlimmste vorbereitet? Daß wir sie verfehlen ..."

„Oder daß wir sie nur als Leichen bergen?" Sie nickte ernst. „Wie es auch immer ausgeht, ich möchte gern dabeisein, Liam."

„Warum eigentlich nicht? Jetzt muß ich mich aber erst mal anziehen und telefonieren. Das schiebe ich schon seit wenigstens vierundzwanzig Stunden vor mir her."

„Etwas Wichtiges?" fragte sie.

„Ferguson muß benachrichtigt werden."

Als in der Wohnung am Cavendish Square das Telefon läutete, hob Harry Fox ab.

„Harry, mein Junge, hier spricht der verschollene Onkel Liam."

Fox war plötzlich hellwach. „Mein Gott, Professor, wo haben Sie denn bloß gesteckt? Tut mir leid, aber Ferguson ist gerade nicht da. Er hat sich schon große Sorgen gemacht. Was ist denn passiert? Haben Sie mit Brosnan gesprochen?"

„Das habe ich. Aber ich habe nichts erreicht, bis ich Norah erwähnt habe. Das hat seine Rachegefühle zum Leben erweckt."

„Und? Spielt er mit?"

„Sozusagen. Hören Sie, Harry, Ferguson wird das nicht gefallen, aber Martin glaubt nicht daran, daß man ihn durch diplomatische Tricks rausholen kann. Also will er die Sache selbst in die Hand nehmen."

„*Was* will er?" Fox war erschrocken. „Das ist doch Wahnsinn. Völlig unmöglich!"

„Er sieht das offenbar anders. Ich hoffe doch, Sie zeichnen dies alles mit Ihrem kleinen Tonbandgerät auf?"

Fox mußte unwillkürlich lachen. „Selbstverständlich", sagte er. „Ist Miß Audin bei Ihnen?"

„Ja. Ich muß jetzt Schluß machen."

„Einen Augenblick noch!" rief Fox hastig. „Wo können wir Sie erreichen?"

Devlin lachte glucksend. „Erwarten Sie bitte unseren Anruf", sagte er und legte den Hörer auf.

Ferguson kam eine halbe Stunde danach zurück. Er sah müde aus. „Was für ein lausiger Tag!" stöhnte er. „Schon wieder eine unerfreuliche Geschichte, oben im Lake District. Ein westdeutsches Artillerieteam war auf dem Weg zum Wast-Water-Versuchsgelände, wo es seine neue Panzerabwehrrakete vorführen wollte. Sie wurden auf einer kleinen Landstraße überfallen; die Rakete ist verschwunden. Ganz professionelle Arbeit. Die Kerle trugen Kampfanzüge und haben Gasgranaten in die Fahrzeuge geworfen."

„Hat es eine Schießerei gegeben, Sir?"

„Sie haben einen Feldwebel der Artillerie erschossen. Da die Sache ziemlich heikel ist, hat der Abwehrchef eine totale Nachrichtensperre angeordnet. Vor allem darf die Presse nichts davon erfahren. Die Deutschen werden nicht gerade begeistert von dieser Panne sein."

„Devlin hat sich gemeldet, Sir", sagte Fox.

Fergusons Augen blitzten. „Wirklich? Was hat er denn die ganze Zeit getrieben?"

„Ich glaube, Sie sollten das im Wortlaut hören, Sir." Fox ließ das Band ablaufen. Als es zu Ende war, sprang Ferguson auf und tigerte erregt im Zimmer auf und ab.

„Dieser verdammte Devlin!"

„Offen gesagt, Sir, glaube ich nicht, daß Devlin irgendeine Schuld trifft. Schließlich war es Brosnans Entscheidung."

„Es ist einfach Wahnsinn", stöhnte Ferguson. „Wenn er durch ein Wunder tatsächlich entkommt, ist das *die* Sensation in Frankreich. Man wird das ganze Land auf den Kopf stellen, um ihn zu finden." Er blieb wutschnaubend am Fenster stehen. Fox wagte zu bemerken: „Sie haben durchaus die Möglichkeit, die Flucht zu verhindern, Sir."

„Indem ich den Gefängnisdirektor warne? Brächten Sie das fertig, Harry?"

„Nein, Sir, unmöglich."

„Ich auch nicht. Und Devlin weiß das verdammt genau."

„Kann ich noch irgend etwas tun, Sir?"

„Im Augenblick können wir gar nichts machen, Harry." Ferguson dachte nach. „Halt, eins vielleicht. Ich möchte, daß Sie unsere bisherigen Schritte kurz schriftlich festhalten. Nur die wichtigsten Fakten: wer in die Sache verwickelt ist, und was wir unternommen haben. Alles, mit Ausnahme der Geschichte mit Norah Cassidy."

Fox war überrascht. „Darf ich fragen, wozu, Sir?"

„Ich werde es Ihnen später erklären, Harry. Eine Kopie für mich und eine für die Premierministerin persönlich."

„Soll ich die Kopie mit Kurier in die Downing Street schicken, Sir?"

„Noch nicht. Ich bin nur gern auf alle Eventualitäten vorbereitet. Sie kann mich jeden Augenblick rufen lassen. Der Verstand dieser Frau arbeitet wie eine Schweizer Uhr. Das Memorandum ist selbstverständlich streng geheim. Sagen Sie Meg Johnson, sie soll sich selbst darum kümmern."

MEG JOHNSON war seit Bestehen von Fergusons Abteilung seine Chefsekretärin. Sie tippte den Bericht von Fox über Brosnan äußerst sorgfältig, ohne einen einzigen Fehler, mit der vorgeschriebenen Randbreite. Alles, was für die Premierministerin bestimmt war, mußte in Form und Inhalt perfekt sein.

Als sie fertig war, brachte sie den Bericht zu Fox, der ihn rasch durchlas und beifällig nickte. „Ausgezeichnet, Mrs. Johnson. Die Kopie für die Premierministerin legen Sie vorerst zusammen mit dem Original in Brigadegeneral Fergusons Akte für streng geheime Dienstsachen ab."

Sie ging in ihr Büro zurück und las den Bericht sicherheitshalber noch einmal durch. Nachdem sie sich überzeugt hatte, daß alles in Ordnung war, ging sie in den benachbarten Kopierraum hinüber. Dort hatte gerade die erste Büroassistentin, Mary Baxter, Dienst. Die beiden Frauen waren seit langem miteinander befreundet und arbeiteten schon jahrelang zusammen. Meg Johnson gab ihr den Report. „Mach mir bitte eine Kopie davon."

Als Mary Baxter das Schriftstück in die Maschine einlegte, fiel ihr Blick auf den Vermerk *Premierministerin persönlich*. Da läutete in Meg Johnsons Büro das Telefon. Meg lief zurück, um das Gespräch anzunehmen.

Einen Augenblick später kam Mary mit dem Original und einer Kopie nach. „Eine Kopie, richtig?"

„Danke, Mary. Leg beides einfach dort auf den Tisch", erwiderte Meg Johnson.

Mary kehrte in den Kopierraum zurück, wo sie zwei weitere Kopien aus der Maschine nahm. Sie faltete sie sorgfältig und steckte sie in die Tasche ihres Tweedrocks.

MARY BAXTER hatte eine einwandfreie Vergangenheit. Sie war unscheinbar, hatte nur wenige Freunde und war vor Jahren als Sekretärin in den Staatsdienst eingetreten. Ihre absolute Verläßlichkeit hatte ihr Beförderungen eingebracht und schließlich die Versetzung zu DI 5, nachdem man sie einer gründlichen Sicherheitsprüfung unterzogen hatte.

Ihr Vater war Stabsarzt gewesen und hatte ihr eine kleine Erbschaft hinterlassen, und sie besaß eine schöne Eigentumswohnung im Nordwesten von London. Sie war jetzt 42 und trug das Haar zu einem strengen Knoten gebunden. Die grauen Tweedkostüme und praktischen, flachen Schuhe, die sie zu tragen pflegte, machten sie auch nicht gerade attraktiver.

Aber eines Tages hatte sie bei einer kulturellen Veranstaltung in der brasilianischen Botschaft Peter Yasnov getroffen. Er war mehr als aufmerksam gewesen. War den ganzen Abend nicht von ihrer Seite gewichen. Hatte sie nicht nur nach Hause begleitet, sondern es auch fertiggebracht, sie für die nächste Woche zu einem Konzert in der Albert Hall einzuladen.

Er hatte ihr geduldig den Hof gemacht, und als sie schließlich seinen Verführungskünsten erlegen war, störte es sie schon nicht mehr, daß Yasnov Handelsattaché an der Sowjetbotschaft war. Sie liebte ihn, und das allein zählte. Sie gab ihm alles, was er wollte, und dazu gehörte jede Information von Wert, die ihr im Büro in die Hände fiel. Normalerweise bekam sie zwar nur höchst selten interessantes Material zu sehen, doch das hier war wirklich etwas Besonderes.

Eigentlich hätte sie Yasnov erst in vier Tagen wiedersehen sollen; in einer kleinen Ewigkeit also. Und außerdem hatte er ihr streng verboten, in seine Wohnung zu kommen. Aber mit *diesem* Material...

Sie hatte zwei Kopien gemacht, um sicherzugehen, daß eine gut lesbare dabei war. Jetzt schob sie eine in die Schublade ihrer Frisierkommode, steckte die andere in ihre Handtasche und verließ die Wohnung.

PETER YASNOV, Hauptmann im KGB, war seit zwei Jahren Handelsattaché an der sowjetischen Botschaft in London. Zuvor war er der Botschaft in Paris zugeteilt gewesen, wo er unter Nikolai Romanovs Fittichen erstaunliche Fortschritte gemacht hatte. Der gutaussehende, dunkelhaarige, elegante junge Mann wirkte auf Frauen sehr attraktiv. Aus diesem Umstand hofften seine Vorgesetzten Nutzen zu ziehen und hatten ihm deshalb eine kleine Villa am Ebury Court und einen luxuriösen Lebensstil bewilligt.

Leise vor sich hin summend kam er aus der Dusche, zog sich einen Bademantel an und ging ins Wohnzimmer. Er blieb am Fenster stehen und sah auf den Platz hinunter, als Mary Baxter um die Ecke bog. Sie passierte die zwei Monteure, deren grünes Zelt über einem Straßenschacht aufgestellt war, und steuerte auf sein Haus zu. Yasnov fluchte unterdrückt und lief nach unten an die Haustür.

Ein großer Teil der Arbeit des Sonderdezernates der Londoner Kriminalpolizei besteht aus Überwachung, und die zwei Beamten, die als Monteure verkleidet vor Yasnovs Haus postiert waren, observierten ihn nun schon seit gut einem Monat.

Mary Baxter klingelte an der Tür und drehte sich noch einmal zum Ebury Court hin um, was dem Kriminalbeamten mit der Kamera Gelegenheit verschaffte, ein paar ausgezeichnete Fotos von ihr zu schießen.

„Ich habe sie noch nie gesehen. Du etwa?"

„Eigentlich nicht sein Typ Frau", antwortete der andere.

Die Tür wurde geöffnet, und Yasnov erschien in seinem weißen Bademantel auf der Schwelle. Mary Baxter legte ihm einen Arm um den Hals und küßte ihn, und der Kriminalbeamte drückte erneut auf den Auslöser.

„Das ist allerdings interessant", sagte er, als Mary im Haus verschwunden war. „Er sah gar nicht erfreut aus. Bleib der Dame nachher mal auf den Fersen, George. Finde heraus, wer sie ist. Ich hab so das Gefühl, daß wir endlich einen Ansatzpunkt haben."

YASNOV war furchtbar wütend. „Ich habe dir doch untersagt, mich hier zu besuchen", fauchte er. „Willst du uns denn in größte Schwierigkeiten bringen?"

„Peter, bitte! Ich wollte es dir doch nur recht machen."

Sie hatte Tränen in den Augen, und er empfand nichts als Verachtung, versuchte aber, seine Gefühle so gut wie möglich zu verbergen. „Schon gut, es tut mir leid, daß ich laut geworden bin. Aber du mußt auch meine Lage verstehen."

„Ich weiß, Peter, es tut mir wirklich leid." Sie öffnete ihre Handtasche. „Aber ich war ganz sicher, daß dich dies hier interessieren würde."

Premierministerin persönlich. Als Yasnov das sah, krampfte sich ihm vor Erregung der Magen zusammen. Seine Hände zitterten leicht, als er den Bericht überflog. Er drehte sich um und ging zum Kamin hinüber. Das war der größte Fisch, den er je an Land gezogen hatte.

Sie näherte sich ihm zaghaft. „Habe ich es recht gemacht?"

Er wandte sich mit einem strahlenden Lächeln zu ihr um und zog sie an sich. „Wie wär's mit einem außergewöhnlichen Kuß für ein außergewöhnlich braves Mädchen?" fragte er und küßte sie leidenschaftlich.

Mary Baxter hielt sich ungefähr eine halbe Stunde bei Yasnov auf. Kurz nachdem sie gegangen war, verließ auch Yasnov das Haus und fuhr zur Sowjetbotschaft in Kensington Palace Gardens. Er wurde sofort bei seinem unmittelbaren Vorgesetzten, Oberst Josef Golchek, zu einem vertraulichen Gespräch vorgelassen.

Golchek las den Bericht durch und nickte. „Sehr interessant. Aber noch wichtiger als der Inhalt scheint mir die Tatsache zu sein, daß diese Baxter streng geheimes Material in die Finger bekommen kann, das nur für die britische Regierungschefin bestimmt ist. Das könnte uns in Zukunft ungeahnte Möglichkeiten eröffnen."

„Und der Bericht? Was mache ich damit?" fragte Yasnov.

„Schicken Sie ihn an Nikolai Romanov in Paris. Kode drei, nur für ihn persönlich. Er wird am besten wissen, was zu tun ist."

Es war neun Uhr abends, als Mary Baxter in Charles Fergusons Büro geführt wurde. „Setzen Sie sich, Miß Baxter. Sie wissen, warum Sie hier sind?" begann Ferguson.

„Ich habe keine Ahnung. Wenn ich vielleicht Fehler bei meiner Arbeit..."

Er schob ihr wortlos die Überwachungsfotos hin. Sie sah sie verständnislos an und nahm dann das Foto in die Hand, auf dem sie Yasnov vor der Haustür küßte. „Sie haben kein Recht ...", protestierte sie.

„O doch", unterbrach er sie freundlich. „Sie arbeiten für den britischen Geheimdienst. Das macht Ihre Bekanntschaft mit einem Mann wie Yasnov äußerst verdächtig."

„Ich weiß, daß er Handelsattaché an der sowjetischen Botschaft ist. Na und?"

„Er ist ebenfalls Hauptmann im KGB, Miß Baxter."

Sie starrte ihn ungläubig an, dann brach sie in Tränen aus.

Es klopfte, und Harry Fox trat mit sorgenvoller Miene ein. Er sah

Mary Baxter an und legte dann die zweite Kopie, die sie vom Brosnan-Bericht gemacht hatte, vor Ferguson auf den Schreibtisch.

„Das habe ich in ihrer Frisierkommode gefunden, Sir", sagte er grimmig.

„Allmächtiger!" Ferguson stand auf, winkte Fox, ihm zu folgen, und ging auf den Korridor hinaus.

„Was nun, Sir?" fragte Harry Fox.

„Wir können nur hoffen, daß Devlin uns wieder anruft, Harry. Er kann jetzt in große Schwierigkeiten geraten."

Sie kehrten ins Büro zurück. Mary Baxter hatte aufgehört zu weinen, und es war so etwas wie Zorn auf ihrem verheulten Gesicht zu erkennen. Ferguson sah sofort seine Chance.

„Er hat Sie ganz hübsch zum Narren gehalten, nicht wahr?"

„Er hat mir erzählt, daß er mich liebt", sagte sie verbittert. „Alles Lügen. Ich könnte ihn umbringen."

„Wäre es nicht viel vernünftiger, es ihm mit gleicher Münze heimzuzahlen?"

„Wie meinen Sie das?"

„Sehr einfach. Sie tun so, als sei nichts geschehen, und verschaffen Yasnov in Zukunft Informationen, die ich Ihnen gebe."

Sie sah ihn unsicher an. „Ich glaube nicht, daß ich das fertigbrächte."

„Warum denn nicht?" fragte Ferguson. „Hat er Sie etwa nicht schamlos ausgenutzt? Wenn Sie zur Abwechslung den Spieß einmal umdrehten, wäre das nur ausgleichende Gerechtigkeit."

Plötzlich schien sie wie verwandelt. Ihre Züge hatten sich verhärtet. „Wissen Sie was, Sir?" sagte sie. „Ich glaube fast, das würde mir Spaß machen."

IM FUNKRAUM der Nachrichtenabteilung der Sowjetbotschaft in Paris ratterte die Kodierungsmaschine. Die Frau, die sie bediente, sah zu, wie Zeile für Zeile eines Textes auf dem Sichtschirm erschien. Als die Meldung durch war, entnahm die Frau das Band mit der Aufzeichnung und rief ihre Vorgesetzte herbei.

„Eine Nachricht in Kode drei aus London für Oberst Romanov. Dazu haben sie uns noch drei Fotos über Funk geschickt."

„Romanov ist in Berlin", sagte die aufsichtführende Beamtin. „Er wird erst morgen abend zurückerwartet. Halten Sie den Text bis dahin unter Verschluß. Entschlüsseln kann ihn ohnehin nur Romanov. Ich hole die Fotos. Die können Sie dann auch gleich in Verwahrung nehmen."

Sie verließ den Raum, und die Telegrafistin verschloß das Band in einem Aktenschrank und ging wieder an die Arbeit.

Achtes Kapitel

Als Lebel die Tür zum Besucherraum aufsperrte und Brosnan hineinführte, stand Devlin wieder an dem vergitterten Fenster. Er drehte sich lächelnd um. „Ah, da sind Sie ja", sagte er.

„Mr. Gorman." Brosnan schüttelte ihm die Hand und setzte sich, und Devlin nahm ihm gegenüber Platz.

„Wenn Sie mich brauchen, Monsieur – dort ist die Klingel", sagte Lebel zu Gorman, ging hinaus und verschloß die Tür.

Sie sprachen gälisch. „Wird er dich durchsuchen, ehe er dich in deine Zelle zurückbringt?" erkundigte sich Devlin.

„Pierre?" Brosnan schüttelte den Kopf. „Der schiebt gern eine ruhige Kugel. Was hast du mir mitgebracht?"

Devlin öffnete seine Aktentasche. „Hier hast du was zum Rauchen." Er schob eine Zigarettenschachtel über den Tisch und gleich darauf eine zweite. „In der einen steckt das Signalgerät, in der anderen eine Taschenlampe. Ich war nicht sicher, ob du dir hier eine besorgen kannst."

Er erläuterte eingehend Punkt für Punkt. Als er fertig war, nickte Brosnan. „Du hast wirklich an alles gedacht. Die Sache mit den beiden Ersatzleichen gefällt mir."

„Wann soll es bei euch losgehen?" wollte Devlin wissen.

„Wir werden um halb neun eingeschlossen. Dann ist es bereits dunkel, und wir hauen kurz darauf ab. Vor Mitternacht wird auf unserem Gang nicht mehr kontrolliert."

„Aber dann wird man eure Flucht bemerken?"

„Nicht, wenn Lebel so lax kontrolliert wie gewöhnlich. Mit ein wenig Glück werden sie unser Fehlen erst um sieben Uhr morgens bemerken."

Devlin nickte. „Wie lange werdet ihr im Kanalsystem sein?"

„Wir müssen erst einige Zeit klettern. Ich denke, eine Stunde. Um halb zehn könnten wir am Bestattungsfelsen sein, und gegen Viertel nach zehn sollte die Strömung uns aus der Sperrzone getragen haben."

Devlin saß nachdenklich da. „Dir ist doch klar, daß dies ein äußerst gefährlicher Versuch ist", sagte er.

„Natürlich ist mir das klar."

Devlin rollte eine kleine Plastikkugel über den Tisch. „Sie leuchtet, wenn man die Umhüllung abzieht. Ein Signalgerät, das wir im Krieg verwendet haben. So ein Ding hat mir mal das Leben gerettet. Ich weiß, daß die Schwimmwesten leuchten, aber ..."

Brosnan war aufgestanden. Er schlug Devlin auf die Schulter. „Keine Sorge, Liam. Jacques Savary und ich, wir wissen, was wir tun. Wir werden eines Tages doch alle in einer Holzkiste enden. Wichtig ist nur, daß man so lange wie möglich strampelt."

Es WAR bereits dunkel, als der Trawler den Hafen von Saint-Denis verließ. Devlin und Jean-Paul Savary stiegen über eine Leiter in den Laderaum hinunter. Die Tür zum Kühlraum stand offen. Drinnen beugten sich Dr. Cresson und Claude, der Türsteher aus dem Maison d'Or, über einen Tisch, auf dem normalerweise Fische ausgenommen wurden, und schlitzten die Plastiksäcke auf, die die Leichen enthielten.

Soweit Devlin bei der trüben Beleuchtung erkennen konnte, waren die Gesichter der Toten bis zur Unkenntlichkeit entstellt.

„Wo der Mahlstrom sich mit Urgewalt an den Granitfelsen vor Saint-Denis bricht", erklärte Jean-Paul, „da muß man mit so etwas rechnen."

Devlin berührte das Bein der einen Leiche. Es fühlte sich hart und kalt an wie Marmor. „Bei einer Autopsie würde man eindeutig eine falsche Todeszeit feststellen, nicht wahr?" fragte er.

„Da wir die Leichen eingefroren haben, ist das nicht unbedingt zu befürchten", sagte Cresson. „Doch ich glaube ohnehin, daß das Ganze nur funktioniert, wenn die Behörden die Angelegenheit stillschweigend zu den Akten legen, weil sie keinen Gesichtsverlust riskieren wollen."

„Das haben diese beiden hier ja schon hinter sich", sagte Devlin trocken. Er folgte Jean-Paul an Deck und ging mit ihm ins Steuerhaus zum Kapitän.

„Na, Marcel", sagte Jean-Paul, „wie sieht's aus?"

„Nicht gut, Chef", antwortete der alte Mann. „Windstärke sieben bis acht ist angesagt. Das wird zwar kein Sturm, der Dächer abdeckt, aber für die Männer da draußen in der Strömung ..." Er zuckte die Achseln.

Jean-Paul sah Devlin an. Dessen Gesicht wirkte blaß in dem schwachen Licht des Steuerhauses. „Keine Sorge", sagte Jean-Paul. „Dieser alte Seebär ist der beste Skipper der ganzen Küste. Wenn hier überhaupt einer Erfolg haben kann, dann ist er es. Natürlich wird ihm dieses Maschinchen dabei helfen." Er streichelte einen glänzenden blauen Kasten auf dem Kartentisch. „Das allerneueste Modell. Ich habe es erst gestern einbauen lassen. Mikroelektronik, Digitalanzeige. Sobald es auf die Frequenz von Brosnans Piepser eingepeilt ist, wird es uns bei jedem Wetter schnurstracks zu ihm hinführen."

„Fein", sagte Devlin. „Aber wenn Sie ein paar geweihte Kerzen an Bord haben, würde ich vorsorglich ein paar anzünden."

Jean-Paul studierte die Seekarte, und Devlin trat auf die Brücke hinaus, wo Anne-Marie, in ihre Schaffelljacke eingemummt, an der Reling lehnte. Weiße Schaumkronen leuchteten aus der Dunkelheit, und jedesmal, wenn der Trawler eine neue Welle pflügte, sprühte Gischt über das Deck.

„Es sieht nicht sehr gut aus, nicht wahr?" fragte sie.

„Nein." Er klammerte sich an der Reling fest. „Der Kapitän meint, das Wetter wird eher noch schlechter. Aber wie ich Martin kenne, wird ihn nichts davon abhalten, ins Wasser zu springen, wenn er sich erst einmal aus den Mauern herausgearbeitet hat."

„Mein Gott", flüsterte sie und krallte ihre Finger in seinen Oberarm. Der Wind trug aus der Ferne ein merkwürdig dröhnendes Geräusch heran. „Hörst du das, Liam? Was ist das?"

„Das wird wohl dieser teuflische Mahlstrom sein", gab er zur Antwort.

Pierre Lebel öffnete die Klappe des Gucklochs. In der Zelle saßen Brosnan und Savary einander gegenüber und hatten eine hölzerne Kiste zwischen sich stehen. Savary hielt Tarockkarten in der Hand und legte das Glücksrad.

„Hier liegt die Antwort auf eine bestimmte Frage", sagte er. „Und das Glücksrad gibt Aufschluß über den Ausgang von Unternehmungen in der unmittelbaren Zukunft."

„Wirklich?" sagte Brosnan. „Das ist ja hochinteressant."

„Ich habe dir doch gesagt, daß Zigeunerblut in meinen Adern fließt und ..."

Lebel unterbrach ihn. „Ihr solltet längst im Bett sein. Licht aus!"

In der Zelle war es jetzt stockfinster, und die beiden Männer lauschten auf das Geräusch von Lebels Schritten auf dem Gang. Die Gittertür am Ende des Korridors fiel mit einem metallischen Klacken ins Schloß. Lebel stieg die Eisentreppe hinunter, und das Geräusch seiner Schritte verklang.

„Knips mal die Taschenlampe an", bat Savary. „Ich will bloß noch sehen, was uns die Karten sagen, die ich gelegt habe." Brosnan holte die kleine Taschenlampe hervor, die Devlin ihm gegeben hatte. Savary drehte die erste Karte um. Sie zeigte den Tod; ein Skelett, das auf einem müden Klepper durch ein Leichenfeld ritt. Savary schob die Karten zusammen und legte sie auf sein Bücherbrett. „Na also, dazu habe ich die Karten nun wirklich nicht gelegt. Gehn wir."

Brosnan drehte seine Matratze um, schob die Hand durch ein Loch und zog ein aufgerolltes Nylonseil und zwei Klettergurte mit Karabinerhaken an den Enden heraus. Er hatte diese Dinge häufig im Steinbruch benutzt, wenn er in der Felswand Sprengladungen anbringen mußte. Außerdem förderte er einen Schraubenzieher und eine schwere Drahtschere zutage, die Savary über einen Sträfling besorgt hatte, der in der Schlosserei arbeitete. Die Männer stopften ihre Betten mit Kleidungsstücken, ein paar Büchern und einem Kissen aus, um eine schlafende menschliche Gestalt vorzutäuschen.

„Meinst du, er fällt drauf rein?" fragte Savary.

„Bestimmt. Meistens guckt Lebel auf dem Kontrollgang nicht mal durch den Spion", erwiderte Brosnan.

Sie schlüpften in ihre dicken Jacken, die an die Sträflinge für die Arbeit bei schlechtem Wetter ausgegeben worden waren; dann zogen sie Lederhandschuhe über. Savary kniete mit einem Löffel in der Hand an der Tür. Es machte fast unhörbar „klick". Er stand auf. „Bitte nach Ihnen, Monsieur Brosnan", flüsterte er und verbeugte sich.

Brosnan nahm ihre Utensilien auf, sie verließen den Raum und zogen die Tür behutsam hinter sich zu. Einen Augenblick lang standen sie reglos im Dunkeln, dann gingen sie vorsichtig auf Zehenspitzen zum Ende des Gangs.

In der großen Haupthalle brannte nur eine einzige Lampe, und Radiomusik klang aus dem Büro des Wachhabenden. Das Dach und die Kuppel lagen im Dunkeln. Brosnan stieg auf das Geländer und kletterte die Trennwand aus Stahlgitterdraht hinauf bis zum Dach des Zellenblocks. Zu seiner Absicherung klinkte er den Karabinerhaken des Gurtes in das Drahtgeflecht. Dann zog er die Drahtschere aus der Tasche.

Nach kaum fünf Minuten hatte er ein Loch von etwa einem Meter Durchmesser in den Gitterdraht geschnitten, durch das er sich anschließend zwängte. Auf der anderen Seite kletterte er auf einen der waagrechten Stahlträger. Er sah auf Savary hinunter, dessen Gesicht er als fahlen Fleck in der Dunkelheit ausmachen konnte, und winkte dem Franzosen nachzukommen.

Sie balancierten auf dem Stahlträger entlang und hielten sich an einem anderen fest. Brosnan hakte das Seil in den Karabiner an Savarys Gurt und gab ihm einen ermutigenden Klaps auf die Schulter. Alles ging wortlos vor sich, denn sie hatten den Fluchtweg mit allen Etappen bis ins einzelne besprochen.

Jetzt kam der schwierige Teil, da das Gitter, das Brosnan im Dunkeln erreichen mußte, in zehn Meter Höhe lag. Brosnan legte eine Seilschlinge um den Träger, der nun steil nach oben verlief, hakte sie am Karabinerhaken ein und begann den mühsamen Aufstieg wie ein Elektroinstallateur an einem Telegrafenmast.

Seine ausgezeichnete körperliche Verfassung kam ihm dabei zustatten. Zentimeter um Zentimeter schob er sich höher, bis er sein Ziel, ein großes Gitter vor einem Luftschacht, erreicht hatte.

Es wurde von vier Schrauben festgehalten, und Brosnan zog den Schraubenzieher aus der Jackentasche und machte sich ans Werk. Die Messingschrauben ließen sich leicht lösen. Die Schraube in der linken unteren Ecke drehte er nicht ganz heraus. Das Gitter ließ sich so vom Einstieg wegschwenken, konnte aber nicht hinunterfallen.

Brosnan sah zu Savary hinunter, zog einmal kurz am Seil, und dann sicherte sich auch der Franzose in gleicher Weise und machte sich an den Aufstieg.

Brosnan hielt das Seil straff gespannt und half Savary, so gut er konnte. Weit unten schlug krachend eine Tür zu. Durch das plötzliche Geräusch erschreckt, verlor Savary den Halt und rutschte ab.

Mit zusammengebissenen Zähnen lehnte sich Brosnan an den Träger, stützte sich mit einem Fuß an der Wand ab und hielt das Seil fest, das ihm schmerzhaft in Schulter und Rücken schnitt. Savary hing hoch über der Haupthalle. Ein Wärter durchquerte die Halle und verschwand im Büro. Man konnte Stimmengemurmel hören, Gelächter.

Savary pendelte gegen den Träger zurück, klammerte sich fest und begann erneut den Aufstieg. Endlich kam er bei Brosnan an. Die beiden Männer verschnauften einen Augenblick, dann flüsterte Brosnan: „Okay, Jacques, du gehst als erster."

Savary löste seinen Gurt von dem Dachträger, beugte sich vor und kroch in den Luftschacht. Brosnan wickelte sich das Seil sorgfältig um die Taille und folgte ihm.

Der aufgewirbelte Staub drang ihm in die Nase, und er knipste die Taschenlampe an. Der Lichtstrahl tanzte vor Savary her und beleuchtete die dreckverkrusteten Metallwände des Schachts. Der Franzose robbte auf dem Bauch voran, und auch Brosnan merkte bald, daß zum Kriechen auf Händen und Füßen nicht genug Platz war. Plötzlich spürten sie einen Luftzug und hörten ein tiefes Summen irgendwo weit unter ihnen. Der Schacht mündete in eine Art Zentralkammer. Die Öffnungen anderer Schächte glichen dunklen Mäulern an allen Seiten.

Das Geräusch kam aus einer runden Öffnung von knapp einem Meter Durchmesser. Brosnan kauerte neben Savary und leuchtete mit der Taschenlampe in den Schacht.

„Hier ist es", sagte er. „Wenn ich mich richtig an die Pläne erinnere, führt dieser Schacht zwanzig Meter bis zum Kesselraum hinunter. Wirst du es schaffen?"

„Mach dir um mich keine Sorgen", entgegnete Savary. „Ich habe mich schon seit Jahren nicht mehr so gut gefühlt."

Brosnan sah sich im Schein der Taschenlampe das Innere des Schachts genauer an. Die aneinandergesetzten Röhrenteile der Auskleidung wurden durch schwere Bolzen festgehalten.

„Die geben gute Fußstützen ab", erklärte er. „Wenn du eine Verschnaufpause einlegen mußt, stemmst du dich einfach mit Rücken und Füßen gegen die Schachtwand. Ich gehe voraus."

Savarys Zähne blitzten in der Dunkelheit. „Viel Glück, Martin", flüsterte er.

Brosnan stieg in den Schacht ein; die Taschenlampe hielt er in der linken Hand. Es ging ziemlich einfach; weit einfacher jedenfalls als der Aufstieg über den Eisenträger in der Haupthalle. Das Summen des

Generators nahm gegen Ende des Schachtes an Lautstärke zu. Durch das Abschlußgitter konnte er erkennen, daß unten im Kesselraum Licht brannte. Er stemmte sich gegen die Röhrenwand und versuchte, durch das Gitter in den Kesselraum zu spähen. Gewöhnlich war zu dieser Stunde niemand mehr dort, und wenn doch, so war es vermutlich ein mit Sonderaufgaben betrauter Sträfling.

„Warte noch einen Moment", flüsterte Brosnan. „Ich breche jetzt durch."

Er steckte die Taschenlampe ein, stützte sich an der Wandung ab und stampfte mit beiden Füßen auf das Gitter. Es verbog sich, gab nach, löste sich nach dem dritten Aufsprung und landete zweieinhalb Meter tiefer polternd auf dem Boden des Kesselraums. Brosnan sprang hinterher.

Ein wenig benommen, aber unverletzt, kam er auf die Beine und sah sich um. Der Kesselraum wurde von einer Glühbirne über einer Schalttafel am anderen Ende nur schwach erleuchtet. Niemand außer Brosnan war im Raum.

„Okay, Jacques, komm runter!" rief er nach oben. Gleich darauf fing er den Franzosen auf, der ihm entgegenplumpste.

Die beiden gingen sofort zur Tür. Brosnan öffnete sie und streckte vorsichtig den Kopf ins Freie. Heftiger Regen prasselte auf das Kopfsteinpflaster des Innenhofs.

„Der Kanaldeckel ist dort auf der anderen Seite", sagte Brosnan. „Auf geht's!"

Immer im Schatten der Mauer, hasteten sie hintereinander um den Hof herum. Brosnan kauerte sich vor den Kanaldeckel und packte die beiden eisernen Handgriffe, die in den Deckel eingelassen waren. Doch als er daran zog, bewegte sich der Deckel nicht einen Millimeter.

Nachdem er einmal mit dem Schraubenzieher um den Deckelrand herumgefahren war, nahm er alle Kraft zusammen und machte einen erneuten Versuch. Savary legte ihm die Arme um die Taille und zog mit. Der Deckel löste sich so plötzlich, daß Brosnan das Gleichgewicht verlor und beide Männer zu Boden gingen.

Sofort umgab sie ein widerlicher Gestank. „O mein Gott", flüsterte Savary entsetzt. „So schlimm habe ich's mir nicht vorgestellt."

„Es gibt keinen anderen Weg, Jacques", sagte Brosnan. „Rein mit dir."

Savary verschwand in der Dunkelheit. Brosnan stieg nach ihm auf der kleinen Eisenleiter in den Schacht ein und brachte den Kanaldeckel über sich in die alte Lage. Als er die Taschenlampe anknipste, sah er Savary, der bis zur Hüfte in stinkendem Wasser und Fäkalien stand. Der Franzose stützte sich mit einer Hand an der Tunnelwand ab und übergab sich. Leichenblaß wandte er sich zu Brosnan um. „Lange halte ich das nicht aus, Martin."

„Mußt du auch nicht", log Brosnan. „Nur ein paar hundert Meter, verlaß dich drauf."

Der Tunnel war knapp zwei Meter hoch, das Mauerwerk alt und brüchig. Als die Männer weiterwateten, huschten im Schein der Taschenlampe Dutzende von Ratten über die schmalen Simse zu beiden Seiten des Abwasserkanals. Nach etwa fünfzig Metern ergoß sich der Kanal über eine ausbetonierte Rinne in ein tiefer gelegenes Becken, das auch die Abwässer aus anderen Tunnels auffing. Es war offenbar das Hauptsammelbecken des ganzen Kanalisationssystems. Brosnan rutschte auf dem Hosenboden die Rinne hinunter und stand fast bis zur Brust in der stinkenden Brühe. Savary kam hinterher, fand keinen Halt und tauchte unter. Brosnan zog ihn am Kragen wieder hoch. Das Gesicht des Franzosen war dreckverschmiert, und er würgte und spuckte.

„Wir müssen weiter, Jacques", sagte Brosnan fast väterlich. „Mach jetzt nicht schlapp."

Er watete durch das Auffangbecken, zog sich auf einen etwas breiteren Betonsims hoch und half Savary ebenfalls hinauf. Sie gingen über den Sims bis zu einer Eisenleiter, neben der das schmutzige Wasser zehn Meter in die Tiefe stürzte.

Die Männer kletterten die Leiter nach unten, gingen weiter und stiegen noch einmal zwei Leitern hinunter, ehe der Sims abrupt endete.

„Wir müßten uns eigentlich ganz dicht an der Mündung befinden", sagte Brosnan. „Es kann nicht mehr weit sein."

Er ließ sich wieder ins Wasser gleiten, und Savary folgte ihm. Als Brosnan voranwatete, stieg das Wasser langsam höher. Eine Strömung zerrte an ihren Hosenbeinen, und es stank nicht mehr so durchdringend. Dann war ein bis zwei Meter vor ihnen der Tunnel plötzlich verschwunden.

„Und was jetzt?" fragte Savary.

„Die Mündung muß unter Wasser liegen", erklärte Brosnan. „Damit habe ich nicht gerechnet. Wir müssen rausschwimmen."

„Unter Wasser?" Der Franzose schüttelte den Kopf. „Das schaffe ich nicht."

Brosnan gab ihm die Taschenlampe. „Nimm die Lampe. Ich seh mich mal um."

Er holte ein paarmal tief Luft, tauchte und schwamm mit kräftigen Armzügen unter der Tunneldecke voran. Drei Meter, viereinhalb, sechs, und dann hatte er es geschafft und tauchte in einer tiefen Rinne zwischen Felsen am Fuß der Klippen auf.

Es war dunkel, es regnete, und die Dünungswellen gingen hoch. Brosnan ließ sich einen Augenblick lang treiben, holte Atem und schwamm unter Wasser in die Tunnelöffnung hinein. Der Rückweg war schwieriger, aber wenige Sekunden später kam Brosnan neben Savary wieder an die Oberfläche und schnappte nach Luft.

„Schlimm?" fragte Savary.

„Nur sechs Meter, Jacques, dann bist du draußen."

„Ich schaff das nicht", sagte Savary.

Brosnan wickelte das Seil von seiner Taille und hakte es in Savarys Klettergurt. „Willst du lieber in deine Zelle zurück?" fragte er.

„Nein, lieber sterbe ich."

„Na also. Ich schwimme jetzt raus. Wenn du soweit bist, ziehst du zweimal am Seil und hältst den Atem an. Ich ziehe dich dann durch."

Er ließ Savary keine Zeit zum Nachdenken, tauchte und schwamm unter Wasser davon. Draußen ließ er sich einen Augenblick treiben, fühlte, daß er Grund unter den Füßen hatte, holte das Seil ein, bis es straff gespannt war, und wartete auf das Zeichen. Als es kam, zog er Hand über Hand mit aller Kraft, bis Savary prustend und nach Luft schnappend neben ihm auftauchte.

Brosnan stützte ihn einen Moment lang, dann trieb er ihn zur Eile an: „Weiter, weiter, raus hier!" Sie wateten aus dem Wasser und kletterten den Hang hinauf. Über ihnen ragten die Festungsmauern steil in den Nachthimmel.

Als sie beim Geräteschuppen angelangt waren, kauerten sie sich an der Tür nieder. Savary machte sich am Türschloß zu schaffen. Wenig später hatte er es geknackt. Die beiden Männer gingen in den Raum. Brosnan schloß die Tür und knipste das Licht an.

„Wirst du durchhalten?" fragte er Savary.

Der Franzose nickte lebhaft. Die See hatte ihm den ekelhaften Schmutz vom Körper gewaschen, und er schien seinen alten Elan wiedergefunden zu haben.

„Denen haben wir's gezeigt, was, Martin?"

„Noch nicht ganz", gab Brosnan trocken zurück. „Beeil dich. Und denk daran – zwei Schwimmwesten für jeden! Wir brauchen da draußen soviel Auftrieb wie möglich."

Fünf Minuten später waren sie bereit. Brosnan setzte Devlins Signalgeber in Betrieb und befestigte ihn an einer seiner Schwimmwesten.

„Gehn wir", sagte er, löschte das Licht und öffnete die Tür.

Immer noch regnete es in Strömen, und im aufzuckenden Wetterleuchten waren, so weit das Auge reichte, nur aufgepeitschte Wellen zu sehen. Die Männer folgten bei ihrem Abstieg einem Hohlweg, der ins Wasser führte. Über ihnen ragte der Bestattungsfelsen auf, und Savary sah hinauf. „Vielleicht nehmen wir Lebel nur die Arbeit ab", sagte er trocken.

Brosnan befestigte das Seil so an Savarys Klettergurt und dann an seinem eigenen, daß sich zwischen ihnen eine etwa zwei Meter lange Nabelschnur spannte.

„Gemeinsam oder gar nicht?" fragte Savary.

„Du sagst es."

Sie schüttelten sich die Hand und gingen dann zu einem Felsvorsprung, an dem die See vorbeirauschte. Brosnan sah Savary fragend an. Der nickte, und dann sprangen beide gleichzeitig, tauchten tief ins Wasser und überließen sich der Strömung.

Sie trieben rasend schnell dahin, denn die Strömung erreichte hier eine Geschwindigkeit von rund zehn Knoten. Jetzt empfanden die Männer die Kälte nicht sehr, aber das würde noch kommen. Vorläufig gaben ihnen die Schwimmwesten und die dicken Jacken noch einen gewissen Schutz.

Aber nach einer Viertelstunde spürte Brosnan, wie die Kälte in ihn eindrang. Er fragte sich, wie es wohl Savary gehen mochte, und zog an der Leine. Ein Ruck am Seil war Savarys Antwort. Die Paradiesinsel lag jetzt schon so weit hinter ihnen, daß sie nicht mehr befürchten mußten, entdeckt zu werden, und Brosnan knipste die Signallampe an seiner Schwimmweste an. Wenig später tat Savary es ihm nach. Wie zwei Irrlichter tanzten sie auf den Wellen in der Dunkelheit.

Auf der Brücke des Trawlers standen Anne-Marie und Devlin an der Reling. Sie trugen beide Ölzeug und Südwester, und das Spritzwasser lief an ihnen herunter.

Als im Wetterleuchten die Größe der Brecher und der weiße Schaumteppich auf der kochenden See sichtbar wurden, sagte Devlin verzweifelt: „Es ist unmöglich – völlig unmöglich!"

In diesem Augenblick riß Jean-Paul die Tür des Steuerhauses auf und brüllte aufgeregt: „Wir haben sie!"

Anne-Marie und Devlin rannten ins Steuerhaus, wo Jean-Paul und Claude den blauen Kasten auf dem Kartentisch nicht aus den Augen ließen. Linien krochen über den Bildschirm, ein rhythmischer Piepton war zu hören, die roten Ziffern auf der Digitalanzeige veränderten sich mit rasender Geschwindigkeit und standen plötzlich still.

Jean-Paul rechnete schnell nach. „Wir haben ihre Position", sagte er zum alten Marcel, der am Ruder stand. „Sie befinden sich ungefähr anderthalb Kilometer nordöstlich von hier. Kurs zwo-vier-zwo." Nachdem Marcel den Kurs geändert hatte, sagte er zu Devlin: „Wenn aus dem Piepsignal ein hoher Dauerton wird, haben wir sie gefunden."

Anne-Marie hielt Devlins Hand. Gebannt blickten sie beide auf den Bildschirm.

Brosnan fror, er war müde und am Ende seiner Kräfte. Als Savarys Signallampe erlosch, zog er am Seil, erhielt aber keine Antwort; und als er versuchte, den Franzosen näher an sich heranzuziehen, mußte er schon bald einsehen, daß er dazu nicht mehr die Kraft besaß.

Wenige Augenblicke später fiel auch seine Lampe aus. Das war also das Ende. Sobald er sich das eingestanden hatte, schien es ihm nichts mehr auszumachen. Er ließ sich mit geschlossenen Augen dahintreiben, den Kopf in den Nacken gelegt und dem Auf und Ab der Wellen ausgeliefert. Als er die Augen aufschlug, sah er zu seiner Rechten die Lichter eines Schiffes.

Das genügte, um seine Lebensgeister sofort wieder zu wecken. Er schrie aus Leibeskräften, doch in der tobenden See hörte er nicht einmal seine eigene Stimme.

Wieder hob ihn eine Woge hoch. Das Schiff war näher gekommen, und Brosnan konnte an den Lichtern der Aufbauten erkennen, daß es ein Trawler war. Er brüllte und winkte und wurde wieder in ein

Wellental gerissen. Da erinnerte er sich plötzlich an Devlins Signalkugel.

Er tastete in seiner rechten Jackentasche danach, zog die Kugel heraus, hielt sie verzweifelt in seinen erstarrten Fingern und riß die Plastikhülle mit den Zähnen ab. Der phosphoreszierende Stoff blendete ihn und leuchtete in der Nacht wie ein Glühwürmchen, und er hielt ihn in der rechten Hand und reckte den Arm in die Höhe.

Claude sah als erster das Leuchtzeichen an Backbord und rannte sofort ins Steuerhaus. Marcel drosselte die Maschine und drehte bei. Devlin und Anne-Marie liefen zur Backbordreling, wo Jean-Paul und Claude dabei waren, ein Enternetz an der Bordwand herunterzulassen.

„Glauben Sie, daß wir sie gefunden haben?" fragte Devlin erregt.

„Ja, ja. Das *müssen* sie sein", antwortete Jean-Paul entschlossen. Er nahm den Handscheinwerfer, den Claude ihm reichte, schaltete ihn ein und ließ den Lichtkegel über das Wasser wandern.

„Nichts zu sehen", rief Anne-Marie verzweifelt, „überhaupt nichts!"

Aber da tauchte Brosnan mit ausgestrecktem Arm auf einem Wellenkamm auf. In seinem Schlepptau trieb Savary.

Brosnan mußte husten, als er den Whisky in seiner Kehle brennen spürte. Er sah Devlin an, der auf dem Rand seiner Koje saß. „Irischer Whisky?" fragte er heiser.

„Was denn sonst? Ich habe die Flasche extra mitgebracht. Und da du nun wieder unter den Lebenden weilst – hier ist jemand, der dich sehen möchte. Ich werde unterdessen mal nachschauen, wie es Savary geht."

Er stand auf und machte Anne-Marie Platz. Sie setzte sich neben Brosnan.

„Wieder einmal traut vereint." Brosnan mußte grinsen.

„Sieht ganz so aus." Sie beugte sich vor und berührte mit der Hand kurz sein Gesicht. „Du fühlst dich immer noch kalt an."

„Ich bin durchgefroren bis auf die Knochen. Diese Geschichte wird mir lebenslang Alpträume bereiten. Wie geht es Jacques?"

„Immer noch bewußtlos. Dr. Cresson kümmert sich in der Kajüte nebenan um ihn."

Brosnan setzte sich in der Koje auf und hing sich die Decke über die Schultern. „Ich möchte zu ihm", sagte er.

Anne-Marie ging voran. Jacques Savary lag in Decken gehüllt in der Koje. Sein Gesicht war bleich und eingefallen, die Augen hatte er geschlossen. Jean-Paul und Devlin sahen besorgt zu, wie der Arzt sich um ihn bemühte.

„Er ist völlig unterkühlt", erklärte Cresson. „In seinem Alter ..." Er zog eine Spritze auf und gab Savary die Injektion in den Arm. „Das kräftigste Aufbaumittel, das ich zu verabreichen wage." Er drehte sich zu Jean-Paul um. „Der Puls ist sehr schwach. Ihr Vater muß so bald wie möglich ins Krankenhaus."

„Wer redet hier solchen Unsinn?" fragte Jacques Savary leise. Er hatte die Augen aufgeschlagen und lächelte.

Jean Paul ergriff seine Hand und kniete sich neben der Koje nieder. „Wolltest du mir vielleicht einen Schrecken einjagen?" fragte er seinen Vater.

„Vielleicht." Savarys Blick wanderte suchend umher, bis er Brosnan entdeckt hatte. „Denen haben wir's gezeigt, was, Martin?"

„Und wie!" bestätigte Brosnan.

„Gehen Sie jetzt!" befahl Cresson. „Er braucht Ruhe."

Als Jean-Paul sich erhob, hielt sein Vater ihn am Mantel fest. „Das Wichtigste ist jetzt, daß ihr die Leichen am richtigen Ort abladet. Macht euch an die Arbeit, und kümmert euch nicht um mich. Ruhe habe ich später noch genug."

Brosnan kehrte in Begleitung von Devlin und Anne-Marie in seine Kajüte zurück. Er setzte sich auf die Koje. „Und wie geht es nun weiter?" fragte er.

„Der Kapitän wird uns in etwa einer Stunde in Saint-Denis an Land setzen. Jean-Paul hat für seinen Vater besondere Pläne. Wir drei fahren zu Anne-Maries Bauernhaus in den Bergen oberhalb von Nizza."

„Und Barry?"

„Der kann warten, bis du dich ein paar Tage erholt hast. Jetzt solltest du dich hinlegen und noch ein Stündchen an der Matratze horchen."

Als die beiden die Kajüte verlassen hatten, legte sich Brosnan hin, zog die Decke hoch und schloß die Augen. Er konnte keine Ruhe finden. Verzerrte Bildfetzen von riesigen Wellen, die sich in der Dunkelheit brachen, verfolgten ihn. Aber er war frei, so unglaublich es ihm auch schien!

Schließlich fiel er doch in einen unruhigen Schlaf, aus dem er bald wieder erwachte, um festzustellen, daß der Trawler fast keine Fahrt mehr machte. Er stand auf und zog die Kleider an, die man ihm hingelegt hatte: Jeans, einen dicken Rollkragenpullover und eine Jacke.

Als er an Deck erschien, regnete es immer noch, doch hier im Windschatten der Küste war die See ruhiger. Anne-Marie stand an der Reling und sah zu, wie Devlin und Jean-Paul eine der beiden Leichen an der Bordwand zu Claude hinunterließen, der in einem Schlauchboot saß. Der andere Leichnam lag noch an Deck. Man hatte ihm Brosnans Gefängniskleidung, die Matrosenjacke und die beiden Schwimmwesten angezogen.

„Dein zweites Ich." Devlin beugte sich zu der Leiche hinunter, schob den Jackenärmel hoch und zeigte auf die eintätowierte Sträflingsnummer.

„Du hast wirklich an alles gedacht", staunte Brosnan.

„Nicht ich. Jean-Paul. Ich kann jetzt verstehen, warum der Junge ein so erfolgreicher Gauner ist."

Sie hoben die Leiche auf und ließen sie vorsichtig zu Claude und Jean-Paul hinunter, der inzwischen auch ins Schlauchboot gestiegen war. „Vergeßt nicht, sie anzuseilen", sagte Brosnan. „Das sieht echter aus."

„Mach ich." Jean-Paul warf den Außenbordmotor an und hielt aufs Ufer zu.

Die drei standen an der Reling und blickten dem Schlauchboot nach. „Wie fühlt man sich eigentlich, wenn man seiner eigenen Bestattung beiwohnt?" erkundigte sich Devlin.

„Wie der auferweckte Lazarus", sagte Brosnan. „Und frisch gewaschen dazu."

„Und was wird aus dem neuen Leben werden?" fragte Anne-Marie. „Eine Neuauflage des alten? Oder wirklich ein neuer Anfang?"

„Vielleicht, wenn ich mit Frank Barry abgerechnet habe."

Sie schüttelte den Kopf. „Weißt du eigentlich, daß du nach Tod riechst, Martin? Du wirst dich nie ändern." Sie drehte sich abrupt um und ging unter Deck.

„Was ist denn in sie gefahren?" fragte Brosnan.

„Wenn du das nicht verstehst, mein Junge, dann kann ich dir auch nicht helfen", erwiderte Devlin.

AM FISCHERKAI in Saint-Denis herrschte Hochbetrieb, auf mehr als zwanzig Trawlern war die Mannschaft dabei, ihren Fang anzulanden. Jacques Savary saß mit Cresson auf dem Rücksitz einer schwarzen Limousine. Obwohl der alte Mann schon erheblich besser aussah, legte ihm Jean-Paul vorsorglich eine Reisedecke über die Knie.

Brosnan, Anne-Marie und Devlin standen am Wagen. Als Jean-Paul von der geöffneten Tür zurücktrat, beugte sich Brosnan vor und ergriff Savarys Hand. „Vielleicht zeigen wir's ihnen gelegentlich wieder mal", sagte er.

Savary hielt einen Augenblick Brosnans Hand, dann zog er ihn an sich und umarmte ihn wortlos.

Brosnan richtete sich auf, und Jean-Paul gab ihm die Hand. „Was Sie getan haben, ist unbezahlbar", sagte er ernst. „Und denken Sie stets daran, daß für die Union Corse kaum etwas unmöglich ist." Er nahm eine Karte aus seiner Brieftasche. „Meine privaten Telefonnummern." Er lächelte. „Ich bin immer für Sie erreichbar. Immer, hören Sie..."

Er umarmte Brosnan, legte ihm noch einen Augenblick lang beide Hände auf die Schultern, schüttelte Anne-Marie und Devlin die Hand, stieg in den Wagen und nickte Claude zu, der am Steuer saß. Der Wagen fuhr los.

Brosnan sah der Limousine nach. Er war plötzlich müde und fühlte sich seltsam leer, wie immer nach einer großen Anspannung.

Anne-Marie hakte ihn unter. „Komm, Soldat", sagte sie. „So wie du aussiehst, brauchst du wenigstens eine Woche Schlaf."

Sie setzte sich hinters Steuer des gemieteten Citroën. Devlin nahm neben ihr Platz und überließ Brosnan den Rücksitz. „Wie lange dauert's?" fragte Brosnan, als der Wagen anfuhr.

„Wenn alles gutgeht, sind wir in drei Stunden dort. Schlaf jetzt."

Brosnan schloß die Augen und ließ sich zurückfallen. Anfangs sah er nur endlos anrollende Wassermassen über sich zusammenschlagen, dann versank plötzlich alles in absoluter Finsternis.

KURZ nach sechs Uhr morgens, als das erste Tageslicht über den Horizont kroch, verließ Pierre Gaudier seine Hütte in den Dünen vor Saint-Denis. Ehe er mit seiner Arbeit als Packer in der Frühschicht am Fischerkai von Saint-Denis begann, ging er immer erst zum Strand, um nach Treibgut zu suchen.

Er schob einen Karren über den nassen Sand und bückte sich hin und wieder nach Treibholz. Als er gerade wieder kehrtmachen wollte, sah er ganz am Ende des Strandes etwas Orangefarbenes leuchten. Gleich dahinter erhoben sich schwarzglänzende, zerklüftete Felsen, an denen sich die Strömung von der Paradiesinsel ein letztes Mal brach. Beim Näherkommen blieb er plötzlich erschrocken stehen.

Eine der Leichen hing auf einem Felsvorsprung, die andere trieb auf dem Rücken im Wasser, und über beiden schlugen ständig die Wellen zusammen. Gaudier bekreuzigte sich und watete ins Wasser. Er bekam den schwimmenden Leichnam zu fassen und versuchte, ihn an den Strand zu ziehen. Erst jetzt bemerkte er das Seil, mit dem die beiden Toten verbunden waren.

Er kletterte zum Leichnam auf dem Felsen hinauf, versuchte mit zitternden Fingern, das Seil loszumachen, und sah dabei die Aufschrift STRAFANSTALT ILE DU PARADIS auf der Schwimmweste.

„Heilige Mutter Gottes!“ rief Gaudier laut aus und bekreuzigte sich erneut. Mit viel Mühe gelang es ihm, die Leiche herumzudrehen.

Der Anblick des Gesichts, oder besser gesagt dessen, was davon übriggeblieben war, ließ ihn entsetzt zurücktaumeln. So schnell er konnte, kletterte er von dem Felsen herunter und hastete über den Strand nach Saint-Denis.

PIERRE LEBEL saß völlig geknickt im Vorzimmer des Direktors der Strafanstalt Ile du Paradis. Etwas Unglaubliches war geschehen. Als er um sieben Uhr entdeckt hatte, daß die Zelle leer war, hatte auch schon der Polizeichef von Saint-Denis angerufen. Jetzt war es kurz nach neun.

Wie Savary und Brosnan das Unmögliche geschafft hatten, war im Augenblick nicht wichtig. Was nun einzig und allein zählte, waren die Konsequenzen. Für Lebel konnte das nur sofortige Entlassung bedeuten. Mit Schimpf und Schande würde er nach 25 Dienstjahren davongejagt werden, und seine Pension konnte er vergessen.

Die Tür ging auf, und der Direktor gab ihm ein Zeichen einzutreten. Lebel ging ins Büro und blieb zerknirscht vor dem Schreibtisch stehen. Der Direktor sah aus dem Fenster und drehte ihm den Rücken zu. Was er dann sagte, kam für Lebel völlig überraschend.

„Allein der Gedanke, daß jemand freiwillig in diese rauhe See springt, die wir heute nacht hatten, ist schon unglaublich“, sagte der

Direktor und schüttelte den Kopf. „Großartige Narren, Lebel. Ja, das waren sie. Warum tun Menschen so etwas? Warum wagen sie so viel?“

Zu seiner eigenen Verwunderung erwiderte Lebel: „Weil sie von diesem Felsen wegkommen wollen, Herr Direktor.“

Der Direktor nickte. Er sah immer noch aufs Meer hinaus. „Das wollen wir doch eigentlich alle, oder nicht?“

Es klopfte, und der Oberaufseher trat ein. „Die Leichen aus Saint-Denis sind da“, meldete er vorschriftsmäßig.

„Gut“, sagte der Direktor, „dann wollen wir sie uns mal ansehen.“

Seewasser tropfte von den beiden Gestalten auf den Steintischen, die in der bitterkalten Leichenhalle lagen. Sie steckten immer noch in Gefängniskleidung und Schwimmwesten. Der Direktor schob erst bei der einen und dann bei der anderen Leiche den Jackenärmel hoch und kontrollierte die eintätowierte Nummer. Er hob die Tücher, die die Gesichter bedeckten, und ließ sie rasch wieder fallen.

„So sieht also einer aus, den der Mahlstrom auf die Felsen bei Saint-Denis wirft.“ Er wandte sich dem Oberaufseher zu. „Schade, daß wir nicht jedem Sträfling die Fotos dieser Männer zeigen können“, sagte er grimmig.

„Ja, Herr Direktor.“ Der Oberaufseher zögerte. „Und was soll jetzt geschehen?“

„Ich habe mit dem Justizminister in Paris telefoniert. Wir werden die Geschichte für die Presse freigeben. Sie ist doch der beste Beweis, daß eine Flucht von der Ile du Paradis nie gelingen wird.“

„Und die Leichen, Herr Direktor?“

„Werden wie üblich bestattet, und zwar sofort. Ich will keine Scherereien mit Angehörigen, die Anspruch auf sie erheben könnten.“ Er sah Lebel an. „Was Sie angeht, glaube ich nicht, daß man Ihnen einen Vorwurf machen kann. Andererseits bin ich gezwungen, Ihnen einen offiziellen Verweis zu erteilen. Also werde ich Ihnen ein Monatsgehalt abziehen lassen.“

Lebel war außer sich vor Freude und konnte nur stammeln: „Danke, Herr Direktor, vielen Dank.“

Der Direktor ging hinaus, und der Oberaufseher sagte: „Da hast du aber verdammt Glück gehabt, Pierre.“

„Wem sagst du das?“ erwiderte Lebel und atmete einmal tief durch.

„Dann brauch ich dir wohl auch nicht zu sagen, daß du immer noch

Bestattungsdienst hast. Also los, an die Arbeit." Er verließ die Leichenhalle.

Lebel wandte sich Jean, dem alten Sanitätsgehilfen, zu, der zwischen den beiden Leichen stand. „Savary und Brosnan." Der Alte schüttelte den Kopf. „Wer hätte das gedacht." Er beugte sich hinunter und sah sich die Nummer auf dem Arm der Leiche zu seiner Rechten an. „Merkwürdig", murmelte er.

„Was ist merkwürdig?"

„Die Sieben in Savarys Sträflingsnummer. Ich glaube, die Engländer schreiben sie so – ohne Querstrich in der Mitte."

Lebel setzte seine Lesebrille auf, hob den Arm der Leiche mit spitzen Fingern hoch und betrachtete die Tätowierung. Der alte Mann hatte recht. Bei der Ziffer Sieben fehlte der kleine Querbalken durch den senkrechten Strich.

Der alte Mann sah ihn fragend an. „Vielleicht hat der Tätowierer einen Fehler gemacht?" fragte er zögernd.

Lebel steckte die Brille ins Futteral und sagte ruhig: „Verpack sie jetzt, Jean. Und diese Bestattung machen wir gemeinsam."

Als Jean seine Arbeit beendet hatte, brachten sie die Leichen auf einem Karren den kurvenreichen Weg hinauf zum Geräteschuppen. Dort befestigten sie die entsprechenden Gewichte an den Segeltuchsäcken. Sie arbeiteten schweigend.

Der Tag versprach schön zu werden. Die See erstreckte sich bis zu einem grauen Horizont, an dem die Sonne durchbrechen wollte. Die beiden Männer schoben den Karren bis zum Rand des Bestattungsfelsens und kippten die beiden Leichen über die Felskante. Sie schlugen auf der leicht bewegten Wasseroberfläche auf und versanken.

„Anders als so verläßt keiner die Insel", sagte der alte Jean. Er schlurfte davon und schob den Karren vor sich her.

„Stimmt", sagte Lebel. Und fast unhörbar fügte er hinzu: „Und viel Glück, ihr beiden, wo immer ihr jetzt auch stecken mögt."

Neuntes Kapitel

Ferguson saß am Schreibtisch in seiner Wohnung und arbeitete, als das Telefon läutete.

„Schlechte Nachrichten aus Paris, Sir", meldete Harry Fox.

„Brosnan und Savary sind letzte Nacht bei einem Fluchtversuch ertrunken. Ich werde anschließend alle erreichbaren Zeitungen auswerten."

Ferguson legte den Kugelschreiber aus der Hand. „Sind Sie ganz sicher, Harry?"

„Kein Zweifel, Sir. Man hat die Leichen heute morgen am Strand in der Nähe des Städtchens Saint-Denis gefunden."

„Also aus der Traum", sagte Ferguson.

„Ich fürchte, ja, Sir. Haben Sie schon von Devlin gehört?"

„Nichts."

„Er müßte eigentlich jeden Moment anrufen, Sir. Wenn man bedenkt, was passiert ist ..."

„Sehr wahrscheinlich. Machen Sie weiter, Harry. Wir sehen uns später."

Ferguson legte den Hörer auf und starrte einen Augenblick wie versteinert vor sich hin. „Verdammt noch mal, Brosnan", flüsterte er. „Warum hast du nicht gewartet?"

Nikolai Romanovs Maschine hatte wegen Nebels in Berlin nicht starten können, und so kam er mit vierzehnstündiger Verspätung erst zu Mittag auf dem Flughafen Roissy/Charles-de-Gaulle an. Er fuhr direkt zur sowjetischen Botschaft und zog sich gerade den Mantel aus, als Irana Vronski mit einer Tasse Kaffee in der Hand sein Büro betrat.

Sie war eine auffallend hübsche, stattliche Frau von 32 Jahren und seit acht Jahren Romanovs Sekretärin. Einen Monat nach Dienstantritt hatte er sie zu seiner Geliebten gemacht. Seitdem war sie ihm absolut ergeben und wußte ihrerseits über alles, was in der Abteilung vorging, genau Bescheid.

„Sie hatten einen schlechten Flug, Herr Oberst?" Im Büro redeten sie sich immer förmlich an.

„Ja, scheußlich. Aber lassen wir das jetzt. Hat sich Barry heute schon gemeldet?"

„Vor gut einer Stunde. Er ruft wieder an."

„Und er hat nicht erwähnt, warum er das Rendezvous mit dem Trawler nicht eingehalten hat?"

„Mit keinem Wort, Herr Oberst."

„Haben Sie die englischen Zeitungen studiert?"

Sie nickte. „Kein Wort über einen Vorfall, der auch nur im

entferntesten etwas mit Barrys Auftrag zu tun haben könnte. Von unserer Botschaft in London liegt eine Eilmeldung für Sie vor. Streng vertraulich. Kode drei. Vielleicht enthält sie wichtige Informationen darüber."

Sie gingen zum Kodierungsraum und erhielten dort das Band und die Fotos. Die Telegrafistin legte das Band in die Maschine, und Romanov gab seinen persönlichen Kode ein. Die entschlüsselte Information erschien augenblicklich auf Papier ausgedruckt. Der streng vertrauliche Bericht von Fox an die britische Premierministerin informierte Romanov über die Brosnan-Angelegenheit und enthielt obendrein ausführliche Angaben über Devlin und Anne-Marie Audin.

Der KGB-Offizier reichte Irana das Blatt. „Was halten Sie davon?"

Sie las den Bericht und runzelte die Stirn. „Aber darüber steht doch etwas in der Morgenzeitung." Die Zeitung lag auf dem Schreibtisch in ihrem Büro. Sie blätterte sie rasch durch und sagte schließlich triumphierend: „Hier steht's: ‚Letzte Meldung: Sträflinge bei Fluchtversuch von der Ile du Paradis ertrunken. Martin Brosnan und Jacques Savary.'"

Romanov nahm ihr die Zeitung aus der Hand, setzte sich auf die Tischkante und las. „Dieser Savary, das war noch ein ganzer Kerl", sagte er. „Sein Name ist mir gleich bekannt vorgekommen."

„Und Brosnan war wohl vom gleichen Kaliber", meinte Irana.

„Ja, die hätten uns unter Umständen Kummer machen können."

Das Telefon auf ihrem Schreibtisch läutete. Sie nahm den Hörer ab, sagte ein paar Worte, hielt die Hand über die Sprechmuschel und flüsterte: „Barry."

Romanov griff schnell nach dem Hörer. „Bist du in Paris?"

„Sieht ganz so aus", erwiderte Barry aufgekratzt.

„In einer halben Stunde in meiner Wohnung", sagte Romanov knapp und knallte den Hörer auf die Gabel.

Barry stand am Geländer auf dem Balkon der Luxuswohnung am Boulevard Saint-Germain. Mit einem Glas Whisky in der Hand trat Romanov aus dem Salon auf den Balkon, reichte es Barry und fragte ohne Umschweife: „Ich verlange eine Erklärung, Frank. Was ist schiefgelaufen?"

„Aber gar nichts", sagte Barry und setzte sich in einen Korbsessel. „Es hätte gar nicht besser laufen können."

Romanov war verblüfft. „Willst du damit sagen, die Sache hat geklappt? Wieso hat kein Wort darüber in der Zeitung gestanden?“

„Nachrichtensperre“, erklärte Barry lakonisch. „Jedenfalls habe ich die Wunderwaffe.“

„Und warum bist du dann nicht am vereinbarten Treffpunkt erschienen?“

Barry lachte glucksend. „Nikolai, es wird dich vielleicht schockieren, aber ich traue deinem Verein nicht. Mir kam nämlich der Gedanke, daß ich euren Trawler mit der kostbaren Ware wohl betreten, aber möglicherweise nicht wieder hätte verlassen dürfen. Kannst du mir folgen?“

„Unsinn!“ Romanov war wirklich verärgert. „Habe ich dich schon jemals hereingelegt?“

„Du nicht, Nikolai. Ich habe dabei eher an euer Hauptquartier gedacht. Die Sache ist heiß. Das hast du selbst gesagt. Vielleicht zu heiß.“

Romanov holte tief Luft. „Also, was willst du?“

„Ein Flugzeug, jederzeit startklar. Natürlich fliege ich selbst.“

„Wohin?“

„Zum Lake District. Ich werde einen geeigneten, unbenutzten Flugplatz in der Nähe meines Zielortes anfliegen und die Maschine dort abstellen.“

„Und was ist mit der britischen Luftüberwachung? Die möchten schließlich gern wissen, wer sich in ihrem Luftraum herumtreibt.“

„Bis man entdeckt hat, wo ich gelandet bin, bin ich längst wieder über alle Berge.“

Romanov sah Barry abschätzend an. „Na schön. In der Nähe von Croix gibt es einen privaten kleinen Flugplatz, den wir schon früher benutzt haben. Ich sorge dafür, daß ein geeignetes Flugzeug startklar dort für dich bereitsteht. Und was hast du sonst noch an unangenehmen Überraschungen auf Lager?“

„Erstens: Die Übergabe findet in Irland statt. In der Republik natürlich.“ Romanov wollte protestieren, aber Barry zog die Augenbrauen hoch und schüttelte nur stumm den Kopf. „Etwas anderes kommt nicht in Frage“, sagte er mit Nachdruck. „Alles, was ich getan habe, kann als politisch motiviert ausgelegt werden; also wird man mich nicht ausliefern. Wo die Transaktion stattfinden wird, werde ich dir später noch genau mitteilen.“

Romanov hob beschwichtigend die Hand. „Schon gut. Keine Einwände mehr. Was verlangst du noch?"

„Zwei Millionen", antwortete Barry. „Das ist der Preis."

Romanov war entsetzt. „Zwei *Millionen!* Bist du wahnsinnig geworden?"

„Nein, ich denke nur daran, mich langsam aus dem Geschäft zurückzuziehen. Schließlich werde ich nicht jünger."

Romanov schwieg. „Bei einer solchen Summe muß ich erst in Moskau rückfragen", sagte er dann. „Ich gebe dir Bescheid."

„Spätestens bis morgen früh", sagte Barry. „Ich will mich hier nicht lange aufhalten."

„Du bist ein durchtriebener Halunke, Frank", sagte Romanov müde. „Ich habe dich immer fair behandelt, und jetzt kommst du mir auf diese Tour." Romanov ging ins Wohnzimmer und kam mit einer Kopie des Berichts aus London zurück. „Hier, lies das", sagte er.

Barry las und grinste hämisch. „Na, sieh mal einer an", flüsterte er.

Romanov warf ihm eine Zeitung zu. „Mittagsausgabe. Auch eine interessante Lektüre."

Die Story war groß aufgemacht, mit Fotos von Savary und Brosnan. Barry überflog den Bericht. „Brosnan tot? Kaum zu glauben."

„Jeder stirbt mal."

„Aber Martin Brosnan tot – das ist unvorstellbar. Du hast ihn nicht gekannt. Hat mal versucht, mich umzubringen, weil er mit meiner Art von Kriegführung nicht einverstanden war."

Romanov zuckte die Achseln. „Olle Kamellen. Jetzt, wo er tot ist, hat das alles keine Bedeutung mehr."

„Aber *Devlin* ist nicht tot", sagte Barry.

Romanov runzelte die Stirn. „Hältst du ihn für gefährlich?"

„Gefährlich? Gegen den ist der Teufel die reinste Betschwester." Barry stand auf und trat ans Geländer. „Ich möchte wissen, was er gerade macht. Oder genauer gesagt: Wo stecken er und diese Audin?"

„Vielleicht sind sie in Paris?"

„Das herauszufinden dürfte nicht schwierig sein. Sie müßte eigentlich im Telefonbuch stehen."

Ein paar Minuten später klingelte in Anne-Maries Pariser Wohnung das Telefon. Ihre Zugehfrau meldete sich.

„Mademoiselle Audin?"

„Nein, Monsieur, sie ist nicht hier. Wer spricht dort, bitte?"

„Paris-Match", log Barry, ohne zu zögern. „Ich muß Mademoiselle Audin unbedingt sprechen. Können Sie mir sagen, wo ich sie erreichen kann?"

„Natürlich, Monsieur. Sie verbringt ein paar Tage auf ihrem Bauernhof."

„Auf einem Bauernhof?" Barry lachte gutmütig. „Das sieht ihr aber gar nicht ähnlich."

„Oh, es ist nur ein kleiner Hof, Monsieur, in den Bergen oberhalb von Nizza. Das Dorf heißt Saint-Martin. Mademoiselle Audin zieht sich dorthin zurück, wenn sie mal Ruhe braucht. Deshalb hat sie dort auch kein Telefon."

„Na gut, dann werde ich eben warten müssen, bis sie zurück ist", sagte Barry und legte den Hörer auf.

„Und was hast du vor?" fragte Romanov.

„Ich werde die nächste Maschine nach Nizza nehmen. Der Flug dauert nur eine Stunde. Will mich da unten mal umsehen, um herauszufinden, ob Devlin bei ihr ist."

„Laß gut sein, Frank. Sobald Moskau grünes Licht gibt, was die Finanzen angeht, kannst du dich auf den Weg machen. Warum willst du dich mit diesem Devlin aufhalten?"

„Es gibt da noch eine alte Rechnung zu begleichen", sagte Barry. „Und außerdem war Neugier stets mein größtes Laster."

„Tu, was du nicht lassen kannst." Romanov gab auf.

„Du könntest mir noch eine Adresse in Nizza geben, wo ich notfalls ein paar Männer anheuern kann. Ich brauche Profis, harte Burschen. Kannst du das arrangieren?"

Romanov nickte. „Ja, zufällig haben wir in Nizza ausgezeichnete Verbindungen. Ich kann dir den richtigen Mann empfehlen."

Barry grinste und schlug Romanov auf die Schulter. „Großartig. Ich wußte doch, daß ich mich auf dich verlassen kann. Ich melde mich bei dir, sobald ich zurück bin."

DER kleine Bauernhof hoch über Saint-Martin sah mit seinem Turm an der einen Seite und den von der Sonne ausgebleichten Dachziegeln fast ein wenig mittelalterlich aus. Devlin blickte auf das Dorf hinunter, das weit unten im Tal lag, und auf das schmale Band der Straße, das sich den Berg hinauf bis zum Hof schlängelte. Die Nachmittagssonne wärmte ihm den Rücken, und er reckte sich wohlig, ging zum Haus zurück und betrat die Küche.

Anne-Marie stand am Herd, der mit Holz geheizt wurde, und war mit Vorbereitungen fürs Abendessen beschäftigt. Sie trug eine Schiebermütze, eine Hemdbluse mit offenem Kragen und eine Latzhose, deren Beine sie in die halbhohen Stiefel gesteckt hatte. „Wie gefällt's dir hier?" erkundigte sie sich.

„Ein hübsches Fleckchen Erde. Hier wird man entweder glücklich oder völlig verrückt." Sie lachte. „Wie geht's Martin?" fragte er.

„Schlief noch fest, als ich vorhin reinschaute. Ich hätte gern ein Foto gemacht, aber ich wollte nicht riskieren, ihn zu wecken. Er sah irgendwie verändert aus. Sehr viel jünger."

Devlin setzte sich und schüttelte den Kopf. „Mach dir nichts vor, Mädchen. In deiner Generation gibt es keine jungen Leute mehr. Alle Hoffnungen sind schon vor langer Zeit zuschanden gemacht worden; verschluckt von den Sümpfen Vietnams, in Rauch aufgegangen in den Trümmern und finsteren Gassen von Ulster."

Sie drehte sich um, wischte sich die Hände an einem Küchenhandtuch ab und sagte ernst: „Ja, ich fürchte, da hast du nicht ganz unrecht. Wir haben schon zu früh gelernt, daß Unehrlichkeit zum Überleben gehört."

„Was ist denn das? Der Kalenderspruch des Tages?" Brosnan stand in der Tür. Er war unrasiert, sein langes Haar war zerzaust.

„Du siehst aus wie ein ...", sagte Anne-Marie.

Sie suchte nach Worten, und er lachte. „Wie ein was? Ein gemeingefährlicher Sträfling auf der Flucht?"

„Das wohl kaum." Devlin warf ihm eine zusammengefaltete Zeitung zu. „Anne-Marie war unten beim Dorfkrämer. Sie hat die druckfrische Mittagsausgabe aus Nizza mitgebracht. Du bist tot, alter Junge. Und zwar offiziell."

Brosnan las und zeigte sich nicht sonderlich bewegt. „Fühlst du dabei denn gar nichts?" fragte Anne-Marie.

„Nein, eigentlich nicht." Er fuhr sich mit der Hand übers Gesicht. „Was ich jetzt brauche, ist frische Luft und möglichst keine Wände um mich herum. Wie wär's, wenn wir uns ein wenig draußen umsähen?"

Er ging mit Anne-Marie vors Haus, wo er mit der Hand die Augen vor der grellen Sonne abschirmen mußte, als er in die Berge hinaufsah. „Sind das deine Schafe da oben?"

„Ja. Spanische Bergschafe.“

„Bis man da oben ist, muß man aber ganz schön klettern.“

„Dem alten Louis, meinem Schäfer, macht das nichts aus. Er klettert schon sein ganzes Leben hier herum. Ich selbst gehe allerdings mit der Zeit – und fahre.“

Sie öffnete die Tür des Geräteschuppens, und Brosnan sah ein aufgebocktes Motorrad. „Etwa mit dem Ding da?“

„Ja, genau. Das ist eine Geländemaschine. Eine Montesa Enduro. In schwierigem Gelände macht sie im ersten Gang ungefähr einen Kilometer in der Stunde. Aber gewöhnlich fahre ich ein wenig schneller.“

„Das will ich sehen“, sagte Brosnan.

Sie schob die kleine Maschine ins Freie, stieg auf und trat den Kickstarter. Der Motor röhrte auf, und Brosnan schwang sich auf den Soziussitz und legte Anne-Marie die Arme um die Taille. Sie ließ die Kupplung kommen und fuhr los.

Anne-Marie hatte nicht zuviel versprochen. Die Montesa nahm bei Vollgas mit einem zufriedenen Brummen jede Steigung. Als der Weg zu Ende war, fuhr Anne-Marie quer den Hang hoch und immer höher, bis sie auf ein Plateau kamen und friedlich weidende Schafe vor sich sahen.

Anne-Marie hielt neben einer weiß getünchten, von Olivenbäumen umgebenen Hütte an. Gleich daneben fiel eine wildromantische Schlucht steil ab.

„Der alte Louis benutzt die Hütte als Sommerquartier, wenn er hier oben ist. Manchmal kommt er wochenlang nicht runter. Unten, wo die Menschen wohnen, gefällt es ihm nicht.“ Sie nickte in die Richtung von Saint-Martin.

„Das kann ich ihm nachfühlen“, sagte Brosnan.

Die Hüttentür war unverschlossen, und sie gingen hinein. Die Hütte hatte eine Art Wohnküche und einen Schlafraum, Steinböden und roh verputzte Wände. Es war kühl und dunkel.

Anne-Marie hob den hölzernen Deckel eines Wasserkühltanks hoch, holte eine Flasche Weißwein heraus und nahm zwei Gläser von einem Regal. Sie gingen wieder ins Freie und setzten sich auf eine Bank an der Hüttenwand. Von irgendwo weiter unten klang schwach das hohle Bimmeln eines Glöckchens herauf.

„Das ist Herkules“, erklärte sie, „der Leithammel.“

Sie füllte Brosnans Glas, schenkte sich selbst ein und sah ins Tal hinunter. „Meine liebste Tageszeit. Alles scheint stillzustehen."

Sie blickte ihn an und lächelte, und es war, als erkenne er erst jetzt, wie schön sie war.

„Was wird jetzt, Martin?" fragte sie.

„Nun, zuerst muß ich mich mal um Frank Barry kümmern."

Sie schüttelte den Kopf. „Laß ihn laufen, Martin. Das lohnt sich nicht. Das ist doch praktisch ein toter Mann, ob es ihn nun nächste Woche erwischt oder erst nächstes Jahr." Sie zuckte die Achseln. „Irgendwo wartet schon einer auf ihn, der ihn erledigen wird."

„Gut möglich. Aber dieser eine, das will ich sein", gab Brosnan ruhig zurück. „Dies ist eine rein persönliche Angelegenheit. Kennst du den Grund?"

„Norah?" Sie schüttelte den Kopf. „Du hast mir früher viel von ihr erzählt. Nach deinen Schilderungen wäre sie wohl die erste, die dich jetzt zurückhalten würde."

„Vielleicht", sagte Brosnan. „Aber Norah war zu gut für diese Welt. Das Allerwichtigste ist ihr immer verborgen geblieben."

„Und das wäre?"

„Die Erkenntnis, daß einen am Ende alle Leute im Stich lassen, nicht nur Schweine wie Frank Barry. So ist das." In Brosnans Stimme klang Bitterkeit mit.

„Meinst du damit auch Leute wie mich oder Liam oder Jean-Paul?" fragte sie. Sie stellte betont vorsichtig ihr Glas ab und versuchte, ihren Ärger im Zaum zu halten. „Und wie paßt das auf einen gewissen Martin Brosnan, der einen alten Mann bei der Flucht von einer Gefängnisinsel mitgeschleppt hat, obwohl es für ihn allein sehr viel leichter gewesen wäre?"

„Das war ich ihm schuldig", entgegnete Brosnan. „Wir haben vier Jahre lang in derselben Zelle gesessen. Sein wacher Verstand, sein Witz und seine Weisheit haben mir Halt gegeben." Er lachte freudlos. „Ist das nicht komisch? So ein Gangster, der die meiste Zeit seines Lebens auf der Seite der Gesetzlosen gestanden hat, der besitzt noch echte Tugenden."

Sie stand auf und ging an den Rand der Schlucht hinüber. Als sie zurückkam, schien sie gefaßter. „Also gut", sagte sie. „Und wie geht es nach Frank Barry weiter?"

„Mit Irland, nehme ich an. Nur da bin ich noch sicher."

„In den Krieg zurück, der dir so wichtig war? Mein Leben für Irland! Nächtliche Überfälle, Maschinenpistolen und kein Ende?“

„Das einzige Spiel, das uns geblieben ist – meinst du das? Als ich in jener ersten Nacht in Belfast ein Gewehr in die Hand genommen habe, wollte ich Menschen daran hindern, andere Menschen zu töten. Danach habe ich mich auf einem Karussell wiedergefunden, das sich immer schneller drehte.“ Er schüttelte den Kopf. „Das viele Blutvergießen, die vielen Toten – das ist die große Sache nicht wert. Ich habe genug von der großen Sache. Das ist aus und vorbei.“

„Was willst du also tun?“

„Die Brosnans stammen aus der Grafschaft Kerry, erinnerst du dich? Vor ein paar Jahren habe ich dort einen Bauernhof gekauft. Da gibt's vor allem Schafe, genau wie hier.“ Er lachte. „Ich mag Schafe. Sie nehmen das Leben nicht so ernst.“

„Würdest du gern dort leben?“

„Es ist schön dort. Meer und Berge, grünes Gras, sanfter Regen. In den Hecken leuchten am Abend die Fuchsien. ‚Die Tränen Gottes‘ sagen die Leute dazu.“ Er lachte leise. „Und außerdem gibt es dort die hübschesten Mädchen von ganz Irland.“

Er war aufgestanden, um die Glieder zu recken. Als er sich umdrehte, bemerkte er einen bitteren Zug um ihren Mund. Er ging zu ihr hin und nahm ihre Hand. „Du würdest wundervoll dazu passen“, sagte er leise.

Er zog sie an sich und küßte sie. Ihre Lippen waren weich, und Brosnan zitterte vor Erregung. Einen Moment lang erwiderte sie seinen Kuß, dann holte sie bebend Atem und schob ihn weg.

„Nein, Martin, das mache ich nicht noch einmal mit. Du hast dich nicht wirklich geändert. Ich glaube, du wirst immer der offizielle Leichenbestatter der Bewegung bleiben.“

Sie drehte sich um und ging zu ihrem Motorrad.

Zehntes Kapitel

Frank Barry stieg um 16 Uhr 30 am Flughafen Nizza aus der Linienmaschine von Paris. Er mietete sich einen Peugeot und fuhr geradewegs nach Saint-Martin. Ein redseliger Ober in einem der beiden Cafés des Ortes beschrieb ihm den Weg zu Anne-Maries

Bauernhof. Um sechs Uhr abends saß Barry geduckt hinter einer Mauer in einem Olivenhain auf der anderen Talseite und beobachtete den Hof durchs Fernglas.

Das einzige Lebenszeichen war der Rauch, der aus einem der Schornsteine kerzengerade in die stille Luft stieg. Nachdem Barry etwa fünfzehn Minuten gewartet hatte, ging die Tür auf, und Liam Devlin schlenderte auf den Hof.

Barry pfiff leise durch die Zähne. „Ah, schau an", sagte er kaum hörbar.

Ein entferntes Brummen drang an sein Ohr. Als ihm klar wurde, daß es das Geräusch eines näher kommenden Fahrzeugs war, ließ er den Blick über die Bergflanke oberhalb des Hofes wandern und bekam schließlich das Motorrad ins Visier. Anne-Marie hatte ihre Mütze tief in die Stirn gezogen. Das Gesicht des Mannes auf dem Sozius konnte Barry nicht erkennen. Anne-Marie fuhr auf den Hof und hielt. Als Devlin herüberkam, nahm sie die Schiebermütze ab und ordnete ihr Haar. Brosnan zündete sich eine Zigarette an, und Barry sah für einen Augenblick deutlich sein Gesicht.

Er lachte. „Hast du's mal wieder geschafft, Martin."

Die drei verschwanden im Haus. Barry wartete noch eine Weile und lief dann den Pfad hinunter zu seinem Peugeot.

„WAS ist unser nächster Schritt?" fragte Brosnan.

Sie hatten zu Abend gegessen, saßen am Feuer und rauchten. Durch die halbgeöffnete Tür hörten sie Anne-Marie in der Küche rumoren.

„Wir kommen nur über Romanov an ihn ran", erwiderte Devlin. „Das ist Barrys KGB-Kontaktmann in Paris. Ferguson hat mir seine Pariser Adresse besorgt. Romanov hat eine Wohnung am Boulevard Saint-Germain."

„Dann machen wir uns morgen auf den Weg nach Paris."

Anne-Marie, die Tee und Kaffee auf einem Tablett ins Zimmer trug, hörte Brosnans letzte Worte und Devlins Antwort: „Laß uns doch erst mal zu Atem kommen, Martin."

„Warum sollen wir denn noch lange hier herumsitzen?" fragte Brosnan.

„Versteh doch", sagte Anne-Marie zu Devlin, „er kann es kaum erwarten, zur Beerdigung zu gehen."

„Wenn das so ist“, sagte Devlin, „dann wollen wir ihn mal anständig ausrüsten.“

Er verließ das Zimmer. Brosnan goß sich Tee ein und trank ihn mit großem Behagen. Diesen kleinen Luxus hatte er sich auf der Ile du Paradis versagen müssen. Als er sich gerade nachschenkte, kam Devlin mit einem Koffer zurück, den er auf den Tisch legte und öffnete.

„Ein Abschiedsgeschenk von Jean-Paul Savary. Ich habe aus London keine Schießeisen mitgebracht. Konnte keinen Ärger mit dem Zoll riskieren."

Vor Brosnan lagen zwei Brownings, ein Smith-&-Wesson-Revolver und eine bedrohlich aussehende Mauser mit zwiebelförmigem Schalldämpfer. Brosnan langte in den Koffer und zog eine ärmellose Weste hervor, deren Nylonoberfläche im Lampenlicht glänzte.

„Eine schußsichere Weste aus Nylon und Titan. Sie hält laut Jean-Paul noch eine aus nächster Nähe abgefeuerte Kugel aus einer großkalibrigen Pistole ab", erklärte Devlin.

„Äußerst eindrucksvoll", sagte Anne-Marie, die in der Tür stand. „Ihr zieht also wieder in den Krieg?"

„Ich glaube, ich sollte mich schlafen legen", bemerkte Brosnan ungerührt. „Morgen müssen wir zeitig los."

Wortlos eilte er nach draußen. Nachdem er weg war, trat Anne-Marie an den Tisch, schlug zornig den Kofferdeckel zu und setzte sich. Sie schüttelte den Kopf. „Er hat sich nicht verändert, Liam."

„Liebes Kind, er war nie das, wofür du ihn gehalten hast. Der Held, der dir in Vietnam das Leben gerettet hat, war auch nur ein Mensch mit all seinen Fehlern."

„Und dann die Geschichte mit den Rosen", sagte sie verbittert. „Das habe ich auch nie verstanden. Da geht er ins britische Hauptquartier in Lisburn und legt dem Oberbefehlshaber statt einer Bombe eine Rose ins Büro, als wollte er sagen: Brosnan war hier. Die reinste Kinderei."

„Ich weiß nicht recht", sagte Devlin. „Da kommt wohl zum Teil der Poet in ihm zum Vorschein. Aber es erinnert mich noch an etwas anderes. Die Indianerstämme der Sioux und der Cheyenne hatten früher eine interessante Variante des Kriegsspiels. Bei ihnen galt der Krieger als der tapferste, der im Kampf die meisten Feinde mit einem Stöckchen berührte. Daran erkannte man den wahrhaft mutigen Mann, nicht an der Zahl der erschlagenen Feinde."

„Und du meinst, so etwas Ähnliches wollte er mit seinen Rosen ausdrücken: ‚Seht her, so tapfer bin ich!'"

„Nein", entgegnete Devlin ernst, „ich glaube, er wollte sagen: ‚Ich hätte dich töten können, aber ich habe es nicht getan. Vielleicht sollten wir alles noch einmal überdenken und einen anderen Weg suchen!'"

„Ich weiß nicht, Liam." Sie stand müde auf. „Das ist mir zu kompliziert, und Martin ist es auch. Ich glaube, ich lege mich besser schlafen."

Sie küßte ihn auf die Stirn und ging hinaus.

HINTER der glitzernden Fassade der Côte d'Azur war das organisierte Verbrechertum genauso hart und rücksichtslos wie in Paris oder Marseille. Barry wußte das. Die Adresse, die Romanov ihm gegeben hatte, stellte sich als ein Nachtclub in einer finsteren Seitengasse heraus. Charles Chabert, der Besitzer, war ein kleiner Mann mit einem Bärtchen und einer goldgerandeten Brille. Sein unauffälliger dunkler Anzug saß vorzüglich. Auch sein Cognac war ausgezeichnet. Barry nippte daran und lächelte anerkennend.

„Ein paar harte Burschen", sagte er. „Mehr brauche ich nicht. Meine Kontaktperson in Paris hat mir versichert, Sie seien der richtige Mann, der sie mir besorgen kann."

Chabert nickte. „Wie viele benötigen Sie denn, Monsieur?"

„Drei."

„Zum Einsatz gegen ...?"

„Zwei."

Chabert ließ sich seine Überraschung anmerken. „Mit Ihnen wären das vier gegen zwei. Ist das wirklich nötig?"

„Bei den beiden, auf die ich es abgesehen habe, ist das allerdings nötig. Ich brauche Ihre Leute morgen in aller Frühe. Ich zahle zwanzigtausend Franc."

„Muß man vielleicht mit einer kleinen Schießerei rechnen?"

„Auf jeden Fall."

Chabert nickte. „Ich verstehe. Dann kostet es Sie dreißigtausend. Einschließlich meiner Provision", fügte er rasch hinzu, „macht das vierzigtausend."

„Einverstanden." Barry lächelte freundlich, und das Geschäft wurde mit Handschlag besiegelt. Chabert hob den Hörer vom Haustelefon ab und sagte: „Schick Jacaud, Lebœuf und Deville in mein Büro."

Wenig später klopfte es an die Tür, und drei Männer kamen herein. Barry sah sofort an ihren Gesichtern, daß die drei genau seinen Vorstellungen entsprachen.

ALS Devlin erwachte, war es bereits halb neun. Er stand rasch auf, duschte und zog sich an.

Nachdenklich wog er die kugelsichere Weste in der Hand und entschloß sich endlich, sie unter dem Oberhemd anzulegen. Da sie immerhin acht Kilo wog, spürte er natürlich das zusätzliche Gewicht, aber sie paßte hervorragend, und er empfand sie nicht als sonderlich unbequem.

Brosnan saß am Küchentisch und aß Rührei. Anne-Marie stand

am Herd. Als Devlin in die Küche kam, wandte sie sich zu ihm um. Sie hatte dunkle Ringe unter den Augen und sah aus, als hätte sie schlecht geschlafen.

„Da bist du ja endlich", begrüßte sie ihn. „Möchtest du auch Frühstück?"

Devlin schüttelte verneinend den Kopf. „Nur eine Tasse Tee." Er setzte sich Brosnan gegenüber an den Tisch. „Na, wie fühlst du dich an diesem herrlichen Morgen?"

„Ausgezeichnet", antwortete Brosnan. „So ein gutes Frühstück habe ich schon seit Jahren nicht mehr gegessen." Er langte über den Tisch und zog Devlins Hemd auseinander. Die Weste kam zum Vorschein. „Du hast dein Hemd nicht richtig zugeknöpft", sagte er und tippte mit dem Finger auf die Weste. „Warum trägst du denn das Ding?"

„Ich hab mir gedacht, ich zieh sie zur Probe mal an", sagte Devlin. „Das solltest du auch tun." Er trank die Tasse Tee aus, die Anne-Marie ihm eingegossen hatte, und stand auf. „Wann brechen wir auf?"

„Wann du willst", sagte Brosnan. „Fliegen wir, oder nehmen wir den Wagen?"

„Mit dem Wagen dauert es ewig. Andererseits ist es vielleicht sicherer. Man könnte dich am Flughafen erkennen."

„Vergiß nicht, daß ich tot bin, Liam", sagte Brosnan. „Niemand wird sich nach mir umdrehen, und außerdem war das Foto in der Zeitung fünf oder sechs Jahre alt. Damals hatte ich auch noch kurzes Haar. Gib mir eine Sonnenbrille, und alles ist in Butter."

„Na schön", willigte Devlin ein, „dann nehmen wir eine Linienmaschine. Mach dich fertig. Ich fahre nur noch einmal rasch ins Dorf zum Telefonieren. Vielleicht hat Ferguson uns etwas Interessantes zu sagen."

„Hoffentlich etwas über Barry."

„Wenn du nichts dagegen hast, nehme ich den Citroën", sagte Devlin zu Anne-Marie.

Sie gab ihm die Wagenschlüssel. „Übrigens, Liam", sagte sie, „diese Reise müßt ihr ohne mich machen."

„Na gut." Er sah kurz zu Brosnan hinüber, der gleichmütig weiteraß. „Du mußt tun, was du für richtig hältst, Kleines." Er hielt ihre Hand noch einen Augenblick fest, dann drehte er sich um und ging hinaus.

Barry war von Nizza im Peugeot heraufgefahren. Die drei Gangster, die in einem kleinen Lieferwagen hinterherkamen, hielten auf dem Parkstreifen kurz vor Saint-Martin, und Jacaud stieg aus, öffnete die Motorhaube und machte sich zum Schein am Motor zu schaffen. Barry fuhr ins Dorf. Er war sich nicht schlüssig, was er unternehmen sollte. Sie konnten unmöglich die direkte Straße zum Hof hinauf benutzen. Man würde sie von dort oben sofort bemerken.

Doch die Entscheidung wurde Barry abgenommen, denn als er neben der Kirche einparkte, erkannte er Devlin in einiger Entfernung am Steuer eines Citroën. Devlin stellte seinen Wagen unter einem Baum ab, stieg aus und ging zum Café hinüber. Eine junge Frau wischte die Tischchen und die Stühle ab, die vor dem Café standen.

„Guten Morgen", grüßte sie. „Eine Tasse Kaffee, Monsieur?"

„Nein, das ist nichts für mich", antwortete Devlin. „Aber eine Tasse Tee wäre mir sehr recht. Ich möchte nur zuerst telefonieren."

„Mein Vater gibt gerade telefonisch eine Bestellung auf, Monsieur. Es dauert sicher nicht mehr lange. Ich könnte Ihnen den Tee bringen, während Sie warten."

„Warum nicht?" Devlin setzte sich und ließ sich die wärmende Morgensonne ins Gesicht scheinen.

In der Zwischenzeit hatte Barry seinen Wagen verlassen und war in der Kirche verschwunden. Er hielt das Portal einen Spalt weit offen, um den Vorplatz mit dem Café beobachten zu können.

Es war still in der Kirche. Kerzen flackerten, und der Geruch von Weihrauch lag schwer in der kühlen Luft. Die Kirche machte einen völlig menschenleeren Eindruck, doch dann sah Barry einen etwa zehnjährigen Jungen, der vor dem Altar kniete und betete. Jetzt stand er auf, bekreuzigte sich und kam auf das Eingangsportal zu. „Falls Sie den Herrn Pfarrer suchen, Monsieur, der ist nicht hier. Er ist nach Vence gefahren."

Barry strich dem Jungen übers Haar und lächelte. „Nein", sagte er, „ich beobachte einen Freund. Siehst du den Mann dort drüben vor dem Cafe?"

„Ja, Monsieur."

„Paß auf", sagte Barry. „Wie wär's, wenn wir ihm einen Streich spielten?"

„Einen Streich, Monsieur?"

„Klar. Du gehst zu ihm rüber und sagst ihm, der Pfarrer wolle ihn sprechen. Wenn er dann hereinkommt, wird er überrascht sein, mich hier anzutreffen.“ Barry zog eine Zehnfrancnote aus der Brieftasche.

Der Junge machte große Augen. „Für mich, Monsieur?“ Barry stopfte ihm den Geldschein in die Hosentasche. „Nun lauf schon los. Und paß auf, daß er den Spaß nicht durchschaut.“

DEVLIN bemerkte den Jungen erst, als er ihn am Ärmel zupfte.

„Was gibt's, mein Sohn?“

„Der Herr Pfarrer, Monsieur.“ Er zeigte mit dem Daumen über seine Schulter. „Er hat mir gesagt, ich soll Sie zu ihm in die Kirche schicken.“

„Der Pfarrer?“ Devlin lächelte gutmütig. „Aber ich kenne ihn doch gar nicht. Das muß ein Irrtum sein.“

„O nein, Monsieur, er meint Sie. Er hat gesagt, der Herr vor dem Café. Und Sie sind der einzige hier.“

Devlin sah sich um. „Das läßt sich allerdings nicht leugnen. Na schön, dann wollen wir mal sehen, was er von mir möchte.“

Devlin überquerte die Straße, ging an Barrys Peugeot vorbei und die Stufen zum Portal hinauf. Vor der Tür blieb er einen Augenblick stehen. Die Vorsicht, die ihm in vielen Jahren zur zweiten Natur geworden war, ließ ihn instinktiv die Hand auf den Griff des Brownings in seiner Tasche legen.

Im Vergleich zur sonnenüberfluteten Straße war es dunkel in der Kirche. Devlin blieb abwartend in der Tür stehen, bis eine heisere Stimme ihn auf französisch anrief: „Hierher, Monsieur Devlin.“

Im Dämmerlicht konnte Devlin nur eine Gestalt in der Soutane erkennen. „Was gibt's denn?“ fragte er und ging auf den vermeintlichen Priester zu.

„Eine Botschaft von Jacques Savary, Monsieur. Bitte, hier hinein.“

Der Pfarrer verschwand in einem Beichtstuhl und zog den Vorhang zu. Devlin betrat den Beichtstuhl von der Seite her und kniete nieder. Jetzt ergab die ganze Geschichte wenigstens einen Sinn. Denn schließlich wußten nur Jacques Savary und dessen Sohn, wo er und die anderen sich aufhielten.

Es raschelte hinter dem Sprechgitter, und die Stimme sagte: „Hast du etwas zu beichten, mein Sohn?“

„Ich habe ohne Zweifel schreckliche Sünden auf mich geladen, Hochwürden. Aber was ist nun mit Savary?“

„Meinetwegen soll er in der Hölle schmoren, Liam. Und du alter Halunke mit ihm!“

Die Tscheska in Barrys rechter Hand spie zwei Kugeln aus, die das Gitter durchschlugen und Devlin gegen die Seitenwand des Beichtstuhls schleuderten. Einen kurzen Augenblick lang rang er verzweifelt nach Luft, dann wurde es dunkel um ihn.

Barry öffnete den Vorhang und sah auf die reglos in der Ecke liegende Gestalt hinunter. „Jetzt sind wir quitt, Liam“, sagte er leise. Er streifte die geborgte Soutane über den Kopf, warf sie in eine Kirchenbank, zog vor Devlins Seite des Beichtstuhls den Vorhang wieder zu und verließ die Kirche.

Im Gegensatz zu Devlin zog Brosnan die nylonverkleidete Titanweste über sein Hemd. Sie paßte ganz gut zu seinen Jeans. Dann schlüpfte er in die Jacke und steckte seinen Browning in die rechte Tasche. Die Mauser schob er sich hinten in den Gürtel – gut versteckt am Rücken. Lächelnd dachte er daran, daß Devlin ihm das beigebracht hatte. Dann nahm er den Smith & Wesson und ging damit ins Badezimmer. Im Medizinschränkchen fand er eine Rolle Heftpflaster, riß ein paar Streifen davon ab, befestigte den Revolver dicht über dem Knöchel an der Innenseite seines linken Beins und zog die Socke darüber.

Als er in die Küche kam, spielte das Radio, aber von Anne-Marie war nichts zu sehen. Sie saß mit geschlossenen Augen auf einer Bank draußen im Hof in der Morgensonne. Er blieb vor ihr stehen und wußte nicht, was er sagen sollte. Unten im Tal konnte er den Citroën erkennen, der langsam die Serpentinenstraße heraufkam.

„Liam kommt zurück“, sagte er.

„So?“

Brosnan lehte sich gegen die Mauer. „Malst du eigentlich noch?“ fragte er.

„Ja“, antwortete sie. „Aber nicht mehr in Öl. Nur noch Aquarelle.“

„Devlin hat mal zu mir gesagt, jeder Trottel könne Ölbilder malen; Wasserfarben beherrsche dagegen nur ein wahrer Künstler.“

Hinter ihm bog der Citroën in den Hof ein. Sie hielt die Augen immer noch geschlossen. „Geh, Martin. Bitte, geh endlich“, sagte sie.

„Gut, wenn du's so willst“, sagte Brosnan und drehte sich nach dem Citroën um. Er brauchte einen Augenblick, bis ihm klar wurde, daß der Mann – es war Jacaud –, der aus dem Wagenfenster lehnte, mit einem Revolver auf ihn zielte. Frank Barry richtete sich im Fond des Wagens auf, öffnete die Tür und sprang mit der Tscheska in der Hand heraus.

Jetzt fuhr auch der Lieferwagen auf den Hof, und Lebœuf und Deville stiegen aus. „Soll ich nachsehen, ob er bewaffnet ist?" fragte Jacaud.

„Oh, ich glaube, das können wir mit Sicherheit annehmen."

Jacaud fand den Browning in der Jackentasche. „Wo ist Liam?" fragte Brosnan.

„Wahrscheinlich in der Hölle. Als ich ihn zuletzt sah, wirkte er ziemlich tot."

„Nein!" schrie Anne-Marie entsetzt.

Brosnan hob die Fäuste und ging einen Schritt auf Barry zu.

Jacaud drosch ihm den Revolverlauf in die Nieren, und Brosnan brach mit einem Schmerzensschrei in die Knie.

„Das ist die richtige Haltung", sagte Barry und nickte Jacaud zu. „Durchsuch ihn noch mal. Er war immer ein raffinierter Bursche. Wenn ich mich richtig besinne, hat er immer gern ein As hinten im Gürtel gehabt."

Jacaud zog die Mauser hervor. Anne-Marie versuchte wegzulaufen, doch Lebœuf und Deville schnappten sie und stießen sie unsanft gegen den Wagen. Brosnan, der immer noch nach Atem rang, sah auf. „Was willst du von ihr?"

„Darüber kannst du dir in der Hölle Gedanken machen, Martin."

„Legen wir sie um?" fragte Jacaud.

„Untersteh dich", sagte Barry schroff. „Ich werde mich selbst um sie kümmern." Er zog ein schwarzes Plastiketui aus der Tasche und nahm eine gefüllte Injektionsspritze heraus. Anne-Marie schrie auf, als die Nadel ihr ins Fleisch drang. Sekunden später brach sie zusammen, und Barry legte sie auf den Rücksitz des Citroën und deckte sie mit einer Reisedecke zu.

„Sie wird bis nach Paris wie ein Baby schlafen", sagte er.

„Drogen", stieß Brosnan zwischen zusammengebissenen Zähnen hervor. „Das sieht dir ähnlich."

Barry runzelte die Stirn. „Stell dich nicht so an, alter Freund. Sie wird zehn Stunden lang wie ein Säugling schlafen, und wenn sie aufwacht, wird sie nicht einmal Kopfschmerzen haben."

Er stieg in den Citroën und ließ den Motor an. „Was machen wir nun mit ihm?“ fragte Jacaud.

„Offiziell ist er bereits tot“, sagte Barry. „Damit sollte deine Frage eigentlich beantwortet sein.“

„Hast wohl nicht den Mumm, es selbst zu tun, was, Frank?“ rief Brosnan.

Barry lachte. „Du hast mich immer verachtet, Martin. Ich war nicht gut genug für dich und deine edle Sache. Aber jetzt bist du derjenige, der auf den Knien im Dreck liegt, und so möchte ich dich gern in Erinnerung behalten. Als einen, der es nicht wert ist, daß man sich an ihm die Hände schmutzig macht.“

Er fuhr los. Jacaud und Deville rissen Brosnan unsanft hoch und schleppten ihn zum Geräteschuppen. Drinnen stießen sie ihn ins Kreuz, und er taumelte vorwärts und fiel erneut auf die Knie. Lebœuf ging durch den Schuppen und untersuchte einen alten Handkarren. Deville stand gegen die Wand gelehnt neben der Tür, und Jacaud trat mit der Pistole in der Hand auf Brosnan zu.

Der rappelte sich auf, schleppte sich zu einer alten Bank und ließ sich darauf fallen. „Das ist also das Ende“, sagte er.

Jacaud zuckte die Achseln. „Du hättest eben zu Hause bleiben sollen, mein Freund.“

Brosnan sank vor Schmerzen stöhnend vornüber und bekam mit der rechten Hand den Smith & Wesson zu fassen, den er so sorgfältig am linken Bein befestigt hatte. Er stöhnte erneut und sank auf ein Knie. Jacaud trat auf ihn zu, packte ihn an den Haaren und zerrte ihm den Kopf nach hinten. Im selben Moment riß Brosnan den Revolver los und schoß Jacaud ins Herz.

Die Gewalt des Einschlags aus so kurzer Entfernung hob Jacaud auf die Zehen und warf ihn dann zu Boden. Noch ehe Lebœuf sich umdrehen konnte, schoß Brosnan ihn in den Rücken.

Deville, der noch an der Tür stand, schrie auf und versuchte, seine Waffe zu ziehen – zu spät. Brosnans dritte Kugel traf den Gangster mitten in die Stirn. Deville fiel rücklings in den Hof.

Dann war es plötzlich still. Einen Moment lang stand Brosnan absolut regungslos da, die Beine gespreizt, den Oberkörper leicht nach vorn geneigt, den Revolver im Anschlag. Er war wie verwandelt, ein völlig anderer Mensch.

Endlich steckte er den Smith & Wesson in die Jackentasche und nahm Jacaud den Browning und die Mauser wieder ab. Dann ging er zur Montesa hinüber, schob sie vom Seitenständer, trat kräftig auf den Kickstarter und preschte mit aufheulendem Motor aus dem Hof auf die Straße nach Saint-Martin hinunter.

DAS erste, was Devlin wahrnahm, als er wieder zu sich kam, war eine zittrige Stimme und eine Hand, die ihn an der Schulter rüttelte. „Monsieur", sagte die Stimme, „was ist denn mit Ihnen?"

Er schlug die Augen auf und sah den alten Pfarrer, der sich über ihn beugte. Er hatte das Gefühl, als sei er ein paarmal heftig gegen den Brustkorb getreten worden. Er fuhr sich mit der Hand über die Herzgegend und entdeckte unter seinem zerrissenen Hemd eine der Kugeln, die Barry auf ihn abgefeuert hatte; sie steckte in der Panzerweste.

„Haben Sie getrunken?" fragte der Pfarrer.

„Keinen Schluck, Hochwürden." Devlin lächelte ein wenig mühsam. „Es ist nur ein kleiner Anfall von Malaria. Hab ich mir vor vielen Jahren in den Tropen geholt. Manchmal erwischt es mich noch, und meistens, wenn ich überhaupt nicht damit rechne." Er stand mühsam auf und ging zur Tür. Das Atmen fiel ihm schwer, und als er im Freien stand, lehnte er sich oben auf der Treppe an die Wand. In diesem Augenblick fuhr Brosnan mit dem Motorrad vor und hielt neben dem Citroën, der jetzt an der Kirchentreppe geparkt war.

„Wie kommt denn der Wagen hierher?" fragte Devlin. „Ich hatte ihn doch gegenüber vom Café abgestellt."

„Frank Barry ist damit zum Hof raufgekommen. Ich dachte, du wärst es, Liam. Er hat uns überrumpelt."

„Bestimmt nicht mehr als mich. Er hat mich in der Kirche mitten ins Herz geschossen." Devlin klopfte auf seine Weste. „Das ist schon eine wunderbare Erfindung, Martin. Ich war lediglich eine Zeitlang außer Gefecht. Aber diesen Schweinehund mache ich jetzt fertig."

„Nicht, wenn ich ihn zuerst zu fassen bekomme", sagte Brosnan grimmig. „Er hat Anne-Marie mitgenommen."

„Was?" rief Devlin erschrocken. „Und wieso lebst du noch?"

Brosnan berichtete. Als er geendet hatte, sagte Devlin: „Er ist also hierher zurückgefahren, hat sie in seinen Wagen geladen und ist verduftet. Dabei fällt mir ein, daß da noch ein Wagen gestanden hat, als ich zur Kirche rübergegangen bin."

„Kannst du dich noch erinnern, was für einer es war?"

„Ich glaube, eine Peugeot-Limousine."

„Dann nichts wie hinterher."

Brosnan wandte sich zum Gehen, als ihn Devlin am Ärmel festhielt. „Augenblick mal, Martin. Wohin willst du denn?"

„Nach Paris. Als er ihr die Injektion gab, sagte er, das würde sie bis Paris ruhig halten."

„Na schön. Und welchen Weg hat er genommen? Acht Kilometer nördlich von hier muß man sich für eine von drei Routen durch die Alpen nach Lyon entscheiden."

Brosnan trat zornig gegen die Wagentür. „Warum hat er sie bloß mitgenommen, verdammt noch mal? Warum?"

„Eine spontane Eingebung. Vielleicht solltest du, ehe du stirbst, nur wissen, daß er sie in seiner Gewalt hat. Wir jedenfalls wissen nur eins mit einiger Sicherheit: Er fährt nach Paris, und das heißt zu Romanov. Wenn wir in Nizza ein Flugzeug erwischen, können wir noch vor ihm dort sein."

„Da hast du recht", sagte Brosnan. „Also gehen wir."

„Noch nicht", sagte Devlin und rieb sich den schmerzenden Brustkasten. „Eins ist mir nämlich noch schleierhaft. Wie hat Frank Barry erfahren, daß wir hier sind? Gib mir noch fünf Minuten, damit ich Ferguson anrufen kann."

Harry Fox war am Apparat. Er hörte einen Moment zu und sagte dann zu Ferguson: „Devlin, Sir."

„Her mit ihm." Ferguson nahm Fox den Hörer aus der Hand. „Verdammt, Devlin, wo haben Sie denn gesteckt?"

„Das spielt jetzt keine Rolle. Erklären Sie mir lieber mal, wie Frank Barry es fertiggebracht hat, Brosnan und mich auf Anne-Marie Audins Bauernhof bei Saint-Martin aufzuspüren?"

„Brosnan?" rief Ferguson verblüfft. „Ich denke, der ist tot."

„Sie sollten nicht alles glauben, was in den Zeitungen steht. Also, wie ist das nun mit Barry? Das Schwein hat gerade versucht, mich über den Haufen zu schießen. Und jetzt ist er mit Anne-Marie Audin auf dem Weg nach Paris."

„Wir hatten hier leider eine undichte Stelle, Devlin", sagte Ferguson. „Jemand hat an den KGB in London Informationen über unser Unternehmen weitergegeben. Ich nehme an, man hat diese

Informationen auch Romanov in Paris zukommen lassen, und der muß Barry unterrichtet haben."

„Na, da bedank ich mich auch schön", schnarrte Devlin. „Es geht doch nichts über Tüchtigkeit. Damit ist immerhin das britische Weltreich geschaffen worden. Sie werden entschuldigen, wenn ich jetzt auflege."

„Moment noch, Devlin", sagte Ferguson hastig. „Was werden Sie denn jetzt tun?"

„Wir werden Oberst Nikolai Romanov in Paris besuchen."

Er verließ das Café und stieg zu Brosnan in den Citroën.

„Was hast du herausgefunden?" fragte Brosnan.

„Rasch, nach Nizza, zum Flughafen", sagte Devlin. „Ich erzähle dir alles während der Fahrt."

Elftes Kapitel

Barry hatte sich für die Touristenstraße durch die Hochalpen entschieden. Hinter Grenoble hielt er an einer kleinen Tankstelle, um aufzutanken. Anne-Marie schlief friedlich auf dem Rücksitz.

„Madame hat sich's bequem gemacht", sagte der alte Tankwart lachend.

Die Reisedecke war verrutscht, und Barry beeilte sich, Anne-Marie fürsorglich wieder zuzudecken.

„Ja, wir sind auf dem Weg nach Paris", erklärte er. „Wer nicht fahren muß, nützt die Zeit am besten zum Schlafen. Dürfte ich Ihr Telefon benutzen?"

„Selbstverständlich, Monsieur. Im Büro."

Er wählte Romanovs Anschluß in der Botschaft, und Irana meldete sich. „Hier Barry. Ist er da?"

„Einen Moment bitte."

„Wie ist es gelaufen?" fragte Romanov.

„Wie geschmiert. Es wird dich vielleicht interessieren, daß ich die fraglichen Herren beide noch sehr lebendig antraf."

„Tatsächlich?" sagte Romanov ruhig. „Ich nehme an, du hast dich um dieses Problem gekümmert?"

„O gewiß. Ich habe sozusagen die Akte geschlossen. Hast du Neuigkeiten für mich?"

„Ja. Man hat mir versichert, daß genügend Bargeld zur Verfügung steht. Du kannst die Dinge also jederzeit in die Wege leiten."

„Gut. Dann möchte ich, daß mir die versprochenen Transportmittel heute abend zur Verfügung stehen. Wir treffen uns gegen Mitternacht."

Croix sah genauso aus, wie Barry es sich vorgestellt hatte; ein kleiner Flugplatz mit einem Kontrollturm, zwei Hangars und drei Nissenhütten. Die Cessna 310 stand vor einem der Hangars. Als Barry hielt und den Motor seines Wagens abstellte, traten Romanov, Irana Vronski und ein kleiner, dunkelhaariger Mann im weißen Overall aus der Flugzeughalle.

Barry stieg aus und ging ihnen entgegen. „Ist das die Maschine?" fragte er.

„Richtig. Etwas Besseres konnte Deforges in der kurzen Zeit nicht auftreiben. Er ist hier der Flugleiter."

„Könnten wir vielleicht in mein Büro gehen und über den Zielflughafen sprechen?" fragte Deforges.

„Fein." Barry öffnete die hintere Tür des Citroën, beugte sich in den Wagen und hob Anne-Marie auf den Armen heraus. „Haben Sie hier eine Couch oder so etwas? Meine kleine Freundin hat ein wenig zuviel getrunken", sagte er.

Deforges führte die anderen in sein verglastes Büro in der Halle. Dort öffnete er eine weitere Tür und zeigte Barry eine winzige Kammer mit einem Waschbecken und einem Bett mit Armeedecken.

„Das hier können Sie benutzen."

Er ging, und Barry legte Anne-Marie aufs Bett. Irana beugte sich über sie und fragte: „Wie lange wird sie noch bewußtlos sein?"

„Noch etwa eine Stunde."

„Was hast du mit ihr vor, Frank?" erkundigte sich Romanov.

„Ich hatte die Wahl, sie umzubringen oder mitzunehmen. Und da ich schon immer etwas dagegen hatte, Frauen zu töten ..."

„Du bist verrückt. Du hast doch schon genug am Hals."

„Das laß nur meine Sorge sein." Barry schob ihn und Irana aus der Kammer und zog die Tür hinter sich zu. „Mein Ziel liegt an der Küste Nordenglands auf der Höhe des Lake District", sagte er zu dem kleinen Mann.

Deforges brachte eine Karte von diesem Gebiet, und Barry fuhr darauf mit dem Finger die Küste von Cumberland entlang. „Ravenglass. Ein paar Kilometer südlich davon müßte ein alter Flugplatz der britischen Luftwaffe verzeichnet sein. Ja, hier. Tanningley Field."

„Der Karte nach ist er außer Betrieb", sagte Deforges.

„Stimmt. Aber die Landebahn ist noch völlig in Ordnung. Ich habe es selbst überprüft. Wie lange werde ich mit der Cessna bis dorthin brauchen?"

„Sie erreicht eine Reisegeschwindigkeit von zweihundertdreißig Kilometern in der Stunde, aber es hängt natürlich vom Wetter ab. Ich werde den Flughafen Orly anrufen und mich nach der Wettervorhersage erkundigen."

Er ging zum Telefonieren in ein angrenzendes Büro. Barry zündete sich eine Zigarette an und sagte: „Ich denke gerade daran, Nikolai, daß es höchst bedauerlich wäre, wenn ich bei meiner Ankunft schon von jemand erwartet würde."

Romanov stieg die Zornröte ins Gesicht. „Frank, was sollen diese Reden? Wir haben ein Abkommen getroffen. Ich will keinen Ärger mehr. Alles, was ich will, ist die Rakete."

„Gut", sagte Barry. „Dann wäre das geklärt."

Deforges kam zurück. „Sie haben Gegenwind, und von der Irischen See zieht ein Tief heran. Am Morgen ist daher mit starkem Regen, vielleicht sogar mit Nebel zu rechnen. Unter diesen Umständen würde ich die reine Flugzeit auf viereinhalb bis fünf Stunden schätzen. Für eine Landung auf einem solchen Flugfeld benötigen Sie gute Sicht."

„Wann wird es hell?"

„Kurz nach sieben."

„Na gut, dann starte ich um halb drei."

„Da wäre noch ein kleines Problem", sagte Deforges. „Ihre Flugroute muß für den französischen und den britischen Luftraum offiziell angemeldet werden."

Barry nickte. „Was schlagen Sie als offizielles Flugziel vor?"

Deforges studierte die Karte. „Am besten den Flughafen Ronaldsway auf der Insel Man. Der liegt nur fünfundachtzig Kilometer von Ihrem Ziel entfernt. Im letzten Moment sagen Sie den Fluglotsen in Ronaldsway, daß Sie nach Blackpool fliegen wollen. Dann würde ich Ihnen raten, Tanningley von See her in einer Höhe von unter sechshundert Fuß anzufliegen. Auf diese Weise werden Sie nicht vom

Radar erfaßt. So früh am Morgen werden Sie auch kaum von jemandem bei der Landung beobachtet."

„Das spielt ohnehin keine Rolle", sagte Barry. „Ich habe nicht vor, mich lange dort aufzuhalten. Jetzt muß ich noch mal telefonieren."

Deforges ging nach draußen, und Barry betrat das andere Büro, schloß die Tür und nahm den Telefonhörer ab. Irana und Romanov beobachteten ihn durch die Glaswand hindurch.

„Ich traue ihm nicht, Nikolai", flüsterte sie. „Er hat dich schon einmal zum Narren gehalten. Er könnte es wieder tun."

„Mir bleibt wirklich keine Wahl, mein Schatz. Ich muß diese Rakete haben ..."

„Damit sie dir die Wange tätscheln, dich zum General befördern und nach Moskau versetzen?" fragte sie. „Ich würde an deiner Stelle viel lieber in Paris bleiben, Nikolai."

Er sah sie verärgert an. „Ich habe dir schon einmal gesagt, du sollst mit solchen Reden vorsichtig sein. Eines Tages wirst du dich vergessen und vor den falschen Leuten losplappern."

„Ich mache mir doch nur Sorgen um dich."

„Ich weiß." Er drückte ihr zärtlich die Hand. „Aber du hältst dich hier nur unnötig länger auf. Fahr zur Wohnung zurück. Du hast doch deinen eigenen Wagen dabei. Ich warte, bis Barry abgeflogen ist, und komme dann nach."

Sie strich ihm über die Hand, nahm ihren Pelzmantel über den Arm und ging.

In Marsh End wollte Henry Salter gerade zu Bett gehen, als das Telefon klingelte. Er beeilte sich nicht sonderlich, den Hörer abzunehmen, denn in seinem Beruf gewöhnte man sich daran, daß die Leute zu jeder Tages- und Nachtzeit starben.

„Sind Sie's, alter Knabe? Sinclair am Apparat."

Salters Magen krampfte sich zusammen. Er zog einen Stuhl heran und setzte sich. „Was kann ich für Sie tun, Mr. Sinclair?" fragte er mit leicht bebender Stimme.

„Wie sieht's denn aus bei Ihnen, seit ich weg bin? Irgendwelche Probleme?"

„Dreißig Kilometer von hier, in der Nähe vom Wast-Water-See, hat es von Polizisten nur so gewimmelt."

„So? Was ist denn passiert?"

„Das erfährt man nicht."

Barry lachte. „Sehr gut. Als ich abfuhr, habe ich ja angekündigt, daß ich zurückkäme. Jetzt ist es soweit. Kennen Sie den alten Flugplatz bei Tanningley?"

„Ja."

„Ich werde dort morgen früh kurz nach sieben mit einer leichten Maschine landen. Warten Sie mit dem Landrover auf mich."

„Aber der Flugplatz wird schon seit Jahren nicht mehr benutzt", entgegnete Salter.

„Fünftausend Pfund, bar auf die Hand, für Ihre wertvolle Hilfe. Ich werde nur ein paar Stunden bleiben. Wie ist es?"

Salter kämpfte mit seiner angeborenen Geldgier und verlor. „Ich werde dort sein, Mr. Sinclair", antwortete er.

„Vergessen Sie's nicht", sagte Barry trocken und legte auf.

Ein Streik am Flughafen Nizza hatte Devlin und Brosnan einen Strich durch die Rechnung gemacht, und so kamen sie erst nach ein Uhr morgens mit dem Wagen in Paris an. Sie fuhren sofort zu der Adresse am Boulevard Saint-Germain.

Romanovs Wohnung lag im obersten Stock eines prächtigen Gebäudes aus dem 19. Jahrhundert. Sie gingen einen mit Teppichen ausgelegten Gang entlang, blieben vor der Tür mit der Nummer 13 stehen, und Devlin drückte auf den Klingelknopf.

Eine Minute verging, dann wurde die Tür aufgerissen, und Irana Vronski rief: „Liebling, ich –"

Das Lächeln erstarb auf ihrem Gesicht. Brosnan packte sie blitzschnell, preßte ihr die Hand auf den Mund, um sie am Schreien zu hindern, und schob sie vor sich her in die Wohnung. Devlin zog die Tür zu. Brosnan warf Irana auf die Couch. „Wo ist Romanov?"

Irana holte tief Atem und stieß dann hervor: „Gehn Sie zum Teufel!"

Sie trug einen eleganten Morgenrock aus schwarzer Seide; als sie versuchte aufzustehen, öffnete er sich ein wenig und gab den Blick auf hauchdünne schwarze Seidenstrümpfe frei. Brosnan drückte sie auf die Couch zurück.

„Wenn ich mir die Dame so betrachte", sagte Devlin, „dann möchte ich doch annehmen, daß sie sich für den Herrn Oberst fein gemacht hat. Wir müssen also nur ein wenig warten." Er setzte sich ihr gegenüber in einen Sessel, nahm sich eine russische Zigarette aus einem Kästchen auf dem Couchtisch und roch daran. „Bolschewistische Feuerwerkskörper. Ich hatte mal einen Freund, der diese Dinger geraucht hat. Er hat sich im Krieg daran gewöhnt. Aber das war lange vor Ihrer Zeit. Wissen Sie zufällig, wer ich bin?"

„Sie sind sehr fotogen", gab sie ruhig zur Antwort.

„Und mein Freund hier?"

„Für einen Toten sieht Mr. Brosnan außerordentlich gesund aus."

Das war ein Fehler, den Devlin sofort ausnutzte. „Sie haben Frank Barry also entweder gesehen oder von ihm gehört", sagte er.

Ihre Augen funkelten vor Wut, daß sie so dumm sein konnte. „Was wollen Sie eigentlich?" fragte sie.

„Eine schöne Tasse Tee wäre nicht schlecht für den Anfang", antwortete Liam Devlin.

ANNE-MARIE schlug die Augen auf und starrte auf die nackte Glühbirne an der Decke. Sie konnte sich an nichts erinnern und fragte sich, wo sie sich befand ... Dann fielen ihr wieder die Männer auf dem Bauernhof ein, Martin, der im Dreck kniete. Sie richtete sich auf und erkannte Barry, der am Fußende des Bettes saß und sie betrachtete. „Wo sind wir?" fragte sie.

„Auf einem kleinen Flugplatz in der Nähe von Paris."

Die Tür ging auf, und Romanov betrat die Kammer. „Du kannst losfliegen, Frank. Deforges hat die Maschine startklar gemacht." Er sah zu Anne-Marie hinüber. „Willst du sie immer noch mitnehmen?"

Barry sah sie fragend an. „Was meinen Sie dazu?"

„Habe ich denn die Wahl?"

Barry lachte und sagte zu Romanov: „Sie kommt mit."

Romanov zuckte die Achseln und ging hinaus.

„Darf man fragen, wohin?" erkundigte sich Anne-Marie.

„Nach England. Lake District. Es wird Ihnen dort gefallen, eine hübsche Gegend um diese Jahreszeit. Und hinterher – wenn Sie ein braves Mädchen sind – geht's weiter nach Irland."

„Wie großzügig. Warum nehmen Sie mich überhaupt mit?"

„Oh, ich bin eigentlich ein netter Mensch, wenn man mich näher kennt. Und in Irland bin ich in Sicherheit. Man wird mich nicht ausliefern, weil ich so etwas wie ein politischer Straftäter bin; das ist manchmal ein ganz nützlicher Beruf."

„Haben Sie Liam wirklich getötet?“ fragte Anne-Marie zögernd.

„Ja“, antwortete er. „In der Kirche von Saint-Martin.“

„Und Brosnan?“ Er schwieg. „Warum dann nicht auch mich?“

„Wir haben alle unsere kleinen Schwächen, Schätzchen. Sogar ein Frank Barry. Ich töte keine Frauen.“ Er holte ein Paar Handschellen hervor und fesselte Anne-Marie damit die Hände vor dem Körper. Dann führte er seine Geisel durch die Flugzeughalle ins Freie und brachte sie an Bord der wartenden Maschine.

Das Flugfeld war in Nebel gehüllt, und obwohl Deforges die Befeuerung eingeschaltet hatte, konnte man das Ende der Startbahn nicht mehr erkennen. Romanov sah zu, wie die Cessna an den Start rollte und einen Augenblick stehenblieb. Als Barry Gas gab, ruckte die Maschine mit aufheulendem Motor an. Sie wurde schneller, hob ab und wurde sofort vom Nebel verschluckt.

GEGEN drei Uhr morgens stand Romanov müde und halb erfroren vor seiner Wohnung. Er zog den Schlüssel aus der Tasche, öffnete die Wohnungstür und hörte im selben Moment Irana auf russisch schreien: „Lauf weg, Nikolai!“

Romanov starrte in eine Revolvermündung. Und dann hatte Brosnan ihn schon gepackt und stieß ihn vor sich her ins Wohnzimmer.

Irana saß auf der Couch, Devlin stand hinter ihr. Romanov starrte ihn verblüfft an, während Brosnan ihn geübt nach Waffen abtastete. Brosnan entdeckte eine Walther PPK und nahm sie an sich.

„Sie sehen überrascht aus, Oberst Romanov“, sagte Devlin. „Eigentlich nicht verwunderlich, wenn man bedenkt, wo Sie uns vermuten mußten.“

Romanov versuchte es mit einem Bluff. „Ich weiß nicht, was Sie wollen und wer Sie sind. Wenn Sie's auf Geld abgesehen haben – in meiner Brieftasche finden Sie welches.“

„Das dürfen Sie behalten“, sagte Devlin. „Ihre Freundin hier hat sich bereits verplappert. Sie war überrascht, uns zu sehen, weil sie angenommen hatte, wir seien tot. Das kann nur eins bedeuten. Und jetzt wollen wir wissen, wo Frank Barry ist.“

„Sie erwarten doch wohl nicht im Ernst von mir, daß ich Ihnen das verrate.“

„Als er zuletzt gesehen wurde, hatte er eine junge Dame namens

Anne-Marie Audin bei sich. Wir machen uns große Sorgen um sie, Herr Oberst", fuhr Devlin fort, „und wenn mein Freund wütend wird, kann ich für nichts garantieren."

Romanov starrte in Brosnans hartes, unbewegtes Gesicht. „Das kann ich leider auch nicht ändern", sagte er.

Brosnan öffnete die Balkontür. Dann trat er auf Romanov zu und versetzte ihm einen Karatehieb direkt unters Brustbein. Der Russe brach stöhnend in die Knie. „Es ist mir egal, wer Sie sind und für wen Sie arbeiten", zischte Brosnan. „Ich will nur das Mädchen retten. Wenn Sie nicht sofort reden, werfe ich Sie vom Balkon."

Irana schrie erschrocken auf und wollte aufspringen. Brosnan stieß sie auf die Couch zurück und sagte zu Devlin: „Sorg dafür, daß sie den Mund hält." Dann trat er Romanov in den Rücken, so daß dieser von den Knien vornüberfiel und vor der offenen Balkontür liegenblieb.

Irana flehte Devlin an: „Befehlen Sie ihm aufzuhören, um Gottes willen! Was wollen Sie wissen?"

„Die ganze Wahrheit", sagte Devlin drohend.

„Ich verspreche es", stieß sie hastig hervor. Dann erzählte sie alles, was sie wußte.

Sobald sie damit zu Ende war, stürzte sie zu Romanov. „Es tut mir so leid, Nikolai, aber ich konnte nicht zulassen, daß sie dich umbringen."

Während der Russe sich mühsam aufrichtete, sagte Devlin zu Brosnan: „Paß auf die beiden auf. Ich rufe jetzt erst mal Jean-Paul an. Nicht Ferguson, okay?"

Brosnan lächelte. „Warum sollten wir den guten Mann so spät noch stören? Die Sache geht Ferguson nichts mehr an."

JEAN-PAUL SAVARY zählte im Maison d'Or in Marseille mit dem Geschäftsführer des Clubs gerade die Tageseinnahmen seines kleinen Spielkasinos, als das Telefon läutete. Der Geschäftsführer nahm ab und reichte den Hörer dann an Jean-Paul weiter.

„Ein Monsieur Devlin."

Jean-Paul antwortete sofort: „Hier Savary."

„Wie geht es Ihrem Vater?"

„Er sonnt sich in Algerien. Und wie geht's Ihnen und Martin?"

„Es könnte uns kaum schlechter gehen. Sie haben gesagt, Sie seien immer für uns erreichbar. Immer ..."

„Mein Wort gilt. Worum handelt es sich?"

„Wir sind in Paris. Wir brauchen ein kleines Flugzeug mit einem Piloten, der nicht viele Fragen stellt. Er soll uns auf einem nicht mehr benützten Flugplatz im englischen Lake District absetzen."

„Wann wollen Sie fliegen?"

„Möglichst sofort."

„Geben Sie mir Ihre Telefonnummer. Ich rufe Sie gleich zurück."

„Können Sie es arrangieren?"

„Die Union Corse kann fast alles arrangieren."

Jean-Paul legte den Hörer auf, zog ein kleines schwarzes Notizbuch aus seiner Jackentasche und blätterte darin. Dann wählte er eine Nummer in Paris.

Schon nach wenigen Minuten sprach er wieder mit Devlin. Der Ire hörte aufmerksam zu und sagte zum Schluß: „Gott segne Sie, Jean-Paul." Er drehte sich zu Brosnan um. „Ein kleiner Flugplatz. Etwa eine halbe Autostunde von hier entfernt in der Nähe von Brie-Comte-Robert."

„Ich weiß, wo das ist", sagte Brosnan.

„Sie wollen ihm mit dem Flugzeug nachjagen?" fragte Romanov und zuckte die Achseln. „Zu spät, mein Freund. Barry hat mindestens zwei Stunden Vorsprung."

„Wir werden ja sehen", gab Devlin zurück.

„Was machen wir mit den beiden?" fragte Brosnan.

„Gute Frage. Sieh mal nach, ob du irgendwo eine Schnur oder was Ähnliches auftreiben kannst." Brosnan verließ das Wohnzimmer und kam nach einiger Zeit mit einer Rolle Schnur und einer Wäscheleine zurück.

„Prima", sagte Devlin und wandte sich dann an Irana. „Wann kommt die Putzfrau?"

„Um halb acht", kam die Antwort, wie aus der Pistole geschossen.

„Gut. Dann wird sie Sie früh genug finden. Sie in dem einen und ihn in dem anderen Schlafzimmer. Uns können Sie dann nicht mehr schaden."

Romanov blieb nichts anderes übrig, als sich in sein Schicksal zu fügen. Ein paar Minuten später war er gefesselt, Hände und Füße auf dem Rücken zusammengebunden. Zum Schluß knebelte ihn Brosnan noch und rollte ihn auf die Seite.

„Ich hoffe, es ist nicht zu unbequem?" Als er die Schlafzimmertür von außen abschloß, kam Devlin aus dem anderen Zimmer, in dem Irana gefesselt und geknebelt zurückblieb.

„Wir müssen los“, drängte Devlin.

Der Nebel war noch dichter geworden, und es regnete heftig, als sie Brie-Comte-Robert erreichten. Das Tor in der Umzäunung stand offen. Das Gelände lag im Dunkeln, und im Scheinwerferlicht des Citroën sah Brosnan den rissigen Beton der Start- und Landebahn und hohes Gras zu beiden Seiten der Piste. Es gab vier Flugzeughallen. In einer ging eine kleine Tür auf, und gegen den erleuchteten Hintergrund war die Gestalt eines Mannes zu erkennen.

„Mr. Devlin?“ rief er auf englisch, nachdem Brosnan den Motor abgestellt hatte.

Devlin stieg als erster aus. „Das bin ich“, sagte er.

„Ich heiße Barney Graham. Kommen Sie rein.“

Die Halle wurde von ein paar Glühbirnen schwach erleuchtet. Drinnen standen drei Maschinen: eine alte Dakota, eine Beaver und eine Piper Navajo Chieftain.

Graham war ein kleiner, drahtiger Mann mit blaßblauen Augen. Er trug eine Pilotenjacke aus dem Zweiten Weltkrieg und ein Paar Fellstiefel. Er führte sie in ein Büro, in dem mehrere Landkarten auf einem Tisch ausgebreitet lagen.

„Also, wo wollen Sie landen?“ erkundigte sich Graham.

„Auf Tanningley Field, einem Flugplatz südlich von Ravenglass.“

„Die Gegend ist nicht gerade ideal zum Fliegen“, bemerkte Graham. „Ein Freund von mir hat da 1943 mit seinem Bomber einen Berggipfel gerammt. Er hat's nicht überlebt.“ Während er sprach, fuhr er mit dem Finger über eine Karte. „Da ist es. Wird nicht mehr benutzt.“

„Die Landebahn ist offenbar noch in Ordnung“, erklärte Devlin. „Der Mann, hinter dem wir her sind, kennt sich dort aus. Er ist im Moment auf dem Weg dorthin. Gegen zwei Uhr ist er in einer Cessna dreihundertzehn gestartet.“

„Wir haben heute nacht Gegenwind“, sagte Graham. „Da macht er in der Kiste nicht mehr als hundertachtzig Kilometer in der Stunde. Das bedeutet etwa fünf Stunden Flugzeit. Dann wird er schätzungsweise zwischen sieben und halb acht dort sein. Da wird es nämlich langsam hell, und auf einem Flugplatz wie Tanningley, ohne flugtechnische Anlagen, kann er nicht bei Dunkelheit landen.“

Devlin sah auf die Uhr. Es war vier Uhr morgens. „Dann hat er also zwei Stunden Vorsprung“, sagte er.

Graham schüttelte den Kopf. „Meine Navajo macht gut dreihundert Kilometer in der Stunde. Ich schätze, wir können es in drei Stunden schaffen.“

Brosnan nickte Devlin zu. „Damit sitzen wir ihm direkt im Nacken. Na, dann mal los.“

„Ich muß den Jungs von der Flugsicherung ein Flugziel angeben“, erklärte Graham. „Ich habe beim Flughafen Orly schon mal vorsorglich einen dringenden Flug nach Glasgow angemeldet: Transport von Blutkonserven, die heute nachmittag in Paris bei einer Operation gebraucht werden.“

„Blut?“

„Ja, von einer seltenen Blutgruppe. Den Trick wenden wir gelegentlich an, wenn mal ein etwas ungewöhnlicher Flug auf dem Programm steht. Jean-Paul hat schon einen Kontaktmann in Glasgow angerufen und alles klargemacht.“

„Und wie passen wir in diesen Plan?“

„Der Lake District befindet sich genau an der Strecke nach Glasgow und unterliegt keiner besonderen Luftüberwachung. Im richtigen Moment gehe ich runter, Sie steigen aus, ich starte durch, und mit ein bißchen Glück wird unser Manöver auf keinem Radarschirm bemerkt.“

„Und wenn es doch bemerkt wird?“

„Dann wird mir schon etwas einfallen.“ Graham lächelte. „Ich habe mein Pilotenabzeichen 1939 bei der Royal Air Force bekommen, Mr. Devlin. Ich kenne mich aus in meinem Job. Und wenn ich denen sage, ich hätte Probleme mit den Instrumenten gehabt, wird mir keiner das Gegenteil beweisen können.“

Devlin und Brosnan kletterten in die Navajo, nachdem sie die Maschine nach draußen geschoben hatten. Graham kam als letzter an Bord und zog die Tür hinter sich zu.

„Ich kann die Startbahn nicht gut genug ausleuchten“, erklärte er. „Bei diesem Nebel wird der Start Ihnen gefährlicher vorkommen, als er ist. Wenn Sie's nicht ertragen können, schließen Sie einfach die Augen.“

Die Motoren brüllten auf, und die Navajo rollte die Startbahn hinunter.

Zwölftes Kapitel

Henry Salter hatte zum Glück daran gedacht, eine kräftige Drahtschere mitzunehmen, als er nach Tanningley Field hinausfuhr. Damit konnte er ohne große Mühe die verrostete Kette durchkneifen, die mit einem Vorhängeschloß das Haupttor sicherte. Dann stieg er wieder in den Landrover und fuhr auf den Flugplatz.

Das Gelände machte einen verwahrlosten Eindruck. Gras wuchs aus den Rissen im Beton der Piste, und die Dächer von zwei Flugzeughallen waren eingestürzt.

Die dritte sah noch einigermaßen brauchbar aus. Mit Mühe gelang es Salter, die Rolltore zu öffnen. Er ging hinein. Regen tropfte durch Löcher im Dach. Es war kalt, und Salter erschauerte und schlug den Mantelkragen hoch. Dann hörte er in der Ferne das Geräusch eines nahenden Flugzeugs.

Die Cessna kam von See her. Sie flog sehr tief, ging in eine enge Kurve und setzte schließlich am Ende der Landebahn auf. Salter fuchtelte mit den Armen, und die Cessna rollte auf ihn zu und dann in den Hangar hinein. Der Motorlärm verstummte, Barry öffnete die Tür und stieg, Anne-Marie hinter sich herziehend, aus.

„Hallo, Mr. Sinclair“, sagte Salter mit zittriger Stimme. Er hatte mit Bestürzung bemerkt, daß die junge Frau Handschellen trug.

„Kommen Sie, ich hab's eilig!“ rief Barry und rannte mit Anne-Marie zum Landrover hinüber. Er stieß sie auf den Rücksitz, klemmte sich hinters Steuer und ließ den Motor an, als Salter auf den Beifahrersitz kletterte.

„Wo soll's denn hingehen?“ fragte Salter schwer atmend.

„Nach Marsh End. Ihr Boot, die *Kathleen*, liegt doch hoffentlich noch dort?“

„Natürlich.“ Salter war verwirrt. „Aber ich verstehe nicht ...“

„Warten Sie's ab“, entgegnete Barry und fuhr durch das Tor auf die Straße.

„Einen Moment noch“, sagte Salter. „Ich glaube, es ist besser, wenn ich das Tor schließe. Sonst fragt sich vielleicht noch jemand, was hier vorgeht.“

Barry hielt an, und Salter ging zum Tor zurück. Als er wieder neben dem Landrover stand, zögerte er einen Augenblick und lauschte mit zur Seite geneigtem Kopf. „Was ist denn?“ fragte Barry ungeduldig.

„Ich dachte, ich hätte ein anderes Flugzeug gehört. Muß mich wohl geirrt haben.“

„Steigen Sie bloß ein, Mann. Ich will hier keine Wurzeln schlagen“, knurrte Barry gereizt und fuhr rasch davon.

WAS Salter gehört hatte, war das Motorengeräusch der Navajo beim ersten Landeanflug. Doch die Sicht war mittlerweile so schlecht geworden – Wolkenuntergrenze bei nur zweihundertfünfzig Metern –, daß Graham sich gezwungen sah, zur See hin abzudrehen.

„Viel zu riskant, blind da reinzugehen“, sagte er. „Ehe wir wissen, was passiert, kleben wir schon an dem verdammten Berg.“

„Sie müssen uns irgendwie runterbringen“, drängte Brosnan.

Graham fluchte leise vor sich hin. „Na schön, ich versuch's noch mal von der Seeseite her.“

Er flog auf die See hinaus, zog die Maschine in eine Kurve, ging weit hinunter, kam bei einer Flughöhe von hundertsechzig Metern aus dem Nebel hervor und schien direkt auf den Berg zuzurasen.

Devlin machte durch die Regenschleier als erster Piste und Flugzeughallen aus, die ein paar hundert Meter seitlich vor ihnen lagen. Graham flog so niedrig ein, daß die Spitze der rechten Tragfläche in der letzten Kurve nur noch knapp zwei Meter vom Boden entfernt war. Die Maschine setzte rumpelnd auf und rollte auf die Hallen zu.

„Raus!“ rief Graham. „Schnell!“ Sekunden später ließ er die Treppe hinunter.

Brosnan und Devlin stürzten hinaus. Hinter ihnen schloß sich die Tür sofort wieder, und als die beiden Männer geduckt davonrannten, rollte die Navajo schon an den Anfang der Startbahn und hob ab. Wenige Augenblicke später war sie im Nebel verschwunden, und das Motorengeräusch verlor sich in der Ferne.

Brosnan stand bereits an der halb geöffneten Tür der Flugzeughalle, schob sie ganz auf und entdeckte die Cessna. „Das ist also seine Maschine“, sagte er zu Devlin. „Fragt sich nur, wo Barry ist.“

„Das sollte uns eigentlich dieser Mr. Salter, den Romanovs Freundin erwähnt hat, sagen können. Aber zuerst wollen wir dafür sorgen, daß Barry die Kiste nicht mehr benutzen kann, falls er das vorhatte.“

Devlin zog seinen Browning aus der Tasche und schoß der Reihe nach in sämtliche Reifen. Die Cessna schaukelte ein wenig, als die Luft reihum aus den Reifen entwich.

„Jetzt aber nichts wie los, Liam", sagte Brosnan. „Der Karte nach sind es ungefähr acht Kilometer bis Marsh End."

Sie hatten Glück. Als sie fünf Minuten marschiert waren, wurden sie von einem Lastwagen, der Milchkannen geladen hatte, überholt. Der Fahrer hielt an und rief ihnen zu: „Haben Sie 'ne Panne?"

„Ja, genau. Wir sind schon über zehn Kilometer gelaufen."

„Wohin wollen Sie denn?"

„Kennen Sie Mr. Salters Haus?"

„Da fahr ich jeden Tag dran vorbei. Steigen Sie hinten auf, ich bringe Sie hin."

„Danke", sagte Devlin. „Von dort können wir eine Werkstatt anrufen."

Barry fuhr am Wasser entlang und hielt vor dem Bootssteg. Die *Kathleen* lag still im Regen; Nebel hüllte die Landschaft wie in eine graue Decke ein. Barry half Anne-Marie beim Aussteigen, hielt sie am Ellenbogen fest und schob sie vor sich her.

Salter hastete hinterdrein. „Aber was haben Sie denn vor, Mr. Sinclair?" rief er.

Sie stiegen über die Reling aufs Boot. „Ich werde etwas holen, das mir gehört, Mr. Salter. Und dafür brauche ich Ihr Boot. Hinterher kassieren Sie Ihre fünftausend, fahren uns wieder nach Tanningley Field, und wir fliegen ab. Dann können Sie aufatmen."

Salter blieb auf dem Steg zurück und starrte Barry entgeistert an. „Aber wir können die Maschine nicht anlassen."

„Wieso nicht?" fragte Barry barsch. „Haben Sie mir nicht gesagt, daß die *Kathleen* immer startklar ist?"

„Der Zündschlüssel liegt bei mir zu Hause", erklärte Salter.

Barry fluchte. „Dann holen Sie ihn gefälligst, Sie Vollidiot, aber ein bißchen plötzlich!"

Salter rannte zum Landrover. Barry stieß Anne-Marie ins Ruderhaus. „Na, wie gefällt Ihnen unser kleiner Ausflug bis jetzt?" fragte er. Sein Lächeln wirkte wie eingefroren, seine Augen glänzten fiebrig, und seine Hände zitterten.

„Vorsicht", erwiderte Anne-Marie. „Sie verlieren die Nerven."

„Wer, ich?“ Er lachte nervös. „Darauf können Sie aber lange warten.“

Er öffnete die Inspektionsklappe unter dem Armaturenbrett. Die Sterling und der Smith & Wesson waren noch da. Als er die Klappe wieder zudrückte, sagte Anne-Marie: „Der arme Mr. Salter.“

„Ja, ja“, knurrte Barry ärgerlich. „Aber ich mache nun mal nicht gern halbe Sachen.“

Er drängte sie beiseite, klappte den Deckel der Sitzbank hoch und kramte darin herum, bis er die Aktentasche gefunden hatte. Er öffnete sie, vergewisserte sich, daß das Geld noch da war, und schloß sie wieder.

„Die Kriegskasse?“ fragte Anne-Marie.

„So etwas Ähnliches.“ Er ging zur Tür des Ruderhauses und lauschte. „Kommen Sie“, sagte er leise.

„Vielleicht kehrt er nicht zurück. Er sah aus, als hätte er schreckliche Angst vor Ihnen.“

Barry drehte sich um und starrte sie an. Das Lächeln war aus seinem Gesicht gewichen. Dann packte er sie am Arm und zog sie aus dem Ruderhaus und die Kajütstreppe hinunter in den Salon. Er schloß sie dort ein, stieg wieder an Deck, sprang über die Reling und rannte den Bootssteg entlang.

Der Lastwagen verschwand im Nebel, und Devlin und Brosnan studierten das Schild neben dem Tor. „Beerdigungsinstitut Henry Salter, Erd- und Feuerbestattungen“, las Devlin. „Klingt seriös. Mal sehen, ob er zu Hause ist.“

Nichts rührte sich, und nur das Rauschen des Regens war zu hören, als sie im Schatten der Rhododendronbüsche zur Rückseite des Hauses schlichen. Der Hof lag vor ihnen, die Tür zum Schuppen stand offen. Da hörten sie das Geräusch eines näher kommenden Fahrzeugs. Kurz darauf bog der Landrover in die Einfahrt ein und hielt vor dem Schuppen.

Salter stieg aus und ging auf die Hintertür zu.

„Das muß er sein“, flüsterte Devlin. „Sieht er nicht selbst aus wie eine Leiche?“

Salter fühlte sich tatsächlich todunglücklich. Die ganze Sache war ihm nicht geheuer, und Sinclair machte ihm angst. Andererseits blieb ihm kaum eine Wahl. Als er die Hand nach dem Zündschlüssel ausstreckte, der an einem Brett über dem Kühlschrank hing, flog hinter ihm krachend die Tür auf. Ehe er noch wußte, wie ihm geschah, lag er rücklings auf dem Küchentisch. Mit einer Hand hielt Brosnan ihn an der Gurgel gepackt, mit der anderen drückte er ihm die Mündung der Mauser an die Schläfe.

Salter hatte noch nie eine derartige Todesfurcht verspürt. „Bitte nicht!" krächzte er.

„Sie sind Henry Salter, stimmt's?" fragte Devlin.

„Richtig", antwortete Salter, als Brosnan seinen Griff lockerte.

„Wo ist Frank Barry?"

„Frank Barry? Ich kenne keinen Frank Barry."

Brosnan drückte wieder zu. „Sie haben ihn vor einer halben Stunde am Flugplatz Tanningley Field abgeholt", sagte er.

„Das war Maurice Sinclair."

„Verstehe", schaltete sich Devlin ein. „Hatte er eine junge Frau bei sich?"

„Ja."

„Und wo sind die beiden jetzt?"

„Unten am Wasser bei meinem Boot, der *Kathleen*. Er hat mich nach dem Zündschlüssel geschickt – sehen Sie, hier."

Er hielt den Schlüssel hoch, und Brosnan sagte: „Her damit."

„Ist der Mann früher schon mal hier gewesen?" fragte Devlin.

„Ja, vor ein paar Tagen."

„Hatte er es auf die Rakete abgesehen?"

Salter sah ihn verstört an. „Ich weiß nicht, was er vorhatte. Er hat mich dafür bezahlt, daß ich ein paar Männer für ihn anheuere. Sie waren zwei Tage hier und sind dann verschwunden. Mehr weiß ich nicht."

Er sagte offensichtlich die Wahrheit, und Devlin nickte.

„Wie gelangt man zu Ihrem Boot?"

Nachdem Salter ihnen den Weg beschrieben hatte, riß Devlin die Wäscheleine ab, die über dem Spülstein angebracht war, und warf sie Brosnan zu. „Okay, Martin. Fessele ihn."

Er ging nach draußen, setzte sich auf den Beifahrersitz des Landrovers und zog seinen Browning aus der Tasche. Er ließ das Magazin herausgleiten, drückte die Patronen eine nach der anderen heraus und lud das Magazin anschließend wieder mit größter Sorgfalt. Als er fertig war, trat Brosnan aus der Küchentür, kam herüber und setzte sich hinters Steuer. Er sah blaß aus. „Denk daran, daß Barry mir gehört, Liam", sagte er.

„Die Japaner versprechen sich von der Rache eine Art Läuterung", erwiderte Devlin. „Aber daran glaube ich nicht so recht."

Er lehnte sich mit geschlossenen Augen zurück und hielt den Browning auf dem Schoß. Brosnan fuhr los.

Frank Barry, der die Abkürzung durch den Garten genommen hatte, sah den Landrover noch auf dem Hof stehen. Was, zum Teufel, führte dieser Salter im Schilde? Vielleicht hatte die Frau doch recht gehabt. Aber dann traute er seinen Augen nicht, als ein Mann aus dem Haus trat, den Hof überquerte und in den Landrover stieg. Denn es war niemand anderer als sein totgeglaubter Todfeind Liam Devlin.

Barry wollte das Gespenst zuerst anbrüllen, um ihm Angst einzujagen. Doch dann merkte er, daß er selbst Angst hatte. Aber er war doch kein Dummkopf, der an Gespenster glaubte. Dann sah er, wie Martin Brosnan aus der Küche kam und auf der Fahrerseite in den Landrover einstieg. Noch ein Gespenst? Barry spürte, wie er zitterte, und suchte sich durch einen Griff nach der Tscheska in seiner Tasche zu beruhigen. Wie oft mußte man eigentlich jemanden töten, bis er endlich tot war?

Als Barry, keuchend vor Anstrengung, am Bootssteg angelangt war, hatte er sich wieder in der Gewalt. Daß Devlin und Brosnan noch lebten, stand jetzt fest. Die Erklärung dieser Tatsache war im Augenblick nur von zweitrangiger Bedeutung.

Er rannte den Steg entlang, blieb stehen und horchte. Der Landrover war schon dicht hinter ihm im Nebel, und ohne den verdammten Zündschlüssel konnte er das Boot nicht vom Fleck bewegen, jedenfalls nicht mit Motorkraft.

Er machte in größter Hast an Bug und Heck die Leinen los, drückte mit aller Kraft gegen die Reling und sprang im letzten Augenblick an Bord, als die *Kathleen* vom Pier wegzudriften begann. Bald betrug der Abstand über drei Meter. Doch plötzlich trieb das Boot mit der Breitseite wieder zurück. Die Ursache dafür war leicht auszumachen: Die Flut drückte in die kleine Bucht.

Anne-Marie hörte Barry die Kajütstreppe herunterpoltern. Die Tür wurde aufgeschlossen und flog auf. Barry stürzte in den Salon, packte sie und zerrte sie hinter sich her an Deck. Sie war überzeugt, daß er sie jetzt töten würde, und das Blut gefror ihr in den Adern. Doch Barry drängte sie lediglich ins Ruderhaus.

Da tauchte aus dem Nebel der Landrover auf und hielt am Ende des Bootsstegs. Anne-Marie blieb fast das Herz stehen.

Alles ging nun sehr rasch. Barry zerschmetterte das Seitenfenster des Ruderhauses mit dem Ellenbogen, und Anne-Marie schrie, so laut sie konnte: „Martin, paß auf!"

Barry stieß sie zu Boden und gab durch das zerbrochene Fenster ein paar Schüsse auf die beiden Männer ab, die geduckt über den Steg rannten. Die *Kathleen* war jetzt bis auf einen Meter herangedriftet, als Brosnan auf das Heck sprang und sich hinter den Aufbauten in Deckung warf. Devlin war beim Bug an Bord gesprungen und lag nun im toten Winkel des Ruderhauses.

„Hallo, Frank!" rief er. „Wie geht's dir denn an diesem herrlichen Morgen?"

„Arbeitest du jetzt mit Wundern, Liam?" rief Barry zurück.

„Stimmt. Der Teufel hat uns Wunderkräfte verliehen, damit wir dich auf dem schnellsten Weg in die Hölle schicken."

„Da muß er sich leider noch ein wenig gedulden." Barry packte mit der linken Hand Anne-Maries Haar. „Ich werde jetzt mit deiner Freundin aus der Deckung aufstehen, Martin. Ehe ich sterbe, stirbt sie. Vergiß das nicht. Ich werde auf jeden Fall noch Zeit genug haben, sie mitzunehmen."

Er zog Anne-Marie hoch und hielt sie an sich gepreßt. Den Kopf hatte er ihr schmerzhaft in den Nacken gezogen, die Mündung der Tscheska drückte er ihr von unten gegen das Kinn.

„Es gibt jetzt zwei Möglichkeiten!" brüllte Barry. „Entweder stirbt sie gleich, selbst wenn ich mit ihr zur Hölle fahre, oder ihr zwei kommt raus und werft eure Waffen weg!"

„Tu's nicht, Martin!" schrie Anne-Marie, und Barry zerrte heftig an ihren Haaren.

„Also, was ist? Kommt ihr raus oder nicht?"

Stille. Dann stand Brosnan auf, die Mauser in der Hand. „Wirf sie ins Wasser!" befahl Barry.

Mit einer fast beiläufigen Geste warf Brosnan die Waffe über Bord; dabei ließ er Barry keine Sekunde aus den Augen. Devlin war ebenfalls aus der Deckung gekommen und stand keine zwei Meter von Barry entfernt. Unaufgefordert warf er seinen Browning ins Wasser.

„So ist's gut. Kommt näher." Barrys Stimme klang brüchig; ein erstes Anzeichen von Nervosität. „Ich habe gesagt *näher!*"

Jetzt standen Devlin und Brosnan direkt vor dem Ruderhaus beisammen. „Laß das Mädchen laufen, Frank", sagte Devlin.

„Klar, warum nicht?" erwiderte Barry und stieß Anne-Marie aus dem Ruderhaus gegen die beiden Männer. Im selben Moment betätigte er den Schnappriegel am Armaturenbrett, die Klappe fiel herunter, und er riß die Sterling mit der freien Hand aus der Halterung.

Er grinste. „Mein As im Ärmel, Liam. Von dir habe ich gelernt, wie wichtig das ist, erinnerst du dich noch?"

„Und was nun?" fragte Devlin. „Die nächste Exekution?"

„Noch nicht", erklärte Barry. „Erst müßt ihr mal ein bißchen arbeiten. Ein paar hundert Meter von hier gibt es eine teichähnliche Stelle. Dort liegt ein Boot auf Grund. Und darin wiederum liegt etwas, das ich sehr gern wiederhaben möchte. Du kannst deine Tauchkünste beweisen, Martin, wenn du das Ding raufholst."

„Die Rakete!" staunte Devlin. „Wirklich raffiniert."

„Du bist erstaunlich gut informiert", sagte Barry. „Martin, du gehst mit dem Mädchen an die Kajütstreppe. Immer hübsch langsam. Ihr bleibt unter Deck in der Kajüte, bis wir auf die Reise gehen." Er richtete die Sterling auf Devlin. „Und du gehst vor ihnen her bis zum Heck."

Devlin ging als erster. Brosnan schob Anne-Marie hinter sich, ging langsam rückwärts und schützte sie mit seinem Körper. Dabei sah er Barry mit brennenden Augen an. Der blieb in der Tür des Ruderhauses stehen und hielt die Sterling im Anschlag.

„Du hättest auf dem Bauernhof bleiben sollen, Frank", sagte Brosnan. „Es war ein Fehler, mit drittklassigen Gangstern wie diesen Clowns aus Nizza zusammenzuarbeiten. Die Kerle hätten nicht eine einzige rauhe Nacht in Belfast überstanden."

„Diesmal werde ich die Sache höchstpersönlich erledigen", erwiderte Barry.

Brosnan fuhr herum, stieß Anne-Marie die Treppe hinunter und hechtete über die Reling ins Wasser. Er tauchte tief in die braune Brühe, rollte auf den Rücken und zog sich unter dem Bootskörper durch, wobei er sich mit den Füßen verzweifelt im Schlamm des Grundes abstieß.

Der Feuerstoß aus Barrys Sterling zerfetzte ein Stück der Reling. Doch es war zu spät, und Barry rannte nach vorn und schoß von dort ins Wasser. Von Brosnan keine Spur. Anne-Maries Kopf tauchte aus der Kajütstreppe auf. Barry lief auf die andere Seite und feuerte erneut ins Wasser.

„Es hat keinen Zweck mehr, Frank", stichelte Devlin. „Er ist dir entwischt."

„Halt die Fresse!" fuhr ihn Barry an.

Brosnan hielt sich unterdessen an einer Leine am Bug fest und hörte, wie Devlin weiter hetzte: „Genaugenommen warst du immer eine Niete, wenn's drauf ankam. Stimmt's, Frank?"

Barry ging wütend auf ihn zu. „Dir endgültig das Maul zu stopfen, das schaff ich schon noch."

„Das hast du schon einmal versucht und hast es verpfuscht." Devlin ging ihm langsam entgegen. „Ich glaube nicht, daß du es diesmal besser machst."

Barry gab einen kurzen Feuerstoß ab, und die vier oder fünf Kugeln aus der Sterling zerfetzten Devlins Regenmantel an der linken

Brustseite und rissen ihn herum. Er schrie auf und fiel gegen die Wand des Ruderhauses. Anne-Marie zog sich mit den gefesselten Händen über die Decksplanken und robbte auf ihn zu. In diesem Augenblick schlüpfte Brosnan unter der Backbordreling durch und griff durch das zerbrochene Fenster des Ruderhauses nach dem Smith & Wesson, den er entdeckt hatte, als Barry die Sterling aus dem Versteck holte.

Barry, der aus den Augenwinkeln eine Bewegung wahrgenommen hatte, wollte sich umdrehen, und Brosnan schoß ihm in den rechten Arm. Die Gewalt des Einschlags riß Barry zur Seite, die Sterling entglitt ihm und plumpste über die Reling ins Wasser. Er stand einen Augenblick wie gelähmt da und hielt sich den blutenden Arm.

„Die Handschellenschlüssel, Frank!" befahl Brosnan. „Her damit!"

Barry suchte in einer seiner Taschen, zog die Schlüssel heraus und warf sie aufs Deck. Anne-Marie hob sie auf und befreite sich selbst von den Handschellen.

„Du bist wirklich ein ausgefuchster Schweinehund, Martin. Aber daß du mal für die Gegenseite arbeiten würdest, hätte ich nicht gedacht."

„Das tue ich nicht für die Gegenseite", erwiderte Brosnan. „Ich tue es wegen Norah, wegen dem, was du mit ihr gemacht hast. Sie ist unter Qualen verreckt, Frank. In einer Nervenklinik, ans Bett geschnallt. Das war dein Werk, Frank."

„Wer dir das erzählt hat, ist ein Lügner." Barry schien wirklich entsetzt. „Die Franzosen haben sie auf dem Gewissen, die Schweine von der Sektion fünf haben Norah getötet. Sie wollten sie mit Elektroschocks zum Reden bringen. Als das nichts genützt hat, haben sie Drogen eingesetzt und sind dabei zu weit gegangen."

Liam Devlin, dessen Schulter sich rot gefärbt hatte, stand an Anne-Marie gelehnt und sagte mit schwacher Stimme: „Du lügst."

„Nein! Das ist die Wahrheit!" Barry sah Brosnan mit flackerndem Blick an. „Ich soll Norah umgebracht haben? Ausgerechnet Norah! Sie war die einzige Frau, die ich je geliebt habe, Martin."

„Lügner!" brüllte Brosnan und schoß rasch dreimal hintereinander. Die erste Kugel traf Barry in die Schulter und riß ihn herum, die nächsten beiden trafen ihn in den Rücken, und er kippte kopfüber ins Wasser.

Vögel stiegen in Scharen aus dem Schilf auf und stießen erregte Schreie aus. Brosnan sank müde auf eine der niedrigen Aufbauten.

„Er hat gelogen", flüsterte er und sah Devlin fragend an. „Oder etwa nicht?"

Aber Devlin hatte vor Schmerzen die Augen geschlossen und schwieg. Eine Antwort erübrigte sich auch. Brosnan sah nur den Ausdruck von Mitleid auf Anne-Maries Zügen und wandte sich ab. Er mußte sich noch für eine entscheidende Begegnung wappnen. Killer wie Barry waren ersetzbar. Selbst die französischen Folterknechte würden durch andere abgelöst werden. Verantwortlich waren die Leute, die die Befehle gaben. Wer war es gewesen? Ferguson? Die Premierministerin?

Sie war eine Frau. Es wäre einfacher gewesen, einen Mann zu töten.

DEVLINS kugelsichere Weste hatte sich erneut als nützlich erwiesen. Sie hatte den Feuerstoß aus Barrys Maschinenpistole zum größten Teil abgefangen, aber eine Kugel war Devlin in die Schulter gedrungen, und eine andere hatte den linken Oberarm durchschlagen.

Brosnan hatte den Erste-Hilfe-Kasten des Bootes offen neben sich auf der Koje liegen und verband Devlin fachmännisch. Als er fertig war, nahm er eine Morphiumampulle aus dem Koffer.

„Das wird dir eine Zeitlang die Schmerzen nehmen."

„Er muß sofort in ein Krankenhaus", sagte Anne-Marie zu Brosnan.

„Ja, aber nicht in England. Da könnte er sich gleich freiwillig im Knast melden. Würdest du mit diesem Boot klarkommen?"

„Ja, natürlich."

„Gut. Ich schätze, daß du in acht Stunden in Irland sein kannst. Liam wird dir an der irischen Küste als Lotse zur Seite stehen."

„Liam?" Sie runzelte die Stirn. „Soll das heißen, daß du nicht mitkommst?"

Brosnan gab keine Antwort, sondern nahm Barrys Aktentasche, die er im Ruderhaus entdeckt hatte, öffnete sie und zeigte Devlin die Geldbündel.

„Das sind mindestens dreißigtausend Pfund, Liam. Nenn mir jetzt einen ehrlichen Gauner in London, der für diese Summe alles tut, was man von ihm verlangt."

„Laß gut sein, Martin", sagte Devlin müde. „Das hat jetzt alles keinen Sinn mehr."

„Ferguson hat uns belogen und betrogen, was Norahs Tod angeht."

„Na schön, er hat gelogen. Wahrscheinlich glaubte er, daß der Zweck die Mittel heiligt. Er wollte vor allem Frank Barry aus dem Weg schaffen."

„Alle wollten sie Barry aus dem Weg schaffen", entgegnete Brosnan heiser. „Ferguson, DI 5, die Premierministerin. Wo hört das auf? Immer muß jemand dafür bezahlen, Liam. Ich habe es satt, für andere durchs Feuer gejagt zu werden."

Devlin schüttelte den Kopf. „Gib's auf, Martin", sagte er.

„Du schuldest mir einen Gefallen, Liam", beharrte Brosnan. „Schließlich hast du mich in diese Sache hineingezogen."

„Ich habe dir zur Freiheit verholfen, verdammt noch mal!" sagte Devlin aufbrausend.

„Freiheit?" Brosnan lachte rauh. „Wer ist frei?"

Anne-Marie sagte zum Erstaunen der beiden Männer: „Gib ihm, was er will, Liam, damit wir von hier wegkommen. Soll er doch seinen eigenen Weg zur Hölle gehen." Sie drehte sich um und stieg die Kajütstreppe hinauf.

„Also, was ist?" fragte Brosnan.

Devlin nahm sich eine Zigarette, und Brosnan gab ihm Feuer. „Da ist eine Frau, die ich mal gut gekannt habe", begann Devlin. „Lily Winter, eine deutsche Jüdin. Sie hatte damals ein Geschäft am Great-India-Kai in Wapping. Die kann dir wahrscheinlich weiterhelfen."

Brosnan schloß die Aktentasche und stand auf. „Und jetzt noch Fergusons Telefonnummer."

Als er sie notiert hatte, nickte er Devlin kurz zu. „Danke. Mach's gut, Liam." Er verließ die Kajüte und ging an Deck.

Anne-Marie durchstöberte das Ruderhaus. „Suchst du das?" fragte er und zog den Zündschlüssel aus der Tasche.

Sie nahm den Schlüssel und startete die Maschine, die dröhnend ansprang. „Tja, das wär's dann wohl", sagte Brosnan zögernd.

„Was soll ich denn sagen?" fragte sie aufgebracht. „Mögest du auf Irlands Boden sterben?"

Es war einer der ältesten irischen Trinksprüche. „Das ist sicher gut gemeint", erwiderte Brosnan, „wird sich aber wohl kaum einrichten lassen."

Er ging von Bord und sah der *Kathleen* nach, die sich vom Bootssteg löste, Kurs auf die offene See nahm und bald darauf im Nebel verschwunden war.

Dreizehntes Kapitel

Früher war der Teil der Themse, den man den *Pool of London* nennt, einmal ein Weltzentrum der Handelsschiffahrt gewesen. Doch diese große Zeit war längst vorbei, und als Brosnan durch Wapping hinunter zu den Docks ging, befand er sich in einem verfallenen Hafenviertel mit leeren Lagerhäusern und rostigen Kränen. Er bog auf den Great-India-Kai ein und gelangte ganz am Ende an ein Lagerhaus, das dem Fluß zugewandt war. Winter & Co., Import stand auf dem Firmenschild über dem Haupttor. Brosnan öffnete die kleine Nebentür und trat ein.

Das Lagerhaus war mit alten Möbeln vollgestopft. Genau wie bei Brosnans erstem Besuch war es wieder dunkel, doch diesmal war aus dem kleinen verglasten Büroraum, hoch oben am Absatz einer steilen Treppe, Musik zu hören.

„Mrs. Winter?" rief Brosnan.

Die Bürotür ging auf. „Sind Sie's schon wieder, Mr. Brosnan?"

„Ja."

Um ihn besser sehen zu können, knipste Lily Winter eine Lampe an, ging bis ans Geländer vor und blickte in den Lagerraum hinunter. Sie war annähernd siebzig, hatte eine Haut, die an vergilbtes Pergament erinnerte, und trug das Haar in einem altmodischen Knoten. Der Rocksaum ihres Wollkostüms reichte ihr bis fast an die Knöchel. Mit der rechten Hand hielt sie einen prächtigen Dobermann am Halsband fest.

Sie sprach ausgezeichnet Englisch, aber mit deutschem Akzent. „Sie machen mich langsam neugierig, Mr. Brosnan", sagte sie. „Ist Ihnen aufgefallen, daß Karl bei Ihrem ersten Besuch keinen Laut von sich gegeben hat? Und jetzt wieder nicht? Das ist noch gar nie vorgekommen."

„Wie heißt das alte englische Sprichwort?" entgegnete Brosnan. „Kinder und Hunde irren sich nie."

Er ging die Treppe hinauf und strich dem Hund über den Kopf, als er die alte Frau in ihr Büro begleitete. Die Musik kam aus einem Kassettenrecorder auf dem Tisch. Das Lied hieß „Ein Nebeltag in London", aber Brosnan kannte den Sänger nicht.

„Al Bowlly", klärte sie ihn auf, als sie sich an den Schreibtisch setzte. „Es hat nie einen Besseren gegeben. Er ist in London bei einem Bombenangriff umgekommen. Ich habe ihn früher oft in einem Lokal in Piccadilly gehört. Das war 1932, ehe ich so närrisch war, nach meines Vaters Tod nach Deutschland zurückzukehren."

Brosnan zündete sich eine Zigarette an, setzte sich ihr gegenüber vor den Schreibtisch und hörte der unvergeßlichen Stimme zu, die ein Lied aus einer anderen Welt sang.

„Gefällt es Ihnen?" fragte sie.

„Ja, sehr. Ich habe Städte bei Nacht oder früh am Morgen schon immer besonders gemocht. Nebel, nasse Straßen, die Gewißheit, daß irgendwo hinter der nächsten Ecke etwas Wunderbares und Erstaunliches auf einen wartet. Dazu muß man natürlich jung sein und noch an Ideale glauben."

Der Song war zu Ende, und sie stellte das Gerät ab. „Ich habe meinen Glauben im KZ Dachau verloren, Mr. Brosnan", sagte die alte Frau. Sie schob ihren Ärmel hoch und zeigte ihm die auf den Arm tätowierte Nummer. Brosnan zog wortlos seine Jacke aus und rollte den rechten Hemdsärmel hoch. Sie starrte ungläubig auf seine Sträflingsnummer. „Das verstehe ich nicht", sagte sie. „Sie können doch gar nicht im Konzentrationslager gewesen sein. Sie sind viel zu jung."

„Es war etwas Ähnliches", sagte er. „Dort gab es zwar kein Krematorium, aber diesen Ort verläßt man gewöhnlich auch nur mit den Füßen voran."

„Und Sie?"

Er zog sich die Jacke wieder an. „Ein Ausnahmefall", erklärte er knapp.

Sie sah ihn nachdenklich an. „Haben Sie das Geld mitgebracht?"

„Ja." Er stellte Barrys Aktentasche auf den Tisch und öffnete sie. „Fünfunddreißigtausend Pfund."

Sie starrte auf die Geldbündel. Dann drückte sie das Schnappschloß zu. „Das ist viel Geld", murmelte sie. „Als ich Dachau überlebt hatte und 1945 nach England zurückkam, zählte für mich nur eins, Mr. Brosnan, und das war Geld. Ich hatte nämlich aufgehört, an die Menschen zu glauben. Eigentlich bin ich rein zufällig Hehlerin geworden und habe mit allen gearbeitet, die in der Unterwelt Rang und Namen hatten."

„Und Liam Devlin?"

„Ach ja, Liam ..." Sie lächelte. „Er war nicht so wie die anderen. Ihn mochte ich. Es hat mich nicht im geringsten interessiert, was er tat. Wenn er gefälschte Pässe oder Adressen von Waffenhändlern brauchte, habe ich sie ihm besorgt. Aber das ist schon lange her. Jetzt handle ich nur noch mit Möbeln." Sie schwieg einen Augenblick und öffnete dann erneut die Aktentasche. „Wirklich sehr viel Geld", sagte sie leise.

„Es gehört Ihnen, wenn Sie mir helfen."

„Wobei, Mr. Brosnan?"

„Das geht nur mich etwas an."

Sie schüttelte den Kopf. „Sie haben etwas Ungutes, Gewalttätiges an sich, Mr. Brosnan. Das stört mich. Zeigen Sie mir mal Ihre Hände. Ich habe Hellsehergaben. Ich werde es Ihnen beweisen."

Ihre eigenen Hände waren kühl und sanft und erinnerten ihn ohne erkennbaren Grund an seine Kindheit und an seine Großmutter mütterlicherseits in Dublin. Sie erinnerten ihn an frische Bettwäsche, Rosmarin- und Lavendelduft. Plötzlich faßte die alte Frau fester zu, und er spürte so etwas wie einen leichten elektrischen Schlag. Sie hatte die Augen geschlossen gehabt; jetzt schlug sie sie wieder auf und berührte mit der Hand sein Gesicht und lächelte.

„Ja", sagte sie. „Jetzt sehe ich es genau." Ihre Stimme klang energisch und geschäftsmäßig. „Die Frau, die Sie suchen, wird morgen abend zu Hause sein."

„Zu Hause?" fragte Brosnan heiser. „Aber das ist Downing Street Nummer zehn. Es ist absolut unmöglich, dort hineinzukommen."

„Auf den ersten Blick sieht es tatsächlich so aus. Niemand wird ohne persönliche Einladung oder offiziellen Ausweis eingelassen. Es dürfte Sie jedoch interessieren, daß alle Empfänge und Bankette von Restaurants ausgerichtet werden."

„Na und?"

„Morgen abend um halb sieben gibt die Premierministerin eine Weihnachtsparty für mindestens hundert Gäste. Es sind hauptsächlich Mitarbeiter, auch ehemalige. Büroangestellte, Stenotypistinnen, Reinemachefrauen – alle werden sie dort sein. Das Fest wird im sogenannten Säulenzimmer stattfinden. Ich habe bereits dafür gesorgt, daß Sie vom Restaurant als zusätzlicher Kellner eingestellt werden."

Brosnan verschlug es fast die Sprache. „Und das soll klappen?" fragte er nach einer Pause. „Ich meine, ich kenne mich doch nicht einmal in dem Haus aus."

Sie zog eine Schublade auf und nahm einen Bogen Papier heraus. „Hier ist ein Grundriß vom Erdgeschoß und vom ersten Stock. Alles sehr übersichtlich. Sie brauchen noch einen offiziellen Ausweis mit Ihrem Paßbild. Diese Art von Ausweisen ist relativ einfach zu fälschen. Ihr Aussehen dagegen ist äußerst wichtig. Wir werden es erheblich verändern müssen, ehe wir das Foto machen. Ein alter Freund von mir hat sich auf so etwas spezialisiert. Ich schlage vor, daß Sie später noch einmal herkommen. Sagen wir, um zehn Uhr."

„In Ordnung." Er stand auf und ging zur Tür.

„Ach", sagte sie, „fast hätte ich es vergessen. Ich habe mich in Dublin erkundigt. Devlin liegt zur Zeit in der Mountjoy-Klinik. Es geht ihm offenbar gut."

„War eine junge Frau bei ihm?"

„Ja. Sie ist gestern zu Devlins Landhaus in der Grafschaft Mayo gefahren."

Brosnan nickte. „Gut so."

Er stieg die Treppe hinunter, und der Dobermann ging lautlos ans Geländer und sah ihm nach.

IM ARBEITSZIMMER der Premierministerin war es fast dunkel. Nur die Leselampe auf dem Schreibtisch brannte. Als man Ferguson hereinführte, schrieb die Regierungschefin gerade eifrig.

„Brigadegeneral Ferguson, Madam", meldete der Sekretär und zog sich zurück.

Sie sah nicht von der Arbeit auf, und Ferguson, dem das Protokoll untersagte, sich unaufgefordert zu setzen, mußte wie ein Schuljunge vor dem Schreibtisch stehen bleiben.

Endlich legte sie den Füllhalter beiseite, lehnte sich in ihrem Sessel zurück und sah ihren Besucher an. Sie wirkte ausgeglichen, aber ihre Augen blickten kalt.

„Ich habe Ihren Bericht über die Brosnan-Geschichte gelesen. Fangen wir mit dem Wichtigsten an. Sie haben in Ihrem Bericht vermerkt, Sie beabsichtigten, den Hinweisen dieses Brosnan folgend, nach der Rakete zu suchen. Haben Sie dabei Erfolg gehabt?"

„Es freut mich, berichten zu können, daß wir den fraglichen

Gegenstand heute nachmittag geborgen haben, Madam. Ich war selbst dabei." Er erschauerte bei dem Gedanken an die Leichen, die von den Tauchern an die Oberfläche gebracht worden waren.

„Wenigstens besteht nun die Hoffnung, daß das Vertrauen zwischen uns und der westdeutschen Regierung wiederhergestellt werden kann." Sie öffnete einen Aktenordner und tippte mit dem Finger darauf. „In der Kopie Ihres ersten Berichts, die man bei dieser Baxter gefunden hat, erwähnen Sie nichts von Norah Cassidy. Die Einzelheiten dieser üblen Geschichte tauchen erst in dem Report auf, den Sie gerade eingereicht haben. Warum, Brigadegeneral? Haben Sie sich vielleicht geschämt?"

Ferguson wußte nicht, was er darauf antworten sollte.

Die Premierministerin fuhr fort. „Sie haben also Professor Devlin – und dadurch auch Brosnan – bewußt die Unwahrheit gesagt."

„Ich habe es für unumgänglich gehalten, Madam. Ich mußte Brosnan wütend auf Barry machen. Und dann ist die Sache außer Kontrolle geraten."

„Ich glaube nicht, daß der Zweck die Mittel heiligt, Brigadegeneral Ferguson. Ich glaube an moralische Grundsätze." Sie war jetzt wütend. „Ich will wahrhaftig keine Lanze für Martin Brosnan oder für seine Sache brechen. Auch nicht für Devlin, so beeindruckt Sie alle auch von seinem Charme zu sein scheinen. Ein Terrorist ist und bleibt ein Terrorist für mich."

„Gewiß, Madam", beeilte sich Ferguson zu bemerken.

„Sie haben Brosnan belogen; das wirft er nicht nur Ihnen, sondern auch mir vor. Bin ich richtig informiert, daß er sich Ihnen gegenüber so ausgedrückt hat, als er Sie gestern anrief?"

„Ja, Madam. Wörtlich sagte er: ‚Jemand muß dafür bezahlen. Ich denke, ich werde das mit der Dame persönlich abmachen.' Dann hat er den Hörer aufgelegt."

Sie nickte gelassen. „Glauben Sie, daß er vorhat, mich umzubringen?"

„Das weiß ich nicht, Madam. Dieser Mann ist unberechenbar."

„Das scheint mir auch so." Sie blätterte in der Akte. „Rosen", murmelte sie kopfschüttelnd. „Was für eine eitle und kindische Idee." Sie schlug den Aktendeckel abrupt zu. „Da Sie nun schon einmal in der Sache drinstecken, Brigadegeneral Ferguson, vertraue ich Ihnen meine persönliche Sicherheit an. Und ich denke nicht daran, meine

Termine auch nur im geringsten zu ändern. Noch etwas: Ich möchte nicht erleben, daß mein Foto neben dem Brosnans auf der Titelseite der Sensationsblätter erscheint und darüber riesige Schlagzeilen wie ‚IRA-Killer hetzt Regierungschefin'. Sie müssen bei allem, was Sie tun, äußerst diskret vorgehen."

„Zu Befehl, Madam."

Sie reichte ihm ein maschinengeschriebenes Blatt über den Schreibtisch. „Hier ist mein Terminplan für morgen. Unten wird man Ihnen Sonderausweise für Sie und Ihren Assistenten aushändigen, mit denen Sie jederzeit in Downing Street zehn oder im Unterhaus aus und ein gehen können." Sie griff nach ihrem Füllfederhalter. „Fangen Sie Brosnan. Das dürfte so schwierig nicht sein. Und nun gehen Sie bitte. Ich habe noch zu arbeiten."

BROSNAN saß vor der Frisierkommode mit einem Handtuch um die Schultern und beobachtete im Spiegel, wie der alte Mann ihm mit einem Metallkamm durch das lange, jetzt strohblond gefärbte Haar fuhr.

„So", sagte der Alte. „Dann wollen wir Sie mal zurechtstutzen."

Er nahm eine Schere, summte eine Melodie und machte sich an die Arbeit. Lily Winter saß auf einem Hocker, zündete eine Zigarette an und reichte sie Brosnan hinüber. „Schlomo ist wirklich geschickt", lobte sie den Alten. „Er hat beim jiddischen Kabarett in Amsterdam angefangen. Ist kurz vor dem Einmarsch der Deutschen noch rausgekommen."

„Ich habe dann jahrelang beim Film gearbeitet." Der alte Mann hatte die Schere gegen ein Rasiermesser ausgetauscht. „Margaret Lockwood, James Mason. Ich hatte mit all den großen Stars zu tun."

Brosnans Haar hatte inzwischen eine normale Länge bekommen. Der alte Mann fönte es und scheitelte es sorgfältig. Die Veränderung war frappierend; besonders die gebleichten Augenbrauen gaben Brosnan ein gänzlich anderes Aussehen.

„Wenn ich mit Ihnen fertig bin, werden Sie wie ein neuer Mensch aussehen. Spannen Sie bitte Ihre Oberlippe an."

Brosnan gehorchte. Der alte Mann klebte ihm mit großer Sorgfalt einen blonden Schnurrbart an. Er stutzte ihn perfekt mit der Schere. „Öffnen Sie jetzt den Mund." Dann schob er Brosnan behutsam Wangenpolster zwischen Unterkiefer und Wange und überprüfte

Brosnans Gesicht im Spiegel. „Ich glaube, Nasenringe sind nicht mehr nötig, oder was meinst du, Lily?"

Sie schüttelte den Kopf. „Nur noch die Brille", sagte sie.

Die Brille hatte einen Goldrand, war leicht getönt und wirkte ausländisch. Das Ergebnis von Schlomos Bemühungen war erstaunlich. Das Gesicht, das Brosnan aus dem Spiegel ansah, war das eines wildfremden Menschen.

Im Parterre von Downing Street Nummer 10 ging es kurz vor 18 Uhr 30 zu wie in einem Taubenschlag. Die ersten Gäste trafen ein, und ein Bobby überwachte am Lieferanteneingang ein halbes Dutzend Kellner, darunter auch Brosnan, die hin- und herrannten und aus einem Lieferwagen Kartons mit Weinflaschen entluden.

In der Küche wurde Brosnan anschließend dazu eingeteilt, Gläser auszupacken. Andere Kellner waren bereits dabei, Getränke zu servieren. Sollten all seine Bemühungen nur dazu führen, daß er in der Küche hängenblieb? Dann kam der Oberkellner zu ihm und tippte ihm auf die Schulter. „Sie – wie heißen Sie?"

„Jackson, Sir."

„Gut, Jackson. Machen Sie sich fertig. Sie werden drinnen gebraucht."

Brosnan zog seine dunkle Arbeitsjacke aus und hängte sie an einen Haken. Dann schlüpfte er in eine weiße Kellnerjacke und holte ein Paar weiße Handschuhe aus der Tasche. Er zog sie an und berührte verstohlen den Smith & Wesson, den er hinten in den Hosenbund unter das Hemd gesteckt hatte. Dann nahm er ein silbernes Tablett, holte tief Luft und ging den Gang entlang.

Die Premierministerin trug ein grünes Abendkleid. In Begleitung ihres Mannes und ihrer Tochter begrüßte sie die Gäste und war offenbar bester Laune. Brosnan beobachtete sie, als er sich auf der anderen Seite des Raumes mit gefüllten Weißweingläsern auf dem Tablett durch die Menge drängte.

Nachdem er alle Gläser losgeworden war, ging er zum Serviertisch zurück, wo der Oberkellner ihn anwies, leere Gläser einzusammeln und in die Küche zu bringen.

Brosnan mußte sich gestehen, daß er nicht die geringste Ahnung hatte, wie es weitergehen sollte. Doch als er zum drittenmal aus der Küche zurückkam, bemerkte er, wie die Premierministerin eine

Gruppe von Gästen verließ, durch die geöffnete Doppeltür hinaus- und die Haupttreppe in den ersten Stock hinaufging.

Er rief sich die Grundrisse des Hauses, die er so sorgfältig studiert hatte, ins Gedächtnis. Im ersten Stock befanden sich das private Arbeitszimmer der Regierungschefin sowie der weiße und der blaue Salon.

Am Serviertisch wurden Champagnerflaschen entkorkt. Brosnan wartete, bis die Reihe an ihn kam, und nahm sich eine Flasche. Überall herrschte eine verwirrende Betriebsamkeit. Er nahm zwei Gläser vom Tisch, stellte sie vorsichtig aufs Tablett mit der Flasche und bahnte sich einen Weg durch die laute Gästeschar zur offenen Doppeltür. Das Treppenhaus war leer. Ohne zu zögern, stieg er die Treppe hinauf.

Die Premierministerin saß an ihrem Schreibtisch, las ein Schriftstück und machte sich Notizen, als es klopfte. Die Tür öffnete sich, und Brosnan trat ein. Er schloß die Tür behutsam und ging auf den Schreibtisch zu.

Sie blickte überrascht von ihrer Arbeit auf. „Was in aller Welt bringen Sie denn da?"

Brosnans Kehle war ausgedörrt, sein Herz schlug heftig, und er spürte den Druck der Waffe auf seinem Rücken. „Champagner, Madam", sagte er mit leiser und ein wenig belegter Stimme.

„Ich habe keinen Champagner bestellt."

„Der Oberkellner hat mir aufgetragen, eine Flasche heraufzubringen, Madam. Mit zwei Gläsern. Das hat er ausdrücklich betont."

„Zwei Gläser." Sie lächelte plötzlich. „Schon gut. Stellen Sie es bitte dort auf dem Tischchen ab."

Sie schrieb weiter. Schweißperlen standen Brosnan auf der Stirn, als er das Tablett auf einem kleinen Teetisch abstellte. Er richtete sich auf und sah zu ihr hinüber, schob die rechte Hand unter die Jacke und griff nach der Waffe. In drei Sekunden würde alles vorbei sein. Für sie, nicht für ihn. Würde es denn für ihn je einmal vorbei sein?

„Sie können gehen", sagte sie, ohne aufzublicken.

Ich existiere für sie überhaupt nicht, dachte er. Und doch bringe ich ihr den Tod. O Norah, kann dies, kann überhaupt etwas deinen Tod rächen?

Er sah die Rosen in der Kristallvase auf einem Tisch. Weiße, langstielige Rosen.

„Haben Sie sonst noch einen Wunsch, Madam?"

„Nein, danke", sagte sie mit einer Spur von Ungeduld in der Stimme.

Sie blickte immer noch nicht auf, als er mit klopfendem Herzen eine Rose aus der Vase zog und sie zwischen die beiden Gläser und die Champagnerflasche aufs Tablett legte.

Brosnan öffnete die Tür und ging langsam hinaus. Niemand war im Treppenhaus, als er an den Bildern der früheren Premierminister vorbei hinunterging. Er mischte sich unter die Gäste, nahm ein Tablett und begann erneut, leere Gläser einzusammeln. Als das Tablett voll war, trug er es in die Küche.

Da die Party fast zu Ende war, ging es wieder überaus hektisch zu. Kellner schleppten Kisten mit leeren Flaschen durch die offene Hintertür zum Lieferwagen.

Brosnan zog seine weiße Kellnerjacke aus und hängte sie an einen Haken. Nachdem er die dunkle Arbeitsjacke übergezogen hatte, schnappte er sich eine Kiste und trug sie an dem Bobby vorbei ins Freie. Er reihte sich in die Schlange hinter dem Lieferwagen ein, gab seine Kiste ab, ging um den Wagen herum und quer über einen kleinen Hof mit einer Rasenfläche in der Mitte.

Gäste auf dem Heimweg drängten sich in der Downing Street. Viele waren zu Fuß und hielten nach einem Taxi Ausschau. Brosnan schloß sich einfach an, bog um die Ecke und ging rasch davon.

Etwa fünf Minuten später war die Premierministerin mit ihrer Aktennotiz fertig. Sie stand auf, ging um den Schreibtisch herum und wollte das Zimmer verlassen, als ihr Blick auf den Champagner und die Gläser fiel. Sie blieb abrupt stehen, drehte sich um, lief zum Schreibtisch zurück und schaltete die Gegensprechanlage ein.

„Er ist entwischt, Madam", sagte Ferguson. „Spurlos verschwunden."

„Wie nicht anders zu erwarten, nicht wahr?"

Die Rose lag zwischen ihnen auf dem Tisch. „Ich versteh's einfach nicht", klagte Ferguson fast wehleidig. „Was wollte dieser Mann bloß?"

„Aber das ist doch sehr einfach. Sehen Sie das nicht?" Sie nahm die Rose in die Hand. „Niemand ist sicher. Das will Ihr Mr. Brosnan uns sagen. In der Welt, die wir uns geschaffen haben, ist niemand mehr sicher."

Ferguson lief es eiskalt über den Rücken. Sie legte die Rose langsam und vorsichtig wieder hin. „Jetzt kümmere ich mich wohl besser um meine letzten Gäste."

Er hielt ihr die Tür auf, und sie ging an ihm vorbei aus dem Zimmer.

ALS Brosnan durch die kleine Tür in das Lagerhaus trat, hörte er wieder Musik, und oben im Büro brannte Licht. Langsam ging er die Treppe hinauf und öffnete die Tür. Lily Winter saß am Tisch und betrachtete eine antike Halskette durch eine Uhrmacherlupe. Der Dobermann stand auf, kam zur Tür und rieb seinen Kopf an Brosnans Bein.

Die alte Frau nahm die Lupe aus dem Auge und sah ihren Besucher lange an. „Sie wollten Krieg führen und haben statt dessen Frieden gemacht", sagte sie.

„Woher wissen Sie das?"

„Sie Narr." Sie holte eine Flasche Brandy aus einer Vitrine und goß ein Glas voll. „Trinken Sie. Wenn ich's nicht gewußt hätte, glauben Sie, ich hätte Ihnen dann geholfen?"

„Ich stand so nah vor ihr wie jetzt vor Ihnen", sagte Brosnan. Seine Hand, die das Glas hielt, zitterte. „In einer Vase waren weiße Rosen. Ich habe eine herausgezogen und aufs Tablett gelegt. Dann bin ich gegangen."

„Eine sehr romantische Geste. Und was soll sie bedeuten?"

„Ich habe einen Privatfrieden geschlossen", antwortete Brosnan. Vor der Wand stand eine Couch. Er legte sich hin und starrte an die Decke. „Plötzlich fühle ich mich alt, richtig alt. Verstehen Sie, was ich meine?"

„Ja", sagte sie einfach.

Ihre Stimme schien aus weiter Ferne zu kommen. Brosnan schloß die Augen, und nach einer Weile fiel ihm das Glas aus der Hand. Er war eingeschlafen.

IN EINEM Einzelzimmer der Mountjoy-Klinik in Dublin versuchte Liam Devlin, sich in Geduld zu fassen, als die Stationsschwester ihm den Verband abnahm. Die Oberschwester, eine energische Dame, die so steif war wie ihr gestärktes Häubchen, stand hinter dem Chirurgen und sah zu, wie dieser seine Arbeit begutachtete.

„Sehr schön", lobte er sich selbst. „Wirklich sehr schön." Er nickte der Stationsschwester zu. „Machen Sie ihm bitte einen neuen Verband."

„Wann kann ich endlich nach Haus, Patrick?" brummte Devlin. „Das ist ja schrecklich hier. Man bekommt keinen Drink, und sie versuchen sogar, einen vom Rauchen abzuhalten."

„Noch eine Woche, Liam", sagte der Chirurg, der auch ein angesehener Professor am Trinity College war, „dann sehen wir weiter." Er drehte sich zur Oberschwester um. „Diese Autounfälle ziehen wirklich schreckliche Verletzungen nach sich. Der Patient hat großes Glück gehabt."

„Und Tabak und Whiskey tragen gewiß nicht zum Heilungsprozeß bei. Da sind wir doch sicher einer Meinung, Herr Professor."

„Ja, natürlich. Sie haben völlig recht."

Die Oberschwester hielt ihm die Tür auf, und er drehte sich noch einmal zu Devlin um und zuckte hilflos die Achseln. „Ich schaue morgen wieder vorbei, Liam."

Als die Tür sich hinter den beiden geschlossen hatte, sagte Devlin: „Mein Gott, die hat aber Haare auf den Zähnen!"

Die Stationsschwester lächelte. Sie legte letzte Hand an seinen Verband und sagte: „Sie erwarten doch nicht im Ernst, daß ich dazu einen Kommentar abgebe, nicht wahr, Professor Devlin? In einer halben Stunde bringe ich Ihnen Ihren Tee."

Sie verließ das Zimmer, und er lehnte sich zurück. Es klopfte leise, und dann steckte eine junge Lernschwester den Kopf ins Zimmer. Sie brachte ein langes, dünnes, in Goldpapier gewickeltes Päckchen.

„Und was zum Teufel ist das?" fragte Devlin.

„Es ist gerade von Fleurop abgegeben worden. Ich mache es für Sie auf."

Er sah ihr zu, wie sie das Päckchen aus dem Papier wickelte. Sie drehte sich um und hielt eine Plastikröhre mit einer langstieligen Rose in der Hand. „Jemand liebt Sie, Herr Professor."

Devlin lag nur da und sagte lange Zeit nichts. „Ist eine Karte dabei?" fragte er schließlich.

„Sieht nicht so aus."

„Das war auch nicht zu erwarten."

„Wissen Sie denn, wer die Rose geschickt hat?“

„O ja“, sagte Devlin leise, „das weiß ich.“

Die Lernschwester ging. Devlin sah die Rose an und lächelte. „Tja, Martin“, sagte er leise. „Ich glaube, eine kleine Feier ist da wohl angebracht.“

Der stechende Schmerz hielt ihn nicht ab, den Arm nach dem Nachtschrank auszustrecken, die Schublade aufzuziehen und eine Flasche irischen Whiskey und eine Schachtel Zigaretten herauszunehmen.

Es WAR einer der schönsten Abende, die Anne-Marie je erlebt hatte. Sie saß vor einer Staffelei am Rand der Klippen unter Devlins Haus und malte sehr rasch, weil sie den Eindruck des letzten Abendlichts noch aufs Papier bringen wollte. Unter ihr lag die Killala Bay, und ganz in der Ferne ragten die Berge von Donegal auf wie purpurne Schatten.

Sie hörte Schritte hinter sich, aber sie drehte sich nicht um. Eine Art sechster Sinn sagte ihr, wer es war.

„Du wirst immer besser“, sagte Brosnan. „Der Hintergrund ist dir phantastisch gelungen.“

Sie sah über die Schulter zu ihm hoch und runzelte die Stirn. „Was ist denn mit deinen Haaren passiert?“

„Das ist eine lange Geschichte“, erwiderte er und ging neben ihr in die Hocke.

„Ein plötzlicher Sinneswandel?“ wollte sie wissen.

„So könnte man's nennen. Ich hatte ganz vergessen, wie friedlich es hier draußen ist.“

Sie hörte auf zu malen und drehte sich zu ihm um. Ihr Gesicht wirkte fast finster im schwindenden Abendlicht. „Aber wie lange würdest du das aushalten, Martin?“ fragte sie.

Er wußte keine Antwort. Es gab keine Antwort. Die See war ruhig, und der Himmel hatte die Farbe von Messing. Ein Sturmvogel schrie heiser und flog über ihren Köpfen aufs Meer hinaus.

Jack Higgins

„Obwohl ich mit meinen Romanen in erster Linie unterhalten will, steckt in ihnen meiner Meinung nach auch ein gutes Stück Zeitgeschichte. Wer diese Bücher in fünfzig Jahren liest, kann darin einiges über die heutigen politischen Verhältnisse erfahren." Jack Higgins hat diese Selbsteinschätzung seiner Arbeit vor kurzem während einer Reise durch die USA vor der interessierten amerikanischen Presse abgegeben. Nach der Lektüre von *Die Teufelsrose* stimmt man ihm voll und ganz zu.

Der Autor mit dem Pseudonym Jack Higgins, der eigentlich Harry Patterson heißt und unter seinem richtigen Namen ebenfalls Romane veröffentlicht, war schon mehrfach in den Auswahlbüchern vertreten. Mit *Der Adler ist gelandet* hatte er ein Erfolgsrezept gefunden, das er in *Feindfahrt*, *Königsjagd* und *Die Teufelsrose* konsequent weiterentwickelte: aus einer gekonnten Mischung aus Tatsachen und freier Erfindung einen spannenden Lesestoff zu gestalten.

Selten fällt einem Schriftsteller die Entscheidung leicht, sich ganz dem Schreiben zu widmen und einen womöglich einträglichen Brotberuf aufzugeben. Jack Higgins hat diesen Schritt, knapp vierzigjährig, gewagt, und der Erfolg von *Der Adler ist gelandet* – das Buch erschien 1975 in England – hat ihm recht gegeben. Dieser Roman, der heute in sechzig Ländern verkauft wird, wurde inzwischen verfilmt, und alle folgenden Bücher erklommen ebenfalls die Bestsellerlisten.

Jack Higgins lebt mit seiner Familie seit einigen Jahren auf der englischen Kanalinsel Jersey. Er wurde 1929 im nordirischen Belfast geboren und kennt den politischen und sozialen Hintergrund seines Romans *Die Teufelsrose* aus eigener Erfahrung.

Die Person von Liam Devlin war als IRA-Kämpfer schon in *Der Adler ist gelandet* aufgetaucht, und erstaunlich viele Leser befaßten sich in ihren Zuschriften mit dieser Figur, so daß Higgins bei den Vorarbeiten zu *Die Teufelsrose* den Entschluß faßte, „einen älteren Mann in die Geschichte aufzunehmen, der den ganzen Terror erlebt und, weiser geworden, sich davon distanziert hatte. Ich dachte sofort an Devlin."

Liam Devlin, die Romanfigur, trägt viele Züge eines tatsächlich existierenden Menschen, der für Harry Patterson sehr wichtig war und von dem er sein Pseudonym entliehen hat: ein Onkel aus Belfast, der selbst in die Wirren des nordirischen Bürgerkriegs verwickelt war – und Jack Higgins hieß.

Der Junge, der seinen Geburtstag vergaß

EINE KURZFASSUNG DES BUCHES VON
RUDOLF FRANK

ILLUSTRATIONEN VON
KLAUS STEFFENS

„Weihnachten sind wir wieder bei Muttern", heißt es bei den deutschen Soldaten, die 1914 siegesgewiß durch Polen marschieren. Unerschütterlich ist ihr Glaube an Kaiser und Vaterland.

Auch unter den Kanonieren des siebzehnten Fußartillerie-Bataillons herrscht Hochstimmung. Im Dorf Koptschowka haben sie zwei Gefangene gemacht: Jan, einen vierzehnjährigen Polenjungen, und seinen Hund Flox. Die Kanoniere halten sich die Bäuche vor Lachen. Wie hat uns der Bengel genannt? Kanonentiere? Hahaha …

In ihrem Übermut nehmen sie den Jungen und seinen Hund mit, als sie weiterziehen. Jan und Flox werden die Maskottchen des Bataillons, und eine abenteuerliche Odyssee nimmt ihren Lauf.

Ein Junge, der seinen Geburtstag vergißt

HEUTE war er vierzehn Jahre alt: am vierzehnten September 1914 vierzehn Jahre. Das war leicht zu behalten, aber er hatte es vergessen. Es war schon drei Uhr nachmittags, und Jan hatte noch nicht ein einziges Mal daran gedacht. Wie kann ein Junge nur seinen Geburtstag vergessen! Das geht doch nicht mit rechten Dingen zu.

Es waren auch wirklich keine rechten Dinge, die heute von allen Seiten auf Jan einstürmten, dieses furchtbare Getöse hervorriefen und eine gräßliche Unordnung und Zerstörung. Koptschowka, das polnische Dörfchen mit den schlanken Pappeln, war kaum wiederzuerkennen. Jenseits des Ortes auf den Höhen, mitten in den Kartoffel- und Rübenfeldern, lagen die russischen Soldaten, die gestern mit ihren Gewehren und Kanonen lärmend und schimpfend durchs Dorf gezogen waren. Ihnen gegenüber auf der anderen Seite des Ortes, hinterm Wald, standen die Deutschen, auf die sie so geschimpft hatten.

Die Russen wären wohl gern in Koptschowka geblieben. Es gab da ein Wirtshaus, es gab Schnaps, Geflügel und Schweine. Aber während sie noch in der Wirtsstube, auf der Dorfstraße, in den Häusern und Ställen herumtobten, kamen die dumpfen Laute aus der Ferne näher: Es donnerte, als zöge ein Gewitter auf. Bauersfrauen, Knechte, Mägde und Soldaten rannten durcheinander; man hörte eine Trompete blasen, und auf einmal waren die Russen wie der Wind zum Ort hinaus. Jetzt schossen sie von den niedrigen Hügeln mit ihren Gewehren ins Dorf. Es klang wie das Surren von Mücken. Jan wußte: Jede dieser unsichtbar surrenden Kugeln konnte einen Menschen, sogar einen Stier auf der Stelle töten. Aber es gab noch Schlimmeres: die schweren Geschosse der Kanonen, die mit lautem Geheul durch die Luft fuhren. Jan war ein mutiger Junge, aber jetzt packte ihn die Furcht. Denn nun kam es auch von der anderen Seite, von dort, wo die Deutschen lagen. Die meinten wohl, die Russen seien noch in Koptschowka, und schossen, schossen – Jan machte die Augen zu und zog den Kopf ein. *Krach!* Vor ihm spritzte es aus der Erde, schwarz, dick, spritzte hoch hinauf, höher noch als die Scheune des Panje Ostrowski, und versetzte ihm einen Stoß, daß er nach hinten fiel. Als er sich wieder aufrichten wollte, war er mit dicken Klumpen Dreck bedeckt, und der schöne Baum vor ihm mit den vielen reifen Pflaumen war weg, einfach weg. An seiner Stelle klaffte ein tiefes, finsteres Loch.

Oft hatte Jan im Herbst sehnsüchtig nach diesem Baum geschaut, wenn er voll hing von süßen, dunkelblauen Früchten. Zweimal war er heimlich hinaufgeklettert ins Geäst. Aber als er das zweitemal heruntergekommen war, hatte er Stockprügel bezogen, daß sein Rücken so blau wurde wie die verbotenen Früchte. Ja, der dicke Ostrowski war der Panje, und Panje heißt Herr! Panje Ostrowski war ein strenger, ein böser Herr. Aber jetzt hatte ihm so ein unsichtbares Ungeheuer den ganzen schönen Baum weggenommen samt allen Pflaumen, und er kam nicht mit dem Stock, er schimpfte nicht, es kam überhaupt kein Mensch, es pfiff nur immer ärger über Straßen und Höfe, zischte und heulte über die Häuser. Da – schon wieder so ein Riesending: *Bummmm,* schlug es mitten in die Scheune hinein. Jan rannte weg, stürzte in den Straßengraben. Als er vorsichtig zurückblickte, quoll dicker weißer Qualm aus der Scheune, und eine kleine rote Flamme tanzte oben auf dem Dach. In der Scheune war die Ernte dieses Jahres. Wovon soll man jetzt backen? überlegte Jan. Niemand kam, um zu löschen, es war überhaupt niemand zu sehen. Jan dachte an seinen Vater, der hätte sicher geholfen. Aber der Vater war im Krieg, im Krieg für den russischen Kaiser, das Väterchen Zar, wie man damals sagte. Vielleicht schoß er jetzt auch in irgendein Dorf hinein, wo ein kleiner Junge im Graben lag und sich fürchtete.

Jan war sehr traurig gewesen, als sein Vater vor einem Monat weggegangen war. Das konnte kein gutes Väterchen sein, dieses Väterchen Zar, das einem armen Jungen sein Väterchen wegholte. Was ging ihn dieser Zar an und diese Russen? Er und der Vater sprachen deutsch, das halbe Dorf sprach deutsch, und die anderen waren Polen und sprachen polnisch. Der gute Vater! Er war so traurig gewesen, als er ihn zum Abschied küßte. Und Onkel Peter, der damals versprochen hatte, für Jan zu sorgen, war ganz anders als der Vater, saß immer im Wirtshaus, betrank sich, und Jan konnte sehen, wo er blieb.

„Onkel Peter! Onkel Peter!“ rief er. Sogar über den betrunkenen Onkel hätte er sich in dieser schrecklichen Einsamkeit gefreut. Aber kein Onkel Peter kam, nur immer wieder das Surren und Sausen der Kugeln: von rechts die der Russen, von links die der Deutschen. Da war kein Unterschied.

Aber was war das? Dort auf dem Misthaufen schnoberte ja noch die große Sau vom Krämer Kaczmar. Die hatten sie wohl zu schlachten vergessen. Warum schrie nur das Tier auf einmal so schauderhaft? Es rannte auf drei Beinen jammernd und quiekend zwischen den Apfelbäumen im Kreis herum. Sein rechtes Hinterbein war voll Blut und schleppte nach. Das hatten die Kugeln getan. Wenn ihm nun dasselbe passierte wie dem armen Schwein? Er hatte doch nur zwei Beine, er konnte dann nicht einmal fortlaufen, er mußte liegenbleiben, verdursten, verhungern, verbluten. Jan merkte erst jetzt, was für einen mächtigen Hunger er hatte. Seit gestern abend hatte er nichts mehr zu essen bekommen. Zum Onkel, dachte er, ganz egal jetzt, ich muß zum Onkel!

Auf der anderen Seite der Dorfstraße stand das Haus. Es war niedrig, grau und schmutzig, das Dach schadhaft, die Tür aus den Angeln, die Fensterläden waren zerbrochen. Der Onkel hatte sich ja um nichts gekümmert. Sonst war Jan immer glücklich gewesen, wenn er nur dieses Haus nicht sah. Aber jetzt war es seine einzige Zuflucht. Entschlossen sprang der Junge aus dem Graben und wollte hinüberrennen, da: *Bummmm!* kam wieder ein schweres Geschoß. Dicht vor dem Haus des Onkels riß es unter schrecklichem Krachen die Erde auf.

Jan verlor den Boden unter den Füßen, flog rückwärts und prallte gegen eine Wand. Dort blieb er liegen. Sein Kopf tat ihm weh. Er war wie betäubt. Waren die Wände des Hauses durchsichtig geworden? In einem Nebel sah er die Wohnung des Onkels. Die Rückwand des Hauses war weg, das halbe Dach zusammengekracht. Das Haus war zerstört.

„Onkel Peter!“ rief Jan. Keine Antwort. Nur das gräßliche Quieken des verwundeten Schweins war noch immer zu hören. Es humpelte die Dorfstraße hinunter und verschwand hinter dem Gutshaus des Panje Ostrowski.

Jan sah sich um. Die Wand, gegen die ihn die Druckwelle des schweren Geschosses geschleudert hatte, war die Wand des Wirtshauses. Ob der Onkel drin saß? Oder die Wirtin?

„Frau Goloborotka!“ rief er und öffnete die Tür zur Schankstube. Aber das rote Gesicht der fetten Wirtin, das ihm sonst über den Schanktisch entgegenschmunzelte, war nicht zu sehen. Die Stube war so leer wie das ganze Dorf. Nur ein wüstes Durcheinander von zerbrochenen Gläsern und Flaschen und umgeworfenen Stühlen.

Sie haben mich allein gelassen, dachte Jan, ganz allein in dem Dorf. Keiner hat an mich gedacht. Er war wirklich ein tapferer Junge, aber jetzt begann er sich zu fürchten. Er dachte auf einmal an den lieben Gott. Ob der ihn auch verlassen hatte, mitten zwischen russischen und deutschen Kanonen?

Horch! Was war das? Von draußen kam es, aber es war nicht das gräßliche Sausen, es klang wie Schritte: dappdapp – dappdapp – „Frau Goloborotka?“ Nein, das waren Kinderschritte oder ...

„Wauwauwauwau!“ bellte es, sprang auf ihn los, riß ihn fast um, ein dreckiges Bündel Fell, mittendrin zwei treue Hundeaugen, eine rote japsende Hundezunge, die ihm Wangen, Ohren und Hände leckte.

„Flox! Flox!“ schrie Jan. „Floxi!“

Beide, der Junge und der Hund, heulten vor Freude und drückten sich aneinander, Jan kraulte dem Tier die Ohren, und Flox legte ihm die Pfoten auf die Schultern.

„Aber Flox, wo hast du dich denn rumgetrieben? Hast du den Vladimir gesucht? Der ist doch im Krieg, der Vladimir, und uns haben sie allein gelassen! Komm, mein braver Flox, jetzt gehörst du mir, und ich gehör dir. Hab nur keine Angst, Flox, ich bin ja bei dir, komm nur!“ Aber der zottelhaarige Hund war schon durch die offene Tür ins Hinterzimmer gerannt. Jan hinterdrein und von da in die Küche. Hier stellte sich das Tier auf die Hinterbeine und schnupperte schweifwedelnd am Küchenschrank empor. Dort oben stand eine große braune Schüssel, und daneben lag ein hölzerner Kochlöffel. Jan reckte sich auf die Zehenspitzen. Vorsichtig langte er nach der zugedeckten Schüssel, vorsichtig hielt er sie, denn irgendwas schwappte darin. Flox saß ganz still und gespannt.

Jetzt kauerte der Junge mit der Schüssel am Boden, deckte sie auf. Ein Freudengeheul, ein Jubelgebell: „Dicke Milch!“

Sie aßen beide aus derselben Schüssel, rechts der Flox, links der Jan, Jan mit dem Kochlöffel und Flox mit der Zunge.

Sie teilten redlich wie zwei Brüder. Den Rest durfte Flox allein auslecken.

Gestärkt stöberten sie in der Küche herum und gingen im Hinterzimmer und in der Kammer auf Entdeckungen. Da fanden sie zuerst ein paar Streichhölzer und ein Stück Stearinkerze, eine blaue Küchenschürze, eine Mundharmonika, dann einen alten Kalender. Jan guckte ihn an und da – da fiel ihm plötzlich ein: Heute war ja sein Geburtstag! Heute war der vierzehnte September, der nun schon zu Ende ging.

„Flox, ich habe Geburtstag! Komm, gratuliere mir, gib Pfötchen!" Flox setzte sich auf die Hinterbeine, und weil er froh war, daß sein Kamerad sich freute, gab er ihm gleich beide Pfoten auf einmal.

Früher hatte ihm die Mutter immer einen Geburtstagstisch gedeckt, die gute, liebe Mutter. Aber als dann voriges Jahr der erste Schnee fiel, war sie gestorben. Jetzt lag sie draußen auf dem Friedhof hinter dem Ort. Jan wollte es machen wie damals seine Mutter. Er legte die blaue Schürze als Decke auf den Tisch. Dann kamen die Geschenke: der alte Kalender, der ihn auf den guten Einfall gebracht hatte, die Mundharmonika als Glanzstück und anstelle des Kuchens die braune Dickmilch-Schüssel. Er nahm das Stück Stearinkerze, pflanzte es mitten in die Schüssel und rieb eins von den Streichhölzchen an.

Warm und freundlich spiegelte sich das Lebenslicht in zwei treuen Hundeaugen, die ernst und aufmerksam der Bescherung folgten. Es war richtig feierlich. Die Sonne versank hinter den Birken an der Rawka-Brücke.

Nun ist es Zeit zu einem Streifzug durchs Dorf, dachte der Junge, denn richtig satt war er noch nicht. Der Hund, der sich schon längst mit ähnlichen Gedanken getragen hatte, sprang an ihm empor. Jan nahm die Mundharmonika vom Tisch, blies hinein: *tuuuu huuuuh, tuu* – doch mitten im Ton brach er ab.

Von fern her kam ein dumpfes Brüllen, immer näher und näher. Das mußten sie sein, die Deutschen, vor denen das ganze Dorf und die russischen Soldaten fortgelaufen waren. „Rrah! Rrah!" schrien sie. „Rrah – rrah – hurrrah!"

Immer lauter wurde das Gebrüll, immer größer Jans Angst. Zitternd kletterte er auf den mächtigen Ofen und verkroch sich in der hintersten Ecke. Den Flox hatte er zu sich heraufgehoben. Der Hund war jetzt sein einziger Schutz.

Ein paar alte Lappen, die er auf dem Ofen fand, deckte er über sich und seinen Gefährten. Vielleicht würde man sie so übersehen.

Schwere Schritte kamen auf das Wirtshaus zu. Jetzt dröhnten sie im Gang. Die Tür der Wirtsstube ging auf.

„Jemand hier?“ rief eine rauhe Stimme. Jan regte sich nicht. Auch der Hund lag wie tot. Ein armseliger Haufen Lumpen mit einer menschlichen und einer tierischen Seele wartete auf das Ende.

Jan wird ein Kanonentier

Es GIBT viele Arten von Kanonen, aber alle haben den Zweck, mit ihren Geschossen Menschen zu töten und menschliches Eigentum zu vernichten. Noch nie sind Kanonen von selbst losgegangen. Erst müssen Menschen dasein, die die Kanonen dorthin richten, wohin die Geschosse fallen sollen, und die sie dann abfeuern. Die Menschen, die die Kanone bedienen, nennt man Kanoniere.

Zwanzig Kanoniere lagen in der engen Wirtsstube dicht aneinandergepreßt auf dem Boden und schnarchten. Ihre schweren Stiefel hatten sie ausgezogen und vor ihre Füße gestellt. Ihre Ledergürtel, an denen ein rotbrauner Brotbeutel hing sowie zwei schwarze Taschen und ein kurzer Säbel, das Seitengewehr, lagen daneben. Als Kopfkissen diente ihnen der Tornister. Außerdem hatte jeder Kanonier ein Gewehr. Diese Gewehre, auch Karabiner genannt, lehnten neben den Tornistern an der Wand.

Zwanzig Kanoniere schnarchten und träumten. Alle träumten von zu Hause und lächelten im Schlaf. Es war ja noch nicht lange Krieg: seit dem ersten August. Jetzt brach der fünfzehnte September an. Kaum einer der Kanoniere konnte sich vorstellen, daß er zu Weihnachten nicht wieder daheim wäre. Der oberste Kriegsherr hatte es selbst gesagt, und die guten Leute glaubten es: Weihnachten sind wir wieder bei Muttern.

Die Sonne ging auf, aber die Kanoniere schliefen noch. Sie hätten wohl noch eine ganze Weile gepennt, aber da tat es plötzlich einen Bums – „Au, verdammich!“ schrie der dicke Kanonier Albin Rosenlöcher. Als er die Augen aufsperrte, sah er es: Ein zerlumpter Junge war von oben direkt auf ihn gefallen. Kanonier Rosenlöcher lag nämlich dicht neben dem Ofen.

„Elender Kriepel, kannste nich uffpassen!“ schimpfte er. „Wenn ich nich so miede wär, tät ich dir eene runterhauen. Haste auf der ganzen

Welt keinen anderen Sitzplatz erwischt als meinen Globus?“ Er hätte bestimmt noch weitergeschimpft, aber die andern Soldaten waren durch den geräuschvollen Besuch aufgewacht, und als sie sahen, was passiert war, schrien sie durcheinander: „Da guckt mal her! Der dicke Rosenlöcher hat heute nacht ’n Kind bekommen!“ – „Gratuliere, Babba Rosenlöcher! Strammer Junge, ganz der Papa.“ Die Stube dröhnte vor Gelächter. Der gefoppte Rosenlöcher mußte selbst lachen. Jan wußte gar nicht, wie ihm geschah. Er hatte sich wohl im Schlaf herumgewälzt, und da mußte er vom Ofen gefallen sein. Jetzt stand er mitten in dem Lärm und wagte keinen Mucks.

Wenn zwanzig Soldaten einen armen, verschlafenen Jungen auslachen, ist das für den nicht zum Lachen. Besonders wenn er sich in einem Zustand befindet wie Jan. Sein Hemd war so verdreckt, daß man nicht erkennen konnte, ob es von Natur grau, rot oder braun war. An der linken Schulter und am rechten Ärmel war es aufgerissen, und die Hosen, die um seine Beine schlotterten, hatten mehr Löcher als heile Stellen. Und erst die Füße! Da war so viel Schmutz dran, daß von Füßen überhaupt nichts zu entdecken war. Ein Glück, daß er sein Gesicht nicht sah. Dann hätte er sich noch mehr geschämt. Kreuz und quer über diesen Kopf mit den strohgelben Haaren und den hellen blauen Augen liefen breite kohlschwarze Striche.

Die Lacher hatten sich etwas beruhigt, und Rosenlöcher sagte: „Hab keene Angst, Kleener, es tut dir hier niemand was. Sonst kriegt er ’n paar von mir gelaatscht. Nu sag mir mal, was du eigentlich hier verloren hast?“ Das sagte er in der Mundart seiner Heimat Sachsen. Jan guckte verdutzt. In Koptschowka sprach man ein ganz anderes Deutsch.

„Wer seid ihr denn?“ fragte er zaghaft.

„Was wir sind? Kanoniere, was denn sonst? Königlich preußische Kanoniere“, riefen sie durcheinander.

Jan verstand immer noch nicht recht. „Ihr seid doch Menschen?“ wollte er wissen.

„Mensch, hältst du uns vielleicht für Boomaffen?“ fragte einer mit schwarzem Vollbart.

„Sie haben doch gesagt, Sie wären Kanonentiere“, meinte Jan verlegen lachend.

Da ging es erst los: „Haste gehört? Kanonentiere! Hohoho! Der Junge ist gut, hahaha!“

„Wauwauwauwau! Wauwauwauwau!" übertönte da ein wildes Gebell das Gelächter. Es war Flox, der in großer Wut vom Ofen herunterkläffte. Mit gespreizten Beinen und gefletschten Zähnen stand er da.

„Was is'n das für 'n kleener Eisbär?" fragte Rosenlöcher lachend.

Der Alte mit dem Vollbart erklärte: „Das ist doch kein Eisbär, das ist 'n Waschbär, der sich nicht gewaschen hat."

„Aber er sieht dir ähnlich, Distelmann!" wieherte der lange Hottenrot.

„Oho, wieso?" brummte der Vollbart.

„Na, bei dir sieht man doch auch vor lauter Haaren die Schnauze nicht, Mensch!"

„Tut ihn weg!" schrie ein Magerer namens Senf. „Das ist 'ne reitende Flohkaserne!" Und er zog sich die Stiefel an.

Der kleine Behr, ein junger Kanonier mit blassem Gesicht und zarter Haut, musterte Flox durch seine große Hornbrille und sagte: „Das ist eine Kreuzung von einem Rollmops und einem Bettvorleger."

Das Spektakel hätte kein Ende genommen, wenn nicht plötzlich die Tür zum Hinterzimmer aufgegangen wäre. Ein junger Mann mit einem festen, sonnengebräunten Gesicht und hellen, klugen Augen blickte in das Durcheinander. An seinem graugrünen Soldatenrock hing an einem schwarzweißen Band ein schwarzweißes Kreuz aus Eisen, und seine langen Beine steckten in glänzendbraunem Leder. Das war der Oberleutnant. Bei seinen Leuten hatte er den Spitznamen „der weiße Rabe", denn er hatte über alle Dinge seine eigene Ansicht, und das ist beim Militär beinahe so selten wie ein Rabe mit weißem Gefieder. Mit seinem wirklichen Namen hieß er Hans Alert.

„Was ist denn hier für ein Krach?" fragte er.

„Melde gehorsamst, Herr Oberleutnant", rief einer der Männer und stand dabei steif wie ein Besen, „der Rosenlöcher hat ein Kind bekommen."

„Wie bitte?"

„Und der Distelmann hat 'n kleenen Hund bekommen, Herr Oberleutnant", erklärte Rosenlöcher, „die Ähnlichkeit ist geradezu verblüffend."

„Grinst nicht so!" befahl der Offizier und gab sich Mühe, ein ernstes Gesicht zu machen. Dann wandte er sich an Jan: „Wie heißt du?"

„Jan, Panje!"

„Jan Panje?" wiederholte der Oberleutnant. „Komischer Name."

„Nein, Panje", versetzte Jan, „ich heiße *Jan,* Panje."

„Also, das kapier ich nicht: Du heißt nicht Jan Panje und heißt Jan Panje. Nun mal raus mit der Sprache! Vorname?"

„Jan, Panje."

„Also: Jan. Den Panje schenk ich dir. Und dein Nachname?"

„Kubitzki, Panje."

„Das heißt: Herr Oberleutnant!"

„Ja, Pan ... Herr Oberleutnant."

„So ist's recht. Was ist denn das für ein Hundevieh da oben?"

„Das ist kein Vieh, Herr Oberleutnant, das ist mein Freund Flox."

Flox sprang vom Ofen herunter.

„Seid ihr hier aus dem Dorf, du und dein Freund?" fragte Alert.

„Ja, Herr Oberleutnant."

„Und wart ihr allein hier?" Jan nickte. „Das muß verdammt ungemütlich gewesen sein, was meint ihr?" fuhr der weiße Rabe fort und sah seine Leute an, die jetzt ernst und nachdenklich auf den Jungen blickten. Und nach einer Pause sagte er: „Tja, dann bist du also unser Gefangener. Hm! Der einzige Gefangene bei der heldenhaften Einnahme von Koptschowka."

Jan war bei dem Wort „Gefangener" zusammengefahren. Gefangener? dachte er. Gefangen werden doch nur Diebe, Einbrecher, Räuber oder tollwütige Hunde. Was hatte er denn verbrochen?

„Kannst du Polnisch, Junge?" fragte der Offizier weiter.

„Ja freilich, Herr Oberleutnant, das muß ich doch können."

„Mußt? Warum?"

„Weil der Panje polnisch spricht und der Onkel und die Goloborotka und –"

„Natürlich", sagte Alert und wandte sich zur Tür. „Na, wollen mal sehen, was sich da machen läßt. Gebt dem Jungen vor allen Dingen ordentlich zu essen! Hast du Hunger?"

„Ja, Herr Oberleutnant, der Flox auch."

Kaum war der weiße Rabe fort, gab es wieder Lärm. Sie schimpften auf den Krieg, den verdammten.

„Warum macht ihr Krieg", fragte Jan, „wenn er verdammt ist?"

„Dummer Bub!" sagte Distelmann. „Weil wir müssen. Meinst du, es hätt uns einer gefragt?"

Das verstand Jan. Sein Väterchen hatte ja auch einrücken müssen, aber der Rosenlöcher rief, während er seine Haare mit einer Bürste bearbeitete: „Wir kämpfen in eenemweg für König und Vaterland, wir hören gar nich mehr uff!" Er gab Jan die Bürste, damit er seinen blonden Schopf in Ordnung brachte.

„Wir kämpfen für die deutsche Kultur, kleiner Panje", sagte Fritz Behr. Das verstand Jan nicht.

„Ihr kämpft alle miteinander nur für den Schädel des Negerhäuptlings Makaua." Alles blickte verwundert auf den Sprecher. Es war ein großer sehniger Kerl mit brauner Haut und braunem Haar, das an den Schläfen grau wurde.

„Für was, Cordes? Was für ein Schädel?"

„Ach, das ist bloß so eine Geschichte aus Afrika. Fiel mir grade ein. Ich war doch acht Jahre unten in den Kolonien."

„Dann schieß mal los, Cordes!" ermunterte ihn Rosenlöcher. „So was Afrikanisches interessiert mich immer."

„Das erzähl ich euch ein andermal", wehrte Cordes ab. „Jetzt will ich mich waschen." Dabei drückte er Jan ein schwarzes Blechgeschirr in die Hand: „Hol Wasser, kleiner Panje, los! Kannst dich auch gleich waschen. Da ist Seife. Aber wiederbringen, hörst du?"

„Für den Babba bringst du auch 'n Liter mit", sagte Rosenlöcher und gab Jan ein zweites Blechgeschirr in die andere Hand. „Damit du nicht einseitig wirst."

Jan hätte gern vorher gefrühstückt – der Oberleutnant hatte doch vom Essen gesprochen –, aber er hielt es für ratsam zu folgen. Als er die Tür aufmachte, schoß ihm der Flox zwischen den Beinen durch ins Freie.

Jan wollte eigentlich zum Ziehbrunnen hinter dem Haus von Onkel Peter, aber da standen so viele Soldaten herum. Also ging er lieber hinab zur Rawka. Da brauchte er das Wasser nicht erst zu schöpfen, sondern konnte mit beiden Füßen hineinspringen.

Ah, das war eine Wohltat! Das Wasser der Rawka färbte sich von all dem Dreck ganz dunkel. Dann kam der Flox dran und wurde eingeseift und abgespült. Er hielt geduldig still. Die Rawka färbte sich zum zweitenmal dunkel.

Jetzt saß Jan wie ein Großer im Wirtshaus, um ihn herum die Soldaten. In der Hand hatte er eine dicke Scheibe Brot. „Da haste auch was zum Schmieren", sagte Babba Rosenlöcher schmunzelnd und schob ihm eine Dose hin, „aber nicht gleich so dick, mein Sohn. Das ist nämlich Butter von 'ner richtigen Kuh."

In der Mitte der Stube saß Flox auf den Hinterbeinen und schnupperte. Da gab ihm jeder der Soldaten ein Stückchen ab, und von Jan bekam er gleich zwei, machte zusammen zweiundzwanzig Happen.

„Na, Leute", rief Oberleutnant Alert, der von draußen hereinkam, „wenn's euch man schmeckt! Jetzt habt ihr also einen neuen Kameraden." Dann sagte er zu Jan: „Wie wär's, Junge, willst du bei uns bleiben? Weißt doch sicher hier in der Gegend Bescheid, Polnisch kannst du auch. Da könnten wir dich schon brauchen."

Jan wurde vor Stolz und Freude rot. Er mußte doch ein tüchtiger Kerl sein, wenn man ihm das anbot! Aber der Onkel! Was würde der dazu sagen?

„Ich möchte schon, Herr Oberleutnant", brachte er stockend hervor, „aber – der Onkel ..."

„Der schlägt dich wohl, wenn du es ihm sagst?" Jan schwieg verlegen. „Kann ja mal ein Wörtchen mit ihm reden", meinte der weiße Rabe. „Wo ist er denn?"

Jan zuckte die Achseln. „Weiß nicht, Herr Oberleutnant. Sind alle vor euch weggelaufen."

„Überleg dir's!" sagte der Offizier und strich Jan über den blonden Schopf. „Hast ja Zeit. Wir bleiben vorläufig hier." Dann befahl er den Leuten: „Macht, daß ihr fertig werdet. Die Batterie geht hinter dem Dorf in Stellung. Um acht muß Schußbereitschaft gemeldet werden."

Leben kam in die Bude. Rasch stopfte jeder den letzten Bissen in den Mund, band sich das Lederzeug um und rannte hinaus. Allen voran Flox.

Was hat er nur, der Hund? dachte Jan. Der ist ja ganz verrückt. Erst sauste er hinüber zum Haus des Onkels, wo noch immer die vielen Soldaten standen, dann kam er mit eingezogenem Schwanz langsam zurück, drückte sich an Jan und stieß ihn mit der Schnauze. Darauf lief er wieder in die Richtung des zerschossenen Hauses. Jan folgte und schlüpfte hinter ihm her durch die Menge.

Heilige Mutter Gottes, was war das? Ein Zittern lief durch seinen Körper, es wurde ihm heiß und kalt: Dort im Schutt zwischen verkohlten Latten und Balken lag lang ausgestreckt und mit bloßen Füßen Onkel Peter. Viele schwarze Fliegen saßen in dicken Klumpen auf seinen blaugeschwollenen Händen. Die Schnapsflasche, die Jan ihm vorgestern aus dem Wirtshaus gebracht hatte, lag zerbrochen neben ihm.

„Den hat's im Suff gepackt", sagte eine Stimme, und eine zweite: „Legt ihn doch endlich auf eine Decke!"

Jan stand wie gelähmt. Obwohl die Sonne schien, fror er bis ins Mark. Die Soldaten legten den Toten auf eine graugrüne Zeltbahn und hoben ihn auf.

„Was willst du denn hier, Kleiner?" fragte ein breitschultriger Mann mit goldener Borte und einem großen Knopf am Halskragen.

Jan konnte kein Wort herausbringen. Aber da hörte er auf einmal die vertraute Stimme seines Babba Rosenlöcher: „Das ist unser Jan, Herr Feldwebel, das ist vielleicht 'n tapferer Junge! Der war gestern bei der großen Schießerei der eenzige im ganzen Ort."

„Bis auf den da", erwiderte der Feldwebel und wies mit dem Kopf auf die Leiche des Onkels, die gerade um die Hausecke getragen wurde. „Hast ihn gekannt?"

Jan nickte: „Mein Onkel."

„Was du nicht sagst: der Onkel! Na, Kopf hoch, Kleener", tröstete Rosenlöcher. „Der kann dich nu nich mehr verdreschen, jetzt kannst du doch machen, was du willst, brauchst ihn nich mehr zu fragen, ob du mit uns gehen darfst. Bei uns drischt dich keener, da pass' ich schon uff. Ich bin jetzt dein Babba." Damit nahm er den Jungen bei der Hand, und während sie die Straße hinunter zur Wiese gingen, erzählte er von seinem Jungen daheim in Sachsen, seinem Oskar. „Willst mal 'n Bild von ihm sehen? Da!" Er zog aus seinem grauen Rock eine Fotografie. Darauf war ein Junge zu sehen, der genau so ein gutmütiges Vollmondgesicht hatte wie der Babba. Den rechten Fuß hatte er auf dem Pedal eines Fahrrads, als wolle er gerade aufspringen. „Wenn du mal zufällig nach Plauen kommst – weißt du, Plauen im Vogtland –, dann besuchst du uns mal. Wir haben eine Kolonialwarenhandlung", setzte er stolz hinzu.

„Darf ich dann auch radfahren?" fragte Jan.

„Nu, allemal", versicherte Babba.

„Babba!" schrie Jan entsetzt und deutete geradeaus zur Wiese. „Da sind Kanonen!" Vor ihnen standen vier graue Ungetüme. Die Rohre mit ihren finsteren Mündungslöchern waren auf die Ankommenden gerichtet.

„Die tun dir nischt. Wenn ich und der Oberleutnant nicht wollen ..."

„Jan!" rief Oberleutnant Alert, der die beiden bemerkt hatte. Er saß auf einer grau gestrichenen Kiste bei den Kanonen. Jan lief hin. Der Offizier hatte auf seinen Knien eine Landkarte, auf der er mit dem Finger herumsuchte. „Sag mal, Jan, du weißt doch sicher, wo Pollnow liegt?"

„Da drüben!" antwortete Jan und zeigte mit der Hand die Richtung.

„Brav! Weißt du vielleicht auch hier in der Nähe einen Platz, von dem aus man Pollnow sehen kann?"

Jan fiel eine Kiefer ein, auf die er einmal geklettert war, um ein Krähennest auszunehmen. Dabei hatte er auch Pollnow gesehen.

„Da ist ein Baum", sagte er, „nicht weit von hier. Wenn man hinaufklettert ..."

„Wird gemacht", unterbrach der Oberleutnant, „kannst uns gleich hinführen."

Wenige Minuten später bewegte sich ein kleiner Zug durch die Felder. Voran sprang Flox, dann kam der weiße Rabe mit Jan und einem Soldaten, der ein Gestell schleppte und ein großes Futteral, in dem, wie Jan auf seine Frage erfuhr, ein Fernrohr war. Zwei andere Soldaten trugen eine lange Leiter.

„Sind Sie auch Kanonier?" fragte Jan den Mann mit dem Fernrohr.

„Nein, kleiner Panje, ich bin Gefreiter, das ist beinah soviel wie ein Unteroffizier."

„Tun Sie auch mit der Kanone schießen?"

„Nein", antwortete der Gefreite, „ich beobachte durch dieses Fernrohr, ob die andern richtig geschossen und das Ziel getroffen haben."

„Dann müssen Sie doch gesehen haben, daß ich allein im Dorf war. Warum haben Sie den andern nicht gesagt, daß sie nicht richtig schießen?"

Der stolze Gefreite schwieg verlegen, aber Alert, der das kurze Gespräch angehört hatte, sagte: „Der Junge ist in Ordnung. Na, wie ist's, Jan? Willst du bei uns bleiben?"

„Wenn ich darf, Herr Oberleutnant. Da ist der Baum." Er deutete auf eine Kiefer, die vor ihnen aus dem Gehölz ragte.

Die Soldaten stellten die Leiter an den Baum, dann nahmen sie das Fernrohr aus dem Behälter und hoben es vorsichtig hinauf ins Geäst.

Bald saß Jan mit Alert und dem Fernrohr oben, zeigte dem Oberleutnant die Kirchturmspitze von Pollnow und alles, was er sonst noch wissen wollte. Alert hörte aufmerksam zu. Flox saß am Fuß der Kiefer.

Als Jan, fix wie ein Eichhörnchen, den Stamm hinunter zur Erde kletterte, sah ihm Alert sehr freundlich, beinahe bewundernd nach und sagte zum zweitenmal: „Der Junge ist in Ordnung." Dann befahl er dem Gefreiten: „Häberlein, lassen Sie dem Kleinen Sachen geben: Rock, Hose, Schuhe und vor allem saubere Wäsche! Bist doch so ein netter Bengel, Jan, darfst nicht so zerlumpt herumlaufen, wenn du bei uns bleiben willst. Kannst dir dort auch gleich die Haare schneiden lassen."

„Dem Flox auch, Herr Oberleutnant? Ich glaube, er hat es sehr nötig."

Auf der Wiese hinter den Kanonen stand ein Wagen, der mit einer Menge Sachen vollgepackt und mit Zeltbahnen überspannt war. Das war der fahrende Kleiderschrank der Kanoniere.

„Haste schon mal so 'n kleenen Kanonier jesehen? Jibt's ja jar nich!" spaßte der Kammerunteroffizier, als der Gefreite Häberlein für Jan um Kleidung und Wäsche bat. Nach langem Suchen und Anprobieren fand sich aber schließlich noch eine Hose, die man unten nur zehn Zentimeter umzukrempeln brauchte. Auch die Wäsche, der Rock und die Schuhe waren auf Wachstum eingerichtet, und was die Mütze anging, so war es gut, daß Jan zwei Ohren am Kopf hatte. Seine Kopfbedeckung wäre ihm sonst bis zur Nasenspitze gerutscht. Aber nach Ansicht des Kammerunteroffiziers paßte alles ausgezeichnet.

„Wie von einem allerersten Berliner Schneider!" bemerkte Häberlein lachend und kommandierte: „Linksum kehrt, antreten zum Haarschneiden!" Ein Frisier-Soldat stand schon bereit und klapperte mit der Schere.

„Zuerst den Flox!" bat Jan.

„Aber dann den Panje. Glaub nur nicht, daß du uns entkommst!" drohte Häberlein. Dann hielt er den Hund fest, der die Schere des Frisier-Soldaten mißtrauisch anknurrte. Es war eine Heidenarbeit. Als fast zwei Pfund Wolle heruntergesäbelt waren, rief Häberlein voll Erstaunen: „Mensch, das ist ja ein Pudel! Ich hab gedacht, das ist 'n Wollschaf, das bellen kann."

Auch Jan war nach dem Haarschneiden verwandelt. Als ihm der

Babba einen Spiegel vorhielt, wußte Jan erst nicht, wen er da erblickte: Ein Soldat sah ihm entgegen, einer von den deutschen Soldaten, vor denen ganz Koptschowka davongelaufen war, vor denen er sich zu Tode gefürchtet hatte – und dieser Soldat war er, der Jan. Er konnte es immer noch nicht begreifen.

Rosenlöcher hatte seinen Schützling von der Seite beobachtet. Er legte ihm die Hand auf die Schulter und sagte: „Siehste, mein Sohn, nu biste auch 'n Kanonentier."

Was sollen die Soldaten essen?

WENN eine Kanone einen Schuß getan hat, dauert es einige Sekunden, bis sie wieder schießen kann. Die Kanoniere müssen ein neues Geschoß in das Rohr stecken, und der Richtkanonier muß das Rohr wieder dorthin richten, wo das Geschoß einschlagen soll. Einige Sekunden lang gibt die Kanone Frieden.

Die Menschen aber wollen auch keine fünf Sekunden lang Frieden geben. Deshalb stellen sie immer mehrere Kanonen nebeneinander auf. Während das erste Geschütz Frieden gibt, schießt das zweite, dann die übrigen, und wenn das letzte geschossen hat, ist das erste wieder in Schußbereitschaft.

So einen Verein von vier oder sechs Geschützen samt allem, was dazugehört an Menschen und Pferden, Wagen und Geschossen, nennt man eine Batterie. Einen Verein von mehreren Batterien nennt man ein Fußartillerie-Bataillon. Jene Batterie, deren Bekanntschaft Jan auf so merkwürdige Weise gemacht hatte, zog Sonnabend, den neunzehnten September 1914, durch Pollnow, das Dörfchen, dessen Kirchturmspitze Jan am Tag nach der Beschießung von Koptschowka dem Batterieführer Alert gezeigt hatte. Immer weiter gen Osten, hinter den Russen her.

Zweihundertfünfzig Kanoniere stapften, Tornister und Gewehr auf dem Buckel, Helm auf dem Kopf, hinter Offizieren, Geschützen und Munitionswagen durch den tiefen Sand. Eine dichte Staubwolke zog mit den Marschierenden. Der Oberleutnant ritt auf einer braunen Stute voran. Früh um fünf waren sie von Koptschowka aufgebrochen. Jetzt war es fünf Uhr nachmittags. Die Zugpferde schleppten sich über den sandigen Boden, die Mägen der Kanoniere knurrten, und durch ihre Reihen lief ein Wort, das geläufigste Wort der Soldatensprache: Kohldampf. Kohldampf heißt Hunger.

Beim nächsten Halt sagte Alert: „In zwei Stunden sind wir hoffentlich am Ziel. Wenn der kleine Panje den Unteroffizier Jakob richtig führt, ist der Verpflegungswagen noch vor uns an Ort und Stelle. Dann gibt's auch Post und Zigarren. So lange werden wir es schon aushalten." Und schließlich kommandierte er: „Singen!" Ein Lied macht Mut. Der kleine Behr schmetterte los, und die ganze Batterie stimmte ein. Der Schritt wurde fester, der Staub wirbelte höher, Hunger und Müdigkeit schienen vergessen.

Was sollen die Soldaten essen,
Kapitän und Leutenant? Vallera!
Gebacknen Fisch mit Kressen,
den sollen die Soldaten essen ...

Jan war schon um Viertel vor fünf in der Frühe mit dem Unteroffizier Jakob und dem Verpflegungswagen in Richtung Gradicz aufgebrochen. Flox reiste natürlich mit. Er lag im Wagen auf einem Haufen leerer Säcke und schlief. Jan saß auf dem Bock neben dem Kutscher, einem Soldaten namens Schnabel, und wies ihm den Weg. Schnabel hatte eine hohe, zwitschernde Stimme, weshalb ihn die anderen „Vogelschnabel" nannten. Der Unteroffizier hockte auf dem Sitzbrett im Wagen und studierte eine Landkarte. Aber er wurde nicht klug daraus.

Die Fahrt ging in leichtem Trab die Rawka entlang durch verlassene Felder. Nirgends war ein Bauer zu sehen, nirgends Vieh. Nur Frösche quakten in Tümpeln und Teichen.

Im Schritt ging es durch Trabcine, das aus zwei Reihen dürftiger Hütten bestand. Hier begegneten ihnen Soldatenwagen, die von andern Truppenteilen kamen und auch nach Gradicz wollten, um Fleisch, Brot, Salz, Schmalz, Zucker, Kaffee und Tabak für die Soldaten und Futter für die Pferde in Empfang zu nehmen. Wenn sie nur den Weg gewußt hätten! Aus den Karten konnte kein Mensch klug werden. Jan zeigte allen den Weg durch die weiten, unwegsamen Wälder von Wielki.

Gegen Mittag belebte sich die Straße. Der Wald war zu Ende. Sie näherten sich dem Städtchen Gradicz. Immer mehr Soldaten kamen, immer mehr Wagen. Manchmal ging es überhaupt nicht weiter.

Sie mußten sich ganz rechts am Straßengraben halten, denn auf der linken Seite drängte sich's in entgegengesetzter Richtung: viele lange graue Reihen von Soldaten, Kanonen, Kanonen, Soldaten, alles eingehüllt in Staub.

„Das ist die achtzehnte Division", sagte Jakob.

Autos kamen vorbei. Jan wurde ganz wirr, er hatte noch nie ein Auto gesehen. In einem saß ein blitzender Soldat: Am Rock prangte viel Gold und Rot, nur seine Haare waren grau. Jakob erklärte, das sei der General. Der habe über all die Soldaten und Offiziere zu befehlen, die Jan gesehen hatte. Denn alles zusammen gehöre zur achtzehnten Division, sei aber noch lange nicht alles. Und die achtzehnte Division sei eben die achtzehnte, vorher gäbe es noch siebzehn andere ebenso große Divisionen und nachher auch noch welche, er wisse selbst nicht wie viele. Jan wurde schwindlig. Die ganze Welt war voll deutscher Soldaten.

So ein Leben wie in diesen Tagen hatte das Städtchen Gradicz noch nie gesehen. In dem kleinen Bahnhof rollten endlose Güterzüge ein, die entladen und umrangiert wurden. Schwere Lastautos hielten an den Zügen, nahmen Güter in Empfang und ratterten hochbeladen zum Marktplatz, um sie auf die dort wartenden Wagen der einzelnen Truppen zu verteilen.

Dies war jedoch nicht ganz einfach. Auf dem Markt herrschte ein solches Durcheinander von Menschen und Fahrzeugen, daß man weder aus noch ein wußte. Das war ein Geschrei und Geschimpfe, ein Tuten und Wiehern, ein Gefluche und Geknall, daß man sein eigenes Wort nicht verstand.

Jakob hatte inzwischen die Zügel selbst in die Hand genommen und kutschierte mitten durch das Gewühl geradewegs auf die Berge von Lebens- und Futtermitteln zu, die in der äußersten Ecke des Platzes aufgestapelt lagen. Die andern Karrenlenker und Unteroffiziere – wer weiß, wie lange sie schon herumstanden und warteten – schimpften hinter ihm drein, aber das war Jakob gleich. Er fuhr.

Endlich waren sie vor dem Futterberg angelangt, hinter ihnen ein brodelndes Meer wartender Wagen. Aber Jakob schaute nicht hinter sich, sondern nur nach vorn auf die vielen Kisten und Säcke und die Soldaten, die sie verteilten. Einer von ihnen saß hinter einem Tisch und schrieb auf. Jakob reichte ihm einen Zettel mit Alerts Unterschrift; darauf stand, was er zu kriegen hatte.

Aber da kam auf einmal ein feiner Herr in hellgrauem, nagelneuem Rock mit hohem Kragen. Im linken Auge trug er ein rundes Glas, in der rechten Hand eine Reitpeitsche. Er fragte Jakob mit schnarrender Stimme: „Woher? Welche Batterie?“

„Siebente Batterie, Fußartillerie-Bataillon siebzehn“, sagte Jakob und ärgerte sich. Was hatte der Laffe danach zu fragen? Das stand doch auf dem Zettel, den er dem Schreibsoldaten gegeben hatte.

„Kann warten“, knurrte der junge Leutnant mit dem Einglas und fuchtelte mit der Peitsche in der Luft herum.

„Nein, Herr Leutnant, das kann ich leider nicht“, erwiderte Jakob, „ich muß zu meiner Batterie, das dauert über vier Stunden, und wenn ich hier warten muß ...“

„Dann müssen Sie eben warten“, unterbrach der Leutnant, „ich habe meine Zeit auch nicht gestohlen.“

„Das hoffe ich“, versetzte Jakob.

Nun aber ereiferte sich der Held mit der Reitpeitsche! Mit hochrotem Kopf fuhr er auf Jakob los und schnauzte: „Wollen sich hier wohl mausig machen? Das werde ich Ihnen anstreichen! Bei mir sind Sie an den Falschen gekommen.“ Er befahl den Soldaten, die die Verteilung besorgten: „Der hier kriegt zuletzt, wenn alle andern haben, verstanden?“ Dann zu Jakob: „Jetzt können Sie sich von Ihrem Batterieführer noch einen Anschnauzer holen, weil Sie nicht rechtzeitig zurückgekommen sind, Mahlzeit!“ Dabei schlug er dem Rappen vor Jakobs Wagen mit der Reitpeitsche über die Nüstern und ging.

Aber er kam nicht weit. Mit fünf Schritten hatte Jakob ihn eingeholt, stellte sich ihm in den Weg und sagte: „Ich verbitte mir das ganz entschieden, Herr!“

„Sie ... wagen es, mir zu widersprechen? Ich werde Sie auf der Stelle verhaften lassen! Wissen Sie, was es heißt, einem Vorgesetzten zu widersprechen? Das ist Insubordination, Aufruhr vor versammelter Mannschaft. Darauf steht im Krieg der Tod. Sie werden mich kennenlernen!“

Jan bekam mächtige Angst, aber Jakob sah dem Wütenden ruhig in die Augen und machte eine Verbeugung: „Ich brauche Sie nicht erst kennenzulernen, ich kenne Sie genau, Herr Heribert König, mein Name ist Rechtsanwalt Dr. Jakob.“

Der Angeredete fuhr zusammen. Wie ein Angeklagter, dachte Vogelschnabel.

Jakob, leise, jedes Wort geschärft: „Vielleicht ist Ihnen mein Name von früher her geläufig. Aber lassen wir das Frühere. Dieser Rappe ist deutsches Heereseigentum. Sie haben ihn geschlagen. Den Feind haben Sie noch nicht geschlagen. Da haben Sie sich gedrückt, Sie schlagen lieber ein armes Tier, das seit heute früh um fünf den Wagen zieht. Wo waren Sie bis früh um fünf? Ich weiß Bescheid: im sogenannten ‚Klub der Harmlosen' bei Hauptmann Tziecke. Bei mir sind *Sie* an den Falschen gekommen. Wenn ich nicht auf der Stelle für dieses arme Pferd zehn Kilo Hafer extra bekomme, hat das Generalkommando noch heute eine Anzeige über Sie, und dann sind Sie Ihren angenehmen Druckposten hier für immer los."

Der junge Herr wurde blaß: „Herr ...", stotterte er, „ich ... ich glaube, ich höre nicht recht. Sie sprechen mit einem Vorgesetzten –"

„Bitte, schnell!" sagte Jakob. „Meine Zeit ist mir zu schade, die Kameraden warten. Wollen Sie, oder wollen Sie nicht? Ich bin in zehn Minuten beim Generalkommando." Damit gab er Schnabel ein Zeichen, daß der Wagen umkehren solle. Vogelschnabel nahm die Zügel und wollte anfahren.

Da geschah etwas, was Jan im Leben nicht erwartet hätte.

Als wäre gar nichts vorgefallen, rief der Leutnant einen Soldaten herbei und gab ihm den Befehl, Jakob sofort abzufertigen und ihm außerdem zehn Kilo Hafer extra zu geben. Dann grüßte er obenhin mit der Reitpeitsche und verschwand wie ein ausgeblasenes Licht.

Der vollgepackte Wagen fuhr durch das weite, menschenverlassene Land, durch ärmliche Dörfer mit niedrigen, strohgedeckten Hütten, durch Wälder und Lichtungen, an schilfumsäumten Teichen vorbei und an großen Schlössern, die in riesigen Gärten hinter hohen Mauern lagen, immer weiter und weiter. Es wurde Abend.

Die Batterie war inzwischen in ihrem neuen Quartier angelangt. Die Kameraden hielten nach dem ersehnten Wagen Ausschau, aber so eifrig sie auch in die Dämmerung spähten, es zeigte sich nichts. Cordes schichtete Holz und zündete ein Feuer an. Der weiße Rabe ging zurück zur Wegkreuzung und ein Stück ins Feld hinein. Auf einer Anhöhe zog er sein Fernglas aus dem Futteral, das er am Gurt trug, und suchte langsam den Horizont ab. In der Ferne bewegte sich etwas; ein Ding so klein wie ein Sandkorn. Aber das Körnchen wuchs und wuchs, es wurde ein Wagen daraus mit einem Pferd davor: Das waren sie.

Eine Stunde darauf zogen die Kanoniere mit ihren Blechgeschirren der Reihe nach zu dem dampfenden Kessel der Feldküche, und jeder nahm seine Portion in Empfang.

Die Post war schon ausgeteilt. Der lange Hottenrot hatte einen Brief von seiner Braut, Distelmann, der Vollbart, einen von Frau und Kind. Fritz Behr schnitt von einem Kuchen, den ihm seine Mutter in Bromberg gebacken hatte, Stücke ab und verteilte sie zum Nachtisch. Rosenlöcher hatte eine Konservendose geöffnet, in der sich „Prima Delikateßheringe" der Firma Albin Rosenlöcher, Plauen im Vogtland, befanden. Einen der leckeren Fische reichte er Jan, aber der war sogar zum Essen zu müde. Erst als ihm der Babba den Hering unter die Nase hielt und dazu sang: „Gebacknen Fisch mit Kressen, den sollen die Soldaten essen!", lächelte er mit halbgeschlossenen Augen und biß hinein.

Der Kohldampf hatte sich verflüchtigt. Nur noch Zigarren dampften in den Reihen der müden Batterie, und bald verloschen auch diese. Wieder eine Stunde später lagen die Kanoniere, dicht aneinandergedrängt wie die Heringe in Rosenlöchers Konservendose, auf der Streu und schliefen.

Ins Feld

Wie riesige Wölfe zogen die vier Geschütze der siebenten Batterie ins Feld, immer tiefer nach Rußland hinein, und hinter ihnen liefen die Kanoniere. Zwei Tage, vier Tage, sechs Tage. Durch Dörfer und Städte mit seltsamen weißen Kirchen mit grünen Dächern, durch riesige Wälder, über Sümpfe und Flüsse. Oft dachte Jan: Es ist schön, so zu marschieren. Die Soldaten hatten ihn gern, er war mit allen per du. Auch die Offiziere waren lieb zu ihm, und das Essen war besser als beim Onkel. Er bekam runde Backen wie damals, als die Mutter noch kochte, und seine Haut wurde braun. Nur die obere Hälfte der Stirn, dort wo die Mütze saß, blieb hell. Das war so bei allen Soldaten.

Auch Flox schien das Leben zu gefallen. Der dünne Senf mit der spitzen Nase, den die Kameraden Mostrich riefen und der vor dem Krieg Sattlergehilfe in Bromberg war, hatte dem Hund ein Halsband aus Leder gemacht, und Babba Rosenlöcher hatte einen Uniformknopf draufgenäht, wie ihn die Gefreiten als Abzeichen am Kragen haben. Nun hieß Flox überall Gefreiter Pudel.

Sie zogen immer weiter, acht Tage, zehn Tage, zwölf Tage. Am dreizehnten begann es zu regnen. Erst leise, dann stärker, schließlich kam es vom Himmel herunter wie Bindfäden. Der Herbststurm fegte über das endlose Land und schlug den Leuten den Regen hart ins Gesicht, daß ihnen die Haut weh tat. In den Wegen, auf denen sie fuhren, waren riesige Löcher, die sich bis zum Rand mit Wasser füllten. Ein Kind hätte darin ersaufen können.

Die Kanoniere hatten bald keinen trockenen Faden mehr am Leib. Das Wasser stand ihnen in den Stiefeln und schwappte bei jedem ihrer Schritte. Es regnete in ihr Essen. Das Brot, das schon durchnäßt ankam, war mit grünlichem Schimmel bedeckt. Aber es ging immer weiter. Einmal hieß es, in Frankreich sei eine große Schlacht gewonnen, der Krieg sei zu Ende. Aber der Krieg ging weiter, und der Vormarsch ging weiter. Bis zur Weichsel.

„Einmal ausschlafen!" stöhnte der alte Distelmann.

„Einmal 'ne trockne Kluft!" knurrte Mostrich und versuchte, sich das nasse Gesicht mit dem nassen Ärmel abzutrocknen.

„Einmal baden!" seufzte der kleine Behr und kratzte sich zum hundertstenmal.

„Haste noch nicht genug Wasser, du Rindvieh?" fuhr ihn Hottenrot an.

„Wie lange soll das noch so weitergehen?" murrte der Gefreite Häberlein, als der Zug stockte, und verkroch sich unter einem Geschoßwagen wie unter einem Regendach. „Ich hab gedacht, bei schlechter Witterung findet der Krieg im Saal statt."

„Mein liewer Schwan", sagte Mostrich. „Eh die nicht in Moskau sind, gibt's keine Ruh."

Der Regen hatte aufgehört. Die Batterie hielt vor einem Dorf. Alle hofften, dort zu übernachten. Sie hielten wohl nur, weil die vorausgeschickten Quartiermacher mit der Einteilung der Quartiere und Ställe noch nicht fertig waren. So war es ja immer. Immer warten und warten. Das waren sie gar nicht anders gewohnt: „Die längste Zeit des Lebens wartet der Soldat vergebens." Ob das eine, zwei oder fünf Stunden dauert, wer kann das wissen?

Also hockten sie sich auf die Fahrzeuge, hundemüde und dicht gedrängt. Einige dösten, einige schwatzten. „Wie wär's, Hottenrot", meinte Babba, „dreschen wir einen Skat?"

„Machste mit, Behr?" fragte der Angeredete. Behr wollte nicht.

„Mensch, sei keen Frosch", sagte Rosenlöcher, „solltest mal sehen, was die Herren Offiziere von der achten Batterie den ganzen Tag über spielen! Und die halbe Nacht! Da staunste Bauklötzer. Die spielen egal mit dem Hauptmann Tziecke."

„Der Ziege", verbesserte der lange Hottenrot.

„Ziege?" fragte Jan.

„Natürlich, das ist doch unser sogenannter Bataillonskommandeur", warf Behr dazwischen.

Hottenrot räsonierte: „Die Ziege besteht überhaupt nur aus Kartenspielen, Saufen und Fressen. Mensch, ich kann dir sagen, bei denen rollen die Taler."

„Alte Geschichte", hörte man eine Stimme sagen, die unter dem Geschütz hervorkam, „der Klub der Harmlosen!"

„Die kloppen nicht so 'n harmlosen Skat wie wir", fuhr Hottenrot fort, „die spielen um Geld. Was die in einer Nacht verspielen, verdient unsereiner kaum in 'nem Jahr. Ist auch schon 'ne Anzeige unterwegs, hat der Czech erzählt: Die Ziege und der Heribert König gewinnen 'n bißchen zuviel, sagt der Czech, das fällt auf."

„Für die ist der Krieg das beste Geschäft, aber keen anständiges", bestätigte Rosenlöcher.

„Mogelt die Ziege?" fragte Mostrich.

„Die mogelt wie zwee gelernte Falschspieler, sagt der Czech", berichtete Rosenlöcher, „kannst 'n ja fragen."

Und Hottenrot ergänzte: „Aber wenn's schießt, dann verdrückt er sich. Und was der schikaniert! Die Ziege schikaniert sogar den Alert. Die Ziege –"

„Pst!" machte Behr und gab Hottenrot einen Rippenstoß. Ein dicker Offizier mit aufgedunsenem Gesicht kam herangeritten.

„Die Ziege!" flüsterte Mostrich. Jan hatte noch nie so eine dicke Ziege gesehen, eine Ziege mit Schweinsäugelchen. Aufgeblasen wie ein Luftballon lenkte sie ihr Pferd geradewegs auf die Kanoniere zu, und an ihrer Seite ritt – Jan sperrte vor Staunen den Mund auf – der Leutnant aus Gradicz, das Monokel im feixenden Gesicht. Der Leutnant, der damals den Rappen gehauen und dem der Jakob Bescheid gesagt hatte.

Jan war aufgesprungen, er hätte sich am liebsten dünnegemacht. Doch von der andern Seite kam der weiße Rabe angeritten. Das beruhigte.

Die Ziege war schon ganz nah: „Was ist denn das für ein Rotzlümmel?“ Damit war Jan gemeint.

„Trägt Kaisers Rock, der Lausejunge“, hetzte König, „ein glatter Mißbrauch von Heeresgut.“

„Scheint ja eine saubere Batterie zu sein“, schnaubte die Ziege.

„Meine Batterie“, sagte Alert, der herangekommen war. „Ich muß Sie bitten, Herr Hauptmann, etwaige Klagen über meine Batterie bei mir, dem Batterieführer, oder bei der vorgesetzten Stelle, aber nicht bei meinen Leuten vorzubringen.“

„Das ist meine Sache“, fauchte die Ziege, „jedenfalls dulde ich nicht, daß Sie sich zu Ihrem Privatvergnügen kleine Jungen mit ins Feld nehmen. Ich erteile Ihnen den dienstlichen Befehl: Der Bengel wird abgeschafft mitsamt dem Dreckvieh da, dem Köter, und zwar sofort!“ Jan dachte, daß man sie jetzt fortjagen würde, ihn und den Flox. Wo in aller Welt sollten sie dann hin? Er sah ängstlich zu Alert empor, dessen Gesicht ganz böse wurde. So hatte ihn noch keiner der Kanoniere gesehen.

„Herr Hauptmann“, entgegnete der weiße Rabe, „der Bengel wird nicht abgeschafft. Er hat der siebenten Batterie und damit dem deutschen Heer gute Dienste erwiesen und kann sie dank seiner Geschicklichkeit, seines guten Willens und seiner Ehrlichkeit noch weiter leisten. Meines Wissens sind tüchtige Leistungen, von welcher Seite sie auch kommen, in der deutschen Armee nicht verboten. Wenn Sie, Herr Hauptmann, anderer Ansicht sind –“

„– dann verbiete ich es eben, Herr Oberleutnant“, brüllte die Ziege, „verstanden: ich, Ihr Vorgesetzter! Und damit ist es verboten, ein für allemal. Der Rotzlümmel wird abtransportiert, ins Gefangenenlager.“

Jan bekam einen furchtbaren Schreck. Doch der weiße Rabe sah der Ziege ruhig in die Augen, ritt dicht heran und erwiderte: „Verboten, Herr Hauptmann, ist zunächst einmal das Glücksspiel, um nicht zu sagen das Falschspiel. Ich hoffe, Sie verstehen mich, Herr Hauptmann.“

„Herr, was erlauben Sie sich?“ keuchte die Ziege, und ihr Gesicht wurde blau vor Wut. „Ich werde über Ihr unerhörtes Benehmen sofort Meldung erstatten. Ich bringe Sie vor das Kriegsgericht.“ Damit wandte er sein Pferd und rief, indem er sich noch einmal im Sattel umdrehte: „Siebente und achte Batterie rücken sofort nach Stuszczyn. Dort erwarten Sie weitere Befehle.“ Damit ritt er wieder zurück, gefolgt von seinem Leutnant. Aber es schien Jan, als sei der Ballon nicht mehr so aufgeblasen wie vorher.

„Der hat wohl 'n Klaps“, flüsterte Rosenlöcher, als die Offiziere außer Hörweite waren. „Die Batterie rückt weiter? Jetzt, wo's Nacht wird?“

Da kam auch schon der Befehl: „Batterie maaarsch!“

„Verfluchte Schweinerei!“ wetterte Hottenrot. „Dem Dicken piept's anscheinend. Den ganzen Tag hat uns das Vieh hin und her gehetzt, und jetzt in die Dunkelheit? Keine Sau hält das aus.“

Doch der Zug, vom Kommando wie von einem Peitschenhieb getrieben, bewegte sich schon. Und es regnete wieder, stärker als zuvor.

„Mit uns können sie's ja machen“, höhnte der kleine Behr.

„Verfluchte Menschenschinder“, sagte Cordes.

Der Teufel führt die Batterie

JAN kletterte zu Jakob auf den Lebensmittelwagen. Es regnete zum Verzweifeln und wurde so dunkel, daß man die Hand vor den Augen nicht sah. Jakob hatte keine Lust zum Reden, auch der Vogelschnabel piepste nicht mehr.

Vor der siebenten fuhr die achte Batterie. Kaum waren sie durchs Dorf, da hatte sich ein Wagen der achten zwischen zwei Bäumen festgefahren. Bevor das Hindernis nicht beseitigt war, konnte man nicht weiter. Halt! Unheimlich schallten Rufe und Schreie durch die Finsternis. Mannschaften liefen herum mit Laternen und Gerät, Befehle wurden gebrüllt, eine Säge knirschte im Holz, Axthiebe dröhnten, Bäume krachten zur Erde. Dann wieder Kommandos und Peitschengeknall. Die Fahrer schrien: „Hü!“ Dann ging es weiter.

Die Finsternis war so dick und zäh wie Pech, sie verschluckte sogar die Lichter, die an den Geschützen und Fahrzeugen baumelten. Dazu der Regen, dieser wahnsinnig eintönige Regen!

Sie fuhren durch einen Wald, doch sie sahen vor lauter Nacht die Bäume nicht. Die Kanoniere nahmen den Wald nur an den Wurzeln wahr, über die sie stolperten und stürzten. Die Fahrer spürten ihn an den Zweigen, die ihnen ins Gesicht klatschten. Oft fuhr eines ihrer Fahrzeuge mit einem Rad an einen Baumstamm und konnte nicht mehr weiter. Dann legten sie die Hände als Schallrohr an den Mund und riefen: „Vorne haaaalten!" Und die nächsten, die es hörten, gaben den Ruf weiter: „Vorne haaaalten!" Nun ging dieses „Vorne halten!" durch die ganze siebente Batterie hindurch bis vor zur achten und zur Spitze des ewig langen Zuges. Dann machten die an der Spitze halt. Aber jene, die hinterherkamen, hielten noch nicht. Sie durften doch nicht die Verbindung verlieren, sie mußten auf ihre Vordermänner aufrücken. Aber dann glaubten die Fahrer, die festgefahren waren und nicht weiterkonnten, man hätte ihr Rufen nicht gehört, und brüllten immer wieder und immer lauter: „Vorne halten! Vorne halten!"

Quatschend, patschend stampften die Pferde in dem weichen, breiigen Schlamm, der sich augenblicklich schloß, wenn der Huf herausgezogen war.

Auf einmal flammte Licht auf: ein grelles, Schrecken verbreitendes Licht am Himmel. Es stieß durch die Nacht wie ein riesiges Schwert, senkte sich und stach ins Land hinein, dahin, dorthin. Jan hatte nie etwas Ähnliches gesehen. Es waren die Scheinwerfer der Russen, die das ganze Gebiet nach deutschen Truppen absuchten.

Alert befahl, die Laternen zu löschen, die Batterie würde sonst von den Russen entdeckt. Auch müsse man mit Kerzen sparen, man brannte schon die letzten Stümpfe. Nun waren auch die aus. „Dunkler kann's auch im Grab nicht sein", sagte Schnabel.

Sie fuhren über eine Holzbrücke, dahinter kam ein kleiner Flecken mit wenigen Häusern. Plötzlich hieß es wieder: „Vorne haaaalten!" Man hielt. Die Stille war unheimlich. Die feindlichen Scheinwerfer mit ihrem grünlichweißen Licht irrten wieder über das Land. Jedesmal wenn ein Strahl über die Batterie huschte, sahen sie den Regen in langen Fäden herunterfließen.

Das letzte Geschütz der siebenten Batterie meldete, daß hinter ihm nur noch ein einziger Geschoßwagen fuhr. Die andern sieben mitsamt dem Gepäckwagen, dem Schmiedewagen, der Feldküche und dem Lebensmittelwagen, auf dem sich Jan mit Jakob und Schnabel befanden, waren spurlos verschwunden. Himmel, wo waren die geblieben?

Alert ließ halten und schickte zwei Unteroffiziere zu Pferd auf die Suche. Eine Stunde wartete man auf ihre Rückkehr. Dann kamen sie. Sie hatten nichts gefunden. Von rechts hörte man das Plätschern der Weichsel. War ein Fahrzeug in der Finsternis in den Fluß gefahren? Aber dann hätte man die andern finden müssen. Oder waren sie von den feindlichen Scheinwerfern entdeckt worden, den Russen in die Hände gefallen? Sollte man die Suche aufgeben? Sollte man weiter warten?

Die Lage war trostlos. Mit ihren langen Lichtarmen griffen die Scheinwerfer über die Batterie hinweg, bald schienen sie nach diesem, bald nach jenem Geschütz zu tasten. Aber da der Zug wie leblos auf der dunklen Straße stand, wurde er nicht bemerkt.

Zu Tode erschöpft lehnten die Kanoniere an den schlammbedeckten Speichen der Wagenräder. Alles drehte sich ihnen im Kopf vor Müdigkeit. Jetzt war ihnen schon alles gleich, mochte auch die halbe Batterie im Regen wegschwimmen, in der Weichsel ersaufen oder gefangen werden.

Alert stieg vom Pferd. In der Ferne bellte ein Hund. Alert horchte auf. Das Bellen schien von links zu kommen. Jetzt war es näher. Wenn das der Flox wäre? Unsinn, es gab noch mehr Köter in dem verfluchten Land. Außerdem links, wie sollten die Vermißten dorthin gekommen sein?

Da war es wieder! „Flo – oh – ox!“ brüllte Alert durch die hohle Hand: „Flooooo – xiiiii!“

Das Gebell kam näher, jetzt erkannte er den Klang – nun sprang es patschnaß an ihm empor, japsend, keuchend, zärtlich: Er war's, der Flox.

Für eine Stunde und vierzig Minuten übernahm nun der Pudel sozusagen die Führung der siebenten Batterie. Alert befestigte an dem von Mostrich gefertigten Halsband eine lange Schnur; diese nahm der Feldwebel Meumann, der stärkste Kerl der ganzen Batterie, in die Hand, stieg auf ein Pferd, und dann ließen sie Flox laufen. In dreißig Minuten hatte Flox die Verbindung mit den Vermißten hergestellt, in weiteren siebzig Minuten waren sie wieder bei der Batterie. „Brav, Gefreiter Pudel, du kannst es noch zum General bringen!“ lobte der weiße Rabe.

Um Mitternacht kamen sie durch ein ausgestorbenes Dorf. Alle Häuser waren leer, Türen und Fenster offen. Wie Augen und Mäuler von Ungeheuern starrten die schwarzen Öffnungen auf die graue, schweigsam vorübertaumelnde Schar.

Jan war vom Bock heruntergefallen, als der Lebensmittelwagen in eines der vielen Erdlöcher fuhr. Nun tappte er schlaftrunken hinter Rosenlöcher durch die schwarze Unendlichkeit. Er rutschte fast bei jedem Schritt aus. Plötzlich stürzte der Babba in eine mit Wasser und Schlamm gefüllte Grube, Jan der Länge nach auf ihn drauf. Babba fluchte und stöhnte. Sein Gesicht war von Dreck verklebt, seine Hände aufgeschlagen. Und dazu regnete es unaufhörlich, immer mit derselben wahnsinnigen Gleichmäßigkeit.

Wieder ein Dorf, wieder war es menschenleer. Dann versperrte ein Bach den Weg. Sie wateten mittendurch. Das Wasser ging bis zum Bauch.

Nun bogen sie in einen Feldweg ein. Der mündete in einen Hohlweg, der steil und gerade zu einem Wald emporführte. Der Hohlweg war nicht länger als fünfhundert Meter, aber da hinaufzukommen schien unmöglich.

Die Fahrer brüllten und schlugen auf die zitternden Pferde ein, es half nichts. Die Tiere taten keinen Schritt mehr. Die Batterie steckte fest. Sie konnte nicht vorwärts und konnte nicht umkehren, denn rechts und links des engen Weges stieg die Böschung empor wie ein Wall. Sie mußten hindurch, trotz Regen, Schlamm und Finsternis, trotz ihrer grauenhaften Müdigkeit.

Dreißig Kanoniere spannten sich an Taue, die an den Radnaben des vordersten Geschützes befestigt wurden, und zogen, daß ihnen die Adern schwollen. Die Fahrer schlugen wie besessen auf die Gäule ein. Es half nichts. Das Geschütz rückte nicht von der Stelle. Sie spannten die Pferde vom zweiten Geschütz los und schirrten sie vor das erste, es half nichts. Sie nahmen fünfzig Kanoniere zum Ziehen, es half nichts. Sie fuhren zehnspännig, es half nichts.

Mit zwölf Pferden und sechzig Soldatenkräften brachten sie endlich – endlich! – das schwere Geschütz durch den Hohlweg hinauf. Dann mußten sie umspannen und die Gespanne auf dem glitschigen Grund abwärts führen. Jedesmal mußten sich die erschöpften Leute in die Seile hängen und ziehen, daß ihnen die Luft ausging.

Als die Geschütze oben waren, kamen die acht Munitionswagen an die Reihe, einer nach dem andern, dann der Lebensmittelwagen, zuletzt der dreifach schwere Schmiedewagen.

Schließlich waren sie oben. Keuchend, schnaufend, bebend. Ruhe, Ruhe! Nur einen kleinen Augenblick! Aber was war das? Von links aus dem Wald hörten sie Gebrüll, Gebrüll von Fahrern, die auf die Pferde einschlugen: „Hü, hü! Ho, hott!“ Das war die achte Batterie, die anfangs vor ihnen hergefahren war und die sie in all der Wirrnis vergessen und verloren hatten. Es war aber nur ein Stück der achten: zwei Geschütze, sonst nichts.

„Wo ist euer Batterieführer?" fragte Alert.

„Das wissen wir nicht."

„Wo sind denn die andern Geschütze?"

„Das wissen wir nicht."

„Eure Munitionswagen?"

„Wissen wir nicht. Ist alles verlorengegangen, ganz egal, weg mit Schaden!"

„Und Hauptmann Tziecke?"

„Die Ziege? Soll der Deuwel holen. Die hat sich verdrückt", sagte der Vizewachtmeister, der die zwei Geschütze führte.

„Wie spät ist es?"

„Dreiviertel vier."

„Danke!"

Um vier kroch der Zug weiter. Die Geschütze der Achten hatten sich hinten angeschlossen. Und der Vormarsch ging weiter, stur und stumm.

Der lange Hottenrot war aus der Reihe getaumelt und mit dem Kopf gegen ein Hindernis gerannt. Was es war, ein Baum, ein Zaun oder ein Haus, ließ sich in der Dunkelheit nicht erkennen. Aber er bekam eine Wut, eine blinde Wut, hieb mit dem Schießprügel auf das verdammte Ding ein und trat mit den Füßen dagegen, bis es mit lautem Gekrach und Geprassel nachgab. Balken stürzten, Bretter splitterten, der Lange fiel mit dem Kopf voran auf die Erde. Die Erde war trocken! Vor sich sah er Feuerfünkchen, weiße Asche und rote Glut. Er war in einer geräumigen Scheune.

„Häberlein!" schrie er nach draußen. „Cordes! Distelmann!" Doch anstelle der Gerufenen kamen der Gefreite Pudel, der sich schüttelte, und hinter ihm Rosenlöcher, Mostrich, Jan und Behr, die sich gleichfalls schüttelten.

Nun knieten sie vor der schwachen Glut und bliesen darauf, daß Funken und Asche flogen. Ein Flämmchen flackerte. Die Kanoniere zogen ihre Seitengewehre, stocherten in dem Feuerchen und hatten auf einmal Kartoffeln aufgespießt, heiße, wunderschöne, angebrannte Kartoffeln. Schon wollten sie hineinbeißen, da bellte der Gefreite Pudel, immer in dieselbe Ecke, in der sich nichts weiter befand als ein Haufen altes Gerümpel. „Kusch, Gefreiter!" rief der Babba. Aber Flox bellte heftiger. Mostrich kam mit einem brennenden Scheit und sah es: Zwischen dem zerbrochenen, halbverfaulten Gerümpel, das da lag, guckte ein Büschel pechschwarzer Haare hervor. Flox bellte noch immer.

Hottenrot tätschelte ihn beruhigend. Dann ging er auf Zehenspitzen an den verdächtigen Schutthaufen, packte mit einem Ruck den schwarzen Schopf und riß ihn hoch.

„Huhuhuau, huauhuau!" erscholl ein halbersticktes Schmerzensgeheul. Der Schutt kam in Bewegung, und heraus kroch ein zerlumpter, brauner Kerl mit narbigem Gesicht, Augenbrauen dick wie ein Schnurrbart und langen, strähnigen Haaren. Geduckt, mit hochgehobenen Händen und ohne die Kanoniere anzusehen, hinkte er in ängstlichem Bogen um die Gruppe herum und – wupp! – zum Ausgang. Doch Flox und Mostrich hatten ihn schon beim Schlafittchen.

„Haaalt! Vorne halt!" rief Hottenrot und stürzte an dem gefangenen Zigeuner vorbei in die Finsternis. Diesen Fang mußte er melden.

Aber die vorne hatten schon haltgemacht, bevor Flox den braunen Kerl entdeckt hatte. Die Offiziere waren von den Pferden gestiegen und leuchteten mit ihren Lampen auf dem Boden herum.

Der Weg vor ihnen war weg. Nicht die leiseste Andeutung eines Weges war mehr zu finden. Was nun? Irgend etwas mußte geschehen. Der Regen strömte und strömte. Da kam der Ruf Hottenrots, von Fahrzeug zu Fahrzeug durchgegeben, zur Spitze: „Einen Gefangenen gemacht, links vom achten Wagen in der Scheune!" Alert ritt hin. Feldwebel Meumann folgte.

Immer mehr Soldaten waren aus der Nässe in die trockene Scheune zu den Kartoffeln und dem Gefangenen gekommen. Kauend standen sie um ihn herum, nun trat Alert ein. Zitternd sah der Zigeuner zu ihm auf. Jan fühlte, wie dem armen Teufel zumute sein mußte: so wie ihm, als er in Koptschowka zum erstenmal vor den deutschen Soldaten gestanden hatte.

„Verstehst du Deutsch?" fragte Alert den Gefangenen.

„Nix deitsch", erwiderte der.

„Polski?"

„Polski, tak!" nickte der Zigeuner.

„Frage ihn", wandte sich Alert an Jan, „ob er uns den Weg nach Stuszczyn zeigen kann." Jan übersetzte die Frage ins Polnische. Der

Zigeuner bejahte lebhaft. Alert: „Dann los, er soll führen. Den kürzesten Weg. Beim geringsten Fluchtversuch wird er erschossen. Sag ihm das, Jan!"

Jan tat es. Der Gefangene, von Cordes bewacht, hinkte los, dicht vor den Offizieren her. Er dachte nicht mehr an Flucht. Er war froh, daß man ihn leben ließ.

„Batterie marsch!"

Wie ein Leichenzug bewegte sich die lange Kolonne über die schwarzen Schollen der Äcker. Voran der Zigeuner. Er sah aus wie der leibhaftige Satan.

„Der Teufel!" sagte ein Leutnant und leuchtete mit seiner Lampe auf die schwarze, dürre Gestalt, die im flackernden Lichtschein über die Furchen hinkte. „Der Teufel führt die siebente Batterie. Weiß der Kuckuck, wohin!"

„In die Hölle", bemerkte eine Stimme aus dem Dunkel.

Schrapnellwölkchen

MANCHE Geschosse, die ein Geschütz hinausschleudert ins Feld, tragen in der Sprache der Kriegsleute Bezeichnungen, die nichts verraten von den furchtbaren Verheerungen, die sie anrichten. Wenn man zum Beispiel von Granaten hört, darf man dabei nicht an jene Granaten denken, die eine gütige Natur den Menschen spendet: die Früchte des Granatbaumes mit ihren süßen Kernen. Die Kriegsgranaten sind aus Stahl und innen mit Sprengstoff gefüllt.

Eine andere Art von Geschossen heißt „Schrapnell", nach ihrem Erfinder, einem englischen Offizier namens Shrapnel. Ihre eiserne Schale umschließt zahllose Bleistückchen und Kugeln. Sie explodieren meist schon in der Luft auf ihrer Flugbahn. Dabei entwickelt sich aus dem weißen Rauch der Explosion ein anmutiges Wölkchen, aus dem die Bleistücke und Kugeln nach allen Seiten auseinanderstieben. Ein einziges dieser tausend Teilchen genügt, um einen Menschen zu töten.

Jan war nun einen Monat bei der Batterie. Es war der fünfzehnte Oktober. Wie damals durch das Laub der Birken an der Rawkabrücke, drang jetzt die Sonne durch die abendlichen Herbstnebel und schien in eine Lichtung im Wald von Stanislowow. Zwischen den Stämmen der Buchen und Birken hatten die Kanoniere ihre durchnäßten Kleider und Hemden zum Trocknen aufgehängt. Seit zwei Tagen lagen sie hier und erholten sich von den schweren Anstrengungen der letzten Woche. Sie hatten Bäume gefällt und Hütten gebaut. Jedes Geschütz und jeder Wagen hatte seine eigene Hütte. Darin fanden die Kameraden Schutz vor Nässe und Kälte. Auch hatten sie aus Birkenästen Bänke gezimmert, für jede Hütte eine, darauf saßen sie, rauchten, nähten Knöpfe an, fetteten ihre Stiefel ein und sangen.

Jan hatte seine Mundharmonika hervorgeholt, und da er die Worte des Liedes nicht kannte, blies er die Melodie: „Aber wer? Aber wer? Aber wer war schuld daran?"

„Die Ziege", unterbrach Cordes, „die Ziege war schuld daran."

Die Ziege, ja, was war denn mit der Ziege? Seit ihrem Zusammenstoß mit dem weißen Raben hatte man nichts mehr von ihr gehört.

„He, Czech!" rief Hottenrot einen Soldaten an, der gerade mit Alerts brauner Stute und einem Falben vom Bach zurückkam, wo er die beiden schönen Tiere getränkt hatte. „Wie ist denn das ausgegangen? Hat die Ziege den Alert verpetzt? Du steckst doch mit deinen Schlappohren immer bei den Herrn, mal raus mit der Sprache! Hat er nun gemeldet, oder hat er nicht gemeldet, der feige Hund!"

Czech, ein gewitzter, untersetzter Bursche mit langen Ohren und O-Beinen, grinste verdächtig. „Gemeldet hat der, natürlich. Krank hat er sich gemeldet; jetzt ist er schon längst unterwegs nach Deutschland, der feige Lump. Da kommt er in ein Nervensanatorium."

„Statt ins Gefängnis", bedauerte Cordes.

„Der Alert kriegt die achte Batterie dazu", verriet Czech geheimnisvoll, „und wird Kommandeur des Halbbataillons: siebente und achte Batterie. Aber das ist noch geheim."

„Na schön", sagte Rosenlöcher und erhob sich, „ich werd's gleich allen erzählen." Da hörte man aus der Luft einen Knall.

„Babba, was ist das?" rief Jan und deutete nach Osten, wo gerade ein Schrapnell explodiert war.

„Dicke Luft", erklärte Rosenlöcher. „Siehst du den Flieger da? Wenn der uns hier bloß nicht entdeckt. Sonst gibt's Saures."

Jan blickte entzückt in den rosigen Abendhimmel, in dem sich die Schrapnellwölkchen wie Zauberblüten entfalteten. Auch den Flieger sah er jetzt: ganz klein zwischen den Wölkchen. Dumpfes Schießen von Kanonen, rasche Gewehrschüsse hallten von fern. Jetzt fiel etwas vom Flieger herunter, und gleich darauf krachte es von dort, wo das Schießen herkam. Dann war wieder alles ruhig. Der Flieger verschwand.

„An der Weichsel gegen Osten", sangen die Kanoniere, „stand ein Kanonier auf Posten ..."

Jan setzte die Mundharmonika ab. Aus dem Wald kam ein seltsamer Zug: vier Soldaten in langen braunen Mänteln, mit hohen schwarzen Pelzmützen auf dem Kopf. Ihre Gesichter waren merkwürdig verzerrt. Es waren Russen. Die Sänger verstummten.

Dem einen der vier war die Haut von den Wangen abgeschürft, sein Gesicht und Schädel verquollen, sein linkes Auge war nicht zu sehen, das rechte saß wie ein dünner Strich in dem verschwollenen, bloßen Fleisch.

„Schrapnellschuß", sagte Jürgensen, der Doktor-Offizier, der kauend aus einer der Hütten kam, und schickte einen Mann nach Verbandszeug, Watte und Karbol. Der Verwundete brach ohnmächtig zusammen. Die zwei nächsten hingen in den Armen der deutschen Soldaten, die sie hergeführt hatten. Jürgensen zog ein ärztliches Besteck heraus. Sie stöhnten. Dem einen war der rechte Unterarm zerschmettert, der andere blutete aus dem linken Schenkel. Der Doktor, von zwei Krankenpflegern unterstützt, arbeitete rasch. Jan hörte noch: „Bein muß abgenommen werden." Dann ging er zur Seite. Er konnte nicht mehr, war ganz weiß im Gesicht. Langsam wandte er sich zu dem Feuer, das die Kameraden angezündet hatten. Dort stand der vierte Russe, ein finsterer Riese mit dunkler Hautfarbe. In der rechten Hand hielt er ein losgerissenes Brett. Auf das stützte er sich wie auf einen Stock. Die Hand bebte, doch er stand hoch aufgerichtet, die Zähne krampfhaft in die Lippen gepreßt. Rasende Schmerzen wühlten in ihm, man konnte es sehen, doch er gab keinen Laut von sich. Jetzt kam der Doktor, um ihn zu untersuchen. Da wandte sich der Russe um, warf sich vor dem Feuer auf die Erde, berührte sie mit seiner Stirn und murmelte Gebete.

Behr sagte: „Das ist, scheint es, ein Mohammedaner."

„Mohammedaner", wiederholte Jan. Er hatte das Wort noch nie gehört. Aber eine dumpfe Ehrfurcht erfüllte ihn vor dem stummen Leiden des Mannes.

„Ihr Gott heißt Allah, und Mohammed ist sein Prophet", erläuterte Behr.

„Und sie sind arme Hunde“, fügte Cordes hinzu, „denen man das Fell abzieht, mal für den Sultan, mal für die grüne Fahne des Propheten, mal für Allah, mal für Mohammed, mal für Väterchen Zar. Allah il Allah: Alles für den Schädel des Häuptlings Makaua.“

„Du, von dem wolltest du uns doch erzählen!“ ermunterte ihn Rosenlöcher.

„Erzähl!“ riefen alle. Die Russen waren vergessen, Krankenträger hatten sie zum Verbandplatz geschleppt. Cordes warf einige Scheite ins Feuer, Hottenrot stocherte mit einem Ast drin herum. Es loderte hell. Die Nachbarfeuer der anderen Geschützmannschaften warfen zuckende Lichter. Rings tiefe Stille.

„Wenn jetzt ’n Löwe brüllen tät“, äußerte Rosenlöcher, „dann tät ich meinen, ich wär mitten im scheensten Afrika beim Herrn Hauptmann Makaua zum Abendbrot.“

„Idiot!“ versetzte Cordes. „Wer spricht denn hier von Hauptmann? Es handelt sich um einen Häuptling, einen Sultan. Muß ein ganz großer Herrscher gewesen sein. Als der Aufstand damals losging da unten, saß ich auf der Faktorei mit vier Mann, sonst nur Schwarze, unzuverlässiges Volk. Die Medizinmänner und Zauberer der Schwarzen hatten das ganze Land, den ganzen Urwald gegen die Weißen aufgehetzt. Makaua war ihre Zauberformel. Makaua war ihr Schlachtgebrüll. Makaua gab ihnen Mut und Begeisterung, daß sie in unsere Kugeln hineinrannten. Nackt, nur mit ihren Bogen bewaffnet, stürzten sie sich in unser Maschinengewehr, daß die Leichen vor unserer Faktorei ganze Hügel bildeten.“

„Muß ja ein Mordsviech sein, der Makaua“, warf Hottenrot dazwischen.

„Der Makaua?“ antwortete Cordes. „Ihr werdet mich wahrscheinlich für verrückt halten, wenn ich euch sage, was mit Makaua los war: Dieser Makaua, dem zuliebe sich ganze Völker abknallen ließen, *dieser Makaua existiert überhaupt nicht.* Vielleicht hat er früher mal gelebt, vor vielen, vielen Jahren, damals, als die ersten Weißen in den Schwarzen Erdteil kamen. Damals – so erzählte mir eine halbverrückte alte Frau – soll es da unten ein einziges, riesengroßes Reich gegeben haben. Sein letzter Herrscher war Makaua. Ob’s wahr ist, weiß ich nicht. Aber die Schwarzen glauben dran, und ihre Zauberer und Anführer bestärken sie in diesem Glauben. In den ersten Kämpfen mit den Weißen soll der große Häuptling auf grausige Weise umgekommen sein. Sein Stamm fand den Leichnam verstümmelt – ohne Kopf. Sein Reich zerfiel bald in eine Menge kleiner Staaten, die von Franzosen, Engländern, Belgiern, Deutschen und anderen unterworfen wurden. Da entstand nun bei den Schwarzen die Sage vom Schädel des Häuptlings Makaua. Wenn dieser Schädel – von dem kein Mensch weiß, wo er ist –, wenn dieser Schädel eines Tages zu seinem Stamm zurückkommt, dann wird das große alte Reich wiedererstehen, dann wird Afrika alle weißen Völker aus dem Land jagen, dann werden die herrlichen Zeiten des Sultans Makaua wiederkehren. Dieser Glaube an den Schädel des Makaua sitzt so fest in den harten Schädeln der Schwarzen, daß sie für ihn zu den größten Dummheiten bereit sind. Sonst hätten sie uns in unserer Faktorei wohl endlich in Ruhe gelassen. Jeden Augenblick waren wir auf einen neuen Überfall gefaßt ...“

Vorn begann es zu schießen, heftiger als vorher. Hals über Kopf stürzten die Mannschaften an die Gewehre, zu den Geschützen; die Offiziere kamen aus ihren Hütten und standen da wie hilflose Kinder. Was sollten sie tun? Schießen. Aber wohin? Wo war der Feind? Oder waren es die eigenen Truppen, die da schossen? Brachen die Russen durch die vorderste Linie? Dann konnten sie jeden Augenblick hier sein. „Taktaktaktak taktaktaktak“, ratterten vorn die Maschinengewehre. Jetzt schossen auch von drüben Geschütze. Schwere Granaten heulten über die Lichtung. Kommandos ertönten. Die Kanoniere feuerten Salve auf Salve. Ein ohrenzerreißender Lärm.

Im Osten flammte eine ungeheure Feuersbrunst auf. Die Wolken bekamen blutige Ränder. Immer wilder überdonnerten die Geschütze das knatternde Geplärr der Gewehre. Immer höher stieg der Feuerschein über die Kronen der Bäume. Gleich gespenstischen Armen griffen die schwarzen Äste empor in den bluttriefenden Himmel.

Der Feuerschein sah jetzt aus wie ein riesiges Untier mit roten Augen und breitem, feuerspeiendem Maul. Das Untier reckte sich empor, kroch langsam über den Wald.

Dort blieb es liegen. Hatte es den ganzen nächtlichen Aufruhr geschluckt? Der Donner der Kanonen, das Hämmern der Maschinengewehre – alles verstummte. Nur dann und wann fiel noch ein Schuß. Einer der Offiziere sagte den Leuten, der Durchbruchsversuch der Russen sei zurückgeschlagen, sie könnten schlafen gehen.

Später erzählten die Telefonisten, die Russen befänden sich wieder auf dem Rückzug. Aber da schlief Jan bereits.

Als der Morgen dämmerte, ging der weiße Rabe mit dem Stabsarzt Jürgensen, Jan und Flox los. Jürgensen wollte auf Feldhühner Jagd machen, denn Hühnersuppe war seine Spezialität.

Flox war begeistert von der Jagd. Ein Jagdhund konnte nicht schärfer sein. Jürgensen hob das Gewehr und schoß, und Flox schwamm durch den Bach, der zwischen alten Weiden zu den Gräben lief, bei denen gestern das Schießen begonnen hatte. Dort lag das Feldhuhn, das Jürgensen getroffen hatte.

Jan lief voll Eifer hinter dem Pudel her. Der apportierte, Jan rannte ihm entgegen, schon bückte er sich, um ihm die Jagdbeute abzunehmen – da fuhr er entsetzt zurück. Zu seinen Füßen lag mit ausgebreiteten Armen und gespreizten Beinen ein Russe. Tot. Die Augen, halb offen, blickten ihn an. Am linken Ohr hing ein Tropfen Blut. Auf dem Feld lagen viele kleine Bleistücke einer Schrapnellladung. Ein gleiches Stückchen Blei steckte im Kopf des Toten.

Nebel kam auf. Sie gingen zu dem Graben, aus dem die Russen, wie Jürgensen sagte, durch die Geschosse der siebenten und achten Batterie in der vergangenen Nacht vertrieben worden waren. Vertrieben? Nein, da lag ja noch alles vor dem Graben herum: Gewehre, Helme, Mützen und Säbel in wüstem Durcheinander, Eßgeschirre, Kleider, Stiefel, Spaten und blutgetränktes Verbandszeug. Und in dem Graben, in den sie nun blickten, und in den Löchern, die die Volltreffer ihrer Granaten gerissen hatten – großer Gott, da lag noch viel mehr: Da lagen Menschen, braun und grau wie die Schollen, zusammengekrümmt oder ausgestreckt in Staub, Blut und Schmutz. Menschengesichter klafften auseinander. Menschliche Rümpfe steckten wie Baumstümpfe im Boden, Arme und Beine lagen dabei wie abgehauene Äste, Hände und Finger wuchsen aus der Erde wie Pflanzen. So sah das Feld aus, in das sie gezogen waren und das sie bestellt hatten, ihr Schlacht-Feld. Das war die Saat, die aufgegangen war aus den Granatkernen ihrer Geschütze. Der ganze Graben war damit gefüllt. Es war die Vorratskammer des Todes, in die sie hineinblickten.

Achthundert Meter lang war das Grabenstück, einen Meter breit, einen Meter achtzig tief und voll mit Leichen von einem Ende bis zum andern, an manchen Stellen bis oben hin. Jans Augen irrten ab und verweilten wie hilfesuchend auf einem der vielen Heiligenbildchen, die da herumlagen, zerknittert, besudelt, und deren Anblick dennoch dem furchtbaren Grauen des Feldes ein wenig, ein klein wenig von der Ruhe eines Friedhofes gab. Doch es war ein Friedhof ohne Frieden. Nicht nur Tote ruhten auf ihm. Neben und zwischen und unter den Toten lagen Menschen, die noch Leben in sich hatten. Sie stöhnten aus zerschmetterten Kinnbacken, sie krümmten sich mit zerquetschten, durchschossenen Gliedern, sie baten ihren Gott nach dieser Nacht der Schrapnells und Granaten nur um ein einziges Geschenk, den Tod.

Diese Nacht aber, die nur eine Nacht war unter Tausenden von Nächten dieses Krieges, hatte in der Sprache des Militärs den ritterlichen Namen: Gefecht. Gefecht bei Stanislowow.

Adieu, Kamerad!

In der Nacht darauf fiel der erste Schnee. Als das Halbbataillon früh um fünf aufbrach, war es noch dunkel und bitter kalt. Der Vormarsch ging weiter, wie es befohlen war. Ganz vorn, dem Feind am nächsten, die Kavallerie, dann die Infanterie, dahinter die Artillerie mit ihren Geschützen, zum Schluß der Train, der die Lebensmittel nachführt – das war die militärische Ordnung seit Jahrhunderten.

Das Fußartillerie-Bataillon 17, kurz „Fußa 17" genannt, zog in leichtem Schneegestöber durch das brachliegende Land. Da pfiff es den Leuten plötzlich um die Ohren: *Sssss, sssss...* Das Geräusch kannten alle nur zu gut. Aber wo kam es her? Vor ihnen war doch die eigene Infanterie. Wie war es möglich, daß russische Infanterie auf einmal bis hierher in die Marschkolonne der Artillerie schoß? War die deutsche Infanterie umzingelt? Gefangen? Schon patschten die feindlichen Kugeln gegen die Geschütze und Wagen. Wenn man wenigstens etwas hätte sehen können!

Mit jeder Minute wurde der Kugelhagel toller. Vorn beim ersten Geschütz ertönten Schreie, jetzt beim zweiten, da hatten die Kugeln getroffen – wen, wußte man noch nicht. Man hörte nur das Schmerzensgeschrei, und jeder fühlte: Gleich schreist du auch, gleich trifft es dich.

Alert befahl, mit den Geschützen hinter einem Wäldchen rechts von der Straße in Stellung zu gehen. Kaum waren sie dort, als auf schweißdurchnäßtem Pferd ein Offizier angaloppiert kam: „Schießen Sie! Um Gottes willen, schießen Sie!" schrie er Alert zu. „Schießen

Sie, was das Zeug hält: Dahin! Dorthin! Überallhin! Wir werden umzingelt."

„Haben wir keine Infanterie mehr vor uns?"

„Nein, ich glaube nicht."

„Also vollkommen ungedeckt?"

„Vollkommen, schießen Sie doch, zum Donnerwetter!"

Es dauerte keine zwei Minuten, bis die Siebente und Achte schußbereit waren. Die Fahrgestelle der Geschütze – Protzen nennt man sie – und die Bagagewagen wurden im Galopp aus der Reichweite der feindlichen Kugeln herausgefahren. Wie besessen schlugen die Fahrer auf die Pferde ein.

Die Kanoniere zerrten die Geschosse aus den Wagen. Alert rannte mit Jan und Flox eine niedrige Anhöhe hinauf, auf der ein entlaubter, verkrüppelter Birnbaum stand. Zwei Kanoniere schleppten eine schwere Stahlplatte herbei und rammten sie bei dem Birnbaum in die Erde. Alert legte sich mit Jan dahinter. Durch einen Einschnitt in der Platte sahen sie gespannt in das Gelände. Zwei andere Kanoniere hatten eine Telefonleitung gelegt. Alert gab Befehle durch den Apparat. Die Batterien begannen rasend zu schießen. Jan hörte den Donner des Abschusses, den heulenden Flug der Geschosse, die über ihre Beobachtungsstelle hinwegflogen, dann das Krachen der Einschläge, die jenseits eines Baches in ein niedriges Gehölz fuhren. Dabei horchte und spähte er nach allen Seiten.

Plötzlich schrie Jan auf und deutete auf das Gebüsch diesseits des Baches – kaum dreihundert Meter unterhalb des Birnbaums: „Russen!" Ihre braunen Mäntel hoben sich deutlich ab von dem spärlichen Schnee. „Und dort! Und da links! Und da rechts!"

Immer dichter pfiffen die Kugeln um sie herum. Ohne den Stahlschild wären sie verloren gewesen. Alert schrie seine Kommandos in den Fernsprecher. Bei der Batterie gaben die Geschützführer die Befehle brüllend weiter. Die Geschosse schlugen dreihundert Meter, nun zweihundertfünfzig, jetzt zweihundert Meter vor ihnen in die Büsche, durch die sich die Angreifer immer näher heranmachten.

„Schnellfeuer!" schrie Alert. Aber gleich darauf: „Feuer einstellen!" Es war Wahnsinn, noch zu schießen, denn die Feinde waren schon so dicht bei ihnen, daß die eigenen Geschosse mit den Russen zugleich sie selbst auf ihrem Beobachtungsposten hätten treffen müssen.

„An die Karabiner!" brüllte Alert. „Geradeaus feindliche Infanterie!

Die Höhe besetzen!“ Und zu Jan: „Lauf, lauf, was du laufen kannst. Die Gespanne mit den Protzen sollen wieder ran, die Geschütze müssen zurück!“

Jan rannte, als säße ihm ein Teufel im Genick. Er sah noch, wie die Kameraden von den Geschützen mit ihren Gewehren aus dem Wald heraus- und die Höhe hinaufrannten, sich hinschmissen, wieder aufstanden und weiterrannten. Nun schossen die drüben auch mit Kanonen. Jan rannte wie toll, Flox immer vornweg, an den Geschützen vorbei – bei jedem war nur ein Mann geblieben, der es zur Abfahrt fertigmachte –, über Ackerfurchen und Gräben. Jede Sekunde war von unendlicher Wichtigkeit, jede konnte einem Kameraden das Leben kosten.

Dort – endlich! –, dort standen die Gespanne. Jan schrie den Fahrern Alerts Befehl entgegen. Gleich darauf sausten sie, sechs Pferde vor jedem Fahrgestell, im Galopp über Sturzäcker und Hindernisse nach vorn. Jan hatte sich auf die vorderste Protze geschwungen und klammerte sich mit beiden Händen fest.

Krach! schlug eine Granate vor ihnen ein, überschüttete das Gespann mit Erde und hüllte es in dicken Rauch. Rasend bäumten sich die Pferde auf und jagten dann in vollem Galopp durch die schwarze Geschoßwolke. In Minuten waren sie bei den Geschützen. Dorthin hatte Alert inzwischen die Leute von der Höhe zurückgezogen. In Sekunden waren die Geschütze aufgeprotzt, die Fahrer brüllten ihr „Hü!“, knallten mit den Peitschen: Galopp! Zurück! Die Tiere dampften und schnoben, die Mannschaften rannten keuchend nebenher. Im Galopp ging's einen Feldweg entlang. Jan saß auf dem dritten Geschütz. Wild heulten die feindlichen Granaten heran und schlugen rechts und links des Weges in die Erde. Aber keiner in der Kolonne wurde getroffen. Es war ein Wunder.

Jetzt kam Czech, der Bursche, mit Alerts Pferden angejagt. Achtzig Meter war er noch von dem galoppierenden Zug entfernt, da explodierte dicht vor seinen Pferden eine Granate. Jan sah durch die aufspritzende Dreckflut, wie die braune Stute in die Knie brach. Ein zerrissener, blutiger Haufen Fleisch blieb liegen. Czech, der den Falben ritt, flog im Bogen über den Hals des Pferdes, überschlug sich und stürzte wenige Meter von der Leiche des Braunen entfernt tot zu Boden. Armer Josef Czech!

Der Falbe hetzte in wilder Angst davon, geradeaus in die feindlichen

Kugeln. Kanoniere rannten ihm nach, um ihn zu halten, da fiel er um, von Kugeln durchlöchert.

Noch immer pfiffen die Infanteriegeschosse durch die Kolonne. Vogelschnabel, am Oberschenkel getroffen, stürzte vom Bock. Ums Haar wäre der schwere Schmiedewagen, der in rasender Fahrt folgte, über ihn hinweggefahren. Das schrille Angstgeschrei des Gestürzten übertönte den Lärm der Geschosse. Kanonier Busch erhielt einen Schuß durch die Schulter. Den alten Distelmann traf ein Granatsplitter mitten in die Hand. Feldwebel Meumann, dem stärksten Mann der siebenten Batterie, wurde das Fußgelenk zerschmettert. Auch Pferde wurden getroffen, denn die Tiere gingen durch, und die Russen, die jetzt schon auf der Höhe bei dem Birnbaum waren, schossen wie besessen hinter ihnen her.

Mit einemmal heulte vorn einer los, der Fahrer Müller vom ersten Geschütz: „Sumpf! Sumpf! Vor uns – Sumpf!“

Entsetzen. Schon quatschte der Boden unter Hufen und Rädern, die Pferde bäumten sich auf und drängten zurück. Sie fühlten die Gefahr der unheimlichen Tiefe, in die sie einsinken würden. Keine Peitschenhiebe halfen, kein Gebrüll, selbst führen ließen sie sich nicht, ihr Instinkt war stärker. „Die Biester müssen!“ donnerte Jürgensen, der seinen Gaul an der Kandare gepackt hatte und vergeblich versuchte, ihn hinüberzuzerren: „Heu anzünden! Wenn sie den Rauch riechen, gehen sie los und reißen uns durch!“ Die Fahrer stürzten sich auf die Futterwagen, zerrten Heu herunter, brachten es nach vorn, um es anzuzünden.

„Warum fahrt ihr nicht links herum?“ fragte Jan, als sie mit den Bündeln an ihm vorbeirannten.

„Rindvieh!“ schnauzte der Fahrer Müller. „Ist doch alles Sumpf!“

Aber schon waren Jan und Flox von ihrem Sitz heruntergesprungen. Dort links vom Weg, einen Steinwurf entfernt, guckten aus dem spärlichen Schnee kaum sichtbar die Spitzen eines unscheinbaren, abgeblühten Krautes hervor. Aber Jan hatte es erkannt, es war Heidekraut. Er wußte bestimmt: Das wuchs nicht im Sumpf, sondern brauchte trockenen Boden. Ohne sich umzusehen, sprang er hin. Jetzt war er dort: Er hatte sich nicht getäuscht, es war Heidekraut. Flox war mitgelaufen, doch sogleich bog er nach rechts ab, denn er hatte ein Feldhuhn aufgestöbert.

Ein paar Kanoniere waren auf die beiden aufmerksam geworden, jetzt sah sie auch Alert. Wenn da ein Weg wäre durch den Sumpf! Flox sauste in weitem Bogen auf einen fernliegenden Waldrand zu. Die Offiziere verfolgten jede seiner Bewegungen.

„Links um!" schrie Alert. Es klang wie ein Jubelruf.

Das ganze Fußa 17 folgte dem Pudel. Im Nu war der Feldweg verlassen. Im Galopp ging es in die Richtung, die der Junge und der Hund gezeigt hatten.

„Der Junge wird noch General", sagte Jürgensen. Er schämte sich, weil er das gute Heu verschwendet hatte. Er war schließlich Doktor und hatte Botanik studiert. Aber das Heidekraut hatte er nicht entdeckt, und fast hätte er die zwei Batterien mit Feuerbränden in den Tod gejagt.

Nun erreichten sie den Nadelwald, der sie einhüllte in seinen grünen Mantel, so daß die Geschosse der Feinde sie nicht mehr fanden.

Dort warfen sie sich auf die Erde und lagen, ohne ein Wort zu reden, wohl eine Viertelstunde, ehe sie weiterzogen.

Aber an ihnen vorbei flutete die aufgelöste Infanterie. Ungeordnet, stumpfsinnig, das Gewehr unter dem Arm, blutend, notdürftig verbunden, schmutzig, verfroren, mit tiefliegenden Augen und graugrünen Gesichtern stolperten die Soldaten über die Wurzeln, fielen von einem Fuß auf den andern. Selbst zur Flucht hatten sie keine Kraft mehr.

In dem Städtchen Lutomiersk, das das Fußa 17 endlich erreichte, wimmelte es von Infanterie, Reitern und Sanitätern. Wild durcheinander Verwundete, Ärzte, Krankenpfleger mit Tragbahren, auf die man bewegungslose Leiber legte. Die Ärzte verbanden und operierten auf der offenen Straße, die erfüllt war von Stöhnen und Schreien. Kleine Bauernwagen wurden mit blutenden Menschen vollgeladen und fuhren ins Hinterland.

„Adieu, mein guter Junge", sagte der alte Distelmann, die zerschossene Hand in der Binde, „adieu, ich muß dir die linke Hand geben, die andere ist futsch."

„Tut's sehr weh?" fragte Jan.

„Es geht", antwortete der Vollbart und reichte dem Jungen die Linke. „Ich dank dir schön. Wenn du nicht gewesen wärst mit deinem Hund, läg ich jetzt in dem verdammten Sumpf, ich und die ganze Batterie. Adieu, Kamerad, mach's gut!" Das Wägelchen, auf das man den Alten mit andern Verstümmelten gepackt hatte, rollte los.

Warum? Warum?

Es war kalt wie im Januar, aber es war noch Oktober. Das Gehöft, von dem aus sie den Feind beobachten wollten, gehörte einem großen, hageren Mann. Von seinem Wolfshund begleitet, stapfte er um das Anwesen, als suche er etwas.

Als Flox dem fremden Hund zutraulich entgegensprang, knurrte der und fletschte die Zähne.

Er knurrte auch, als Jan mit Häberlein und dem Obergefreiten Becker eine lange Leiter aus dem Schuppen hervorholte, und fletschte die Zähne, als sie mit dem Fernrohr die Leiter hinauf auf das Scheunendach kletterten. Da pfiff der Bauer den Hund zurück und verschwand mit ihm hinter einer Hecke.

Nach Mittag kam Leutnant Ru mit zwei Mann zu ihrem Beobachtungsposten. Leutnant Ru hieß eigentlich Ruschatzky. Aber weil der Name für seine kleine, zierliche Figur viel zu lang war, hatte ihm Doktor Jürgensen gleich am ersten Tag diese Abkürzung vorgeschlagen. Ru war vor dem Krieg Lehrer an der deutschen Schule in Konstantinopel gewesen und hatte kleinen Türkenjungen die deutsche Sprache beigebracht. Auch als Soldat war er Lehrer, für jede Leistung gab er Noten – und auf jedes Schießen bereitete er sich vor wie auf eine Unterrichtsstunde. Soeben saß er mit Jan und den Telefonisten in der niedrigen Stube des Bauernhofs und zeichnete den Beobachtungsstand der Batterie und die Stellung des Bataillons mit Rotstift in seine Karte ein.

Jan sah ihm zu. Draußen war alles ruhig.

„Was willst du denn mal werden, wenn du groß bist?“ fragte Ru und legte die Karte beiseite.

Jan antwortete: „Ich werde Knecht werden müssen, aber wenn ich wählen könnte, dann möchte ich Brücken bauen und Dämme für die Eisenbahnen. Ich habe zugeschaut, wie das die Pioniere machen. Haben Sie ihn nicht gesehen, neulich an der Weichsel, den lustigen Pionier mit dem roten Spitzbart? Der ist Ingenieur und hat mir alles erklärt und aufgezeichnet.“

Ein schweres Geschoß fuhr über sie hinweg. Jetzt hörte man den Einschlag.

„Muß doch mal sehen, wo das heruntergekommen ist!" sagte Ru und ging mit Jan vor die Tür. Das Geschoß war etwa zweihundert Meter hinter der Scheune krepiert. Der Bauer strich noch immer draußen herum. Nun marschierte er zum Wald hinüber.

„He, Panje!" rief Ru. „Sie kriegen ja nasse Füße. Wohin?"

Der Bauer schien nicht zu verstehen, er schaute sich um und ging dann weiter. Jan rief ihm die Frage auf polnisch nach. Er antwortete, sein Hund sei ausgerissen, er müsse ihn suchen, wahrscheinlich habe der Schuß das Tier erschreckt. Jan stutzte, als er den Mann sprechen hörte: Ob alle in der Gegend das Polnische so hart aussprachen?

Wieder ein Einschlag. Er landete drüben hinter der Hecke. *Bumm,* wieder einer: rechts von der Scheune, die Erdklumpen spritzten fast bis zum Scheunendach hinauf.

„Können Sie sehen, woher die schießen, Häberlein?" rief Ru hinauf. Häberlein verneinte. „Dann kommen Sie runter, hat ja keinen Zweck, sich da oben mit Dreck beschmeißen zu lassen. Am Ende passiert noch was."

„Unkraut vergeht nicht!" antwortete der Beobachter.

Dicht über der Scheune platzte ein Schrapnell. Ru und Jan schmissen sich blitzschnell auf die Erde. Um sie herum prasselten Kugeln nieder. Als sie den Kopf wieder hoben, sahen sie neben sich am Fuß der Leiter einen Soldaten auf dem Bauch liegen. Es war Häberlein. Ein Sprengstück hatte ihn in den Rücken getroffen, da war er vom Dachfirst bäuchlings die ganze lange Leiter hinuntergerutscht. Nun lag er bewußtlos am Boden. Sein Fernrohr stand noch oben und glotzte mit langen Stielaugen zum Horizont.

„Wir müssen sofort den Beobachtungsposten verlegen", sagte Ru, „mir unbegreiflich, wie uns die Russen hier finden konnten." Der Telefonist Becker schob eine alte Karre aus dem Schuppen, füllte sie mit Stroh aus der Scheune und bettete den Kameraden darauf, der stöhnend aus seiner Ohnmacht erwachte.

Die Russen schossen noch, aber das kümmerte Becker nicht. Er ging zurück zur Scheune, um das Scherenfernrohr vom Dach zu holen. Ru warnte: „Das hat Zeit, warten Sie, bis sie das Feuer einstellen!" Aber Becker sagte: „Herr Leutnant, ist alles Bestimmung. Wenn Gott nicht will, passiert nichts, dann kann man durch das schlimmste Feuer gehen. Nur beten müssen der Herr Leutnant, ich bete auch. Über jede Fernsprechleitung, die ich lege, bete ich: ‚Lieber

Gott, laß diesen Draht nicht zerschießen, und wende das mörderische Geschoß von uns ab, und vergib uns unsere Schuld, wie auch wir vergeben unseren Feinden. Führe uns wieder in die schöne Heimat und erlöse uns von dem schlimmsten Übel, dem Krieg. Amen!' " Das sprach er mit lauter Stimme und stieg die Sprossen der Leiter empor. Ru war ergriffen von soviel Zuversicht und tapferer Einfalt. Becker nahm das Fernrohr. Dann kletterte er vorsichtig die Leiter herunter. Im Hof platzten noch immer Granaten und Schrapnells. Jetzt schlug so ein Geschoß auch in die Scheune, aber Becker war schon auf dem Weg zum Schuppen, wo er vorhin seine Drahtrolle abgestellt hatte. Die nahm er nun huckepack und ging damit ganz ruhig durch den Hagel der Geschosse zum Wagen.

Er kam nicht weit. Er sah den Wagen nicht mehr, und er sah auch die Erde nicht mehr. Das mörderische Geschoß hatte ihn seiner beiden Augen beraubt. Er torkelte über die Deichsel des Karrens, den er selbst geholt hatte, und fiel über den Kameraden Häberlein.

Jetzt lag er neben ihm auf dem Rücken im Stroh. Sein blutendes Gesicht blickte aus toten Augen in den eisgrauen Himmel.

Einer der Soldaten, die mit dem Leutnant gekommen waren, zog den Karren. Jan trug das Scherenfernrohr. Als sie sich dem Wäldchen näherten, kam der Bauer mit dem Hund an der Leine zurück. Jan warnte ihn weiterzugehen. Er antwortete: „Ich fürchte mich nicht." Wieder stutzte Jan: So sprach kein polnischer Bauer.

Der Karren mit den verwundeten Kameraden fuhr zur Batterie. Die andern erklommen einen Waldhügel, um dort einen neuen Beobachtungsstand zu errichten. Dabei entdeckte Ru, daß er seine Kartentasche vergessen hatte. Verflucht, wenn die in unrechte Hände fiel! Vorhin in der Bauernstube hatte er sie noch gehabt. Jan hatte es gesehen und machte sich auf, sie zu holen.

Als er sich dem Bauernhof näherte, bemerkte er den Bauern, der unbeweglich dastand und nach dem Waldhügel blickte. Nein, dachte Jan, du bist kein Bauer, du bist auch kein Pole. Er verbarg sich hinter der Tanne und wandte keinen Blick von dem Verdächtigen.

Der Mann ging einige Schritte zurück, zog ein Papier aus der Tasche, schrieb etwas darauf, bückte sich und befestigte das beschriebene Blatt am Halsband des Hundes. Dann machte er das Tier von der Leine los. Als gehorche es einem Ruf, rannte es feldein. Zu den Russen, dachte Jan. Das muß ich dem Leutnant melden: Der Hund hat uns verraten, er verrät uns jetzt wieder, das muß Ru wissen, das ist noch wichtiger als die Kartentasche. Schon lief er, so schnell er konnte. Atemlos teilte er seine Wahrnehmung mit. Der sanfte Lehrer Ruschatzky war wie umgewandelt: „Ein Spion! Den Schuft mache ich unschädlich. Bis sein Hund drüben unseren neuen Beobachtungsstand verraten hat, ist noch Zeit. Zum Glück habe ich nur meine Kartentasche liegenlassen, nicht auch den Armeerevolver, komm!“

Sie gingen im Bogen um den Bauernhof herum, blickten vorsichtig durchs Fenster. In der Stube saß der Mann, über Rus Karte gebeugt. Ein Glück, daß der Hund nicht da ist, dachte Jan. Ru schrie: „Hände hoch!“ Der Mann sprang auf, riß eine Pistole aus der Tasche, aber da krachte es schon aus Rus Revolver. Der Spion brach über dem Tisch zusammen.

Sie durchsuchten die Taschen des Toten. In einem grauen Umschlag aus Wachstuch fanden sie einige Rubelscheine und eine Fotografie. Darauf war der Tote abgebildet, an seinem Arm eine schöne, zarte Frau. Er trug die Uniform eines russischen Offiziers. „Da hast du's“, sagte Ru, „aber jetzt schnell zum Beobachtungsstand!“ und steckte die Fotografie in die Tasche.

„Merke es dir, mein Junge“, belehrte ihn der Leutnant, während sie durch den Wald zurückgingen, „der Spion ist der gefährlichste Gegner, den es im Krieg gibt. Er kämpft nicht im offenen Kampf, er erkundet mit List und Tücke die Geheimnisse des Gegners und verrät sie für Geld, für schnödes Geld.“

„Wer gibt ihm das Geld?“ fragte Jan.

„Die Regierung, die Heeresleitung, der Generalstab; es besteht da nämlich eine besondere Abteilung für Spionage.“

„Bei den Deutschen auch?“ fragte Jan erstaunt. Ru nickte.

„Die Deutschen geben den Halunken Geld, warum? Das ist doch furchtbar gemein, Herr Leutnant!“

„Es ist gemein, Junge, hast recht. Aber die Regierungen aller Völker tun es. So lange es Krieg gibt, hat es Spione gegeben und wird es Spione geben.“

Vom Waldhügel kam ihnen ein Soldat entgegen. „Divisionsbefehl“, meldete der Mann. „Die Batterie rückt nach Willawa.“

„Willawa?“ Ru breitete die zerknitterte Karte vor sich aus. „Haben Sie auch richtig gehört? Willawa? Das liegt doch weit hinter uns. Das heißt ja Rückzug ...“

Eine Stunde später erfuhren sie es: Der Oberbefehlshaber des Ostens, Hindenburg, habe den Befehl zum sofortigen Rückmarsch gegeben.

„Warum? Warum?“ Bisher hatte immer nur Jan so gefragt, wenn er bei Jakob auf dem Bock saß und durch das verödete Land fuhr: Warum lassen die vielen Soldaten die Äcker brachliegen? Warum bebauen sie nicht das Land und geben den Hungernden Brot? Warum nehmen sie den Bauern die einzige Kuh, das einzige Pferd? Jetzt fingen auch die Kanoniere und die Offiziere, die sich das Fragen längst abgewöhnt hatten oder glaubten, alles besser zu wissen, damit an; jetzt fragten auch sie: „Warum?“

„Warum“, fragte Alert und wies vom Pferd über das weite Land, „warum haben wir nun dieses arme Polen durchzogen, Wälder und Felder verwüstet? Warum haben wir Menschen und Tiere geschunden und mit unseren Granaten und Schrapnells zahllose Kinder zu Waisen, Frauen zu Witwen gemacht?“

„Warum“, sprach Leutnant von Allenstetten, der an seiner Seite ritt, „haben wir uns als Sieger gefühlt und tragen das Eiserne Kreuz als Ehrenzeichen an unserer Brust?“

„Warum hab ich mir den Rheumatismus geholt in dieser verflixten Nässe?“ fragte der Unteroffizier Jakob.

„Verdammich“, schimpfte Rosenlöcher, „ich möcht bloß wissen, warum se uns nu ’n Vierteljahr lang bei den Polacken rumgejagt haben wie die Irren: hinlegen – aufstehen – vorwärts marsch, zurück marsch, marsch! Das ist ja schlimmer als auf’m Kasernenhof!“

„Das versteht ihr alle nicht“, sagte Hottenrot, „das werd ich euch mal erklären. Ich bin nämlich ’n altes Mitglied von unserm Boxverein in Freienwalde. Also, das ist nämlich im Krieg genauso wie beim Boxkampf. Der Laie sieht da bloß eine Keilerei: Haut der eine hin, haut der andre zurück. Aber der Fachmann, so wie ich, weiß Bescheid, mein Junge. Da gibt es nämlich ganz genaue Regeln. Na, und seht ihr, im Krieg ist das genau dieselbe Geschichte: Da geht’s vor und zurück, mal haut der, mal hauen sie alle beide, mal gehen sie umeinander rum wie im Zirkus, dafür gibt’s genaue Regeln. Das ist Strategie, davon hat unsereins keine Ahnung. Das ist eine Wissenschaft, die heißt Taktik.“

„Das haste uns ja wunderschön erklärt, du altes Bockskamel“, versetzte Rosenlöcher, „das hab ich nämlich alles von alleene gewußt.

Aber wenn das nu alles genauso is wie beim Boxkampf, warum machen dann die Herren mit ihrer Strategie und Taktik nich einfach 'n Boxkampf und hauen sich gegenseitig in ihre feinen Fressen und lassen uns zugucken? Warum müssen wir uns für denen ihre Lausestrategie die Knochen kaputtschlagen lassen? Wo wir doch gar nichts davon verstehen!"

„Ich hab auch schon Boxkämpfe gesehen", sagte Cordes. „Da haben sich die Gegner zum Schluß die Hände geschüttelt und sind zusammen in die Kantine gegangen und haben 'nen Schoppen getrunken. Warum gehen wir nicht rüber und schütteln den Rußkis die Hände? Weil die Hände abgeschossen sind, ja. Als Leiche wirst du keinen Schoppen mehr trinken. Strategie, Taktik klingt wunderschön, aber auf gut deutsch heißt's Massenmord, weiter nichts."

Der Mond schien. Die Batterie zog westwärts. Wohin war ihnen gleich, es war doch alles nutzlos: nutzlos der Vormarsch zur Weichsel, nutzlos die furchtbaren Anstrengungen, nutzlos die Toten. Man hörte nichts als das Heulen des Windes, der wie mit scharfen Messern in die Gesichter schnitt.

Am Morgen sah Jan hinter der Batterie die Pioniere bei der Arbeit. Es waren dieselben kräftigen Burschen, die er beim Vormarsch gesehen hatte, als sie Brücken schlugen, Telegrafenleitungen legten, Lebensmittelschuppen und Feldbahnen bauten. Jetzt mußten sie alles hinter sich zerstören, denn man wollte den Russen, die den deutschen Truppen folgten, nichts zurücklassen, was auch nur den geringsten Wert besaß. Nicht eine einzige Telegrafenstange durfte stehenbleiben. Auch die Straßen, diese armseligen polnischen Straßen, wurden nun vollends verwüstet. Immer abwechselnd wurde ein Viereck stehengelassen und eines in die Luft gesprengt. Die Straße sah dann aus wie ein Schachbrett. Kein Wagen, kein Geschütz konnte hier mehr fahren. Die Bäume rechts und links der Wege wurden niedergehauen und versperrten den Durchgang mit ihren Ästen und Stämmen. Eisenbahnschienen wurden vom Bahndamm losgerissen, Weichen herausgebrochen, jede Eisenbahnbrücke mit Dynamit gesprengt, Holzbrükken in Brand gesteckt. Stumm, mit aufeinandergebissenen Zähnen verrichteten die Pioniere ihr Zerstörungswerk.

An einem Viadukt sah Jan seinen Freund wieder, den lustigen Pionier mit dem roten Spitzbart. Aber er war nicht mehr lustig.

„Dafür schafft man nun sein Leben lang“, stieß er hervor, „baut Straßen und Brücken, damit die Menschen leichter und schneller zueinander kommen, und dann bricht der Krieg aus und zwingt einen, das alles mit eigenen Händen kaputtzumachen. Warum?“

Da gibt's kein Wiedersehn ...

Es war Sonntag, der erste November: Allerheiligen. Ein Geistlicher kam in Uniform mit einem kleinen, fahrbaren Altar, und als die Truppe hinter dem Wald haltmachte, klappte er ihn auseinander und hielt vor dem goldenen Schrein eine Andacht. Dann sprach er von den toten Kameraden und den Leiden derer, die verwundet waren. Mitten in der Predigt begann es zu regnen. Es war, als weine der Himmel über den Krieg und über die Menschen, die das Gebot Gottes mißachteten.

„Aber auf Regen“, tröstete der Pfarrer, „folgt Sonnenschein. Wer aus diesem Krieg lebend und gesund wieder nach Hause kommt, den hat Gott zu großen Dingen aufbewahrt. Dieser Krieg wird der letzte der Kriege sein, dafür beten wir, dafür kämpfen wir, dafür sind unsere Kameraden gefallen. Eure Opfer werden nicht umsonst gewesen sein.“

Nachdem er den Soldaten den Segen gegeben hatte, sagte er noch: „Eine Freude steht uns allen bevor: Morgen im Laufe des Tages kommen wir über die Grenze und sehen Deutschland wieder.“

Nach Deutschland! Wie ein Blitz ging das Wort durch die Batterien, Bataillone, Regimenter und erfüllte alle wie ein großes, unaussprechliches Glück. Deutschland, das waren Mutter und Vater, das waren Kinder und Geschwister, Haus und Beruf. Es war wie ein großes Aufatmen, das eine Wort: Deutschland.

Die wundgelaufenen Füße, die erfrorenen Zehen taten den Soldaten mit einemmal nicht mehr weh, und ihre Herzen klopften: Nach Haus, nach Haus, nach Haus! Das Lied, mit dem sie vor einem Vierteljahr hinausgezogen waren, ahnungslos, jubelnd, dies Lied erklang jetzt wieder, als sie in den Eisenbahnzug stiegen, der sie das letzte Stück zur Grenze und über die Grenze hinüber bringen sollte, das Lied der Soldatensehnsucht mit dem Schlußreim:

In der Heimat, in der Heimat,
da gibt's ein Wiedersehn ...

Immer wieder stimmten sie es an, der ganze Zug tönte: „In der Heimat, in der Heimat ...“ Nur Cordes sang: „... da gibt's *kein* Wiedersehn ...“

Noch immer hatten die Haltestellen, an denen es vorbeiging, fremd klingende russische Namen: Dembricze, Skrzunki, Zawady, Podgrabow – da endlich: „Hurra! Hurra! Hurra!“ Ein Grenzpfahl, ein Schilderhaus, schwarzweiß gestrichen: die preußischen Farben. Und da: ein Stationsvorsteher mit roter Mütze – und dort: „Hurra!“ brüllte das ganze Abteil: ein richtiger dicker, blauer Briefkasten! Deutsche Reichspost!

„Da lies mal, was da steht, mein Sohn!“ Hottenrot zog Jan auf die andere Seite zum Fenster. „‚Halt, wenn die Barriere geschlossen ist!‘ So was kann man doch lesen, das ist doch 'ne Sprache, die ein Mensch versteht!“

Sie tobten, als hätten sie Bier getrunken, und schrien und sangen. In ihrem Heimatrausch kamen sie sich vor wie heimkehrende Sieger.

„Na, Cordes, du machst ja 's Maul gar nich uff, du faule Tomate“, sagte Rosenlöcher und schüttelte den Kameraden, der ungerührt auf seiner Bank saß.

„Ich will euch die Freude nicht verderben, Kinder“, antwortete Cordes.

„Was haste denn schon wieder, freust du dich denn nicht, alter Makaua?“

„Jaja, Makaua“, versetzte Cordes, „ihr jubelt wieder mal über seinen Schädel, da kann ich nicht mitjubeln.“

„Den gibt's doch gar nicht, den Schädel, hast's ja selbst gesagt. Aber hier is Deutschland, das sichst du doch, und wir sind drin in der deutschen Heimat, verstehst du denn nicht?“

„So?“ fragte Cordes. „In der deutschen Heimat? Ich seh nur ein paar schwarzweiß gestrichene Pfähle und blaugestrichene Briefkästen. Von Podgrabow ging's nach Grabow, dann nach Wiclowicz, und jetzt kommen wir nach Ostrowo. Klingt sehr nach Heimat, was?“

„Das verstehst du eben nich, Alterchen“, sagte Rosenlöcher, „das is nämlich Deutsch-Polen.“

„Und die ganze Zeit waren wir in Russisch-Polen. Polen ist Polen, also, bitte, worüber freut ihr euch so verrückt?“

„Über Deutschland.“

„Nein, über die Farbe, mit der man Pfähle, Schilderhäuser und

Briefkästen anstreicht, das ist noch weniger als der Schädel eines Negerhäuptlings."

Der Zug näherte sich langsam dem Bahnhof von Ostrowo. Hottenrot, der das Gespräch mit wachsendem Ärger angehört hatte, deutete auf die Waggons, an denen sie vorbeirollten: „Da lies, was da angeschrieben steht: Liegnitz – Essen – Dresden – Elberfeld – Karlsruhe – Bingerbrück – klingt gar nicht nach Heimat, du Schafskopf, was? Noch fünfundsiebzig Kilometer, dann sind wir in Breslau; ist das keine Heimat, du Hanswurst?"

„Können's ja abwarten", antwortete Cordes und schwieg.

„Herr Unteroffizier", fragte der kleine Behr, als er auf dem Bahnsteig von Ostrowo Jakob erblickte, „können mir der Herr Unteroffizier vielleicht verraten, ob wir über Breslau kommen?"

„Keine Ahnung", erwiderte Jakob, „aber warten Sie mal, ich will schauen, ob ich aus dem Ru was rauskriege."

Doch auch Ru wußte nichts oder tat, als wisse er nichts. Denn alle Truppentransporte, ob in der Heimat oder in Feindesland, wurden aus Furcht vor Spionen streng geheimgehalten.

„Gemeinheit!" schimpfte Fahrer Müller und kletterte wieder in den Wagen. „Da wird man verladen wie eine Herde Vieh und hat keine Ahnung, wohin es geht."

„Auf den Schlachthof", sagte Cordes.

Hinter Ostrowo änderte der Zug die Fahrtrichtung und fuhr nach Norden. Behr stellte es mit seinem Kompaß fest. „So kommen wir im Leben nicht nach Breslau", befürchtete er. Wie gebannt blickten alle auf den Kompaß. Keiner sagte ein Wort, aber ihre Herzen zitterten wie die kleine schwarze Nadel, die noch immer nach Norden zeigte.

Am Morgen fuhr der Zug über eine Brücke. Drüben machte er halt. Die Leute kletterten den Bahndamm hinunter zum Fluß. Dort wuschen sie sich. In der Nähe stand ein Wegweiser. Babba war der erste, der ihn sah. Noch naß, mit entblößtem Oberkörper, lief er hin. Sein Gesicht verklärte sich: „Cordes!" schrie er. „Hottenrot, Müller, Panje!" Sie kamen. „Wenn das nich Deutsch is, bin ich 'n Chinese!" rief ihnen Rosenlöcher entgegen. Auf dem Wegweiser stand: Eichenried 2 km – Ganshagen 4 km – Neustadt 6 km – Wilhelmswalde 7 km. „Glaubst du jetzt an die Heimat, Makaua?"

Doch ehe sich Cordes dazu äußern konnte, kam der Befehl: „Ausladen! Das Halbbataillon marschiert nach Szczodrzejewo."

„Szczodr ..., um Himmels willen, das kann man ja nicht mehr aussprechen", meinte Rosenlöcher.

„Dreimal geniest, zweimal ausgespuckt, dann hast du's", sagte Hottenrot, spuckte in die Hände und griff in die Räder des dritten Geschützes. „Hoooh – ruck – hoooh – ruck!"

„Liegt denn das in Deutschland?" ächzte Rosenlöcher, als sie die Wagen und Geschütze heruntergerollt hatten. Ru, der dabeistand, bejahte. Von dem Ort mit dem unaussprechlichen Namen bis zur Grenze waren es noch sechs Kilometer.

Und sie legten auch diese zurück. Noch am selben Nachmittag kamen sie wieder zur Grenze zurück.

Rosenlöcher blieb am Grenzpfahl stehen. Niemand achtete darauf. Es war ihm, als könne er keinen Schritt weiter. Eine plötzliche Schwäche erfaßte ihn, er lehnte sich an den schwarzweiß gestreiften Pfosten und sah mit hoffnungslosem Blick zurück, wo Deutschland lag. Seine Wangen waren eingefallen, seine Lippen bläulich.

„Babba!" rief Jan.

Da riß sich der alte Kanonier zusammen und eilte im Laufschritt los, bis er wieder in seiner Gruppe war.

Dombie

Von den hundertsiebzehn Pferden der Batterie waren nur noch zweiundachtzig am Leben. Von den zweihundertfünfzig Kanonieren waren sechsundneunzig tot, verwundet oder krank. Acht von den Verwundeten bekamen das Eiserne Kreuz. Aber diese Auszeichnung machte ihnen keine Freude mehr. Dem Feldwebel Karl Meumann war am Tag vor dem Eintreffen des Ehrenzeichens auf einem der Operationstische des Reservelazaretts Beuthen der Fuß abgenommen worden. Gustav Häberlein lag ein Stockwerk höher in Gips und fieberte. Im Erzgebirge in einer Blindenanstalt betastete der blinde Johannes Becker das schwarzweiße Eiserne Kreuz und sagte kein Wort. Dann ließ er es fallen und griff nach einer Holztafel, die vor ihm auf dem Tisch lag. Er lernte jetzt Blindenschrift.

Aber die Lücken, die Krankheit, Verwundung und Tod in die Reihen der Batterie gerissen hatten, wurden aufgefüllt. Neue Soldaten wurden dem Halbbataillon zugeteilt, und wenn man irgendwo ein

Pferd entdeckte, nahm man es weg und gab den Besitzern einen Schein dafür, eine Quittung: Ein Pferd erhalten. Unterschrift... Man nannte das Requirieren, und man requirierte, wo man nur konnte.

Leutnant Allenstetten wurde Oberleutnant und Führer der siebenten Batterie. Auch von den Mannschaften und Unteroffizieren wurden mehrere befördert, einige mit dem Eisernen Kreuz ausgezeichnet. Cordes und Hottenrot wurden Gefreite, Hottenrot bildete sich viel darauf ein und spuckte noch größere Bogen als bisher. Der kleine Behr wurde Unteroffizier und kam anstelle des armen Häberlein zur Beobachtungstruppe. Jakob wurde Vizefeldwebel, Alert wurde Hauptmann und bekam das Eiserne Kreuz erster Klasse. Der neue Kommandeur der Division, ein General von der Aue, überreichte es ihm auf dem großen rechteckigen Marktplatz in Kolo, auf dem die Truppen zur Besichtigung aufgestellt waren. Auch Jan war dabei und hörte die Ansprache des Generals.

Als die Rede und die Verteilung der Eisernen Kreuze zu Ende waren, wurde Alert zum Divisionskommandeur befohlen.

„Herr Hauptmann", begann der General. „Sie und Ihre Truppe haben in den letzten Wochen Außerordentliches geleistet. Aber die Division hat vor kurzem eine Anzeige erhalten, einen Brief ohne Unterschrift. Es wird Ihnen vorgeworfen, Sie hätten einen minderjährigen Gefangenen, anstatt ihn vorschriftsmäßig abzuliefern, in preußische Uniform gesteckt, zögen ihn sogar, ungeachtet der Spionagegefahr, zu militärischen Diensten heran. Ich habe es bisher für eine Verleumdung gehalten. Aber vorhin während meiner Ansprache ist mir bei der siebenten Batterie so ein Lümmel aufgefallen. Ist das der Junge?"

„Zu Befehl, Exzellenz, es ist der Junge. Es ist derselbe Junge, der beim Vormarsch an der Weichsel sieben verlorengegangene Munitionswagen wiedergebracht hat. Es ist derselbe Junge, der im schwersten Schrapnell- und Granatfeuer die Bespannung heranholte und durch eine verblüffend gute Beobachtung das Halbbataillon davor bewahrte, im Sumpf zu ertrinken. Es ist derselbe Junge, Exzellenz, der vor einigen Tagen einen als Bauern verkleideten russischen Offizier als Spion entlarvte. Ich muß Euer Exzellenz gestehen, daß ich dieses Ehrenzeichen" – er deutete auf das Eiserne Kreuz an seiner Brust –, „das ich vor wenigen Minuten aus den Händen Eurer Exzellenz empfing, nur mit Beschämung trage. Denn dieses Ehrenzeichen steht von Rechts wegen keinem andern zu als diesem Jungen, Euer Exzellenz. Ohne ihn stünde heute kein Mann der siebenten und achten Batterie auf dem Marktplatz von Kolo."

Die Miene des Generals war während der Worte des weißen Raben freundlicher geworden. „Man war ja auch einmal jung, Hauptmann Alert", sagte er. „Ich bin von der Tüchtigkeit dieses Kerlchens vollkommen überzeugt, selbstverständlich auch von der Lauterkeit Ihrer Absichten, lieber Alert. Aber dienstlich darf ich von der Sache nichts wissen. Denken Sie doch, wenn es heißt: Die Deutschen entführen unmündige Kinder und mißbrauchen sie zu den gefährlichsten Kriegsdiensten! Der Junge ist, wie es in dem verflixten Brief heißt, russischer Staatsangehöriger. Also, tun Sie, was Sie für richtig halten, aber ich will den Jungen auf keinen Fall mehr sehen."

Alert konnte sich wohl denken, wer den gemeinen Brief geschrieben hatte: Da steckte die Ziege dahinter oder Heribert König, wahrscheinlich alle beide. Um so weniger konnte er es übers Herz bringen, den kleinen Panje wegzuschicken und zum Lohn für all seine Tapferkeit und Tüchtigkeit in ein Gefangenenlager zu stecken. Auch Ru und Allenstetten, mit denen er die Angelegenheit besprach, wollten davon nichts wissen. „Wenn der Alte den Jungen nicht mehr sieht, ist ja alles in schönster Ordnung, mehr verlangt er doch nicht", meinte Allenstetten. „Ganz einfach: Wird der Bub halt versteckt, wenn einer von den Generälen kommt."

Und nun ging ein Versteckspiel los, an dem das ganze Halbbataillon mit Leidenschaft teilnahm. Ihren Panje ließen sie sich nicht nehmen. „Wenn se dich auch noch wegholen", sagte Rosenlöcher, „dann spiel ich einfach nicht mehr mit. Mit mir is sowieso nich mehr viel los, ich glaub, ich hab's am Herzen."

„Also, wenn du 'n Offizier siehst", riet ihm Jakob, „dann machst du dich dünne und kommst zu uns auf den Fouragewagen, da schmeißen wir 'ne Decke über dich."

Dem weißen Raben waren diese Heimlichkeiten zuwider. Offen konnte er Jan nicht mehr mit sich nehmen, und heimlich? Das wollte er nicht. Aber er entbehrte ihn, besonders wenn es auf Beobachtung ging. Jan sah mit bloßem Auge mitunter mehr als andere durchs Fernrohr. Es war, als fühle der Junge, wenn irgend etwas in der Landschaft nicht war wie sonst. Ein Baumwipfel, der nicht mit den anderen im Winde mitschwang, ein schwarzes Pünktchen, das die sanft geschwungene Linie eines Hügels durchstach, ein niedergetrampeltes Stück Feld, die plötzliche Flucht eines Hasen, all das erzählte ihm, wo sich ein Mensch verbarg und so den Frieden der Natur störte.

Nun mußte Jan bei den Geschützen bleiben, während Alert mit Ru, Behr und den Telefonisten durch den Wald zur Beobachtung zog. Die Russen feuerten wie toll. Endlich kamen Alerts Befehle von vorn durch den Fernsprecher. Nun schossen die Siebente und die Achte, erst einzeln, dann in Salven.

„Das kann ja lieblich werden", sagte der dicke Dambach, im Frieden Versicherungsagent. Da ertönte das Kommando: Schnellfeuer! Und man verstand sein eigenes Wort nicht mehr.

Auf einmal kamen von vorn keine Befehle mehr durch. Die Telefonisten versuchten anzurufen, aber der Beobachtungsposten meldete sich nicht. War die Telefonleitung zerschossen? Oder war denen vorn etwas zugestoßen? Ehe sich die Soldaten in der Batterie schlüssig wurden, was zu geschehen hatte, war Jan schon unterwegs durch den Wald.

Heulend und dröhnend flogen die schweren Geschosse der Deutschen von hüben, der Russen von drüben über ihn hinweg. Es war fast wie damals, als er zuerst das Grauen der Einsamkeit unter dem Geschoßhagel erlebt hatte: in Koptschowka am vierzehnten September. Aber in den zwei Monaten, die seitdem verstrichen waren, hatte er Erfahrungen gesammelt. Er wußte, wie man sich hinwarf, wenn ein Geschoß herankam, und erkannte am Sausen, ob es in der Nähe einschlagen oder vorbeijaulen würde. Er wußte besser Bescheid als mancher Soldat. Jetzt hatte er auch ein Ziel, eine Aufgabe: Er wollte Menschen Hilfe bringen, die gut zu ihm waren.

Er hatte noch immer den Telefondraht vor Augen, den die Telefonisten hinter sich abgerollt hatten, als sie zwei Stunden zuvor mit dem Hauptmann losgezogen waren. Von Zeit zu Zeit zog er daran, um zu fühlen, ob der Draht nachgab. Dann wäre er nah der Stelle, wo die Leitung gerissen war. Aber wenn nichts gerissen war? Dann war dem Spähtrupp etwas zugestoßen! Er rannte schneller, zog am Draht, der immer noch nicht nachgab, rannte weiter, zog – da endlich gab der Draht nach, Gott sei Dank! Jetzt hatte er das abgerissene Ende in der Hand.

Bald war das andere Stück gefunden. Ein Baum hatte im Sturz die Leitung zerrissen. Ob es gelingen würde, die beiden Teile wieder richtig miteinander zu verbinden? Isolierband hatte er beim Weggehen vorsorglich eingesteckt, auch ein wenig Reservedraht mitgenommen, hatte auch schon gesehen, wie die Fernmeldetechniker einen zerrissenen Draht geflickt hatten. Also rasch an die Arbeit!

Er hörte das Johlen der schweren Granaten nicht mehr, auch keine Abschüsse und Einschläge: Er war ganz vertieft in seine Arbeit.

So, jetzt hielt die Geschichte. Ob aber auch die Leitung funktionierte? Er horchte gespannt auf die nächsten Abschüsse und beobachtete, wohin die Granaten fuhren. Richtig: Jetzt flogen sie nicht mehr wie bisher geradeaus, sie gingen ein ganzes Stück weiter nach rechts. Ohne Alerts Kommando wäre das nicht möglich. Die Leitung war wieder in Ordnung.

Sollte er zu den Geschützen zurück? Nach seiner Berechnung mußten schon Fernmeldetechniker unterwegs sein, die nach einer Bruchstelle suchten. Na, die würden Augen machen, wenn sie den Draht ausgebessert fanden.

Ein dunkles Gefühl trieb ihn weiter, vorwärts durch den Wald, immer der Telefonleitung nach zum Beobachtungsposten.

Der Wald war zu Ende. Ein paar Meter weiter standen in einiger Entfernung voneinander drei Holzstapel. Hinter dem einen lagen Gestalten: Das mußten sie sein. Aber zwischen den Stapeln krachten Einschläge. Die Russen beschossen den Waldrand.

Die deutschen Granaten heulten jetzt hoch über ihn hinweg, weit über die Ebene hin, die vor ihm lag. Am Rand der Ebene rechts auf dem Hügel, zu dem eine Chaussee hinaufführte, erblickte Jan eine Stadt: Dort gingen die Geschosse der Batterie nieder, und wo sie einschlugen, brach Feuer aus.

Erst brannte eine Scheune am rechten Ende, dann ein Haus ganz links, nun eines in der Mitte, dann folgten die Einschläge so rasch, daß bald über der ganzen Stadt eine einzige riesige Flamme stand. Aus den Flammen stieg dicker, schwarzbrauner Rauch auf und wand sich wie eine riesige Säule zum Himmel empor.

Jan wandte seine Augen von dem Zerstörungswerk. Ein Bach, der aus dem Wald kam, durchfloß die Ebene in vielen Windungen. Jenseits des Baches zwischen kahlem Gestrüpp standen kleine Häuser: Schäferhütten, Bauernhöfe. Über einem flimmerte die Luft, wie er es sonst nur an heißen Sommerabenden gesehen hatte. Was war das nur? Kam das vom Brand der Stadt? Wurde in dem Haus geheizt, war es bewohnt? Dann wehe den Armen, die sich darin befanden. Jeden Augenblick konnte eine Granate einschlagen. Aber so scharf Jan auch nach dem Schornstein spähte, er entdeckte nicht das kleinste Rauchwölkchen. Er dachte angestrengt nach, aber da trat schon auf beiden Seiten der Chaussee die Infanterie aus dem Wald.

In einer langen Reihe rannten viele Soldaten vor, warfen sich auf die Erde, schon kam eine zweite Kette, lief durch die am Boden liegende erste hindurch und schmiß sich vierzig, fünfzig Meter vor ihr hin. Dann sprang die erste Reihe wieder auf, lief vorwärts und warf sich, während schon eine dritte Reihe auftauchte, zur Erde, und so ging's fort: Die zweite Kette rannte, eine vierte erschien und so weiter und weiter, wie Wellen des Meeres. So rannten die grauen Soldaten auf die brennende Stadt zu, in den Nahkampf mit der russischen Infanterie, die dort auf sie wartete.

Aber ehe noch die erste Reihe ihr Ziel erreichte, tackerten Maschinengewehre. Da stürzten Soldaten nieder, außer der Reihe: da einer und dort, mitten im Lauf. Über die Liegenden fluteten immer neue Menschenwellen, und die Maschinen mordeten weiter in ihrem erbarmungslosen Takt: taktaktaktak –

Plötzlich wußte Jan, was die flimmernde Luft über dem einsamen Haus jenseits des Baches zu bedeuten hatte: Dort brannte ein Feuer von Holzkohlen, Holzkohlen gaben keinen Rauch. Bei diesem Feuer saßen die Menschen, die jene Maschinengewehre bedienten.

Das hatten die auf dem Beobachtungsposten mit dem Scherenfernrohr nicht gesehen, das mußte er ihnen sagen, sofort! Er kroch über die Stämme, die ihm den Weg versperrten, verbarg sich in den Kronen umgestürzter Bäume, jetzt war er beim zweiten Holzstoß. Wenn sie ihn nur jetzt nicht von drüben sahen. Nur jetzt sollten sie ihn nicht treffen, nicht bevor er dem weißen Raben das Haus des Todes gezeigt hatte!

„Das vierte Haus von rechts, an der Chaussee!" rief er Alert entgegen. „Maschinengewehre! Schießen, Herr Hauptmann, schießen!"

Alert schickte ein neues Kommando durch den Apparat. „Siebente Batterie, Feuer vereinigen!" schrie er. Nur dem Gefühl gehorchend, dem Gefühl des Vertrauens und der unbedingten Zuverlässigkeit, das diese Jungenstimme in ihm hervorrief, nahm er mit den vier Geschützen der Siebenten das angegebene Haus und mit je zwei

Geschützen der Achten die beiden benachbarten Häuser unter Feuer. *Volltreffer*. Die Maschinengewehre verstummten. Und die Schützenketten der Infanterie stürmten weiter, mitten hinein in die brennende Stadt.

Die Geschütze schwiegen. Aber von der Ebene her gellten Schmerzensschreie, Hilferufe, man hörte Wimmern, Stöhnen und wieder Schreien, Schreien, Schreien ... Sanitäter liefen vor mit Tragbahren und Verbandkästen, auf die ein rotes Kreuz gemalt war. Aber was wollten diese wenigen Hände gegen jenen Berg von Qualen ausrichten, der vor ihnen aus der Ebene aufwuchs, riesengroß?

Die Beobachter standen auf. „Dieser tapfere Junge“, sagte Alert, „hat Tausenden das Leben gerettet. Ohne sein Dazwischentreten wäre der Sturmangriff gescheitert. Wie kann ich ihm nur danken?“ Der weiße Rabe sah sich suchend um. „Jan! He, Jan!“

Aber Jan hatte sich dünngemacht. Er war wieder bei den Geschützen, die nun auf der Chaussee vorrückten.

Jetzt sahen die Kanoniere die brennende Stadt. „Ist das unser Werk?“ fragte Cordes.

„Was sonst?“ erwiderte der Richtunteroffizier Skobel. „Wo mein Geschütz hinzielt, wächst kein Gras mehr. Jeder Schuß ein Volltreffer.“

„Wie heißt die Stadt, Herr Unteroffizier?“

„Weiß nicht.“

Cordes wandte sich an den Feldwebel Dietrich: „Können mir Herr Feldwebel den Namen der Stadt sagen, die wir da in Brand geschossen haben?“

„Geht mich nichts an, und Sie schon gar nichts.“

„Zu Befehl, Herr Feldwebel.“

Während sie sich den ersten qualmenden Häusern näherten, sagte Cordes zu Jan, der neben ihm lief: „Ein Mordbrenner weiß wenigstens, was er in Brand steckt.“

Die Batterie fährt durch die Stadt. Es schwelt noch überall von Bränden. Kahle Mauern ragen schwarz und verkohlt empor. Hinter den Höhlen der Fenster wehen Flammen wie Gardinen. Der kleine Marktplatz ist voll von Stroh. Das Stroh ist rot und naß von Blut.

Jetzt biegen sie in eine enge Gasse ein. Die Straße ist abschüssig. In den Rinnsteinen rechts und links fließt das Blut wie Wasser nach einem

Regen. Auf dem Fahrdamm liegen Tote, kreuz und quer, Russen und Deutsche. Hier hat der fürchterliche Nahkampf mit Bajonetten und Seitengewehren am grausigsten gewütet.

Unmöglich, diese Masse der Leichen aus dem Weg zu schaffen. Unmöglich, zur Seite auszuweichen, denn dort stehen die brennenden Häuser. Ein gräßlicher Geruch von Blut, verbranntem Holz, verbrannten Lumpen, verbrannten Menschen erfüllt die Gasse. „Vorwärts! Weiter! Marsch!"

„Cordes", sagt Jan, „mir kommt's hoch." Seine Stimme klingt wie die eines Erwachsenen. Sein Gesicht ist grüngelb. „Gib mir eine Zigarette, Cordes!"

Cordes zündet eine Zigarette an seiner an, gibt sie ihm. Jan raucht zum erstenmal in seinem Leben.

Knirschend und knackend mahlen die schweren Geschütze über die Toten. Flox schleicht mit eingezogenem Schwanz hinter seinem Herrn her. Er gibt acht, daß seine Pfoten nirgends etwas Totes berühren. Auf einmal fängt er an zu winseln. Er ist bei einem russischen Soldaten stehengeblieben, der mit angewinkelten Beinen dicht an einer Mauer liegt, und leckt ihm die Hände.

„Flox, was hast du?" fragt Jan, geht ein paar Schritte zurück, um nach dem Tier zu sehen, und schaut auf das Gesicht des Mannes – Gott, wo hat er das Gesicht schon gesehen? Er kennt es genau, obwohl es verzerrt ist. Der Liegende glotzt mit starrem Blick auf Flox. Dann richtet er die Augen auf den Jungen – nun weiß Jan, wer es ist: Vladimir, der Schäfer, der beim Panje gedient hat, Vladimir aus Koptschowka, dem der Flox gehört. Jetzt liegt er da und stirbt, und sein Hund will ihm die Wangen lecken, aber sein Kopf geht immerzu hin und her, und der Mund ist halb geöffnet.

Jan will ihm die eben angerauchte Zigarette schenken, steckt sie ihm zwischen die Zähne, doch Vladimir schüttelt nur den Kopf. Die Zigarette fällt in den Rinnstein und erlischt zischend im Blut. Der Kopf des Schäfers sinkt schlaff zur Seite, der Unterkiefer klappt nach unten. Jan steht wie leblos da.

Cordes legt den Arm um die Schulter des Jungen: „Da ist nichts zu wollen, er lebt nicht mehr. Hast du ihn gekannt?"

Jans Gedanken sind weit weg. Er sieht Vladimir in seinem schwarzen, zottigen Pelz auf der Wiese bei den Schafen. Wenn eines krank war, heilte er es, Vladimir verstand sich auf Tiere. Dann sieht er

Vladimir in der neuen Uniform, wie er mit dem Vater über die Rawkabrücke in den Krieg zieht. Er sieht sie winken . . .

„Ist er aus deinem Dorf?" fragt Cordes. Jan nickt. „Komm, ich will ihn beiseite tragen, daß ihn die Räder nicht . . . Willst du noch eine Zigarette?" Jan schüttelt den Kopf.

Hinter der Stadt macht die Batterie halt. Jan und Cordes sind wieder bei den andern.

Allenstetten ist vom Pferd gestiegen und zeichnet etwas in seine Karte ein. Cordes geht auf ihn zu: „Verzeihung, Herr Oberleutnant, dürfte ich Herrn Oberleutnant fragen, wie die Stadt heißt, durch die wir eben gekommen sind?"

„Dombie", antwortet der Oberleutnant, „warum fragen Sie?"

„Ich will mir diesen Ort merken", sagt Cordes. „Dombie. Für mein ganzes Leben werde ich mir den Namen merken."

„Brav, Gefreiter Cordes, die Schlacht bei Dombie bedeutet ein Ruhmesblatt in der Geschichte dieses Feldzugs. Wir alle können stolz darauf sein", erwidert der Offizier.

Advent

Spätabends am vierten Advent, nach langen, schweren und blutigen Kämpfen bei Lutomiersk und Kasimierz, bei denen zweiundvierzig Kameraden der siebenten und achten Batterie den Tod gefunden hatten, verlud man das Fußa 17 wieder in die Eisenbahn.

Grauenhafte Tage lagen hinter den Soldaten. Unter den Toten von Kasimierz befand sich auch Fritz Behr. Er hatte auf der vorgeschobenen Beobachtung gerade seine Hornbrille geputzt, da hatte ihn ein Volltreffer zerrissen, ihn und einen der Telefonisten. Man fand nur noch Behrs Brotbeutel. Darin lag sein Tagebuch. Das schickte man seiner Mutter nach Bromberg. Es standen auch einige Gedichte darin. Das letzte hatte die Überschrift: Advent.

Auch Leutnant Ru führte ein Kriegstagebuch. Darin notierte er alle wichtigen Begebenheiten und machte dazu Bemerkungen. Während die Kanoniere Geschütze und Fahrzeuge in die Güterwagen luden, saß er auf der Verladerampe und trug ein: „Haltung der Truppen: gut. Gedächtnis: mangelhaft. Kaum sind sie raus aus dem Dreck, da ist auch schon alles wieder vergessen. Mir geht es genauso. Man schüttelt das Entsetzliche von sich ab wie der Flox, wenn er naß ist, das Wasser. Wenn die Menschen nicht so schrecklich vergeßlich wären, gäbe es keinen Krieg mehr."

Der Zug, in den sie verladen wurden, war endlos lang. Hinter der Lokomotive hatte man einen gutgeheizten Waggon zweiter Klasse für die Offiziere angekoppelt. An zwei Abteilen hingen Schilder mit der Aufschrift: STAB. Ein Abteil war für Alert, das andre für Ru und den Doktor. Die Offiziere zogen ihre Röcke aus. Es war richtig gemütlich.

Die Mannschaften fuhren in Wagen, in denen man sonst Vieh transportierte. Das war weniger gemütlich. Es gab keine Sitze, auch keine Heizung. Die drei letzten Viehwagen waren voller Kranker und Verwundeter aus dem Feldlazarett.

„Warum hat man den armen Kerlen nicht wenigstens den Wagen mit den Polsterbänken gegeben?" fragte Jan den Versicherungsagenten Dambach.

„Weil ein Offiziershintern", antwortete der Dicke, „allemal wertvoller ist als der Allerwerteste eines gewöhnlichen Sterblichen."

Sie saßen auf dem letzten Planwagen und bewachten das vierte Geschütz, das darauf stand. „Warum geht der Alert nicht einfach hin und legt die Verwundeten auf die Kissen in die Wärme?" sagte Jan. „Er will doch sonst nie eine Extrawurst für sich."

„Weil das menschlich wäre, und was menschlich ist, ist nicht militärisch, mein Sohn. Zuzutrauen wär's ihm schon, dem weißen Raben. Aber was meinst du, wie die dem auf den Kopf spucken täten, die Herren vom Generalkommando, wenn er sich so was unterstehen würde!"

„Er sollte es doch tun", meinte Jan und sah in die weite polnische Landschaft, die seine Heimat war und die er nun verließ.

Es war der 22. Dezember. Im Osten waren die Kämpfe zum Stillstand gekommen. Nun sollte das Bataillon nach dem Westen.

Nach dem Westen ... Dies Wort ließ die Soldaten erschauern. Der Krieg im Osten, so meinten alle, die vom Westen herübergekommen waren, sei ein Kinderspiel gegen das, was an der Westfront geschah. Durfte denn niemand übrigbleiben? Sollten alle geschlachtet werden? Das war wie ein Todesurteil, diese Worte: nach Westen.

Es dauerte lang, bis sie wieder nach Ostrowo an die deutsche Grenze kamen. Immer wieder hielt der Zug auf armseligen Bahnhöfen, manchmal auf freiem Feld. Dann wurden sie von anderen Zügen überholt, Zügen mit Kanonen, Maschinengewehren, Geschossen, Futter und Lebensmitteln.

Auf einem Nebengleis vor einer kleinen Station stand ein Waggon, der bis oben hin mit vielen Paketen beladen war. Vier Soldaten unter Aufsicht eines Unteroffiziers und eines Feldwebels stöberten drin herum.

Als Ru fragte, was sie da machten, antwortete der Feldwebel: Ihr Divisionskommandeur habe befohlen, ihm und seinem Stab sofort die an sie adressierten Pakete zu bringen. Nach diesen durchsuchte man jetzt schon den zweiten Waggon.

„Für wen sind denn die Pakete, die da heruntergefallen sind?"

„Draußen für die Truppen", antwortete der Feldwebel. Seine Mannschaft wühlte weiter in dem Wagen. Schon wieder fiel ein Stoß Soldatenpakete in den Dreck. Wie viele Mütter, wie viele Ehefrauen und Bräute hatten diese Kartons mit Sorgfalt und Liebe gepackt! Lebkuchen waren drin, auch Kognak, Tabak, Dauerwürste, Schmalz – das hatten sie sich daheim vom Mund abgespart, nun lag es aufgeplatzt und durchnäßt zwischen den Schienen herum, und die, für die es bestimmt war, warteten in Schützengräben und Unterständen vergebens darauf.

„O du fröhliche, o du selige, gnadenbringende Weihnachtszeit!" summte Dambach, während sie wieder in ihren Viehwagen kletterten.

„Ru", sagte Alert im Offizierswagen, als der Leutnant wieder in seinem Abteil erschien, „ich möchte unserem Panje gern etwas zu Weihnachten schenken, wenn ich nur wüßte, was."

„Wie wäre es mit einer Uhr?" schlug Ru vor.

„Die kann er selbstverständlich auch haben", meinte der weiße Rabe, „aber mir schwebt eigentlich etwas anderes vor, etwas, das dem entspricht, was er geleistet hat, gewissermaßen ein Ersatz dafür, daß er kein Eisernes Kreuz kriegt und nicht befördert werden kann. Vielleicht weiß Allenstetten was!"

„Allenstetten!" rief Ru in das Abteil nebenan.

Von Allenstetten erschien. Als man ihn vor die schwierige Frage stellte, sagte er: „Ich weiß schon etwas: Wir machen eine Eingabe, daß man dem Jan die deutsche Staatsangehörigkeit geben soll. Dann ist er kein russischer Untertan mehr. Dann brauchen wir ihn nicht zu versteckcn, dann ist er Deutscher. Vielleicht kann man ihn gleichzeitig fürs Eiserne Kreuz vorschlagen."

„Eine famose Idee", bestätigte Alert, „setzen Sie nur gleich das Gesuch auf, ich werde es in meiner Eigenschaft als Bataillonskommandeur befürworten und an das Generalkommando weiterreichen."

Am nächsten Morgen ging es wieder über die Grenze. Aber diesmal jubelten die Soldaten nicht. Sie wußten, wohin sie fuhren, das schnürte ihre Kehle zu. Die Heimat, durch die sie fuhren, war nur ein dünner Strang, der von der einen Grenze Deutschlands zur andern reichte, ein schmaler, eiserner Schienenstrang. Aber dort, wo er endete, hinter der Westgrenze, stand der Tod und harrte ihrer Ankunft.

Jan darf sich was wünschen

Am Tag vor Heiligabend kamen sie über die Oder, nach Mitternacht über die Elbbrücke bei Dresden. In der Bahnhofshalle von Dresden bekamen die Soldaten von freundlichen Damen aus großen weißen Kannen Milchkaffee eingegossen und durften sich von breiten, hölzernen Platten belegte Brote nehmen, soviel sie nur wollten. „So was gibt's bloß in Sachsen", sagte Rosenlöcher, der seit Bautzen nur Unsinn redete. „So scheenen Kaffee, so 'ne Bahnhöfe, so hibsche Mädchen!" Als sich der Zug wieder in Bewegung setzte, hockte er sich mit Mostrich, Jan und Flox in die Türöffnung des Waggons, ließ die Beine hinaushängen, und sein Mund, auch wenn er voll war, ging immerzu. Er redete, um nicht zu denken. Er lachte, um nicht weinen zu müssen. Denn das Heimweh schwoll in seiner Brust. Er war in der Heimat, er sah das geliebte Land und durfte es nicht betreten. Sein Herz tat weh.

In Freiberg lief er, von Jan und Flox gefolgt, zur Lokomotive und fragte den Führer, ob sie durchs Vogtland fahren würden. An Plauen wagte er noch gar nicht zu denken. Das war wie ein ferner Traum. Aber der Lokomotivführer wußte nichts, er fuhr nur bis Chemnitz. Da rannten sie wieder zurück. In Chemnitz rannten sie wieder nach vorn. Babba gab dem neuen Lokomotivführer eine Zigarre. Und als ihm der die Stationen sagte: Glauchau, Zwickau, Reichenbach, Plauen, da schenkte er den Heizern noch seine fünf letzten Glimmstengel. „Ham mer noch Zeit zum Telegrafieren?“ fragte er aufgeregt. „Ich muß doch meine Frau benachrichtigen, daß sie an den Zug kommt.“ Aber es war keine Zeit. Sie rannten wieder zurück.

„He, Rosenlöcher“, rief Jakob aus seinem Abteil, „was machen Sie denn für Dauerläufe? Sind Sie verrückt?“

„Verrückt nich, aber aus Sachsen“, keuchte der Babba.

„Dann steigen Sie mal fix hier ein! Jan, du auch, sonst fährt euch der Zug vor der Nase weg!“

„Entschuld'gen der Herr Feldwebel“, fing Rosenlöcher an, als sie bei Jakob im Abteil waren. „Der Herr Feldwebel sind doch im Frieden Rechtsanwalt sozusagen?“ Jakob bejahte. „Könnt ich da den Herrn Doktor um einen juristischen Rat bitten? Ich bin nämlich Inhaber der Firma Albin Rosenlöcher, Kolonialwaren und Landesprodukte, Plauen im Vogtland. Da is nu also mein Geschäft in Plauen, und ich sitz hier in der Bahn ...“

„Und da wollen Sie rasch ein bißchen Urlaub haben?“ fragte Jakob lächelnd.

„Sie sind wirklich 'n ganz großartiger Rechtsanwalt, Sie merken auch alles.“

„Aber ich kann doch keinen Urlaub erteilen.“

„Weeß ich, weeß ich“, sagte der Kolonialwarenhändler, „aber vielleicht können mir der Herr Rechtsanwalt verraten, wie ich am besten zu so 'n ganz kleenen Urlaub komme. Auf 'ne Kiste Zigarren soll mir's dabei nich ankommen.“

„Das ist Bestechung, Rosenlöcher, das gibt's beim Militär nicht.“

„Herr Feldwebel, haben Sie schon mal 'n Feldwebel gesehen, der keene Zigarren nimmt, wenn er sie kriegt? Das wär ja gelacht. Für 'n Urlaub, und wenn's nur zwei Tage wären, sind mir tausend Mark nicht zuviel.“

„Rosenlöcher“, sagte der Anwalt, „wenn Sie schon mit Gewalt bestechen wollen, dann bieten Sie Ihr Geld doch gleich der allerhöchsten Stelle an, dem Deutschen Reich, dem Staat. Der nimmt's.“

Der Zug hielt auf dem Bahnhof Glauchau. Jakob deutete zum Fenster hinaus auf ein Plakat. Darauf war Hindenburg, der Oberbefehlshaber des Ostens, abgebildet, und darunter stand: „Zeichnet Kriegsanleihe!“

„Urlaub zwecks Zeichnung von Kriegsanleihe wird bewilligt“, erklärte Jakob.

„Meinetwegen verlier ich sogar zweitausend Mark", sagte Rosenlöcher. „Wollen der Herr Rechtsanwalt die Sache vielleicht gleich beim Batterieführer in Ordnung bringen?"

„Nee, nee, das machen Sie mal lieber selbst."

Rosenlöcher kratzte sich am Hinterkopf. Mit Herrn von Allenstetten war nicht gut Kirschen essen. Ja, wenn's noch der weiße Rabe gewesen wäre, aber an den durfte man sich doch nicht wenden, das ging gegen die Disziplin.

Der Zug hielt auf dem Güterbahnhof von Zwickau. Babba faßte Mut, rannte nach vorn und stieg auf das Trittbrett des Offizierswagens.

„Die Herren sind gerade beim Essen", sagte einer der Burschen, „da darf ich nicht stören. Komm in einer Stunde wieder!"

Mühsam trottete Albin Rosenlöcher den Weg zurück zu seinem Viehwagen, wo Jan auf ihn wartete. Babba mußte sich ein bißchen hinlegen. In seiner Brust klopfte es wie verrückt.

Dambach knöpfte dem Herzkranken Kragen und Rock auf. „Hol Wasser!" sagte er zu Jan, als der Zug in Marienthal hielt. Babba sah auf die Uhr: Noch vierzig Minuten, dann sind die Herren mit Essen fertig.

Jan kam mit Wasser. Dambach machte Umschläge. Babba lag flach ausgestreckt. Seine Augen waren geschlossen.

Der Zug fuhr und hielt und fuhr und hielt und fuhr.

Oberreichenbach. „Nächste Station ist Reichenbach", murmelte Babba, „da muß ich raus." Gleich darauf richtete er sich auf. Er sah elend aus. Aber er knöpfte die Uniform zu, setzte den Helm auf, schnallte den Gürtel um. Jan half ihm. Auch beim Aussteigen half er ihm und begleitete ihn nach vorn.

Beim Offizierswagen blieb Rosenlöcher stehen: „Wenn der nun nein sagt?" Er sah angstvoll zu den Scheiben des Abteils empor. Da stand von Allenstetten mit dem Rücken zum Fenster.

„Ich werd den Allenstetten fragen", entschied Jan und kletterte auf das Trittbrett.

„Ah, da ist ja unser Panje!" rief Ru, als er ihn im Korridor erblickte. „Du, Jan, komm mal rein!" Er hatte gerade mit Doktor Jürgensen und Leutnant Zimmermann von der achten Batterie Skat gespielt. „Sag mal, mein Junge", fing er an, „was wünschst du dir eigentlich? Heute ist doch Heiligabend. Bei uns in Deutschland schreiben die Kinder

Wunschzettel für den Weihnachtsmann. Du wünschst dir doch sicherlich auch allerhand."

„Freilich", meinte Jan, „ob ich's aber kriege?"

„Na, wünsch dir mal was, nur los!" lachte Zimmermann.

„Draußen steht der Rosenlöcher", sagte Jan, „und traut sich nicht. Er ist nämlich aus Plauen, und da kommen wir doch jetzt durch."

„Na und?"

„Herr Leutnant, dann wünsche ich, daß der Rosenlöcher in Plauen aussteigen und seiner Frau und seinem Jungen guten Tag sagen darf."

„Hast du sonst keinen Wunsch?"

„Nein, Herr Leutnant."

„Braver Junge!" lobte Ru. Dann ging er in das Abteil nebenan, in dem Alert und Allenstetten saßen. Jan winkte durchs Fenster dem Babba ermutigend zu. Die Lokomotive pfiff. Babba kletterte aufs Trittbrett und hielt sich am Griff. Der Zug fuhr.

„Laut Divisionsbefehl", verkündete Allenstetten, als Ru den Wunsch des Jungen vorgetragen hatte, „sind Urlaube nur in den dringendsten Fällen zulässig. Diese Vorschrift –"

„Diese Vorschrift", setzte der weiße Rabe die Rede fort, „ist eine von denen, die alle Freude, allen guten Willen im Soldaten ersticken. Aber ich will sie befolgen, buchstäblich. Wie sagten Sie? Nur in dringendsten Fällen? Dieser dringendste Fall liegt hier vor. Es wäre eine Schande für das ganze Bataillon, wenn man seinem Retter eine Bitte abschlüge, eine Bitte, die dem edelsten Gefühl des Soldaten entspringt: der Kameradschaft."

„Zu Befehl, Herr Hauptmann, ich werde sofort das Nötige veranlassen", gehorchte von Allenstetten, „Urlaub bis zum siebenundzwanzigsten abends." Und er wandte sich zur Tür.

„Halt!" rief ihm Alert nach. „Aber nur unter einer Bedingung: Wenn er den Jungen als Gast für die Feiertage mitnimmt."

„Sehr gut", sagte Ru, „dann lernt er auch das deutsche Weihnachtsfest kennen, der kleine Panje. Da er jetzt selbst bald Deutscher wird –"

Babba stand noch immer auf dem Trittbrett des fahrenden Zuges, beide Hände krampfhaft am Griff. Er traute sich nicht, die Tür aufzumachen. Vielleicht war es verboten, den Wagen der Herren Offiziere ohne Erlaubnis zu betreten.

Als nun Jan, über das ganze Gesicht strahlend, das Fenster runterließ und „Urlaub" rief, wäre der Babba vor Freude fast vom Trittbrett gefallen. Aber Jan faßte ihn am Arm und zog ihn in die schnell geöffnete Tür. „Kannst dein Geld behalten, Babba. Aber du mußt mich mitnehmen, anders tun sie's nicht. Nimmst du mich mit?"

Da gab Babba dem Jungen einen Kuß.

Netzschkau – Limbach – Herlasgrün – Ruppertsgrün. „Ihr grünt nicht nur zur Sommerszeit, nein auch im Winter, wenn es schneit", sang Albin Rosenlöcher mit dünner Stimme die vertrauten Dörfer seiner Heimat an und begann aufzublühen.

Im Viehwagen standen alle um ihn herum und sagten nur immer: „Mensch, hast du 'n Dusel! Hast du 'n Dusel, Mensch!"

„Darf der Panje auch mit?" fragte Mostrich.

„Der Flox auch!" rief Jan. Da sprang ihm Flox, der seinen Namen gehört hatte, vor Freude ins Gesicht. Schon beim Tornisterpacken war ihm klargeworden, daß es bald fortging aus dem engen, stuckernden Kasten.

„Kommst du auch wieder zu uns, Jan?" fragte Mostrich.

„Aber Mostrich, was denkst du denn, ich bin doch euer Panje!"

„Also bestimmt?"

„Bestimmt. Auf Wiedersehn! Wiedersehn! Wiedersehn!"

Plauen! „Wiedersehen!"

„Urlaub ist die beste Lebensversicherung", bemerkte Dambach und blickte Rosenlöcher nach, der jetzt mit Jan den Bahnsteig entlang zur Sperre eilte.

O du fröhliche . . .

In den Häusern brannten Lichterbäume hinter den Fenstern. Die Straßen waren leer. Von da und dort klangen Weihnachtslieder durch den Abend. Als sie um die dritte Ecke bogen, schrie Albin Rosenlöcher: „Da! Jetzt kannste's sehen, da unten das helle Haus mit dem schwarzen Schild." Auf dem schwarzen Schild stand in weißen Buchstaben: Albin Rosenlöcher, Kolonialwaren und Landesprodukte. Albin stieß einen tiefen Seufzer aus. Daß er das noch einmal zu sehen bekam! „Gucke, da oben, da brennt auch der Baum!" Er deutete über das Schild hinauf zum zweiten Stockwerk.

Aber trotz seiner Ungeduld kam er nur langsam die Stiege hinauf. Mehrmals mußte er ausruhen. Jan nahm ihm den Tornister ab.

Endlich standen sie vor der Flurtür. Albin drückte auf den Klingelknopf. Drinnen wurde eine Tür geöffnet, rasche Schritte kamen durch den Korridor, die Tür ging auf, und ein Paar erstaunter Mädchenaugen blickte zu ihnen auf.

„Die Sissi!" rief Rosenlöcher. „Das is aber scheen." Und er streckte ihr beide Arme entgegen.

„Der Onkel, je, der Onkel. Was hast du denn da für 'n Hundchen?" Flox tanzte um sie herum und bellte.

Hinten sprang eine Tür auf. „Was für 'n Hundchen?" rief ein Junge, kaum größer als Sissi.

„Oskar!" rief Rosenlöcher.

„Der Babba is da!" schrie Oskar, und seine Stimme überschlug sich.

Küsse, Küsse, Umarmungen. Frau Rosenlöcher schmiegte sich an die unrasierten Wangen des Heimgekehrten. „Wie geht's denn, Albin?"

„No, wie geht dir's denn, Selma?"

Hinten in der Tür standen zwei alte Leute, Babbas Eltern. Sie waren selig. „Grad ham mer von dir gesprochen, Albin", sagte der Alte.

Die Großmutter meinte: „Nu laßt'n doch erst richtig reinkommen. Kommste direkt aus Rußland? Laß dich doch mal ansehn!" Sie zog ihn in die Wohnstube: „Siehst aber gar nich so gut aus. Fehlt dir was, Albin?"

„Wo ist denn der Jan? Holt doch den Jan rein!"

Da kam schon Oskar und hatte ihn an der Hand. „Is das der Jan, von dem du uns immer schreibst, Babba?" fragte er.

„Nu freilich, wer denn sonst?" sagte Babba. „So een gibt's doch nur eenmal uff der Welt. Bedank dich mal scheen bei dem, Oskar. Der hat deinem Babba das Leben gerettet. Den Urlaub hat er mir ooch verschafft."

„Aber Rosenlöcher, erzähl doch keine Geschichten!" wehrte Jan verlegen ab.

„Was sagste denn uff eenmal Rosenlöcher zu mir? Kannst ruhig weiter Babba sagen. Wenn der Schlingel auch mein Oskar ist, deswegen bleib ich doch allemal dein Babba. Und hier is die Mamma, und das sind die Großeltern." Aber Jan interessierte sich mehr für die Sissi.

„Meine Nichte Elisabeth aus Langensalza", stellte Albin vor, „die Tochter von meinem Bruder Anton. Der ist auch im Feld."

„Im Westen“, ergänzte Sissi. Ihr Lachen war auf einmal weggewischt. „Haben Sie unsern Baum schon angesehn, Herr Jan?“

„Das hat Zeit bis später“, sagte die Hausfrau. „Soldaten haben Hunger, und wir haben Karpfen.“ Während sie mit Sissi noch zwei Gedecke auflegte, tuschelte Vater Albin mit Sohn Oskar. Darauf nahm Oskar die Sissi beiseite, und es gab eine große Geheimnistuerei zwischen ihnen. Indessen gingen Rosenlöcher und Jan ins Schlafzimmer und wuschen sich gründlich.

„Es paßt dir doch“, fragte Frau Rosenlöcher ihren Mann, als er wieder reinkam, „daß ich die Sissi eingeladen habe? Deine Schwägerin hat mit ihren vier andern genug Last, niewahr?“

„Du die Sissi und ich den Jan“, antwortete Albin, während sie zu Tisch gingen, „da hat sich halt jeder von uns zwee beeden ’n Kriegskind angeschafft. So, nu iß mal, Jan, laß dir’s schmecken!“

Sissi und Oskar warfen sich bedeutungsvolle Blicke zu. Ehe noch das Essen fertig war, machten sie sich schon wieder hinter dem Baum zu schaffen. Zwischen glitzernden Zweigen, Glöckchen und duftenden Wachskerzen Papiergeraschel, Getuschel, Gelächter. „Der Weihnachtsmann, der Weihnachtsmann für Vaters Lebensretter Jan“, deklamierte Oskar. Sissi nahm Jan bei der Hand und zog ihn zum Baum. „Das ist dein“, sagte Oskar. Die Kinder hatten geschwind alles zusammengesucht und aufgebaut, wofür ein Junge wie Jan Verwendung hatte. Da lagen ein Rucksack, den Oskar erst zweimal benutzt hatte, Oskars Radfahrhose, die ihm Babba letztes Frühjahr gekauft hatte, Strümpfe, ein Pullover und zwei Sporthemden.

Der Großpapa spendete ein Fünfmarkstück. „Dafür kannst dir selbst was kaufen.“

„Nicht bös sein, Tante!“ flüsterte Sissi Frau Rosenlöcher zu, denn nun kam das Hauptgeschenk zum Vorschein: eine Armbanduhr im Lederetui. Von Sissi. Die Tante hatte sie ihr vor einer Stunde beschert.

In dieser Nacht schlief Jan zum erstenmal in seinem Leben in einem wirklichen Bett. Er schlief bis zum nächsten Mittag. Sissis Armbanduhr, die er nicht abgelegt hatte, zeigte Viertel vor zwei. Er wusch sich rasch und zog die neuen Sachen an. Dabei bewunderte er Oskars Fahrrad, das in der Schlafkammer überwinterte. Er ließ die Pedale schnurren und probierte die Glocke. Auf das Klingeln hin erschienen Oskar, Sissi und Flox, die schon ungeduldig gewartet hatten.

Auf dem Boden stand noch das alte Rad von Mutter Rosenlöcher,

das pumpten die Jungen gleich nach Tisch auf. Dann ging's mit den zwei Rädern auf die Straße. Oskar zeigte Jan, wie man aufsteigt. Dann ließ er ihn selbst probieren, hielt ihn am Sattel fest und kommandierte: „Feste treten, nich so die Lenkstange anklammern!" und lief nebenher. Da trat Jan mit solcher Wucht, daß seinem Lehrmeister der Sattel aus der Hand rutschte. Plumps, lag Jan auf dem Asphalt.

„Aller Anfang ist schwer", lachte Sissi und hob das Rad auf. Aber nachdem Jan noch viermal runtergeschlittert war, fuhr er schon ganz allein die Straße entlang. Sissi radelte nebenher, klingelte und lachte. Ihre Wuschelhaare flatterten im Wind. Jetzt ging's um die Ecke, und bald lag die Stadt hinter ihnen.

Am Nachmittag gegen fünf ging die Familie spazieren. Jan sperrte die Augen auf. Die Läden mit den hell erleuchteten Schaufenstern; und die Wirtshäuser – die waren was anderes als die Schenke in Koptschowka! Sie gingen in eines hinein. Da liefen hübsche Fräuleins herum und brachten Kaffee, Bier und Kuchen.

„He, Herr Rosenlöcher!" rief jemand von einem der Tische. „Wo kommen Sie denn her? Ich dacht, Se wärn schon in Warschau." Es war Herr Knorchel, der bei Rosenlöchers um die Ecke das Friseurgeschäft hatte, ein dürres Kerlchen mit einer Warze am linken Nasenflügel. „Kommen Se, packen Se mal aus: Was macht ihr denn so die ganze Zeit?"

Rosenlöcher berichtete, wie viele von der Batterie da draußen ihr Leben gelassen hatten. Knorchel zuckte verächtlich die Achseln: „Das ist doch gar nischt. Was meinste, was alles im Westen passiert, an der flandrischen Front: vierzigtausend Tote in vierzehn Tagen. Prösterchen!" Er nahm einen Schluck Bier und wischte sich den Mund. „Ihr im Osten müßtet längst Warschau erobert haben und Iwangorod. Nehmt euch e'mal bißchen zusammen!"

„Da müßten Sie's uns erst vormachen, Herr Knorchel", sagte Rosenlöcher, „warum sind Sie denn nicht draußen?"

„Ich hab Plattbeene", versetzte der Dürre, „da kann mer nu leider nischt machen. Aber wenn ich an der Front wär . . ."

„Wenn mein Mann an der Front wär", fiel die Knorchel ein, „der wär bestimmt beim ersten Sturm den Heldentod für unser geliebtes Vaterland gestorben. Man hört's ja immerzu: Die Besten fallen."

„Dann entschuld'gen Se, Frau Knorchel, daß ich noch nich krepiert bin", erwiderte Rosenlöcher grimmig. „Ich wer' mich bei nächster Gelegenheit bemühn, das Versäumte nachzuholen." Er stand auf.

Als sie wieder nach Hause kamen und die Tür öffneten, lag etwas auf dem Boden. Ein Telegramm. Albin brach es auf. Dann ging er schnell in die Küche, die neben der Korridortür lag.

„Was is?" fragte seine Frau, die ihm gefolgt war, ängstlich. „Du mußt doch nich etwa schon wieder weg?"

„Nein", sagte Albin und gab ihr das Telegramm. „Aus Langensalza."

„Dein Bruder?" Sie las das Telegramm durch, da stand's: *gefallen* ... „Gott, die arme Else – und die Kinder, die arme Sissi ..."

„Die Eltern –", stöhnte Albin. „Die Eltern – wie soll man das denen nur sagen?" Ratlos standen sie da, verzweifelt.

In der großen Stube hatten die Kinder den Weihnachtsbaum angezündet. Jetzt sangen sie, und Jan blies auf der Mundharmonika: „O du fröhliche, o du selige, gnadenbringende Weihnachtszeit!" Da rief Rosenlöcher seinen Vater. Die Großmutter bekam ängstliche Augen. Was verheimlichte man ihr da? Sie ging hinter ihrem Mann hinaus in die Küche.

Dem Alten war das Telegramm aus den zitternden Händen gefallen. Die Großmutter bückte sich und hob es auf. „Mein Anton, mein ..." Die Tränen brachen aus ihr hervor, ein klägliches Schluchzen schüttelte sie. „Du warst doch noch so jung, Anton, du hättest noch so lange zu leben gehabt." Tränen. Tränen. „Muß denn das sein?" schrie sie auf. „Muß denn das sein, Gott!"

Jan stand mit Sissi vor dem Baum, dessen Lichter noch brannten. Er wollte ihr die Tränen trocknen, aber immer neue flossen ihr über das Gesicht, das eben noch gestrahlt hatte.

„Albin! Albin!" stöhnte die Großmutter in der Küche. „Stirb du mir nicht auch noch!" Und sie umklammerte den Arm des Sohnes, der ihr letzter war.

Gott wird Sie strafen

AM FOLGENDEN Morgen fuhr Sissi zu Mutter und Geschwistern nach Langensalza. Jan und Oskar brachten sie zur Bahn. Eltern und Großeltern saßen stumm und trostlos zu Hause. So saßen damals viele

Tausende von Eltern und Großeltern, so weinten damals zahllose Kinder und Geschwister. Und mit jedem Tag wurden es mehr.

Sonntag, den siebenundzwanzigsten, lief Albins Urlaub ab. Noch vierundzwanzig Stunden. Dann waren es bloß noch zwanzig. Eine schlaflose Nacht begann. Jetzt waren es nur noch zwölf. Auf einmal bloß noch vier Stunden. Vier Stunden Heimat.

Drei Stunden. Es fing an, dunkel zu werden. Um sechs mußten sie zur Bahn.

„Sei artig, Oskar“, sagte Rosenlöcher, während sie zum Bahnhof gingen, „mach deiner Mutter keine Last, lern gut in der Schule! Du mußt doch das Geschäft übernehmen, wenn ich nicht mehr bin. Das dauert vielleicht nicht mehr lang.“ Oskar drückte dem Vater die Hand. Schweigend gingen sie weiter.

„Wann glaubst du denn, daß du wieder Urlaub kriegst?“ fragte Frau Rosenlöcher, als sie beim Bahnhof waren und auf die Großeltern warteten, die langsam hinterherkamen.

„Mach dir keine Sorgen, Selma“, beruhigte sie ihr Mann, „ich weiß jetzt, wie man's macht. Wir haben 'nen Anwalt bei unserer Batterie, der hat mir gesagt: ‚Das beste is, Kriegsanleihe zu zeichnen. Dafür geben se einem immer Urlaub.‘“.

„Na, dann zeichne nur gleich, Albin, wir haben ja noch was auf der Bank.“

Sie gingen durch die Sperre.

„He da!“ knarrte mit einemmal eine unangenehme Stimme. „Ja, der da, der Gemeine!“ Rosenlöcher sah sich verwundert um. „Können wohl nicht die Augen aufsperren, was? Haben wohl nich jelernt zu jrüßen!“

„Zu Befehl, Herr Major“, antwortete Albin. Er hatte den Vorgesetzten nicht gesehen. Nun stand er vor ihm, steif nach Vorschrift, die Hände mit eingezogenem Daumen an den Hosennähten. Selma, Oskar und die Großeltern standen wie vom Donner gerührt.

„Nette Schweinerei, natürlich Absicht. Werde Ihnen das anstreichen!“ pfiff ihn der Offizier an. „Truppenteil?“

„Siebente Batterie, Fußa siebzehn“, keuchte Rosenlöcher. Sich so behandeln zu lassen, ärger als ein Verbrecher, vor den Augen des eigenen Sohnes, der Eltern, der Frau. Er biß die Zähne aufeinander.

„Knirschen Sie nicht mit den Zähnen, Sie! Machen Sie sofort eine Ehrenbezeigung im Vorbeimarschieren, aber tadellos, bitt' ich mir aus!" Und kommandierte: „Zurück an die Sperre, marsch, marsch!" Die Leute auf dem Bahnsteig bildeten eine Gasse. Der Kanonier warf einen jammervollen Blick auf seine Frau. Dann trabte er zur Bahnsteigsperre.

„Geht das nicht schneller?" rüffelte ihn der Vorgesetzte. Babba setzte sich mit dem schweren Gepäck, das er auf dem Rücken trug, in Bewegung, so schnell er konnte. Vor den Augen tanzten ihm rote und schwarze Punkte. Wieder Kommando: „Halt! Kehrt!"

Eine Sekunde steht Rosenlöcher unbeweglich. Sein Gesicht zuckt. Seine rechte Hand faßt ans Herz. Dann fällt er um. Wie ein Stück Holz liegt er auf dem Bahnsteig.

Aber da schreit es. Eine Mutter schreit, die alte Frau, an deren jüngstem Sohn man vor fünf Tagen den Heldenmord verübt hat, deren Ältesten man hier vor ihren Augen mißhandelt, sie schreit so gellend, daß der Zugführer das Zeichen zur Abfahrt vergißt. Starr stehen die Fahrgäste hinter den Fenstern des Zuges, zwei Sanitäter kommen von der Rote-Kreuz-Station angerannt, und die kleine alte Frau, die ihr ganzes Leben still dahingelebt hat, tritt vor den Offizier. „Pfui", stößt sie hervor, „pfui! Gott wird Sie strafen – euch alle!"

Dann zieht sie ihren Mantel aus, ballt ihn zusammen und legt ihn unter den Kopf des Sohnes, der mit blauen Lippen zitternd daliegt. Sie hakt ihm den Kragen auf und den Gurt. Als die Sanitäter ihn aufheben wollen, duldet sie es nicht, fragt erst: „Wohin?" Und als sie antworten: „Auf die Unfallstation", sagt sie: „Nein, ins Krankenhaus. Ich geh mit."

Ein Sanitäter faßt ihn an den Beinen, der andere unter den Schultern. Die Mutter hält mit ihren Händen den Kopf des Sohnes. Jan trägt das Lederzeug und den Tornister.

Der Offizier ist weg. Der Stationsvorsteher gibt das Zeichen zur Abfahrt. Der Zug fährt aus der Halle.

In dieser Nacht konnte Jan in seinem schönen weichen Bett nicht schlafen. Der Schrei der alten Frau gellte ihm in den Ohren: Gott wird Sie strafen – euch alle! Wen? Alle, die Menschen quälen, alle, die Menschen morden und in den Krieg hetzen. Du sollst nicht töten! hat Gott geboten. Habe ich Gottes Gebot befolgt? Habe ich keinen Menschen ums Leben gebracht? Wieder dachte er an die Telefonleitung im Walde, an die Leute beim Holzkohlenfeuer, an die Leichen in Dombie, in Lutomiersk, in Kasimierz. Aber er hatte doch nur den

Kameraden helfen wollen, damit ihnen nichts geschah! Den Kameraden? War nicht auch der Vladimir sein Kamerad gewesen? Waren die Kameraden vom Vladimir schlechter als seine Kameraden? Vielleicht ging es ihnen noch schlechter als denen von der siebenten Batterie, vielleicht ging es auch dem Vater schlechter. Ob er ihn je wiedersehen würde? Ob er den Cordes wiedersehen würde? Den Mostrich? Den Alert? Den Ru? Was konnte denen nicht alles zustoßen, während er hier in Plauen im weißen, warmen Bett lag?

Eine große Unruhe war in ihm. Auf einmal war er aus dem Bett und kleidete sich an. Aber nicht mit der Uniform. Die steckte er in den Rucksack und zog den Sportanzug an. Dann nahm er das Papier, in das die Hemden eingewickelt waren, und schrieb darauf: „Jan dankt euch und wünscht, daß der Babba bald gesund wird.“ Das ließ er auf dem Tisch liegen.

Dann legte er Flox das Halsband an und verließ leise die Wohnung. Durch die menschenleeren Straßen ging er zurück zum Bahnhof, von dem er vor wenigen Stunden gekommen war.

Jetzt war alles leer, kein Zug, keine Reisenden. Sissis Armbanduhr zeigte ein Uhr zwanzig. Was wollte er nur hier?

Auf dem letzten Bahnsteig, dort wo sie am Heiligabend angekommen waren, rollte ein Militärzug in die Halle. Jan lief durch die Unterführung. Er wollte sehen, wohin er fuhr.

Kaum war er eingelaufen, da wurde es auch schon in und vor den Wagen lebendig. Soldaten kamen heraus, liefen nach Wasser, fragten: „Wieviel Uhr?“ Und: „Wie heißt das Nest?“

Jan gab Antwort und fragte: „Seid ihr Pioniere?“ Und als sie bejahten: „Wart ihr an der Weichsel?“

„Ja.“

„Habt ihr einen mit ’m spitzen roten Bart, der Ingenieur ist?“

„Heißt er vielleicht Papke?“

„Kann sein, ich weiß nicht, wie er heißt. Wo ist er denn?“

Nun riefen die Pioniere: „Vizefeldwebel Papke. Besuch für Vizefeldwebel Paaaapke!“ Der Ruf ging durch den ganzen Zug.

Da kam er auch schon an, der rote Spitzbart, ganz verschlafen, gar nicht erbaut über die Störung. Als aber der Flox an dem alten Bekannten schwanzwedelnd hochsprang und er dahinter den Jan ankommen sah, wurde er gleich anders: „Wo kommst du denn her, kleiner Kollege?“

„Wissen Sie", erkundigte sich Jan, „wo die siebente Batterie ist?"

„Nach dem Westen, die ganze Batterie ist fort. Wir fahren auch hin."

„Darf ich mit?" fragte Jan.

„In der Kluft? Ausgeschlossen. Wo hast du denn deine Uniform gelassen?" Jan deutete auf den Rucksack. „Na, dann steig mal ein, du Strick! Umziehen kannst du dich drin."

Und Jan stieg ein.

Brücken, Bahnhofshallen, Flieger

So KAM Jan zu den Pionieren und fuhr mit ihnen durch die Thüringer Berge, durch Täler und Wälder bis zu den Gebirgen des Rheins. Am zweiten Tag kam er zu den herrlichen Brücken, die, von mächtigen Pfeilern getragen, über den Rhein in die große alte Stadt Köln führten. Sie fuhren auf den Kölner Dom zu. Jan wußte nicht, was er mehr bewundern sollte, diese schöne Brücke oder die hohen, hellen Hallen des Bahnhofs, in den sie einfuhren. Eine Menge Züge standen bereits im Bahnhof, andere kamen an, und bei allen drängte es sich in dichten Haufen. Da – auf einmal fernes Dröhnen. „Flieger!" schrie alles. „Feindliche Flieger kommen!" Die Glocken des Doms begannen zu läuten, alles hastete die Treppen hinunter in die Unterführungen. Im Nu waren die riesigen Hallen des Hauptbahnhofs wie leergefegt.

Unten in der Unterführung erregtes, ängstliches Stimmengewirr: „Wenn sie Bomben auf den Bahnhof schmeißen, sind wir hin!" Doch bald kam die Nachricht, die Flieger seien in südöstlicher Richtung gegen Koblenz geflogen.

Papke war in dem allgemeinen Wirrwarr mit einem Schulfreund zusammengerannt. Heinz Wolfart hieß er und ging als Flieger-Beobachter nach dem Westen. Der schloß sich nun auch dem Transport an. In schönen, sauberen Wagen ging ihre Fahrt zur Front.

Auf einmal hieß es „Aussteigen, wir sind da!" „Ist denn hier der Westen?" fragte Jan.

„Möcht bloß wissen, was sich der Bub unter dem Westen vorgestellt hat", lachte Wolfart. „Hast wohl gemeint, das ist ein Wirtshaus?"

Der Westen war ein Land so groß wie Polen, einst blühend, jetzt eine Wüste. Irgendwo in dieser Wüste war die siebente Batterie. Aber wo? Wie sollte Jan sie finden?

„Macht fast gar nichts", meinte Papke, „du bleibst einfach bei uns, kleiner Kollege. Allmählich wird sich das rumsprechen, daß ihr hier seid, du und der Flox, dann wird sich euer Batterieführer schon melden."

So zog Jan mit den Pionieren. Auf einem großen Feld sollten sie einen Flugplatz herrichten und Hallen für die Flugzeuge bauen. Was da alles aus dem Boden wuchs! Jan hatte seine Augen überall, da gab es was zu lernen. Bald hockte er in der Werkstatt, bald stand er neben einem Zeichentisch und ließ sich die Pläne erklären. Am liebsten aber war er beim Bau und sah, wie sich die Eisenkonstruktionen verflochten, aufstrebten und zusammenfanden.

Eines Morgens erklärte ihm Wolfart die verschiedenen Flugzeugarten: „Das da sind Beobachtungsflugzeuge. Mit dem ersten hier fliege ich heute." Beobachtung? überlegte Jan. Das war doch dasselbe, was Alert getan hatte, wenn er mit ihm auf einen Hügel oder einen Baum gestiegen war: ein Ziel suchen für die Granaten und Schrapnells.

„Und dort hinten sind Bombenabwurf-Flugzeuge", erläuterte Wolfart. Bombenabwurf? Auf wen? Auf die Brücken am Rhein? Auf Bahnhofshallen, auf Eisenbahnzüge voll Menschen? Auf Flugzeughallen wie jene, die sie selbst in diesen Wochen mit Liebe errichtet hatten?

Mitten in seine Gedanken erscholl das Lachen Wolfarts. Jan spürte, wie er um die Hüfte gepackt und emporgehoben wurde: Schon saß er in einem Flugzeug.

„Leutnant Gutzeit hat's erlaubt", sagte Wolfart, „aber mach dich lieber ein bißchen dünn, daß dich keiner vom Flugplatzkommando erwischt. Da kommt schon der Gutzeit, unser Flugzeugführer."

„Wo fliegen wir denn hin?" Jan glühte vor Aufregung.

„Über die französische Front. Wir haben zu beobachten", antwortete Wolfart. „Das Halbbataillon Fußa siebzehn muß sich noch einschießen. Deine siebente Batterie soll heute nacht die Höhe dreiundzwanzig unter Feuer nehmen. Von unten können sie nichts sehen, da müssen wir ran."

„Das sind ja meine Leute!" rief Jan fassungslos.

„Weiß ich. Da kannst du ihnen gleich ein bissel auf die Finger sehen, ob sie auch richtig schießen." Der Propeller wurde angedreht, der

Motor sprang an. Ein Rattern und Stampfen ging durch das Flugzeug, die Räder hoppelten über das Stoppelfeld, und jetzt, jetzt schwebten sie, jetzt flogen sie.

Gutzeit hantierte an den Hebeln, und neben ihm saß Wolfart, der eine Karte in der Hand hatte. Und da unter ihnen: das Dach der Halle eins, das Eisengerippe von Halle zwei, dort der Werkschuppen, die Kantine!

Aber was waren diese breiten Streifen dort unten? Wie wüste Striemen liefen sie quer durch das Land nach rechts und links bis in unendliche Ferne. Das Flugzeug flog gerade darauf zu. War das die Front? Nun sah Jan sie genau: Schützengräben, Laufgräben, Verbindungsgräben, ein ganzes Netz.

Das Flugzeug war höher gestiegen und stieg immer weiter. Wälder wurden zu dunklen Flecken, ein breiter Fluß war eine dünne, silberne Schnur. Infanteriebataillone erschienen wie Schwärme winziger Fliegen. Nun waren sie über der Front, aber man hörte kein Schießen. Der Motor und der Propeller machten zu großen Lärm. Wolfart deutete auf einen Punkt der Karte: die Höhe 23, und wies dann hinab in das Gelände auf etwas Braunes, Gebuckeltes. Die Höhe 23 sah von oben aus wie ein Maulwurfshaufen. Wolfart gab ein Blinkzeichen nach unten. Jan lugte scharf: Jetzt erschien links vom Maulwurfshaufen ein kleiner schwarzer Fleck wie ein Tintenklecks. Wieder ein Blinkzeichen oben, wieder ein Tintenklecks unten, rechts. Das mußten die Einschläge der Granaten sein, der Granaten seiner Batterie. Wie vor fünf Wochen bei Lutomiersk, dachte Jan. Da war auch so eine Höhe gewesen, Höhe 181, und in diese Höhe hatten sich die Russen hineingegraben, genau wie hier die Franzosen. Blinkzeichen. Und wieder kleine Tintenspritzer – Einschläge. Jan wußte, was dort unten geschehen würde: Höhe 23, Höhe 181, der Westen, der Osten, tote Russen, tote Deutsche, tote Franzosen, es war alles das gleiche, war alles der Krieg.

Jetzt fielen die Tintenkleckse mitten auf den Maulwurfshaufen. Fußa 17 hatte richtig gezielt. Wolfart gab das letzte Blinkzeichen. In diesem Augenblick entstand vor ihnen, ganz nah in der Luft, ein graues Gewölk, da noch eines, ein drittes, ein viertes: Schrapnellwölkchen. Jan kannte sie nur von unten. Hier oben erschienen sie ihm in ihrer wahren Gestalt: schreckhaft groß, unheimlich nah. Das Flugzeug legte sich schräg und bog im rechten Winkel zur Seite. Man hatte sie unten gesehen, nun jagten die Abwehrkanonen der Franzosen Schrapnells hinter ihnen drein: da, schon wieder vier. In steiler Kurve schraubte sich das Flugzeug aus dem Bereich der Schrapnellwolken. Doch die stießen nach. Immer höher explodierten die Geschosse. Wenn jetzt die Maschine getroffen wurde, ging sie in Flammen auf. Dann gab es keine Rettung.

Aber nein, sie sausten hinauf, steil stieg die Maschine ins Wolkenlose. Die kalte Luft stach Jan in die Ohren.

Wo waren sie? Die zerfließenden Wolken der Schrapnells verdeckten die Sicht zur Erde. Jan sah sich um: Was war das? Dort, in gleicher Höhe mit ihnen – fünf Punkte. Jan fuhr vom Sitz, tippte den Flugzeugführer an und deutete darauf. Gutzeit spähte in die Richtung: Jetzt sah er vor dem hellen Himmel die dunklen Dinger. Eine feindliche Fliegerstaffel. Sie jagte direkt auf das Beobachtungsflugzeug los.

Gutzeit griff in die Hebel, das Flugzeug legte sich fast ganz auf die Seite. In spitzem Winkel bogen sie ab.

Aber ihre Verfolger mußten verdammt gute Maschinen haben. Jetzt machte Gutzeit wieder eine Wendung, schnurgerade rasten sie zurück über die Fronten.

Der Motor setzte aus. Der Donner der Geschosse setzte ein. Lautlos glitten sie schräg abwärts im leeren Raum. Jan blieb die Luft weg. Er mußte die Augen schließen. Doch schon begann der Motor wieder zu arbeiten, und die Maschine stieg höher. Die fünf Flieger waren jetzt ganz nah. *Sssssss* – pfiff es Jan um die Ohren, immer wieder, wieder. Die hatten Maschinengewehre! Abermals setzte der Motor aus. Das Flugzeug fiel wie in einen leeren Schacht. Jan bohrte die Daumennägel in die Handflächen, um seine wahnsinnige Angst durch den Schmerz zu betäuben.

Nur Minuten dauerte die Jagd, doch in diese paar Minuten war das Schicksal dreier Menschen eingeschlossen.

Wo war die Erde? Dort kam sie: näher – nah. Ganz nah.

Jetzt spürten sie den Boden, die Räder wirbelten über den Flugplatz. Sie waren gerettet. Das Flugzeug stand, sie sprangen heraus.

„Mein neunzehnter Beobachtungsflug", sagte Gutzeit zu Jan und wandte sich zum Schuppen. „Wenn du nicht gewesen wärst, hätte ich den zwanzigsten bestimmt nicht erlebt. Ich dank dir auch schön, Jan. Hätten wir sie eine halbe Minute später entdeckt, sie hätten uns gehabt, die Herren Engländer. Pfui Teufel, das war aber ein Stück Arbeit." Und er schmiß sich, so lang er war, auf den Boden des Schuppens.

Auch Jan ließ sich hinfallen. Heinz Wolfart auch. Sie waren so erschöpft, daß sie nicht mehr stehen konnten.

Als Jan die Augen aufmachte, saß Flox neben ihm, sah ihn mit klugen Augen an und wedelte mit dem Schwanz. Da stand Jan auf und sagte: „Pudel, es hilft nichts, jetzt geht's wieder zu den Kanonentieren. Die warten auf uns."

„Du bist verrückt", meinte Papke, als sich Jan von ihm verabschiedete, „hast doch bei uns das schönste Leben. Warum willst du nicht bleiben?"

„Ich hab's versprochen", antwortete Jan.

Nach dem Essen packte er den Rucksack und machte sich auf den Weg: immer geradeaus, dann rechts durch ein Dorf, dann links über eine lange Wiese, dann wieder rechts, wie es ihm Wolfart auf der Karte gezeigt hatte.

Der schwarze Sturm

Endlich: Da, das mußten sie sein, die Geschütze der siebenten Batterie, hier in dem tiefen Hohlweg. Jan erkannte sie im Dunkeln. Aber trotz Wolfarts Beschreibung war es schwer gewesen, sie zu finden.

Von den Kameraden war nichts zu sehen. Jan rief. Vom andern Ende des Hohlwegs kam der Posten angelatscht. Es war ein Unbekannter mit einer schiefen Nase, im Mund fehlten ihm einige Vorderzähne.

„Wo stecken denn die andern?" erkundigte sich Jan.

„Erst sage mal, was de hier zu suche hast, wer bist denn überhaupt?" fuhr ihn der Posten an.

„Jan Kubitzki, genannt Panje, Siebente Batterie Fußa siebzehn."

Kaum hatte er das herausgebracht, fing der Posten über das ganze Gesicht zu grinsen an: „Warum hast denn das nit gleich gesagt? Also das bist du? Nadierlich: der Panje, das wäß ich doch."

„Wer bist denn du?" fragte Jan ungeduldig.

„Ich? Ei, ich bin doch der Ziermann", antwortete der Posten.

„Hannes Ziermann aus Gau-Bischofsheim, wenn d'es genau wisse willst: Eisendreher von Beruf."

„Und wo sind die andern?" fragte Jan.

„Ei, wo solle se denn sein: da unte!" antwortete Ziermann. „Im Unterstand", und wies auf einen Graben rechts vom vierten Geschütz. In den Graben waren etwa zwanzig Stufen eingeschnitten, die in die Tiefe führten. Jan stieg hinunter. Stickige Luft schlug ihm entgegen. Dort unten lagen und saßen auf hölzernen Pritschen die Kameraden. Eine Petroleumlaterne, die schon den Krieg im Osten mitgemacht hatte, hing an der niedrigen, von dicken Balken getragenen Decke.

Der erste, der Jan erblickte, war der dicke Dambach, der mittlerweile ziemlich mager geworden war. „Achtung!" schrie er. „Seine Exzellenz General Panje!"

Da sprangen sie an die Decke: „Der Panje! Unser Panje!" Und drückten ihm die Hände, tatschten ihm auf den Rücken, und Flox bekam Wurstpellen.

Cordes faßte Jan mit beiden Händen um die Schultern: „Junge, bist du's wirklich?" Sein ernstes Gesicht strahlte.

„Kannst dir's hier bequem machen, Panje", sagte Mostrich und schob sein Zeug zusammen. „Das ist unser Salon. Wo haste denn den Rosenlöcher?" Jan legte seinen Rucksack ab und berichtete, was auf dem Bahnsteig in Plauen geschehen war.

„Ich hätte dem Hund eine aufs Dach gegeben", zischte Cordes grimmig.

„Da hat er Schwein gehabt, der Rosenlöcher", sagte Hottenrot, „besser 'n Herzklaps als 'n Volltreffer."

Jetzt kamen die Soldaten aus den andern Unterständen, denen Ziermann die Neuigkeit gesteckt hatte, erst vom ersten und zweiten Geschütz, dann die von den Munitionswagen. Es waren viele neue Gesichter dabei, und ebenso viele alte, vertraute Kameraden fehlten, weil sie verwundet oder tot waren.

Aber dort – da kam doch was Bekanntes die Stufen herab: ein Mann mit breitem schwarzem Vollbart und zwei treuherzigen Augen. „Vater Distelmann!" jubelte Jan und sprang die Stufen hinauf. „Was macht denn die Hand?"

„Da, kannst sie schon wieder drücken. Es hätt ruhig 'n bißchen länger dauern können, aber der Krieg währt ja ewig. Ich bin jetzt beim achten Wagen."

Wieder mußte Jan erzählen, sie fragten und fragten, aber auf die dringendste Frage, wann denn Friede würde, wußte auch Jan keine Antwort. Sie brachten gebratenes Corned beef mit Bratkartoffeln. Das Corned beef hatte man aus englischen Schützengräben geholt. Cordes kochte Kaffee.

„Müßt ihr immerzu hier unten hocken?“ fragte Jan.

„Wo denn sonst, Mensch? Außer wenn's heißt: an die Geschütze! Mein lieber Schwan, hier wirst du noch was erleben. Heut nacht gibt's dicke Luft, da machste dir gar kein' Begriff, mein Sohn. Haste schon gehört, was wir hier für 'n Visavis haben, da drüben bei den Poilus, den französischen? Lauter Afrikaner, schwarz wie Stiefelwichs –“

Cordes hatte inzwischen umgeschnallt und griff zum Karabiner: „Wiedersehen, Panje, ich muß zur Beobachtung.“ Jan wollte mit. „Nee, mein lieber Junge, bleib du mal hier. Das ist nichts für kleine Kinder und junge Hunde. Im Westen weht ein anderer Wind.“

Doch Jan ließ nicht locker. „Ich muß dem Alert guten Tag sagen. Flox kann ja hierbleiben.“

Es war gegen zwei Uhr morgens. Eine große Stille lag über dem Land, als sich die beiden durch die langen, lehmigen Annäherungsgräben nach vorne schoben. Ab und zu leuchtete eine Rakete auf und machte die Gegend taghell. Doch der Graben war so tief, daß man sie drinnen nicht sehen konnte.

Aber dann war der Graben zu Ende. Sie mußten ein Stück übers Feld, aber dort klaffte ein Granattrichter neben dem andern. Bei jeder Leuchtrakete, die hochging, mußten sie sich platt auf den Bauch werfen oder in einem Granatloch verschwinden. Jan war hundemüde, stolperte und rutschte von einem Loch ins andere. Wenn er diese Mordsschinderei geahnt hätte, er hätte dankend verzichtet. Fast kamen ihm die Tränen.

Endlich waren sie da. Die Beobachtungsstelle lag hinter einem Erdhaufen an einer Waldecke, aber von Wald war nichts mehr zu sehen. Zerfetzte Baumstümpfe mit zersplitterten Ästen standen wie Gespenster vor dem nächtlichen Himmel. Über die Beobachtungsstelle war als schwacher Schutz gegen Kugeln und Granatsplitter eine Schicht Balken und Erde gedeckt. Das Fernrohr war nicht da, auch kein Beobachter. Fünfzehn Stufen führten hinunter zum Unterstand. Da saßen sie.

Alert wurden die Augen feucht, als er den Jungen wiedersah. Aber er ließ sich nichts anmerken. Sagte bloß: „Na, du Ausreißer!" Dann teilte er eine Tafel Schokolade mit ihm.

Ru war auch da. Er machte einen merkwürdigen, abwesenden Eindruck. Schien ziemlich am Ende mit seinen Nerven.

„Warum beobachtet denn niemand?" fragte Jan.

„Hier ist augenblicklich nichts zu beobachten", erklärte Alert. „Das haben in der Frühe die Flieger besorgt. Stell dir vor, da über uns, zwei-, dreitausend Meter hoch, der Flieger. Er sieht die Höhe dreiundzwanzig, die wir unter Feuer nehmen. Wir sehen es nicht, denn es sind Hügel davor und ein Eisenbahndamm. Wir schießen auf gut Glück nach der Karte in die Gegend, ich guck durchs Fernglas hinauf, seh sein Blinkzeichen: ‚kurz', das heißt natürlich: zu kurz! Wir schießen hundert Meter weiter. Er gibt das Zeichen: ‚lang', das heißt: zu weit. Also wieder fünfzig Meter kürzer. Er noch mal: ‚lang-lang-kurz!' Also noch mal fünfundzwanzig Meter kürzer, dividier ich mir aus. Blinkt er zweimal: ‚kurz-lang', heißt das: ‚gut so!'"

„Nur eine Kleinigkeit zu weit rechts lag der letzte Schuß", sagte Jan.

Alert guckte verdutzt: „Nanu, woher weißt du das, Panje?"

„Ich war doch im Flugzeug", berichtete Jan.

„So ein Bengel", sagte Alert zu Ru, der teilnahmslos vor sich hin stierte, „läßt mich die ganze Mordgeschichte erzählen und weiß dabei alles viel besser. Haben die Schüsse wirklich gesessen?"

„Jawohl, Herr Hauptmann!"

„Auch die Entfernung richtig?"

„Auch."

„Das ist nämlich sehr, sehr wichtig: Jeden Augenblick kann ein Angriff kommen, und zwar gerade von dort, von der Höhe –" Heulen, Dröhnen, Krachen schnitten ihm den Satz ab. Aus hundert, aberhundert Kanonenmäulern spie es Geschosse über sie.

„Grausig, das ist grausig", stammelte Ru, „die armen Infanteristen!" Niemand sagte was. Draußen donnerte es immer furchtbarer. „Das ist ja Wahnsinn!" rief Ru. „Das ist ja Mord, das ist kein Krieg mehr, das ist . . ."

„Wohl Friede, was?" fuhr Alert wild auf. „Was haben Sie sich denn gedacht, Herr Lehrer? Jawohl, das ist der Krieg. Krieg ist Mord, Herr Lehrer. Hören Sie, wie die französische Mordfabrik arbeitet? Zwei Millionen Angestellte, Hochbetrieb . . ."

Dann war nichts mehr zu verstehen. Immer furchtbarer arbeitete die Fabrik. Das währte eine Stunde, und in jeder ihrer sechzig Minuten lieferte diese Fabrik hundertzehn, hundertsechzig, hundertneunzig Tote, vierhundert, achthundert, zwölfhundert Verstümmelte. Die Beobachter saßen in ihrer Höhle: Alert, Ru, Jan, Cordes, Telefonist Strauß, Telefonist Friedrich, und glotzten sich aus übernächtigten Augen an.

Plötzlich wurde es still draußen, totenstill. Fast im selben Augenblick stürzte Alert aus dem Unterstand die Stufen nach oben. Die anderen mit dem Scherenfernrohr hinter ihm her. Nun standen sie aneinandergedrängt im Beobachtungsstand, dessen linke Ecke durch einen Treffer zerstört war. Grau in grau dämmerte der Tag.

Kaum war das Fernrohr aufgestellt, da dröhnte es wieder: aus der deutschen Abteilung der Todesfabrik. Jetzt taten die deutschen Geschütze das gleiche, was in der eben durchlebten Stunde die französischen getan hatten. In wenigen Minuten lieferten sie viele tausend Leichen, viele tausend Krüppel, fast alles Schwarze.

Wie von unsichtbaren Peitschen angetrieben, stürmten sie an, in langen, dichten Reihen: Riesenkerle in Uniform rannten vor, Hunderte von schwarzen Leibern stürzten zu Boden, doch immer neue Scharen rasten über die Gefallenen hinweg.

„Sie brechen durch!“ schrie Alert und warf einen Blick zur Seite. Dort wurde in einem Granatloch ein deutsches Maschinengewehr eingebaut. Jetzt richtete es seine Mündung auf die Schwarzen, die schon den vordersten deutschen Graben überrannt hatten.

Immer näher brausten die wilden, finsteren Wogen heran. Schon sah Jan die Augen in den schwarzen Gesichtern – die Angst stieg ihm bis zum Hals. *Taktaktaktaktak* begann das Maschinengewehr links neben ihm im Granatloch. Vor ihm sanken die Riesen in den braungrünen, flatternden Mänteln zu Boden wie das Gras beim Sensenhieb. Nur einer stürmte weiter, holte aus mit voller Kraft, schleuderte die Handgranate – und fiel um. Jan spürte einen harten Schlag gegen seinen Arm ... dann war es dunkel. Er fühlte, wie etwas warm an seinem Arm hinunterrann, dann verlöschte die Welt.

Erst am späten Nachmittag erwachte er. Er lag in einem Bett, der Arm war schwer und tat weh. Als er die Augen aufmachte, saß Cordes bleich, mit verbundener Stirn bei ihm auf dem Bettrand und sagte mit einem glücklichen Lächeln: „Tag, Jan, da sind wir ja wieder. Das ist noch einmal gutgegangen, Panje.“

Der Schädel des Negerhäuptlings Makaua

JAN und Cordes waren nun schon den vierten Tag im deutschen Feldlazarett XXXIV A, das sich in der französischen Knabenschule von Neuville befand. In den Schulsälen standen jetzt eiserne Bettstellen, eine dicht neben der andern, und an jeder war ein Täfelchen befestigt. Darauf stand – wenn in dem Bett ein Gefangener lag – dessen Name und Heimatland und bei den Deutschen: Name, Dienstgrad und Truppenteil. Bei Jan stand: „Jan Kubitzki, Kriegsfreiwilliger, 7. Batterie Fußa 17".

„Kriegsfreiwilliger? Ganz was Neues", brummte Jan, als er es las.

„Sei doch still, was hätt ich denn sonst angeben sollen?" raunte Cordes. „Daß du ein Russ' bist? Damit sie dich nachher ins Gefangenenlager abschieben? Wär dem Alert sicher nicht recht, dem Allenstetten auch nicht. Die wollen doch einen Deutschen aus dir machen. Hast du noch nichts davon gehört?"

„Nein", sagte Jan verwundert, „geht denn das?" Er legte sich in die Kissen zurück.

„Natürlich", meinte Cordes, „schließlich bist du doch Pole und kein Russe. Ob du nun russischer Pole oder deutscher Pole bist, das ist gehupft wie gesprungen, nicht?"

Das war für Jans müden Kopf zu schwer. Er schloß die Augen und schlief ein wenig.

Das Klassenzimmer, in dem sie lagen, war ein blaugetünchter, luftiger Raum im Erdgeschoß. Cordes hatte die Aufsicht. Siebzehn Betten waren in dem Saal, in jedem lag ein Verwundeter. Außer Jan, Cordes und Voß lauter Gefangene. Die Betten von Cordes und Jan standen an den beiden Pfeilern zwischen den drei großen Fenstern. Kanonier Voß von der siebenten Batterie lag links von Cordes, schräg unterm Fenster. Das war sehr angenehm, denn so hatten sie alle drei den Himmel nah, die Stimmen der Vögel und frische Luft.

In den fünf Betten, die an der Wand gegenüber standen, lagen fünf schwarze Soldaten. Ihr Gesang, den sie manchmal abends anstimmten, klang seltsam erregend: bald feierlich klagend, bald heftig zuckend, als wollten sie unsichtbare Fesseln zerreißen. Einer hatte aus dem Holzvorrat, der neben dem Ofen lag, den Sitz einer zerhackten

Schulbank hervorgeholt. Daraus schnitzte er Figuren mit großen Köpfen, turmartigen Hüten und Glotzaugen. Jan bekam so ein Ding geschenkt. Die andern wollte der Schwarze verkaufen. Bei diesem Handel half ihm sein Nachbar, der auf den Namen Ma-Ka hörte. An derselben Wand, links hinten in der Ecke, lagen vier Franzosen. Drei von ihnen, mit hohem Fieber, stöhnten und jammerten in einem fort. Sie hatten schwere innere Verletzungen und durften weder essen noch trinken. Einer davon, ein Bauer aus der Bretagne, war in der Frühe unter schrecklichen Qualen gestorben. Vorhin hatte man ihn hinausgeschafft, jetzt wurde das Bett frisch bezogen. Auch für die beiden andern, die aus derselben Gegend kamen, hatten die Ärzte wenig Hoffnung.

Der vierte Franzose – er hieß Paul Fleury – war ein hübscher, kräftiger Mann mit dunklen, munteren Augen, tiefschwarzem Haar und einem kleinen Schnurrbart. Er hatte nur eine unbedeutende Wunde am Hals.

Paul Fleury sprach oft von seinem Weinberg zu Hause in Ventron an der elsässischen Grenze. Er war ein herzensguter Mensch, fegte jeden Morgen die Stube rein, und wenn irgend jemand was wollte, besorgte er es.

Rechts neben der Eingangstür lagen zwei Engländer: Tommy Smith und Tommy Thomson. Die englischen Soldaten wurden alle „Tommy" genannt. Die französischen Soldaten rief man „Poilu" und die deutschen „Landser". Tommy Thomson und Tommy Smith hatten immer ihre Pfeife zwischen den Zähnen und redeten ein Kauderwelsch, das niemand verstand. Tommy Smith hatte einen bösen Schenkelschuß abbekommen. Wahrscheinlich mußte ihm das Bein abgenommen werden, aber er ahnte noch nichts. Seinem Kameraden Tommy Thomson war eine Kugel, ohne Zunge und Zähne zu berühren, durch beide Backen gegangen.

An der Wand gegenüber dem Eingang lagen drei Belgier. Emile Albert hieß der erste, und er war Inhaber eines Brüsseler Tuchgeschäfts und mehrfacher Hausbesitzer. Er war viel in der Welt herumgereist und sprach ausgezeichnet Englisch, Deutsch und Französisch. Ihm hatten sie gleich bei seiner Einlieferung ins Lazarett das linke Bein unterm Knie abnehmen müssen.

Neben ihm lag Jacques Piermont, ein Uhrmacher aus Brügge, selbst so zart wie das Uhrwerk einer Damenuhr. Und mitten in dieses empfindliche Werk war ein Granatsplitter hineingefahren und hatte den ganzen Mechanismus zerstört. Jacques' Kindergesicht war von Schmerzen verzerrt, seine Augen waren rot vom Weinen. Er war ein gottesfürchtiger junger Mann, und wenn die anderen Krach machten und ihre Gespräche und Zurufe von einer zur anderen Ecke des Saales flogen, lag er mit gefalteten Händen da und betete. Schwester Veronika gab ihm alle paar Stunden eine Spritze, sonst hielt er die Schmerzen nicht aus. Nach einer Spritze konnte er wenigstens eine Weile schlafen.

Der dritte Belgier hieß Offenbach. Er war eine ulkige Nudel, ein Flame aus Beyeren bei Antwerpen. Im Feuer der deutschen Maschinengewehre hatte er einen Querschläger durchs rechte Schlüsselbein bekommen und war damit höchst zufrieden: „Da hab ich den vornehmsten Schuß erwischt. Jeder Herrenreiter bricht sich einmal sein edles Schlüsselbein. Befinde mich also in der nobelsten Gesellschaft." Er hatte immer irgendeine dumme oder witzige Bemerkung auf Lager. Von Beruf war er Maler und zeichnete mit Begeisterung alles, was ihm vor die Augen kam, besonders gern die Schwarzen.

„Wie lang soll denn das Elend mit dem Krieg noch dauern?" fragte der Maler.

„Wie lang noch?" wiederholte der Weinbauer. „Bis die Deutschen *chassés* sind aus unserem Land und aus meinem Weinberg."

„Dann dauert es bis in Ewigkeit", sagte Voß, der Buchbinder in Leipzig war. „Die gehen nie mehr raus, freiwillig schon gar nicht."

„*Alors,* gezwungen", versetzte Fleury, „denn wer das Schwert zieht, wird durch das Schwert umkommen. Das steht schon in der Bibel."

„Was soll denn das heißen?" brauste Voß auf. „Haben wir vielleicht angefangen, hä?"

„Wer sonst?" meinte Smith, die Pfeife zwischen den Zähnen. „Wer sonst?"

„Ja, wer denn sonst?" eiferte der Elsässer. „Ihr habt uns im tiefsten Frieden überfallen."

„Uns auch!" bekräftigte der Belgier.

„Wir euch überfallen? Ist ja lachhaft!" rief der Leipziger. „Wir sind überfallen worden, von den Russen, und warum? Weil sie genau wußten, daß ihr ihnen helft, ihr Franzosen und Engländer!"

„Pardon, ich habe den Krieg nicht gewollt!" sagte Fleury.

„Ich auch nicht! – Ich auch nicht! – *Moi non plus! – Nor I!*“ riefen alle durcheinander.

„Ich schon gar nicht“, erklärte Offenbach, „es gibt nichts Langweiligeres, als immer nur Uniformen zu zeichnen.“

„Quatsch nicht, Offenbach!“ fuhr Voß ihn an. „Mir ist das ernst. Meint ihr etwa, ich wäre sonst ins Feld gegangen?“

„*Alors,* wofür bist du denn in das Feld gegangen?“ fragte der Elsässer höhnisch.

„Wofür? Für die gute Sache! Ich weiß, wofür ich kämpfe: Mit Gott für König und Vaterland! Ich kämpfe für ein Ideal.“

„Gott war nicht dabei, als ihr mein armes Vaterland überfallen habt“, grollte der Tuchhändler.

„Das war Notwehr!“ behauptete Voß. „Ihr habt uns überfallen –“

„Nein, ihr uns! Ihr uns!“ riefen Belgier und Franzosen. „Unser Kampf ist Notwehr!“

„Nein, unser Kampf!“ überschrie sie der Leipziger. „Ihr habt uns eingekreist!“

Bei diesen Worten betrat der Sanitätsunteroffizier Kaspar Ender den Saal: „Ruhe!“ schrie er, aber keiner der Streithähne achtete darauf.

Sie sprangen im Hemd aus den Betten, schrien in allen Sprachen und Mundarten durcheinander, es war ein Krach in der Stube, daß keiner sein eigenes Wort verstand. Jeder wollte den andern niederschreien. Bis Cordes auf den Tisch sprang und brüllte: „Ruhe! Haltet die Klappe, seid ihr denn wahnsinnig? Liegt hier alle verwundet, habt alle dieselben Schmerzen, dasselbe Fieber und brüllt euch an! Was heißt hier: Ideal? Das einzige Ideal ist der Friede. Aber euer Ideal ist der Schädel des Negerhäuptlings Makaua, ja, Makaua spukt in euren Schädeln, denn ...“ Aber da war nichts mehr von seinen Worten zu verstehen. Jetzt gab es einen Radau, noch toller als vorher. Er kam von den Schwarzen, die bis dahin still grinsend dem Streit der weißen Völker zugesehen hatten. Aber nun waren auch sie mit einemmal außer Rand und Band. Man verstand nicht, was sie sprachen, man hörte aus dem Gebrodel ihrer Worte nur immer: Makaua, Makaua!

Ma-Ka war zur Tür hinausgewitscht, nun kam er wieder, mit ihm ein anderer Schwarzer: Großer Gott, den hatte Jan doch schon irgendwo gesehen. Richtig, ja – das war der riesenhafte Kerl, der die Handgranate geschmissen hatte, durch die Cordes und er verwundet worden waren. Himmel, war das ein Hüne!

Um den massigen Schädel trug er einen weißen Verband, über dem das schwarze, krause Wollhaar hervorquoll. Quer über sein Gesicht lief eine fingerbreite Narbe. Ma-Ka, der neben ihm fast klein aussah, fuchtelte mit den Händen in der Luft herum und redete wie ein Wasserfall: „Sergeant Monsieur Kru-Kru – *kss kss* ...“ und stieß unverständliche, gurgelnde Laute aus.

Inzwischen sammelten sich hinter ihrem Rücken immer mehr Schwarze aus den anderen Klassenzimmern und schoben Kru-Kru und Ma-Ka langsam auf den Tisch zu, auf welchem Cordes – mit verbundener Stirn wie sein Gegner – noch immer stand. Offenbach, hinter ihm in der Ecke, zeichnete wie wild.

„Schert's euch auf eure Zimmer!“ kommandierte Sanitätsunteroffizier Ender, ein Österreicher. „Linksum, kehrt!“ Sie blieben stehen wie eine Mauer.

Ihre Blicke waren starr auf Cordes gerichtet. Der stieß hervor: „Was wollt ihr denn von mir – *que voulez-vous?*“

Kru-Kru gab ein paar Sätze von sich, es schien eine Antwort zu sein. Ma-Ka wiederholte sie auf französisch, Emile Albert übersetzte sie den Engländern, der Elsässer sagte sie auf deutsch.

„Weißer Mann“, so lauteten die Worte des schwarzen Sergeanten, „gib uns den heiligen Schädel unseres großen Königs Makaua wieder! Weiße Männer haben ihn unsern Vätern geraubt. Jetzt haben die weißen Männer unsern Häuptlingen und Medizinmännern versprochen, daß wir ihn wiedererlangen im Kampf mit den Deutschen.“

„Was für weiße Männer?“ flüsterten die Europäer, alle in ihrer Sprache. „Was ist mit dem Schädel? Was soll das bedeuten?“

Cordes stieg vom Tisch herunter, ging langsam auf den Häuptling zu, bot ihm feierlich Platz auf seinem Bett an. Dann sprach er, nachdem er Albert und Ma-Ka gebeten hatte, alles zu übersetzen: „Ihr schwarzen Männer, ich glaube euch alles, was ihr mir durch euren Sergeanten Kru-Kru mitgeteilt habt. Ich glaube, daß man euch den Schädel eures Häuptlings Makaua versprochen hat, als Lohn für all das Blut, das ihr und eure guten und tapferen Brüder auf den Schlachtfeldern Europas vergießt. Ich war selbst in Afrika, ich liebe euer Land. Und ich sage euch: Auch mir und meinen weißen Brüdern“ – er deutete auf Voß und die anderen –, „uns allen, die wir hier sind, hat man als Lohn für unsere Schmerzen und unser Blut den Schädel des Häuptlings Makaua versprochen. Man hat nur andere Namen dafür gebraucht: Freiheit, Vaterland, Gerechtigkeit, Kultur, Zivilisation, Menschheit, ehrenvoller Friede. Aber das bedeutete alles das gleiche. Und wir alle haben draußen auf den Schlachtfeldern nichts von dem gefunden, was man uns daheim versprochen hat: keine Kultur, keine Zivilisation und keine Menschlichkeit, so wenig wie ihr, meine schwarzen Brüder, den Schädel eures ehrwürdigen Häuptlings. Wenn ich es hätte, dieses euer Heiligtum, ich würde es euch geben. Wir alle, Schwarze und Weiße, sind in den Krieg gezogen für einen Wahn, jeder für einen andern, aber alle diese Wahnbilder sind im Blutdunst der Schlachtfelder zu nichts zerronnen. Monsieur Sergeant Kru-Kru, Monsieur Ma-Ka, geben Sie mir Ihre Hand ..."

In diesem Augenblick richtete sich der kleine Uhrmacher Jacques Piermont aus Brügge in seinem Bett auf, sah mit fieberglänzenden Augen in den Kreis der schwarzen und weißen Menschen und sagte mit klarer kindlicher Stimme: „Der Friede Gottes sei mit euch allen. Amen."

Dann sank er um und war tot. Alle, die kurz zuvor noch laut gegeneinander gewütet hatten, standen um den Toten herum und schwiegen.

Kubitzki, setzen Sie sich!

Die deutschen, französischen, belgischen Todesfabriken an der Front hatten wieder Hochbetrieb. In den Feldlazaretten mußte Platz gemacht werden für neue Verwundetentransporte.

Schwarze und Weiße, Elsässer und Schotten, Wallonen und Flamen, Poilus und Tommys, alle mußten raus. Einige hinkten an Krücken und Stöcken, andere lagen auf Tragbahren. Wer nicht die deutsche Staatsangehörigkeit hatte, wurde ins Gefangenenlager oder in ein Gefangenenlazarett geschafft.

Zu Ende waren die schönen Tage von Neuville, denn schön waren sie gewesen trotz Schmerzen und Fieber, trotz Gestank und Krakeel. Die sechzehn Menschen aus dem großen blauen Schulsaal hatten etwas erlebt. Es war etwas Neues in ihr Dasein getreten, was nie mehr daraus verschwand.

Im ehemaligen Lehrerzimmer der Schule, das jetzt als Lazarettschreibstube diente, erfuhr Jan, daß sich die siebente Batterie noch in

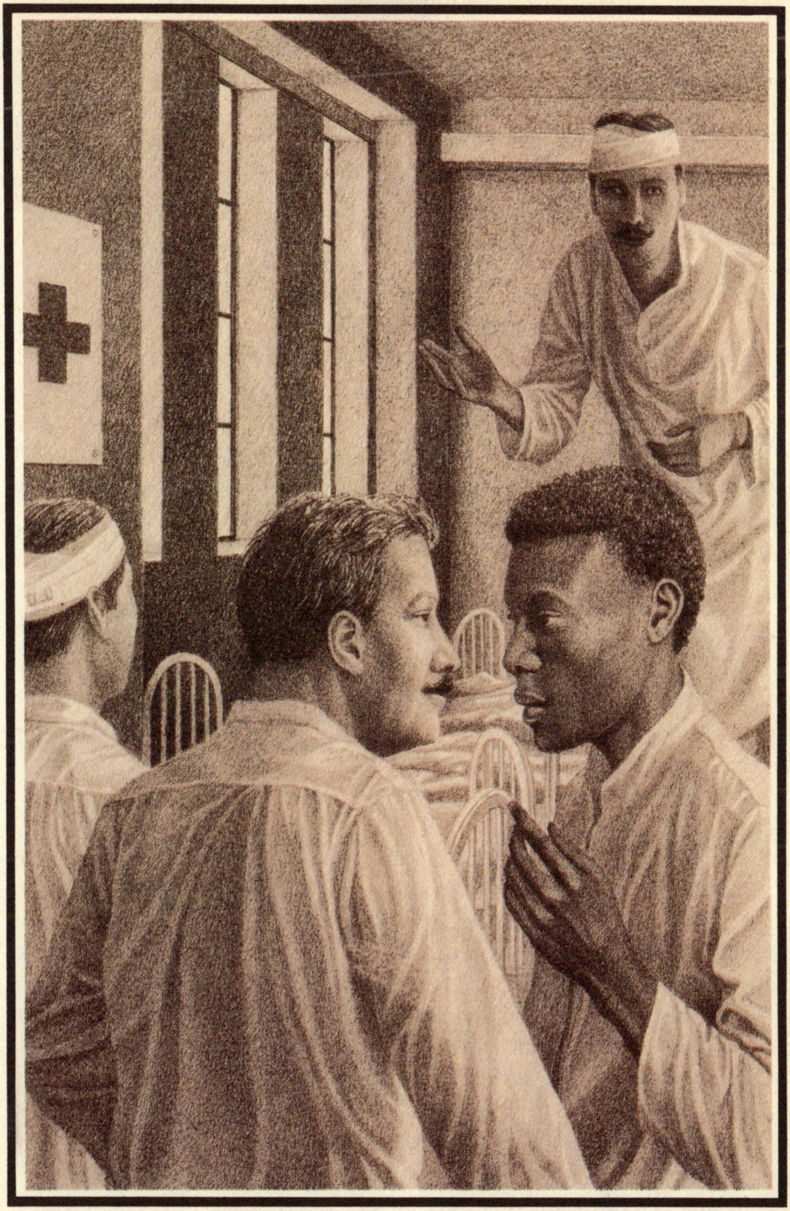

der alten Stellung befand. Das Quartier der Batterie war nicht allzu weit vom Lazarett. Der Weg dorthin wurde ihm aufgezeichnet, so konnte er nicht fehlgehen. Auch eine Mitteilung des Batterieführers war eingetroffen, in der Jan benachrichtigt wurde, nach Wiederherstellung seiner Gesundheit sogleich zur Truppe zurückzukommen. Den Grund würde er dort erfahren. Voß und Cordes bekamen Erholungsurlaub.

„Leb wohl, Cordes!"

„Leb wohl, Panje, grüß alle. Auch den Flox!"

Das Quartier der Siebenten lag etwa eine Stunde hinter dem Hohlweg, in dem die Geschütze standen, und war leicht zu finden. Der Donner der Front, der immer vernehmlicher wurde, zeigte ihm die Richtung, und bald gelangte er zu einem Dorf am Fuß eines Weinberges, auf dessen Höhe ein schönes altes Landhaus stand. Vor dem Landhaus blühten mächtige Magnolienbäume. Das Dörfchen hatte etwa hundert Häuser, von denen über die Hälfte zerstört war. Hier befand sich die Ruhestellung der Batterie.

Vor einem Stall am Eingang des Dorfes saßen die Fahrer Müller, Uhl und der pockennarbige Podlesch. Sie schälten Kartoffeln für die Feldküche.

Jans Kommen überraschte sie sehr: „Du kannst wohl nicht genug kriegen?" meinte Müller. „Vorne ist wieder mal furchtbar dicke Luft, hörst ja, wie's donnert."

Jan hörte es. „Ist der Flox noch vorne?" fragte er.

Sie zuckten die Achseln. „Frag mal die Schreibstubenhengste!" sagte Uhl.

Die Schreibstube lag gleich nebenan. Die Schreibstubenhengste waren Gefreiter Schulz, der an Darmkatarrh litt und deshalb immer große Mengen von einem weißen Pulver einnahm, und Landsturmmann Micke, ein schlaues, gutmütiges Kerlchen, von Beruf Bienenzüchter.

„Hurra, da ist er, der Nationalheld!" rief Schulz und verschüttete sein Wismutpulver, das er gerade auf einer Messerspitze zum Mund führte. „Sollst dich gleich bei unserm Feldwebel melden und dann zum Batterieführer, fix!"

„Wo ist der Gefreite Pudel?" fragte Jan.

„Der kann sich überhaupt nicht mehr rühren", sagte Micke, „liegt die ganze Zeit unterm Proviantwagen." Er zeigte zum Fenster hinaus.

„Die Straße ganz durch, dann links. Aber vorher gehst du in das zweite Haus rechter Hand und meldest dich!"

Jan dachte nicht dran. Er dachte nur an Flox und flog die Straße runter. Unter dem Proviantwagen lag der Hund auf einem Bündel Stroh. Als er Jan erkannte, versuchte er kläglich, mit dem Schwanz zu wedeln. Seine Schnauze war heiß, seine Augen trüb, sein Fell verdreckt und blutig. Am linken Hinterbein eiterte eine Wunde. Es sah böse aus.

Ziermann, der Eisendreher aus Gau-Bischofsheim, und Schlenska, Mechaniker aus Borsigwalde, kamen vom Schmiedewagen rüber und begrüßten Jan. „Das arme Hundche", bedauerte Ziermann, „frißt nix, säuft fast nix, ich glaub, 's geht ein."

„Was habt ihr mit ihm gemacht?" schrie ihn Jan verzweifelt an.

„Ich hab selbst uff das Hundche uffgepaßt", entschuldigte sich der Eisendreher. „Wie du damals uff die Beobachtung gange bist, da war das Hundche gar nit mehr zu halten. Und grad, wie ich emal naus mußt, ist es wuppdich hinner mir her – no, was sollt ich denn mache? Eins, zwei, drei war's weg. Hat dich halt gesucht. Da hat aach schon die Mordsschießerei angefangen, da ist es nit weit komme. Der Poste, der mich abgelöst hat, der hat's gehört, wie's gebellt und gewinselt hat, und hat's reigeholt. Dann ham mer noch die Kugel rausgedrickt und hawwe's mit hierhergenomme."

„Armer Floxi, was soll ich denn mit dir machen?" jammerte Jan.

„Zustände sind das!" brummte Schlenska. „Möcht man bloß wissen, wozu hier im Ort drei Tierärzte rumloofen! Schimpfen sich Stabsveterinäre und kümmern sich 'n Dreck um so 'n armes Tier."

„Sind die weit von hier, die Tierärzte?" fragte Jan hastig.

„Eine Viertelstunde", antwortete der Borsigwalder. „Das Landhaus da oben hinter den Magnolienbäumen."

Jan nahm Flox auf seinen rechten Arm, der linke war noch in der Binde. Der Hund legte ihm die Schnauze auf die Schulter, so zogen sie los.

Stabsveterinär Reppich führte mit seinen zwei Kollegen auf dem anmutigen Landsitz das behaglichste Leben. Sie hatten eine großartige Hühnerzucht angelegt, aber nicht etwa für kranke Soldaten, sondern ausschließlich zum Privatgebrauch. Die Hühner ließen sie mit dem für die Pferde bestimmten Hafer füttern, weil, wie Herr Reppich meinte, die Pferde immer noch genug zu fressen hätten.

Als Jan mit Flox ankam, war Reppich äußerst ungehalten: „Hab was Besseres zu tun, als Köter zu behandeln", fuhr er ihn an.

Aber Jan bat und bettelte: „Herr Stabsveterinär, helfen Sie doch! Was soll ich denn mit dem Tier machen?"

„Also leg den Hund meinetwegen da hinten an die Mauer", sagte der Tierarzt gnädig, „und geh da weg!" Und zu einem der Burschen, die mit Eierpacken beschäftigt waren: „Holen Sie meine Pistole, liegt im Vorzimmer auf der Kommode!" Der Bursche lief ins Haus.

Jan blieb das Herz stehen, als Reppich auf die Mauer zuging, vor der das arme Tier lag, die Pistole aus der Ledertasche nahm, damit herumhantierte, sie in Augenhöhe hob und – mit einem Satz war Jan bei Flox und warf sich über ihn.

„Herrgott, Donnerwetter", erschrak Reppich, „jetzt hätte ich dich beinah erschossen, verdammter Lümmel!"

So schnell er konnte, lief Jan weg, auf dem Arm trug er seinen Flox. Er rannte mit ihm die hintere Hoftür hinaus und weiter feldein, ohne sich umzusehen. In einer Lehmgrube in den Weinbergen verbarg er sich und das Tier. Flox rührte sich nicht.

Was soll ich denn nur machen? ging es dem Jungen im Kopf herum. Ach, wenn jetzt der Vladimir da wär. Wie der ein Schaf gepflegt hatte, sobald ihm etwas fehlte! Jan dachte nach. Was hatte denn Vladimir damals mit dem Ziegenböckchen gemacht, als es der Wolfshund gebissen hatte? Hatte er da nicht Erde genommen oder Lehm oder so was? Ob es helfen würde, wenn er jetzt dem Flox etwas Lehm auf die Wunde tat? Vielleicht. Hier gab es ja jede Menge davon.

Jan zog sein Messer aus der Tasche und grub damit in dem Lehm herum. So hatte es der Schäfer auch gemacht, jetzt erinnerte er sich: den Lehm naß gemacht, darin herumgerührt wie in einem Brei und dann auf die wunde Stelle gestrichen.

Wasser holte er aus dem Graben hinter den Erlen. Ein Taschentuch hatte er auch, da schmierte er den Brei drauf. Er legte es sorgsam auf die Wunde, dann band er das Ganze mit der Binde fest, in der er seinen Arm getragen hatte.

Was braucht der Arm eine Binde! Wenn nur der Flox wieder gesund wird!

In der Schreibstube der Siebenten war indessen großer Krach. Natürlich wegen Jan, dem Ausreißer. „Nichts als Scherereien hat man mit dem Bengel. Höchste Zeit, daß er ein richtiger Soldat wird", tobte

Feldwebel Dietrich. „Dann kann er aber was erleben! Muß ich mich wegen seiner Unpünktlichkeit noch anschnauzen lassen! Wo mag er sich nur rumtreiben?"

„Das hat er mir nicht gesagt, Herr Feldwebel", erwiderte Micke.

„Müssen doch irgendeine Ahnung haben, denken Sie mal nach! Sie gehen jetzt sofort und suchen den Kunden, aber dalli! Der Herr Oberleutnant ist verflucht schlechter Laune."

Micke eilte mit strammer Kehrtwendung zur Tür hinaus. Er beschloß, die Sache gründlich zu machen. Er fragte in jedem Haus, erkundigte sich bei jedem Mann, den er traf. Schließlich geriet er an Ziermann, der ihn in das Landhaus zu Reppich schickte. Doch der Stabsveterinär schmiß ihn raus. Ungeschickterweise zum Vorderausgang, so daß Micke drei Stunden lang in den Weinbergen herumspazieren konnte, bevor er Jan in der Talmulde fand.

Jan saß noch immer bei Flox in der Grube. Er war gerade damit beschäftigt, den Umschlag zum viertenmal zu erneuern. Das Befinden des Patienten schien sich zu bessern. Die ernsten Hundeaugen sahen den kleinen Doktor dankbar an.

Doch sosehr der Schreibstubenhengst auch drängte, Jan wollte den Hund nicht verlassen. „Jan, sei doch vernünftig", bat Micke, „ich krieg die größten Unannehmlichkeiten. Der Oberleutnant ist sowieso schon in elender Laune. Er hat sich den Fuß verknackst. Tu's doch mir zulieb, Panje! Ich bleib auch bei deinem Hund."

Endlich gab Jan nach: „Aber gut aufpassen!" schärfte er dem Bienenzüchter ein. „Wenn der Umschlag trocken ist, gleich einen frischen!"

„Mach ich, mach ich, ich behandle das Bein, als wenn's meines wär, verlaß dich drauf!" versprach Micke. „Aber du gehst jetzt sofort zu Allenstetten."

Trotz des verknacksten Fußes begrüßte von Allenstetten Jan mit größter Freundlichkeit. Nicht ein Wort des Vorwurfs über sein Zuspätkommen. Er bot ihm eine Zigarette an, die Jan ablehnte. Er sagte sogar „Sie" zu ihm: „Kubitzki, setzen Sie sich!"

Was ist denn da passiert? dachte Jan.

„Mein lieber Kubitzki", begann der Batterieführer, „Sie sind kein Knabe mehr, Sie haben sich als Held gezeigt, und es ist Zeit, daß Ihre Heldentaten auf dem östlichen Kriegsschauplatz die verdiente Anerkennung erfahren. Als Führer der von Ihnen freiwillig gewählten

Truppe habe ich mit den größten Anstrengungen Ihre Naturalisation jetzt endlich durchgedrückt. Das heißt auf deutsch: Sie sollen Deutscher werden wie Ihre Kameraden. Das Gesuch ist seinen Weg bis ins Große Hauptquartier gegangen. Wie ich nicht ohne Grund vermuten darf, nimmt sogar unser allerhöchster Kriegsherr lebhaften Anteil an Ihrer Person. Ich denke, daß Sie die hohe Ehre zu würdigen wissen."

Jan hatte während dieser Rede ausschließlich an Floxis feuchten Umschlag gedacht: Der Oberleutnant mit seinem verknacksten Fuß sollte sich lieber auch einen machen.

„Sie werden", sprach Allenstetten, „Ihrem neuen Vaterland als leuchtendes Beispiel begeisterter Hingabe und wahren Opfermuts erscheinen. In Gedanken an den Heldenknaben von Koptschowka werden alt und jung mit erneuter Begeisterung nicht nur zu den Fahnen drängen, sondern auch zu den Zeichnungsstellen für Kriegsanleihe. Denn besonders auf den Erfolg der neuen Kriegsanleihe dürfte Ihr Vorbild von günstiger Wirkung sein. Zum Kriegführen gehört Geld, Geld, Geld. Auch die Ärmsten werden freudig ihr letztes Scherflein dafür spenden. In höchsten Kreisen rechnet man damit, daß nach der zu erwartenden vollständigen Eroberung Ihrer engeren Heimat Polen die Jugend Polens Ihrem Beispiel folgen und eine eigene freiwillige Armee innerhalb des deutschen Heeres aufstellen wird. Dann werden polnische Truppen Seite an Seite mit den deutschen den Sieg erringen. Der Gedanke an Sie wird ihnen Mut und Begeisterung geben. Alles weitere wird Ihnen Feldwebel Dietrich mitteilen. Sie können wegtreten."

Freiwillige vor zum Essentragen!

DA HELFEN keine Umschläge, dachte Jan, als er Allenstettens Zimmer verließ. Der hat sich auch den Gehirnkasten verknackst: Heldenknabe, Mut, Geld, Vaterland – blödsinnig kann man da werden. Aber ich merk schon: Die wollen bloß einen Makaua aus mir machen, es rennen noch nicht genug Menschen in die Maschinengewehre! Die sollen mich doch in Ruhe lassen. Ich hab Hunger. Der Flox auch.

Also zur Feldküche!

Aber der neue Küchenbulle kannte ihn nicht. Er kam aus dem

Reservelazarett in Niederlahnstein und war erst drei Tage bei der Batterie. „Panje?" grunzte er, als Jan sich vorstellte. „So was gibt's hier nicht. Da geh mal wieder nach Rußland. Bei mir ist nichts zu holen, Finger weg!"

„Wo sind denn die andern, die werden mir schon was abgeben", trotzte Jan und blieb stehen.

„Red nicht so dumm! Die können dir grad was abgeben! Die haben selber nichts, die sind vorne. Hörst du nicht die Schießerei den ganzen Tag? Das geht jetzt seit über zwanzig Stunden so. Seit zweiundzwanzig Stunden haben die nichts gefressen."

„Warum bringt ihnen denn niemand was?" fragte Jan.

„Dummes Geschwätz! Zwischen uns und denen liegt doch Sperrfeuer. Lebend kommt da keiner durch."

„Es müßte doch einer durch und ihnen ihr Essen bringen", sagte Jan.

„Einer? Mindestens vier", erwiderte der Bulle. „Wenn's nicht bald aufhört, nehm ich noch selbst so einen Kübel auf den Buckel und hau ab damit. Ob ich hinkomme, ist 'ne andre Frage."

„Ich geh mit", erklärte Jan.

Der Koch starrte ihn an: „Bist noch nicht trocken hinter den Ohren und willst durchs Sperrfeuer? Hast du 'ne Ahnung! Willst mir bloß was abluchsen. Na, meinetwegen, da ist noch Erbsensuppe."

„Danke", sagte Jan und fing an zu löffeln. „Kann ich mir die Knochen mitnehmen?" fragte er dann und deutete auf den Boden.

„Die ollen Knochen? Wozu denn?"

„Für meinen Hund." Jan raffte die Reste zusammen und lief zurück zur Lehmgrube, wo Flox und Micke sehnsüchtig auf ihn warteten.

Der Pudel machte sich gierig über die Mahlzeit her. Es ging ihm bereits besser. Die Kur des Schäfers Vladimir schien wirklich zu helfen.

„Nimm dir einfach einen ordentlichen Batzen Lehm mit, dann kannst du den Hund im Quartier gesund pflegen!" riet Micke. „Pack du den Hund auf den Arm, ich trag den Lehm."

Das war ein guter Rat. Mit Lehm und Pudel beladen wanderten sie zur Schreibstube.

Micke hatte Flox auf einer Pferdedecke in der Kammer hinter der Schreibstube ein Lager gemacht und Jan versprochen, gut aufzupassen. Jan ging zum Platz vor der Feldküche, auf dem der Küchenbulle die Rationen für das Abendessen verteilte. Einhundertfünfundzwanzig Gramm Schmalz, einhundertfünfundzwanzig Gramm Käse. Kaum zwanzig Leute waren erschienen. Alle anderen lagen vorne, dem Feuer und Hunger preisgegeben. Die zwanzig standen mit langen, bangen Gesichtern da und horchten auf das dumpfe, ferne Grollen, das nicht nachlassen wollte.

„Wir können die vorne nicht verrecken lassen", sagte der Koch. „Also, wer will? Da stehen noch die Kübel mit dem Mittagessen. Fünf Mann brauche ich. Wer will?" Er wartete. Als sich niemand meldete: „Dann geh ich als erster. Hab zwar mit dem Herzen zu tun, aber ich geh. Wer noch?"

Fahrer Müller meldete sich. Nun trat auch Podlesch vor.

„Fehlen noch zwei", stellte der Koch fest.

Da kam Jan aus der Schreibstube, sah die drei Mann vor den gefüllten Speisekesseln und stellte sich dazu.

„Des is unsern gude Engel!" rief Hannes Ziermann. „Wenn der mitmacht, kann eim nix passieren", und hob gleich einen Kübel auf. „Dunnerkiel, der hat awwer e Gewicht!"

„Panje", kam da der Schreibstuben-Micke an, „du mußt doch erst noch zum Feldwebel!"

„Damit hat's Zeit", sagte Jan. „Damit", und er deutete auf die verschlossenen Kübel, „hat's keine Zeit." Dann gingen sie los.

Mit jedem Schritt kommen die fünf dem Sperrfeuer näher. Immer dichter, immer entsetzlicher krachen die Granaten, explodieren die Schrapnells. Da soll ein Mensch durchkommen! Noch dazu mit den schweren Kübeln, die jede Bewegung behindern!

Nun sind sie mittendrin, stürzen in die Gräben, rappeln sich wieder hoch, suchen Deckung vor dem Hagel der Geschosse, lassen sich von neuem in Granattrichter fallen . . .

Hinter ihnen und vor ihnen ist die ganze Luft schwarz von der Erde, die unter den Einschlägen der Granaten in dicken Klumpen aufspritzt. Da soll ein Mensch durchkommen?

Podlesch schreit auf, läßt den Kübel fallen, wirft die Arme hoch, stürzt.

Gottfried Podlesch hat den Tod gefunden. Sein Kübel kullert über den Rand eines Grabens. Gleich darauf schreit Müller. Eine Wunde im Armgelenk. Der Eisendreher reißt ihm das Verbandszeug aus dem

Rock und verbindet ihn. Dann helfen sie ihm in einen alten zerschossenen Unterstand.

Weiter! Weiter!

Der Küchenbulle mit dem schwachen Herzen ist am Ende. „Geht nicht mehr", lallt er aus einem Granattrichter. „Laßt mich liegen!"

Jetzt sind nur noch Jan und Ziermann übrig. Ziermann denkt immerzu: Mein guder Engel, mein guder Engel, verlaß mich nit! Jan betet: Laß nur dem Ziermann nichts geschehen, lieber Gott, ich kann doch nicht allein die Kübel schleppen! Sein Arm fängt wieder an zu schmerzen.

Sie zerren Bretter aus einem Graben, binden die vier Kochkessel mit Riemen und Hosenträgern darauf fest. Das ist wie ein Schlitten. Sie spannen sich davor und ziehen. Vor jedem Geschoß, das auf sie losheult, schmeißen sie sich ins nächste Loch.

Nur weiter, nur weiter! Es können höchstens noch sechs Minuten sein. Aber aus den sechs Minuten werden fast dreiviertel Stunden. Wir schaffen's nicht, mir schaffe's nit.

Sie haben es doch geschafft. Langsam, langsam bleibt der Feuerregen hinter ihnen: Dort ist der Hohlweg. Da die Batterie. Die Kameraden stürzen ihnen entgegen und reißen die Kübel auf und essen, essen, essen und sagen mit vollen, schmatzenden Mündern: „Du bist unser guter Engel, du bist der anständigste Kerl von der ganzen Welt, Ziermann, du auch, das vergessen wir euch nie."

Der große Tag

DAS war Sonntag. Am Montag wurde die Batterie aus der Feuerstellung zurückgezogen. Das verdankte sie Jan. Der große Tag, an dem er zum Deutschen gemacht werden sollte, stand bevor. Es galt nur noch, die letzten Vorbereitungen zu treffen.

Am Donnerstag darauf verlas Feldwebel Dietrich vor der südlich des Dorfes versammelten Mannschaft folgenden Batteriebefehl:

Morgen wird unser oberster Kriegsherr der siebenten Batterie die Ehre seines Besuches geben. Die Batterie tritt hierzu um neun Uhr vormittags vollzählig und feldmarschmäßig in Paradestellung an, auf dem rechten Flügel die Offiziere, anschließend Unteroffiziere und Mannschaften.

In Anbetracht dieser allerhöchsten Auszeichnung, die der Batterie für ihre Verdienste um unser geliebtes Vaterland zuteil wird, erwarte ich von allen ein Verhalten, wie es einem so bedeutenden Ereignis geziemt, insbesondere, daß der Anzug in einen tadellosen Zustand versetzt wird. Zu diesem Zweck findet heute abend sechs Uhr vollzähliger Appell in feldmarschmäßigem Anzug statt.

Heute von sieben bis zehn Uhr wird während der Putzstunden nochmals ein eingehender Unterricht abgehalten. Hierbei ist besonderer Wert darauf zu legen, daß die Mannschaften auf etwa an sie gerichtete Fragen eine knappe und bestimmte Antwort erteilen können. Auf die Frage des Kaisers: „Wollen Sie wieder nach Hause?" ist die Antwort zu geben: „Zu Befehl, Majestät, aber erst, wenn wir gesiegt haben." Auf die Frage: „Wie gefällt es euch?" ist zu antworten: „Wie es einem deutschen Soldaten gefallen muß." Seine Majestät muß von uns die Gewißheit mitnehmen, daß dieser Krieg nur einen Ausgang haben kann: den Sieg!

Sobald Seine Majestät dem Auto entsteigt, stimmt die Batterie in ein dreimaliges Hurra ein. Leutnant Ruschatzky hat dieses Hurrarufen vor dem heutigen Nachmittagsappell eine halbe Stunde lang mit den Mannschaften zu üben.

Kameraden, ich erwarte von euch, daß ihr alle dazu beitragen werdet, diesen Ehrentag der Batterie zu einem unvergleichlichen Ereignis zu machen.

von Allenstetten, Batterieführer

Nachsatz: Der bisher russische, ab morgen deutsche Staatsangehörige Jan Kubitzki steht auf dem linken Flügel mit drei Schritt Abstand vom linken Flügelmann. Er trägt die ihm vom Generalkommando zugewiesene feldmarschmäßige Uniform mit Seitengewehr, aber ohne Karabiner. Leutnant Ruschatzky hat ihn heute abend während der allgemeinen Putz-, Flick- und Instruktionsstunde noch einmal bis in alle Einzelheiten zu belehren, da zu erwarten ist, daß Seine Majestät sich mit Kubitzki eingehend unterhalten wird.

Die bisher für genannten Kubitzki übliche Anrede mit dem Fremdwort Panje hat ab morgen zu unterbleiben. Unser Kamerad ist künftig mit seinem richtigen Namen anzureden.

Jans neue Uniform lag schon in seinem Quartier im Spritzenhaus des Dorfes, das der Mannschaft des dritten und vierten Geschützes zugewiesen war. Flox saß davor und gab acht. Sein Bein heilte, seine

Augen waren wieder hell, und er war zur Feier des Tages frisch gewaschen worden.

Aber Jans Augen hatten einen trüben Schimmer. Wie im Schlaf vertauschte er die alte Uniform mit der neuen. Dann ging er zu Ru, zum Heldenunterricht, die andern zur Putz- und Flickstunde.

„Kubitzki, setz dich!" befahl Ru, als Jan bei ihm eintrat. „Ich darf doch noch du zu dir sagen als dein Lehrer und Waffengefährte? Weißt du noch, wie wir beide damals den Spion entlarvt haben? War das nicht schön?"

„Nee", sagte Jan.

„Erinnerungen sind immer schön", meinte der Lehrer, „aber jetzt laß uns an die Zukunft denken, Jan, denn etwas Großes und Schönes steht dir bevor. Weißt du noch, wie du mir in der kleinen Bauernstube, wo ich meine Kartentasche liegenließ, erzähltest, was du werden wolltest? Ein Brückenbauer, sagtest du. Nun, Kubitzki, von morgen an bist du berufen, an einer Brücke mitzubauen, an der Brücke zum Sieg!"

„Ich möchte eine richtige Brücke bauen wie die in Köln", erwiderte Jan.

„Nach einem siegreichen Frieden, jawohl", sagte der Lehrer, „und dazu sollst du dein Teil beitragen. Die Hauptsache ist jetzt, daß du dich morgen nicht blamierst. Hier habe ich dir alle Gefechte und Schlachten aufgeführt, an denen du teilgenommen hast, mit Daten. Die lernst du mir bis morgen hübsch auswendig. Sollte es dir zuviel sein, so genügt es, wenn du wenigstens die rot unterstrichenen kannst. Morgen früh um halb neun kommst du hierher, dann höre ich dich noch mal ab."

Jan steckte den Zettel ein, ging zum Essensempfang, dann ins Quartier. Dort nahm er seinen Rucksack.

„Wo willst du denn mit dem Rucksack hin?" fragte Distelmann.

„Ich hab was vor", antwortete der Junge.

„Ha, wieder eine Heldentat", gähnte Mostrich.

„Kann sein", sagte Jan und kraulte den Flox, der gespannt zu seinem Herrn emporsah. Dann verließ er mit Flox das Quartier.

„Wir lassen keinen Makaua aus uns machen, Flox", meinte er, während sie den Dorfplatz überquerten. Floxis Schnauze schmiegte sich in seine Hand. Dann verschwanden sie im Dunkel.

Am folgenden Morgen stand die siebente Batterie so vollzählig und feldmarschmäßig wie nur möglich in Paradeaufstellung auf dem

Parkplatz. Alert war mit seinem ganzen Stab erschienen, auch einige Offiziere der achten Batterie, der Stabsarzt Jürgensen, der Stabsveterinär Reppich mit seinen beiden Kollegen, ferner Vertreter zahlreicher Zeitungen, Fotografen und Kameraleute. Eine Abteilung Berittener sorgte für die Absperrung.

Fehlten nur noch die zwei Hauptbeteiligten. Dabei war es schon zehn Minuten über neun. Feldwebel Dietrich rannte schwitzend und schimpfend durch das Dorf, während die beiden Schreibstubenhengste auf seinen Befehl durch Felder und Weinberge galoppierten. „Ihr schafft ihn zur Stelle, den Lümmel, und wenn ihr ihn an den Haaren ranschleifen müßt", hatte der Feldwebel gesagt.

Fünf Minuten nach halb zehn kehrte Micke zurück. In einer Lehmgrube hinter dem Quartier der Stabsveterinäre hatte er etwas gefunden. Es war eine Uniform, die der herbeigerufene Kammerunteroffizier als die Jan Kubitzki vom Generalkommando zugewiesene feldmarschmäßige Uniform mit Seitengewehr erkannte.

Von Allenstetten war wie vor den Kopf geschlagen. Gerade ihm mußte so etwas passieren. Jede Minute konnte der oberste Kriegsherr eintreffen. Die Offiziere steckten die Köpfe zusammen.

„Kann man wissen", sagte der weiße Rabe, „was in dem Jungen vor sich gegangen ist? Wir alle sind überzeugt, daß es auf Erden keine größere Ehre gibt, aber ist es wirklich so eine Ehre, Soldat zu werden und Deutscher?"

Allenstetten, bebend vor Aufregung: „Verzeihung, Herr Hauptmann, diese Auffassung scheint mir nicht ganz zutreffend. Ich finde das Verhalten des Kubitzki geradezu skandalös. Verprügeln müßte man diesen Strolch."

„Ich muß Sie schon ersuchen, derartige Ausdrücke zu unterlassen, Herr Oberleutnant", gab Alert scharf zurück. „Wenn der Junge nicht gewesen wäre, ständen Sie heute vermutlich nicht hier, und ich auch nicht."

„Dabei habe ich ihm noch gestern abend erklärt, was diese Ehrung bedeutet!" klagte Ru.

„Deswegen braucht er noch lange nicht mit ihr einverstanden zu sein", sagte Alert. „Wer weiß, was für Gründe er hatte."

„Unsinn, Gründe!" platzte Reppich ins Gespräch hinein. „Ein ganz gewöhnlicher Deserteur!"

„Lachhaft: Deserteur!" bemerkte Jürgensen. „Dieser Bub ist noch keine fünfzehn Jahre. Hat es doch gar nicht nötig, Soldat zu sein. Wissen Sie, lieber Alert, von allem, was sich der Junge bisher geleistet hat, gefällt mir offen gestanden dieses Ausbüxen am allerbesten: Vor zuviel Ehre ist beim Militär noch nie jemand ausgebüxt, dazu muß einer schon soviel Schneid haben wie unser Panje. Jetzt darf man ihn ja wohl wieder so nennen."

„Wollen Sie die Leute nicht wegtreten lassen, Herr Oberleutnant?" fragte Alert.

„Ja, aber Seine Majestät? Herr Hauptmann, wir erwarten doch Seine Majestät?"

„Jetzt ist es gleich zehn", lächelte Alert. „Nach den letzten Meldungen können sich die benachbarten Abschnitte gegen Mittag auf einen Großangriff von drüben gefaßt machen. Im Hauptquartier ist man natürlich darüber unterrichtet. Unter diesen Umständen dürften wir vermutlich nicht mehr mit dem Besuch unseres obersten Kriegsherrn zu rechnen haben. Vielleicht erkundigen Sie sich zur Sicherheit noch mal telefonisch!"

„Batterie wegtreten!" kommandierte von Allenstetten.

Die Mannschaften der siebenten Batterie hatten den Rest des Tages frei. Aber sie freuten sich nicht. Ihr Panje war weg.

„Der kommt auch nimmer wieder", klagte Hannes Ziermann. „Unsern gude Engel! Er hätt's doch jetzt so schön gehabt. Warum hat er das bloß gemacht?"

Da stand Vater Distelmann auf, sah sich im Kreis der Kameraden um und sagte langsam: „Ich kenn ihn ja von Anfang an, seit wir damals um Lodz rumzogen. Da hat er uns immer den rechten Weg gezeigt, immer den rechten Weg... Ich glaube, das hat er jetzt auch getan."

„Uns? Den richtigen Weg?" fragte Hottenrot.

„Nicht bloß uns, auch denen da drüben, den Poilus und den Tommys... überhaupt, der ganzen Welt."

„Das versteh ich nicht", sagte Hottenrot. Und zog die Uniform aus.

Nachwort

JAN KUBITZKI, genannt Panje, war und blieb verschwunden.

Kanonier Senf, genannt Mostrich, schrieb an Cordes, Vater Distelmann an Albin Rosenlöcher. Keiner wußte etwas, nicht mal der

Babba. Hans Alert, genannt der weiße Rabe, schrieb an den Beobachtungsflieger Wolfart, der fragte bei seinem Schulfreund Eugen Papke nach – umsonst. Sogar in Koptschowka zog man Erkundigungen ein. Ostrowski, der geflüchtete Gutsbesitzer, war zurückgekehrt, aber von Jan wußte er nichts.

Niemand weiß, wo Jan geblieben ist und ob er noch lebt.

Vielleicht will es der Zufall, daß dieses Buch, das von ihm, seinen Taten und Meinungen berichtet, jemandem vor Augen kommt, der sich beim Lesen daran erinnert, daß er einen Menschen kennt, dem diese Dinge in den Jahren 1914/15 im Osten und im Westen begegneten. Möglich, daß wir auf diese Weise noch etwas von Jan erfahren.

Wie Jan Kubitzki blieb auch der Schädel des Negerhäuptlings Makaua bis zum heutigen Tag verschwunden. Er wurde nur noch einmal erwähnt. Das geschah im Jahre 1919 in dem Friedensvertrag zu Versailles, der auf die vier Jahre Weltkrieg folgte. Dort liest man im Artikel 246: „Innerhalb von sechs Monaten nach Inkrafttreten des gegenwärtigen Vertrags ist der Schädel des Sultans Makaua, der aus dem deutschen Schutzgebiet in Ostafrika entfernt und nach Deutschland gebracht wurde, von Deutschland der britischen Regierung zu übergeben.“

Aber auch dieser Befehl brachte das dunkle Heiligtum nicht zum Vorschein.

Foto: Vincent C. Frank-Steiner

Rudolf Frank

„Ich bin durch den Kriegsdienst dank mehrerer Wunder heil hindurchgekommen", schreibt Rudolf Frank in seiner Autobiographie. Wie sein Held Jan Kubitzki war auch Rudolf Frank im Ersten Weltkrieg als Beobachter bei einem Fußartillerieregiment an der Ostfront. Seine Erlebnisse beim Militär hat er „zur Warnung für die junge Generation" im Antikriegsroman *Der Junge, der seinen Geburtstag vergaß* zusammengefaßt, der 1931 unter dem Titel *Der Schädel des Negerhäuptlings Makaua* erstmals erschienen ist. Dank seiner eindringlichen Mahnung zum Frieden wurde das Buch auch außerhalb Deutschlands rasch beliebt. Zwei Jahre später ergriffen die Nationalsozialisten die Macht; sie setzten den Roman auf die Liste der verbotenen Bücher.

Rudolf Frank wurde am 16. September 1886 in Mainz geboren. Nach dem Abitur studierte er Rechtswissenschaften in München, Zürich, Heidelberg, Berlin und Gießen; nebenbei nahm er Schauspielunterricht. Zwar schloß Rudolf Frank sein Studium ab – immerhin promovierte er 1908 zum Dr. jur. –, doch wandte er sich später ganz der Bühne zu. Am Deutschen Theater in Berlin erhielt er bei Max Reinhardt eine Rolle im „Faust", und schon 1911, am Hoftheater Meiningen, führte er zum erstenmal Regie.

Nach dem Ersten Weltkrieg arbeitete Rudolf Frank als Regisseur, Theaterkritiker und Herausgeber. In München inszenierte er an den Kammerspielen Theaterstücke von Wedekind, Schnitzler, Shaw und Brecht. Als Gastregisseur ging Rudolf Frank 1924 nach Mailand, danach zog er wieder nach Berlin. Dort wurde er – wie viele seiner Kollegen – 1933 verhaftet, glücklicherweise aber schon nach einem Monat wieder freigelassen. Bis zu seiner Emigration nach Wien im Jahr 1936 lebte er von Zeitungsbeiträgen, die er unter dem Namen einer Schriftstellerkollegin veröffentlichte.

Als die deutschen Truppen 1938 in Österreich einmarschierten, mußte Rudolf Frank erneut fliehen. In Zürich fand er Unterschlupf, durfte als Emigrant jedoch keinen Beruf ausüben. Heimlich war er als Herausgeber und Übersetzer für Schweizer Verlage tätig und überstand so den Zweiten Weltkrieg. Nach Kriegsende blieb er in der Schweiz. 1960 veröffentlichte er seine Autobiographie *Spielzeit meines Lebens*. Rudolf Frank starb am 25. Oktober 1979 in Basel. Der literarische Nachlaß des Autors wird vom Archiv seiner Heimatstadt Mainz betreut.

Späte Liebe

EINE ERZÄHLUNG VON

MAX VON DER GRÜN

ILLUSTRATIONEN VON
DIETRICH LANGE

„Man hat dich wieder gesehen mit ihm. Händchen habt ihr gehalten wie ein junges Liebespaar", giftet Hildegard, die langjährige Freundin von Margarete Gmeiner. Ihr setzt es mächtig zu, daß die Siebzigjährige auf ihre alten Tage noch einen Kavalier gefunden hat.

Aber nicht nur Hildegard ist überrascht von der späten Liebe zwischen der Schuhmacherswitwe Gmeiner und dem gleichaltrigen Schneidermeister Burger. Da ist Horst, der Sohn der Gmeiner, dessen eigene Ehe gerade zu scheitern droht; da ist Edith, seine rechthaberische Frau, die aus ihrer Abneigung gegen die Schwiegermutter noch nie einen Hehl gemacht hat.

Kein Wunder also, daß die Gmeiner ihre Verlobung mit Burger am liebsten vor aller Welt geheimhalten würde. Hat aber das ungewöhnliche Brautpaar nicht auch ein Recht, endlich einmal an sich selbst zu denken und sich einen seit langem gehegten Traum zu erfüllen?

Diese Geschichte ist ebenso rührend wie komisch, ein Beispiel mehr für das türkische Sprichwort: „Junge Liebe ist von der Erde, späte Liebe ist vom Himmel."

Seit drei Wochen hatte es nicht mehr geregnet. Margarete Gmeiner lief seit drei Wochen täglich am späten Nachmittag zum Friedhof, die Blumen auf dem Grab ihres vor drei Jahren verstorbenen Mannes zu gießen. Sie hatte Salvien gepflanzt, Geranien und Zinnien; jeden Herbst riß sie die abgeblühten Blumen aus und setzte das Grab voll mit bunten Astern. Obwohl ihr niemand die siebzig Jahre ansah, sie wirkte wie fünfzig, fraulich und resolut zugleich, litt sie unter der Hitze. Sie verschnaufte mehrmals auf dem zwei Kilometer langen Weg von ihrer Wohnung in der Neubausiedlung am Rande der Altstadt bis zum Friedhof, sie wischte sich verstohlen, als schäme sie sich dessen, den Schweiß von Gesicht und Nacken und sah sich dabei um, ob sie von jemandem beobachtet würde.

An diesem Spätnachmittag im Juni ruhte sich die Gmeiner lange aus auf einer Bank vor der Hauptwasserstelle des Friedhofes, unter einer weit ausladenden Blutbuche, und atmete schwer. Sie war noch erbost über ihre Freundin Hildegard, mit der sie sich wieder einmal gestritten hatte. Hildegard mischte sich in letzter Zeit in alles ein. Immer aufdringlicher beredete sie Margaretes Angelegenheiten, wollte alles und alles genau wissen, spielte sich auf, als sei sie zu Margaretes Vormund bestellt. Hildegard war rechthaberisch geworden und unleidlich dazu.

Seufzend erhob sich die Gmeiner und tauchte ihre große Plastikgießkanne in den Wasserbottich. Während sie sich mehrmals vergeblich mühte, die randvoll gefüllte Gießkanne aus dem Wasser zu heben, griffen zwei Hände neben ihr zu, hoben die Gießkanne heraus und stellten sie vor den Füßen der Gmeiner ab. Erstaunt sah sie auf. „So geht's leichter, Frau Gmeiner. Wenn Sie die Kanne unter dem Wasserhahn vollaufen lassen, dann geht es noch viel leichter."

„Das schon, aber abgestandenes Wasser ist besser für die Blumen."

„Aber bestimmt nicht für Ihren Rücken, Frau Gmeiner ... Mein Gott, daß man sich einmal wiedersieht."

„Ja, ja. Ich habe Sie auch schon lange nicht mehr gesehen, eine Ewigkeit schon nicht mehr, Herr Burger. Auf dem Friedhof muß man sich wiedertreffen. Waren Sie etwa krank? Die Stadt ist wie ein Dorf, und doch trifft man sich nicht."

Burger griff wieder die Gießkanne und lief dann schweigend neben der Gmeiner her, den Hauptweg entlang und nach fünfzig Metern links ab in einen schmalen Weg, der mit Buchsbaum umwuchert war. Da waren sie auch schon am Grab. Auf dem rosafarbenen Granitstein stand zu lesen:

Albert Gmeiner
Schuhmachermeister
* 1910 † 1977

„Jetzt haben Sie meine schwere Kanne den ganzen Weg lang getragen!" rief die Gmeiner erschrocken aus. Schuldbewußt nahm sie Burger die Gießkanne ab und goß das Grab.

„Na, so alt bin ich auch wieder nicht mit meinen siebzig Lenzen", sagte Burger und betrachtete wohlgefällig die Gmeiner bei der Arbeit. Die Frau gefiel ihm: sie war kräftig, da ist noch alles dran, dachte er, keine Joghurtfigur, die hat alles, was eine Frau ausmacht.

„Man muß sich bekümmern, wenn das Grab nach etwas aussehen soll", sagte die Gmeiner. „Die Hitze nimmt kein Ende. So einen Juni haben wir schon lange nicht mehr gehabt, erst Wolkenbrüche, dann Hitze."

Sie setzte die leere Gießkanne beiseite auf den schmalen Weg und legte plötzlich die flache Hand auf ihren Mund, als hätte sie etwas Unrechtes gesagt. „Alt? Aber Herr Burger, so war es doch nicht gemeint ... Na ja", und dabei lächelte sie, „zwanzig sind wir beide nicht mehr, und es geht alles ein wenig langsamer. Nur die Zeit läuft. Je älter man wird, desto schneller ist wieder so ein Jahr rum."

Burger deutete auf den Grabstein: „Jetzt sind es schon drei Jahre mit Ihrem Mann. Bei meiner Frau werden es auch bald drei Jahre. Sind ja beide im selben Jahr gestorben."

Ohne daß sie es abgesprochen hatten, begleitete die Gmeiner den Mann zum Grab seiner Frau, das nur drei Gevierte entfernt lag und üppig mit Veilchen bepflanzt war. Dann standen sie vor dem Grab, das keinen Grabstein hatte, nur mit grünlich schimmerndem Granit eingefaßt war.

„Das waren ihre Lieblingsblumen", sagte Burger, „ihr Hochzeitsstrauß war ein Veilchenstrauß ... Ja, plötzlich steht man allein da und weiß nicht recht, wo man hingehört. Plötzlich war meine Frau nicht mehr da ... Jetzt habe ich die Veilchen."

Er bückte sich, als wolle er Unkraut zupfen, aber es gab kein Unkraut zu zupfen. Der Gmeiner war, als habe der Mann feuchte Augen; vielleicht kam das auch von der schräg stehenden Sonne, deren Licht durch die breitästigen Bäume stach und blendete.

Burger rieb seine Hände aneinander, damit die Erde von den Fingern bröckelte; dann nahm er die Gießkanne der Gmeiner wieder auf. Nebeneinander spazierten sie gemächlich, den Schatten der Bäume nutzend, auf dem Hauptweg dem Portal zu. Unterwegs wusch sich Burger die Hände an einer Wasserstelle und trocknete sich mit seinem Taschentuch ab.

„Manchmal", sagte die Gmeiner und sah dabei den Mann an ihrer Seite prüfend an, als wolle sie sich vergewissern, daß sie ja nichts Unrechtes sagte, „manchmal habe ich mit meiner Freundin Hildegard gesprochen, ich meine, das mit Ihrem Sohn damals. Hat den Krieg überstanden, die Kriegsgefangenschaft in Rußland gesund überlebt, kommt nach Hause und wird von einem Lastwagen überfahren ... Die Autos sollte man abschaffen. Dabei hätte er doch Ihre Schneiderei übernehmen können ..."

Sie waren an der Gasse, die zum Markt führte, angekommen. Beide verhielten und verschnauften, beide schwitzten, einer wollte es vor dem anderen verbergen.

„Kochen Sie noch selbst?" fragte die Gmeiner. „Ich meine, seit Ihre Frau tot ist ..."

„Anfangs schon", antwortete Burger. „Jetzt kriege ich einmal am Tag was Warmes vom Altersheim. Das bringt mir ein junger Mann, der macht dort seinen Ersatzdienst, ein Wehrdienstverweigerer."

„So? Wußte ich gar nicht, daß es so was gibt. Na, dann sind diese jungen Leute doch zu was nütze, sind nicht lauter Krakeeler."

Beide liefen wieder wie selbstverständlich nebeneinander her, als hätten sie den gleichen Weg oder das gleiche Ziel. Unterwegs sagte Burger: „Mehr Kinder hätte man halt haben müssen ... Aber Sie haben ja auch nur eins, wenn ich mich recht erinnere, einen Sohn. Stimmt's?"

„Ja, meinen Horst – und die Susanne, meine Enkelin. Die macht jetzt bald ihr Abitur ... Ich war damals ganz schön erschrocken, als ich vom Tod Ihrer Frau gehört habe. So plötzlich." Am Marktplatz zögerten beide. Burger sah zum Erker des Stadtcafés hoch, das im ersten Stock eines renovierten Fachwerkhauses lag.

„Gegen Krebs ist halt nichts zu machen. Erst weiß man nicht, was es ist, und wenn man es weiß, dann ist es zu spät."

Er beobachtete ein Pärchen, das sich hinter dem Erkerfenster gegenübersaß, anlachte und mit Kuchen fütterte.

„Die Rechnung für die Beerdigung damals war ganz schön happig."

„Das wundert mich nicht, sterben ist heutzutage teuer geworden. Sagen Sie mal, Herr Burger, ins Altersheim wollen Sie wohl nicht?"

Geradezu entsetzt starrte Burger die Frau an und hob abwehrend beide Hände zur Brust.

„Um Gottes willen, Frau Gmeiner, keine zehn Pferde bringen mich da hin. Solange ich noch kriechen kann, so lange bleibe ich mein eigener Herr ... Die Schneiderei habe ich aber aufgegeben. Ich arbeite nur noch so, zum Hausgebrauch. Die Rente reicht für mich."

„Mein Gott, an was die Menschen heute alles sterben. Mein Mann hat nur einen Schnupfen gehabt, dann war's eine Lungenentzündung, und dann war's der letzte Schnaufer."

„Ein guter Schuster war Ihr Mann, Frau Gmeiner, ein sehr guter. Ich habe zu Hause noch ein Paar Stiefel, die er mir gemacht hat. Es geht doch nichts über solide Handarbeit. Was ich sagen wollte ..."

Burger straffte sich und sagte dann, was er sich auf dem Friedhof nicht getraut hatte, aus Angst, die Gmeiner könnte ablehnen. Jetzt, als er die beiden jungen Leute im Erker des Cafés beobachtet hatte, platzte er heraus: „Ich wollte Sie ins Café einladen", und er deutete hinauf zum Erker.

„Mich?" fragte die Gmeiner.

„Ist was dabei?" fragte er unsicher.

„Nein, nichts ist dabei", erwiderte sie lachend.

„Na dann, gehn wir, auf was warten wir noch."

Die Gmeiner lief über den Marktplatz, daß Burger Mühe hatte, ihr zu folgen. Gemeinsam betraten sie das Café und erreichten den ersten Stock in dem Augenblick, in dem das Pärchen den Erker verließ. Burger steuerte entschlossen den frei gewordenen Tisch an, von dem die Bedienung gerade das Geschirr abräumte. Die Gmeiner bestellte ein Kännchen Kaffee und ein Stück Obsttorte ohne Sahne, wegen der Figur, wie sie sagte; Burger bestellte sich eine Flasche Bier. Während sie auf die Bedienung warteten, sah sich die Gmeiner heimlich um. Ihr war mit einmal bewußt, daß sie seit Jahren nicht mehr in einem Café gesessen hatte, schon gar nicht von einem fremden Mann eingeladen worden war. Burger räusperte sich manchmal. Seine Verlegenheit suchte nach passenden Worten; er blickte auf den Marktplatz hinunter, wo sich Autofahrer auf der Suche nach einem frei werdenden Parkplatz belauerten.

„Haben Sie die Schuhe gesehen?" fragte die Gmeiner. „Das meiste ist heutzutage aus Plastik, was die jungen Leute tragen. Mein Albert hat immer gesagt, die jungen Leute sündigen an sich selber, sie machen sich ihre Füße krank."

Burger nickte. „Eine Zeit ist das, Qualität ist nicht mehr gefragt. Wenn man auf Qualität achtet, dann ist man altmodisch. Was der Richard ist, der mir jeden Tag das Essen bringt aus dem Altersheim, der läuft schon seit Wochen mit ausgefransten Hosen herum. Ich werde ihm nächstens mal den Saum nähen ... Ihr Sohn, Frau Gmeiner, ist doch Architekt – oder? Da hat er bestimmt längst sein eigenes Haus."

Die Gmeiner aß ihren Kuchen etwas zu hastig. Trotzdem antwortete sie gelassen: „Hat er noch nicht fertig, das Haus. Er baut jetzt erst und wohnt noch bei den Schwiegereltern. Die haben ein großes Haus in Köln. Ich habe mich immer gewundert, daß man in so einem großen Haus überhaupt wohnen kann. Es ist auch nichts Rechtes, bei den Schwiegereltern zu wohnen. Ich misch mich zwar nicht ein, grundsätzlich nicht, aber man bekommt nebenbei so allerlei mit, auch wenn mir direkt nichts gesagt wird."

Nicht reden wollte die Gmeiner vor fremden Leuten darüber, daß Edith, ihre Schwiegertochter, wieder als Studienrätin arbeitete, daß sie in all den Jahren nie ein besonders gutes Verhältnis zu ihrer Schwiegertochter gehabt hatte, sich auch nicht besonders darum bemühte, weil sie nie das Gefühl los wurde, sie sei ihrer Schwiegertochter zu einfach, zu ärmlich, vielleicht auch zu gewöhnlich und in ihrer Art zu geradeheraus, und daß sie ihrem Sohn Horst die Lüge immer vom Gesicht ablesen konnte, wenn er sie, selten genug, auf der Durchreise aufsuchte für zwei oder drei Stunden, beschäftigt, gehetzt, und dann das Fernbleiben der Schwiegertochter mit deren vielen Verpflichtungen entschuldigte.

„Ein Architekt muß doch ganz gut verdienen", sagte Burger.

„Ach, an Geld fehlt es denen bestimmt nicht. Ich bin nicht oft dort gewesen in Köln, aber da stinkt es nach Geld. Wo man auch hingreift, alles ist wertvoll und klotzig."

Burger hatte sich verstohlen nach allen Seiten umgesehen. Er fühlte sich unsicher in einem so vornehmen Café, in dem auf allen Tischen weiße Decken lagen; sicher fühlte er sich außerhalb seiner vier Wände nur, wenn er mit seinen drei Rentnerkollegen Skat oder Doppelkopf im Wirtshaus spielte. Jetzt hätte er sich gern noch eine Flasche Bier bestellt, fürchtete aber, die Gmeiner über das Schickliche hinaus aufzuhalten.

„Und wenn sie noch so viel haben", sagte er, „in die Ewigkeit können sie nichts mitnehmen." Dann bestellte er sich doch noch eine Flasche Bier und schielte dabei zur Gmeiner, ob sie etwa diese zweite Flasche mißbillige.

Während er sich einschenkte, ergänzte er: „Müssen alles auf der Erde zurücklassen. Alles. Das ist die einzige Gerechtigkeit."

„Was heißt das schon, Gerechtigkeit. Auf der Erde haben sie es wenigstens gut gehabt, und zum Weitervererben langt es allemal. Mein Gott, wenn ich an meine Rente denke. Wissen Sie, ich kriege im Monat gerade so viel, wie die in ihrem Haus in Köln im Monat vertrinken, Wein und Bier und Schnaps. Das hat mir die Susanne einmal erzählt."

„So ist das mit der Gerechtigkeit, Frau Gmeiner", sagte Burger. „Die Gerechtigkeit ist einfach nicht gerecht verteilt, das habe ich doch gesagt."

Als er ausgetrunken hatte, rief er die Bedienung und bezahlte für sich und die Frau. Die Gmeiner machte nicht einmal den Versuch eines Protestes. Im Gegenteil, sie genoß es sichtlich, von einem Mann eingeladen worden zu sein, und vergaß sogar, sich für diese Einladung zu bedanken.

Auf der Treppe hinab benahm sich Burger, wie er es als Kavalier gelernt hatte. Aufwärts hatte er der Gmeiner den Vortritt gelassen, jetzt stieg er zwei Stufen voraus die Treppe hinunter.

Auf dem Marktplatz wußten beide nicht so recht, was sie nun sagen, was sie nun tun sollten, bis schließlich die Gmeiner zur Kanalgasse wies: „Ich muß da lang."

„Richtig, Sie wohnen ja jetzt in der neuen Siedlung."

„Das ist bequemer, Herr Burger. Mit allem. Als mein Mann noch lebte, war es nicht so tragisch mit dem Haushalt. Wir konnten uns die

Arbeit teilen. Nach dem Tod meines Mannes bin ich in die Siedlung gezogen, zweieinhalb Zimmer, Neubau. Die Wohnung hat mir meine Freundin Hildegard vermittelt, sie wohnt mir nun auf dem gleichen Flur gegenüber. Das ist schon ganz gut, man hat immerhin einen Menschen in der Nähe, mit dem man sich an langen Abenden unterhalten, mit dem man Spaziergänge unternehmen kann. Nur zum Friedhof geht Hildegard nicht mit. Sie weigert sich ganz entschieden, mit auf den Friedhof zu laufen. Dahin kommt sie noch früh genug, sagt sie, sie haßt Friedhöfe geradezu. Aber sie hilft mir beim Fensterputzen und beim Treppenhauswischen. In einem Neubau ist eben alles leichter und praktischer. Jaja, wenn man älter wird, dann geht es nicht mehr so leicht von der Hand. Da braucht man Hilfe, da wird man auf andere angewiesen."

„Vielleicht trifft man sich mal wieder", sagte Burger.

„Ganz bestimmt. Wenn das Wetter so bleibt, gehe ich jeden Tag um die gleiche Zeit zum Friedhof... Na dann."

„Na dann", antwortete Burger.

Die Gmeiner ging mit festen Schritten über den Marktplatz. Am Ende des Platzes, bevor sie in die Kanalgasse einbog, die direkt zur Siedlung führte, drehte sich die Gmeiner noch einmal um.

Burger stand noch an der gleichen Stelle und sah ihr nach. Er winkte nicht, deshalb winkte sie auch nicht.

KURZ vor der Siedlung war sich Margarete Gmeiner plötzlich darüber klargeworden, daß sie den ganzen Weg vom Marktplatz bis hierher gehastet, sogar manchmal gerannt war, als hätte sie sich pünktlich zu einer Verabredung einfinden müssen; als ihr das bewußt geworden war, hielt sie sich am Stützpfosten eines Gartenzaunes fest. Sie atmete schwer und röchelnd. Erst nach fünf Minuten Verschnaufpause ging sie weiter, langsam, schlurfend, und je näher sie ihrer Wohnung kam, desto öfter ruhte sie sich aus – nicht, weil sie zu ermüdet gewesen wäre, nein, sie hatte Angst, Angst vor Hildegards Fragen. Das war es.

Allein schon der Gedanke an Hildegards fragende Augen beunruhigte sie. Sie zitterte geradezu, als sie vor ihrer Wohnung anlangte und Hildegards Gesicht hinter den Scheibengardinen bemerkte; sie wußte, daß Hildegard die ganze Zeit auf sie gewartet hatte. Die Gmeiner gab sich einen Ruck, als wolle sie etwas abschütteln. Dann schritt sie energisch zum Haus und schloß geräuschvoll die Haustür auf. Die Gießkanne ließ sie im Treppenhaus stehen.

Als sie wenig später den Schlüssel in die Wohnungstür steckte, öffnete sich die gegenüberliegende Tür, und Hildegard fragte lauernd: „Kommst heute aber spät, Gretl." Sie blickte auf ihre Armbanduhr und streckte den Arm mit der Uhr der Gmeiner entgegen: „Anderthalb Stunden bist über die Zeit. Wo warst denn so lange?"

„Friedhof", antwortete die Gmeiner unwirsch.

„Friedhof, natürlich, daß ich da nicht von selber draufgekommen bin. Heutzutage wird nicht nur alles teurer, auch die Wege werden immer länger ... Schau erst mal in deinen Briefkasten, der Postbote hat heute morgen was reingeworfen. Ich hab vergessen, dir das am Vormittag zu sagen."

„Du erstickst noch mal an deiner Neugierde", sagte die Gmeiner, rannte aber gleich aufgeregt die drei Stufen zur Haustüre hinunter und entnahm dem Briefkasten eine bunte Ansichtskarte. Umständlich setzte die Gmeiner ihre Brille auf, die sie fahrig aus der Handtasche und dann aus dem Futteral genommen hatte.

Hildegard war schon hinter sie getreten und hatte die Karte mitgelesen.

„Na, was schreibt denn die Susanne?" fragte sie scheinheilig.

„Sie ist mit ihrer Klasse in Paris auf einem Schulausflug."

„In Paris?" rief Hildegard. „Mein Gott, Gretl, wo die Kinder heutzutage überall hinkommen."

„Kinder, Kinder!" rief die Gmeiner heftiger, als sie wollte. „Meine Susanne wird bald achtzehn."

„Als ob man da kein Kind mehr wäre. Hast du selber immer gesagt, ich wiederhole nur deine eigenen Worte. Und dann – Paris! Ein Sündenpfuhl."

In ihrem Wohnzimmer ließ sich die Gmeiner auf die Couch fallen. Im Sitzen erst spürte sie ihre müden Beine, die Füße waren ihr schwer geworden und leicht angeschwollen. Mit beiden Händen hielt sie die Karte ihrer Enkelin weit von sich weg und sah wohlgefällig auf das bunte Stadtbild, in dessen Hintergrund der Eiffelturm zu sehen war. Wehmütig fast sagte sie: „Als ich so alt war wie die Susanne, habe ich immer gehofft, einmal nach Paris zu kommen. Schön muß es da sein. Schau dir das nur an, überall rote Dächer."

Sie schob die Karte über den Tisch, riß sie aber sofort wieder an sich, als ständen Worte auf der Karte, die von Unberufenen nicht gelesen werden durften.

„Den Brief vom Herrn Architekten hast du aber noch nicht gelesen, hast ihn nicht mal aufgemacht", sagte Hildegard lauernd.

Die Gmeiner schrak auf. Der Brief ihres Sohnes lag seit gestern ungeöffnet auf der Blumenbank, und die Gmeiner hätte nicht mal zu sagen gewußt, warum sie ihn bislang nicht geöffnet hatte.

„Ich mach uns erst mal einen Kaffee, derweil kannst den Brief vom Herrn Architekten lesen", sagte Hildegard.

„Mach ihn bitte nicht wieder zu stark, denk an mein Herz."

Hildegard stemmte die Fäuste in ihre Hüften und plusterte sich auf: „Herz, daß ich nicht lache. Rennst doch sonst die höchsten Berge rauf."

„Kaffee ist kein Berg, und jetzt verschwinde", erwiderte die Gmeiner und öffnete den Brief ihres Sohnes mit einer Haarnadel. Während des Lesens veränderte sie ihre Haltung nicht; deshalb war es für Hildegard unmöglich mitzulesen. Auch von der Küche aus, aus der Hildegard neugierig herausschielte, nahm sie nicht die geringste Veränderung auf dem Gesicht ihrer Freundin wahr, von der sie vielleicht Rückschlüsse auf den Inhalt des Briefes hätte ziehen können.

Während Hildegard den Kaffee aus der Küche ins Wohnzimmer trug, legte die Gmeiner den Brief wie achtlos auf den Tisch zurück. Noch ehe ihre Freundin die Tassen verteilte, griff sie nach dem Brief, aber die Gmeiner riß ihn sofort wieder an sich.

„Stell dich doch nicht so an!" rief Hildegard. „Ich erfahre ja doch, was drinsteht . . . Was schreibt er denn, der Herr Architekt?"

„Er wird in nächster Zeit vorbeikommen. Er hat in Bielefeld zu tun, ist dann mal wieder auf der Durchreise . . . Und sag nicht immer Herr Architekt, Herrgott noch mal. Er heißt Horst, ich hab es dir schon tausendmal gesagt. Schließlich hast du ihn mal trockengelegt und seine Windeln gewechselt, wenn es auch schon eine Ewigkeit her ist."

„Es geschehen noch Zeichen und Wunder. Wie lange war er denn schon nicht mehr hier? Vier Monate? Fünf Monate? Jedenfalls auch eine Ewigkeit."

Die Gmeiner trank einen Schluck Kaffee und setzte sofort heftig die Tasse ab, als habe sie sich den Mund verbrannt.

„Ich hab dir doch gesagt, mach ihn nicht so stark. Das haut ja ein Pferd um."

„Pferd schon, dich nicht."

Hildegard goß sich Dosenmilch in den Kaffee und rührte aufreizend langsam und lange den Löffel in der Tasse herum.

„Willst eigentlich den Kaffee zu Butter rühren?" fragte die Gmeiner. „Und was heißt hier Zeichen und Wunder. Mein Horst hat schließlich seine Arbeit, wer heute was werden will, der muß sich abstrampeln."

„Dann soll doch die Edith wieder arbeiten gehen, dann braucht der Horst sich nicht so abstrampeln."

„Tut sie doch schon lange", erwiderte die Gmeiner und ärgerte sich über Hildegards Hartnäckigkeit.

„So? Tut sie schon lange? Hast mir aber nichts davon erzählt."

„Nicht? Dann habe ich es eben vergessen."

„Vergißt aber viel in letzter Zeit . . . Hast bestimmt auch vergessen, daß du erst vor zwei Stunden Kaffee getrunken hast, im Altstadtcafé."

Margarete Gmeiner wandte sich von Hildegard ab, plötzlich fürchtete sie sich wieder vor deren Neugierde. Ihr war, als sei sie über und über rot geworden, so brannte ihr Gesicht.

„Spionierst du mir nach?" fragte sie hastig und begann gleich darauf, unsinnige Dinge zu tun, Blumentöpfe hin und her zu rücken, die Pflanzen zu gießen, obwohl sie die morgens erst gegossen hatte. Hildegard saß im Sessel und genoß es, etwas zu wissen, was ihre Freundin als Geheimnis für sich behalten wollte.

„Man hat dich gesehen", sagte Hildegard.

„Gesehen?" fragte die Gmeiner. „Na und? Das ist doch kein Wunder, schließlich bin ich nicht unsichtbar."

„Ich habe dich gesehen, Gretl, vom Metzger aus, wenn du es genau wissen willst. Im Altstadtcafé, mit einem Mann."

„So, vom Metzger aus . . . Bist endlich fertig mit dem Kaffeetrinken, dann kannst gehen . . . Natürlich, es war ein Mann, wenn du es genau wissen willst."

„Der Burger war's, ich hab es genau beobachtet. Wie ein Galan ist er um dich herumscharwenzelt. Hättest mir doch sagen können, daß du ein Rendezvous hast."

„Quatsch nicht so daher. Wir haben uns ganz zufällig getroffen, auf dem Friedhof. Und jetzt verschwinde. Du gehst mir auf die Nerven."

„Ach so, zufällig", sagte Hildegard und verließ gehorsam das Wohnzimmer, beinahe heiter. Wie eine Siegerin ging sie hinaus. Im Flur strich sie ihre Schürze mit beiden Händen glatt und sagte: „Ich hab noch von gestern Kalbsbraten. Kannst heute abend zum Essen kommen, es reicht für zwei."

Als die Gmeiner endlich allein war, las sie den Brief ihres Sohnes noch einmal. Langsam, genau sprach sie alle Worte leise vor sich hin. Ihr Gesicht versteinerte sich, war alt und hart geworden, als sie den Brief zurück auf den Tisch legte. So saß die alte Frau noch lange regungslos und sah dabei aus dem Fenster. Draußen gab es für sie nichts zu sehen.

BURGER hatte lange der Gmeiner nachgestarrt, bevor er mit schleppenden Schritten und weit vorgebeugtem Oberkörper in die Alte Kirchgasse lief. Am Ende der Gasse stand sein Haus: ein alter Fachwerkbau, in dem er geboren worden war und nun seit siebzig Jahren lebte.

In den vergangenen fünfzehn Jahren war immer wieder davon gesprochen worden, im Zuge der Altstadtsanierung sein Haus abzureißen; zu verbindlichen Plänen oder Verhandlungen war es jedoch nie gekommen.

Nach dem Tod seiner Frau hatte Burger die drei Zimmer im Parterre, in denen früher seine Schneiderei und ein Lagerraum untergebracht waren, an ein junges kinderloses und berufstätiges Ehepaar vermietet. Die junge Frau putzte zweimal die Woche gründlich den Hausflur und die Stufen vor dem Haus; sonst hatte Burger wenig mit den jungen Leuten zu tun. Er war mit ihnen zufrieden, sie waren weder aufdringlich noch laut, ihr Fernseher war im ersten Stock nicht zu hören. Anfangs hatte die junge Frau den alten Mann gebeten, für sie zu schneidern, aber er hatte freundlich und bestimmt abgelehnt. Er wollte nicht mehr für Fremde arbeiten. Seine Finger waren steif geworden und schmerzten, wenn er längere Zeit mit der Nadel umging. Zum Einfädeln brauchte er schon seit Jahren eine Lupe.

Burger war guter Laune, als er die ausgetretenen Holzstufen zu seiner Wohnung hochstieg. Er hatte wieder einmal mit einer Frau geplaudert, hatte sie ins Café einladen dürfen.

Im Wohnzimmer nähte er sich einen locker gewordenen Knopf an seiner Sommerjacke fest. Während er noch mit Nadel und Faden beschäftigt war, trat Richard ein, ohne anzuklopfen. Der junge Mann trug eine Henkeltasche aus Leichtmetall, in der das Essen in vier aufeinandergesetzten Leichtmetallschalen geschichtet war und mindestens eine Stunde heiß blieb.

Ohne zu grüßen, ohne ein Wort deckte Richard den Tisch. Der junge Mann wußte, wo das Geschirr zu finden war, das Besteck, die Tischdecke. Lautlos, beinahe schleichend machte er seine Arbeit, und Burger beobachtete ihn verstohlen über die Brillengläser hinweg. Seit beinahe einem Jahr lief zwischen ihnen immer das gleiche Spiel: jeder wartete darauf, daß der andere zu sprechen begann. Es war ein stummer Kampf.

Nachdem Richard den Tisch gedeckt, die Schalen mit dem dampfenden Essen in einem Halbkreis um den Teller gestellt hatte, da erst setzte sich Burger an den Tisch. Weil Richard immer noch schwieg, fragte Burger, ein wenig zu betont: „Sag mal, Richard, kann man sich mit siebzig eigentlich noch verlieben?"

Der junge Mann hatte sich in Burgers Ohrensessel geflegelt und blätterte in Illustrierten, die der Alte jeden Montag von einem Lesering ins Haus geliefert bekam. Ohne von den Zeitschriften aufzusehen, antwortete Richard: „Was fragen Sie mich. Ich bin zwanzig, ich bin's immer." Während des Essens sah Burger mehrmals mißbilligend auf die ausgefransten Hosen des jungen Mannes. Jeden Tag ärgerte sich der Alte über die verlotterten Hosenbeine, jeden Tag nahm er sich vor, die Hosen zu säumen; heute wollte er es endlich tun.

Nach dem Essen hob er den Deckel von der altmodischen, aber gut gepflegten Nähmaschine, spulte blaue Nähseide um und forderte Richard auf, die Hosen auszuziehen. Der junge Mann war erstaunt. Er dachte erst, der Alte würde scherzen, aber als er ihn so entschlossen vor der Nähmaschine sitzen sah, begriff er, daß es Burger ernst war mit dem Säumen der Hosenbeine.

„Aber die Hosen müssen doch so sein. Die habe ich im Laden so gekauft, wie sie jetzt sind. Die sind von Haus aus so, ich meine, die sind neu schon so."

Burger blickte den jungen Mann verständnislos an und schüttelte den Kopf. Schließlich legte er den Deckel wieder über die Nähmaschine. Er war bekümmert, als er unwillig sagte: „Wenn das heutzutage als schön oder modisch gelten soll, dann gute Nacht. Früher sind die Menschen in Lumpen herumgelaufen, weil sie kein Geld hatten, sich vernünftige Kleider zu kaufen, heute haben sie Geld und kaufen sich Lumpen. Ich weiß nicht, wenn das Kultur sein soll?"

Richard hatte wenig Lust, sich mit dem Alten auseinanderzusetzen. Auch wenn er Burger mochte, hielt er ihn doch für verkalkt in mancher Hinsicht. Er räumte das Geschirr ab, stellte die Schalen in den Henkelmann zurück, legte Besteck und Teller in die Spüle, schüttelte die Tischdecke durchs Fenster aus, faltete sie zusammen und legte sie in die Schublade der Anrichte. Dann nahm er aus seiner Aktentasche ein in Plastikfolie gewickeltes Päckchen.

„Ich habe Schinken für Sie mitgebracht, geklaut in der Küche im Altersheim."

„Da habe ich mir vielleicht was ins Haus geholt", sagte Burger. „Erst mit ausgefransten Hosen rumlaufen, und dann im Altersheim Schinken klauen. Ist er wenigstens gut?"

Burger öffnete das Päckchen und roch am Schinken; dann schnitt er eine Scheibe ab und aß mit sichtlichem Behagen.

„Ich habe ein Plakat gesehen", sagte Richard, „draußen an der Litfaßsäule. Da ist eine Kaffeefahrt ins Grüne angezeigt. Ich dachte mir, Sie könnten doch mal verreisen. Immer zu Hause sitzen, das macht alt."

„Nun halt mal die Luft an, du Grünschnabel, sonst zeige ich dich noch wegen Diebstahls an, du Drückeberger vor dem Herrn."

Einmal nur, ganz zu Anfang, hatte es zwischen beiden eine ernsthafte Verstimmung gegeben, als Burger behauptete, es schade keinem jungen Mann, einige Zeit Militärdienst zu leisten, da lerne man Zucht und Ordnung.

„Und saufen", hatte Richard damals erwidert. „Und überhaupt, Militär führt immer zu Krieg, und ich mag keinen Krieg. Sie haben ja auch nie einen Schuß gehört die ganzen Jahre, das haben Sie mir selbst erzählt, immer nur in der Kleiderkammer gearbeitet. Da läßt sich gut leben."

„Nun werd bloß nicht frech!" hatte Burger gerufen. „Wenn jeder so dächte wie du, was wäre dann mit der Welt eigentlich los, hast darauf eine Antwort?"

„Wenn jeder so dächte wie ich, gäbe es keinen Krieg mehr. Aber leider denkt nicht jeder wie ich. Ich will nicht mitschuldig werden, und deshalb pflege ich lieber Alte und Kranke und spuck auf ein Gewehr."

Später waren sie nie wieder auf dieses Thema zu sprechen

gekommen; beide waren geradezu peinlich bemüht, das Thema zu meiden.

Als Richard gegangen war, setzte sich Burger in den Ohrensessel, aber nach wenigen Minuten langweilte er sich. Außer in den ersten Wochen nach dem Tod seiner Frau hatte er sich nie einsam gefühlt, nie Langeweile verspürt; er war mit sich und seinem Alleinsein zufrieden oder ging ins Wirtshaus und spielte Karten mit seinen Freunden. Kurz vor Mitternacht verließ er dann den gemeinsamen Tisch, manchmal angesäuselt, nicht mehr ganz nüchtern. Jetzt bedrückte ihn auf einmal das Alleinsein schmerzlich, und der Weg zur Kneipe schien ihm zu weit und zu beschwerlich, obwohl draußen ein lauer Abend in den Gassen stand und die Vögel in den nahen Kastanienbäumen lärmten wie selten. Burger zog sich einen Stuhl ans Fenster, das er weit öffnete, und sah auf die Kirche. Früher war auf dem Kirchdach ein Storchennest gewesen, aber seit Jahren schon blieben die Störche aus; Burger erinnerte sich, daß er und seine Frau oft Stunden am Fenster verbracht hatten, um zuzusehen, wie die Storcheneltern ihre Jungen fütterten.

Nicht mal mehr Störche gibt es, dachte er, weil sie vor Jahren das Sumpfgebiet vor der Stadt trockengelegt haben. Nun ist alles trocken, und niemand weiß, was mit dem Gelände werden soll. Wo soll das bloß hinführen: ausgefranste Hosen und keine Störche mehr. Eine Zeit ist das, eine Zeit.

Die Zeit war längst überschritten, zu der sich die Gmeiner sonst auf den Weg zum Friedhof machte. Sie scheute sich, ihre Wohnung zu verlassen; sie fürchtete, Hildegard könnte im Hausflur stehen und sie mit Fragen traktieren. Die Gmeiner legte ein Ohr an die Wohnungstür und horchte in den Hausflur, sie trat auf den kleinen Balkon und schielte hinüber zu Hildegards Wohnung, aber nichts verriet Hildegards Anwesenheit. Endlich nahm die Gmeiner ihren Mut zusammen, raffte die Handtasche an sich, in der Susannes Karte und der Brief ihres Sohnes lagen, holte aus der Küche die Gießkanne und verließ die Wohnung. Draußen vor der Haustür stieß sie mit Hildegard zusammen, die einen Putzlappen durch die Luft klatschte.

„Ich hab die Haustüre abgeputzt, die war wieder dreckig, als ob ein Hund drauf rumgetanzt wäre", sagte Hildegard atemlos, und hinterhältig fragte sie: „Willst weggehen? Jetzt?"

„Siehst doch", erwiderte die Gmeiner und schwenkte die Gießkanne. Entschlossen und mit festem Schritt ging sie an ihrer Freundin vorbei zur Straße. Hildegard rief ihr hinterher: „Kannst mich doch nicht für dumm verkaufen, Gretl, gehst wieder zum Rendezvous mit deinem Burger." Und für sich sagte sie: „Allemal steckt ein Mann dahinter."

Die Gmeiner hatte den letzten Satz nicht mehr gehört. Sie drehte sich auch nicht um, sonst hätte sie sehen können, wie Hildegard hinter ihr her kicherte und sich freudig die Hände rieb, als hätte sie Margarete bei etwas Verbotenem ertappt.

Die Hitze hatte nachgelassen; ein leichter und erfrischender Wind wehte durch die Gassen. Als die Gmeiner eine halbe Stunde später neben Burger auf einer Bank gegenüber dem großen, schmiedeeisernen Friedhofsportal saß, zeigte sie ihm stolz Susannes Karte, wie eine Auszeichnung, die ihr verliehen worden war. Burger trug eine helle Flanellhose und eine beige Gabardinejacke; er sah aus, als sei er eben einem Modegeschäft entstiegen.

„Nach Paris würde ich auch mal fahren", sagte die Gmeiner. „Soll schön sein. Erst vorige Woche habe ich im Fernsehen etwas von Paris gesehen."

„Ach ja, was man alles versäumt hat im Leben", erwiderte Burger. „Paris war auch mal mein Traum, wie Venedig. Aber was haben wir denn schon gehabt. Tagaus, tagein geschuftet haben wir, damit am Abend die Kasse stimmte. Zweimal waren unsere Spargroschen kaputt, ich habe nicht mal so viel auf die hohe Kante gekriegt, daß ich mein Haus hätte renovieren lassen können von Grund auf. Immer nur Löcher gestopft, und wenn mir mein Vater das Haus nicht vererbt hätte ... Wer weiß. Jetzt könnten wir reisen, jetzt haben wir Zeit den ganzen Tag, jetzt stimmt die Kasse, weil sie am Abend nicht mehr stimmen muß, jetzt ist man alt geworden."

Sie betrachteten die Leute, die zum Friedhof gingen oder vom Friedhof kamen, nicht wenige nickten den beiden Alten auf der Bank zu. Hier kannte schließlich einer den andern, vor allem dann, wenn sie derselben Generation angehörten wie Burger und die Gmeiner. Erst recht kannte man einen Schneidermeister und die Witwe eines Schuhmachermeisters.

„Mein Mann ist manchmal über seinem Dreifuß eingeschlafen, bloß damit dem Horst sein Studiengeld zusammengekommen ist", sagte die Gmeiner. „Er hat immer mehr Aufträge angenommen, als er hätte annehmen dürfen ... Aber meine Susanne wird es einmal besser haben, wenn sie erst ihr Abitur gemacht hat. Mein Gott, geschuftet haben wir, mein Mann und ich, und jetzt habe ich siebenhundert Mark Rente."

„Ich kriege neunhundertsechzig Mark Lebensversicherung", antwortete Burger, „das reicht mir. Dann hab ich noch das Häuschen und die Miete von dem jungen Paar, von denen krieg ich zweihundertfünfzig im Monat. Ist nicht viel, aber mehr kann ich denen nicht abknöpfen in so einem alten Fachwerkhaus, wo es keinen Komfort gibt, nur knarrende Stiegen, und wo es durch die Fensterritzen pfeift, wenn der Wind drauf steht."

„Als mein Mann bettlägerig geworden war", sagte die Gmeiner, „hab ich in der Metzgerei in der Nachbarschaft jeden Abend für ein paar lumpige Mark geputzt. Die Wurstenden hab ich umsonst gehabt, und manchmal ist auch ein gutes Stück Fleisch abgefallen für das Wochenende. In der Zeit, ein knappes Jahr hat es bis zum Tod Alberts gedauert, hab ich weder Wurst noch Fleisch kaufen müssen, aber das Putzen hat angestrengt, die Knie wollten nicht mehr so. Horst hat damals, während des Studiums, jede freie Minute auf dem Bau gearbeitet, nur damit er seinen Eltern nicht zu sehr auf der Tasche lag. Ja, der Horst war immer fleißig. Er hätte eben nur eine andere Frau heiraten sollen und nicht in so ein großes Baugeschäft wie das in Köln, wo er doch nur seine Arbeitskraft und seine guten Ideen einbringen darf, sonst aber nichts zu sagen hat. Das Sagen haben der Schwiegervater und der Herr Schwager."

Während die Gmeiner erzählte, überlegte Burger, wie er unaufdringlich von den zwei Karten für die Busfahrt ins Grüne reden konnte und daß die zweite Karte für die Gmeiner bestimmt war. Schließlich holte er aus der Brusttasche seines Hemdes beide Karten hervor und legte einfach eine davon auf die im Schoß gefalteten Hände der Frau. Die Gmeiner nahm die Karte und betrachtete sie verwundert.

„Das ist eine Einladung", sagte Burger beinahe schüchtern, „für den kommenden Sonntag. Eine Kaffeefahrt ins Blaue oder ins Grüne. Wissen Sie, immer zu Hause sitzen, das macht alt, sagt Richard. Das ist der, der für mich im Altersheim Schinken klaut."

„Einfach so?" fragte die Gmeiner.

Sie war geschmeichelt und doch etwas unsicher und überlegte sofort, ob sie die Einladung annehmen durfte. Sie dachte auch gleich an Hildegard, wagte aber nicht, darüber zu sprechen. Sie drehte die Karte in ihren Fingern, wollte danke sagen, wollte ablehnen und war doch schon überzeugt, daß sie mitfahren würde. Seit Jahren war sie von niemandem eingeladen worden.

„Was werden die Leute sagen?“ gab sie zu bedenken.

„Ach, die Leute“, erwiderte Burger verächtlich, als wolle er damit alle Einwände wegwischen. Er lächelte die Gmeiner an, die Frau lachte, schließlich lachten beide herzlich und so laut, daß sich einige Passanten verwundert zu den beiden komischen Alten umdrehten.

„Aber die Hildegard, meine Freundin, hat mich gestern ganz unverschämt gefragt, wer der Mann war, mit dem ich im Café gesessen habe. Das ist nicht so einfach mit der Hildegard.“

„Hildegard?“ rief Burger. „Aber das ist doch gar kein Problem! Der Hildegard kaufen wir eben auch eine Karte, der Bus ist bestimmt nicht bis auf den letzten Platz besetzt.“

Geradezu entsetzt sah die Gmeiner den Mann an. Sie ruderte mit beiden Armen, als müßte sie etwas Lästiges abwehren: „Nein, nicht mit der Hildegard. Mit dem Weib wohin fahren? Nein, niemals, das darf mir mein schlimmster Feind nicht antun.“

„Na, na“, sagte Burger und tätschelte ihre Hand.

Die Gmeiner atmete schwer. „Sonntag? Weiß nicht recht. Wenn uns die Leute miteinander sehen, die denken wer weiß was.“

Burger erhob sich und zog die Frau zu sich hoch. Gemeinsam spazierten sie in den Schatten des Friedhofs hinein, und als sie wenig später vor dem Grab des Albert Gmeiner standen, sagte Burger laut: „Ach die Leute, die können mich mal . . . Kreuzweise.“

„Aber begreif doch, Entschuldigung, begreifen Sie doch, Hildegard ist meine Freundin, die ist den ganzen Sonntag allein. Ich weiß nicht, wie ich ihr das beibringen soll. Wir waren immer zusammen die letzten drei Jahre.“

Während sie sich noch sträubte, freute sie sich auf die Fahrt, die Tage bis zum Ausflug würde sie zählen. Sie dachte: Schön muß das sein, wieder mal aus der Stadt herauszukommen. Es gibt noch eine andere Welt, nicht nur die von Hildegard und die des Friedhofs.

Die folgenden Tage verbrachte die Gmeiner im Zustand höchster Anspannung. Sie schlief schlecht und hatte wirre Träume, sie mied Hildegard, wo sie konnte, obwohl das fast unmöglich war, denn Hildegard benahm sich so, daß man einfach über sie stolpern mußte. Die Gmeiner lebte in der Vorstellung, jedermann könnte ihr von der Stirn ablesen, daß sie am Sonntag mit einem fremden Mann verreisen wollte. In der Aufregung hatte sie sogar vergessen zu fragen, wohin die Fahrt führen sollte und was die Karte gekostet hatte. Es gab Stunden, in denen sie den Sonntag herbeisehnte, sich dabei ertappte, wie sie die Stunden bis zur Abfahrt des Busses zählte. Am liebsten wäre ihr gewesen, der Bus könnte schon in der Frühe um fünf abfahren, denn zu dieser Stunde durfte sie sicher sein, Hildegard nicht im Haus oder vor dem Haus zu begegnen.

Am Samstagabend konnte die Gmeiner Hildegard nicht mehr ausweichen.

Seitdem beide im gleichen Haus wohnten, kam Hildegard jeden Samstagabend herüber zum Fernsehen; die Gmeiner fand keinen glaubwürdigen Grund, Hildegard auszuladen. Sie konnte keine Krankheit vorschützen, wenn sie anderntags verreisen wollte. Kurz nach dem Läuten öffnete sie die Wohnungstür und ließ Hildegard ein. Obwohl jede der beiden Frauen die Wohnungsschlüssel der anderen hatte, wäre es keiner eingefallen, einfach die fremde Wohnung aufzuschließen, wenn die Freundin zu Hause war.

Sofort nahm Hildegard den Mantel in die Hand, an dem die Gmeiner gerade das Futter festnähte.

„Nanu, Gretl, willst vielleicht verreisen, weil du bei dem schönen Wetter an deinem Sommermantel rumflickst?"

„Vielleicht", erwiderte die Gmeiner obenhin. „Vielleicht sollte ich mal für ein paar Tage oder ein paar Wochen nach Köln fahren. Wenn der Horst baut, dann könnte er mich vielleicht brauchen. Die Edith schafft das allein nicht, die ist immer so hektisch."

„Hektisch?" rief Hildegard. „Das Weib soll endlich mal wieder richtig arbeiten, dann vergehen ihr die Flausen."

„Sag mal, wie sprichst du eigentlich von meiner Schwiegertochter? Ich verbitte mir . . ."

„Halt die Luft an, Gretl. Ich spreche von ihr nur, wie du von ihr sprichst . . . Und überhaupt, wieso nähst du den Saum selber an, wo du doch jetzt einen Schneidermeister zum Freund hast. Man hat dich wieder gesehen, auf der Bank. Händchen habt ihr gehalten wie ein junges Liebespaar."

„Du bist jetzt sofort still, sonst gucke ich heute allein Fernsehen, damit du es weißt. Du bist in letzter Zeit unerträglich."

Die Gmeiner nahm den Mantel und warf ihn durch die Schlafzimmertüre auf das Bett. Sie war verärgert; Hildegard aber mußte gedämmert haben, daß sie zu weit gegangen war. Deshalb sagte sie versöhnlich: „Mein Bruder hat morgen Geburtstag. Kommst mit? Wäre mir recht, dann bin ich nicht so allein ... Weißt was, dem Geizkragen fressen wir alles weg. Meine liebe Schwägerin kriegt einen Herzanfall, wenn sie zusehen muß, wie wir beide alles reinhauen. Ich esse für zehn, nur um das Weib zu ärgern."

„Morgen kann ich nicht", sagte die Gmeiner. Dann schaltete sie den Fernsehapparat ein, setzte sich in den Sessel und tat so, als verfolge sie selbstvergessen das Programm.

„Kannst nicht? Warum kannst nicht? Kannst doch immer. Ist was los? Kriegst Besuch? Von wem denn? Das ist ja ganz was Neues, daß du Besuch kriegst und am Sonntag nicht kannst ... Mein Bruder hat doch Geburtstag."

„Dann verschling meine Portion mit ... Ich verreise."

„Du verreist?" rief Hildegard, sprang auf und sah auf die Gmeiner herab. „Du verreist?"

„Setz dich wieder, Hildegard, und mach den Mund zu, sonst erkältest du dich. Ja, du hast richtig gehört. Ich verreise."

„Um Gottes willen, wohin denn?" rief Hildegard weinerlich.

„Zum Mond", antwortete die Gmeiner.

Ihre Grobheit tat ihr sogleich leid. Aber sie wollte nicht sagen, daß sie von einem Mann eingeladen worden war, der ihr auch noch eine Buskarte geschenkt hatte für diese Tagesfahrt. Sie wollte ihrer Freundin nicht sagen, daß sie sich wie ein Kind freute auf diesen Ausflug, wollte nicht erzählen, daß sie einmal mit einem anderen Menschen zusammensein wollte, und wenn es nur für einen Tag war. Hartnäckig starrte sie auf den Fernsehschirm und hätte nicht einmal zu sagen gewußt, welcher Film da ablief.

Als das immer lauter werdende Schlucken nicht mehr zu überhören war, sagte die Gmeiner: „Mach dir keine Sorgen, Hildegard. Am späten Nachmittag oder am frühen Abend bin ich wieder zurück, falls der Bus nicht an einen Baum fährt."

„Ja?" erwiderte Hildegard erleichtert. „Weißt was, dann mach ich uns für den Abend einen schönen Braten."

Sie tupfte sich die feuchten Augen ab. „Ach, geht ja nicht, ich bin ja bei meinem Bruder eingeladen. Da bin ich dann am Abend satt bis oben hin. Na, hoffentlich hast schönes Wetter."

IM BUS saßen fünfzig alte Leute. Burger hatte scherzhaft zur Gmeiner gesagt, im Bus sitzen dreitausendfünfhundert Jahre. Bei Wesel erreichten sie den Rhein, und als die Fahrgäste den Fluß sahen, sangen alle: „Warum ist es am Rhein so schön?" Dann parkte der Bus auf einem unbefestigten Parkplatz in Flußnähe.

In Grüppchen liefen die alten Leute zu den Rheinuferwegen, einige sangen oder trällerten immer noch, warum es am Rhein so schön sei. Es war ein warmer, windstiller Tag.

Die meisten Männer liefen ohne Sommermantel und barhäuptig, die Frauen trugen ihre Strickjacken über dem Arm oder lose über die Schultern gehängt. Burger ging mit der Gmeiner in einer Gruppe, der auch seine Skatfreunde Fritz, Ewald und Christoph angehörten. Sie waren ebenfalls seit Jahren Witwer, lebten aber in den Häusern ihrer Söhne und Töchter unter dem Dach in einer Einliegerwohnung und wurden von ihren Kindern versorgt. Dafür bestellten die Alten den Kindern die Gärten und ersetzten die Handwerker im Haus; sie hatten eine Aufgabe.

Unterwegs fragte die Gmeiner leise: „Was hat denn der Ausflug gekostet?"

„Geld", erwiderte Burger lachend.

„Ich geb dir das Geld schon wieder", sagte sie, und in dem Augenblick war ihr klar, daß sie den Mann zum zweiten Mal geduzt hatte. Sie blieb stehen und legte die rechte Hand auf den Mund, als habe sie etwas Ungebührliches ausgesprochen. Burger aber umfaßte kurz und fest ihre Schultern und sagte: „Aber ich habe dich doch eingeladen, Margarete."

Nun war ihr wohler. Der Mann war ohne Aufhebens über das Du hinweggegangen; er reichte ihr theatralisch den Arm, den sie freudig nahm und sich einhakte.

Während des Spaziergangs machten sie sich auf vorbeifahrende Schiffe aufmerksam, auf die Fahnen und Nationalitätenzeichen;

Burgers Freunde tapsten hinterher. Manchmal winkten sie übermütig flußauf- oder flußabfahrenden Schiffen zu.

„Früher wollte ich immer mitfahren auf so einem Kahn, aber heute bin ich froh, daß ich Schneider geworden bin", sagte Burger. „Ach ja, wenn man jung ist, dann denkt man, jedes Schiff fährt um die Welt."

Manchmal unkten Burgers Freunde, daß er immer noch den Kavalier spiele, den Nobelmann aus seiner Vergangenheit, in der er als bestgekleideter Mann der Stadt allen Mädchen den Kopf verdreht habe. Als ihm Christoph zurief, dafür sei er wohl nun zu alt geworden, sei längst über die Jahre hinaus, den Galan zu spielen und auf Brautschau zu gehen, erwiderte Burger ruhig, und dabei drehte er sich nicht einmal zu Christoph um: „Du bist alt. Ich nicht."

Die Frau an seiner Seite nickte bekräftigend.

Auf einer Anhöhe, von wo aus sie einen weiten Blick über den breiten und träge fließenden Strom hatten, auf dem Weg zum Ausflugslokal, rastete Burger immer öfter, seine Pausen wurden länger. Die Gmeiner sorgte sich; sie nötigte ihn schließlich auf eine Bank am Uferweg. Burger japste mehr, als daß er atmete. Die Frau öffnete ihm Krawatte und Hemd, Burger deutete auf seine rechte Jackentasche, in der sich seine Herztabletten befanden, und weil trocken zu schlucken ihm nicht möglich war, reichte ihm Ewald einen Flachmann mit Schnaps.

Widerwillig würgte Burger Tabletten und Schnaps hinunter. Seine Freunde umringten ihn, als müßten sie ihn schützen. Die Gmeiner wollte helfen, mußte aber doch einsehen, daß Warten und Geduld die beste Hilfe waren.

Bald erholte sich Burger zusehends. Er schaffte, wenn auch langsam und mit viel Mühe, den Weg zur Gaststätte, wo alle anderen Ausflügler an langen, weißgedeckten Tischen saßen, Apfel- und Streuselkuchen aßen. Der Kaffee duftete durchdringend und gut.

Die Gmeiner hinderte Burger freundlich, aber entschieden daran, Kuchen zu essen. Sie gestattete ihm nur eine Tasse schwarzen Kaffee. Die Freunde, die mit am Tisch saßen, drucksten verlegen. Sie hatten begriffen, daß Burger von seinen Herzanfällen nichts erzählt hatte. Später bat die Gmeiner den Reiseleiter, den Bus zum Ausflugslokal zu fahren, damit der alte Mann nicht wieder den Weg zum Parkplatz zurücklaufen mußte.

Der Busfahrer brummelte vor sich hin: „Immer Ärger mit den

Alten. Letztes Jahr ist mir tatsächlich unter der Hand einer abgekratzt."

Als er das entsetzte Gesicht der Frau sah, fügte er begütigend hinzu: „Ist ja gut, ich bring den Bus her."

Während der Rückfahrt auf Nebenstraßen durch das Münsterland versuchten die Freunde, Burger aufzuheitern mit altbackenen Witzen und lustigen Begebenheiten aus ihrer gemeinsamen Vergangenheit, die alle wohl schon hundertmal erzählt worden waren. Burger lächelte nur gequält. Er machte sich Vorwürfe, daß er Margarete, die angeschmiegt an seiner Seite saß, nichts von seinen Herzattacken verraten, ihr nun den Ausflug vergällt hatte.

Die Gmeiner legte seine Hände in ihren Schoß und tätschelte sie; tapfer lächelte sie dem Mann zu. Ihr war nur wichtig, ihm die Rückfahrt so angenehm wie nur möglich zu machen. Sie dachte, es sei das beste, einfach zu schweigen. Nur einmal sagte Burger, und das Sprechen fiel ihm schwer: „Jaja, Margarete, wir werden alle nicht jünger. Mit den Jahren kommen die Wehwehchen."

„Das hat aber auch sein Gutes, dann springt man nicht mehr über Gräben wie ein Kitz und bricht sich den Hals."

Die Gmeiner legte ihren Kopf an Burgers Schulter und schlief ein.

Der Busfahrer hielt vor Burgers Haus, so daß der Alte den Weg vom Sammelplatz am Busbahnhof zu seiner Wohnung nicht zu laufen brauchte. Als die Gmeiner sich beim Fahrer bedanken wollte, winkte er ab und meinte, es sei besser, wenn so alte Leute nicht allein lebten, wenn sie von Gesetz wegen in ein Altersheim eingewiesen würden, denn dort werde für sie gesorgt wie für kleine Kinder.

Burgers Freunde waren mit ausgestiegen und wollten Burger ins Haus begleiten. Die Gmeiner schickte sie fort. Allein führte sie Burger die Treppe hinauf in seine Wohnung; er schaffte es zu ihrer Erleichterung mühelos. Zum ersten Mal betrat sie seine Wohnung und fand sie so vor, wie sie es sich vorgestellt hatte: altmodisch und Möbel, die älter als fünfzig Jahre sein mußten, die Polster abgewetzt und mit gehäkelten Deckchen belegt. Hinter der Couch hing ein Wandschoner, der einen röhrenden Hirsch zeigte.

Die Gmeiner bettete Burger auf die knarrende Couch, zog ihm die Schuhe aus und setzte sich dann neben ihn auf einen wackligen Stuhl. Der Alte hatte die Augen geschlossen und die Hände auf der Brust gefaltet. Er atmete schwer, jedoch gleichmäßig. Die Frau legte ihre rechte Hand auf die gefalteten Hände Burgers; so blieben sie lange Zeit, ohne zu sprechen.

Schließlich sagte Burger, ohne die Augen zu öffnen: „Du mußt jetzt nach Hause gehen. Mir geht es besser. Bald kommt Richard und bringt das Essen. Dann bin ich auch nicht mehr allein. Weißt, der Richard ist ein prima Kerl, aber er kann sich einfach nicht anziehen. So wie der rumläuft, guckt den kein Mädchen an."

Die Gmeiner streichelte noch einmal über seine Stirn und verließ dann die Wohnung. Burger war zufrieden mit sich und dem Tag. Auch wenn er sich noch schwach fühlte, versuchte er, seinen Anfall zu vergessen.

Auf dem Nachhauseweg packte die Gmeiner wieder die Unruhe, denn sie fürchtete sich vor Hildegards Fragen. Dann erschrak sie heftig; vor dem Haus parkte der silbergraue Mercedes ihres Sohnes. Und da kam ihr auch schon Hildegard entgegengelaufen und deckte sie mit einem Wortschwall ein, daß die Gmeiner anfangs überhaupt nichts verstand. Als es ihr zu bunt wurde, packte sie Hildegard am Arm und herrschte sie an, endlich still zu sein.

„Warum bist du denn so übellaunig, Gretl. Der Horst ist gekommen, mit der Susanne, ich habe ihnen die Wohnung aufgeschlossen, ich konnte sie ja schlecht auf der Straße stehenlassen zum Geschau der Nachbarn. Ich habe gesagt, daß du fort bist, ich hatte den Eindruck, der Horst war verschnupft, daß du nicht zu Hause gewesen bist. Ich habe gesagt, daß ich auch nicht wüßte, wo du dich rumtreibst, daß auch ich nicht mehr alles erfahre, seit du – na ja, weißt schon, was ich meine."

Die Gmeiner überhörte Hildegards Vorwürfe und schloß ihre Wohnung auf. Ihr Sohn saß auf der Couch am Wohnzimmertisch, Susanne saß am Fenster und blätterte in Zeitschriften. Sie lächelte ihrer Großmutter entgegen, Horst blickte mißmutig auf.

„Hättest doch in der Metzgerei anrufen können, daß sie es mir bestellen", sagte die Gmeiner wie nebenbei. „Tust es doch sonst immer, wenn du unverhofft auftauchst. Ich wäre dann selbstverständlich zu Hause geblieben, wenn ich gewußt hätte, daß ihr kommt."

Sie strich Susanne im Vorbeigehen über das Haar; dann rannte sie plötzlich aufgeregt im Wohnzimmer auf und ab, als suche sie etwas Bestimmtes.

„Setz dich, Oma“, sagte Susanne, „du machst einen ganz kribblig mit deiner Rumrennerei.“

„Wo warst du eigentlich?“ fragte Horst. „Du bist doch sonst immer zu Hause.“

„Ich muß ja nicht immer zu Hause sein. Ich bin schließlich keine Gaststätte, die immer geöffnet haben muß. Sogar Gaststätten schließen einmal die Woche. Übrigens, immer zu Hause sitzen, das macht alt ... Busfahrt an den Rhein, wenn du es genau wissen willst.“

„Warum bist du denn so kratzbürstig, war ja nur eine Frage. Bist du allein gefahren? Oder mit Freunden? Warum ist Tante Hildegard nicht mitgefahren?“ fragte Horst und vermied es, den Ton aufzunehmen, den seine Mutter angeschlagen hatte.

„Na hör mal!“ rief die Gmeiner. „Als ob ein großer Bus mit einer alten Frau allein fährt! Der ganze Bus war voll, fünfzig Leute, dreitausendfünfhundert Jahre waren da versammelt ... Wie geht's zu Hause, was macht die Edith? Ich mach uns gleich was zu essen – oder wollt ihr Kaffee und Kuchen, Hildegard hat bestimmt einen Kuchen gebacken ... Ach nein, die war ja bei ihrem Bruder eingeladen heute, deshalb ist sie nicht mit zum Ausflug gekommen.“

Die Gmeiner redete und redete, wechselte von einem Thema zum andern und ließ Susanne und ihrem Sohn keine Zeit, ihr ins Wort zu fallen. Befremdet sahen die beiden die alte Frau an und wunderten sich über ihre Redseligkeit. Horst lehnte Abendessen wie auch Kaffee und Kuchen ab, er sei auf der Durchreise und müsse gleich wieder fort, es tue ihm leid, daß nicht mehr Zeit sei, aber das sei nicht seine Schuld, wo doch sie, seine Mutter, nicht dagewesen sei bei seiner Ankunft, aber Susanne bleibe über Nacht hier, weil sie morgen keine Schule habe, er komme morgen, ungefähr zur gleichen Zeit wie heute, vorbei und nehme Susanne wieder mit.

Als ob es ihr jetzt erst eingefallen sei, fragte die Gmeiner: „Warum ist denn die Edith nicht mitgekommen, wenn morgen keine Schule ist? Sie hätte auch hier schlafen können oder drüben bei Hildegard.“

Horst war schon zur Tür gegangen. Bei den vorwurfsvollen Worten seiner Mutter drehte er sich noch einmal um, immer noch mißmutig.

„Aber Mutter, Edith kann doch nicht auf jede Geschäftsreise mitkommen. Die würde sich bei den Besprechungen nur langweilen und mich stören.“

„Ich bin schließlich kein Geschäft ... Aber ich weiß schon, sie fährt nicht gern zu mir, ich bin ihr nicht fein genug."

„Sei nicht ungerecht, Oma!" rief Susanne.

Als ihr Sohn gegangen war, begriff die alte Frau, daß ihre Enkelin länger als nur ein paar Stunden bleiben würde, daß sie immer noch vor ihr saß mit dem schulterlangen Haar und in einem Kleid, das mehr einem Sack ähnelte, und in Schuhen, die, wenn die Gmeiner richtig informiert war, Indianer getragen hatten. Sie holte, nun freudig erregt, die Ansichtskarte aus ihrer Handtasche und setzte sich neben Susanne auf die Lehne des Sessels.

„Wie war es in Paris? Auf der Karte stehen ja nur ein paar Worte. Schön muß es sein. Vielleicht komme ich auf meine alten Tage auch noch mal nach Paris."

Susanne erzählte ihrer Großmutter von der großen Stadt, in der sie mit ihrer Klasse zehn Tage lang gewesen war, bis Hildegard aufkreuzte, aber gleich wieder fortlief, als sie hörte, daß Susanne bis zum andern Tag bleiben werde. Susanne müsse etwas zu essen haben, erklärte Hildegard, deswegen werde sie das Essen vorbereiten, wo doch ihre Großmutter, dabei zwinkerte sie Susanne zu, eine so anstrengende Reise hinter sich habe, und das alles freiwillig, nicht gezwungen, vielleicht aber dazu verführt, Alter schütze bekanntlich vor Torheit nicht.

Als sie wieder allein waren, fragte die Großmutter ihre Enkelin: „Sag mal, Susanne, ist was?"

„Was soll denn sein, Oma?"

„Dein Vater hat so laut gesprochen. Das kenne ich nicht an ihm, das laute Sprechen."

„Aber Oma, der spricht doch immer so."

„Kaputt macht er sich, das sag ich dir, Kind. Wenn er Anfang Fünfzig ist, und das sind nur noch ein paar Jährchen, dann hat er seinen ersten Herzinfarkt weg."

„Sag ich ja auch immer, Oma. Vater schuftet wirklich wie ein Pferd. Der gönnt sich keinen Urlaub, der macht alles, im Büro und auf den Baustellen. Dabei ist er bei Großvater doch nur Angestellter."

„Wie du das sagst, Susanne – richtig herzlos. Jawohl, herzlos, das ist das richtige Wort."

„Soll ich vielleicht in Jubelstürme ausbrechen, wenn ich sehe, wie Vater sich abrackert und doch nichts zu sagen hat im Geschäft?

Großvater und Onkel Paul haben das Heft in der Hand, Großvater holt die Aufträge rein, und Onkel Paul hat die Hand auf dem Geld."

„Sei wie es will, Susanne", erwiderte die Gmeiner, und dabei schnaufte sie hörbar durch die Zähne, „Hauptsache, deine Mutter ist immer auf der Seite von deinem Vater, dann kann nichts schiefgehen."

Hildegard brachte wieder Unruhe in die Wohnung, erzählte umständlich, wie und womit sie den Braten gewürzt habe, plapperte drauflos, daß die Großmutter ja nun einen Kavalier habe, vielleicht sogar einen Liebhaber.

„Du bist jetzt still, Hildegard. Der Burger ist kein Liebhaber, der ist ein anständiger Mensch, damit du es weißt!"

Hildegard berührte das wenig. Sie rückte nahe an Susanne heran und überfiel sie mit ihrer Neugierde. „Sag mal, das soll ja ein tolles Haus werden, das deine Eltern bauen –"

„Ein Schloß", unterbrach sie die Gmeiner.

„Und deine Oma erzählt, nächstes Jahr machst du Abitur. Was willst denn studieren?"

„Psychiater", unterbrach sie die Gmeiner wieder, „und du, Hildegard, wirst ihr erster Patient. Und nun sei endlich still. Du bringst das Kind ja noch ganz durcheinander mit deiner Fragerei."

„Still soll ich sein – hast du das gehört, Susanne? So ist die dauernd in letzter Zeit. Immer nur befehlen will sie. Ganz heimlich ist sie mit dem Burger durchgebrannt. Hinter den Ohren hat es deine Oma, faustdick."

„Heimlich? Wir haben schließlich keine Tarnkappen aufgehabt, und ich sehe auch nicht ein, warum ich dir alles auf die Nase binden soll. Du bist schließlich nicht mein Beichtvater."

„Hast du gehört, Susanne? Seit das Mannsbild in unser Leben getreten ist, ist es nicht mehr wie früher. Trotzdem habe ich immer gesagt, deine Oma macht auf ihre alten Tage noch eine prima Partie."

„Erstens, Hildegard", sagte die Gmeiner, „bin ich nicht alt ... Du vielleicht. Beguck dich mal im Spiegel, wie du rumläufst, unfrisiert und mit abgetretenen Absätzen, wie eine Krautscheuche ... Und zweitens bist du nur neidisch."

„Ich? Daß ich nicht lache. Gott, wenn ich wollte, dann könntest du was erleben."

„Dann will doch, Hildegard. Ich werde Trauzeuge, darauf hast du mein Wort", erwiderte die Gmeiner und lachte.

Dieses Lachen schmerzte ihre Freundin. Sie wußte selbst, daß sie etwas schlampig war, etwas nachlässig, nicht so akkurat wie die Gmeiner, bei der alles an seinem Platz zu sein hatte, alles auf die Minute geplant werden mußte. Bei Hildegard lag die schmutzige Wäsche oft tagelang verstreut in der Wohnung herum, oder das Geschirr wurde zwei Tage nicht gespült. Lieber stand Hildegard hinter den Gardinen, um die Menschen auf den Straßen und in den nahen Gärten zu beobachten; ihrer Meinung nach spielte sich das Leben auf den Straßen und im Freien ab. Das zu beobachten genügte ihr, mehr forderte sie nicht vom Leben. Ja, sie war sogar glücklich dabei: es stillte ihre Neugierde, und sie hatte dazu die Überzeugung, das Leben gehe nicht an ihr vorbei.

„Verdammt!" rief sie plötzlich und sprang auf. „Ich habe die Kartoffeln aufgesetzt. Hoffentlich sind die nicht übergekocht."

„Sag mal, wer ist denn dieser Burger?" fragte Susanne, als ihre Tante gegangen war.

„Du bist ja noch schlimmer als Hildegard", antwortete die Gmeiner. „Wenn man schon mal nicht mehr allein rumläuft, muß man doch nicht gleich heiraten."

„Na und? Was ist denn schon dabei, ist doch ganz normal."

„In meinem Alter, ich bitte dich. Die Leute würden sich das Maul zerreißen."

„Oma, ich finde dich reichlich komisch. Wenn ich jetzt ankäme und sagen würde, ich möchte heiraten, dann wärst du die erste, die ausruft: In deinem Alter! Und jetzt sagst du auch: In meinem Alter!"

„Ich habe das zwar nicht verstanden, aber du hast trotzdem unrecht ... Burger hatte auf dem Ausflug einen leichten Herzanfall. Ich habe ihm versprochen, daß ich heute abend noch mal bei ihm vorbeischaue."

Die Gmeiner schien erleichtert, als Hildegard in diesem Augenblick zum Essen rief. Hildegard kochte gut, wenn sie für andere sorgen konnte; für sich selber kochte sie einfach bis einfallslos. Während des Essens verkniff sie sich die Frage, wie es denn am Rhein gewesen und wer alles mitgefahren sei. Statt dessen forderte sie Susanne unentwegt auf, tüchtig zuzugreifen, genoß es, daß Großmutter und Enkelin reichlich aßen und daß es beiden schmeckte.

Als sie gegessen hatten, sagte die Gmeiner: „Die Susanne kann dir beim Spülen helfen, ich muß noch mal weg."

„Du mußt noch mal weg? Dann geh nur, und nimm deine Susanne ruhig mit. Ich kann schon allein spülen."

„Susanne bleibt hier und hilft dir", sagte die Gmeiner bestimmt.

Sie wußte genau, warum Hildegard Susanne aufgefordert hatte mitzugehen: die pure Neugierde. Dennoch blieb der Protest der Gmeiner nutzlos. Susanne war schon aufgestanden und zur Tür gegangen.

„Da siehst du selber, Susanne, wie ein Mannsbild einen Menschen verändern kann", sagte Hildegard. „Zu dem Mannsbild geht sie nämlich jetzt, auch wenn sie es mir nicht sagt. Früher ist sie nie fortgegangen, ohne mir beim Spülen zu helfen. Geh nur mit, damit du den Kerl mal kennenlernst, mit dem sich deine Oma rumtreibt."

Grossmutter und Enkelin liefen schweigend durch die Stadt nebeneinander her, die alte Frau zeitweise so schnell, daß Susanne Mühe hatte, ihr zu folgen.

Respektvoll betrachtete sie ihre Großmutter und versuchte sich immer wieder vorzustellen, wie zwei alte Leute sich noch liebhaben konnten, schmusen, sich streicheln. Es war ihr fast unmöglich: zwei alte Leute eng umschlungen im Bett, Liebesworte mit siebzig, der Gedanke daran war Susanne peinlich.

Das Fachwerkhaus, vor dem ihre Großmutter stehenblieb und verschnaufte, gefiel Susanne. Sie dachte, das Haus habe Charakter, und wenn es ihr gehörte, würde sie die Balken grün streichen, das hob sich besser vom roten Ziegelwerk ab. Dann zog die Großmutter sie plötzlich so heftig ins Haus, als habe sie Angst bekommen, allein einzutreten. Beim Treppensteigen atmete die Gmeiner wieder schwerer, im ersten Stock vor Burgers Tür stoßweise; nach dem Anklopfen trat sie sofort ein.

Burger und Richard saßen sich am Tisch gegenüber und spielten Halma.

„Das ist meine Enkelin, die Susanne. Sie ist ganz unverhofft gekommen und wollte unbedingt mitkommen", sagte die Gmeiner wie entschuldigend.

Hilflos stand sie im Zimmer, bis Richard ihr seinen Stuhl anbot, der alte Burger aufstand und Susanne artig die Hand gab.

„Kannst dich ruhig zu einem alten Mann setzen", sagte Burger. „Oder muß ich schon Sie zu dir sagen?"

„Jetzt kokettiert er wieder mit seinem Alter", sagte Richard und räumte das Geschirr vom Tisch.

„Sei du bloß still, du Versager", rief Burger, „keine einzige Partie hast du gewonnen."

„Sie wissen doch, daß ich Sie absichtlich gewinnen lasse, damit Sie bei guter Laune bleiben. Wenn er verliert, ist er nämlich unausstehlich. Also dann, jetzt ist Ablösung da, da kann ich ja verduften. Ich will noch ins Kino."

„Was wird denn gespielt?" fragte Susanne.

„Weiß ich nicht genau. So etwas wie: Ein Schuß und zehn Tote."

„Kann ich mitkommen?" fragte Susanne.

„Klar kannst mitkommen. Mehr als Kino kann ich dir in dem Kaff hier nicht bieten. Sogar das Kino ist eine Zumutung."

„Susanne, ich muß schon sagen!" sagte die Gmeiner. „Man kann doch nicht in eine fremde Wohnung kommen, guten Tag sagen und einfach wieder verschwinden. Was ist denn das für ein Anstand?"

Burger aber sagte: „Laß sie doch gehen, Margarete. Was soll sie denn hier? Einen alten und kranken Mann besichtigen?"

Richard wartete an der Tür auf Susanne, die ihre Großmutter entschuldigend ansah.

„Klopf ans Schlafzimmerfenster, wenn du spät nach Hause kommst", rief die Gmeiner ihrer Enkelin nach, „vielleicht liege ich schon im Bett."

Sie schämte sich vor Burger, sie fand, Susanne habe nicht das Benehmen, das man mit Anstand bezeichnete, und Anstand durfte man von einer Achtzehnjährigen doch erwarten. An Horst konnte es nicht liegen. Horst hatte, so weit die Gmeiner zurückdenken konnte, immer großen Wert auf korrektes Benehmen gelegt. Vielleicht lag es an dem großen Haus in Köln, an den Leuten, die im Haus verkehrten.

Burger räumte das Halmaspiel vom Tisch. Er jedenfalls war froh, daß die jungen Leute gegangen waren. Er hatte der Gmeiner etwas zu sagen, das nicht für fremde Ohren geeignet war.

„Geht es dir wieder besser?" fragte sie.

Und sofort fand die Gmeiner ihre Frage überflüssig. Um keine Peinlichkeit aufkommen zu lassen, suchte sie Arbeit, holte einen feuchten Lappen und wischte den Tisch ab, auf dem noch Krümel lagen; dann spülte sie das Geschirr. Burger sah ihr wohlgefällig zu. Er dachte, es gehe doch nichts über eine ordentliche Frau im Haus und über geschickte Hände. Als die Gmeiner mit der Arbeit fertig war und unschlüssig am Spülbecken stand, bat er die Frau, sich zu ihm auf die Couch zu setzen: er habe ihr nämlich etwas zu offenbaren. Das letzte Wort betonte er ganz besonders. Zögernd setzte sich die Gmeiner neben ihn; Burger nahm ihre Hände und drückte sie mehrmals und fest.

„Na, dann offenbare dich mal“, sagte sie.

„Also, wie soll ich dir das erklären ... Es ist nämlich so, paß auf... Was ich sagen wollte, ist ...“

Burger war nun in dem Maße verlegen wie vordem die Frau. Er suchte nach Worten, endlich sprudelte er los: „Das ist ganz einfach. Ich bin allein, du bist allein – also, damit nicht mehr jeder für sich allein ist, ziehen wir einfach zusammen. Ich meine das folgendermaßen – nicht so, wie du vielleicht denkst, wilde Ehe und so. Wenn schon, dann mit Unterschrift und Stempel. Verstehst du, was ich sagen will?“

Es dauerte seine Zeit, bis die Gmeiner begriff, daß das ein Heiratsantrag war. Ihre Verblüffung machte sie sprachlos. Endlich stieß sie heraus: „Wolfgang, du spinnst. Was da wohl die Leute sagen, mein Gott. Das möchte ich mal erleben, wie die sich die Mäuler zerreißen.“

„Wunderbar!“ rief Burger und klatschte sich auf die Schenkel. „Wenn du genau wissen willst, wie sich die Leute die Mäuler zerreißen, ist das erst recht ein Grund, Nägel mit Köpfen zu machen. Denn wenn wir nicht heiraten, wirst du nie erfahren, was die Leute sagen.“

„Und mein Sohn?“ fragte die Gmeiner. „Und meine Susanne?“

„Wieso? Verstehe ich nicht. Bist du denen Rechenschaft schuldig? Sagen mußt du es ihnen natürlich, oder schreiben. Das gehört sich so innerhalb der Verwandtschaft. Geheimzuhalten ist das alles nicht, schließlich komme ich dann in deine Verwandtschaft.“

„Schreiben? Sagen?“ rief die Gmeiner. „Hast du eine Ahnung. Das sagt sich so einfach daher. Du hast leicht reden, du hast keine Angehörigen, du bist dein eigener Herr ... Um Gottes willen, die Edith. Ich darf gar nicht daran denken, das Weib lacht mich aus, lauthals. Nein, Wolfgang, schlag dir das aus dem Kopf. Ich danke dir für den Heiratsantrag, aber ich möchte nicht zum Gespött meiner Schwiegertochter werden.“

„Hör zu, Margarete“, antwortete Burger ruhig, „das machen wir so. Meine Wohnung geben wir auf, denn deine Wohnung ist bequemer und praktischer. Ich war zwar noch nicht da, kann mir das aber vorstellen in einem Neubau. Dazu kommt, daß du im Parterre wohnst. Mir wird das Treppensteigen in letzter Zeit zuviel. Ich kann meine Wohnung ja vermieten, du nicht. Da findet sich schon was, keine Bange. Junge Leute wollen heutzutage alle in alte Häuser, am liebsten in unbequeme Fachwerkhäuser. Dann haben wir beide nur eine Wohnung. Ist das vielleicht kein Geschäft?"

Die Gmeiner schüttelte noch einmal unwillig den Kopf; dann lachte sie plötzlich hellauf, lachte so herzlich und zwingend, daß Burger angesteckt wurde und mitlachte, sich verschluckte und die Gmeiner seinen Rücken klopfen mußte. Als der Hustenanfall vorbei war, entnahm sie der Anrichte zwei Schnapsgläser, holte eine Flasche klaren Schnaps aus dem Kühlschrank und schenkte die Gläschen voll.

„Fein hast du dir das alles zurechtgelegt", sagte die Gmeiner. „Ein Verführer bist du, ein Ausgefuchster, vor dir muß man sich in acht nehmen."

Sie kippte ihr Gläschen in einem Zug hinunter, ohne das Gesicht zu verziehen, und als Burger sein Gläschen austrinken wollte, nahm sie es ihm von den Lippen.

„Prost! Ich trinke für dich mit. Du darfst sowieso nichts trinken mit deinem schwachen Herzen."

Auch sein Glas leerte sie in einem Zug. Staunend sah Burger zu und wußte nicht recht, sollte er sich ärgern oder freuen.

„Das fängt ja gut an, trinkst immer gleich für zwei. Das hättest du mir auch gleich sagen können. Du trinkst, und ich werde besoffen ... Paß auf, ich habe mir das alles ausgerechnet. Ich meine, wenn du einverstanden bist, dann mache ich dir mal eine Rechnung auf, und du wirst staunen."

Er umfaßte ihre Schultern und drückte die Gmeiner fest an sich, und sie lehnte sich an ihn. So saßen sie selbstvergessen und schwiegen. Nur manchmal drückte der Mann ihre Schultern fester, als wolle er sie daran erinnern, daß er noch da war. Die Gmeiner dachte daran, daß so eine Heirat nicht geheimzuhalten sein wird, auch nicht vor dem Sohn, auch nicht vor der Schwiegertochter. Sie fror bei dem Gedanken, Edith würde eines Tages auftauchen und sie auslachen, sie mit Häme überschütten, weil so eine Alte noch einmal den Kopf verloren hat; dann aber wurde sie trotzig. Sie dachte, daß sie weder Angestellte ihres Sohnes noch ihrer Schwiegertochter war, schließlich ist sie frei und Herr ihrer Entschlüsse, sie kann doch tun und lassen, was sie will, jedermann hat Anspruch auf Glück und Geborgenheit. Sie mußte vor sich hin lächeln, als ihr klar wurde, daß man auch noch als alter Mensch zum Standesamt mußte wie ein junger Mensch; sie hatte immer gedacht, von einem bestimmten Alter an müßte der Gang zum Standesamt entfallen. In Burgers Armen versuchte sie sich vorzustellen, wie sie noch einmal ja sagen würde vor einem Standesbeamten und mit ihrem Mann die Ringe tauschen. Neue Ringe kaufen mußte sie allerdings nicht. Er trug noch seinen alten Ehering, sie auch. Man brauchte die Ringe vor der Trauung nur ab- und nach der Zeremonie wieder überzustreifen. Mein Gott, hätte der Gmeiner früher jemand vorausgesagt, sie werde ein zweites Mal heiraten, sie hätte diesen Jemand ausgelacht, obwohl Albert, als er auf dem Sterbebett lag, ihr dringend geraten hatte, nicht im Witwendasein zu versauern und zu verbiestern, sondern alles zu nehmen, was das Leben ihr noch bot – das aber nur, solange sie dabei ihre Würde nicht verlor. Es ist nicht gut, daß der Mensch allein ist, hatte Albert gesagt; wenig später hatte sie ihm die Lider zugedrückt. Der Tod war eine einfache Sache und schmerzlich nur für den, der zurückbleibt.

ALS die Gmeiner ihre Wohnung aufschloß und ins Wohnzimmer trat, saß Susanne vor dem Fernseher.

„Scheißfilm war das, Oma. Das beste daran waren Richards Motzereien und seine Bemerkungen ... Wie der gemotzt hat bei den Schmusereien und den Leichen, die haufenweise rumlagen, das war Spitze ... Warum guckst denn so?“

„Eine Ausdrucksweise hast du, ich muß schon sagen. Das verrät eine schlechte Kinderstube ... Vulgär ist das.“

„Reg dich wieder ab. Wenn es ein Scheißfilm war, dann war es eben ein Scheißfilm. Amen.“

Däumchendrehend saß die Gmeiner im Sessel und hörte nicht mehr auf die Worte ihrer Enkelin. Erst als die Großmutter nicht mehr antwortete, wurde Susanne aufmerksam.

„Hat dir etwa jemand einen Heiratsantrag gemacht?“ fragte sie.

Die Großmutter nickte, als sei das die selbstverständlichste Sache der Welt. Erst danach erschrak die Gmeiner über die Frage ihrer

Enkelin und wurde verwirrt wie ein junges Mädchen, das die erste Liebschaft verheimlichen will. „Ist doch prima, Oma!“ rief Susanne und gab ihrer Großmutter einen Kuß aufs Haar.

„Red nicht so oberflächlich“, sagte die Gmeiner. „Denk an deinen Vater, denk an deine Mutter ... Mein Gott, deine Mutter. Ich darf gar nicht dran denken, sonst überkommt mich das große Zittern.“

„Du bist aber komisch, Oma. Glaubst du vielleicht, die würden dich um Erlaubnis fragen, wenn sie sich scheiden lassen wollten?“

„Kind, sag das nicht so leichtfertig. So etwas darf man nicht in den Mund nehmen.“

„Ich hab das doch nur als Vergleich gesagt.“

„Vergleiche hast du ... Kannst einen ganz schön erschrecken ... Sag mal, ist was?“

„Nichts ist, Oma. Das Haus, das bringt eben Ärger. Also, wenn du es genau wissen willst: Vater hat einen heftigen Auftritt mit Großvater gehabt. Der hatte zuerst nämlich versprochen, daß er die Hälfte der Kosten für das Haus übernimmt, mit Krediten und so, und jetzt will Großvater nichts mehr davon wissen. Das habe ich so am Rande mitgekriegt. Wenn Vater das vorher gewußt hätte, hätte er nie ein so großes Haus entworfen. Jetzt ist nichts mehr rückgängig zu machen. Der Rohbau steht. Zweihundertfünfzig Quadratmeter Wohnfläche, so ein Irrsinn. Tausend Leute können da tanzen, aber nicht drei drin wohnen.“

„Ich verstehe das alles nicht“, sagte die Gmeiner. „Dein Vater war immer bescheiden. Ich weiß nicht, was mit euch heute los ist. Nichts kann groß genug sein, nichts teuer genug, nichts vornehm genug. Ihr tut alle so, als hättet ihr vom ersten Tag an mit silbernen Löffeln gegessen, und denkt nicht daran, daß alles einmal bezahlt werden muß. Ich habe es geahnt, er hat sich übernommen. Nein, das ist weiß Gott kein Grund zum Freuen.“

Am nächsten Vormittag hielt es Burger allein in seiner Wohnung nicht mehr aus. Er spazierte in die Stadt, obwohl ihm das Laufen noch Mühe machte. Auf dem Marktplatz traf er Richard, der ein halbes Dutzend alter Leute aus dem Altersheim begleitete. Es gehörte mit zu Richards Aufgaben, Heiminsassen, die für einen längeren Weg nicht mehr fest auf den Beinen waren, bei Spaziergängen oder beim Einkaufsbummel zu begleiten.

Richard betrachtete Burger mißbilligend von oben bis unten. Er hielt dem Alten vor, er traue sich schon wieder zuviel zu, er solle lieber an sein Herz denken.

„Was willst du, ich denke nur noch an mein Herz", erwiderte Burger und drückte Richard zehn Mark in die Hand.

„Was soll das? Ist bei Ihnen der Wohlstand ausgebrochen?"

„Sollst auf meine Gesundheit trinken. Nicht saufen, trinken. Deswegen habe ich dir auch nicht mehr gegeben. Ich habe mich nämlich verlobt, ich heirate wieder."

Burger sagte das stolz und mit Würde.

„Hab nicht gedacht, daß sich eine nach Ihnen noch umdrehen würde", antwortete Richard. „Sie sind den Frauen doch zu mager."

„Du Schnösel, ich bin nicht mager, ich bin schlank wie eine Gerte. Guck dich mal an. Bist fünfzig Jahre jünger und hast schon einen Bauchansatz."

„Jaja, man muß heutzutage schon was tun, die Konkurrenz ist groß. Trotzdem jammerschade. Es war eine schöne Zeit bei Ihnen. Jetzt wird ja wohl die kommende Frau nach dem Rechten sehen und auch kochen. Schade für mich. Ich komme dann nicht mehr so viel aus dem Heim raus."

„So? Ich dachte, du freust dich, daß du nicht mehr zu mir kommen mußt", sagte Burger und war sich nicht sicher, ob es Richard ehrlich gemeint oder ob er gespottet hatte.

„Ich freu mich ja riesig, daß ich mit den Leuten hier Gassi gehen darf", erwiderte Richard.

„Komischer Kauz bist du", brummelte Burger. „Hätte ich mir aber auch denken können, daß dir nichts an mir liegt. Einer wie du, der mit ausgefransten Hosen rumläuft und nach zwei Minuten schon mit einem wildfremden Mädchen ins Kino läuft, kann ja kein Gefühl haben."

Der Alte drehte sich entschlossen um und ließ Richard, der hinter ihm herlachte, stehen.

Später schlenderte Burger durch den Stadtgarten und fand sich vor dem großen Kinderspielplatz am Kanaldeich wieder. Nie war er diesen Weg gegangen, und während er sich verwundert umsah, hörte er ein Lachen, das ihm bekannt vorkam. Er überquerte den Spielplatz, wo junge Frauen auf Bänken saßen und ihre Kinder beaufsichtigten; auf einem Baumstamm hockten zwei Frauen und schaukelten.

Während das Gewicht nach unten zog, juchzte die ältere Frau hoch in der Luft und rief: „Susanne, nicht so stürmisch, mir wird schwindlig!"

Susanne hatte Burger wohl kommen sehen, machte ihre Großmutter aber nicht darauf aufmerksam, daß jemand hinter sie getreten war und belustigt lächelte. Erst als sie beinahe vom Stamm gefallen wäre, sprang die Gmeiner von der Schaukel und fiel Burger direkt an die Brust. Der Frau fiel nichts anderes ein, als auszurufen: „Ja, darfst du denn schon ausgehen? Du bist doch noch viel zu schwach."

„Habe ich etwa einen Arzt gehabt, der mir das Ausgehen verboten hat?" erwiderte Burger. „Zu Hause hocken macht erst recht krank."

Die Gmeiner ordnete verlegen ihr Haar und strich den Rock glatt. Insgeheim war sie auf Susanne wütend, weil die sie in eine so zerzauste Lage gebracht hatte. Dann fragte sie Burger, ob er, falls es ihm nicht zu beschwerlich werde, ein Stück mit am Kanal entlanglaufen wolle, vielleicht bis zum Schiffshebewerk. Als der Mann zustimmte, schloß sich Susanne wie selbstverständlich an.

An beiden Kanalufern saßen Angler. Auf dem Deich blieb Burger stehen, sah hinunter zum trüben und trägen Wasser und sagte mehr zu sich als zu den beiden Frauen: „Seit meiner Kindheit laufe ich hier den Kanal entlang. Seit meiner Kindheit habe ich Leute angeln gesehen, aber noch nie jemanden, der einen Fisch an der Angel gehabt hätte. Komisches Volk, diese Angler."

„Man angelt doch nicht, um was zu fangen", sagte Susanne. „Man angelt einfach so, Selbstzweck. Verstehen Sie, einfach so."

„Ach so, einfach so", erwiderte Burger und lachte.

Susanne hakte sich bei den beiden Alten ein; Burger wurde, als er ihre Hand in seiner Armbeuge spürte, stocksteif. Er lief wie im Stechschritt, so geschmeichelt war er von der Zuneigung des Mädchens. Einträchtig spazierten sie auf der Böschung zur Stadt zurück und durch die Stadt bis in die Siedlung, in der die Gmeiner wohnte.

Vor dem Haus wollte sich Burger verabschieden. Er verbeugte sich eckig vor Susanne und wollte ihr die Hand küssen, aber die Gmeiner sagte: „Nichts da, du kommst jetzt erst mit rein und ruhst dich aus. Du bist ja ganz verschwitzt."

Da erst bemerkte die Gmeiner den Wagen ihres Sohnes, der vor dem Haus stand. Beim Nähertreten fand sie Horst am Steuer; nervös trommelte er mit den Händen auf das Steuerrad. Ihr erster Gedanke war, Burger fortzuschicken, aber es war schon zu spät für eine Ausrede. Als Horst aus dem Auto gestiegen war, stellte ihm die Gmeiner Burger fast förmlich vor und forschte in beiden Gesichtern, ob es nach so vielen Jahren ein Wiedererkennen gab. Doch Horst nickte dem Alten nur zu, wie man einem Fremden zunickt, der gegrüßt hat; Burger deutete eine Verbeugung an und zögerte, mit ins Haus zu treten.

„Nun kommen Sie doch, Herr Burger“, sagte Susanne. „Ruhen Sie sich erst mal aus. Wir fahren sowieso bald, wie ich Vater kenne.“

In der Wohnung setzte sich der Alte auf die Couch, als sei er hier zu Hause. Horst zog trotzdem aus einer Papprolle Baupläne, entrollte sie auf dem Couchtisch und erklärte seiner Mutter umständlich die Räumlichkeiten des Hauses, Aufriß und Grundriß und Außenfassaden des fünfeckigen Baus. Die Gmeiner betrachtete die Pläne genau. Sie fuhr mit dem Zeigefinger Linien nach, und auch Burger schielte auf die Pläne, ohne dabei seine Haltung auf der Couch zu verändern.

Als die Gmeiner mit der Prüfung fertig war und die Brille abgesetzt hatte, sagte sie: „Ich verstehe nicht viel von Zeichnungen, aber ist das alles nicht ein bißchen groß geraten?“

„Für die Zukunft muß man bauen, Mutter, sonst ist alles bloß rausgeschmissenes Geld.“

„Ganz recht, Herr Gmeiner“, pflichtete ihm Burger bei, „für die Zukunft, Herr Gmeiner, ganz meiner Meinung. Ich hatte früher einen Kollegen, der hat immer gesagt: Nicht kleckern muß man, sondern klotzen. Ganz recht, für die Zukunft.“

Horst war von den Worten des Alten irritiert und sich nicht sicher, ob es ehrlich gemeint oder nur geschickt nachgeäfft war.

„So groß ist das alles“, sagte die Gmeiner. „Und die Fenster. Mein Gott, wer soll denn die bloß putzen. Aber ihr habt bestimmt eine Fensterreinigungsfirma, die das für euch macht. Einer Frau allein ist das jedenfalls nicht zuzumuten. Bei den Glasfronten wäre Fensterputzen eine Lebensaufgabe.“

„Der Herr Gmeiner hat schon recht. Für die Zukunft muß man bauen, deshalb ja auch die großen Fenster . . . Licht, viel Licht, das ist gefragt heutzutage, wo alles so trübe ist.“

Horst wurde den Verdacht nicht los, Burger meinte das ironisch. Er ärgerte sich über den Alten und noch mehr über seine Mutter, die sich Burgers Einmischung nicht verbat.

Susanne hatte sich umgezogen, ihr sackähnliches Kleid übergeworfen und blickte geradezu verächtlich auf die Bauzeichnungen.

„Das ist kein Haus, Oma, das ist ein Museum. Ich wünsch mir zu Weihnachten von dir einen Kompaß, damit ich mich später in dem Palast nicht verlaufe."

Horst hatte die Pläne wieder zusammengerollt und in die Hülle gesteckt. Er wirkte gehetzt, seine Augen gingen unstet von seiner Tochter zu Burger, der zufrieden lächelnd auf der Couch saß, als sei er dort vor urewigen Zeiten hingepflanzt worden.

Er nickte Horst und Susanne freundlich zu, als die beiden sich verabschiedeten. Die Gmeiner begleitete Sohn und Enkelin hinaus; Burger hörte, wie Horst fragte: „Es geht dir doch gut, Mutter?"

„Ja, es geht mir gut. Warum fragst du?"

Susanne rief: „Tschüs, Oma, bis zum nächsten Mal!"

Wenig später hörten sie draußen den Motor aufheulen und die Reifen quietschen.

Nach einer Weile sagte Burger: „Margarete, du hättest ihm was sagen sollen von uns beiden . . ."

„Wann denn?" erwiderte die Gmeiner. „Etwa zwischen Tür und Angel?"

Insgeheim hoffte sie, Susanne werde auf der Heimfahrt von Burgers Heiratsantrag erzählen, dann würde die Nachricht nicht mehr plötzlich wie eine Bombe in Köln einschlagen.

„Ich hätte Horst nicht wiedererkannt, wenn er mir auf der Straße begegnet wäre", sagte Burger. „Aber das heißt nichts, die meiste Zeit war er ja doch nicht zu Hause."

„Natürlich. Als er auf der Schule war, ist er jeden Tag nach Dortmund gefahren, und als er beim Studium war, hatte er in Aachen ein Zimmer, in den Ferien hat er auf dem Bau gearbeitet . . . Ich werde ihm schreiben, daß wir heiraten."

„Das ist gut, Margarete, das ist sehr gut. Beim Schreiben hat man Zeit zum Überlegen. Ein unrichtiges Wort rutscht schon mal aus dem Mund, aber nicht durch die Finger."

„Die Edith wird sich das Maul zerreißen, wenn sie erfährt, daß ich wieder heirate. Mein Gott, der ihr Gesicht möchte ich sehen."

„Da wäre aber vorher noch was zu klären. Du hast mir bis jetzt nicht gesagt, ob du mit der Heirat einverstanden bist."

„Was bleibt mir denn anderes übrig, wenn du mich dauernd so

bedrängst", sagte die Gmeiner. „Übrigens, zum Heiraten gehört ein Standesamt, damit du das weißt."

„Aber natürlich. Standesamt, mit Papieren und Stempel ... Ich weiß gar nicht mehr, wie das alles abläuft. Ein Aufgebot muß bestellt werden, und Trauzeugen muß man haben. Verheimlichen läßt es sich nicht, wenn du das vermuten solltest, auch nicht gegenüber der eigenen Verwandtschaft."

„Wie sich das anhört. Der Horst ist mein Sohn, und die Susanne ist meine Enkelin und keine Verwandtschaft ... Und das liebe Geld. Ich verliere meine Witwenrente. Ein schlechtes Geschäft."

„Verhungern wirst du schon nicht. Du behältst ja deine Invalidenrente, hast doch zwanzig Jahre gearbeitet. Du verlierst nichts, du gewinnst."

„Ich verliere doch. Eine Frau, die heiratet, verliert immer."

„Mich gewinnst du", sagte Burger mit Überzeugung und klopfte sich dabei vor die Brust. „Und denk dran, Margarete: nur einmal Miete, nur einmal Haushalt, nur einmal Heizung, aber immer das doppelte Geld. Kannst sagen, was du willst, wir beide machen ein gutes Geschäft."

„Ich krieg einen Nörgler und einen herzkranken Mann – wenn das ein Geschäft sein soll."

Burger rückte näher an sie und nahm sie in die Arme. Die Gmeiner ließ es willig geschehen, aber so zufrieden sie auch schien, der Besuch ihres Sohnes quälte sie. Sie ahnte seine Sorgen, die mit Geld allein nicht aus der Welt zu schaffen waren; da mußte mehr als das halbfertige Haus dahinterstecken.

An den zehn Fingern konnte sie abzählen, wie oft sie ihren Sohn in Köln besucht hatte: zu Susannes Taufe, bei ihrer Einschulung, zur Konfirmation und bei einigen nicht so wichtigen Anlässen. Wohl hatte der Sohn seine Mutter immer wieder gebeten, besonders nach dem Tod ihres Mannes, einige Tage oder auch Wochen in Köln zu bleiben, denn im Haus habe sie ein eigenes Zimmer mit Bad, Toilette und Fernseher, dazu den großen und schönen Garten hinter dem Haus, und mit der Straßenbahn sei man in einer halben Stunde in der Innenstadt, aber die Gmeiner hatte diese Einladung stets ausgeschlagen mit Gründen, die nicht einmal ihren Sohn überzeugten. Sie weigerte sich, um ihn nicht zu verletzen, die wirklichen Gründe aufzuzählen, ihm zu sagen, daß ihr in dem großen Haus seines

Schwiegervaters das Atmen schwer wurde, daß ihr alles zu eng war, daß sie seinen Schwiegervater nicht nur für grob hielt, sondern für primitiv. Nur einmal hatte sie ihrem Sohn gegenüber das rüde Benehmen des Schwiegervaters erwähnt. Horst hatte ihn entschuldigt: die Grobheit bringe der Beruf mit sich, auf dem Bau herrsche nun mal ein anderer Ton als etwa in einer Kirche oder in einem Kindergarten, und diesen Ton bringe man zwangsläufig mit nach Hause in die vier Wände. Horsts Schwiegermutter lief, soweit sich die Gmeiner erinnerte, nur kränkelnd und lamentierend durchs Haus, leidend, sich selbst bemitleidend; mehrmals im Jahr suchte sie irgendwo in Europa einen teuren Kurort auf und kehrte kränkelnder als zuvor nach Hause zurück. Horsts Schwager sprach, wenn der den Mund auftat, nur von Geld, Projekten, von Transaktionen, von steigenden und fallenden Kursen. Für ihn waren alle Menschen Dummköpfe, er äußerte sich nur zynisch über andere, und deswegen wahrscheinlich waren ihm schon drei Frauen weggelaufen. Und dann Edith: Anfangs hatte die Gmeiner ehrlich ein inniges Verhältnis zu ihrer Schwiegertochter gesucht, wollte sich, unter Aufgabe ihres eigenen Stolzes, mit ihr verstehen und verstand sich dann doch nicht, weil Ediths herrische und besitzergreifende Art sie abstieß. Sie mußte Edith meiden, wollte sie sich nicht selbst erniedrigen.

Oft hatte sich die Gmeiner in den zurückliegenden Jahren gefragt, welche Gründe ihren Sohn bewogen hatten, in so eine Familie einzuheiraten. Er hatte doch Augen und Ohren, war weit in der Welt herumgekommen und konnte Vergleiche ziehen. Als Susanne nach einem Jahr Ehe zur Welt kam, dachte die Gmeiner, nun würde alles leichter, Edith weicher werden, aber Edith wurde nur härter. Sie beklagte sich darüber, daß sie durch die Geburt dieses Kindes in ihrer Freiheit eingeschränkt worden sei, und später, als Susanne größer war, verstand Edith ihre Tochter als ihr ganz persönliches Eigentum.

„Ich habe ein ungutes Gefühl", sagte die Gmeiner laut. „Ich glaube, bei meinem Horst stimmt etwas nicht."

„Was soll denn nicht stimmen?" fragte Burger.

„Er war so laut, er war so nervös – nein, nervös ist nicht das richtige Wort. Er war gehetzt."

„Jaja, die Arbeit heutzutage reibt das beste Pferd auf."

„Aber was mach ich mir Gedanken, mir sagt ja keiner was."

„Sagst du ihm was?" fragte Burger.

„Das ist doch wohl was anderes. Etwas ganz anderes."

„Mach dir darüber jetzt keine Gedanken. Denk lieber an meinen Geburtstag."

„Du hast Geburtstag? Warum hast du das nicht gleich gesagt?"

„Es ist mein einundsiebzigster. Mein Gott, wie die Zeit vergeht. Mir ist, als ob ich gestern noch zwanzig war."

„Willst du vielleicht groß feiern?"

„Ganz groß. Mit dir zusammen. Mit meinen Freunden und mit Musik."

„Mahlzeit", erwiderte die Gmeiner. „Und die Arbeit bleibt an mir hängen."

RICHARD hatte einen Plattenspieler und Platten besorgt, Burger das Hinterzimmer im „Grünen Baum" für den Sonntagnachmittag und den ganzen Abend gemietet. Eingeladen waren die Rentnerkollegen, dazu Richard und Hildegard und das junge Paar, das bei Burger zur Miete wohnte. Es war auch gekommen und nachmittags zwei Stunden geblieben, aber die Gmeiner merkte, daß es sich langweilte unter den alten Leuten. Bald schon ging das junge Paar, grußlos und unauffällig. Der Gmeiner war es recht, Burger war betroffen. Er machte sich Vorwürfe, vielleicht hätte er sich um das Paar mehr kümmern sollen, aber er war zu sehr mit sich selbst beschäftigt. Während der Geburtstagsfeier wollte er endlich seine Verlobung bekanntgeben, und er grübelte darüber nach, wie er es sagen sollte, ohne gleich mit der Tür ins Haus zu fallen. Er war sich nicht sicher, daß er sich nicht zum Gespött seiner Freunde machte, er war nicht sicher, daß sie nicht über ihn lachten. Nur zu oft hatte er mit ihnen über Männer seines Alters gewitzelt, die noch einmal das Risiko einer Heirat eingingen. Nun war er selbst der Betroffene, nun würden vielleicht andere über ihn lächeln.

Die Gmeiner spürte seine Unruhe. Sie drückte heimlich seine Hand; dann lächelte Burger ihr tapfer zu. Er wußte jetzt, daß es nicht dasselbe war, einen Entschluß zu fassen und diesen Entschluß dann auch laut auszusprechen.

Nach dem Abendessen erhob sich Burger feierlich und doch linkisch. Er war nicht gewohnt, Reden zu halten, auch nicht im kleinsten Kreis. Er zupfte am Revers seines schwarzen Anzugs, bosselte an seiner silbergrauen Krawatte und sah in die Runde, als ob von ihr Aufmunterung zu erwarten gewesen wäre. Mehrmals setzte er zum Sprechen an; dann überwand er sich und begann stockend zu sprechen.

„Liebe Freunde, verehrte Geburtstagsgäste. Heute, an meinem einundsiebzigsten Geburtstag, will ich es öffentlich bekanntgeben, nämlich meine Verlobung mit der neben mir sitzenden Margarete Gmeiner, Witwe des Schuhmachermeisters Albert Gmeiner, den ihr ja alle gekannt habt, denn noch heute laufen einige von euch in Schuhen herum, die er zusammengeschustert hat und die noch beim Laufen knarren, weil sie nicht bezahlt worden sind. Ja, was ich also sagen wollte, ist, daß wir in den Stand der Ehe treten werden, der Witwer und pensionierte Schneidermeister Wolfgang Burger und die verwitwete Schuhmachermeisterin Margarete Gmeiner. So, das war's. Ich trinke jetzt auf euer Wohl, und ihr trinkt auf unser Wohl. Prost."

Keiner gab sich erstaunt. Alle wußten es längst, hatten höchstens über den Zeitpunkt der Hochzeit gerätselt. Nur Hildegard machte für Sekunden einen verschreckten Eindruck und sah mit großen Augen die Gmeiner an, als wolle sie es von ihr extra noch einmal bestätigt haben. Richard hatte sich abgewendet, während Burger sprach, und am Plattenspieler herumgedreht, als müsse er etwas reparieren; nur so konnte er sein Grinsen verbergen. Trotzdem gefiel ihm die Rede des Alten. Sie erinnerte ihn an den Pfarrer, der jeden Sonntag ins Altersheim kam und predigte.

Richard legte einen Walzer auf, aber ehe Burger mit seiner Verlobten zum Tanz antreten konnte, mußte er erst die Glückwünsche seiner Freunde über sich ergehen lassen. Nur Hildegard zischte der Gmeiner zu: „Hättest mir aber vorher was sagen können."

„Vorher hab ich's selber nicht genau gewußt", erwiderte die Gmeiner.

Endlich konnte Burger mit der Gmeiner tanzen. Richard wollte aus Höflichkeit Hildegard zum Tanz auffordern; dann aber zog ihn Christoph in ein Gespräch und erklärte langatmig, wie es zu Zeiten seiner Jugend war, als sie jeden Samstag kilometerweit zu Fuß zu Tanzveranstaltungen liefen. Fahrräder hatten sie nicht, kaum einer konnte sich eins leisten, und Omnibusse verkehrten noch nicht, und wenn doch, dann waren auch die paar Pfennige zuviel, die eine Fahrkarte kostete.

Während Richard noch geduldig zuhörte, ließen sich die Gmeiner

und Burger atemlos wieder auf ihre Stühle fallen. Besorgt sah die Gmeiner zu, wie Burger sein Glas Wein in einem Zug leerte und sich dann an die Herzgegend faßte und tief durchatmete.

Ewald rief: „Gut hast du gesprochen, Wolfgang. Hättest doch nach dem Krieg Bürgermeister werden sollen, als die Engländer dich geholt haben auf das Rathaus. Aber du wolltest ja nicht. Du hast damals gesagt, du willst mit den Siegern nichts zu tun haben. Dabei haben die Engländer händeringend einen gesucht, der nicht braun gewesen ist."

Richard fragte: „Wieso? Seid ihr denn braun gewesen?"

Erst an der betretenen Stille merkte er, daß er das nicht hätte fragen dürfen. Christoph rief ihm unwillig zu: „Du junger Spund, hast kein Gewehr in der Hand gehabt und willst uns Vorwürfe machen."

„Aber ich mach euch doch keine Vorwürfe", erwiderte Richard. „Ich habe doch nur etwas gefragt, was ich nicht weiß."

Keiner ging mehr auf Richards Frage ein. Die Alten erzählten sich Geschichten aus ihrer Jugend, und wenn Richard so zuhörte, dann mußte es eine unbeschwerte Jugend gewesen sein für alle am Tisch. Sie schwärmten geradezu von früheren Tagen, keiner sprach von den Nöten der Zeit, im Gegenteil, der zehn Kilometer lange Fußweg am Wochenende zu Tanzveranstaltungen war ihnen jetzt wie ein Siegesmarsch.

Der Alkohol wirkte langsam. Auch Burger ließ sich von den Geschichten seiner Freunde anstecken und überhörte die mahnenden Worte der Gmeiner, nicht so viel zu trinken. Er sprach laut von seiner Vergangenheit, den versäumten Gelegenheiten, und immer dann, wenn wieder einer ein Erlebnis aus längst verschütteten Tagen ausgrub, wurde es mit Worten wie „Wunderbar", „Toll", „Kaum zu glauben" begossen. Eine Welt stand auf, die es so nie gegeben hatte. Trotzdem glaubten sie daran, sonst hätten sie nicht so fröhlich davon sprechen können.

Nur Hildegard beteiligte sich nicht am Gespräch. Sie nahm es den anderen übel, daß sie so fröhlich sein konnten. Auch sie hatte etwas zuviel getrunken; manchmal wischte sie verstohlen die Tränen aus den Augen. Inmitten der Fröhlichkeit beklagte sie ihr Schicksal, das sie mit einem Mann bestraft hatte, der seine Lebensaufgabe darin gefunden hatte, seinen Lohn zu versaufen. Deshalb hatte sie früher jeden Freitag vor dem Fabriktor gestanden und auf ihren Mann gewartet, damit sie ihm wenigstens die Hälfte seines Lohnes abtrotzen konnte für den

Haushalt. Hildegard fühlte sich sogar mitschuldig an diesem Zustand, denn sie war überzeugt, ihr Mann wäre nie zum Säufer geworden, wenn sie Kinder zur Welt gebracht hätte.

Plötzlich erhob sie sich und bestand darauf, nach Hause zu gehen. Die Gmeiner erklärte, das Fest habe nun lange genug gedauert, es sei Zeit für den Aufbruch. Burger wollte gleich aufstehen; dann zögerte er und setzte sich wieder, als Ewald rief: „Seht ihr, da haben wir es. Kaum verlobt, schon unterm Pantoffel."

Christoph rief: „Wolfgang, paß bloß auf, sonst darfst nicht mehr mit uns Skat spielen. Jaja, die Weiber, wenn die erst mal den Trauschein gerochen haben, dann schwingen sie das Szepter."

Die Gmeiner überhörte die Anzüglichkeiten und sagte zu Burger: „Denk an dein Herz. Das geht mich jetzt auch etwas an. Schließlich sind wir verlobt."

Burger war nicht mehr fest auf den Beinen. Er wankte und sang leise vor sich hin, als sie durch die Straßen seiner Wohnung zuliefen. Die beiden Frauen stützten ihn manchmal, und Hildegard konnte sich nicht verkneifen zu bemerken: „Gretl, da hast dir vielleicht was aufgeladen. Wärst mal lieber solo geblieben. Aber mich geht's ja nichts an."

„Eben, Hildegard. Dich geht es nichts an, ob ich lieber solo bin oder nicht."

EINE Woche später, nach dem Mittagessen am Sonntag, öffnete Burger umständlich seine altmodische, abgegriffene Aktentasche, über die sich die Gmeiner schon bei seinem Kommen gewundert hatte. Der Mann entnahm der Tasche Papiere und breitete sie auf dem Tisch aus. Die Frau sah verwundert zu, wie er pedantisch ein Dokument neben das andere legte; dann erst bat er sie neben sich auf die Couch.

„Ich habe alles mitgebracht, was eventuell gebraucht wird. Geburtsurkunde, Heiratsurkunde erste Ehe, Sterbeurkunde meiner Frau..."

„Sterbeurkunde? Zu was soll denn das gut sein?" fragte die Gmeiner befremdet.

„Weißt du, falls die unsereinem auf dem Standesamt nicht glauben. Könnte ja sein, daß meine Frau nicht tot ist und irgendwo lebt, dann wäre nämlich unsere Heirat Bigamie."

„Und das ganze Papierzeug muß ich auch haben?“

„Das war früher schon so, bei der ersten Heirat. Wir haben es nur vergessen, weil es so lange her ist. Auf jeden Fall ist es besser, immer mehr Papiere zu haben, als verlangt wird. Ich werde heute abend Richard fragen, der kennt sich in solchen Sachen aus.“

Die Gmeiner holte aus dem Küchenschrank ihr Sparbuch, das hinter den Reservetassen lag, und zeigte es dem Mann nicht ohne Stolz.

„Schau her, das ist alles, was ich mit in die Ehe einbringe.“

Der Mann nahm das Sparbuch, schlug es auf und hielt es weit von sich, um besser lesen zu können. Erstaunt rief er aus: „Sechstausend Mark? Wie hast du die zusammengekriegt mit deiner kleinen Rente? Ich habe zehntausend Mark auf der hohen Kante, wir sind gemachte Leute.“

Die Frau klatschte in die Hände und rief: „Wir sind reiche Leute. Sechzehntausend Mark. Mein Gott, ich möchte das viele Geld einmal in der Hand halten.“

„Na und, da hast nicht viel in der Hand. Das sind sechzehn Scheine, eine Klopapierrolle ist dicker ... Und dann habe ich mir gedacht, daß wir alles aus meiner Wohnung verkaufen, was wir nicht unbedingt brauchen.“

„Das wird das beste sein. Bring nicht zuviel mit, sonst platzt meine Wohnung aus allen Nähten, und wir können uns nicht mehr umdrehen.“

„Unsere Wohnung“, berichtigte er sie.

Sie begriff erst nicht, was er damit sagen wollte, sagte dann aber entschlossen: „Noch ist es meine Wohnung, noch sind wir nicht verheiratet, und du bist nur zu Besuch hier.“

„Trauzeugen müssen wir auch haben. Bei mir macht das der Christoph.“

„Ich habe Hildegard für heute nachmittag zum Kaffee eingeladen, sonst wäre sie mir böse. Die wird sich bestimmt freuen, wenn ich sie frage. Und dann habe ich gedacht, wir könnten mit dem Verkauf deiner Sachen gleich morgen anfangen – ich meine, aussortieren. Ich sehe mir alles genau an und mach eine Liste, und dann gehen wir gemeinsam noch mal alles durch, was entbehrlich ist und was wir mit hierher zu mir bringen ...“

„Zu uns“, berichtigte er sie wieder.

Hildegard trat nicht ein, sie trat auf. Sie trug ihr bestes Kleid und ihre besten Schuhe, setzte sich, ohne zu zögern und ohne darum gebeten worden zu sein, sogleich neben Burger auf die Couch, als sei das seit Jahren ihr angestammter Platz, griff das größte Stück Kuchen vom Tortenteller und mampfte genüßlich. Dabei blickte sie Burger an, als sei der Mann ihr eine Erklärung schuldig.

„Hildegard", sagte die Gmeiner, „willst bei mir Trauzeuge werden?"

Hildegard legte das angebissene Stück Kuchen weg und sah von einem zum anderen.

Dann sagte sie: „Also weißt, Gretl, ich wäre echt böse gewesen, wenn du mich übergangen hättest. Sie müssen wissen, Herr Burger, seit fünfzig Jahren hängen wir beide zusammen, die Gretl und ich, den Horst habe ich auf meinem Schoß gehütet. Nebeneinander haben wir, die Gretl und ich, in der Fabrik gearbeitet, als die Zeiten so schlecht waren im Krieg und dann danach. Na ja, manchmal haben wir schon gestritten, aber ich habe niemals was auf die Gretl kommen lassen. Wenn einer was gegen sie gesagt hat, bin ich ihm gleich übers Maul gefahren. Stimmt's, Gretl? ... Sag mal, hast du dem Horst schon geschrieben? Der muß doch zuerst erfahren, daß du wieder in den Stand der Ehe treten willst ... Am Kuchen fehlt aber was ..."

„Am Kuchen fehlt nichts", erwiderte die Gmeiner unwillig. „Und dem Horst werde ich schon noch schreiben. Vielleicht hat es Susanne in Köln schon ausposaunt ... Und noch was, Hildegard, als Trauzeuge ziehst du dein blaues Kostüm an, falls du noch reinpaßt. Und häng es bitte acht Tage an die frische Luft, sonst ersticken wir am Gestank deiner Mottenkugeln ..."

„Jetzt weiß ich, was fehlt. Salz fehlt. Ohne Salz ist ein Kuchen wie ein Mensch ohne Nachthemd ... Denk dran, dein Horst hat viele Termine und kann nicht Knall auf Fall weg, wie er gern möchte. Er muß früh genug Bescheid wissen."

„Das stimmt, was Sie da gesagt haben. Früh genug muß der Horst Bescheid wissen", sagte Burger.

„Um Himmels willen, Wolfgang, sag jetzt bitte du zur Hildegard, wo sie doch meine Trauzeugin wird."

Sogleich sprang Hildegard auf und brachte aus dem Kühlschrank eine Flasche klaren Schnaps und aus dem Küchenschrank drei Gläser, die sie vollschenkte. Sie prostete Burger zu, ohne sich um die Gmeiner zu kümmern.

„Ich heiße Hildegard. Wenn du schön brav bist, dann darfst du Hilde zu mir sagen."

„Und ich heiße Wolfgang. Prost."

„Und noch was, Wolfgang. Wenn wir auch jetzt du zueinander sagen, dann heißt das noch lange nicht, daß du frech werden darfst ... Mein Gott, daß ich das noch erlebe auf meine alten Tage. Noch mal aufs Standesamt kommen können, ohne selber heiraten zu müssen. Ein Leben ist das, richtig aufregend."

Am frühen Abend dann verabschiedete sich Burger; er fürchtete, Richard könnte mit dem Essen vor verschlossener Tür stehen.

„Sag mal, Gretl", fragte Hildegard, als der Mann gegangen war, „was ist denn in der Tasche vom Burger? Die muß bestimmt hundert Jahre alt sein, so abgewetzt ist die."

„Da ist unser ganzer Reichtum drin, eine Million in bar", antwortete die Gmeiner.

„Schön wär's, Gretl, die könnten wir jetzt brauchen ... Was ich gestern wieder ausgegeben habe! Alles wird teurer. Wieso kann das Zeug nicht billiger werden? Ob wir das noch erleben, daß etwas billiger wird?"

Ernsthaft erklärte die Gmeiner: „Wenn alles billiger wird, dann verdienen die Leute nichts mehr, und wenn sie nichts verdienen, dann können sie auch nichts kaufen, und wenn sie nichts kaufen können, dann funktioniert die Wirtschaft nicht, hat mir mein Horst erzählt."

„Hör auf, das studierte Zeug soll einer verstehen ... Ach ja, wenn der Albert noch leben würde. Auf den war Verlaß, der konnte alles so erklären, daß man es wenigstens verstanden hat. Aber wenn er noch leben würde, könntest du ja nicht wieder heiraten."

Die Gmeiner war ob dieser Logik einige Sekunden sprachlos. Dann antwortete sie ernsthaft: „Da siehst du mal, Hildegard, zu was so ein Tod gut ist: daß man nämlich noch einmal heiraten kann, wenn man will."

„Wie du über den Albert sprichst! Der dreht sich im Grab um, wenn er das hört."

„Ich habe nicht über Albert gesprochen, ich habe über den Tod gesprochen, und der ist was Ernstes."

„Weißt, Gretl, ich kann es mir überhaupt nicht vorstellen, daß bald ein Mann hier in deiner Wohnung rumsitzt und stört."

„Du wirst dich dran gewöhnen müssen, ich muß mich auch daran gewöhnen. Vielleicht ist es ganz gut, wenn wieder ein Mann im Haus ist."

„Kannst mir sagen, was du willst. Seit du mit diesem Burger zusammen bist, seitdem bist du anders. Ordinär redest du daher, jawohl, ordinär. Du merkst das schon nicht mehr, so hat dich das Mannsbild umgekrempelt. Verdorben hat er dich, jawohl. Das wollte ich dir schon lange sagen."

Die Gmeiner schaltete den Fernseher ein, um Hildegard zum Schweigen zu bringen. Die stand auf, drehte leiser und sagte voller Vorwurf: „Willst eigentlich für das ganze Haus spielen?"

„Das ist die einzige Methode, dich zum Schweigen zu bringen ... Und damit für die Zukunft alles seine Ordnung hat: Misch dich bitte nicht in meine Angelegenheiten. Ich misch mich auch nicht in deine Angelegenheiten."

„Bei mir kannst dich gar nicht einmischen, ich hab überhaupt keine Angelegenheiten", erwiderte Hildegard. „Stell den Burger doch in einen Glasschrank und bete ihn dreimal am Tag an. So benimmst du dich nämlich in letzter Zeit."

Ohne weiter ein Wort zu wechseln, blieben beide Frauen vor dem Fernsehapparat sitzen, bis die Spätnachrichten angesagt wurden.

Die Gmeiner fühlte die Qualität der Bettwäsche, Tischdecken und Handtücher in ihren Fingern, prüfte alle Stücke auf ihre Verwendbarkeit, nickte zustimmend oder schüttelte zweifelnd den Kopf. Ab und zu hielt sie ein Teil gegen das Licht am Fenster.

Mit Staunen hatte sie herausgefunden, daß sowohl Bett- als auch Tischwäsche und Taschentücher kunstvoll eingestickte Monogramme trugen. Mein Gott, dachte die Gmeiner, war das eine Arbeit – genau wie bei mir. Als Mädchen hatte sie ihre ganze Aussteuer zeichnen müssen, hatte ihre Mutter deshalb eine Zeitlang gehaßt, denn die Finger waren vom Sticken wund, vom Häkeln manchmal krumm gewesen.

Burger saß auf seiner durchwetzten Couch und sah der Frau geduldig bei der Prüfung der Wäsche zu. Er genoß es, wenn die Gmeiner anerkennend nickte; für ihn war es höchstes Lob, wenn sie zu verstehen gab, sein Haushalt, obwohl drei Jahre ohne sorgende Frau, sei sauber und gepflegt.

„Die Wäsche nehmen wir alle mit", sagte die Gmeiner. „Wäsche kann man immer brauchen, Wäsche kann man nie genug haben, hat meine Mutter schon gesagt, und sie hat recht gehabt."

Die Gmeiner trat an die Kommode mit den vier hohen, messingbeschlagenen Schubfächern und strich mit den Fingern über die glatte Oberfläche. Sie verstand wenig vom Wert solcher Möbel, wußte aber, daß für manche Stücke wieder gutes Geld gezahlt wurde von Leuten, denen alt mehr bedeutete als praktisch.

„Die nehmen wir mit. Dafür werfe ich meinen Resopalschrank raus, der ärgert mich schon lange."

„Ja", sagte Burger erleichtert, „das ist noch Qualität. Das war ein Hochzeitsgeschenk meiner Schwiegereltern."

Die Frau wies durch das Zimmer auf diesen oder jenen Gegenstand, auf eine Stehlampe, den alten Ohrensessel, einen großen und unförmigen Wandschrank, auf die dünn und blaß gewordenen, im Grunde wertlosen Teppiche.

„Das geben wir alles weg, das wird uns keiner mehr abkaufen. Wir müssen selber sehen, wie wir es loswerden."

„Ich kenne seit Jahren aus meiner Kneipe ein paar Türken, die sind froh, wenn sie das Zeug abholen dürfen."

„Verkaufen können wir aber deine Nähmaschine dort in der Ecke. Die verschenken wir nicht. Dafür gibt es noch gutes Geld."

Burger erhob sich langsam von der Couch und sah die Frau entgeistert an. Er schnaufte tief auf, bevor es aus ihm herausbrach: „Du willst meine Maschine verkaufen? Ich glaub, mich tritt ein Pferd." Trotzig fügte er hinzu: „Die Maschine kommt mit, so wie ich mitkomme."

„Aber ich hab doch noch die Nähmaschine vom Albert, die ist fast neu. Was sollen wir denn mit zwei Maschinen?"

Burger machte eine wegwerfende Handbewegung.

„Eine Schusternähmaschine ist eine Schusternähmaschine, eine Schneidernähmaschine ist eine Schneidernähmaschine. Ich will schließlich keine Schuhe flicken, ich will Kleider nähen. Verkauf du doch deine Schusternähmaschine."

„Was soll ich? Verkaufen? Ja, spinnst du! Der Albert dreht sich im Grab um, wenn er das erfährt. Da brauchen wir uns beide nicht mehr drüber zu unterhalten: dem Albert seine Maschine bleibt."

„Und meine Maschine geht mit, oder ich bleibe auch hier, damit das ein für allemal klar ist. Stell deine Maschine doch in den Keller."

„Der Keller ist zu feucht", erwiderte die Gmeiner und war verwundert über Burgers Hartnäckigkeit und darüber, wie entschieden er sprach. Sie hätte ihm diese Hartnäckigkeit nicht zugetraut.

„Wenn der Keller feucht ist, dann verkauf sie. Ich verkaufe jedenfalls nicht."

„Aber Wolfgang, sei doch vernünftig. Du nähst ja doch keine Kleider mehr."

„Nähst du vielleicht noch Schuhe?" erwiderte er.

„Ich will auf keinen Fall eine Schneiderwerkstatt in meiner Wohnung – in unserer Wohnung haben, wo dann womöglich fremde Leute zur Anprobe kommen."

Burger verschränkte die Arme und starrte auf seine Nähmaschine, als dürfe er sie keine Sekunde aus den Augen lassen. Ohne die Frau anzusehen, sagte er: „Es gibt immer was zu nähen, entweder bei mir oder bei dir, du kennst doch selber den Haushalt. Oder glaubst du vielleicht, ich als Schneidermeister trage meine Sachen zu einem fremden Schneider? Das ist doch – jawohl, Irrsinn wär das."

„Das wenige, das es bei uns zu nähen gibt, kannst doch auf meiner Maschine nähen."

„Deine, deine. Hör jetzt auf. Mit deiner kann ich ja nicht mal ein Futter steppen ... Also, wir brauchen nicht weiter zu streiten. Entweder ich komme mit meiner Maschine, oder ich komme überhaupt nicht. Basta."

Die Gmeiner spürte, daß sie an eine Grenze gekommen war, die auch sie nicht überschreiten durfte, ohne Schaden anzurichten. Sie begriff, daß dem Mann die Nähmaschine mehr war als nur ein technisches Gerät; auch Albert hätte seine Maschine nicht weggegeben, genauso verbissen darum gekämpft.

Die Gmeiner tat so, als laufe sie wieder prüfend durch die Wohnung, als schätze sie dies, betaste das, aber sie wollte nur Zeit gewinnen, überlegen, wie sie einen Rückzieher begründen konnte. Burger hatte sich wieder auf die Couch gesetzt, stocksteif und mit verschränkten Armen, starr den Blick auf die Nähmaschine gerichtet.

Endlich setzte sich die Gmeiner neben ihn und nahm seine Hand.

„Was meinst du, was kriegt man eigentlich noch für so eine Schusternähmaschine? Sie ist fast neu."

„Sie ist nicht neu, sie ist nur wenig gebraucht. Das neueste Modell ist sie nicht mehr."

„Grundsolide ist die Maschine. Albert hat immer auf Qualität geachtet."

„Ich denke, vierhundert Mark müßte sie schon noch bringen."

„Nicht mehr? Dann laß uns morgen ein Inserat in die Zeitung setzen, vielleicht finden wir schnell einen Käufer. Was kostet eigentlich so ein Inserat?"

„Dreißig Mark, denke ich, wenn es klein ist."

Burger umfaßte ihre Schultern und drückte die Frau fest an sich. Sie war zufrieden, weil er zufrieden war. So saßen sie noch lange, ohne ein Wort zu sprechen. Der Frau war mit einem Mal klargeworden, daß der Mann Abschied von seiner Wohnung nahm, seinem Haus, in dem er geboren worden war, sein Vater, sein Großvater ebenfalls, und in dem er ein Menschenalter gelebt hatte. Ihr war bewußt geworden, daß Burger sie wirklich gern haben mußte, denn nicht sie zog zu ihm, sondern er zu ihr in eine Zweieinhalbzimmerwohnung, in ein uniformes Neubauviertel. Ihn schreckte nicht einmal Hildegard, die sich nicht in Luft auflösen würde. Schließlich wohnten sie Tür an Tür, und Hildegard würde das bleiben, was sie immer war: neugierig und aufdringlich.

„Komm, wir gehen", sagte die Gmeiner.

Seit der Rheinfahrt hatte es sich so eingespielt, daß sie nur noch eingehakt durch die Stadt liefen. Alle sollten sehen, daß sie zusammengehörten; beiden war es bedeutungslos geworden, was die Leute hinter ihren Rücken tuschelten. Die Frau fühlte sich sogar geschmeichelt, daß ein immer noch gutaussehender Mann Interesse für sie aufbrachte.

Vor dem Rathaus deutete Burger zum ersten Stock hinauf, auf ein Butzenscheibenfenster. „Am Montag sind wir da oben."

„Was ist da oben?" fragte sie.

„Das Standesamt natürlich. Willst noch umkehren? Noch hast du Zeit."

„Keine Sorge. Ich habe keine kalten Füße gekriegt, die kriege ich nur im Bett. Aber du wirst sie mir wärmen. Zu was hat man denn sonst einen Mann."

„Umgekehrt", erwiderte er lachend und zog sie fort.

Die Gmeiner war auch nicht ungehalten, als Burger dem „Grünen Baum" zusteuerte, wo er sich mit seinen Rentnerkollegen zum Skat traf.

Sie saßen schon am Ecktisch und tranken Bier und sahen betreten drein, als Burger mit der Frau auftauchte. Dann aber faßte sich Christoph und sagte: „Sieh einer an. Daß es dich auch noch gibt. Hast Ausgang bekommen? Hat dich die Angebetete beurlaubt?"

„Aber nur unter Aufsicht", rief Ewald und schielte verstohlen zur Gmeiner. Die aber saß lächelnd am Tisch und sah zu, wie Burger die Karten mischte und verteilte.

„Sag mal, kann deine Zukünftige auch Karten spielen?" fragte Christoph.

„Beruhigen Sie sich", antwortete die Gmeiner, „ich verstehe nichts vom Kartenspiel. Aber gewinnen muß er schon, der Wolfgang, denn zukünftig muß er ohne Taschengeld aus dem Haus und es sich beim Kartenspielen verdienen. Wissen Sie, ich bin nämlich geizig."

Keiner fand eine angemessene Erwiderung. Sie spielten zwar wie immer, aber beim Spiel blickten sie doch manchmal zu der Frau, die allen zulächelte und Burger auf die Schulter klopfte, wenn er gewonnen hatte.

DIE Gmeiner hatte, wenn auch widerwillig, dem Drängen Hildegards nachgegeben und schrieb den notwendigen Brief an ihren Sohn. Sie hatte deswegen Hildegard aus der Wohnung gewiesen: sie müsse beim Schreiben allein sein, sie müsse sich sammeln und nicht immer das Gefühl haben, jemand schaue ihr über die Schulter, sie müsse in dieser delikaten Angelegenheit jedes Wort abwägen. Die Gmeiner hatte Angst vor dem Brief und suchte nach Ausflüchten, sich vor dem Schreiben zu drücken.

Als sie den Schreibblock auf den Tisch gelegt hatte, umkreiste sie mehrmals den Tisch, als liege dort etwas, das zu berühren gefährlich werden könnte. Und weil sie keinen angemessenen Anfang fand, schrieb sie erst einmal die Adresse auf den Briefumschlag. Dreimal warf die Gmeiner dann den begonnenen Brief wieder weg, weil ihr die Anfänge zu plump vorkamen. Sie dachte, fände sie sofort den passenden Anfang, würde die Bestürzung ihres Sohnes nicht mehr so groß sein.

Mitten im vierten Versuch sprach sie dann jedes Wort, das sie niederschrieb, laut vor sich hin. Weil sie sehr langsam schrieb, sprach sie langsam wie ein Kind, das laut aus einem Buch buchstabiert: „. . . wollte ich es Dir schon lange sagen, als Du das letzte Mal hier gewesen bist, daß ich mich wieder verheiraten werde. Du hast ihn kennengelernt, den Schneidermeister Burger, dann werde ich Burger heißen. Du wirst sagen, das ist eine Dummheit, aber es gibt kein Gesetz bei uns, das verbietet, daß alte Leute noch einmal heiraten ...“

Sie warf den Füller auf den Tisch, lief unruhig im Wohnzimmer auf und ab, wollte auch diesen Brief zerreißen und schrieb dann doch weiter: „... der Burger hat überhaupt niemanden mehr, ich habe wenigstens Euch, auch wenn ich Euch nicht habe. Ob das Liebe ist mit dem Burger, das weiß ich nicht, denn bei Deinem Vater damals war es etwas anderes, weil wir doch so jung gewesen sind. Das wollte ich Dir schreiben. Es grüßt Dich Deine Mutter.“

Sie faltete den Brief sorgfältig und schob ihn in den Umschlag. Ehe sie ihn zuklebte, nahm sie den Brief noch einmal heraus und schrieb: „PS: Jetzt mußt Du sehen, wie Du das der Edith beibringst. Wir gehen nicht in die Kirche, nur auf das Standesamt. Vielleicht verreisen wir auch für ein paar Tage, irgendwohin, wo es nicht viel Geld kostet. Wenn nur nicht alles so teuer wäre. Aber wenn wir hierbleiben, müssen wir auch in eine Gaststätte gehen und ein Essen für die Gäste bezahlen, für die Freunde vom Burger, und das kostet auch Geld.“

Endlich klebte sie den Brief zu und wollte ihn gleich in den Briefkasten werfen. An der Haustüre hielt sie inne. Sie fürchtete sich plötzlich, den Brief abzuschicken, stieß die halbgeöffnete Türe wieder zu, zerriß in der Küche den Umschlag samt Brief und warf die Schnipsel in den Mülleimer. Dann setzte sich die Gmeiner erschöpft auf einen Stuhl und starrte auf den Mülleimer.

Feige bin ich, sagte sie sich, kleinmütig bin ich, sagte sie sich. So weit ist es also mit mir gekommen, daß ich Angst vor meinem eigenen Sohn habe. Siebzig bin ich geworden und fürchte mich vor Horsts Mißbilligung. Am Ende meines Lebens bin ich angelangt und scheue mich, offen zu bekennen, daß ich nicht mehr alleine leben will. Mein Gott, warum lächeln die Menschen bloß, wenn zwei alte Menschen zusammensein wollen. Warum ist die Liebe für junge Menschen ein Glück und für uns Alte eine Torheit.

Sie stand auf und wühlte im Mülleimer, bis sie das Schnipsel fand, auf dem die Briefmarke klebte. Die Gmeiner löste die Marke mit warmem Wasser ab und legte sie auf den Küchentisch zum Trocknen.

Aber es nützt alles nichts, dachte sie. Auch wenn ich es heute verschoben habe, ich muß ihm schreiben, ich darf das nicht auf die lange Bank schieben. Susanne hat anscheinend zu Hause nichts berichtet, sonst wäre von Horst ein Brief gekommen. Ich muß etwas unternehmen. Ich darf meinen einzigen Sohn nicht vor vollendete Tatsachen stellen, das fordert schließlich schon der Anstand.

Schließlich hielt sie es in ihrer Wohnung nicht mehr aus. Sie klingelte bei Hildegard, die sofort öffnete, als hätte sie hinter der Tür auf das Klingelzeichen gewartet.

„Na, Gretl, hast endlich den Brief geschrieben?“

„Ja, ich habe endlich den Brief geschrieben.“

„Das ist gut“, sagte Hildegard und zog die Gmeiner in die Wohnung.

AM FRÜHEN Abend des folgenden Tages besuchte die Gmeiner ihren künftigen Mann. Verwundert beobachtete sie, wie zwei Türken die alte Couch die Treppe hinabtrugen und vor dem Haus auf einen Handwagen luden. Oben in der Wohnung saß Burger beim Essen. Richard blätterte in Zeitschriften. Beim Eintritt der Gmeiner sprang er sofort auf und bot ihr seinen Platz an.

„Warum hast du die Couch jetzt schon weggegeben?“ fragte die Gmeiner.

„Heute oder morgen oder in einer Woche, was ändert das schon“, erwiderte Burger, ohne seine Mahlzeit zu unterbrechen. „Je schneller alles weg ist, desto besser. Die Wohnung soll leer werden. Sag mal, Richard, du fährst uns doch zum Standesamt?“

„Klar. Versprochen ist versprochen“, antwortete Richard, ohne von der Zeitschrift aufzusehen.

„Warte mal, bis du heiratest“, brummte der Alte.

„Ich? Herr Burger, ich bitte Sie. Ich schaffe mir lieber einen Hund an, der gehorcht und ist billiger.“

„Spuck nur große Töne. Das haben vor dir schon Klügere gesagt. Am Ende hatten sie einen Hund und eine Frau . . . Kannst ruhig hierbleiben, brauchst nicht wegzurennen.“

„Ich geh lieber. Ich sag immer, Liebende soll man allein lassen in ihrem Schmerz.“

Burger warf ihm einen Pantoffel nach, Richard duckte sich geschickt, und bevor er die Wohnung verließ, streckte er dem Alten die Zunge heraus.

Als Richard gegangen war, fragte die Gmeiner zögernd: „Müssen es denn unbedingt Türken sein, Wolfgang? Ich weiß nicht recht, ich hab nichts gegen diese Leute, aber geheuer sind sie mir auch nicht. Die gucken immer so finster drein."

„Warum denn keine Türken? Weißt du, was die Deutschen sagen würden? Schaffen Sie den Plunder doch selber auf den Müll, das sagen die."

Die Frau vermißte die schmuddelige und abgewetzte Couch. Es war auf ihr so gemütlich gewesen; auch wenn die Federn knackten, man konnte wenigstens nebeneinander sitzen. Jetzt saßen sich die Gmeiner und Burger auf harten Stühlen gegenüber.

„Mein Gott, Wolfgang", sagte die Gmeiner, „wenn ich denke, wie man früher für das alles hier geschuftet hat. Heute wird es einfach verschenkt. Pfennig auf Pfennig hat man gelegt, damit man sich das kaufen konnte. Und jetzt kriegen das alles fremde Leute. Einfach so. Das ganze Leben hängt doch an dem alten Zeug."

„Halt jetzt bloß keinen Trauergottesdienst ab. Ich weine den alten Sachen nicht hinterher. Ich kriege dafür nämlich etwas viel Besseres, das ist viel wichtiger."

„Besseres?" fragte sie.

„Natürlich. Dich!"

Am liebsten wäre sie aufgesprungen und hätte ihn geküßt, aber sie war verlegen, ihr fehlte der Mut.

„Was ich sagen wollte, ich habe geplant", sagte Burger leichthin, um ihre Verlegenheit zu überspielen.

„Planst wohl nur noch, was? Und was hast du geplant?"

„Eine Hochzeitsreise. Guck nicht so entgeistert. Bei der ersten Hochzeit konnten wir uns das nicht leisten, meine Frau und ich. Wir hatten einfach kein Geld. Und wer in unserer Jugend ist damals schon verreist. Nur reiche Leute."

„Hochzeitsreise, wir zwei alten Dampfer. Wie stellst du dir das vor? Vielleicht nach Venedig oder Paris?"

Burger schlug sich vor die Stirn und rief übermütig: „Was hast du gesagt? Paris? Siehst du, das ist es, was mir nicht eingefallen ist. Jawohl, Paris. Ich wollte schon immer mal was Verrücktes anstellen. Paris, das ist was Verrücktes. Eiffelturm, jawohl, da fahren wir hinauf. Einmal die Welt von oben sehen: das ist nämlich was ganz anderes, als immer nur die Welt von unten sehen."

„Komm, fang nicht zu spinnen an. Paris ist doch nur was für Verliebte."

Burger stand mit feierlichem Gehabe auf, breitete die Arme aus, sah auf die Frau hinunter und sagte mit fester Stimme: „Natürlich, für Verliebte. Ich bin's nämlich."

Wieder wollte ihm die Gmeiner dafür einen Kuß geben, wieder fehlte ihr der Mut. Deshalb sagte sie sachlich: „Hast schon mal überlegt, was das kostet? Du bist doch der große Planer, dann sei auch mal der große Rechner."

„Wir haben doch Geld. Sechzehntausend Mark. Willst das Geld mit ins Grab nehmen oder vielleicht vererben? Denk dran, Erben sind Ungeziefer, und das juckt. Ausgeben werden wir das Geld, auf den Kopf hauen, verprassen. Wir werden nur noch Taxi fahren, in den besten und teuersten Restaurants werden wir verkehren, ach was, speisen werden wir mit allen hundert Vor- und Nachspeisen. Den besten Wein werden wir trinken, durch die Gurgel werden wir ihn jagen ... Paris, wir kommen!"

„Jetzt bist du total übergeschnappt ... Aber Paris, das ist schon ein Traum."

„Übergeschnappt?" rief Burger. „Ich wollte schon immer mal übergeschnappt sein. Eiffelturm – wir kommen! Ja, Margarete, ein Traum ... Und den werden wir uns erfüllen. Einmal im Leben muß man sich einen Traum erfüllen."

Die türkische Familie, der Burger seine Habe versprochen hatte, trug behutsam Stück für Stück, Teil für Teil aus dem Haus auf die Straße, wo zwei große Handwagen standen, auf die die Türken mit viel Geschick alles auftürmten und verschnürten. Burger saß allein auf einem Stuhl mitten im Zimmer und sah zu, wie seine Wohnung leerer wurde. Er fühlte nicht einmal Bedauern über den Verlust jener Dinge, die ihn ein Leben lang begleitet hatten und für deren Erwerb er zusammen mit seiner Frau hatte sparen müssen. Er saß da wie eine Statue, regungslos, hörte nicht einmal das fröhliche Singen der Türken, hörte nicht, wie sie mit ihm radebrechten, ihm zu verstehen gaben, daß sie nun wieder ein Stück aus der Wohnung trugen und für alles dankbar waren. Wie durch einen Schleier nahm Burger wahr, daß einmal Richard in der Tür stand; der Alte wollte ihm zulächeln, es glückte ihm aber nur ein schiefes Gesicht. Auch Richard wollte mit

Burger sprechen, seine Hilfe anbieten. Als er jedoch den alten Mann so allein inmitten der Wohnung sitzen sah, kehrte er um und rannte die Treppe hinunter. Burger tat ihm plötzlich leid. Was Richard gesehen hatte, war wie ein Bild mit dem Titel „Trauer".

Unten luden die Türken auf einen dritten Handwagen, was in die Wohnung der Gmeiner geschafft werden mußte. Das war nicht viel: das kleine Mahagonischränkchen, die Kommode, die Wäsche, die von der Gmeiner eingepackt und verschnürt worden war, weil sie den Türken nicht traute, und natürlich die Schneidernähmaschine, über deren polierte Abdeckung einer der Türken immer liebevoll und begehrlich zugleich mit seinen Fingern strich.

Auf einmal war die Wohnung leer. Die Nähmaschine blieb zurück und ein einziger Stuhl, auf dem Burger saß ohne Leben. Die Gmeiner blieb betroffen auf der Schwelle stehen. Sie mußte sich beherrschen, um nicht loszuheulen, als sie den Mann mumiengleich in dieser Trostlosigkeit sitzen sah. Die Gmeiner beobachtete ihn eine Weile: Nichts in seinem Gesicht regte sich. Sie war sich nicht einmal sicher, ob er ihre Anwesenheit überhaupt bemerkt hatte. Die Augen lagen wie blind in den Höhlen, der Mund war halb geöffnet wie bei einem eben Verstorbenen, dem man die Augen zu schließen vergessen hatte.

Die Gmeiner trat mit schnellen Schritten auf Burger zu, stellte sich hinter ihn und legte beide Hände auf seine Schultern.

„Zum Fürchten ist das, Wolfgang. Nichts ist trostloser als eine leere Wohnung."

„Dafür wird es bei dir um so schöner", antwortete er und drückte ihre Hände. „Gemütlich wird es werden, Margarete, ich freue mich schon darauf."

Der Türke, der so begehrlich die Nähmaschine gestreichelt hatte, kam ein letztes Mal und überreichte beiden eine Flasche Wein.

„Ist türkischer Wein. Guter Wein. Ihr ihn trinken zur Hochzeitsnacht. Geschenk von uns. Wir sagen in dem Dorf in Anatolien: Junge Liebe ist von Erde, späte Liebe ist vom Himmel. Wir bringen Sachen jetzt in Wohnung von Frau. Wir wissen Bescheid, wer hat Schlüssel."

Er wies auf die Nähmaschine.

„Du Maschine verkaufen? Wir wollen nicht geschenkt, wir bezahlen."

„Nein", rief die Gmeiner, „die Maschine wird nicht verkauft. Die bringt ihr in meine Wohnung. Der Mann ist Schneider."

„Ich verstehe. Schöne Maschine. Gute Maschine. Gute Qualität. Der Mann ist Schneider. Ich verstehe."

Als die Maschine hinausgetragen worden war, beugte sich die Gmeiner hinunter zu Burger und küßte ihn auf den Mund. Endlich erhob sich der alte Mann und sah sich wie erwachend um.

„Nur jetzt nicht nachweinen", sagte er. „Nur nicht traurig werden, Margarete, bloß nicht zu rechnen anfangen, das bringt nichts."

Er schien zufrieden, daß das hier nun zu Ende war, ein neuer Abschnitt seines Lebens begonnen hatte. Eilig drängte er aus der Wohnung, zog die Frau mit sich; auf halber Treppe kehrte er noch einmal um und holte den Stuhl, auf dem er gesessen hatte. Weil seine Mieter noch nicht zu Hause waren, stellte er ihn vor die Tür. Die junge Frau hatte sich von ihm den Stuhl ausbedungen, als Erinnerung, wie sie sagte. Die Gmeiner war an Burgers Wohnungstür stehengeblieben und hatte sich noch einmal umgesehen; die hellen Flecken an den Tapeten kamen ihr vor wie grinsende Gesichter.

Auf der Straße betrachtete Burger aufmerksam die Fassade seines Hauses. Es war noch gut in Schuß, vielleicht konnte es renoviert werden, vielleicht würde man es unter Denkmalschutz stellen. Auf einmal kam ihm ein Gedanke: Wer wird das alles erben, wenn ich einmal abtrete, denn zu erben gibt es etwas – wenn nicht das Haus, dann wenigstens das Grundstück.

„Ich werde in den nächsten Tagen einmal mit meinen Mietern reden, wie das weitergeht mit dem Haus", sagte er. „Wenn sie es wollen, werde ich es ihnen verkaufen. Viel werden wir dafür nicht mehr kriegen, aber es wird genug sein, daß wir uns noch ein paar schöne Jahre machen können, ohne den Pfennig in der Hand umzudrehen. Ich habe keine Erben, und wenn ich welche hätte, dann wäre das erst recht ein Grund, vorher alles zu verprassen ... Na komm, Margarete, heul nicht, es lohnt nicht. Freu dich, ich freu mich auch. Sei froh, endlich sind wir alles los, den alten Krempel und damit die Vergangenheit. Jetzt fangen wir an zu leben. Wir können nicht mehr alles nachholen, aber das wollen wir ja auch nicht."

Am Ausgang der Kirchgasse zum Kirchplatz standen zwei Nachbarinnen, die verlegen wegsahen, als die beiden Alten eingehakt an ihnen vorbeigingen. Eine der beiden Frauen rief Burger hinterher: „Wir hätten Ihnen auch was abgenommen, Herr Burger, aber Sie haben uns ja nicht gefragt."

„Nein, ich habe Sie nicht gefragt“, erwiderte Burger freundlich und zog seinen Hut bis auf die Brust.

„Warum warst du denn so kurz angebunden?“ fragte die Gmeiner, als sie außer Hörweite der beiden Frauen waren.

„War ich das? Aber ich habe doch meinen Hut gezogen, ganz tief. Ich kann beide nicht leiden. Die eine, die eine schwarze Perücke aufhatte, die wollte mich heiraten.“

Hildegard hatte die Türken in die Wohnung der Gmeiner gelassen; die hatten alles inmitten des Wohnzimmers abgestellt. Burger ging sofort ins Schlafzimmer und ließ sich erschöpft auf das Bett fallen. Er atmete schwer, Schweiß perlte auf seiner Stirn. Die Gmeiner war ihm besorgt gefolgt und hörte angstvoll auf seinen stoßenden Atem.

„Es ist nichts, Margarete“, sagte er, „es war nur für einen alten Mann ein wenig viel auf einmal. Ausziehen, umziehen, einziehen. Weißt, es war das erste Mal in meinem Leben, daß ich umgezogen bin. Es soll Leute geben, die alle zwei Jahre in eine andere Wohnung ziehen.“

„Das muß schrecklich sein“, erwiderte die Frau und ließ sich neben ihn auf das Bett fallen.

Dort lagen sie lange, ohne zu sprechen. Nur ihre Hände suchten sich und hielten sich fest.

„Sag mal, in welchem Bett willst eigentlich schlafen?“ fragte sie endlich.

„Am Fenster. Da fühle ich mich freier ... Was ist denn das für eine Schnur?“

„Zu meiner elektrischen Heizdecke. Kennst das nicht?“

„Du schläfst mit einer Heizdecke?“ fragte er verwundert und setzte sich auf.

„Das Schlafzimmer ist nicht heizbar. Was glaubst du, was es hier drinnen manchmal kalt werden kann. Und nicht nur im Winter. Die Decke ist nur zum Anwärmen. Eine Stunde vor dem Schlafengehen schalte ich sie ein, und wenn ich im Bett liege wieder aus.“

„Und ich? Soll ich vielleicht als Eisklumpen neben dir liegen?“

„Wir kaufen eine zweite“, sagte sie.

„Kaufen? Die Läden machen gleich dicht!“ rief er.

„Morgen, Wolfgang, morgen.“

„Und heute? Du denkst überhaupt nicht an mich. Fängt ja gut an, muß ich schon sagen.“

Etwas ärgerlich geworden, erwiderte sie: „Hör jetzt auf. Du hast die ganze Zeit ohne Heizdecke geschlafen, hast nicht mal gewußt, was eine Heizdecke ist. Es wird auch noch eine Nacht ohne gehen. Weißt was, ich lege meine Decke quer, dann kriegst du auch was ab. Einverstanden?"

„Na so was. Ich kriege auch was ab. Almosen. Fängt ja gut an."

„Gehst du eigentlich früh schlafen?"

„Kommt drauf an. Wenn Fußball im Fernsehen ist, dann wird es spät. Ich bin nämlich ein Breitner-Fan."

„Breitner? Wer ist denn das?"

„Kennst du nicht? Mein Gott, da habe ich mir was eingehandelt. Das ist ein Fußballspieler, der aussieht wie ein Affe und spielt wie ein Gott."

„Aha. Muß man den kennen? Sag mal, Wolfgang, schnarchst du?"

„Weiß ich nicht, ich habe mich noch nicht schnarchen gehört. Kannst es mir morgen früh sagen. Du hast ja einen Kassettenrecorder, schaltest ihn ein und spielst mir die Nacht am Morgen vor."

Dann stand Burger auf und betrachtete das Schlafzimmer, befühlte dies, prüfte das, und dabei kicherte er fortwährend in sich hinein.

„Wenn ich mir das so betrachte, komisch ist es schon. Da hat man jahrelang allein gelebt, und nun schläft man plötzlich mit einer fremden Frau."

„Mach dir nichts draus, Wolfgang, der Mensch ist ein Gewohnheitstier", erwiderte die Gmeiner.

„Also weißt du", rief er, „manchmal bist du zartfühlend wie ein Pferd. Muß ich schon sagen. Da habe ich mir ja was an Land gezogen."

„Auch daran wirst du dich gewöhnen müssen."

Ehe sie weitersprechen konnte, umfaßte er die Gmeiner bei den Hüften. Beide fielen auf die Betten; da aber umarmte er sie heftig. Die Frau prustete und versuchte sich zu befreien.

„Bist du verrückt? Wenn jemand kommt, die Tür ist auf!"

„Ich bin total verrückt, jawohl. Ist das schön, verrückt zu sein."

Auf einmal stand Hildegard im Schlafzimmer mit einem vollen Wäschekorb vor dem Bauch. Sie sah sprachlos auf die beiden im Bett und setzte dann hörbar den Wäschekorb ab.

Die Gmeiner sprang verstört auf, nahm Hammer und einen Nagel, die sie auf dem Toilettentischchen abgelegt hatte, und begann eifrig, einen Bilderhaken in die Wand zu schlagen, genau neben das Bild ihres verstorbenen Mannes. Burger war auf dem Bett liegengeblieben und sah der Frau zu, wie sie ein zweites Bild an die Wand hielt und den Platz ausprobierte, an dem es hängen sollte.

„Kannst ja wenigstens anklopfen, wenn du reinkommst", sagte die Gmeiner.

„Entschuldige, Gretl, aber bei so was wird die Schlafzimmertüre meistens abgeschlossen."

„Bei so was kommt ja auch nicht der dümmste Trampel rein, nur du... So, die Rahmen passen zwar nicht zusammen, aber die Bilder haben wenigstens die gleiche Größe."

Verwundert hatte Hildegard der Gmeiner zugesehen und staunend das Bild betrachtet, das die Gmeiner zur Probe an die Wand gehalten hatte.

Die Fotografie zeigte eine aparte Frau Mitte Dreißig mit einem Florentinerhut.

„Sag mal, Gretl, wer ist denn das?"

„Na wer schon. Dem Wolfgang seine verstorbene Frau natürlich. Oder was denkst du?"

Hildegard blickte mehrmals auf das Bild und wieder auf die Gmeiner und schüttelte verwirrt den Kopf. Dann sagte sie spitz: „Wieso ist das natürlich? Du kannst doch nicht einfach neben deinen Albert ein fremdes Weib hängen."

„Das ist kein fremdes Weib, das ist Wolfgangs verstorbene Frau."

„Natürlich, Wolfgangs Frau. Trotzdem hat sie nichts in eurem Schlafzimmer zu suchen, neben dem Albert. Das ist – jawohl, das ist unmoralisch."

„So? Dann muß ich den Albert eben weghängen, wenn Wolfgangs Frau deiner Meinung nach nicht neben ihm hängen darf. Dann hänge ich den Albert eben ins Badezimmer."

Hildegard stemmte die Fäuste in die Hüften und verließ beleidigt das Schlafzimmer. Vom Wohnzimmer aus rief sie: „So weit bist du also gesunken, den Albert ins Badezimmer zu hängen. Der dreht sich im Grab um, wenn er das eben hätte hören können. Ich sag nichts mehr, aber ich muß schon sagen, manchmal bist du zartfühlend wie ein Pferd."

Dann fiel die Tür ins Schloß.

Betreten war die Gmeiner nun doch; sie drehte ratlos das Bild in ihren Händen hin und her. Burger, der immer noch auf dem Bett lag, sagte: „Die Hildegard hat schon recht, die beiden passen nicht zusammen."

„Und jetzt erst recht", rief die Gmeiner trotzig. „Schon damit sich dieses Weib jedesmal schwarz ärgert, wenn sie zu mir ins Schlafzimmer kommt. Und nun steh gefälligst auf, die Hildegard hat für heute das Essen gerichtet. Ich hätte ja lieber für uns allein gekocht, aber ich konnte es ihr nicht abschlagen. Wir müssen auch in Zukunft mit ihr leben."

Es wurde dann doch noch ein vergnüglicher, unbeschwerter Abend.

Nach dem Essen räumte Hildegard geschäftig und laut den Tisch ab, und Burger stichelte: „Den Richard werde ich vermissen. Der springt nach dem Essen nicht gleich auf, wenn ich fertig bin, der bleibt sitzen und liest Zeitung, und später spielen wir Halma."

„Ich heiße aber nicht Richard", erwiderte Hildegard, „und ich spiele auch nicht Halma. Dafür darfst du mir jetzt beim Abtrocknen helfen. Oder hast du das schon verlernt bei deinem Dienstmädchen Richard?"

Burger empfand es wohltuend, in ein angewärmtes Bett zu steigen. Während er neben der Gmeiner lag, sprachen sie über die Hochzeitsreise nach Paris: sie hatten keine Angst mehr vor dem Unbekannten, sie freuten sich darauf. „Ich werde dem Richard sagen, daß er in unserer Abwesenheit die Gräber gießt. Aber vielleicht regnet es", sagte der Mann.

„Wir bleiben ja nicht ewig ... Ob wir nicht doch hierbleiben? Ich weiß nicht, das viele Geld. Vielleicht sollten wir allen unseren Bekannten ein Essen spendieren, das kommt nicht teurer als das Fahrgeld ... Und dann, was werden wir machen in so einer verrückten Stadt? Wir verstehen ja nicht mal Französisch."

„Die werden uns schon verstehen. Die beste Sprache ist immer noch die mit Händen und Füßen, das versteht jeder, wenn er nicht total vertrottelt ist ... Hast du dem Horst wirklich geschrieben?"

Die Gmeiner zögerte zu lange, als daß Burger es nicht erraten hätte.

„Aha", sagte er.

„Ich habe noch keine Zeit gehabt", sagte sie.

„Halt die Luft an. Zeit schon, aber Mumm hast du keinen gehabt. Du kannst deinen Sohn doch nicht hintergehen. Schließlich ist er dein Einziger."

„Ich weiß. Und jetzt schlaf."

„Schlaf. Du bist gut. Wir feiern vorgezogene Hochzeitsnacht, und du sagst einfach: Schlaf."

„Kannst du dich eigentlich noch an deine erste Hochzeitsnacht erinnern?"

Die Gmeiner stützte sich auf und sah den Mann herausfordernd an.

„Die weiß ich noch, als ob es gestern gewesen wäre", antwortete Burger. „Ich war total besoffen. Da war nichts in der Nacht, ich war blau wie ein Veilchen. Ich habe es zwar nie rausgekriegt, aber liebe Kollegen müssen mir was ins Bier geschüttet haben, daß ich abgeschlafft bin wie ein nasser Sack."

„Na, Gott sei Dank. Über die Zeit bist du wenigstens hinweg ... Nein, nicht der Richard soll die Blumen gießen, die Hildegard muß das machen. Dann muß sie endlich mal auf den Friedhof."

Am nächsten Morgen hatte sich Burger leise aus dem Schlafzimmer geschlichen, beim Bäcker an der Ecke Brötchen geholt, den Kaffee gefiltert und den Tisch gedeckt, zwei Eier hatte er gekocht und dann erst die Frau geweckt. Die Gmeiner freute sich darüber, daß er sie schon am ersten Tag verwöhnte. Mit einem kurzen Blick auf den Tisch prüfte sie, ob er etwas vergessen hatte: nein, er hatte nichts vergessen. Sie wollte aber nicht jeden Tag ein gekochtes Ei, nur an Sonntagen.

Nach dem Frühstück kleideten sie sich festlich. Burger trug seinen hellen Flanellanzug, in dem er sich von der Gmeiner bewundern ließ; auch Hildegard, die es nicht mehr in ihrer Wohnung gehalten hatte, sparte nicht mit Lob und Bewunderung: „So wie du jetzt aussiehst, so habe ich mir immer einen stattlichen Herrn vorgestellt. Ach ja, aber ich hab halt nur einen Trunkenbold gehabt."

Richard brachte Christoph, Burgers Trauzeugen, gleich mit, dann quetschten sie sich in Richards VW. Der Weg war kurz, sie hätten zu Fuß gehen können zum Rathaus, aber die Gmeiner hatte darauf bestanden zu fahren. „Der Mensch läßt sich zweimal in seinem Leben fahren, zur Trauung und zum Friedhof", sagte sie.

Richard ging nicht mit ins Standesamt zur Trauung, er wartete vor dem Rathaus im Wagen. Er wolle nicht zusehen, hatte er gesagt, wie zwei abgeklärte Menschen in ihr Unglück rennen.

Nach der Trauung sagte die Gmeiner zu ihrer Freundin: „Denk dran, Hildegard, ich heiße jetzt Burger."

„Bis ich mich daran gewöhnt habe, heiratest du zum dritten Mal", erwiderte Hildegard. „Aber daß dein Horst nicht gekommen ist, das wundert mich schon sehr. Wenigstens Susanne hätte doch kommen können. Aber was kümmert's mich, es geht mich nichts an, ist deine Verwandtschaft."

„Horst hat jetzt im Geschäft viel zu tun und mit dem Haus auch, und Susanne hätte zwei Tage die Schule schwänzen müssen. Was sollen sie hier, wir fahren ja doch gleich weg. Für die Viertelstunde auf dem Standesamt extra von Köln raufkommen, das lohnt nicht. Du kommst doch mit zum Bahnhof?"

Am zweifelnden Blick Hildegards merkte die frisch Getraute, daß ihr nicht geglaubt wurde. Immer noch täuschte sich die Gmeiner und hoffte, Susanne habe zu Hause vielleicht etwas angedeutet. Nur jetzt nicht daran denken, sagte sie sich, jetzt, wo es in ein Abenteuer geht, jetzt, wo sie zur längsten Reise ihres Lebens aufbrach.

Richard brachte alle zum Bahnhof. Als der Zug durch den Lautsprecher angekündigt wurde, sagte Richard: „Passen Sie bloß schön auf, Frau Burger, damit Ihr Herr Gemahl in Paris nicht fremdgeht."

„Richard, Sie sind der erste Mensch, der zu mir Frau Burger gesagt hat. Das bringt Glück."

„Ein Sündenpfuhl, dieses Paris!" rief Hildegard. „Aber paß schön auf, Gretl, daß Wolfgang immer seine Herztabletten nimmt. Ihr seid jetzt frisch verheiratet, da darf man sich keine Schwachheiten leisten."

Richard half den beiden Alten, die zwei kleinen Koffer ins Abteil zu tragen, Christoph und Hildegard warteten auf dem Bahnsteig, und dann fuhr der Zug an, kaum daß die Gmeiner und Burger ihren Sitzplatz gefunden hatten.

Hildegard winkte mit einem Taschentuch, weinte und sagte: „Was soll ich denn jetzt machen, so allein."

„Ich bring Sie nach Hause", sagte Richard.

Anfangs saß das frisch getraute Paar im Abteil eng beisammen, als suche einer beim andern Schutz, bis Burger die Hand der Frau nahm und sie schmerzhaft drückte. Da erst löste sich die Spannung. Die Gmeiner lächelte wieder, und doch blieb die Unsicherheit, denn sie fuhren einem Land, einer Stadt entgegen, die sie nur von bunten Bildern kannten. Nicht einmal um ein Hotel hatten sie sich bemüht. Sie waren losgezogen wie zwei junge Leute, die zur Not auch in einer

Scheune schlafen konnten. Alles war ungewiß, gewiß waren nur die Fahrkarten. In Köln, wo sie in den D-Zug nach Paris umstiegen, dachte die Gmeiner einen Augenblick daran, von einer Telefonzelle aus ihren Sohn anzurufen. Aber wer würde sich am anderen Ende der Leitung melden, und was sollte sie sagen? Guten Tag, ich bin's, wir fahren nach Paris, Hochzeitsreise zum Eiffelturm?

Nachdem der Zug die Bahnhofshalle verlassen hatte, nahm die Gmeiner ihren Personalausweis aus der Handtasche und hielt ihn fest bis zur Grenze, bis ein Uniformierter kam und kontrollierte. Aber der warf nur einen flüchtigen Blick auf den Ausweis.

„Wie schnell so eine Trauung vorbei ist", sagte Burger. „Ob das früher auch so schnell gegangen ist?"

Die Gmeiner verstaute den Ausweis wieder in ihrer Handtasche und hielt nun die Tasche fest umklammert. „Hast recht, Wolfgang, früher hat das länger gedauert. Da sind noch schöne Reden gehalten worden, feierlicher ist es auch gewesen. Heute? Kaum bist du drinnen, bist schon wieder draußen."

Dann aßen beide die belegten Brötchen, die ihnen Hildegard zurechtgemacht hatte. Erst beim Essen spürten sie, wie hungrig sie waren. „Hoffentlich glauben die uns, daß wir verheiratet sind. Ich meine, unsere Ausweise haben doch zweierlei Namen", sagte die Gmeiner. „Vielleicht lassen die uns im Hotel nicht in einem Zimmer schlafen."

„Wir sind doch in Paris, da kann jeder machen, was er will. Hat der Richard gesagt, und der muß es wissen. Er trampt jedes Jahr zweimal nach Paris. Er muß doch trampen mit seinen ausgefransten Hosen. Und jetzt denken wir nicht mehr an zu Hause, nur noch an Paris."

„Daß ich das noch erlebe. Hochzeitsreise. Davon habe ich immer geträumt."

„Ja, schön ist das, wenn so ein Traum in Erfüllung geht."

„Ich bin immer gern Eisenbahn gefahren, aber keine langen Strecken. Nach Köln, mehr nicht, als die Susanne noch klein war. Später nur selten ... Hoffentlich gießt die Hildegard die Blumen nicht so stark, das Weib ist maßlos."

Als sie draußen die Schrifttafeln in den Bahnhöfen und die vorbeihuschenden Straßenschilder nicht mehr verstehen konnten, saßen sie stumm und verschüchtert nebeneinander, blickten nur aus dem Fenster, hörten auf die fremde Sprache der zugestiegenen

Fahrgäste, die sich nicht um die beiden Alten kümmerten, ihnen höchstens flüchtig zulächelten. Sie hatten angenommen, jenseits der Grenze sei alles anders; nach wenigen Kilometern staunten sie. Die Felder waren ebenfalls goldgelb, die Wiesen so grün, die Häuser bunt gestrichen, die Straßen so schwarz wie zu Hause. Auch die Fahrgäste, hätten sie geschwiegen, konnten von dort kommen, wo die frisch Getrauten abgefahren waren. Sie sahen Masten, Häuser und Bäume vorbeifliegen, der blaue Himmel war mit weißen Sommersprossen betupft; hielt der Zug einmal in einer Stadt, beugten sich beide vor, um das Treiben auf den Bahnsteigen besser verfolgen zu können.

Die Gmeiner fürchtete sich vor der fremden Sprache. Sie sah ihren Mann immer öfter hilfesuchend an und wagte kaum zu sprechen.

„Ob man uns ansieht, daß wir auf der Hochzeitsreise sind?" flüsterte sie.

„Natürlich. Das steht uns doch auf der Stirn geschrieben. Die Leute können es bloß nicht lesen, weil es auf deutsch geschrieben ist. Aber sie werden uns ansehen, wie verliebt wir sind."

Endlich fuhr der Zug im Gare du Nord ein. Verschüchtert standen die beiden Alten auf dem Bahnsteig, jeder sein Köfferchen in der Hand, hörten fremde Stimmen, blickten verstört in den Trubel und atmeten auf, wenn sie deutsche Laute hörten.

Auf dem Bahnhofsvorplatz wußten sie nicht, wohin. Am liebsten wäre die Gmeiner wieder umgekehrt. Ein Taxifahrer sah ihnen ihre Nöte an und ging auf sie zu. Richard hatte Burger einmal gesagt, das Wort Hotel verstehe jeder in der Welt, und deshalb sagte Burger einfach: „Hotel."

Der Taxifahrer nahm ihnen die Koffer ab und trug sie zum Auto. Die Gmeiner trippelte mit kurzen Schritten mißtrauisch hinterher. Zuviel von Betrügern hatte sie gelesen; sie war erst beruhigt, als die Koffer im Kofferraum lagen und der Taxifahrer zum Einsteigen aufforderte. Dann fuhren sie endlich durch die große und laute Stadt. Die beiden Alten saßen im Fond und hielten sich fest an der Hand.

„Um Gottes willen", sagte die Gmeiner, „wir haben kein französisches Geld. Man wird uns übers Ohr hauen, hab ich gelesen."

Burger tippte sich an die Stirn. „Denkste, so dumm bin ich ja nun wieder nicht. Ich habe zu Hause umgetauscht." Er verschwieg aber, daß Richard für ihn auf der Sparkasse tausend Mark gewechselt hatte.

Der Taxifahrer fuhr Umwege – nicht, weil er mehr Geld

herausschinden wollte. Er hatte seine Freude an den beiden Alten, wollte ihnen etwas zeigen, redete dauernd, deutete auf Gebäude, Parks, Paläste, und manchmal verstand das Paar auch ein Wort wie Notre-Dame oder Arc de Triomphe oder Champs-Élysées. Auf einmal fühlten sie sich nicht mehr fremd. Viele Bilder waren beiden vertraut aus Zeitschriften oder vom Fernsehen oder von Ansichtskarten; sie wären gern ausgestiegen, um einfach etwas anzufassen, wagten aber nicht, den Fahrer darum zu bitten.

Das grüne fünfstöckige Gebäude, vor dem der Wagen hielt, weckte Vertrauen. Die beiden Alten waren erleichtert und dankbar, daß der Fahrer dem Mann an der Rezeption die Situation erklärte. Der Livrierte half beim Ausfüllen der Anmeldung, der Taxifahrer schrieb den Preis für die Fahrt auf ein Stück Papier, und Burger zahlte zögernd. Er war sich nicht gewiß, ob man Trinkgeld gab oder nicht. Dann tippte der Taxifahrer an seine Mütze und verließ das Hotel. Ein Liftboy brachte das Paar in ein großes Zimmer im ersten Stock, setzte die Koffer mitten im Zimmer ab, nickte freundlich und ging.

Als sie allein waren, fiel die Frau dem Mann um den Hals. Nun war alle Anspannung gewichen, die Gmeiner hätte weinen mögen vor Freude, daß alles so reibungslos gegangen war. Burger strich ihr nur immer wieder über das Haar.

Dann löste sich die Gmeiner von ihrem Mann und begann, das Zimmer zu untersuchen: das Bad, die Betten auf ihre Sauberkeit, den Schrank, den Tisch, die Sessel. Die Frau war mit ihrer Untersuchung zufrieden, und als sich Burger auf das Bett setzte, wies sie ihn zurecht: „Zum Sitzen gibt es hier zwei schöne Sessel. Das ist ein gutes Hotel."

„Aufregend ist es", sagte Burger, und beide lachten wie zwei Kinder, die jemandem einen Streich gespielt hatten.

„Wir sind schon zwei", rief die Frau, „zigeunern auf unsere alten Tage noch durch die Welt. Mein Gott, wenn mir das früher einer gesagt hätte."

„Da siehst mal, wozu eine Hochzeit gut ist. Wir wären doch sonst nie nach Paris gekommen."

„Jetzt machen wir uns aber frisch und gehen spazieren. Zur Seine. Wir wollen schließlich was haben von der Stadt und nicht nur im Hotel rumsitzen. Wenn wir müde werden, setzen wir uns auf eine Bank. Es gibt genug davon."

DER erste Ausflug überstieg ihre Kräfte. Zu viel hatten sie sich zugemutet, der Verkehr verwirrte sie, sie bekamen schon Angst, die Straßen bei grüner Ampel zu überqueren, und zweifelten, ob diese Franzosen auch wußten, was grün und was rot bedeutete. Drei Tage später, in einem Straßencafé an den Champs-Elysées, betrachtete die Frau sorgenvoll Burgers Zustand. Er sah mitgenommen und eingefallen aus.

„Geht es dir gut? Du darfst mir nichts verbergen."

„Die Stadt macht mich müde", antwortete Burger.

Er schälte Papier von einem Päckchen und stellte einen fünfzehn Zentimeter hohen Eiffelturm, den er an einem Souvenirstand gekauft hatte, mitten auf den Tisch. Der Turm war aus bronziertem Leichtmetall, als Mitbringsel für Hildegard gerade richtig, den könne sie auf den Fernsehapparat stellen, sagte die Gmeiner. Es beunruhigte sie, daß ihr Mann sich Cognac in den Tee schüttete, sich ständig das schweißnasse Gesicht wischte; sie fürchtete, er könne einen Anfall bekommen, obgleich er regelmäßig seine Herztabletten nahm. Sie dachte auch daran, was sie in den letzten Tagen ausgegeben hatten und was sie noch ausgeben würden.

„Haben wir überhaupt noch Geld?" fragte sie.

„Geld, viel Geld", erwiderte Burger und lachte.

„Verschwender sind wir. Es kostet hier alles doppelt soviel wie bei uns."

„Klar, weil denen ihr Geld nur die Hälfte wert ist gegenüber unserem, deshalb ist alles doppelt so teuer. Stell dir mal vor, so wie wir hier jetzt leben, so leben andere Menschen ein Leben lang."

„Mein Gott, muß das schrecklich sein. Jeden Tag in Saus und Braus."

Die beiden genossen es, im Straßencafé zu sitzen und die Passanten zu beobachten. Burger betrachtete mit Interesse die Kleider der Frauen, die Anzüge der Männer. Wohlgefällig nickte er seiner Frau zu, sah er ein Kleid, das ihm gefiel; er nickte anerkennend, bemerkte er einen besonders raffiniert geschnittenen Anzug. Die Gmeiner sah mehr auf die Schuhe der Frauen. Sie schüttelte verständnislos den Kopf, wenn ihr Schuhe auffielen, in denen man ihrer Meinung nach überhaupt nicht laufen konnte.

„Da bewegt man sich ja wie auf Glatteis", sagte sie, „die laufen nicht, die staksen."

CAFE

„Hast gesehen, wie die Hosen von dem geschnitten sind?“ sagte Burger. „Einfach Spitze. Die haben heutzutage gute Stoffe, zu meiner Zeit durften wir an so was gar nicht denken. Wer bei uns hätte das bezahlen können.“

„Auf die Schuhe mußt mal gucken“, sagte die Frau. „Das sind keine Schuhe, das ist Nippes, Spielzeug. Wenn das der Albert noch hätte sehen können, der hätte seinen Beruf aufgegeben.“

Im Taxi ließen sie sich zum Seineufer fahren und schlenderten händchenhaltend im Schatten der Bäume. Ein junges Pärchen kam ihnen entgegen, eng umschlungen; das Mädchen hing mehr am Hals des jungen Mannes, als daß es lief. Burger drehte sich nach dem jungen Paar um; dann umfaßte er die Schultern seiner Frau. Eng aneinandergeschmiegt liefen sie weiter, bis sie wieder eine Bank fanden, auf der sie sich ausruhen konnten.

Den Eiffelturm hatten sie jeden Tag besuchen wollen, waren aber jeden Tag von den Menschenschlangen vor den Kassenhäuschen abgeschreckt worden. Die beiden Alten zweifelten schon daran, ob sie das lange Anstehen und Warten überhaupt würden verkraften können. Dann mußte es sein. Es war ein strahlender und nicht zu heißer Tag, ein blau angestrichener Himmel glänzte über Paris. Die Burgers fuhren schon am frühen Vormittag mit dem Taxi zum Eiffelturm. Die Schlange war so lang wie an den Tagen vorher; ruckweise bewegten sich die Menschen vorwärts. Für Burger wurde das Schlange stehen zur Qual. Immer sorgenvoller sah die Frau den Mann an. Manchmal verfärbte sich sein Gesicht jählings; er atmete dann schwer und stoßartig.

Nach einer halben Stunde war es endlich soweit, daß sie in eine Kabine steigen durften, die sie, mit Umsteigen, nach oben brachte. Beiden war nicht geheuer, aber einer wollte dem andern nicht eingestehen, daß er am liebsten wieder umgekehrt wäre.

Auf der obersten Plattform warteten sie, um sich erst einmal an die windige Höhe zu gewöhnen. Zögernd und ängstlich wagten sie sich an die vergitterte Brüstung und blickten staunend auf die Stadt mit ihren roten Dächern, grauen Palästen und weißen Kirchen, auf den glitzernden Fluß, der die Stadt zerteilte.

„Wie in einem Flugzeug“, sagte Burger. „Ich werde nicht mal schwindlig. Vielleicht sollten wir das nächste Mal fliegen.“

„Schön wie im Märchen“, sagte seine Frau.

„Na, na“, erwiderte er, „für eine Prinzessin bist du aber schon zu alt.“

„Ein Prinz bist du auch nicht mehr.“

Sie liefen mehrmals um die runde Plattform, um die Stadt von allen Seiten zu betrachten, und hielten sich dabei fest an der Hand, als wolle einer dem andern Mut zusprechen. Ihr Staunen wuchs, je öfter sie unten in der Stadt Plätze, Straßen und Gebäude wiedererkannten, wo sie schon gewesen waren.

„Siehst du, es hat sich doch gelohnt, noch einmal zu heiraten. Einer allein wäre nie auf den Eiffelturm gekommen.“

„Du hast ja so recht“, antwortete die Gmeiner. Gleich darauf spürte sie das verräterische Zucken in Burgers Hand und wußte sofort, was das bedeutete, was kommen mußte. Der Mann riß an seinem Hemdkragen, die Frau öffnete aufgeregt Krawatte und Kragen und führte Burger behutsam zu einer Bank, auf der er sich kraftlos niederließ. Dann holte die Gmeiner aus seiner Jackentasche die Herztabletten und legte ihm eine auf die Zunge.

„Bitte, versuch, ob du sie trocken runterschlucken kannst, bitte.“

Während Burger sich damit abquälte, die Tablette hinunterzuwürgen, murmelte die Frau: „Und das hier. In einer fremden Stadt, wo einen niemand versteht. Lieber Gott, hilf jetzt.“

Sie setzte sich neben ihren Mann und ließ ihn gewähren, dachte nur, daß der liebe Gott, an den sie nicht glaubte, nun ein Einsehen haben mußte mit ihr und dem Mann.

Eine Stunde bangte sie, bis Burger sich so weit erholt hatte, daß er mit ihrer Hilfe aufstehen und schlurfend laufen konnte. Er war entkräftet, er lief gebeugt, die Arme baumelten an seinem Körper, als gehörten sie nicht ihm. Er versuchte aber, mit Hilfe der Frau seinen ganzen Willen aufzubieten, damit sie wenigstens den Turm verlassen konnten.

Glücklich unten angekommen, rief die Gmeiner ein Taxi. Im Hotel bettete sie mit Hilfe des Etagenkellners ihren Mann im Zimmer auf das Bett; bis zum Abend hatte sich Burger wieder erholt.

„Morgen fahren wir nach Hause“, sagte er. „Geh runter in die Hotelhalle, laß dir die Zugverbindungen geben, such die beste aus und schick ein Telegramm an Hildegard, daß wir früher kommen.“

Als die Gmeiner eine halbe Stunde später, froh darüber, daß alles noch einmal glücklich verlaufen war, in das Zimmer zurückkehrte, saß Burger in einem Sessel am weitgeöffneten Fenster und lächelte ihr entschuldigend entgegen.

„Und jetzt?“ fragte sie.

Sie setzte sich auf die Sessellehne und umarmte den Mann, legte ihren Kopf an seinen Kopf.

„Sei nicht traurig, Margarete. Schön war es trotzdem.“

RICHARD erwartete sie auf dem Bahnsteig. Er nahm ihnen beim Aussteigen die Koffer ab, half Burger die Trittbretter herunter und trug die Koffer zum Ausgang des Bahnhofes. Die Burgers hatten Mühe, Richard zu folgen. Niemand beachtete sie, nichts hatte sich während ihrer Abwesenheit verändert. Die Gmeiner wunderte sich nur, weshalb Hildegard, die doch vor Neugierde platzen mußte, nicht mitgekommen war.

Während der Fahrt schwieg Richard hartnäckig, bis die Gmeiner die Geduld verlor und fragte: „Alles in Ordnung zu Hause?“

Richard antwortete mit Schulterzucken.

„Kaum ist man ein paar Tage fort“, sagte Burger, „hat der Richard die Sprache verloren. Schade um ihn. Na ja, viel zu sagen hat er nie gehabt.“

Auch darauf reagierte Richard nicht. Er fuhr direkt bis vor die Haustüre und lud schnell die Koffer aus.

Endlich sagte er: „So, da seid ihr wieder, ich muß weg. Die Koffer könnt ihr ja selber reintragen.“

Befremdet sahen die beiden Richard hinterher. Sein sonderbares Verhalten hatten beide nicht deuten können, aber sie hatten keine Zeit mehr, Vermutungen anzustellen. Hildegard kam aufgeregt aus dem Haus gelaufen und sprudelte auch gleich los.

„Gut, daß ihr wieder da seid. Mein Gott, Gretl, die Aufregung, als dein Telegramm kam, nachts um elf, ich wollte gerade ins Bett gehen. Wie habt ihr das nur gemacht, das Telegramm war ja auf deutsch, sprechen die Franzosen auch deutsch? Das war das erste Telegramm in meinem Leben. Gut seht ihr aus, der Wolfgang ein wenig zerzaust. Die ganze Nacht konnte ich nicht schlafen vor Aufregung. Warum ist denn Richard so schnell fort? Er hätte doch wenigstens die Koffer reintragen können, ein ungehobelter Mensch. Kommt doch endlich rein. Ich habe Streuselkuchen gebacken, und der Kaffee ist längst fertig in der Thermosflasche. Ganz frisch. Laß, Wolfgang, ich nehm die Koffer schon, schlepp dich nicht ab. Mein Gott, Paris muß aufregend gewesen sein, du siehst richtig durchgerüttelt aus."

Geschäftig nahm sie beide Köfferchen; an der Haustüre drehte sie sich um und sagte: „Erschrick nicht, Gretl, Besuch ist da. Wirst Augen machen. Zwei Tage ist der Besuch schon da."

„Besuch? Um Himmels willen, warum sagst du das nicht gleich", rief die Gmeiner.

„Kommt jetzt rein, starrt keine Löcher in die Wand."

In diesem Augenblick sah die Gmeiner Susanne aus dem Haus kommen. Die Enkelin umarmte ihre Großmutter und gab Burger die Hand.

Sprachlos starrte die Gmeiner auf ihre Enkelin; zu einer Frage aber war sie nicht fähig.

Susanne schob die Großmutter vor sich her ins Haus, die drei Stufen hinauf in die Wohnung, in der Hildegard schon die Koffer abgesetzt hatte.

Freudestrahlend und mit ausgebreiteten Armen rief Hildegard: „Schaut euch nur um. Alles geputzt. Ihr könnt euch in ein sauberes Nest setzen, und ich hol schon mal den Kaffee."

Als die Tür ins Schloß gefallen war, fragte die Gmeiner: „Also, Susanne, was ist passiert? Mitten im Schuljahr. Wo kommst du her? Zwei Tage bist schon da? Warum bist du mit Richard nicht zum Bahnhof gekommen?"

„Wo ich herkomme? Von zu Hause natürlich."

„Von zu Hause natürlich", äffte die Gmeiner ihre Enkelin nach. „Antworte gefälligst ernsthaft, wenn man dich ernsthaft etwas fragt!"

Burger saß schwer atmend auf der Couch. Er war erschöpft, er verstand die Aufregung seiner Frau nicht und erst recht nicht ihre Gereiztheit. Er freute sich über Susannes Anwesenheit, egal, aus welchem Grunde sie gekommen war.

Als Susanne gerade antworten wollte, kam Hildegard mit einem Tablett zurück, auf dem sie den Kuchen und die Thermosflasche trug. Ohne Umstände deckte sie den Tisch; Tassen und Kuchenteller holte sie aus der Küche der Gmeiner. Hildegard spürte nichts von der Spannung, die zwischen Großmutter und Enkelin herrschte, sie plapperte drauflos, als sei sie als Alleinunterhalter angeworben worden.

„Als das Telegramm kam, nachts um elf, bin ich gleich zu Richard ins Altersheim gelaufen und hab dem Portier einen Zettel gegeben, wo ich drauf geschrieben habe, daß Richard euch von der Bahn abholen soll. Was bin ich froh, daß ihr wieder da seid, es war einsam ohne euch. So eine Reise ist anstrengend. Wie ihr weg gewesen seid, da hab ich erst gemerkt, daß ich mich an Wolfgang schon gewöhnt habe."

Nachdem sie geräuschvoll Tassen, Löffel und Kuchengabeln aufgelegt hatte, setzte sich Hildegard wieder wie selbstverständlich neben Burger auf die Couch, schenkte allen Kaffee ein, legte jedem ein Stück Kuchen auf den Teller und wartete, bis alle zugegriffen hatten.

Dann blickte sie einen nach dem andern an, als erwarte sie Lob. Die Gmeiner nickte zwar anerkennend, mehr aber nicht.

„Warum bist du eigentlich nicht mit zum Bahnhof gekommen?" fragte sie.

„Und wer sollte den Kaffee kochen? Und überhaupt, dem Richard sein Auto ist zu eng, da kriegt man ja Rückgratverkrümmung."

„Meine Güte, hast du den Kaffee wieder stark gemacht", erwiderte die Gmeiner. „Stört es dich eigentlich nicht, daß der Kaffee schon wieder teurer geworden ist?"

„Das Wasser ist noch viel teurer geworden. Irgendwo muß man ja sparen, ich spar am Wasser."

Hildegard sah wieder in die Runde, achtete auch darauf, daß jeder noch ein zweites Stück Kuchen auf den Teller bekam, und wunderte sich, daß alle so redefaul waren. Weil niemand etwas sagte, sprudelte sie wieder los: „Nun erzählt doch mal, wie war's denn? Waren viele Franzosen in Paris? Und wenn schon – Jungverheiratete müssen trotzdem verreisen, damit sie sich in der Fremde besser kennenlernen. Erst wenn man gemeinsam verreist, auf der Hochzeitsreise, lernt einer den andern besser kennen. Sagt mal, wie sind denn dort die Leute? Es muß doch für euch schrecklich gewesen sein, immer nur unter Franzosen, mein Gott, so viele auf einem Fleck. Ich habe Tag und Nacht an euch gedacht, so allein in einer fremden Stadt. Wenn ihr mich fragt, ich verzichte gern auf eine solche Reise. Warum sagt ihr denn nichts? Schmeckt euch vielleicht mein Kuchen nicht? Ihr braucht ihn ja nicht zu essen, habt wahrscheinlich in Paris besseres Essen gehabt, habt wahrscheinlich Schnecken und Froschschenkel und andere Sauereien gegessen, aber meinen Kuchen hier, den habt ihr umsonst, und der ist auch mit Liebe gebacken ... Mein Gott, warum sagt ihr denn nichts? Laßt euch doch nicht jedes Wort aus der Nase ziehen."

Bei dem Wort „Jungverheiratete" hatte Susanne die Gabel aus der Hand gelegt und ihre Großmutter groß angesehen; als das Wort „Hochzeitsreise" fiel, lachte Susanne auf.

„Ihr habt also tatsächlich geheiratet?" fragte sie.

Die Gmeiner verschluckte sich an ihrem Kaffee und hustete laut, ihr Mann saß verkrampft grinsend auf der Couch. Wahrscheinlich begriff er nicht ganz, was um ihn herum vorging.

Hildegard dämmerte es allmählich, daß sie etwas ausgesprochen hatte, das besser jemand anderes gesagt hätte.

Ratlos betrachtete sie das versteinerte Gesicht ihrer Freundin; dann hatte Hildegard alles begriffen, erhob sich und stemmte die Fäuste in die Hüften. Der Zorn trieb ihr Tränen in die Augen, während sie loslegte.

„Ich, ausgerechnet ich, muß da mal wieder gehörig in den Fettnapf treten. Nein, Susanne, das habe ich nicht verdient. Wie stehe ich denn jetzt da. Du hättest mir doch sagen müssen, daß du nichts wußtest und alles erst von mir erfahren hast. Zwei Tage lang haben wir über die Hochzeit geredet, und du hast so getan, als wüßtest du alles. Das ist nicht recht, Susanne ... Und wenn du es nicht gewußt hast, dann weiß es ja dein Vater auch nicht."

„Nun reg dich nicht auf, das ist doch kein Beinbruch", sagte Susanne. „Ich finde es dufte, Hochzeitsreise nach Paris. Oma wird richtig wieder jung. Was werden meine Eltern Augen machen."

„Du hast mich hintergangen", rief Hildegard und schlug mit der flachen Hand auf den Tisch, „und du auch, Gretl! Das ist unglaublich: dem Horst hast du nichts geschrieben, deswegen ist er nicht zu eurer Trauung gekommen, und wenn Horst nichts weiß, konnte auch Susanne nichts wissen. Und mich läßt du dabei auf den Bauch fallen ... Wenn das Freundschaft sein soll – nein, Gretl, das habe ich nicht verdient."

Die Gmeiner war aufgestanden und hatte mehrmals das Wohnzimmer durchquert, bis sie hinter Hildegard stehenblieb. Sie legte ihrer Freundin die Hände auf die Schulter und sagte: „Hildegard, bei dir hat es an der Wohnungstür geklingelt."

„Geklingelt? Ich habe nichts gehört."

„Aber ich habe es gehört", sagte die Gmeiner in einem Ton, der keinen Widerspruch duldete.

„Ich gehe ja schon", sagte Hildegard und lief gekränkt aus der Wohnung.

„Ich wollte hierbleiben, Oma", sagte Susanne.

„Hierbleiben?" fragte die Gmeiner. „Aber Kind, was soll denn das heißen?"

„Meine Eltern wollen sich scheiden lassen. Oma, ich habe es einfach satt. Jeden Tag die Streitereien, und ich werde mit hineingezogen, ob ich will oder nicht. Das ist nicht mehr auszuhalten. Wie Kinder: Das ist mein und das ist dein und du hast Schuld und du bist dafür verantwortlich und du bist schon immer zänkisch gewesen ... Das ist, entschuldige, zum Kotzen."

Das Entsetzen im Gesicht der alten Frau wuchs, je länger Susanne sprach. Die Gmeiner weigerte sich zu glauben, was sie gehört hatte; erst das ernsthafte Gesicht ihrer Enkelin überzeugte sie davon, daß alles wahr sein mußte. „Scheiden?" fragte sie.

Burger war aus seinem lethargischen Zustand aufgewacht und wiederholte: „Scheiden?"

„Aber Kind", rief die Gmeiner, „man läßt sich doch nicht einfach scheiden, wenn man noch lebt! Und ich erfahre nichts ... Wie stehe ich jetzt da."

„So was kommt in den besten Familien vor", erwiderte Susanne, „und empört brauchst gerade du nicht zu sein. Wir haben schließlich von deiner Heirat auch nichts gewußt, du hast keinen Grund, dich zu beschweren. Schau mal, du hast mir selber einmal gesagt: Unter jedem Dach ist ein Ach. Wir haben zu Hause jetzt das Ach. Scheiden lassen ist immer noch besser, als sich jeden Tag anblöken."

„Ich verstehe das alles nicht. Deine Eltern bauen doch jetzt ein Haus, ein großes Haus, ein teures Haus. Das tut man doch nicht, wenn man sich scheiden lassen will."

„Vielleicht lassen sie sich scheiden wegen dem Haus. Was soll's, das Haus wird eine halbfertige Ruine bleiben, weil nämlich kein Geld mehr da ist. Großvater gibt keinen Pfennig."

„Deswegen läßt man sich doch nicht scheiden. Da heißt es ganz einfach, jetzt erst recht zupacken."

„Da haben sich Leute schon wegen ganz anderer Lappalien scheiden lassen."

„Susanne hat recht, schon wegen ganz anderer Lappalien", sagte Burger.

Da aber drehte sich die Gmeiner zu ihm um und wies ihn zurecht: „Du hältst dich da raus, Wolfgang. Das ist meine Verwandtschaft ... Und was ist mit deiner Mutter, Susanne?"

„Das weißt du doch, Oma. Wenn's zum Knall kommt, hält die immer zum Großvater und zum Onkel. War doch immer so."

„Hat dein Vater vielleicht eine andere?"

„Glaub ich nicht, kann ich mir jedenfalls nicht vorstellen. Bei der Arbeit, die er sich auf den Hals geladen hat. Oma, da hat kein Mann Zeit für Liebschaften. Für Liebschaften muß man Zeit haben. Vater schuftet so, daß er, wenn er wirklich mal dafür Zeit hätte, beim Fernsehen einschläft."

„Na, du mußt es ja wissen."

„Vater hat nie Zeit gehabt, nicht mal für mich. Manchmal geht es eben nicht mehr, da gibt es keinen wirklichen Grund, da gibt es nur tausend Gründe, verstehst du? Ohne daß einer allein schuld ist. Buff, die Luft ist raus. Auf platten Reifen fährt das beste Auto keine hundert Meter."

„Man könnte meinen, du hast schon zehn Ehen hinter dir. Und wie du von deinen Eltern sprichst, das gefällt mir nicht."

Die Gmeiner setzte sich neben ihren Mann. „Wolfgang, nun sag du doch auch mal was."

„Ich werde mich hüten. Es ist deine Verwandtschaft, hast du vorhin gesagt."

„Oma, nun laß es gut sein. Wenn du geglaubt hast, ausgerechnet meine Eltern führen eine Musterehe, dann hast du dir selber was vorgemacht. Ich habe mir nie etwas vorgemacht, ich habe mich nur gewundert, daß es so lange gutgegangen ist. Das Haus, das war eine Schnapsidee oder Größenwahn. Vater hat wahrscheinlich geglaubt, wenn er das Haus baut, dann kann er die Ehe retten. Wie andere, die sich ein Kind anschaffen, weil sie denken, sie könnten mit einem Kind die Ehe retten. Es tut mir leid, Oma, daß ich dir nichts anderes sagen kann."

Die Gmeiner stieß ihrem Mann sacht den Ellenbogen in die Seite.

„Nun ist es aber genug. Wolfgang, jetzt sagst du endlich auch mal was. Sofort."

„Nein, ich sage nichts", erwiderte Burger.

„Wie ist das nur so plötzlich gekommen?"

„Nicht plötzlich, Oma, nur allmählich. Zum Beispiel vorige Woche gab es einen handfesten Krach. Den habe ich mitbekommen, ich konnte mir nicht die Ohren verstopfen, ich wollte sie mir auch nicht zuhalten. Mutter hat mal wieder Vater alles an den Kopf geworfen, was sich in den Jahren so angestaut hatte. Lauter Nichtigkeiten. Lächerliches Zeug im Grunde genommen, das mehr als zehn Jahre zurückliegt. Und alles nach dem Motto ätsch, ätsch. Das war mir zuviel. Da habe ich meinen Koffer gepackt und bin abgebraust. Ich wollte mich hier am Gymnasium anmelden und mein letztes Jahr hier zu Ende bringen. Ich dachte, ich bekomme bei dir eine Bleibe, vorübergehend."

„Ein Kind gehört zu seinen Eltern", sagte die Gmeiner.

Der Mann an ihrer Seite lachte, er lachte laut und herausfordernd. Susanne und ihre Großmutter sahen Burger erstaunt an.

„Zu welchen Eltern, Margarete? Hast doch selber gehört, daß sie sich schon seit Jahren anblöken. Meinetwegen kann Susanne hierbleiben. Du räumst die kleine Kammer aus, in der steht sowieso nur nutzloser Krempel, den können wir im Keller unterbringen oder zur Müllkippe schaffen lassen. Ich habe mich schon immer gefragt, wozu du das alte Zeug aufhebst. Komm, Susanne, fangen wir gleich an."

Burger stand auf und ermutigte das Mädchen, mit ihm zu kommen. Gemeinsam besichtigten sie die Kammer, die nicht größer war als zwei Badezimmer, mit einem kleinen Fenster, an dem Scheibengardinen angebracht waren; die Gmeiner saß derweil händeringend auf der Couch und suchte nach einer Lösung. Sie kannte ihre Schwiegertochter, und wenn sie an die dachte, wußte sie, was in wenigen Tagen hier los sein würde.

Dann hielt es die Gmeiner nicht mehr auf ihrem Platz. Sie klingelte drüben bei Hildegard, die ihre Verärgerung längst vergessen hatte.

„Kannst mir den restlichen Kuchen geben", sagte sie, „ich krieg morgen Besuch ... Mein Gott, was ist denn los mit dir. Du bist ja kalkweiß im Gesicht. Komm rein!"

Sie nötigte ihre Freundin auf einen Stuhl in der Küche und brachte ein Glas Wasser, das die Gmeiner widerspruchslos trank.

„Die Susanne bleibt erst mal hier", sagte sie, „für längere Zeit, so wie es aussieht. Wenn du vielleicht dein drittes Zimmer abtreten könntest, du brauchst es ja doch nicht. Unsere Kammer ist einfach zu klein, da kann sie gleich eine Gefängniszelle nehmen. Und das Zimmer wird dir selbstverständlich bezahlt."

Hildegard kehrte ohne Umschweife mit der Gmeiner in deren Wohnung zurück, faßte Susanne an der Hand und zog sie hinter sich her.

„Komm, Susanne, schau dir das Zimmer an. Ein Jungmädchenzimmer ist es nicht, höchstenfalls ein Altjungfernzimmer. Meine ganzen Erinnerungen hängen da an der Wand. Aber du kannst es dir so einrichten, wie du es haben willst, solange du keine Mauern einreißt."

Burger hob hilflos die Hände, als Hildegard mit Susanne das Zimmer verließ. Nicht einmal Zeit war gewesen, die Koffer auszupacken; sie standen noch dort, wo Hildegard sie hingestellt hatte. Das Auspacken besorgte jetzt energisch die Gmeiner, und zwar so, als ob sie damit alle Unannehmlichkeiten aus der Welt schaffen wollte. Burger war ihr bis zur Schlafzimmertüre gefolgt, blieb da stehen und sah ihr bei der Arbeit zu.

„Mich geht es ja nichts an, Margarete, ist deine Verwandtschaft, aber ist es denn so ohne weiteres möglich, einfach die Schule zu wechseln? Ist deine Enkelin, ich weiß, aber interessieren tut's mich doch."

„Alles, was mich betrifft, betrifft auch dich", antwortete die Gmeiner. „Nach dem Gesetz ist Susanne volljährig, aber das Gesetz ist total hilflos, wenn du erst mal die Edith kennengelernt hast. So, wie ich die kenne, wird sie bald alle Hebel in Bewegung setzen, damit Susanne zurückkommt. Glaub mir, in ein paar Tagen steht sie auf der Schwelle und schreit: Susanne! Sofort hierher! So, wie andere Leute ihre Hunde zurückpfeifen."

„Übertreib nicht, Margarete."

„Übertreiben? Wie ein Sturm wird sie durch unsere Wohnung fegen. Ich habe in meinem Leben selten einen Menschen kennengelernt, der so herrisch ist, so besitzergreifend ... Und ausgerechnet mein Horst mußte auf dieses Weib hereinfallen."

„Trotzdem muß das Kind einen Wohnungsschlüssel haben. Hast du noch einen dritten? Sonst müssen wir uns beim Schlüsseldienst einen nachmachen lassen."

„Susanne muß sogar zwei haben: für Hildegards Wohnung auch."

Am Abend, als sie Hildegard den kleinen Eiffelturm überreicht hatten, war Susanne mit dem Einräumen ihres Zimmers fertig.

Richard erschien plötzlich und holte sie ab. Burger betrachtete den jungen Mann von oben bis unten genau.

„Aha, beim kleinsten Rendezvous trägt der Kerl schon vernünftige Klamotten. Richtig menschliche Hosen hast du an."

Später sagte die Gmeiner: „Das gefällt mir nicht, das mit den beiden."

„Und? Willst die Susanne in den Glasschrank sperren und die Tür verschließen?" erwiderte Burger. „Soll sie bei uns beiden Alten sitzen oder drüben bei der Hildegard Strümpfe stopfen? Wenn sie hierbleiben will, dann muß sie Anschluß an ihresgleichen finden."

Seit Susanne bei ihr wohnte, fand Hildegard das Leben wieder richtig schön. Auf einmal hatte sie jemanden um sich, mit dem sie sich unterhalten konnte, denn sie hatte sich bei der Gmeiner ausbedungen, für Susanne auch zu kochen; das Kind sollte nicht wegen jeder Kleinigkeit zur Oma laufen. Hildegard genoß diesen Zustand. Manchmal redete sie sich sogar ein, Susanne sei ihr Kind. Überhaupt benahm sie sich mustergültig, wie die Gmeiner sagte, spürte zwar deren Sorgen, redete aber nicht davon, drang nicht in die Gmeiner mit lästigen Fragen.

Vom Städtischen Gymnasium, wo sie mit dem Direktor über ihren Schulwechsel gesprochen hatte, brachte Susanne nur gute Nachrichten mit.

„Der Direktor hat gesagt, wenn Vaters schriftliches Einverständnis vorliegt, darf ich hier am Gymnasium mein Abitur machen. Die Unterlagen meiner Kölner Schule müssen auch vorliegen. Was aber am besten ist: Ich darf schon ohne Vaters Einverständnis am Unterricht teilnehmen, damit ich nichts versäume. Ich habe dem Direktor gesagt, wie es steht. Vater werde ich schreiben, er soll herkommen."

Die Gmeiner forschte im Gesicht ihrer Enkelin, aber da war kein Ton des Bedauerns, kein Ton der Freude. Sachlich abgeleiert hatte sie ihre Sätze.

„Und deine Mutter?" fragte die Gmeiner.

„Die ist natürlich ein Problem."

Sie wußte, daß Susannes Einquartierung bei Hildegard nur ein kurzer Notbehelf sein konnte. Es mußte bald eine andere Lösung gefunden werden. Das Kind zurück nach Köln schicken? Nein, dagegen würde sich auch die Gmeiner wehren. Sie würde mit ihrem Sohn, wenn er auftauchte, offene Worte reden müssen, und zwar rücksichtslos.

Am Sonntag nachmittag spazierte sie mit ihrem Mann über den Friedhof, eingehakt wie immer.

Vor einer großen und protzigen Gruft blieb Burger stehen.

„Vielleicht sollten wir uns später verbrennen lassen. Das ist praktischer."

Die Gmeiner war einen Moment sprachlos.

„Bist du verrückt? Der Tod ist nicht praktisch, der ist endgültig."

„Ich meine das so, Margarete. Wenn wir beide nicht mehr leben – wer soll dann die Gräber pflegen? Ich habe niemanden mehr. Und dein Horst? Deine Susanne? Horst hat Sorgen, und bei Susanne fängt das Leben erst an. Wer das Leben vor sich hat, den soll man nicht dauernd auf Friedhöfe schicken."

„Da bin ich ganz anderer Ansicht. Erst recht hinschicken soll man ihn, damit er früh genug begreift, daß das Leben nicht ewig dauert ... Verbrennen. Auf die Idee wäre ich nie gekommen. Ich hab immer gedacht, wir lassen uns mal nebeneinander begraben. Es gibt so schöne Plätze auf unserem Friedhof."

„Nebeneinanderliegen können wir auch in einer Urne als Asche."

„In einer Urne? Geh weg, das ist nicht dasselbe. Guck dir mal so eine kleine Urne an ... Laß uns in den nächsten Tagen bei der Friedhofsverwaltung vorbeigehen und fragen, was ein Doppelgrab kostet. Einfach nur so."

„Wenn du meinst. Fragen kostet ja nichts."

Zu Hause wartete Hildegard mit einer Nachricht: Frau Weidlich von der Metzgerei gegenüber sei dagewesen und habe ausgerichtet, der Herr Gmeiner aus Köln habe angerufen, er werde am Dienstag zur frühen Nachmittagszeit kommen. Hildegard habe Susanne noch nichts von diesem Anruf erzählt, das wolle sie der Gretl überlassen. Übrigens sei Susanne mit Richard weggefahren, wohin, das wisse sie nicht.

„Warum denn die Aufregung", sagte Burger, als er seine Frau wie gelähmt dastehen sah. „Es ist doch die normalste Sache der Welt, daß ein Vater sich um sein Kind kümmert, das von zu Hause fortgelaufen ist. Ich würde es auch tun."

„Am liebsten möchte ich mich in Luft auflösen", sagte die Gmeiner.

„Tu das nicht", erwiderte Hildegard, „dann müßte ich dich ja einatmen."

„Und warum ist Susanne nicht da? Diese Kinder heutzutage, keine Disziplin."

„Na, na. Wenn du ihr das sagst", erwiderte Burger, „dann zieht sie hier auch noch aus. Es gibt Menschen, die überlegen nicht, die handeln einfach. Und meistens richtig."

Dann sprachen sie lange Zeit kein Wort miteinander, nicht einmal Hildegard wagte ein Wort.

Die Gmeiner rieb fortwährend die Hände im Schoß, ihr Mann fummelte geschäftig an einer Zigarre herum, von der sich das Deckblatt gelöst hatte.

„Also, ich geh", sagte Hildegard. „Bei einer Beerdigung ist es lustiger als bei euch."

Die Gmeiner sah nicht einmal auf, als Hildegard die Wohnung verließ.

„Willst du nichts zu essen kochen?" fragte Burger.

„Wenn ich verzweifelt bin, dann denkst du nur ans Essen. Was bist du doch für ein gefühlskalter Mensch."

Dennoch ging sie in die Küche. Von dort rief sie: „Was habe ich mir da nur an Land gezogen . . ."

„Einen Freßsack und Nörgler", antwortete Burger fröhlich, folgte ihr in die Küche und half, Kartoffeln zu schälen.

„Heute ist Sonntag", sagte die Burger, „es sind noch zwei Tage, bis Horst kommt. Ob ich wohl einen Kuchen backe? Horst mag so gern meinen Käsestrudel. Schreib doch mal auf einen Zettel, ich muß morgen Quark und Eier einkaufen."

Susanne, die zum Abendessen gekommen war, verriet keine Regung, als sie hörte, ihr Vater werde am Dienstag kommen. Sie sagte nur „So?" und aß weiter.

Ihre Großmutter jedoch konnte sich nicht verkneifen zu fragen: „Denkst du, deine Mutter wird mitkommen?"

„Klar, Oma, Mutter würde Vater nie allein fahren lassen in so einer wichtigen Angelegenheit. Du kennst sie doch, die läßt sich einfach einen Tag in der Schule freigeben."

Die Gmeiner ärgerte sich über den kühlen und sachlichen Ton ihrer Enkelin; Susanne hatte geradezu uninteressiert gesprochen. Übellaunig legte ihre Großmutter das Besteck aus der Hand.

„Am Dienstag werde ich zu Mittag kein Essen kochen, das ist mir zuviel Arbeit. Wer von euch beiden Hunger haben sollte, der kann bei Hildegard anklopfen. Die hat bestimmt was im Topf."

„Aber Strudel backst du doch?" fragte Burger.

„Auch das muß ich mir noch überlegen", erwiderte sie und sah auf die Teller der beiden, als wollte sie sagen: Seid ihr immer noch nicht fertig mit dem Essen!

„Der Besuch meiner Eltern scheint dich mehr aufzuregen als mich", sagte Susanne. „Du hast doch damit überhaupt nichts zu tun. Es geht um mich und nicht um dich."

„Wieso Eltern? Bis jetzt weiß ich nur, daß dein Vater kommt. Und weshalb habe ich nichts damit zu tun? Schließlich findet der Besuch in meiner Wohnung statt."

„In unserer", rief Burger.

„Mein Gott, da fällt mir ein, das Namensschild an der Haustüre und das an der Wohnungstüre haben wir noch nicht ausgewechselt. Da steht immer noch Gmeiner und nicht Burger. Ich meine, wenn wir jetzt Burger draufschreiben, dann weiß der Horst gleich, daß ich nicht mehr Gmeiner heiße."

„Mein Vater denkt höchstens, du wohnst nicht mehr hier, und klingelt bei Hildegard und fragt, wo du hingezogen bist."

„Da hat Susanne recht", sagte Burger.

„Halt du dich da raus. Das ist meine Verwandtschaft und nicht deine. Ich misch mich bei dir auch nicht ein. Hab ich noch nie gemacht bei deiner Verwandtschaft."

„Kunststück", sagte Burger. „Wo nichts ist, da hat der Kaiser sein Recht verloren."

Die Tage bis Dienstag wurden der Gmeiner zur Ewigkeit. Nachts wälzte sie sich schweißnaß im Bett oder stand auf und wanderte durch die Wohnung; in der Nacht von Montag auf Dienstag schluckte sie, was sie seit Jahren nicht mehr getan hatte, eine Schlaftablette. Am Morgen mußte ihr Mann sie wach rütteln. Im Morgenmantel und mit mürrischem Gesicht aß sie ihr Frühstück. Nach dem Frühstück lief sie zu beklemmender Emsigkeit auf: was längst zurechtgelegt worden war, wurde noch einmal zurechtgelegt. Das Geschirr spülte sie besonders gründlich, als würde es später von jemandem kontrolliert werden. Sie legte frisch gewaschene Tischdecken auf und Schondeckchen auf Couch und Sessel, Zierdeckchen auf Kommode und Fernsehapparat.

„So, jetzt können sie kommen. Du ziehst deinen besten Anzug an und bindest die Krawatte um, die wir in Paris gekauft haben."

Susanne hatte zur Mittagszeit kurz hereingeschaut in die Wohnung ihrer Großmutter und gesagt, sie fahre mit Richard zu dessen Freunden nach Dortmund, aber sie werde pünktlich zurück sein, wenn ihre Eltern aufkreuzen.

Hildegard hatte sich den ganzen Vormittag nicht sehen lassen.

„Setz dich doch endlich", sagte Burger, „dein Herumgelaufe macht mich nervös. Kümmere dich lieber um den Kaffee und um den Kuchen."

„Das ist mal wieder typisch für dich. Während ich vor Aufregung sterbe, denkst du nur ans Essen. Vielleicht hätten wir doch noch das Namensschild an der Haustüre auswechseln sollen, dann wüßte Horst sofort, daß wir verheiratet sind."

Die Gmeiner sah aus dem Fenster und erschrak. Tonlos sagte sie: „Er kommt. Er ist schon da. Er steigt aus dem Auto. Die Edith ist auch dabei."

Als die Glocke anschlug, stürzte sie zum Knopf des elektrischen Türöffners. Eine Minute später standen Horst und Edith in der Wohnung.

„Tag, Mutter", sagte Horst.

Edith nickte nur leicht; die beiden Frauen gaben sich nicht die Hand. Burger war aufgestanden und verbeugte sich förmlich vor Edith. Die sah über den alten Mann hinweg.

„Susanne nicht da?" fragte sie.

„Setzt euch erst mal. Der Kuchen ist fertig, es gibt Quarkstrudel, den ißt der Horst so gern. Der Kaffee muß nur noch gefiltert werden ... Susanne ist weggefahren."

„Weggefahren?" rief Edith. „Aber sie weiß doch, daß wir kommen."

„Jaja, weiß sie", sagte Burger. „Wir warten auch schon eine Stunde auf sie."

Edith zog die Augenbrauen hoch und musterte, als nehme sie ihn erst jetzt wahr, den Alten ungeniert von oben bis unten. Dann setzte sie sich auf die Kante eines Sessels, schlug die langen Beine übereinander und spielte an einem Seidentuch, das lose um ihren Hals geknotet war. Burger betrachtete sie wohlgefällig. Donnerwetter, dachte er, das Kostüm hat ein Künstler gemacht.

„Der Kaffee ist gleich fertig", sagte die Gmeiner. „Wie war denn die Fahrt? Gab's Stauungen? Susanne hat gesagt, sie wird pünktlich dasein."

„Sie ist mit Richard weggefahren", sagte Burger.

„Wer ist Richard?" fragte Edith.

„Er arbeitet im Altersheim", antwortete Burger. „Früher, als ich noch allein wohnte, hat er mich betreut und mir das Essen gebracht. Er ist Wehrdienstverweigerer."

„Mutter", sagte Horst, „reden wir nicht drum rum. Du weißt ja, warum wir gekommen sind. Was ich dazu sagen will –"

„Das wollen wir doch lieber unter uns regeln", unterbrach ihn Edith und sah Burger herausfordernd an. „Sie verstehen uns doch richtig ... Wie war noch Ihr Name?"

„Burger, Frau Gmeiner. Burger heiße ich."

„Nun gut, Herr Burger, wir wollen diese Angelegenheit unter uns erledigen. Es sind Familienangelegenheiten. Sie verstehen doch, was ich sagen möchte."

„Aber klar verstehe ich", erwiderte Burger.

Er genoß das Versteckspiel, saß mit gefalteten Händen auf der Couch, lächelte Edith gewinnend an und weigerte sich, den Blicken seiner Frau zu begegnen. Er wollte ihr nicht aus der Klemme helfen, weder mit Worten noch mit Gesten.

„Also", sagte die Gmeiner endlich, „das ist nämlich so. Wir haben noch keine Zeit gehabt, das Namensschild an der Haustüre auszuwechseln, da muß nämlich jetzt Burger stehen und nicht Gmeiner, weil ich jetzt auch Burger heiße. Wolfgang ist mein Mann. Ich wollte euch alles schreiben, aber dann sind wir kopfüber nach Paris gefahren."

„Zum Eiffelturm", sagte Burger.

Im Wohnzimmer war es zum Fürchten still geworden. Die Gmeiner, die den Kaffeetisch mit ihrem besten Porzellan gedeckt hatte, fingerte nervös an Gabeln und Löffeln, ohne dabei jemanden anzusehen; dann erhob sich Edith langsam. Sie sah ihren Mann direkt an, während sie genüßlich sagte: „Verheiratet? Hast du gehört, Horst? Verheiratet."

„Du hast wieder geheiratet, Mutter?" fragte Horst.

Die Gmeiner setzte sich neben ihren Mann auf die Couch. Als wolle er ihr Mut zusprechen, nahm er gleich ihre Hände und drückte sie kurz.

„Nun eßt doch ... Vielleicht ist mir der Strudel nicht so geraten wie sonst ..."

„Geheiratet", sagte Edith noch einmal und lachte. „So was. Still und heimlich. Wie romantisch. Händchenhaltend auf dem Eiffelturm."

„Können Sie mir bitte sagen, was es da zu lachen gibt, wenn zwei Menschen heiraten?" fragte Burger.

„Weil ich es komisch finde", erwiderte Edith. „Großmutter heiratet Großvater. Daß ich nicht lache."

„Nun eßt doch endlich", sagte die Gmeiner. „Hauptsache, es schmeckt. Der Kuchen ist mir nicht so geraten wie sonst, das liegt entweder am Quark oder an der Butter, kann auch sein, daß die Hitze im Ofen für einen Moment zu niedrig war."

„Herr Burger", sagte Horst, „meine Frau meint das nicht so, wir sind nur ziemlich überrascht. Man hätte uns ja informieren können. Wie stehen wir jetzt da ..."

„Wie der Ochs vorm Berg", fügte Edith hinzu.

„Hast du mir eigentlich damals gesagt, daß du heiraten willst?" fragte die Gmeiner ihren Sohn. „Ein Telegramm habe ich gekriegt aus Amerika, auf englisch. Dein früherer Lehrer hat es mir übersetzen müssen, damit ich wußte, was drinstand."

„Aber Mutter, nun wärm doch nicht wieder die Suppe von vorgestern auf. Das war doch was ganz anderes."

„Ich weiß, Horst. Wenn zwei dasselbe tun, ist es für dich noch lange nicht dasselbe."

In diesem Augenblick flog die Tür auf, und Susanne stürmte herein. Sie warf ihren Schal achtlos in eine Ecke, setzte sich an den Tisch und nahm sich ein Stück Kuchen, und erst, als sie die ersten Bissen gegessen hatte, sagte sie mit vollem Mund: „Hallo, ihr beiden. Schon da?"

Richard war ihr zögernd gefolgt. Mitten im Zimmer blieb er unsicher stehen und setzte sich erst an den Tisch, als Burger eine einladende Handbewegung machte.

„Tag, Mama, Tag, Papa. Ich habe vielleicht einen Hunger. Oma, ist genug Strudel da?"

Edith stemmte die Hände in die Hüften. Ihre Augen glänzten

gefährlich; es war mehr ein Zischen als Sprechen, als sie ihre Tochter anherrschte: „Mehr hast du wohl nicht zu sagen? Kommst hier rein und stürzt dich über den Kuchen."

„Na und? Weil ich Hunger habe. Oma hat nämlich zu Mittag nicht gekocht und Tante Hildegard auch nicht, und wir beide hatten nicht genug Geld mit, um uns unterwegs was kaufen zu können."

„Ich geh lieber, der Wind ist mir hier zu steif", sagte Richard und stand wieder auf.

„Ist auch besser, junger Mann!" rief ihm Edith nach. Und zu ihrer Tochter sagte sie: „Als ob nichts gewesen wäre, sitzt du hier rum und mampfst dir den Kuchen rein. Merk dir, noch bestimmen wir über dich, damit das ein für allemal klar ist."

Susanne sah ihre Mutter wie eine Fremde an, während sie sich wieder ein Stück Strudel auf den Teller legte.

„Willst du mal mein Zimmer sehen? Nicht hier. Drüben, bei Tante Hildegard. Ist nur halb so groß wie mein Arbeitszimmer zu Hause, aber ganz putzig!"

„Hör auf, diese Frau ist nicht deine Tante, damit das klar ist."

„Hör mal, Susanne", sagte Horst, „nun sei doch vernünftig. Jedem Menschen kann mal die Sicherung durchbrennen – aber jetzt hier, du bei alten Leuten, das ist doch kein Zustand."

Burger war bei dem Wort „Zustand" zusammengezuckt und wurde steif.

„Was hast du gesagt? Kein Zustand? Immer noch bist du mein Sohn", sagte die Gmeiner, „und bleibst es auch, ob du willst oder nicht. Beleidigen lasse ich mich nicht von Fremden, geschweige denn von dir. Ich bin kein Zustand."

„Bringt erst mal euren Zustand in Ordnung", setzte Susanne hinzu.

„Aber Mutter, so war es doch nicht gemeint!" rief Horst.

„Aber gesagt."

Edith machte eine abschließende Handbewegung: „Los, Susanne, pack deine Sachen, wir fahren."

Susanne hatte sich an die Wand gelehnt, die Arme auf dem Rücken verschränkt, und sah durch ihre Mutter hindurch.

Die Gmeiner war plötzlich bange; Susanne hatte denselben Blick wie ihre Mutter.

„Wenn ihr gekommen seid, um mich nach Hause zu holen, dann hättet ihr euch den Weg sparen können. Damit das klar ist: ich bleibe hier, ich habe mich am hiesigen Gymnasium angemeldet. Und, Vater, ich habe absolut nichts dagegen, wenn mal ein Ventil durchhaut – aber doch nicht jeden Tag wie bei euch, und das schon seit meiner Konfirmation."

„Susanne, so spricht man nicht mit seinen Eltern."

„Oma, misch dich nicht ein. Du solltest mal hören, wie meine lieben Eltern mit mir sprechen und wie sie miteinander sprechen. Das kann ich dir gar nicht erzählen, sonst wirst du noch rot auf deine alten Tage."

„Verdammt noch mal", rief Edith und stampfte mit dem Fuß auf, „kann man hier nicht vernünftig reden, mit Susanne allein? Wo sind wir denn eigentlich?"

„In der Wohnung deiner Schwiegermutter", erwiderte Susanne.

„Halt den Mund und pack deine Sachen! Ich mach dieses Affentheater nicht mehr mit!"

Burger war während dieses Auftritts neben Edith getreten; nun zog er sie sanft am Arm zu sich herum. Mit unterdrückter Erregung sagte er: „Wir haben es nicht nötig, uns von Ihnen beleidigen zu lassen. Verlassen Sie unsere Wohnung. Bitte sofort."

Verblüfft sah Edith den alten Mann an.

„Sie wollen uns rausschmeißen?"

„Nein, dazu habe ich nicht mehr die körperliche Kraft. Ich habe Sie nur gebeten, unsere Wohnung zu verlassen."

Edith drehte dem alten Mann den Rücken zu und sagte, nun ruhiger: „Susanne, das letzte Mal: Pack deine Sachen."

Burger hatte langsam die Wohnungstüre geöffnet; die Gmeiner wies mit der rechten Hand auf den Hausflur.

„Es ist wohl besser, ihr geht, Edith. Es gibt genug Gasthäuser in der Stadt, da könnt ihr euch meinetwegen bis morgen früh streiten."

Ungläubig sah Edith ihre Schwiegermutter an. Dann packte sie ihren Mann am Arm und sagte fast tonlos: „Hast du das gehört. Deine Mutter wirft uns raus. Das ist ja wohl der Gipfel. Ach was, mein Vater hat schon recht gehabt damals. Mit diesen Leuten darf man sich nicht einlassen."

Mit ihrem Mann am Arm schritt sie an ihrer Schwiegermutter vorbei zur Haustür. Susanne war an ihrem Platz geblieben, ohne sich zu rühren. Die Gmeiner bemerkte plötzlich mit Schrecken, daß sich ihr Mann, der sich wieder auf die Couch gesetzt hatte, an die linke

Brust faßte und nach Atem rang. Sie lief zu ihm, bettete ihn mit Susannes Hilfe auf die Couch und öffnete Krawatte und Hemdkragen. Burger keuchte schwer, in Tönen, wie die Gmeiner sie noch nicht gehört hatte.

„Um Gottes willen", rief sie, „er hat einen Anfall! Lauf zur Telefonzelle oder rüber in die Metzgerei und ruf den Notarzt, Susanne!"

Am Nachmittag des folgenden Tages konnte die Gmeiner ihren Mann zum ersten Mal im Krankenhaus besuchen. Eingefallen lag er in seinem Kissen, zerbrechlich, die Haut wie durchsichtig; sie wandte sich ab, um ihr Erschrecken zu verbergen. Dann lächelte sie ihrem Mann tapfer zu, stellte einen Stuhl neben sein Bett, setzte sich, nahm seine rechte Hand und drückte sie leicht. Burger erwiderte ihren Druck nicht, seine Hand war ohne Kraft. Mit Mühe sagte er: „Ich kriege immer nur Tee."

„Wenn du wieder zu Hause bist, kriegst du eine Flasche Bier. Aber nur eine."

Im Nebenbett röchelte ein uralter Mann, dessen Augen dunklen Höhlen glichen; ein anderer Mann hüstelte ohne Unterlaß. Burger deutete mit dem Kinn zu den Betten.

„Mit denen kannst nicht reden. Die sind schon gar nicht mehr auf dieser Welt."

Dann schwiegen beide. Einmal sah die Schwester herein und lächelte die Gmeiner an, sagte aber nichts.

„Es ist gut, daß du Susanne nicht mitgebracht hast", sagte Burger, und das Sprechen fiel ihm schwer. „So ein junges Ding könnte einen Schreck kriegen, wenn es in einem Zimmer nur halbe Leichen antrifft. Es war gestern ein wenig viel für mich ... Und jetzt? Wie geht es weiter?"

„Du wirst es nicht für möglich halten, aber Horst ist heute früh beim Direktor in der Schule gewesen und hat erst mal mündlich sein Einverständnis erklärt ... Edith ist gestern schon mit dem Zug zurück nach Köln gefahren. Das hat Susanne erzählt, wie sie mittags aus der Schule gekommen ist. Sie kann also hier aufs Gymnasium gehen. Das schriftliche Einverständnis reicht er nach."

„Wenigstens ein Vernünftiger in der Familie ... Aber Edith ist nicht bösartig, nein, das glaube ich nicht. Vielleicht ist sie nur unglücklich, vielleicht will sie sich überhaupt nicht scheiden lassen, vielleicht raufen die beiden so lange, bis sie müde sind, und dann geht's weiter."

„Mir ist das jetzt egal. Aber wenn es so sein sollte, wie du sagst – weißt, meine Mutter hat immer zu mir gesagt: Gekittetes Porzellan ist allemal noch zerbrochenes Porzellan."

„Das muß aber schon lange her sein."

„Ja, es ist sehr lange her", antwortete die Gmeiner ernsthaft.

In den folgenden Tagen besuchte sie ihren Mann jeden Morgen für eine halbe und jeden Abend für eine Stunde. Eines Abends lag Burger allein im Krankenzimmer. Auf den fragenden Blick seiner Frau sagte er: „Ach, weißt du, einmal muß es ja doch sein. Der eine, der immer so schrecklich gehustet hat, war schon über fünfundachtzig. Aber mich müssen sie jetzt bald rauslassen, sonst komme ich den beiden hinterher."

Als die Gmeiner nach Hause kam, saß ihr Sohn auf der Couch und nickte ihr zu, während sie eintrat.

„Mutter", sagte er, „laß uns endlich mal vernünftig miteinander reden."

„Vernünftig reden? Dann fang schon mal an. Ich bin gespannt, was du unter vernünftig verstehst."

„Susanne kann doch nicht ewig hierbleiben."

„Ewig nicht, das stimmt. Erstens leben wir nicht ewig, und zweitens will Susanne nicht ewig hierbleiben."

„Ich will Susanne bei mir haben, egal, ob wir nun geschieden werden oder nicht."

Erst später wurde der Gmeiner bewußt, daß sie an diesem Tag die längste Rede ihres Lebens gehalten hatte. Mit fester Stimme sagte sie: „So, bei dir haben. Du meinst besitzen. Wie man ein Auto oder ein Haus besitzt. Ich will dir mal was sagen, mein Junge: Du hast im Leben immer deine Hand aufgehalten, und ich habe gegeben. Es steht nirgendwo geschrieben, daß Mütter immer geben müssen und Kinder immer nehmen dürfen. Wir, dein Vater und ich, haben im Leben keinen Tag Urlaub gemacht, wir haben immer gespart, Pfennig zu Pfennig gelegt. Nicht für ein Haus, nicht für ein Vergnügen – nein, für dich, für deine Ausbildung, für deine vielen Reisen, weil wir der Meinung waren, und ich bin es heute noch, daß die beste Ausbildung auch das beste Kapital ist. Du hast genommen, alles war für dich selbstverständlich. Jetzt kann ich nicht mehr geben, jetzt will ich nicht mehr geben, jetzt will ich auch mal haben, noch ein paar schöne Jahre. Und wenn Susanne bleiben will, bitte, sie muß wissen, was sie tut. Sie sollte man mal fragen, ich habe sie schließlich nicht hergerufen. Vielleicht will sie nicht in deinem großfressigen Haus wohnen, das ist dir doch um etliche Nummern zu groß geraten. Horst, ich habe dich immer so erzogen, daß man über den eigenen Tellerrand hinaussehen muß, daß man aber nicht unbedingt haben muß, was draußen zu sehen ist."

„Hör doch mit deinen Predigten auf. Edith ist krank, sie ist sogar sehr krank."

Die Gmeiner lachte, frei und herzlich.

„Mein Junge, das war sie doch immer, wenn es nicht nach ihrem Kopf gegangen ist, wenn sie ihren Willen nicht bekommen hat. Dann litt sie fürchterlich. Na und? Soll ich sie vielleicht pflegen? Soll ich nach Köln kommen? Ein halbes Jahr habe ich im Bett gelegen nach dem Tod deines Vaters, und ich wußte nicht, ob ich je wieder aufstehen kann. Wenn Hildegard nicht gewesen wäre, die mich bis zum Umfallen gepflegt hat, wäre ich wirklich nicht mehr aufgestanden. Und wo war mein Herr Sohn? Wo war meine Schwiegertochter? Erst seid ihr auf einer Insel gewesen im Indischen Ozean und habt euch bräunen lassen und mir bunte Ansichtskarten geschickt. Dann fuhr mein Herr Sohn für drei Monate nach Amerika zu beruflichen Wettbewerben. Edith hat mir in Susannes Briefen gute Besserung wünschen lassen, und als du zurückgekommen bist, hast du mich sechs Wochen später erst besucht und mir ein Stofftier mitgebracht – etwas typisch Amerikanisches, hast du gesagt. Hildegards Hund, Gott hab ihn selig, hat das Stofftier zerfetzt und aufgefressen und dann drei Tage gekotzt. Laß du mich jetzt bitte mit deinen Sorgen in Ruhe. Ich habe einen kranken Mann und will, ob er nun wieder gesund wird oder nicht, noch ein paar Jahre leben. Ich will mir noch ein paar schöne Jahre machen, bis ich deinem Vater folge. Der hat bis spät in die Nacht Schuhe repariert, damit sein Sohn eine solide Ausbildung bekommt, damit er durch die ganze Welt reisen kann."

„Mutter, was sollen diese Vorwürfe . . . Wie soll ich Edith unter die Augen treten ohne Susanne, ohne einen Lösungsvorschlag oder wenigstens einen Kompromiß."

„Du hast bei mir immer deine Wehwehchen abladen dürfen. Such dir jetzt einen anderen Abladeplatz, meiner ist voll... Junge, fang noch mal von vorne an. Du bist dafür nicht zu alt, und gute Fachleute braucht man immer."

„Edith wird Susanne bis ans Ende der Welt verfolgen, du kennst sie doch."

„Ach, Edith, immer nur Edith. Für die ist Susanne doch nur ein Spielzeug, weiter nichts. Ein Schmuckstück, ein Fingerring. Edith hat mal hier – nein, das war noch in der alten Wohnung – ihren Fingerring verloren. Mein Gott, war das ein Theater. Sie hat mich und deinen Vater angesehen, als hätten wir den Ring gestohlen. Auf Knien ist sie durch die Wohnung gerutscht. Ich habe sie zum ersten und zum letzten Mal auf Knien rutschen sehen, den Anblick vergess' ich nie. Der Ring war dann in ihrer Handtasche."

Die Gmeiner lachte vor sich hin. Nun hatte sie endlich gesagt, was schon vor Jahren hätte gesagt werden müssen und nur um des lieben Friedens willen nicht ausgesprochen worden war. Schweigen war nicht die Lösung gewesen, es hatte keinen Frieden gebracht. Auf einmal hatte die Gmeiner Mitleid mit ihrem Sohn, aber sie weigerte sich, ihm abermals Brücken zu bauen. Er war erwachsen, er war ein guter Architekt; nun sollte er etwas entwerfen und ausführen, was nicht nur auf Zeichenpapier stand.

Horst fuhr nach Köln zurück, ohne Susanne noch einmal gesprochen zu haben. Die Gmeiner sah ihm vom Fenster aus nicht nach, was sie früher immer getan hatte; sie blieb auf ihrem Stuhl sitzen.

ZEHN Tage später durfte Burger das Krankenhaus verlassen. Er war noch unsicher auf den Beinen und freute sich, als er Richard vor dem Portal warten sah.

„Du mußt dir mal ein neues Auto kaufen. Für deine Klappermühle bin ich zu alt, da verbieg ich mir die Beine."

„Kaufen Sie mir einen neuen Wagen, Herr Burger?"

„Natürlich, wenn ich tot bin."

„Auwei, da muß ich aber noch lange warten."

„Inzwischen kannst du dich ja ein bißchen pflegen. Deine Haare brauchen eine Schere, die Hosen einen Schneider und die Fingernägel eine Bürste. So nimmt dich kein Mensch, nicht mal Susanne."

Zu Hause erwartete Burger ein festlich gedeckter Tisch: zwischen zwei Tortenplatten stand ein roter Nelkenstrauß, die Gmeiner hatte ihr bestes Porzellan aufgelegt, einen Käsesahnekuchen und eine Obsttorte gebacken, der Duft frisch aufgebrühten Kaffees füllte das Wohnzimmer.

„Warum bist du nicht mit zum Krankenhaus gekommen, um mich abzuholen?“ fragte Burger mit gespielter Strenge.

„Und wer hätte den Kuchen gebacken? Wer hätte den Tisch gedeckt? Setz dich erst mal, und herzlich willkommen . . . Richard, Sie brauchen nicht zu gehen, Sie können mit uns Kaffee trinken, und Kuchen ist genug da.“

„Besten Dank, aber ich muß gleich ins Heim zurück. Die warten auf mich, ich habe nämlich nicht gesagt, daß ich Ihren Mann vom Krankenhaus abhole. Na dann, bis später mal wieder.“

Als Richard gegangen war, setzte sich die Gmeiner neben ihren Mann und drückte einmal kurz seine Hände. Er nickte ihr zufrieden zu. Es war ihm anzusehen, daß er froh war, wieder zu Hause zu sein. Die Gmeiner bediente ihn, goß ihm Kaffee ein und legte ihm ein Stück Käsesahne auf den Kuchenteller. Dann lief sie, als hätte sie etwas vergessen, zum Küchenschrank und brachte eine Flasche Kognak und ein Glas. Burger sah verwundert zu, wie sie nur ganz wenig Kognak in das Glas kippte.

„Ist das für mich?“ fragte er. „Tatsächlich? Das ist lieb von dir – aber warum nimmst du eigentlich ein Glas? Ein Fingerhut hätte es auch getan.“

„Nörgel jetzt nicht, trink! Ich möchte dich schließlich noch ein paar Jahre haben. Jedes Glas mehr ist ein Tag Leben weniger, sagt Hildegard. Und die muß es wissen, die war schließlich mit einem Säufer verheiratet.“

„Hildegard, Hildegard . . . Du hörst doch sonst nicht auf sie . . . Und gedeckt hast du auch nicht für deine Freundin. Warum eigentlich nicht? Ist sie vielleicht nicht da?“

„Ich dachte mir, wir sollten erst mal allein Wiedersehen feiern.“

„Komm, Margarete, sei nicht kindisch, wir zwei alten Dampfer. Klingle an bei ihr, hol sie. Die bringt sich doch sonst um vor Neugierde. Lach nicht, die bringt das fertig, bloß um dich zu ärgern.“

Kurze Zeit später saß sie schon mit einer solchen Selbstverständlichkeit neben Burger, als sei das ihr Stammplatz, aber sie stellte zu beider Verwunderung keine Fragen. Sie blieb einsilbig, aß langsam, wie lustlos, und trank still ihren Kaffee.

Endlich sagte sie: „Schön, daß du wieder da bist, Wolfgang. Ich hatte dich schon vermißt, so habe ich mich an dich gewöhnt. Ins Krankenhaus durfte ich ja nicht, Gretl hat dich bewacht wie ein bissiger Hund ... Und weil du jetzt wieder da bist, könntest mir eigentlich meinen Übergangsmantel kürzen und ein neues Futter einnähen. Ich habe es schon gekauft."

„Das kommt überhaupt nicht in Frage", unterbrach sie die Gmeiner, „das schlag dir ein für allemal aus dem Kopf. Wolfgang wird die Finger von der Schneiderei lassen, damit du das weißt."

„Und warum steht die Nähmaschine in der Ecke? Zum Anschauen oder als Staubfänger? Verkauft doch die Maschine, wenn Wolfgang nicht mehr nähen darf."

„Natürlich darf er nähen, aber nur zum Hausgebrauch, für uns und nicht für andere Leute."

„So ist das also. Ich bin andere Leute, das muß ich mir sagen lassen. Nach so vielen Jahren muß ich mir sagen lassen, daß ich zu den anderen Leuten gehöre. Na danke, ich geh."

„Du bleibst hier!" rief die Gmeiner. Versöhnlich fügte sie hinzu: „Wolfgang braucht Ruhe, er darf nicht mehr so viel arbeiten."

„Ruhe? Also, Gretl, da bin ich ganz anderer Ansicht. Er braucht Arbeit. Wenn er was zu tun hat, hat er keine Zeit, an sein Herz zu denken. Oder soll er vielleicht jeden Tag in die Kneipe gehen und mit den andern sabbern?"

„Da hat die Hildegard gar nicht so unrecht", sagte Burger.

Er stand auf und hob den Deckel von der Nähmaschine. Liebevoll strich er darüber.

„Bring den Mantel. Ich werde probieren, ob ich noch nähen kann."

Hildegard lief in ihre Wohnung, kam atemlos zurück mit Mantel und Futter und legte alles in Burgers Arme.

„Siehst du, Gretl, wie er strahlt? Wolfgang braucht Arbeit und nicht deine ewige Pflegerei. Würdest ihn ja am liebsten in Watte packen ..."

Die Gmeiner wollte Hildegard zurechtweisen, aber sie schnaufte nur hörbar, ließ ihren Mann gewähren und schielte ab und zu in Richtung Nähmaschine.

Sie sagte auch nichts, als sich Hildegard wieder an den Tisch setzte und mit sichtlichem Appetit ein zweites und noch ein drittes Stück Kuchen aß.

„Dein Kuchen schmeckt eben doch am besten. Käsesahne kannst

nur du so gut machen, sonst kein Mensch. Und dein Kaffee ist heute wieder mal einsame Spitze."

„Nähen kann er ja noch", erwiderte die Gmeiner, „aber ob er sich auch schon traut, heute mit mir auf den Friedhof zu laufen? Ich war nicht mehr dort, seit du ins Krankenhaus gekommen bist. Kommst du mit, Hildegard? Ein Spaziergang würde dir bestimmt nicht schaden – nach der Kuchenmenge, die du reingemampft hast."

„Friedhof!" rief Hildegard. „Da komm ich noch früh genug hin. Du bist ja friedhofskrank, jawohl, das bist du. Hättest du das mal so gemacht wie ich damals: keine Bepflanzung, Granitplatte drauf, Schluß, Klappe zu, und ich hatte meine Ruhe. Wo gibt's denn so was, jeden Tag Blumen gießen. Mein Alter mochte sowieso keine Blumen, und Wasser hat er gehaßt. Bei ihm hätte sich Gießen nur gelohnt, wenn ich Schnaps genommen hätte."

Hildegard erhob sich resolut und lief zur Tür.

„Wo gehst denn hin?" fragte die Gmeiner. „Warum bleibst denn nicht sitzen, vielleicht gehen wir gar nicht zum Friedhof."

„Ich gehe zu meiner lieben Schwägerin, die freut sich immer, wenn sie mich sieht, weil sie mir dann Kaffee machen oder einen Schnaps anbieten muß. Aber ich bring meinen eigenen Kaffee mit, dann ärgert sie sich noch mehr, das raffgierige Luder. Die verhungert mal und hat einen ganzen Schinken im Maul."

Als Hildegard gegangen war, lachte Burger hinter ihr her.

„Du meine Güte", sagte er, „wenn die mal stirbt, muß man ihr Mundwerk extra begraben."

„Wenn sie das Mundwerk nicht gehabt hätte, hätte sie ihren Alten nie aus der Kneipe gekriegt", erwiderte die Gmeiner. „Mein Gott, war das ein Nichtsnutz, zu nichts hat er es gebracht. Jetzt sitzt Hildegard da mit ihrer kleinen Rente ... Wie geht deine Arbeit?"

„Ganz gut, ich habe nichts verlernt. Die Finger sind steifer geworden – aber sonst, alles wie geschmiert. Hildegard hat recht: Rumsitzen taugt nichts."

„Unser Wohnzimmer ist keine Schneiderei, damit du es weißt. Ich dulde hier keine Werkstatt."

„Die ist doch nur für uns und für die nächsten Freunde ..."

„Das kenn ich, wie das läuft: dann gleich für die neuen Nachbarn und noch für deine alten Nachbarn, für die alten Freunde und für die neuen Freunde ... Ich kenn das, ich war mit einem Schuster verheiratet."

„Schusterei macht aber Dreck."

„Und deine Schneiderei macht Staub, das ist noch viel schlimmer. Überall fliegen die Fusseln rum."

„Aber es macht wieder Spaß", sagte Burger.

Die Frau war hinter ihn getreten, sah ihm bei der Arbeit zu und fühlte das Futter zwischen den Fingern, das Hildegard gebracht hatte.

„Beste Qualität ist es nicht."

„Der Mantel ja auch nicht", erwiderte der Mann. „Aber ich werde ihn so zurechtschneidern, daß Hildegard glauben muß, es ist ein neuer."

„Na, darauf bin ich neugierig", rief die Frau und räumte das Kaffeegeschirr in die Spüle.

Foto: Isolde Ohlbaum

Max von der Grün

Als Max von der Grün 1955 bei seiner Arbeit als Bergmann unter Tage mit dem rechten Fuß in die Förderanlage geriet, schien mit diesem Unfall ein absoluter Tiefpunkt im wechselvollen Leben des Dreißigjährigen erreicht zu sein.

Wer hätte auch ahnen können, daß die anschließenden Monate im Krankenhaus den Ausgangspunkt einer der ungewöhnlichsten literarischen Karrieren unserer Zeit bilden würden? Denn endlich hatte der Arbeiter Max von der Grün Zeit und Muße, den brennenden Lesehunger zu stillen, den er seit seiner Schulzeit verspürte. Jetzt verschlang er geradezu die Werke deutscher Klassiker und all jene Bücher, die unter Hitler verboten gewesen waren. Vom Lesen fand er zum Schreiben, und diese neuentdeckte Leidenschaft ließ ihn selbst dann nicht wieder los, als er zu seiner Arbeit im Bergwerk zurückkehrte.

Nach anfänglichen Versuchen mit Lyrik und Kurzgeschichten entstand in den folgenden Jahren sein erster Roman *Männer in zweifacher Nacht*, an dem er tagsüber schrieb. Nachts machte er Schicht auf der Zeche. Sein 1963 veröffentlichter zweiter Roman *Irrlicht und Feuer*, der sich kritisch mit der Arbeitswelt auseinandersetzt, führte zu einem Eklat: Arbeitgeber und Gewerkschaften fühlten sich gleichermaßen vor den Kopf gestoßen, und Max von der Grüns Zeche schickte ihm die Kündigung ins Haus. Seither lebt er als freier Schriftsteller und hat sich durch zahlreiche Fernsehspiele und Romane einen Namen gemacht.

Max von der Grüns Erfolg beruht vor allem auf der Tatsache, daß er die Arbeitswelt kennt wie kaum ein anderer Autor. Er schuftete auf Baumwollplantagen und als Holzfäller, ging nach dem Krieg auf dem Bau „malochen" und wurde schließlich als Bergmann im Ruhrgebiet heimisch.

Auch als Autor hat er sich nicht in einen Elfenbeinturm zurückgezogen. Es fällt ihm leicht, mit Menschen in Kontakt zu kommen, und er hat immer einen Scherz auf den Lippen. Gelegentlich kann man ihn abends in seiner Dortmunder Stammkneipe antreffen, wo er sich am Tresen bei den Kumpels über die neueste Stimmung informiert.

Mit Fotos aus
den bekannten
Filmen

...und da sagte DON CAMILLO...

Neue Geschichten um
Don Camillo und
Peppone von
**Giovanni
Guareschi**

Ins Deutsche
übertragen von
Rosemarie
Winterberg

Selbstverständlich steht auf der Piazza eines jeden italienischen Dorfes die Kirche. In manchen Dörfern steht auf der anderen Seite des Platzes noch ein „Volkshaus". Das ist in Italien eine Art ländlicher Kreml: das Hauptquartier der örtlichen kommunistischen Partei.

Klar ist, wer in unserem Buch wo residiert: Don Camillo verteidigt Kanzel und Altar – notfalls mit Fußtritten, und Peppone inszeniert im Volkshaus ab und zu eine kleine Revolution.

Natürlich kommen sich Don Camillo und Peppone öfter in die Quere, wenn es darum geht, geheime Machenschaften aufzudecken, kompromittierendes Material verschwinden zu lassen oder gar mit Gespenstern fertig zu werden.

Und zweifellos ist es ein köstliches Vergnügen, die beiden dabei auf ihren Wegen und Abwegen zu verfolgen.

In wilder Ehe

Damit ist der Augenblick gekommen, vom Smilzo zu erzählen, dem „Oberkurier" der Gemeinde und Chef des „proletarischen Überfallkommandos" der Sektion, und der Augenblick auch, ihn als das zu bezeichnen, was er tatsächlich war: ein Sittenloser.

Oder, besser noch: ein Schamloser. Denn einer, der sich nicht um den Skandal schert, den das Zusammenleben mit der Geliebten in einem kleinen Dorf auslösen kann, ist nur ein Schamloser. Und schamlos auch die Unglückselige, die mit ihm das Bett teilt.

Die Leute nannten die Moretta „Smilzos Ausgehaltene", aber in Wirklichkeit konnte das Mädchen bestens für sich selber aufkommen, denn es war tüchtig und arbeitete wie ein Mann und so gut, daß man ihr den Pflugtraktor anvertraute, und den schweren Lancia von Censetti lenkte sie genauso sicher wie Peppone.

Und wenngleich die Frauen des Dorfes sie eine Schlampe nannten, gab es kein Mannsbild, das bei einem Annäherungsversuch nicht eine Ohrfeige von der Sorte eingefangen hätte, daß ihm die eigene Adresse entfiel.

Jedenfalls war sie der Dorfskandal, zusammen mit dem Tölpel Smilzo, der sie „meine Genossin" nannte und mit ihr auf der Fahrradstange durch die Ortschaft fuhr, wenn nicht gerade er auf der Stange und die Verrückte auf dem Sattel saß.

Als Don Camillo, aufgewiegelt von allen Betschwestern des Dorfes, einmal von „gewissen Schlampen" gesprochen hatte, „die auf dem Rennrad herumrasen und dabei den Hintern zeigen wie das Gesicht", hatte die Genossin Moretta angefangen, im Overall zu gehen, und der blaue Anzug mit dem roten Halstuch war zu ihrer Uniform geworden, was erst recht einen höllischen Skandal hervorrief.

Als Don Camillo den Smilzo einmal zu fassen bekam, versuchte er ihm zuzureden, seine Situation doch „zu regeln", aber der Smilzo grinste ihm höhnisch ins Gesicht.

„Da gibt's nichts zu regeln. Wir machen genau das gleiche wie die Dummköpfe, die heiraten – nicht mehr und nicht weniger."

„Die Ehrbaren, nicht die Dummköpfe!" widersprach Don Camillo.

„Die Dummköpfe, die alle Schönheit der Vereinigung zweier Zwillingsseelen damit verpfuschen, daß sie einen Mamelucken von einem Bürgermeister und einen Tabakschnupfer von einem Propst dazwischensetzen!"

Don Camillo schluckte den Tabakschnupfer und beharrte auf seiner Mahnung.

Doch der Smilzo höhnte weiter: „Wenn der liebe Gott gewollt hätte, daß Männer und Frauen sich nur nach der Heirat vereinigen können, dann hätte er außer Adam und Eva auch einen Priester ins irdische Paradies gesteckt. Die Liebe ist frei geboren, und frei soll sie bleiben! Eines Tages werden die Leute begreifen, daß die Trauung den Menschen zum Galeerensklaven macht, und sie werden heiraten, ohne Priester nötig zu haben, und dann, dann feiern wir lauter Tanzfeste in den Kirchen!"

Don Camillo hatte nichts griffbereit als einen Backstein, und den schleuderte er; aber der Smilzo war jener berühmte Kerl, der es *temporibus illis* geschafft hatte, zwischen den Kugeln einer Maschinengewehrgarbe durchzuwetzen, und so blieb es ein vergeudeter Backstein.

Doch Don Camillo streckte die Waffen noch nicht. Eines Tages gelang es ihm, die Moretta in die Falle zu locken, und die Moretta kam im Overall und mit dem roten Tuch um den Hals ins Pfarrhaus, setzte sich Don Camillo gegenüber und zündete eine Zigarette an.

Don Camillo teilte ihr dafür weder Kopfnüsse aus, noch brüllte er sie an, sondern sprach mit sanfter Stimme: „Du bist ein fleißiges Mädchen. Ich weiß, daß dein Haus sauber ist, daß du gut mit dem Geld umgehst, daß du niemandem etwas Böses nachsagst. Ich weiß auch, daß du deinen Mann gern hast."

„Ich habe keinen Mann; ich habe einen Genossen", berichtigte die Moretta.

„Ich weiß, daß du deinen Genossen gern hast", fuhr Don Camillo geduldig fort. „Ich glaube also, wenngleich du nie zur Beichte hast kommen wollen, daß du eine anständige Frau bist. Warum benimmst du dich dann so, daß die Leute dich für eine unanständige Frau halten?"

„Die Leute, die stecke ich mir hier rein", erklärte die Moretta gelassen und klopfte mit der flachen Hand auf die Gesäßtasche ihres Overalls.

Don Camillo, der allmählich ein bißchen rot sah, fing vom Heiraten zu reden an, aber die Moretta fiel ihm ins Wort.

„Wenn der liebe Gott gewollt hätte, daß die Männer und Frauen sich nur nach der Heirat vereinigen können ..."

„Danke", unterbrach Don Camillo, „den Rest kenne ich bereits."

„Die Liebe ist frei geboren, und frei soll sie bleiben", schloß die Moretta ernst. „Die Ehe ist Opium für die Liebe."

Die alten Frauen gaben keine Ruhe und fanden sich in einer Abordnung auch beim Bürgermeister ein, um zu sagen, es sei eine Schande für die ganze Gemeinde, und er habe die Pflicht, die öffentliche Moral zu schützen und was der schönen Dinge mehr sind.

„Ich selber bin verheiratet", antwortete Peppone, „und ich kann alle trauen, die sich trauen lassen wollen, aber ich kann niemanden zwingen, der nicht heiraten will. So ist heute das Gesetz. Wenn einmal der Papst regiert, dann wird es anders sein."

Die Frauen ließen nicht locker. „Wenn Ihr es als Bürgermeister nicht könnt, dann könnt Ihr es als Sektionschef: die Schamlosen sind ja alle beide in Eurer Partei eingeschrieben. Es ist auch für Eure Partei eine Schande."

„Ich will's versuchen", versprach Peppone.

Er versuchte es tatsächlich.

„Eher trete ich zu den Christdemokraten über, als daß ich heirate", gab der Smilzo zurück.

So wurde nicht mehr darüber gesprochen, und die Zeit verging, und der Skandal der beiden Schamlosen ging in der Politik unter. Eines schönen Tages aber kam er wieder hoch, und es war eine ganz böse Sache.

Eine ziemliche Weile hatte man die „Genossin" nicht mehr zu sehen bekommen, als mit einemmal eine Neuigkeit von Mund zu Mund sprang: Die Genossen seien jetzt zu dritt, sagte die Hebamme, denn es sei ein kleines Mädchen zur Welt gekommen, das die beiden Lumpenmenschen gar nicht verdienten, so hübsch sei es.

Die alten Frauen begannen Sprüche und Schimpfwörter zu dreschen, die „Politischen" zeterten: „Da haben wir die Moral dieser Schweine von Kommunisten!"

„Wetten, daß diese Gottlosen das Kind nicht einmal taufen lassen?" hieß es auch. Das drang bis zu Peppone vor, der stehenden Fußes zu den beiden nach Hause eilte.

Don Camillo las in seinem kleinen Studierzimmer, als der Smilzo eintrat.

„Da wäre etwas zu taufen", sagte der Smilzo.

„Schönes Etwas!" knurrte Don Camillo.

„Braucht man neuerdings die Genehmigung von Eurem Minister Andreotti, um Kinder zur Welt zu bringen?" erkundigte sich der Smilzo.

„Man braucht nur euer mieses Gewissen", gab Don Camillo zurück. „So oder so, das ist eure Sache. Ich sag dir, wenn dein Frauenzimmer von Genossin im Overall aufkreuzt, ohrfeige ich euch alle hinaus! Kommt in zwanzig Minuten vorbei."

Die Moretta kam mit dem Bündel im Arm, und bei ihr waren der Smilzo, Peppone und seine fein herausgeputzte Frau.

Don Camillo trat unter die Kirchentür. „Alles Rote weg!" befahl er, ohne hinauszusehen, ob überhaupt jemand etwas Rotes trug. „Hier ist das Gotteshaus, nicht das Volkshaus."

„An Rotem ist hier nichts als der Nebel, der Euch die Birne vollraucht!" erwiderte Peppone finster.

Sie traten ein.

Don Camillo machte den Taufstein bereit und begann mit der Zeremonie.

„Name?" murmelte er.

„Rita Palmira Valeria", sagte die Mutter leise.

Don Camillo erkannte die kommunistischen Politikernamen sofort und brauste auf: „Sonst noch was?"

„Rita heißt meine Mutter, Palmira ist *seine* Mutter, und Valeria war meine Großmutter", protestierte die Moretta.

„Ihr Pech!" meinte Don Camillo trocken. „Also Emilia Rosa Antonietta."

Peppone scharrte mit dem Fuß wie ein Pferd. Der Smilzo seufzte und schüttelte leicht den Kopf.

Nach der Taufe gingen sie ins Pfarrhaus, um die Eintragung ins Taufregister vorzunehmen.

„Ist es denn bei der neuen Regierung verboten, Palmira zu heißen?"

fragte Peppone bissig. Doch Don Camillo hörte gar nicht zu, sondern bedeutete ihm lediglich, er und seine Frau könnten jetzt gehen.

Am Tisch blieben der Smilzo und die Moretta mit dem Kind zurück. Don Camillo ging und schloß die Tür.

„Enzyclica rerum novarum“, maulte der Smilzo gelangweilt und schnitt ein Gesicht wie ein Mann, der sich in sein Schicksal ergibt.

„Keine Reden“, sagte Don Camillo kalt und von oben herab. „Nur eine Bemerkung: Es passiert gar nichts, wenn ihr nicht heiratet, es bricht nichts zusammen. Ihr seid ja bloß zwei Küchenschaben, die versuchen wollen, einen Pfeiler von Sankt Peter zu zernagen. Weder ihr noch euer Erzeugnis interessiert mich.“

In diesem Augenblick regte sich etwas in dem Bündel; das erwähnte „Erzeugnis“ schlug die Augen auf und lächelte Don Camillo an. Es war ein so liebliches, frisches, sauberes Gesichtchen, daß Don Camillo nach einem Moment der Fassungslosigkeit das Blut zu Kopfe stieg und die Pferde mit ihm durchgingen.

„Ihr Tröpfe!“ schrie er. „Ihr habt kein Recht, die Last eurer Dummheit diesem Geschöpf aufzubürden! Ihr habt kein Recht, etwas so Reines und Unschuldiges zu beschmutzen! Es wird eine bildschöne

Frau werden, und die Leute werden sie beneiden und sich ringeln vor Schadenfreude, daß man diese Blume beflecken kann, indem man sie ‚Tochter einer Ausgehaltenen' schimpft. Wenn ihr nicht so ein Lumpenpack wärt, würdet ihr eure Tochter nicht der Bosheit von Heuchlern und Neidern ausliefern! Dir kann es gleich sein, was die Leute von dir sagen, aber wie kann dir das Gift gleich sein, das die Leute deinetwegen gegen dein Kind schleudern?"

Don Camillo hatte die Fäuste erhoben und die Brust gebläht, so daß er noch größer und kolossaler aussah, und die beiden Frevler hatten sich in eine Ecke verdrückt.

„Heiratet, ihr Kanaillen!" brüllte Don Camillo wütend.

Der Smilzo war blaß, er schwitzte und schüttelte verzweifelt den Kopf. „Nein, nein, das wäre für uns das Ende. Wir müßten uns vor den Leuten zu Tode schämen!"

Das Kind fand es offenbar lustig; es begann wieder zu lachen und bewegte vergnügt die Händchen; da fühlte sich Don Camillo völlig elend.

„Ich bitte euch!" flehte er. „Sie ist zu schön!"

Es geschehen verrückte Dinge auf dieser Welt: Da nimmt einer, beispielsweise, einen Eisenhammer und will eine Tür einschlagen, und es gelingt ihm nicht, sie auch nur um einen Millimeter zu bewegen. Schließlich hält er erschöpft inne, hängt seinen Hut an die Türklinke, um sich den Schweiß abzuwischen, und da hört man ein Klicken, und die Tür geht von selber auf.

Die Moretta war eine Stahltür, aber auch sie hatte ihre Türklinke, und als nun Don Camillo plötzlich zu toben aufhörte und mit einer Stimme, die einem andern zu gehören schien: „Ich bitte euch, sie ist zu schön!" sagte, da erschrak sie dermaßen, daß sie sich in einen Sessel warf und losweinte.

„Nein, nein", schluchzte sie, „das geht nicht: Wir sind schon seit drei Jahren verheiratet, aber das weiß niemand, weil wir auswärts geheiratet haben. Wir waren doch immer für die freie Liebe. Und wir haben nichts gesagt."

Der Smilzo nickte: Stimmt!

„Die Ehe ist Opium für die Liebe", erklärte er. „Die Liebe ist frei geboren. Wenn der liebe Gott . . ."

Don Camillo ging einen Augenblick hinaus, um sich das Gesicht zu erfrischen. Als er zurückkam, fand er den Smilzo und die Genossin

Ehefrau ziemlich ruhig. Die Moretta reichte Don Camillo ein Blatt Papier: es war der Trauschein.

„Unter Beichtgeheimnis“, flüsterte sie.

Don Camillo nickte. „So bist du also bei deinem Arbeitgeber als ledig eingetragen und beziehst nicht einmal Familienzulage“, sagte er zum Smilzo.

„Genau“, bestätigte dieser. „Für den Sieg der Idee kann man dieses und noch andere Opfer bringen.“

Don Camillo gab das Papier zurück.

„Ihr seid zwei Mamelucken“, stellte er sehr ruhig fest. Dann, weil das Mädelchen ihn schon wieder anlächelte, berichtigte er: „Ihr seid zweieinhalb Mamelucken.“

Und der Smilzo drehte sich noch in der Tür um und grüßte mit erhobener Faust: „*Do swidanija,* Genosse Pfarrer!“

Peppones Schule

Es dauerte einige Zeit, dann geschah etwas anderes, bei dem sich zeigte, daß das vernünftige Gespräch die Grundlage alles Guten ist, vor allem des friedlichen Zusammenlebens.

In diesem Fall müssen wir allerdings in Gedanken eine Landkarte studieren, sonst versteht man rein gar nichts.

Der große Fluß zieht seiner Wege, und natürlich streben ihm von beiden Ufern da und dort Nebenflüsse und Bäche zu. Der Tincone ist eines der Flüßchen, die in den großen Fluß münden, und daher führt die parallel zum Strom verlaufende Straße, die den Ortsteil Pieve mit dem Ortsteil La Rocca verbindet, an einer Stelle über den Tincone. Sie überquert ihn auf einer festen und ziemlich langen Brücke, denn das Flüßchen ist hier, nur zwei bis drei Kilometer oberhalb der Mündung, ordentlich breit.

Pieve und La Rocca liegen je fünf Kilometer von der Brücke über den Tincone entfernt, der die Grenze zwischen den beiden Ortsteilen bildet.

Das ist die Geographie der Geschichte, in der es um das öffentliche Unterrichtswesen geht.

Die Schule, die beiden Ortsteilen zu dienen hatte, stand in La Rocca, und so mußten die armen Schulkinder von Pieve Tag für Tag zweimal zehn Kilometer unter die Füße nehmen, und zehn Kilometer sind auch in der Ebene immerhin zehn Kilometer und noch mehr, denn Kinder haben eine Vorliebe für Abkürzungen, und da die Straße schnurgerade verlief, war jede Abkürzung ein Umweg.

Jedenfalls sandten die von Pieve eines Tages eine Frauenabordnung ins Gemeindehaus, um dem Bürgermeister Peppone klipp und klar zu sagen, wenn er nicht auch in Pieve ein Schulhaus bauen lasse, würden sie ihre Kinder nicht mehr zur Schule schicken.

Geld hatte die Gemeinde so viel, daß man es mit der Laterne suchen mußte.

Eine neue Schule in Pieve bedeutete genau eine Verdoppelung der Spesen, und so beschloß Peppone, nachdem er mit übermenschlichen Kräften die Mittel für einen Schulhausbau zusammengekratzt hatte, die Schule in La Rocca zu schließen und die neue an der Molinettobrücke zu erstellen, also auf halbem Weg zwischen den beiden Ortsteilen.

Und da erhob sich nun das Problem.

„Ja", sagten die von La Rocca, „einverstanden mit der Schule an der Brücke – aber auf unserer Seite."

„Ja", sagten die von Pieve, „einverstanden mit der Schule an der Brücke – aber auf unserer Seite."

Natürlich hatten sie, wenn man es genau nahm, beide unrecht (was auf dasselbe herauskommt, wie wenn sie beide recht gehabt hätten), weil die eigentliche Mitte zwischen Pieve und La Rocca sich weder auf dem einen noch auf dem anderen Ufer des Tincone, sondern mitten auf der Brücke befand.

„Ja, sollen wir denn die Schule mitten auf die Brücke stellen?" rief Peppone nach endlosen Diskussionen mit den Abordnungen beider Ortsteile erbost aus.

„Der Bürgermeister seid Ihr", bekam er zur Antwort. „Es liegt bei Euch, herauszufinden, wie man die Sache unparteiisch regeln kann."

„Um die Sache unparteiisch zu regeln, müßte ich euch alle in die Mitte der Brücke tragen, euch einen Mühlstein um den Hals binden und samt und sonders in den Fluß werfen!" schnauzte Peppone. Womit auch er nicht ganz unrecht hatte.

„Es geht hier nicht um hundert Meter auf oder ab", belehrte man ihn. „Es ist eine Frage der sozialen Gerechtigkeit." Damit stopften sie ihm den Mund, denn wenn Peppone etwas von sozialer Gerechtigkeit hörte, nahm er innerlich Haltung an, als stünde er vor dem Wunder der Erschaffung des Weltalls.

Inzwischen spielten sich die üblichen Plänkeleien ab.

Einige Burschen von La Rocca kamen eines Abends auf die Brücke, zogen in der Mitte mit roter Farbe einen dicken Strich quer über die Straße und sagten, die von Pieve täten gut daran, dieses Zeichen nie zu überschreiten – wegen der heißen Luft, die sie drüben erwarten würde.

Am folgenden Abend pinselten einige große Bengel von Pieve parallel zur roten Linie eine grüne und erklärten, die von La Rocca sollten sich nur ja hüten, sie zu übertreten.

Am dritten Abend trafen die beiden Gruppen gleichzeitig auf der Molinettobrücke ein. Einer von La Rocca spuckte über die grüne Linie, und einer von Pieve spuckte über den roten Strich. Nach einer Viertelstunde zappelten drei Burschen im Fluß, und fünf hatten ein Loch im Kopf. Das Dumme war nur, daß von den dreien im Fluß zwei aus Pieve waren und einer aus La Rocca, so daß man, um quitt zu sein, unbedingt noch einen Roccaner in den Tincone schmeißen mußte, während von den fünf „Eingebeulten" drei aus La Rocca und zwei aus Pieve stammten, was es notwendig machte, einem weiteren Pieviner ein Loch in den Kopf zu hauen. Und das alles um der sozialen Gerechtigkeit willen.

Die blutigen Köpfe und die Brückenstürze nahmen an Zahl von Tag zu Tag zu, und den Halbwüchsigen schlossen sich die älteren Burschen und dann die reifen Männer an.

Eines Tages kam der Smilzo, der als Beobachter ständig in der Nähe der Brücke herumschlich, atemlos zu Peppone gelaufen und meldete das Unheil: „Eine Frau aus Pieve und eine Frau aus La Rocca haben sich auf der Molinettobrücke verprügelt!"

Wenn Frauen sich in solche Angelegenheiten einmischen, ist der Teufel los; sie sind es nämlich, die den Ehemännern, den Brüdern, den Verlobten, ja sogar den Söhnen oder Vätern die Flinte in die Hand drücken. Die Frauen sind ein Fluch in der Politik, und leider macht die Politik eben 95 Prozent aller Dinge auf Erden aus.

Tatsächlich kam es denn auch gleich danach zu den ersten Messerstichen und Gewehrschüssen.

„Wir müssen sofort eine Entscheidung treffen", sagte Peppone. „Sonst können wir statt einer Schule einen neuen Friedhof anlegen."

Abgesehen davon, daß man bei Beerdigungen sehr viel mehr fürs Leben lernt als auf der Schulbank, war die Lage durchaus ernst. Und diesmal war Peppone wirklich auf dem Posten.

Im großen Fluß lagen seit vielen, vielen Jahren zwei jener alten schwimmenden Mühlen vertäut, die aus einem Paar nebeneinanderliegender Lastkähne mit einem quer daraufgestellten Holzhäuschen bestehen.

Peppone ließ die beiden Mühlen den Tincone hinauf bis unter den mittleren Brückenbogen schleppen, mit dicken Ketten an den Brückenpfeilern befestigen, und aus den beiden Häuschen machte er eine einzige große Baracke. Ein Steg verband die vier Lastkähne mit dem Ufer von La Rocca, ein zweiter mit dem Ufer von Pieve.

Und so wurde eines Tages die schwimmende Schule feierlich eingeweiht.

Es kamen sogar eine Menge Leute (ganz zu schweigen von den Journalisten, die wie ein Falkenschwarm einfielen) aus der Stadt herauf, um die schwimmende Schule zu sehen.

Der einzige Mißstand ergab sich, als Beletti, der Bengel, der seit sechs Jahren die dritte Klasse wiederholte, eines Tages die Nase voll hatte und den Lehrer Torrini in den Fluß warf.

Bürgermeister Peppone aber geriet nicht aus der Fassung, als er davon hörte.

„Italien ist ein Mittelmeerland“, stellte er gelassen fest. „Die Hauptsache ist, daß man schwimmen kann.“

Das Gasthaus im Walde

Von Süden her reichte das Gebiet der Gemeinde bis zum Stivone, einem unbedeutenden Nebenflüßchen, das jedoch zwischen zwei hohen Dämmen dahinlief, weil es sich in den großen Fluß ergoß und während der Hochwasser die Rückstauung sehr gefährlich werden konnte.

Am anderen Ufer des Stivone fing das Gebiet der Gemeinde Castelpiano an, und in der Luftlinie waren es zwischen unserem Weiler und jenem von Castelpiano ganze sieben Kilometer. Wollte man allerdings auf der Erde von einem zum anderen gelangen, mußte man wohl oder übel fast zwölf Kilometer in Kauf nehmen.

Betrachtete man die ganze Angelegenheit von oben, so erkannte man mühelos, daß der erste Gedanke desjenigen, der, *temporibus illis,* die Straße angelegt hatte, durchaus der gewesen war, die beiden Zentren durch eine gradlinige Straße miteinander zu verbinden. Und tatsächlich lief die Straße von Castelpiano aus denn auch gut und gern drei Kilometer weit entschlossen auf ihr Ziel zu. Aber nach diesen dreitausend Metern schwenkte sie nach links, dann nach rechts, dann wieder nach links und so weiter, und sie verlor sich in einem solchen Wust von Kurven und Gegenkurven, daß sie acht Kilometer für eine Strecke brauchte, die nach allen Regeln der Logik in nur drei hätte zurückgelegt werden können.

Von da an hörte die Straße auf, verrückt zu spielen, wurde gerade wie bei den ersten drei Kilometern, durchlief so den letzten Teil der Strecke und erreichte ganz vernünftig ihr Ziel.

Natürlich gab es seit langem ein Projekt, sie zu begradigen: einen einfachen Plan, dessen Kosten sogar durchaus im Rahmen des Möglichen standen. Es ging lediglich darum, drei Kilometer Straße zu bahnen und in Casalta eine Brücke über den Stivone zu bauen.

Das Projekt, das seit etlichen Jahren höchstens als Argument für die Wahlpropaganda gedient hatte, war 1933 endlich in Angriff genommen worden: Die Baupläne für die Brücke waren bis in alle Einzelheiten fertig, und die zur Begradigung vorgesehene Strecke war vorschriftsmäßig abgesteckt worden.

Nach dem Abstecken hatte sich herausgestellt, daß die Straße, nachdem sie die neue Brücke über den Stivone hinter sich gelassen hatte, genau drei Meter vor der Vorderseite des Bauernhauses des Folini vorbeiführen würde.

Folini war zu jener Zeit vierzig Jahre alt, und nur mit Hilfe seiner Frau bearbeitete er den Boden von Casalta. Es war eine mühselige Plackerei, und Folini fiel sie immer schwerer; außerdem sah er, wie seine Frau sich wie eine Kerze verbrauchte. Kaum hatte er nun die Absteckpflöcke gesehen, die die Geometer quer durch seine Äcker aufgepflanzt hatten, und aus der Veröffentlichung des endgültigen Projekts die Bestätigung entnommen, daß die Straße vor seinem Haus verlaufen werde, zögerte er keinen Augenblick. Er behielt das Haus und einen Streifen des Baugrundes zu beiden Seiten der künftigen Straße und verkaufte den Rest.

„Das ist unsere Chance“, erklärte er der Frau: „Wir bringen das

Haus anständig in Ordnung und stellen ein Gasthaus auf die Beine. Der Baugrund entlang der Straße bleibt uns, so verhindern wir, daß jemand in unserer Nähe ein anderes Gasthaus eröffnet, um uns Konkurrenz zu machen. Wenn die Straße erst einmal begradigt ist, kommt der ganze Verkehr hier vorbei: Der Markt in Castelpiano ist der wichtigste im ganzen Gebiet, und wir werden unser Auskommen haben, ohne uns umzubringen."

Auch die Frau lockte der Gedanke sehr, ein Gasthaus zu eröffnen, und nachdem sie alles aufgelöst hatten, was es aufzulösen gab, machten Folini und seine Frau sich daran, das Haus umzugestalten. Der Vater der Frau war Maurer; seit einiger Zeit arbeitete er nicht mehr, da er die Sechzig überschritten hatte, aber in diesem speziellen Fall griff er doch wieder zur Maurerkelle. Der Stivone war nur zwei Schritte entfernt und lieferte Sand und Kies, und Folini hatte das Pferd und den Karren behalten. Der Alte machte sich an die Arbeit, Tochter und Schwiegersohn fungierten als Handlanger.

Mehr als ein Jahr verwendeten sie dafür, alles baulich in Ordnung zu bringen, aber es lohnte sich. Als dann auch Fenster und Türen, Möbel, Küche, Keller etc. an ihrem Platz waren, warf Folini das wichtigste Problem auf: „Wie soll es heißen?"

Der Alte hatte diesbezüglich keine Vorstellung, aber unter dem Eindruck der Ereignisse schlug er dann vor, es „Gasthaus Garibaldi" zu nennen.

Frau Folini wies den Vorschlag zurück, da sie das Unternehmen nicht mit der Politik vermengt sehen wollte. Für sie wäre „Küche nach Hausfrauenart" vollkommen ausreichend gewesen.

Folini war nicht leicht zufriedenzustellen, und Don Camillo, der in Jagdausrüstung auf Gott weiß welchen Wegen dorthin geraten war, fand die drei angeregt debattierend vor.

„Streitet ihr euch?" erkundigte er sich.

„Nein, wir suchen den Namen."

„Welchen Namen?"

„Den Namen des Lokals."

Don Camillo wußte von nichts, und dann, nachdem die Folinis die Zusicherung bekommen hatten, daß er mit keiner lebenden Seele darüber sprechen werde, ließen sie ihn das Haus besichtigen.

„Hochwürden, gefällt Ihnen die Idee nicht auch?" fragte Folini am Ende.

„Eine schöne Idee, gewiß“, brummte Don Camillo. „Aber ich hätte erst damit angefangen, nachdem die Straße fertig ist.“

„Sie machen die Straße, das ist nur noch eine Frage von Monaten“, entgegnete Folini, „und dann wird das hier ein Volltreffer sein.“

Das Jahr 1934 ging dahin. 1939 starb Frau Folinis Vater, ohne die Freude erlebt zu haben, daß mit den Arbeiten an der neuen Straße begonnen worden wäre. Niemand dachte mehr an die Begradigung.

Dann brach der Krieg aus, und nicht einmal die Folinis hatten noch den Mut, daran zu denken, daß die Begradigung vor dem Ende des Unglücks in Angriff genommen werden könnte.

„Wir werden Geduld haben müssen“, sagte Folini. „Ist der Krieg erst einmal zu Ende, wird alles ins Lot kommen.“

Folini brachte sich schon seit Jahren als Taglöhner durch, denn sein Geld war längst aufgebraucht. Jeden Morgen ging er zur Arbeit, und bevor er sich auf den Weg über die Felder machte, sagte er zur Frau: „Ich verlasse mich auf dich.“

„Mach dir keine Sorgen“, gab die Frau zur Antwort.

Und nachdem ihr Mann verschwunden war, fing sie an zu fegen, zu polieren und abzustauben.

Die Tatsache, daß das „Gasthaus zur Sonne“ mitten in einer Waldung, an der trostlosesten und verlassensten Stelle der Erde erstanden war, hatte keine Bedeutung. Die Straße war nicht vorhanden, aber nach dem Krieg würde man sie anlegen, und dann mußte alles bestens vorbereitet sein.

DER Hund Ful stürzte sich in einen Akazienwald, Don Camillo folgte ihm und brach, einem Panzer gleich, durch das Gezweig.

Nach einem langen, ermüdenden Marsch trat Don Camillo auf eine Lichtung hinaus, auf einen grünen, weichen Teppich. Es war ein vollkommenes Rechteck, und etwa in der Mitte der einen Längsseite stand ein schmuckes Häuschen. Er ging darauf zu, und ein alter Mann mit weißem Schnurrbart trat heraus und kam ihm entgegen.

„Sieh mal einer an, Folini! Ich dachte, du seist irgendwo gestorben. Wieso hast du dich nie mehr in der Kirche blicken lassen? Dabei warst du doch ein guter Christ!“

„Das bin ich noch immer, Hochwürden. Aber ich habe keine Minute Zeit.“

„Und was machst du Schönes?"

„Arbeit, wohin man blickt, und das bißchen Zeit, das mir bleibt, brauche ich für den Betrieb. Schließlich muß ich ja meiner armen Frau zur Hand gehen."

Don Camillo sah Folini verblüfft an. „Ich begreife nicht recht, von was für einem Betrieb du sprichst."

„Das Gasthaus", erläuterte Folini.

Sie waren beim Haus angelangt, an dessen Vorderseite eine schöne Pergola angelegt war, unter der Tische und grün gestrichene Bänke standen.

„Hochwürden, erinnert Ihr Euch, als ich Euch das Lokal vor zwanzig Jahren zeigte? Jetzt sollt Ihr mal etwas sehen!"

Don Camillo folgte Folini und stand gleich darauf in einem schönen, mit Fresken ausgemalten Saal mit einem hohen Getäfel aus glänzendem Holz rings an allen Wänden. Gardinen mit rot-weißem Schachbrettmuster hingen an den Fenstern, schön verteilte Tischchen – auf jedem eine kleine Vase mit Feldblumen – waren aufgestellt.

Dem Eingang gegenüber stand ein großer Schanktisch, dahinter ein Regal voller Flaschen.

„Ihr könnt Euch nicht vorstellen, welche Opfer uns das alles gekostet hat, aber man darf sich nicht von den Zeiten überrollen lassen, wenn man vorwärtskommen will. Heutzutage verlangen die Leute einfache, heitere, moderne Sachen. Ich habe auch schon die ganze elektrische Anlage mit Ventilator und Belüftung soweit fertig; wenn sie die Straße machen, legen sie bestimmt auch die Leitung, und so brauche ich nichts anderes mehr zu tun, als mich anzuschließen."

Sie gingen in die Küche.

„Seht Ihr, Hochwürden? Weiße Kacheln, Holzherd und Herd mit Gasflasche. Und da ist auch schon der elektrische Kühlschrank. Ich habe schon fünf Raten bezahlt. Es ist hart, aber das holen wir wieder raus."

Eine kleine, etwas gekrümmte alte Frau erschien, mit einem kleinen Kopftuch auf den Haaren und in schneeweißer Schürze.

„Habt Ihr alles gesehen, Hochwürden?" fragte die Alte. „Was haltet Ihr von den Bocciabahnen?"

Sie traten ins Freie: Hinter dem Haus war ein ausgedehnter Garten mit einer großen Pergola und zwei nebeneinanderliegenden Bocciabahnen. Die Kugeln glänzten wie die eines Billardspiels.

„Seit zwanzig Jahren opfern wir uns auf", erklärte Folini, „aber wenigstens haben wir die Genugtuung, ein Lokal zu haben, das in der ganzen Gegend konkurrenzlos ist. Wenn mir eine kleine Spekulation glückt und ich genug dabei verdiene, bringen wir hier draußen eine Beleuchtung mit diesen weißen, modernen Röhren an, die ein herrliches Licht geben und halb soviel verbrauchen wie die anderen Lampen."

„Vor den weißen Lampen", warf die Alte streng ein, „mußt du den Brunnen in Ordnung bringen. Das ist wirklich nötig!"

„Das sind mir ja schöne Sachen", feixte Folini, „der Brunnen ist längst gemacht, die Pumpe arbeitet, und es fehlen nur noch der Tank und die Leitung bis zur Küche, zum Waschraum und zum Abort."

Er wandte sich Don Camillo zu.

„Wir kriegen einen von diesen modernen aus weißer Emaille und mit Wasserspülung, nach dem englischen System. Wenn man es zu etwas bringen will, muß man es so machen."

„Hochwürden, bitte nehmt doch Platz", sagte die Alte. „Hättet Ihr lieber ein Glas Weißwein oder Rotwein?"

„Wir haben Wein, der zwanzig Jahre alt ist", erklärte der Alte stolz. „Solchen findet Ihr sonst nirgends."

„Danke, keinen Wein. Nur ein Glas Wasser."

Die Alte ging ins Haus, und Don Camillo setzte sich an einen Tisch unter der Pergola.

Er wußte nicht, was er sagen sollte. Überdies wußte er auch nicht, ob es überhaupt angebracht war, etwas zu sagen.

„Folini", meinte er schließlich, „alles, was du mir hier gezeigt hast, ist wunderschön. Aber ich an deiner Stelle würde die Dinge jetzt so lassen, wie sie sind, und erst wieder anfangen, wenn die Arbeiten an der neuen Straße in Gang gekommen sind."

Folini schüttelte den Kopf.

„Im Geschäft muß man es machen wie auf der Jagd: immer mit geladenem Gewehr, immer schußbereit. An dem Tag, an dem die Arbeiten anfangen, müssen wir in der Lage sein, den Betrieb zu eröffnen. So bekommen wir sofort Kundschaft unter den Straßenarbeitern, den Brückenbauingenieuren und so weiter."

Don Camillo seufzte: „Folini, red doch einen Augenblick lang vernünftig! Seit zwanzig Jahren reibt ihr, du und deine Frau, euch für dieses Gasthaus auf. Und seit zwanzig Jahren hofft ihr vergebens, daß die Arbeiten an der Straße anfangen. Folini: und wenn sie überhaupt nicht anfangen?"

Still wie ein Schatten war die Alte hinzugekommen. Sie stellte das Tablett aus leuchtendem Messing mit dem bis oben mit frischem Wasser gefüllten Krug und dem Glas vor Don Camillo.

„Hochwürden", sagte die Alte, „was zählt, ist der Glaube. Wir verlangen nichts Unmögliches. Wenn sie Straßen anlegen und dabei die Berge durchbohren, warum sollten sie da nicht drei Kilometer Straße durch die Felder anlegen? Wenn wir in diesen zwanzig Jahren angefangen hätten, die Lust zu verlieren, ich und mein Mann, dann hätten wir es längst wegen dieser verflixten Straße getan. Wir sind sicher, daß uns die göttliche Vorsehung helfen wird und daß man bald mit den Arbeiten an der Straße anfangen wird. Nicht wahr, Folini?"

„Natürlich ist das wahr!" rief der Alte lebhaft, an den die letzte Frage gerichtet gewesen war. „Jetzt ist es nur noch eine Frage von Monaten, allerhöchstens!"

Don Camillo trank sein Wasser und erhob sich.

„Wartet, Hochwürden, ich gehe schnell ein paar Birnen für Euch pflücken", sagte Folini. „Nur eine Minute!"

Als der Alte sich entfernt hatte, näherte sich die Frau Don Camillo.

„Um Himmels willen, Hochwürden", flüsterte sie ihm zu, „weckt keine Zweifel in diesem armen Kerl. Seit zwanzig Jahren lebt er nur für sein Gasthaus. Nicht, daß er mir noch vor Kummer stirbt."

Die Alte verschwand still, und kurz darauf kam Folini mit dem Körbchen voller Birnen zurück.

Sie traten zusammen auf die weiche, grüne Lichtung hinaus und gingen schweigend bis an die Stelle, wo der Pfad im Akazienwald verschwand.

„Hochwürden", flüsterte Folini, „sagt so etwas nie wieder! Die Ärmste lebt nur von der Hoffnung, daß sie die Straße machen. Ihr dürft ihre Seele nicht verbittern."

„Jesus", rief Don Camillo ungestüm, als er vor Christus am Hochaltar kniete, „willst du den einfältigsten Trottel der Welt sehen?"

Er schlug sich zweimal kräftig auf die Brust und erklärte: „Da ist er!"

„Wer sich erniedrigt, wird erhöht werden“, antwortete Christus lächelnd.

Don Camillo aber war wütend.

„Jesus“, flehte er, „tu mir einen Gefallen und versetze mich in die Lage, mir selbst einen Fußtritt zu geben.“

„Törichte Bitten zur Ausübung von Gewalt kann ich nicht erhören. Quäle dich nicht, Don Camillo. Liebe deinen Nächsten wie dich selbst. Liebe dich selbst wie deinen Nächsten.“

„Nein, Herr, einen Idioten wie diesen Don Camillo kann ich nicht lieben!“

„Im Gegenteil, Don Camillo: Liebe ihn mehr als jeden anderen, denn er, der glaubt, die anderen den Weg des Glaubens zu lehren, kommt mitunter vom Weg ab und merkt es nicht einmal.“

Don Camillo protestierte stolz: „Herr, dumm bin ich, das stimmt, aber den Weg des Glaubens kenne ich sehr wohl!“

„Wer sich erhöht, wird erniedrigt werden, bei der ersten Gelegenheit erkläre auch dies, Don Camillo“, flüsterte Christus.

Um die Wahrheit zu sagen, ließ die Gelegenheit nicht auf sich warten.

Am Nachmittag um fünf kam der Smilzo und klebte eine Bekanntmachung an die Mauer des Pfarrhauses. Don Camillo kam sofort herbeigelaufen, und seine Absichten waren eher kriegerischer Natur.

„Bürger“, begann die Bekanntmachung, „die demokratische Verwaltung ist stolz, euch ankündigen zu können, daß eines eurer großen Anliegen demnächst verwirklicht wird. Morgen beginnen die Arbeiten zur Begradigung der Straße nach Castelpiano ...“

„Sieh dir das an und lerne, du dummes Stück!“ rief Don Camillo.

Der Smilzo, der in sicherer Entfernung stehengeblieben war, fragte: „Wie meint Ihr, Hochwürden? Ist etwas nicht in Ordnung?“

„Ich rede nicht mit dir.“

„De gustibus non est disputandum“, behauptete der Smilzo und bestieg wieder sein Fahrrad. „Es gibt auch Leute, denen es Spaß macht, mit sich selber zu reden.“

„Jesus“, sagte Don Camillo, nachdem er im Laufschritt vor dem Hochaltar angekommen war, „ich muß den Folinis sofort diese Bekanntmachung bringen!“

„Nicht nötig“, antwortete Christus. „Die haben nie gezweifelt. Sie haben immer fest daran geglaubt, daß die Straße angelegt würde. Zu dir haben sie nur deshalb so gesprochen, weil sie wußten, daß du nicht an ein so tiefes Vertrauen glauben kannst. Sie wußten, daß du sie für verrückt erklärt hättest."

Don Camillo senkte den Kopf.

„Jesus", stammelte er, „wie kann man in einer Angelegenheit wie dieser begreifen, ob es sich um eine fixe Idee oder um Vertrauen auf die göttliche Vorsehung handelt?"

„Das sind Dinge, die man nicht begreifen, sondern nur fühlen kann. Du mußt lernen, dem gesunden Menschenverstand zu mißtrauen, Don Camillo. Sehr oft ist er nichts anderes als Nichtverstehen."

Don Camillo wandte sich betrübt ab. Sehr bald aber dachte er an die grüne Lichtung mitten im Akazienwald. Er dachte an die Straße, die sie durchschneiden würde, und ihm wurde leicht ums Herz.

Nacht im „Kreml"

Die Häuser im Hauptort drängten sich dicht aneinander, als getraute sich keines, allein dazustehen, und die Gassen und Sträßchen, die alle in die Hauptstraße mündeten, waren eng und krumm; trotzdem lag das Ganze wie ein Reiskorn unter tausend anderen verstreut in der endlos weiten, flachen Landschaft.

Auch hier aber hatten die Leute den „Zentrumsfimmel", und wenn einer sich ein Haus bauen mußte, schien es undenkbar, das auch nur fünfzig oder sechzig Meter vom „Zentrum" entfernt zu tun. Sobald Menschen vom Lande in einem „städtischen Agglomerat" von ein paar Baracken wohnen, werden sie ebenso dumm wie die Städter, und anstatt in die freien grünen Felder hinauszublicken, schließen sie die Augen und träumen von Wolkenkratzern.

Die Tavonis wollten sich schon seit vielen Jahren ein Haus bauen; aber natürlich wollten sie es im Zentrum, und im Zentrum gab es an unbebauter Fläche längst nur noch den Hauptplatz. So warteten sie geduldig und zuversichtlich, und das Warten sollte sich denn auch lohnen.

Im Zentrum stand eine verfallene, vor mehr als fünfzig Jahren entweihte Kirche. Ein häßliches Ding aus tropfenden Ziegelsteinen, das höchstens noch als Hauptquartier der Dorfmäuse taugte. Eine

Ungezieferburg, die keiner zu betreten wagte, weil ihm jeden Augenblick die Wände über dem Kopf zusammenstürzen konnten.

Im Lauf der Zeit wurde die ehemalige Kirche immer mehr zu einer öffentlichen Gefahr; den letzten Stoß hatte ihr das Hochwasser versetzt, das die ohnehin schon zu schwachen Grundmauern vollends ins Wanken brachte.

Man mußte sie unbedingt abbrechen; doch auch das Niederreißen eines Hauses kostet Geld, besonders wenn es im eigentlichen Dorfkern und an einer schmalen Straße steht.

Da kam jemandem Tavoni in den Sinn, und man machte ihm einen Vorschlag: Wenn er das alte Gemäuer auf seine Kosten niederreißen lasse, bekomme er das Grundstück zu einem Vorzugspreis.

Tavoni brauchte keine zwei Minuten Bedenkzeit; er unterschrieb sogleich den Vertrag und begann mit dem Abbruch.

Seit fünfzig Jahren hatten alle die baufällige Kirche täglich gesehen, die eben deswegen entweiht und aufgegeben worden war, weil sie eine Gefahr für die Gläubigen darstellte und angesichts der verrutschten Fundamente auch nicht repariert werden konnte. Aber erst als Tavoni mit den Arbeiten begonnen hatte, witterten die Leute das „Geschäft", und nachdem sie vergeblich versucht hatten, mit unsinnigen Angeboten Tavoni das „Geschäft" wegzuschnappen, sagten sie, Tavoni sei ein Trottel.

„Nur ein Dummkopf", behaupteten sie, „kann auf den Grundmauern einer Kirche ein Wohnhaus aufbauen."

Tavoni aber demolierte gelassen weiter, und als alle Trümmer weggeräumt waren, bekamen manche beim Anblick der wunderbaren freien Baufläche fast die Gelbsucht. Es war ein harter Schlag, aber man versuchte das Gesicht zu wahren, indem man daran festhielt, es sei eben doch eine „hirnwütige Idee", ein Haus auf die Fundamente einer ehemaligen Kirche zu stellen.

Das dauerte allerdings nicht lange, denn als der Schutt beseitigt war, ließ Tavoni auch die Grundmauern ausheben. Er wollte ein Haus, das von zuunterst bis zuoberst neu war.

Ein paar Tage lang fraßen die Leute ihre Wut in sich hinein, aber endlich lief die erlösende Neuigkeit durch das Dorf: „Tote! Unter dem Kirchenboden lagen große Gräber voller Gebeine und Totenschädel."

Wagenladungen von Gebeinen und Schädeln, erzählten die Leute.

In Wirklichkeit waren es bloß einige Säcke voll armseliger Knochen, die sogleich zum Friedhof gebracht wurden, aber die Leute taten nun einmal so, als wären Dutzende von Tonnen Skelette zutage gekommen.

Jemand war sogar geschmacklos genug, in der Provinzzeitung die Nachricht vom Fund einer „antiken Totenstadt" erscheinen zu lassen, gekrönt von dem Satz: „Wie aus dem genannten Dorf verlautet, soll Herr Tavoni die Bauarbeiten abgebrochen haben, um anstelle des geplanten Hauses einen marmornen Säulenstumpf zum Gedenken an die makabre Ausgrabung errichten zu lassen."

Tavoni spie Gift und Galle, tat ihnen jedoch den Gefallen nicht, klein beizugeben.

Im Gegenteil, er trieb die Arbeiten voran und grub weiter, bis er auf völlig unberührte Erde stieß. Dann ließ er neue Grundmauern aus Beton errichten, füllte den riesigen Hohlraum mit Kies und Schotter aus dem Fluß und versiegelte ihn auf Bodenhöhe mit einer zwei Spannen dicken Betonschicht.

Die Neider höhnten: „Er hat keinen Keller angelegt, weil er sich vor den Toten fürchtet!"

Tavoni aber fürchtete sich offensichtlich weder vor den Toten noch vor den Lebenden, denn das Haus strebte mit ungeheurer Schnelligkeit in die Höhe. Und das bedeutete, daß Tavoni es kaum erwarten konnte, in sein neues Heim zu ziehen.

Inzwischen gingen den Leuten die Giftpfeile aus; als die elegante Wohnstätte innen und außen fertig war, Mauerwerk und Farbe trocken waren, hielt Tavoni feierlich Einzug, und die Zuschauer empfanden es, als hätte er eine Gewalttat begangen.

Und da Tavoni seinen Sieg geschickt ausnutzte und keine Gelegenheit ausließ, öffentlich zu erklären, es wohne sich in dem neuen Haus so herrlich, daß er sich wie neu geboren fühle, begannen die Unterlegenen richtig zu leiden.

Doch bald nahte der Tag der Vergeltung.

Wer war der erste, der Alarm schlug? Unmöglich, das herauszufinden: irgend jemand war es einfach gewesen. Und gleich geriet das Dorf in Aufruhr.

Die Leute trennten sich in zwei Lager: solche, die daran glaubten, und solche, die nicht daran glaubten.

„Das mußte ja so kommen", sagten die einen. „Man baut kein

Wohnhaus über den Gebeinen von Toten. Die Toten wollen in Ruhe gelassen werden."

„Das ist dummes Altweibergewäsch", sagten die andern. „Aber man sollte wirklich kein Haus über den Gebeinen von Toten bauen."

Und so erzählten es alle weiter, die einen in abergläubischer Furcht, die andern mit spöttischer Miene: daß es in dem Haus nicht geheuer sei.

Verschlossene Türen klappten nächtlicherweile unvermittelt auf und zu, das Licht gehe immer wieder aus, man höre seltsame Geräusche.

Die einzigen, die natürlich von alledem nichts wußten, waren Tavoni und seine Frau. Ihnen wäre es nicht im Traum eingefallen, in ihrem neuen Haus merkwürdige oder besorgniserregende Vorkommnisse zu bemerken.

Doch es fand sich jemand, der sich die Mühe nahm, die unmittelbar Betroffenen ins Bild zu setzen.

„Schreckliche Leute in diesem Dorf", sagte eines Tages die Drogistin zu Tavonis Frau. „Leute, denen es fast schlecht wird, wenn sie jemanden sehen, dem es gutgeht. Wissen Sie, was ich vor weniger als einer halben Stunde einer gewissen Person gesagt habe, die mit der Geschichte von den Gespenstern daherkam? Es wäre besser, es würde jeder darauf achten, was in seinem eigenen Haus vorgeht, habe ich gesagt."

„Die Geschichte mit den Gespenstern?" fragte Frau Tavoni neugierig. „Was ist damit? Ich habe nichts gehört."

„Ach, wissen Sie, das übliche dumme Geschwätz. Jetzt heißt es, daß es in Ihrem Haus spuke: Türen, die zuschlagen, Kettengerassel, Licht, das ausgeht, und so weiter. Alles bloß wegen der paar Knochen, die man zwischen den Grundmauern gefunden hat. Machen Sie sich nichts daraus, Frau Tavoni, lachen Sie darüber, wie ich."

Frau Tavoni lachte durchaus nicht darüber. Sie erzählte die Geschichte brühwarm ihrem Mann und blickte sehr beunruhigt drein: „Verstehst du?" schloß sie. „Man sagt im ganzen Dorf, bei uns sei es nicht geheuer."

„Laß sie doch reden!" lachte Tavoni. „Schließlich wohnen wir in unserem Haus und wissen genau, daß die Gespenster nur in den Köpfen der Leute spuken, die der Neid plagt."

Eines Abends erlosch während des Essens plötzlich das Licht, und

Frau Tavoni stieß einen durchdringenden Schrei aus. Dann ging das Licht wieder an, aber in der Nacht schlug irgendwo eine Tür zu, und da verfiel Frau Tavoni in Krämpfe.

Am folgenden Tag eilte sie zu Don Camillo und beschwor ihn, das Haus zu segnen.

Die Leute sahen Don Camillo hingehen und fanden sich bestätigt: Es spukte wirklich bei den Tavonis, sonst hätten sie nicht den Priester geholt, um das Haus zu segnen.

Die Geschichte mit den Gespenstern bildete bald den allgemeinen Gesprächsstoff, und als Peppone eines Abends sein Büro im Volkshaus betrat, ertappte er den Smilzo dabei, wie er sich mit Bigio ernsthaft über Geister unterhielt.

Peppone war entrüstet. „Solches Geschwätz von kindischen alten Weibern will ich hier drin nicht hören! Daß sich ausgerechnet im Volkshaus Überbleibsel der schlimmsten mittelalterlichen Verdummung breitmachen, ist unerträglich!"

„Chef", brummte der Smilzo eingeschüchtert, „wir haben doch nur gesagt, was die Leute sagen."

„Über solchen Quatsch redet man überhaupt nicht!" wies ihn Peppone zurecht. „Im Gegenteil, wenn man jemanden so etwas dahersagen hört, erklärt man laut und deutlich, daß das einfältige Ammenmärchen sind. Die erste Pflicht jedes Genossen ist es, das Volk geistig zu heben, ihm die Köpfe vom Nebel des klerikalen Wunderglaubens zu befreien. Solange das werktätige Volk noch an Geister und Gespenster glaubt, kann von proletarischer Revolution ja gar nicht die Rede sein!"

Die Bagatelle mit dem Spuk wuchs sich – in den Augen Peppones – in kurzer Zeit zur Schande des Dorfes aus. Und als er eine alte Frau sah, die sich bekreuzigte, während sie an Tavonis Haus vorbeieilte, war das Maß voll. Wütend lief er ins Gemeindehaus, schloß sich in seinem Bürgermeisterbüro ein und verfaßte einen unmißverständlichen Aufruf:

> Bürger!
> Wegen eines Witzboldes, der aus bösartigem Spaß ein Gerücht in die Welt gesetzt hat, wurde im Dorf das Märchen vom sogenannten Gespensterhaus verbreitet, mit allen Zeichen der Volksverdummung, wie sie des letzten Jahrhunderts würdig sind. Abgesehen vom sozialen

Rückschritt macht sich damit das Dorf zum Gespött der umliegenden Gemeinden, was schweren moralischen und materiellen Schaden nach sich zieht.

Es wird daher an die Bürgerschaft appelliert, an den ungebildetsten Klassen der Bevölkerung ein Werk der Aufklärung zu vollbringen, damit dieses Gerede aufhört, ansonsten unser Dorf in Kürze zum Gegenstand von Witzen wird, wie Piolo, wo sie einst den Kirchturm verschieben wollten und dabei Stroh unter ihre Füße legten, daß es aussah, als bewege sich der Turm, während sie stillstanden und nach hinten rutschten.

Es wird gebeten, die Schuldigen ausfindig zu machen, damit der Ungehörigkeit ein Ende bereitet werden kann.

Der Bürgermeister
Giuseppe Bottazzi

Der Smilzo sorgte noch für die richtige Interpunktion, dann wurde der Aufruf in Druck gegeben und an den Straßenecken aufgehängt.

Unglücklicherweise verließen nur zwei Stunden danach die Tavonis mit Sack und Pack das neue Haus und kehrten in ihr ursprüngliches Heim zurück.

Das wirkte so einschneidend auf die öffentliche Meinung, daß Peppones tiefempfundener Aufruf ungehört verpuffte und sich im Dorf und in allen Gemeinden der Umgebung große Gruppen von Anhängern des Übernatürlichen bildeten.

Tavoni hängte ein Schild an die Tür des Hauses: ZU VERMIETEN. Als niemand sich meldete, schrieb er ein neues: ZU VERKAUFEN.

Leute mit Geld gab es genug, und das Geschäft wäre günstig gewesen; doch niemand hatte den Mut zuzuschlagen.

So trat eines Sonntagvormittags Peppone in das Café, in dem sich die wohlhabenden Landwirte jeweils nach der Messe trafen, und meinte sarkastisch: „Wenn man denkt, daß alle dem Tavoni das Geschäft wegschnappen wollten, als er den Vertrag unterschrieb! Jetzt, wo er das Haus um ein Butterbrot verkauft, will niemand es haben. Bammel ist halt noch stärker als Egoismus!“

Filotti, der am schnellsten reagierte, sprach allen aus dem Herzen, als er sagte: „Wenn Sie soviel Mut haben, warum kaufen Sie es nicht selbst?“

„Mut genügt nicht: Da braucht's Geld. Und ich habe keins.“

„Aber Ihre Partei hat Geld. Lassen Sie es doch von der Partei kaufen."

„Wir sind nicht die Bauernpartei, wir können nicht mit Geld um uns schmeißen."

„Sie haben doch die vier Millionen für die Vergrößerung des Volkshauses. Wenn Sie das lassen, wie es ist, und für drei Millionen die Tavoni-Villa kaufen, sparen Sie Ihrer Partei eine Million und machen ein Bombengeschäft."

Tatsächlich war man im Begriff, das Volkshaus aufzustocken und anzubauen. Das ganze Dorf wußte das und kannte den Kostenvoranschlag bis in alle Einzelheiten.

„Das Haus ist wie gemacht für die Einrichtung von Büros, des Archivs und so weiter", fuhr Filotti fort. „Schade, daß die mittelalterliche Volksverdummung auch bei den Progressiven herrscht."

Das war eine öffentliche Herausforderung, auf die Peppone nur antworten konnte: „Eigentlich keine schlechte Idee."

Es war sogar eine ausgezeichnete Idee, denn die Villa hatte mehr als sechs Millionen gekostet und wies alles auf, was für die Unterbringung des Hauptquartiers der Roten geeignet war.

Also packten die Roten zu, und schon wenige Tage später nahm Peppone samt zugehörigen Siebensachen vom neuen Haus feierlich Besitz.

Und alsogleich hatte das Volk den passenden Namen für die Tavoni-Villa gefunden: „Kreml".

Als im Kreml alles eingeräumt war, versammelte Peppone nach dem Abendessen seinen Stab um sich und sagte: „Alle wichtigen Dokumente liegen jetzt hier – wir dürfen sie natürlich nicht allein lassen. Von nun an hält jede Nacht jemand Wache. Wer will heute hierbleiben?"

Niemand antwortete.

„Schön", brummte Peppone. „Dann bleibst du, Smilzo."

„Wenn ich das gewußt hätte", wandte der Smilzo ein, „hätte ich mir von meiner Frau eine Thermosflasche Kaffee mitgeben lassen. Ich möchte nicht einschlafen. Und Zigaretten habe ich auch nicht bei mir."

„Macht nichts", tröstete Peppone. „Hol dir, was du brauchst, und komm zurück. Ich warte solange."

Der Smilzo verschwand, und nach und nach gingen auch die

andern. Peppone saß allein in den stillen Wänden des Kreml und blickte sich zufrieden um. Es war wirklich ein prächtiges Haus, gut gebaut, bequem, weitläufig. Die Partei hatte ein ausgezeichnetes Geschäft gemacht.

Auch Gespenster können für etwas gut sein, dachte er und rieb sich die Hände.

Vom Kirchturm schlug es elf Uhr.

Wie lange braucht denn dieser Tropf, um mit dem Kaffee zurückzukommen? dachte Peppone verärgert.

Peppone schaltete das Radio ein, aber in diesem Augenblick schlug im oberen Stockwerk eine Tür zu: jemand mußte ein Fenster offengelassen haben. Peppone stand auf und ging ruhig zur Treppe. Kaum hatte er ein paar Stufen erstiegen, wurde das Licht schwach, flackerte noch ein Weilchen und erlosch.

Die Tür klapperte immer noch, und gleichzeitig drang vom Dachboden her ein merkwürdiges Quietschen herunter.

Peppone suchte die Schachtel mit den Streichhölzern in allen Taschen, fand sie aber nicht.

Er stieg weiter hinauf. Vor einer Tür suchte er den Lichtschalter und fand auch diesen nicht.

Aber das war sowieso nutzlos: es mußte an der elektrischen Leitung etwas nicht in Ordnung sein.

Er trat in das Zimmer, das finster wie eine Grabkammer war, und hinter ihm fiel die Tür mit einem Knall wie von einem Revolverschuß zu.

Tastend tappte er auf das Fenster zu, als er aus dem Erdgeschoß Schreie hörte.

Entsetzliche Schreie.

Dann Musik.

Offenbar brannte das Licht wieder, und damit lief auch das Radio. Peppone fand den Lichtschalter, drehte. Licht flammte auf, und Peppone stand dicht vor zwei riesigen Augen, die ihn anstarrten.

Nichts: das große Stalinporträt, das jemand hier an die Wand gelehnt hatte.

Er ging wieder hinunter und setzte sich vor den Radioapparat, den er aber gleich ausschaltete, denn draußen war ein Gewitter aufgezogen, und die Blitze störten den Empfang.

Er schaute auf die Uhr, die Mitternacht zeigte. War das möglich, daß er eine Stunde gebraucht hatte, um in den ersten Stock hinaufzugehen und zurückzukommen?

Nicht nur möglich, sondern richtig: Eben schlug es vom Kirchturm Mitternacht.

Wieder sonderbare Geräusche aus dem Obergeschoß – was machte dieser verflixte Smilzo bloß? Warum kam er nicht?

Es war heiß in dem Zimmer, Peppone fühlte sich ganz feucht vor Schweiß. Er trat zum Fenster und öffnete die Glasflügel. Als er eben auch die Fensterläden aufsperren wollte, ging erneut das Licht aus. Diesmal schlagartig.

Er versuchte die Jalousien im Dunkeln aufzubekommen – und hatte den abgerissenen Riegel in der Hand. Er drückte mit aller Kraft, doch die Fensterläden waren wie zugenagelt.

Die Zimmertür knarrte.

Peppone glaubte zu ersticken: Er spürte die Anwesenheit eines unbekannten Feindes im Zimmer, eines Feindes, der mit jedem Augenblick näherrückte.

Stockstill blieb er stehen, mit zusammengebissenen Zähnen und geballten Fäusten. Noch zehn Minuten hielt er durch, und sie kamen ihm vor wie ein Jahrhundert; seine Nerven waren angespannt wie Violinsaiten, und das Herz hämmerte in seiner Brust, daß es schmerzte.

Er hielt durch, bis er im Genick den kurzen, eisigen Atemzug des Unbekannten fühlte.

Da gab Peppone den Widerstand auf und schlug das Kreuz.

DAS Licht flammte wieder auf.

Das Zimmer war leer. Die Fensterläden ließen sich weder öffnen noch hinausstoßen, weil es in die Mauer eingelassene Rolläden waren.

Peppone schlief auf dem Stuhl ein. Als der Smilzo eintraf, war es schon sechs Uhr morgens.

„Chef", stammelte der Smilzo, „bin ich zu spät?"

„Nein, du hast nur die Hosen voll."

„Man tut, was man kann", flüsterte der Smilzo gedemütigt.

Peppone ging nach Hause. Es hatte zu regnen aufgehört, und die Sonne ging auf, rot und groß hinter dem leichten Nebelschleier, der über den Pappelreihen lag.

Wenn der Kerl von einem Priester das erführe, dachte Peppone, während er vor dem Pfarrhaus vorüberging, der würde sich schön freuen!

Don Camillo jedoch erfuhr es nie, und so war der einzige, der sich an dieser Geschichte freute, der liebe Gott.

Das Altersheim

Pocci, der Wucherer, der sein ganzes Leben damit verbracht hatte, Reichtümer anzusammeln, starb. Und da er nichts mitnehmen konnte, spielte er den Großzügigen und vermachte Geld und Gut wohltätigen Institutionen in der Stadt.

„Ein Aas – im Leben wie im Tod", sagten die Leute vom Dorf, als sie von dem Testament erfuhren.

Doch Pocci war so gemein, daß er dem Dorf nicht einmal die Genugtuung gönnte, ihn zu beschimpfen. Als niemand es mehr erwartete, zog der Notar einen versiegelten Umschlag hervor: „Zwei Monate nach meinem Tode zu öffnen."

Pocci hinterließ sein Haus, drei Millionen Lire in bar und ein ansehnliches Grundstück einem zu errichtenden Altersheim. Testamentsvollstrecker der Pfarrer, der Bürgermeister und sechs weitere, mit hinterhältiger Sorgfalt ausgesuchte Persönlichkeiten.

Don Camillo, Peppone und die übrigen Komiteemitglieder fanden sich zur Testamentseröffnung im Büro des Notars ein, und es war ein harter Schlag für alle, denn keiner der Einberufenen hatte etwas von der Anwesenheit der andern gewußt.

Sie maßen einander mit finsteren Blicken und ließen die Lesung über sich ergehen.

Als der Notar geendet hatte, sagte keiner ein Wort. „Wer schweigt, stimmt zu", stellte der Notar fest. „Ihr nehmt also an und verpflichtet euch als Testamentsvollstrecker, ein Heim für die bedürftigen Alten der Gemeinde zu errichten und zu verwalten."

„Augenblick!" rief Peppone. „Reden wir doch geradeheraus: Der alte Pocci hat sich auch in dieser Angelegenheit als das große Aas benommen, das er immer gewesen ist."

„Herr Bürgermeister!" mahnte Don Camillo. „So spricht man nicht von Toten!"

„Herr Pfarrer", erwiderte Peppone , „als Pocci diesen Wisch hier eigenhändig unterschrieb, war er nicht tot, sondern lebendig. Also war er das Aas, das wir kennen. Und darum hat er noch diese letzte Schindluderei mit uns getrieben und als Testamentsvollstrecker acht Personen ausgelesen, von denen jede die andern sieben auf den Tod nicht ausstehen kann. Es muß schwer gewesen sein, eine solche Kombination auszuklügeln, doch der alte Pocci hat es fertiggebracht: politische Differenzen, Interessenstreitigkeiten, alte Rivalitäten der verschiedensten Art und so weiter und so fort, kurz, wenn jeder von uns seinem eigenen aufrichtigen Impuls folgen dürfte, würde er den andern sieben ins Gesicht spucken. Seht Ihr, was ich meine?"

„In gewissem Sinne schon", brummte Don Camillo.

„Gut", fuhr Peppone fort. „Wir sind also hier anwesend und nennen ihn, als Lebenden und nicht als Toten, ein Aas, das unter dem noblen Vorwand der menschlichen und sozialen Solidarität allen acht von uns die Galle hochtreiben will, mit dem Ziel, daß wir einander die Köpfe einschlagen und das ganze Komitee im Krankenhaus oder im Gefängnis landet. Und daher schlage ich vor, daß wir dem Verstorbenen, mit Verlaub, die Zunge herausstrecken und es jemand anderem überlassen, das Altersheim zu verwirklichen."

„Einverstanden!" stimmte das Komitee lebhaft zu, ausgenommen Don Camillo.

„Der Herr Gemeindepfarrer billigt unseren Entscheid nicht?" erkundigte sich Peppone angriffslustig.

„Der Herr Gemeindepfarrer gestattet sich lediglich, euch darauf hinzuweisen, daß die acht Testamentsvollstrecker, die Pocci bezeichnet hat, unersetzbar sind. In dem Dokument steht ausdrücklich, daß das Vermächtnis automatisch an das Altersheim von Palermo geht, wenn wir es nicht alle acht annehmen."

„Palermo?" rief Peppone aufgebracht. „Was hat Sizilien damit zu tun?"

„Das müßte man den Herrn Pocci fragen. Ich weiß ebensowenig wie Sie, Herr Bürgermeister. Also: Wenn wir nicht annehmen, bringen wir das Dorf um ein riesengroßes Benefiz, und dann ist das ganze Dorf gegen uns und macht uns für den Schaden verantwortlich."

Peppone ließ die Faust auf den Schreibtisch krachen: „Da haben wir's, was der alte Pocci wirklich wollte: das Dorf noch einmal ärgern und uns persönlich hereinlegen!"

„Das glaube ich nicht", wandte Don Camillo ein. „Ich glaube vielmehr, daß ihn eine ganz andere Absicht beseelte. Eine sehr löbliche Absicht: uns zu zwingen, daß wir zum Wohl des Dorfes unsere Antipathien vergessen. Uns einen Anlaß zu liefern, über den wir alle einig sein können."

Peppone ließ seinen Blick über die Runde schweifen. „Für mich", sagte er, „ist Poccis Ziel kein anderes, als uns einen Streich zu spielen. Und da würde ich sagen: Nehmen wir die testamentarische Verfügung an. Unsere privaten Beziehungen bleiben, wie sie sind; aber wir müssen uns verpflichten, bei den Verhandlungen über das Altersheim jede übermenschliche Anstrengung zu unternehmen, um einig zu sein."

„Bravo!" lobte Don Camillo. „Das müssen wir zum Wohl der Gemeinde tun."

Die übrigen sechs verharrten in bockigem Schweigen, doch ihre Augen sagten: Nein!

„Das Wohl der Gemeinde ist mir egal!" betonte Peppone heftig. „Wir müssen jetzt nur darum einig sein, damit wir unsererseits dem alten Pocci eine Nase drehen!"

„Wenn es darum geht, den Pocci hereinzulegen, dann nehme ich alle Bedingungen an", stimmte einer der sechs zu.

„Ich auch", sagte ein zweiter.

Alle waren damit einverstanden, nur Don Camillo hielt an seinem Standpunkt fest: „Ich mache mit, aber nicht, um Pocci eine Nase zu drehen, sondern zum Wohl der Gemeinde. Man darf das Gute nicht als Mittel zum Bösen mißbrauchen."

Die Versammlung meuterte: „Kommt nicht in Frage! Entweder Ihr macht ebenfalls mit, um den Pocci hereinzulegen, oder wir ziehen unsere Zusage zurück."

„Tut mir leid", erwiderte Don Camillo. „Ich kann das Gute nicht für Böses einsetzen. Das geht gegen das Grundprinzip der christlichen Religion. Ich muß das Böse bekämpfen, um das Gute zu erlangen. Ihr seid eine Bande von Missetätern, die das Gute (die Errichtung eines Altersheims) dazu benutzt, die Seele eines armen Verblichenen zu piesacken. Eigentlich müßte ich mich zurückziehen und damit euer gotteslästerliches Unternehmen platzen lassen. Dadurch aber würde ich alte, bedürftige, unglückliche Menschen schädigen. Ich mache also mit, doch muß ganz klar sein, daß ich mich des Bösen bediene (eurer

„Jesus", rief Don Camillo aus, „ich danke dir, daß du die böse Absicht des alten Pocci durchkreuzt hast ..."

schlechten Hintergedanken), um das Gute in Form des Altersheimes zu erlangen."

Peppone protestierte: „Ach so! Ihr macht also das Altersheim, weil Ihr ein Ehrenmann seid, und wir machen es, weil wir Halunken sind! Der Herr Priester will, wie immer, eine Vorzugsstellung."

„Es hindert euch ja niemand, es mir gleichzutun", gab Don Camillo ruhig zurück. „Ihr braucht den Auftrag lediglich anzunehmen, um den Lebenden etwas Gutes zu tun, statt um einen Toten zu ärgern."

„Den Lebenden! Den Lebenden!" fuhr Peppone auf. „Wenn ich einmal tot bin, kümmern die Lebenden sich auch nicht um mich!"

Die andern sechs wiegten ernst die Köpfe, wie um zu sagen: Da hast du wohl recht.

„So oder so", schloß Peppone, „sind wir uns in den Grundzügen offenbar alle einig. Ist jemand hier, der sich der Initiative eines Altersheims widersetzt?"

Niemand widersetzte sich.

Als sie das Notariat verlassen hatten, gingen die acht auseinander, ohne sich auch nur zu grüßen.

In der Kirche angekommen, kniete Don Camillo vor dem Gekreuzigten am Hauptaltar nieder. „Jesus", rief er aus, nachdem er die ganze Geschichte ausführlich erzählt hatte, „ich danke dir, daß du die böse Absicht des alten Pocci durchkreuzt hast. Er hoffte, wir würden uns an die Gurgel springen, und statt dessen ..."

„Don Camillo", unterbrach Christus streng, „wie kannst du behaupten, daß Pocci mit dem Vermächtnis böse Absichten verband?"

Don Camillo breitete die Arme aus: „Jesus", stammelte er, „alle haben es gesagt, dort beim Notar ... Ich nicht, natürlich. Im Gegenteil, ich habe ihn verteidigt. Armer Herr Pocci: Möge Gott ihm die Qualen der Hölle leichter machen."

„Don Camillo!"

„Herr", rechtfertigte sich Don Camillo hastig, „ich würde mir nie anmaßen, mich an die Stelle der göttlichen Gerechtigkeit zu setzen. Ich gebe lediglich die öffentliche Meinung wieder."

Poccis Haus war eines der schönsten, geräumigsten und behaglichsten des Dorfes und hatte auch einen großen Garten. Es schien für ein Heim wie geschaffen zu sein.

Die Barmittel genügten reichlich für den Umbau und die Einrichtung.

Das Grundstück, das Pocci dem Altersheim vermacht hatte, war eines der besten der Gemeinde, wurde von fleißigen, ehrlichen Pächtern bewirtschaftet und warf eine ausgezeichnete Rendite ab.

Das Achterkomitee funktionierte von der ersten Sitzung an geradezu beispielhaft: Die Diskussionen wurden in heiterer Gelassenheit geführt, und die Arbeiten kamen großartig voran.

In vier Monaten war alles bereit, und als die Kommission vollzählig zur Abnahme erschienen war und alles zur vollsten Zufriedenheit vorgefunden hatte, wandte man sich dem Programm der Einweihung zu.

Hier brachte Don Camillo einen schwerwiegenden Einwand vor: „Meiner Meinung nach muß das Heim nicht bloß als Gebäude eingeweiht werden, das für die Aufnahme alter Bedürftiger bereitsteht, sondern als in Betrieb stehende Institution. Es so leer einzuweihen, das wäre doch, als würde man ein Schiff auf dem Trockenen vom Stapel lassen, ohne es aufs Meer hinauszuschicken. Die Bürger müssen das Altersheim in Betrieb, also mitsamt den Insassen sehen. Nur so können sie sich ein genaues Bild von der Leistungsfähigkeit der ganzen Einrichtungen machen. Was meint ihr?"

Die andern kratzten sich nachdenklich die Köpfe.

„Natürlich!" rief Peppone. „Das Heim ohne Insassen ist wie eine elektrische Leitung ohne Strom oder eine Bahnlinie ohne Bahn. Und überdies weiß man ja, wie das vor sich geht. Da kommen die Journalisten und fragen die alten Leute aus: Wie alt seid Ihr? Wie geht es Euch? Was seid Ihr von Beruf gewesen? Und so weiter."

„Außerdem", sagte einer der andern sechs, „wenn die Insassen im Heim sind, können wir die richtige, praktische Abnahme durchführen. Und alles, was möglicherweise noch nicht ganz klappt, vor der offiziellen Einweihung in Ordnung bringen."

Es galt also, die alten Leute zu finden, die im Heim unterkommen sollten, und das war wirklich kein schwieriges Unternehmen, denn es gab in der Gemeinde nur fünf bedürftige Betagte, und die kannte jeder: Giacomone, 75 Jahre, wohnhaft im Dorf selbst; Ranieri, 78 Jahre, in Torricella; Girardengo, 80 Jahre, in Trecaselli; Joffini, 79 Jahre, in Fiumetto und die Miràcola, 85 Jahre, in Crociletto.

Fünf arme Teufel, die zwar nicht bettelten, aber doch von Almosen lebten.

Giacomone, hoch aufgeschossen und so dünn, daß ihm die Knochen fast durch die Haut zu stechen schienen, war ein Opfer des Streiks von 1908: damals hatte er seine Stelle verloren und war seither arbeitslos geblieben. Fünfundvierzig Jahre lang hatte er sich kümmerlich durchgeschlagen, fast nur von Wein gelebt und in Scheunen und Ställen geschlafen.

Ranieri, mittelgroß und mit mächtigem Seehundschnauzbart, hieß in Wirklichkeit anders, aber man nannte ihn Ranieri oder Fröschl, weil er etwa zweimal in der Woche „Frösche fangen" ging – das heißt, daß man ihn besoffen in einem Graben schlafend fand. Und als man ihn einmal aus dem Graben der Nationalstraße vier zog, da hatte sich doch tatsächlich ein Frosch in seiner Jackentasche verkrochen.

Girardengo war der kleinste der vier. Sein richtiger Name war Bedetti, aber da er steife Knie und verrostete Hüftgelenke hatte, sich nur mit Zehnzentimeterschrittchen vorwärts bewegen konnte und einen ganzen Tag brauchte, um einen halben Kilometer zurückzulegen, war er in Girardengo umgetauft worden, was ungefähr Zipperlein hieß.

Jeder, der ihn fragte, wohin er gehe, bekam von Girardengo unweigerlich die Antwort: „Ich muß deiner Schlampe von Schwester einen Expreßbrief bringen."

Joffini war der ernsteste und fleißigste. Stets reinlich gekleidet, verbrachte er sein Leben zwischen den Deichseln eines Handkarrens. Niemand hatte ihn je ohne seinen Karren gesehen. Ob Sommer oder Winter, er schob ihn über die Landstraßen, und alle zweihundert Meter hielt er an, setzte sich auf eine Deichsel, nahm seine Tabakspfeife heraus, zündete sie an, und wenn in der Pfeife ein Zigarrenstummel steckte, blies er Rauch aus dem Mund, wenn nicht, sog er einfach die nach Pfeifenrohr stinkende Luft ein.

Die alte Miràcola dagegen trug ständig einen Korb am Arm; sie war so klein und zierlich, ihr schneeweißes Haar so sauber frisiert, daß alle Leute sie gern hatten. Mit Erfolg „bekreuzigte" sie Wundrosen und Verstauchungen – daher der liebevolle Spitzname Miràcola.

Die fünf Altersheimkandidaten lebten völlig unabhängig voneinander; jeder hatte seinen eigenen Wirkungsbereich, seine eigene Kundschaft, sie begegneten sich überhaupt nie.

Sie begegneten sich erst an dem Tag, als der Smilzo in der Funktion eines Hilfspolizisten sie einsammelte und ins Gemeindehaus brachte, wo der Bürgermeister und Don Camillo und die andern sechs vom Achterkomitee sie erwarteten.

Es war vereinbart, daß Peppone im Namen aller die Begrüßungsansprache halten sollte, und als die fünf armen Alten vor ihm standen, sagte Peppone mit herzlicher, aber feierlicher Stimme: „Wir haben euch zusammengerufen, um euch etwas Schönes mitzuteilen. Etwas Schönes für euch wie für uns. Denn während ihr es seid, die den materiellen Nutzen haben werden, wird uns der moralische Nutzen zuteil, die Genugtuung, daß wir endlich die erste aller sozialen Pflichten erfüllen können: die Fürsorge für die Bedürftigsten unter unseren Alten."

Die fünf beäugten Peppone, Don Camillo und die andern sechs voller Mißtrauen.

„Wie ihr sicherlich wißt", fuhr Peppone fort, „wird demnächst das Altersheim eröffnet, und darum haben wir euch hergebeten."

„Ich bin nicht alt", brummte Giacomone. „Mich geht das nichts an."

„Du bist fünfundsiebzig", erwiderte Peppone, „also bist du alt."

„Wenn einer noch arbeiten und sein Stück Brot verdienen kann, ist er nicht so alt, daß man ihn ins Armenhaus stecken muß", beharrte Giacomone.

Nun wurde Peppone ärgerlich: „Red keinen Quatsch, Giacomone: Du hast schon nie etwas getan, als du jung warst, geschweige denn jetzt, da du alt bist. Seit ich ein kleiner Junge war, sehe ich euch herumgehen und um Almosen bitten."

„Ich habe nie gebettelt!" protestierte Giacomone.

„Ich auch nicht!" behauptete Ranieri.

„Ich tue seit fünfzig Jahren meinen Dienst mit dem Handkarren und verdiene meinen Lebensunterhalt!" rief Joffini.

Peppone lief puterrot an. „Schluß jetzt! Ab heute abend seid ihr im Altersheim. Und wenn ihr nicht geht, lasse ich euch hintragen!"

„Und wenn du mich hintragen läßt, reiße ich aus!" schrie Girardengo wütend.

Die Miràcola begann still zu weinen und wischte sich mit einem Zipfel ihres schwarzen Kopftuches die Augen.

„Und was habt Ihr zu flennen?" fragte Don Camillo.

„Ich will in meinem Bett sterben, nicht im Hospital“, stammelte die alte Frau.

„Hospital?“ kreischte Peppone wütend und drückte damit die heilige Entrüstung der ganzen Kommission aus. „Welcher Lump hat die Frechheit, von einem Hospital zu reden? Smilzo, schmeiß die Leute in den Krankenwagen, und fahr sie zum Heim, damit sie es sehen!“

Als sie das Wort Krankenwagen hörte, fing die Alte erst recht zu weinen an. „Herr Peppino“, flehte sie, „habt doch Respekt vor einer armen alten Frau, die Euch auf dem Arm getragen hat, als Ihr zwei Monate alt wart ...“

Auf das Wort Peppino und den Vorwurf reagierte Peppone mit einem so argen Fluch, daß Don Camillo den Nichtangriffspakt verletzte und zu der Alten sagte: „Anstatt ihn im Arm zu halten, hättet Ihr ihn gescheiter von der Brücke in den Kanal geworfen.“

Die fünf armen Teufel wurden in den Lieferwagen verladen und weggebracht. Peppone, Don Camillo und die andern sechs folgten zu Fuß.

Sie waren alle stocksauer: „Wir reißen uns alle Beine aus, um ihnen Gutes zu tun, und sie behandeln uns, als wären wir Henker!“

„Und jetzt?“ Die fünf Unglücklichen, die verloren im großen Vorraum des Altersheims herumstanden, fuhren zusammen, als sie Peppones Stimme hörten.

Man führte sie zur Besichtigung durch das ganze Gebäude. „Das ist die Küche, wo man euch das Essen kocht“, erklärte Peppone. „Gesundes, sauberes, nahrhaftes Essen. Und reichlich.“

„Frühstück, Mittagessen, Vesper und Abendessen“, fügte Don Camillo hinzu. „Und das alle Tage. Aus mit der Ungewißheit!“

Dann gelangte man in den weiten, hellen Speisesaal. „Aus und vorbei ist es mit dem Brotverdrücken an einem Grabenrand“, sagte Peppone.

„Ihr eßt wie rechte Christenmenschen am gedeckten Tisch, in der Wärme im Winter und in der Kühle im Sommer.“

Dann betraten sie den Schlafsaal mit den in Reihe stehenden Betten.

„Jesus, Maria!“ stöhnte die Miràcola.

„Jesus, Maria was?“ wollte Don Camillo wissen.

„Ich will nicht an einem Ort schlafen, wo Männer schlafen.“

„Dummes Zeug! Das ist doch die Männerabteilung. Ihr schlaft in der Frauenabteilung."

Nun zeigte man den künftigen Insassen die glänzenden Porzellanwaschbecken, das Krankenzimmer, die kleine Bibliothek, den Aufenthaltsraum mit den bequemen Stühlen und die Garderobe mit der schon bereitgelegten Wäsche und den Kleidern, die an den Bügeln hingen.

„Warmwasserheizung, elektrisches Licht, warmes und kaltes Wasser, Radio und, wenn die Station Montepelli erst gebaut ist, auch Fernsehen. Zeitungen, Bücher, Werkstätte, wenn einer Lust hat, sich die Zeit mit kleinen Arbeiten zu vertreiben. Und der feine Garten, um Luft und Sonne zu genießen. Meint ihr immer noch, wir seien Halunken, die euch etwas Böses antun wollen? Schurken, die euch ins Hospital stecken? Mörder, die euch im Gefängnis einsperren? Das ist euer Haus, und jeden Tag habt ihr freien Ausgang. Also – was habt ihr zu sagen?" Selbstsicher wartete Peppone auf Antwort.

„Es ist wunderbar", sagte Giacomone.

„Direkt herrschaftlich", fügte Ranieri hinzu.

„Schön!" seufzte Joffini. „Wenn man wollte, könnte man hier auch den Handkarren unterbringen."

„Aber klar!" lachte Peppone zufrieden und blinzelte den andern sieben zu.

Girardengo sah sich noch immer um.

„Sicher", murmelte er. „Sicher, mehr könnte man gar nicht verlangen."

„Und Ihr, was meint Ihr?" fragte Peppone vergnügt die Miràcola.

„Ich bin nur eine arme alte Frau", jammerte sie leise. „Was soll ich sagen?"

„Gefällt es Euch oder nicht?"

„Es macht mir angst, so schön ist es."

„Ihr werdet Euch daran gewöhnen. Ihr werdet Euch schnell daran gewöhnen!"

Da mischte sich Don Camillo ein: „Wir freuen uns alle sehr, daß euch euer Haus gefällt. In einer Woche wird alles funktionieren, und dann ist auch das Personal da. Also verbleiben wir so: Ihr habt Zeit, eure kleinen Angelegenheiten zu regeln, und in einer Woche stellt ihr euch hier ein, ohne daß wir euch noch einmal extra einladen, und beginnt euer neues Leben."

Peppone blinzelte dem Verwalter zu, der den Wink verstand, vortrat und jedem der fünf eine Tausendernote in die Hand drückte: „Das bedeutet, daß ihr von heute an vom Altersheim betreut werdet. Das ist die Unterstützung für die Tage, die ihr noch warten müßt. Giacomone und Ranieri – bitte, betrinkt euch nicht."

Die fünf hielten ihren Geldschein fest in der Hand, als sie weggingen.

„Wir sind über den Berg!" rief Peppone zufrieden. „Man muß eben Geduld haben mit alten Leuten."

„Besonders mit diesen", fügte Don Camillo hinzu. „Sie haben vom Leben nie etwas Gutes bekommen und können es nun fast nicht glauben, daß die göttliche Vorsehung sich auch ihrer erinnert."

Jetzt war alles bereit, aber als die sieben Tage verstrichen waren, zeigte sich niemand.

Man wartete noch zwei Tage, dann wurde der Smilzo auf die Suche nach den fünf Heiminsassen geschickt.

Es dauerte noch einmal drei Tage, bis er sie aufgespürt hatte, und als sie gefunden waren, kehrte der Smilzo mit leeren Händen zurück.

„Ja, ich habe sie gefunden, aber wenn ihr sie holen wollt, müßt ihr selber gehen", erklärte er dem Komitee. „Ich bringe es nicht fertig."

„Smilzo!" schimpfte Peppone. „Du hast die Befehle auszuführen!"

„Chef, ich habe mich deinen Anordnungen noch nie widersetzt. Es ist nur so, daß es diesmal ein Befehl ist, den ich nicht ausführen kann. Ich kann dich höchstens hinbegleiten."

Sie fuhren alle acht auf dem vom Smilzo gelenkten Lastwagen Peppones los; sie waren wütend und durchaus gewillt, die Bettler notfalls mit Gewalt zur Ordnung zu bringen. Der Lastwagen rumpelte über die staubigen Straßen und blieb hinter der Häusergruppe von Crociletto vor einer einsamen Baracke stehen.

„Das ist das Haus der alten Frau", erklärte der Smilzo.

„Dann laden wir dieses Weib als erste auf!" schrie Peppone. „Nachher schnappen wir uns die andern. Ob sie weint oder brüllt, in einer Stunde ist sie im Altersheim!"

Die Tür war mit einer Kette versperrt. Peppone trat mit Wucht dagegen, und nach ein paar Minuten ging die Tür auf, und es erschien die Miràcola.

„Hopp, los, und keine Geschichten!" fuhr Peppone sie an. „Nehmt Euren Plunder und marsch! Ich gebe Euch fünf Min–"

Weiter kam er nicht, denn seinen Augen bot sich ein wahrhaft ungewöhnliches Schauspiel: Er hatte eine Schreinerwerkstatt vor sich, und Giacomone arbeitete an der Werkbank. Ranieri polierte eine kleine Tischplatte blank, und Girardengo saß in einer Ecke und flocht einen Stuhlsitz.

„Wir haben eine Genossenschaft gegründet", erklärte Giacomone gelassen. „Jeder von uns hat sich an seinen alten Beruf erinnert und die Arbeit wieder aufgenommen. Die Miràcola hat uns das Haus zur Verfügung gestellt und kocht für uns. Joffini holt mit seinem Handwagen die Arbeiten und bringt sie zurück. Mit den fünftausend Lire haben wir die Werkbank und das notwendigste Werkzeug gekauft."

Peppone trat näher und betrachtete sich, was Giacomone gerade in Arbeit hatte. Und auch die andern traten näher.

Es war eine bescheidene, aber tüchtige Handwerkerleistung.

„Na schön", brummte Peppone und leitete den Rückzug ein. „Wenn ihr uns braucht, dann wißt ihr ja, wo wir sind."

Stumm verließen sie die Hütte und stiegen in den Lastwagen. Bei der Kurve an der alten Kloake, kurz nach der Einbiegung ins enge Sträßchen von Pioppaccio, mußte der Smilzo bremsen, weil ein Handkarren auf der Grabenböschung stand. Der Karren war mit zerbrochenen Stühlen und zerschlagenen Holzkübeln beladen. Auf einer Deichsel saß Joffini mit der Pfeife im Mund, und auf der Karrenwand stand mit roter Lackfarbe:

HANDWERKERGENOSSENSCHAFT „FREIHEIT"

Der Smilzo zirkelte rechts vorbei, und als sie an Joffini vorüberfuhren, beugte sich Don Camillo aus dem Lastwagen und warf ihm eine halbe Toscano-Zigarre in den Schoß.

Die andere Hälfte stopfte er sich selber in den Mund und zündete sie an, um nicht hinter Peppone und den andern zurückzustehen, die wie Fabrikschlote drauflosrauchten.

Das Meisterwerk

An jenem Morgen sprang Peppone schon um vier Uhr aus den Federn. Er war sozusagen mit einem Knoten im Kopf eingeschlafen und brauchte daher keinen Wecker.

Kurz vor Mitternacht nämlich, als er schon am Haustor stand, um abzuschließen, hatte man ihm die Nachricht überbracht, daß die Klerikalen in der Villa von Filotti eine Geheimversammlung abgehalten hatten. Dem Informanten, der sich in unmittelbarer Nähe des Sitzungsortes herumgedrückt hatte, war es gelungen, einen Satz aufzuschnappen, den eines der klerikalen großen Tiere beim Verlassen des Hauses laut zu den andern geäußert hatte: „Morgen haben wir etwas zu lachen!“

Was sollte morgen vorgehen? Peppone fand keine Antwort auf diese quälende Frage, und nachdem er alle Rädchen seines Gehirns umsonst in Bewegung versetzt hatte, beschloß er, das einzige, was man tun könne, sei, sofort schlafen zu gehen, um im frühesten Morgengrauen wieder auf den Beinen zu sein.

Um Viertel nach vier begann Peppone seine Inspektionsrunde durch die verlassenen Straßen des schlafenden Dorfes.

Er bemerkte nichts Besonderes: Die an die Mauern geklebten Plakate waren dieselben wie am Abend vorher, die Spruchbänder und die Anschlagtafeln auch. Das beruhigte Peppone einerseits, andererseits machte es ihm erst recht zu schaffen: Wenn es sich nicht um einen propagandistischen Streich in Form von Papier handelte, das man an die Wände klebt, was hatten *dann* die Klerikalen ausgeheckt?

Wahrscheinlich etwas Journalistisches – in diesem Fall blieb Peppone nichts anderes übrig, als ruhig zu warten, bis die Zeitungen herauskamen.

Entschlossen überquerte er den Platz und ging zum Volkshaus. Tief in Gedanken versunken, zog er den Schlüssel zum Eingang aus der Tasche – und tat vor Schrecken einen Satz rückwärts.

Auf den Stufen vor der großen Tür lag ein dickes Bündel, das alles andere als vertrauenerweckend aussah.

Peppone dachte gleich an eine Höllenmaschine. Schon in den nächsten Sekunden jedoch geschah etwas, das diese Vermutung über den Haufen warf: Aus dem Bündel ragte ein winziges, winkendes Händchen.

Mißtrauisch trat Peppone wieder näher, und als er einen Zipfel des schwarzen Tuches hob, mit dem das Bündel zugedeckt war, entdeckte er an der kleinen Hand einen kleinen Arm und an dem kleinen Arm ein kleines Kind.

Ein so schönes Kind hatte Peppone noch nie gesehen; es konnte höchstens drei, vier Monate alt sein, und es fehlten ihm nur zwei Flügel, daß man es für ein Engelchen gehalten hätte.

Auf dem Jäckchen war mit einer Sicherheitsnadel ein Blatt Papier angeheftet:

> Wenn ihr die Partei der Armen seid, dann ist dieses Geschöpf das ärmste der Welt, denn es hat nichts, nicht einmal einen Namen. Es wird euch anvertraut von einer unglücklichen Mutter.

Als Peppone diese unglaubliche Botschaft gelesen und wieder gelesen hatte, blieb ihm der Mund offen – aber nur so lange, als es unbedingt notwendig war; dann stieß er einen Schrei aus.

Von allen Seiten kamen Leute herbei, die wenig mehr als das Hemd auf dem Leibe trugen und deren Augen noch voller Schlaf waren. Sie alle lasen das Briefchen und starrten sich fassungslos an.

„Ist das denn die Möglichkeit, daß im Atomzeitalter noch solche Dinge vorkommen?" brüllte schließlich Peppone. „Das ist ja das reine Mittelalter!"

„Nur mit dem Unterschied, daß sie im Mittelalter diese Kinder auf die Kirchenstufen legten!" bemerkte der Smilzo, der sich dazugesellt hatte.

Peppone wandte sich um und fragte verblüfft: „Was willst du damit sagen?"

„Daß es vom Mittelalter bis heute ziemliche Fortschritte gegeben hat", erklärte der Smilzo. „Immerhin, die unglückseligen Mütter, die gezwungen sind, ihre Kinder wegzugeben, trauen nicht mehr den Pfaffen, sondern . . ."

Peppone ließ ihn nicht ausreden; er packte ihn beim Jackenaufschlag und zog ihn zur Volkshaustür. „Nimm das Kind und komm herein!"

Der Smilzo hob das Bündel auf und folgte Peppone in dessen Büro.

„Chef", stotterte er, „warum behandelst du mich so? Habe ich denn so etwas Schlimmes gesagt?"

Peppone war ganz zapplig vor Aufregung. „Smilzo, nimm Papier und schreib den Entwurf. Es ist keine Sekunde zu verlieren! Heute haben wir etwas zu lachen!"

Die eilig herbeigerufene Frau des Lungo kümmerte sich um das Kind, der Smilzo griff sich einen Bogen Papier, setzte sich hin und entwarf den Text. Nach einer Stunde eifriger Arbeit las er Peppone das Ergebnis vor:

„Bürger!
Im Schutze des nächtlichen Dunkels hat heute früh die unbekannte Hand einer unglücklichen Mutter ihr Kind vor die Tür des Volkshauses gelegt, wo Genosse Giuseppe Bottazzi es auffand.

Auf dem ausgesetzten Säugling war folgender Brief angeheftet: ‚Wenn ihr die Partei der Armen seid, dann ist dieses Geschöpf das ärmste der Welt, denn es hat nichts, nicht einmal einen Namen. Es wird euch anvertraut von einer unglücklichen Mutter.‘

Bürger!

Obzwar wir die Wahnsinnstat der unbekannten Mutter verurteilen, prangern wir vor aller Welt die soziale Ungerechtigkeit an, derentwegen die Reichen zuviel haben und die Armen nicht einmal genug, um den Hunger ihres Kindes zu stillen.

Sie sind die wahren Schuldigen! Der Arme würde nicht Brot stehlen, wenn ihm der Reiche nicht das Notwendigste vorenthielte!

Die verzweifelte Tat der Mutter, die ihr Neugeborenes aussetzt, ist typisch für die Feudalgesellschaft des Mittelalters, aber die Mentalität des Volkes ist nicht mehr mittelalterlich; während man damals solche Kinder vor die Kirche legte, hinterläßt man sie heute vor dem Volkshaus, was bedeutet, daß das Vertrauen in die Priester zu Ende ist und die Armen nur auf die Kommunistische Partei hoffen, für die alle Menschen gleich sind und Anspruch auf einen Platz an der Sonne haben!

Bürger, wir übernehmen die Vormundschaft über dieses verlassene Geschöpf und fordern euch auf, geschlossen unsere Liste zu wählen!

Die Sektion der KPI“

Peppone ließ sich die Proklamation noch zweimal vorlesen, wollte das eine oder andere Komma umplaziert haben und schickte dann den Smilzo zu Barchini mit dem Auftrag, fünfhundert Exemplare zu drucken.

Am Nachmittag waren die Anschläge bereit, und die Plakatklebermannschaft sauste damit in alle Richtungen los. Die erste Komplikation ließ nicht auf sich warten: Kaum hatte der Polizeichef das Manifest gelesen, begab er sich zu Peppone. „Herr Bürgermeister, entspricht das, was auf dem Anschlag der Kommunistischen Partei steht, der Wahrheit?“

„Maresciallo, glauben Sie, ich würde so etwas erfinden? Das Kind habe ich selber aufgelesen!“

„Und warum haben Sie den Fund nicht gemeldet?“

Verblüfft starrte ihn Peppone an. „Aber er wird doch auf fünfhundert Manifesten, die im ganzen Bezirk hängen, gemeldet!“

„Das habe ich gesehen. Aber wir müssen ein Protokoll aufnehmen und unsererseits Anzeige erstatten. Wer Kinder aussetzt, macht sich strafbar. Und wer sagt Ihnen überhaupt, daß der Säugling tatsächlich das Kind der Frau ist, die den Zettel geschrieben hat? Und wer sagt Ihnen, daß es eine Frau gewesen ist? Und wenn das Kind seinen Eltern geraubt und dann ausgesetzt worden wäre?"

Da erstattete Peppone dem Maresciallo regelrecht Anzeige, und dieser befragte die Zeugen und verfaßte das Protokoll.

„Und wo befindet sich das Kind jetzt?" wollte der Beamte am Ende wissen.

„Bei sich zu Hause", antwortete Peppone stolz, „im Volkshaus."

„Wer hat es in Verwahrung?"

„Die Kommunistische Partei. Wir haben es adoptiert."

„Eine Partei kann keine Kinder adoptieren. Sie kann auch keine Kinder in Verwahrung nehmen. Der Säugling muß einem vom Staat anerkannten Institut übergeben werden. Wir betrachten also Sie persönlich, Herr Bürgermeister, als für das Kind verantwortlich. Wir melden es bei einem Kinderheim in der Stadt an, und morgen früh übergeben Sie es den Beauftragten dieses Kinderheims."

Peppone betrachtete den Polizeichef finster. „Ich übergebe gar nichts", sagte er dann. „Das Kind adoptiere ich persönlich."

Der Maresciallo schüttelte den Kopf. „Alle Achtung vor Ihrer Großzügigkeit, Herr Bürgermeister. Aber das ist nicht möglich, bevor alle Nachforschungen abgeschlossen sind."

„Während Sie den Fall untersuchen, ist der Kleine bei mir und meiner Frau bestens aufgehoben. Wir haben bereits vier Kinder aufgezogen, und das recht gut, wenn ich nicht irre. Im übrigen haftet somit nicht irgendein Unbekannter für das Kind, sondern die oberste Behörde der Gemeinde, nämlich der Bürgermeister."

Darauf wußte der Maresciallo keinen Einwand mehr. „Gehen wir und sehen wir uns das Kind an", brummte er.

„Machen Sie sich keine Umstände – ich lasse es hierherbringen."

Bald darauf kam Lungos Frau mit dem Kleinen im Arm. Kaum hatte der Maresciallo einen Blick auf das Kind geworfen, rief er aus: „Donnerwetter! Das ist ja ein Meisterwerk! Wie kann man nur ein so wunderschönes Geschöpf aussetzen!"

Peppone seufzte. „Auch die schönsten Kinder können nicht von der Luft leben."

Der Polizeichef brauchte keine langen Untersuchungen anzustellen. Noch am selben Abend wurde er dringend nach Torricella gerufen, weil man drei Kilometer außerhalb des Dorfes eine junge Frau tot auf dem Bahngleis gefunden hatte.

In ihrer Handtasche waren eine Identitätskarte und ein Brief, der mit den Worten begann: „Es ist die übliche Geschichte vom einsamen, betrogenen und verlassenen Mädchen ..."

Alles übrige ging aus der Identitätskarte hervor; der Maresciallo brauchte nur noch an die Carabinieri der fernen Stadt zu schreiben, in der das Mädchen wohnhaft gewesen war, und die Antwort abzuwarten.

Die Antwort kam: Es handelte sich tatsächlich um ein Mädchen, das ganz allein auf der Welt stand, und das Kind war als ihr Sohn eingetragen.

Der Maresciallo teilte es Peppone mit. „Wenn Sie wollen, können Sie jetzt die Adoption in die Wege leiten", sagte er. „Sollten Sie jedoch Ihre Meinung geändert haben ..."

„Ich ändere meine Meinung nicht."

Das Findelkind war wirklich ein Meisterwerk; wer immer es anschaute, war überwältigt. Schließlich bekamen auch Bicci und seine Frau es zu sehen und gerieten völlig aus dem Häuschen.

Die Biccis waren steinreich; alles im Leben war ihnen gelungen, nur das eine nicht: Sie hatten keine Kinder bekommen. Jetzt träumten sie nur noch davon, zu einem Stammhalter zu gelangen.

Beim Anblick des Findelkindes sagten sie gleich: „Den schickt uns der liebe Gott! Er hat niemanden auf der Welt. Er gehört uns!"

Sie liefen zu Don Camillo und erklärten ihm alles. „Nur Sie können etwas unternehmen! Peppone hört nur auf Sie!" beschworen sie ihn.

Und Don Camillo mußte in Begleitung des Maresciallo bei Peppone anklopfen. Sie wurden ziemlich unhöflich empfangen.

„Politik?" erkundigte sich Peppone.

„Nein. Etwas Ernsteres. Es geht um dieses Kind."

Nachdem Peppone sich die von Don Camillo übermittelten Vorschläge des Ehepaares Bicci angehört hatte, antwortete er mit einem trockenen „Nein".

„Ich bin im Besitz eines Briefes", sagte er dann, „den die arme Frau in Torricella aufgegeben hat, bevor sie sich unter den Zug warf. Er ist identisch mit dem Schreiben, das Sie, Signor Maresciallo, in der Handtasche gefunden haben. Und der Brief war an mich adressiert."

„An Sie? Also kannten Sie das Mädchen!"

„Nein. Der Brief war an den ‚Chef des Volkshauses' gerichtet, und der bin ich, und so hat man ihn mir persönlich zugestellt."

Der Polizeichef lächelte ungläubig: „Daß die Ärmste, nachdem sie ihr Kind vor dem Volkshaus abgelegt hatte, dem Chef des Volkshauses einen Brief schrieb, kann ja sein. Aber wie können Sie behaupten, daß es sich um das gleiche Schreiben handelt wie das, das in der Handtasche lag und an die Justizbehörde gerichtet war?"

„Aus dem einfachen Grund, daß in meinem Brief stand: ‚Einen identischen Brief habe ich auch an die Justizbehörde geschrieben.'"

Peppone holte ein maschinegeschriebenes Blatt aus der Tasche: „Das Original ist an einem sicheren Ort. Und der Brief lautet wörtlich: ‚Es ist die übliche Geschichte vom einsamen, betrogenen und verlassenen Mädchen. Der Mann, der mich betrogen hat, ist ein reicher, schamloser Egoist. Vor meinem Tod habe ich meinen Sohn denen anvertraut, die gegen die Reichen, ihren Egoismus und ihre Schamlosigkeit kämpfen. Ich will, daß sie ihn zu einem Feind der Reichen erziehen. Was mich dazu treibt, ist nicht Rachsucht, sondern der Wunsch nach Gerechtigkeit.'"

Der Maresciallo blieb ungerührt. „Ich weiß nichts", behauptete er. „Ich habe den Brief an die zuständige Stelle weitergeleitet, und nur die zuständige Stelle kann sich dazu äußern."

„Richtig – aber ich habe einen handgeschriebenen Brief der Kindesmutter in meinem Besitz, samt Unterschrift und Adresse ‚An den Chef des Volkshauses'. Niemand hätte mich hindern können, den Brief fotografieren und Riesenplakate daraus machen zu lassen. Stellen Sie sich vor, Herr Gemeindepfarrer, wie das gewirkt hätte, wenn es mir eingefallen wäre, das Kind als Wahlpropagandamotiv zu mißbrauchen! Finden Sie nicht auch, Signor Maresciallo?"

„Das fällt nicht in meine Kompetenz, Herr Bürgermeister. Ich habe Ihnen alles gesagt, was zu sagen ist." Eine ganze Weile verharrten Don Camillo und Peppone in Schweigen. Dann fragte Peppone: „Hochwürden, hätte ich das Recht oder nicht, Euch mit einem Hammer den Kopf einzuschlagen?"

„Nein. Nur Gott hat das Recht, einem Menschen das Leben zu nehmen."

„Gut. Hätte also der Herrgott die Pflicht oder nicht, dem Menschen das Leben zu nehmen, der in dieser Pfarrgemeinde als Kirchenoberhaupt amtet?“

„Gott hat keine Pflichten, Gott hat nur Rechte. Und vor Gott haben die Menschen nur Pflichten.“

„Ausgezeichnet!“ rief Peppone. „Und was wäre also in diesem Fall meine Pflicht vor Gott? Das Kind den Biccis zu geben, damit sie einen miesen Egoisten daraus machen, wie sie selber sind?“

„Oder es selber zu behalten und in der Schule des Hasses aufzuziehen?“ gab Don Camillo zurück.

In der großen Küche stand die Wiege, und in der Wiege schlief das Kind. Als Don Camillo und Peppone vor ihm standen, schlug es die Augen auf und lächelte.

„Wie schön er ist!“ entfuhr es Don Camillo.

Peppone wischte sich den Schweiß von der Stirn. Dann verließ er die Küche und kam mit einem Blatt Papier zurück. „Hier ist der Originalbrief der Mutter“, erklärte er. „Ihr könnt kontrollieren, ob ich die Wahrheit gesagt habe. Lest nur!“

„Behalt den Brief!“ wehrte Don Camillo ab. „Ich schwöre dir, ich zerreiße ihn, wenn du ihn mir gibst!“

„Ich will nichts wissen. Hier – wenn Ihr lesen wollt, lest!“

Zwischen Don Camillo und Peppone stand die Wiege, und Peppone reichte den Brief hinüber.

Aber eine winzige Hand griff nach dem Stück Papier und zerknüllte es zwischen den Fingerchen.

Peppone öffnete seine Pranke und starrte verdutzt auf das Kind, dessen kleine Fäuste das Blatt in Fetzen rissen.

„Jesus!“ ächzte Don Camillo mit weit aufgerissenen Augen.

In diesem Augenblick kam Peppones Frau herein: „Welcher Esel hat ihm dieses Papier gegeben?“ schimpfte sie. „Und auch noch mit Tintenstift geschrieben! Wenn er das in den Mund steckt, vergiftet er sich ja!“

Rasch sammelte sie die Fetzen ein und warf sie ins Herdfeuer. Dann hob sie den Kleinen aus der Wiege und hielt ihn in die Höhe: „Hochwürden, haben Sie gesehen? Ist er nicht ein Meisterwerk? Fragen Sie doch mal Ihren Präsidenten De Gasperi, ob er so etwas zustande brächte!“

Und das sagte sie, als hätte sie selber es zustande gebracht.

Don Camillo ging nicht auf die Provokation ein. Ausgesucht höflich verabschiedete er sich: „Wiedersehn, Frau Bottazzi. Wiedersehn, Herr Bottazzi. Wiedersehn, Herr Bottazzi junior."

Und Herr Bottazzi junior antwortete mit einem hohen, zarten Triller, der Don Camillo ins Herz drang und es mit Trost und Hoffnung erfüllte.

Genosse Unkraut

Eine dreihundertjährige Eiche erscheint uns als etwas Gewaltiges, das wir mit ehrfürchtigem Staunen betrachten. Wenn aber der Blitz einschlägt und sie von oben bis unten spaltet, wird uns klar, daß auch eine Eiche nichts weiter ist als ein größerer und dickerer Grashalm.

Bewundernd und eingeschüchtert blickten die Leute auf Peppone, der wie eine jahrhundertealte Eiche aus der Masse ragte; eines Tages jedoch entdeckten alle, daß er bloß ein etwas höherer und breiterer Mann als die andern war.

Schon seit einer Weile war Peppone nicht mehr richtig in Form; sein „Motor" lief zwar noch, aber etwas war daran spürbar nicht in Ordnung.

Nun ist es für starke Männer immer demütigend, ja geradezu beschämend, zum Arzt gehen zu müssen. Und Peppone, ein fast allzu starker Mann, verschob es von Monat zu Monat. Endlich, nicht zuletzt seiner Frau zuliebe, die ihm keine Ruhe ließ, gab er nach und suchte den Arzt auf.

Der tat sein möglichstes, um herauszufinden, was zum Kuckuck im Getriebe dieser großen Maschine sich verbogen oder gelöst haben mochte; zuletzt meinte er etwas ratlos: „Ich glaube, mit der Lunge stimmt etwas nicht. Gehen Sie in die Stadt, und lassen Sie sich röntgen, dann sehen wir weiter."

Fuchsteufelswild kam Peppone nach Hause und erklärte seiner Frau, der Doktor sei ein Idiot und die Sache mit dem Röntgen überhaupt nur ein Trick, den Leuten das Geld aus der Tasche zu ziehen: „Das ist doch eine einzige Clique von Banditen!" schrie er. „Der Doktor schickt dich zum Röntgenologen, der Röntgenologe zum Herzspezialisten, der Herzspezialist zum Leberspezialisten, der Leberspezialist zum Krebsspezialisten, der Krebsspezialist zum Chirurgen. Dann schneiden sie dich auf, nähen dich wieder zu, machen noch einmal auf, geben dir dreitausend Spritzen, stopfen dich mit Spezialmitteln voll, verlochen dich monatelang in einer sündteuren Klinik und spedieren dich am Ende nach Hause, wenn Geld und Gesundheit futsch sind. Soll er doch selber zum Röntgen gehen!"

Die Frau ließ ihn sich austoben, dann fing sie zu bohren an. „Wann gehst du jetzt zum Röntgen?" fragte sie immer wieder. „Warum gehst du nicht zum Röntgen?"

Fast eine Woche lang hielt Peppone durch. Dann gab er seiner Frau die Waffenstillstandsbedingungen bekannt: „Ich gehe, wenn du mitkommst."

So begleitete sie ihn also in die Stadt und leistete ihm im Wartezimmer Gesellschaft.

Er hatte Glück, denn es warteten eine Menge Leute, so daß er sich eingewöhnen und die Kraft sammeln konnte, allein das Sprechzimmer zu betreten.

Der Röntgenologe, ein wortkarger Mann, las den Begleitbrief des Arztes, hieß die Schwester den Namen notieren und machte sich an die Arbeit.

„Professor, es ist doch nichts?" fragte Peppone, während er sich wieder anzog.

„Ich muß erst das Röntgenbild studieren", erwiderte der Arzt. „Schicken Sie übermorgen jemanden vorbei, um die Aufnahmen und den Bericht abzuholen."

Ziemlich besorgt kehrte Peppone ins Wartezimmer zurück und erzählte seiner Frau, wie es gegangen war. Sie munterte ihn auf: „Wenn es schlimm wäre, hätte er es dir gleich gesagt. Daß er zuerst das Bild studieren muß, heißt doch, er hat nichts gefunden."

Peppone war beschwichtigt, aber zu Hause nahm die Unruhe wieder überhand: „Warum hat er gesagt: ‚Schicken Sie jemanden vorbei'? Warum hat er nicht gesagt: ‚Kommen Sie übermorgen und holen Sie die Bilder und den Bericht'?"

„Jetzt mach dich doch nicht verrückt mit solchen Spitzfindigkeiten!" redete seine Frau ihm zu.

„Das sind keine Spitzfindigkeiten! Wenn die entdecken, daß einer ganz übel dran ist, dann sagen sie es ihm nicht, damit er sich nicht aufregt, und sagen es nur seinen Angehörigen!"

Vergeblich bemühte sich die Frau, ihn zu beruhigen. Peppone war psychisch ein Trümmerhaufen und mußte sich zu Bett legen, weil ein höllisches Fieber ihn packte.

Auch am folgenden Tag blieb er im Bett, und am Abend ließ er den Hausarzt kommen: „Morgen sind die Röntgenbilder bereit. Aber ich habe den Wink schon verstanden und weiß, daß es ganz schlecht um mich steht."

„Na, na, so schlimm wird's nicht sein ..."

„Lassen Sie nur. Aber die Sache ist die: Ich kann die Bilder nicht abholen, weil ich krank bin. Auf der andern Seite will ich nicht, daß meine Frau hingeht. Wenn es etwas so Schlimmes ist, wie ich befürchte, darf sie nichts davon wissen. Auch die Kinder nicht. Also schreiben Sie dem Röntgenarzt ein paar Zeilen, er soll die Aufnahmen in einem versiegelten Umschlag dem Überbringer für Sie mitgeben. Und dann reden wir zwei allein darüber."

So tuckerte der Smilzo mit dem Motorrad am andern Morgen los, nahm den Umschlag in Empfang, bezahlte, was zu bezahlen war, und fuhr ins Dorf zurück.

Peppone glühte vor Fieber und Ungeduld.

Endlich kam der Arzt. Peppone hörte ihn eintreten, hörte seine Frau fragen, ob es etwas Ernstes sei, hörte den Doktor fröhlich antworten: „Nichts von Bedeutung, Frau Bottazzi! Seien Sie unbesorgt!"

Er hörte, wie seine Frau sich über den guten Bescheid freute. Daß der Bescheid für ihn selber nicht gut war, merkte er, sobald der junge Arzt zu ihm in die Kammer trat.

„Wie geht's?" Der Doktor gab sich Mühe, jovial zu sein.

„Wie's mir geht? Das müssen Sie mir sagen!"

Der Arzt war ordentlich verlegen: „Machen Sie sich keine Sorgen. Ich habe die Bilder und den Bericht gesehen ... Nichts ganz Schlimmes. Sie brauchen nur viel Ruhe, dürfen sich nicht aufregen und müssen behandelt werden ... Über die Behandlung werde ich Ihre Frau verständigen."

Mit einem Ruck setzte sich Peppone auf: „Sie haben sich mit niemandem zu verständigen als mit mir! Also los! Packen Sie aus!"

Der Arzt wischte sich den Schweiß von der Stirn. „Wenn Sie sich aufregen, machen Sie alles nur schlimmer. Sie müssen jetzt ganz gelassen sein ..."

„Und Sie müssen endlich mit der Komödie aufhören!" fuhr ihm Peppone über den Mund. „Her mit dem Umschlag!"

Peppone betrachtete die grauen und schwarzen Flecken der Röntgenaufnahmen, las die merkwürdigen Ausdrücke auf dem angehefteten Blatt und schimpfte: „Damit kann ja kein Schwein etwas anfangen! Was bedeutet das?"

Der Doktor fing an, schwierige Wörter zusammenzuklauben, aber Peppone unterbrach ihn wütend: „Lassen Sie das! Sagen Sie mir endlich, was mir fehlt, und zwar in einer Sprache, die man hierzulande versteht!"

Der Arzt zögerte und antwortete dann, es sei gar nicht so einfach, in der Umgangssprache eine genaue Bezeichnung für die Krankheit zu finden.

„Soll ich Ihnen helfen?" schnaubte Peppone. „Ist es eine bösartige Geschwulst?"

„Nein! Es ist, um einen volkstümlichen Ausdruck zu verwenden, eher das, was die Leute galoppierende Schwindsucht nennen ..."

Da wurde Peppone ganz ruhig und legte sich wieder hin.

„Total?" fragte er.

„Wie meinen Sie das?"

„Ich meine, daß ich genau wissen will, wie es um mich steht. Entweder glauben Sie, einen weibischen Schwächling vor sich zu haben, oder Sie sind selber einer! Ich bin ein Mann und will als Mann behandelt werden. Wenn Sie nicht imstande sind, mir die Wahrheit zu sagen, dann scheren Sie sich weg, dann lasse ich einen Arzt aus der Stadt kommen!"

Der kleine Doktor seufzte.

„Also?" drängte Peppone.

„Also, wenn Sie es unbedingt wissen wollen, nach den Röntgenaufnahmen und dem Befund ist Ihre Lunge in einem besorgniserregenden Zustand. Sie müssen sofort in ein Sanatorium."

Peppone sah ihm in die Augen: „Und was soll ich in einem Sanatorium?"

„Sie sind äußerst robust, und bei richtiger Behandlung und guter Luft können Sie sich erholen. Wenn Sie hierbleiben, ist Ihr Schicksal besiegelt."

Nun erklärte der Arzt Peppone ganz genau, was die schwarzen und grauen Flecken auf den Negativen bedeuteten.

„Kapiert", bemerkte Peppone zuletzt. „Wie ein Motor mit geplatzten Zylindern."

„Nicht ganz“, berichtigte der Arzt. „Wie ein Motor, bei dem die Zylinder im Begriff sind zu platzen.“

„Ein paar Umdrehungen mehr oder weniger ...“, brummte Peppone. „Doktor, Sie verstehen Ihr Handwerk: Wenn Sie rein vernünftig, ohne mögliche Wunder einzurechnen, Ihr Urteil abgeben müßten – wie viele Umdrehungen würden Sie mir noch geben?“

„Zwei Monate, Herr Bürgermeister“, antwortete der junge Doktor mit gesenktem Kopf.

„Danke“, sagte Peppone. „Bitte, reden Sie mit niemandem darüber. Keiner darf es wissen. Jetzt fühle ich mich wie erschlagen, das kommt vom Fieber. Sobald es vorbei ist, reise ich ab. Das bin ich den Meinen schuldig. Erzählen Sie meiner Frau irgendein Märchen.“

Doch der Arzt kam nicht dazu, Peppones Frau ein Märchen zu erzählen, denn die hatte hinter der Tür gelauscht und alles gehört. Und als der Doktor aus der Kammer kam, stand sie fassungslos vor ihm.

„Schweigen Sie, sagen Sie niemandem etwas!“ herrschte der Arzt sie an. „Sonst verschlimmern Sie die Lage. Sagen Sie, er habe die Grippe.“

Die Ärmste schwor, keiner Menschenseele etwas zu verraten. Doch wes das Herz voll ist, des geht der Mund über, und wenigstens ihrer Mutter mußte sie ihren Kummer anvertrauen. So galoppierte die Neuigkeit schon anderntags durch das Dorf.

Das Mundwerk einer alten Frau ist eine Windmühle.

Zwei ganze Tage mußte Peppone noch im Bett bleiben, am Morgen des dritten Tages stand er fieberfrei auf. Er hatte einen Stoppelbart, mochte sich aber nicht rasieren, da ihm noch der Mut fehlte, in den Spiegel zu schauen.

Heimlich verließ er das Haus und wandte sich entschlossen dem Volkshaus zu. Es war Sonntag, und er fand den ganzen Stab versammelt.

„Tag, Chef! Wie geht's?“ fragte der Smilzo, als er Peppone auftauchen sah.

„Gut!“ antwortete Peppone. „Die Grippe erwischt jeden einmal.“

Er nahm eine halbe Zigarre aus der Tasche, steckte sie in den Mund und zündete sie an. Aber noch bevor er zweimal ziehen konnte, packte ihn ein würgender Husten, als hätte ihm jemand den Arm durch den Hals hinuntergesteckt und den Magen umgedreht.

Seine Augen tränten, und es dauerte eine ganze Weile, bis er wieder normal atmen konnte.

„Du solltest nicht rauchen!“ rief der Smilzo.

Peppone zuckte mit den Achseln, stürzte ein Glas Wasser hinunter und fragte: „Was gibt’s Neues?“

Die Männer vom Stab sahen einander an.

„Nichts!“ erwiderte Lungo. „Das bißchen Post, das eingegangen ist, ist schon erledigt.“

„Und wer hat unterschrieben?“ wollte Peppone wissen.

„Ich“, antwortete Lungo. „Es war ganz gewöhnlicher Administrationskram.“

Da mischte sich der Smilzo ein: „Red nicht drum herum, zeig ihm die Kopien!“ verlangte er ungeduldig.

„Nicht der Mühe wert!“ meinte Lungo. „Wie gesagt, es handelt sich bloß um Bürokram. Mitgliedskarten, Pressekampagne und so weiter.“

Der Smilzo ballte die Fäuste: „Lungo, zeig ihm die Kopien, und hör auf zu quatschen!“

Mit eisigem Lächeln drohte Lungo: „Smilzo, kümmere dich um deinen eigenen Dreck. Und trag den Kamm nicht so hoch, sonst lasse ich ihn dir stutzen!“

Peppones Faust donnerte auf den Tisch. „Lungo, sofort her damit!“

„Nur immer mit der Ruhe, Genosse!“ sagte Lungo mit einem Gesicht, das Ohrfeigen meilenweit hätte anlocken müssen.

So etwas war noch nie vorgekommen. Peppone war wie vom Donner gerührt. Dann faßte er sich und wollte losbrüllen, spürte aber, wie sich Smilzos, Bigios und Bruscos Hände an seine Arme klammerten. Er drehte sich um und blickte in die gewohnten Augen des gewohnten Smilzo, des gewohnten Bigio, des gewohnten Brusco.

Die Augen von Lungo, Falchetto, Rossino und der andern drei am Tisch aber waren nicht die gewohnten.

„Nur immer mit der Ruhe“, wiederholte Lungo und holte betont langsam den Ordner mit den Kopien aus einer Schreibtischlade.

Als Peppone die letzten Seiten gelesen hatte, schlug er mit der Hand auf den Ordner. „So geht’s nicht!“ schrie er.

Lungo hob die Schultern: „Die Antworten sind von uns allen festgelegt worden, und alle haben zugestimmt.“

„Ausgenommen wir drei!“ berichtigte der Smilzo.

„Ihr wart ja nicht da! Die Sachen waren eilig, da mußte ich mich mit denen beraten, die da waren. Die Partei muß ohne Unterbrechung funktionieren – man kann nicht stehenbleiben und auf die Leute warten, die zurückgeblieben oder in den Graben gefallen sind."

Peppone antwortete nicht; er packte den Ordner mit den Kopien, drehte ihn in den Fäusten und wollte ihn entzweireißen. Doch er vermochte ihn nicht einmal zu knicken.

Es war, als hätte man Peppone die Muskeln herausgeschnitten.

Scheinheilig breitete Lungo die Arme aus: „Schöne Geschichte!" seufzte er. „Du hast viel Ruhe nötig, Genosse!"

Peppone legte den Ordner auf den Schreibtisch zurück und ging hinaus, ohne jemanden anzusehen.

Er nahm den Weg über die Felder und tappte mit gesenktem Kopf dahin, aber er war nicht allein: Smilzo, Bigio und Brusco hatten sich ihm angeschlossen.

Als er es bemerkte, drehte er sich um: „Kehrt wieder um!" sagte er. „Euer Platz ist dort."

„Unser Platz ist bei dir", widersprach Brusco.

„Wenn ich euch noch einen Befehl geben darf, dann befehle ich euch, zurückzugehen und dort zu bleiben – jetzt mehr denn je!"

Die drei wechselten Blicke, dann reichten sie Peppone die Hand und traten den Rückweg an.

Peppone ging langsam weiter, nach Hause.

Dort erwartete ihn der Arzt: „Sie müssen sofort abreisen! Ihre Frau und ich haben das passendste Sanatorium gesucht und gefunden."

„Sie haben mich also hintergangen!" rief Peppone. „Sie haben geplaudert."

„Nein, ich schwör's! Ihre Frau hat hinter der Tür alles gehört."

„Ich schwöre dir, ich habe es nur meiner Mutter gesagt!" mischte sich Peppones Frau ein.

Peppone lächelte traurig: „Wenn du's nur deiner Mutter gesagt hast, dann ist ja alles erklärt. Ich reise noch heute abend, und zwar mit der Bahn – das Autorumpeln ertrage ich jetzt nicht."

Peppone schloß sich in seiner Kammer ein und blieb liegen, bis um vier Uhr der Doktor wiederkam. Der maß ihm die Temperatur, horchte sein Herz ab und sagte: „Sie können fahren. Wir melden Sie im Kurhaus telefonisch an. Sie brauchen sich um nichts zu kümmern: Um zweiundzwanzig Uhr kommen Sie in S. an, und dort werden Sie mit dem Wagen abgeholt. Ihre Frau schickt Ihnen alles, was Sie brauchen."

„Ist gut", nickte Peppone. „Jetzt macht, daß ihr hinauskommt. Ich will vor der Abreise niemanden mehr sehen. Ich nehme die Abkürzung über den Bruciatino und steige in Torricella in den Zug. Meine Frau soll mit den Kindern fortgehen. Sonst bricht mir noch das Herz, und dann nützt alles nichts mehr."

Alleingeblieben, zog Peppone sich fertig an, und dann ging er. Aber vorher wollte er noch einen Blick in die Werkstatt werfen.

Alles schien in Ordnung, aber als er sich umsah, bemerkte er in einer Ecke den schweren Hammer, den er jeweils brauchte, um die dicksten Eisen zu schmieden. Er hob ihn auf, um ihn ordentlich auf den Amboß zu legen.

Das Ding war verteufelt schwer. Früher, es war noch gar nicht lange her, hatte er diesen Hammer geschwungen, als wäre es ein Spielzeug.

Nach Ansicht des jungen Arztes hatte er höchstens noch zwei Monate zu leben – der Gedanke erwürgte ihn fast. Er mußte schnell weg.

Der Feldweg führte gleich hinter der Kirche vorbei. Peppone drückte sich an der Kirchenmauer entlang und trat durch die kleine Kirchturmtür ein.

Don Camillo besserte etwas an der Antoniusstatue aus; als Peppone so unverhofft vor ihm stand, fuhr er zusammen.

„Du hast mich ja beinahe erschreckt!" brummte er.

„Gespenster machen immer Eindruck", gab Peppone zurück.

Don Camillo schüttelte den Kopf.

„Es wird abgereist, Hochwürden. Ihr werdet froh sein, einen neuen Bürgermeister zu bekommen."

„Ich nicht: Ein Roter taugt soviel wie der andere, und beide zusammen taugen nichts."

„Es werden schon welche froh sein, wenn ich draufgehe, Hochwürden. Die gleichen, die gejubelt haben, als Stalin starb."

„Red keinen Unsinn. Stalin war etwas anderes."

Peppone lachte leise auf. „Zwei Monate! Ich kratze genau richtig ab! Volltreffer für die Wahlen! Welch ein Triumph, Hochwürden, wenn Ihr vor meinem Leichenwagen durchs Dorf marschiert!"

Don Camillo spürte einen Stich im Herzen. „Ah ...", versuchte er stammelnd abzuwehren.

„Aber wenn Ihr kein Lump seid, dann müßt Ihr mir beim Begräbnis die rote Fahne lassen. Meine Fahne, für die ich als aufrechter Mann gekämpft habe, die muß dabeisein!"

„Deine Fahne, ja ... die sollst du haben, selbst wenn ich dabei mein Priesteramt verliere ... Aber wenn deine Leute nicht wollen, daß ich dich zum Friedhof bringe?"

„Da gilt nur mein Wille!" erwiderte Peppone und zog einen versiegelten Umschlag aus der Tasche, den er Don Camillo reichte. „Hier sind die Verfügungen für mein Begräbnis. Ihr macht den Umschlag erst auf, wenn man mich tot herbringt, so wie es draufsteht."

Jetzt begann Don Camillo zu reagieren. „Aber was soll denn das! Hast du wirklich beschlossen zu sterben!"

„Ich nicht. Der da oben hat es beschlossen."

Don Camillo schüttelte den Kopf: „Vorläufig hat der da oben noch gar nichts beschlossen. Vorläufig hat nur ein Arzt etwas beschlossen. Aber die Zukunft liegt nicht in der Hand des Arztes, sondern in Gottes Hand."

Peppone lächelte: „So würde ich auch reden, wenn ich Eure Lunge hätte, Hochwürden."

„Es würde schon reichen, wenn du ein bißchen von meinem Glauben hättest."

„Ob ich den habe oder nicht, ist meine Sache."

„Peppone, wenn du schon hier bist, könntest du wenigstens vor Christus niederknien und seine Hilfe erflehen."

„Nein. Wenn er mich retten will, soll er mich aufrecht stehend retten. Ich will nicht, daß der Herrgott glaubt, ich fürchte mich!"

„Du lästerst im Gotteshaus!"

„Gott weiß, daß ich nicht lästere. Gott versteht mehr als Ihr. Ich habe auch nicht gelästert oder geflucht, als ich das Urteil erfahren habe. Gott hat mir das Leben gegeben, als er es für richtig fand, er kann mir den Tod geben, wenn es Zeit ist."

Don Camillo seufzte. „Möchtest du nicht vielleicht beichten?"

„Erst wenn es soweit ist."

„Kann ich etwas für dich tun?"

„Für mich nicht, aber achtet ein bißchen auf meine Kinder."

„Peppone, wenn du schon hier bist, könntest du wenigstens vor Christus niederknien und seine Hilfe erflehen."

„Ich will für dich beten."

„Nicht nötig. Der Herrgott weiß schon, was er zu tun hat. Der läßt sich von Euren Gebeten nicht dreinreden. Ob Ihr betet oder nicht, Gott ist gerecht und macht, was gerecht ist."

„Jetzt lästerst du doch: Das Gebet ist deiner Meinung nach also nichts wert?"

„Doch, aber um die Seelen zu retten, nicht die Leiber."

Peppone wandte sich zum Gehen. Dann hielt er inne: „Hochwürden, dreht Euch um, ich will mich bekreuzigen, ohne daß Ihr mich dabei seht: Es soll eine Genugtuung für Jesus Christus sein, nicht für einen reaktionären Priester!"

Don Camillo wandte sich ab und sank auf die Knie, und als er den Kopf wieder hob, war Peppone verschwunden.

„Jesus", suchte Don Camillo beim Gekreuzigten am Hauptaltar Zuflucht, „er hat mich zum Abschied nicht einmal gegrüßt!"

„Er hat mich gegrüßt, Don Camillo. Das ist mehr als genug."

Don Camillo fiel das Atmen schwer und schwerer. Ihm war, als wäre mit Peppone ein Stück seines Herzens fortgegangen.

Bigio, Brusco und der Smilzo verbrachten zwei scheußliche Tage im Volkshaus: Lungo und seine Gruppe der „Harten" hatten praktisch die Sektion schon übernommen. Und Peppones drei Getreueste kämpften immer mehr auf verlorenem Posten, als sie dessen System und Grundsätze zäh verteidigten.

Am zweiten Tag stritten sie bis fast gegen Morgen. Lungo wußte Dinge vorzubringen, die den Wilden gefielen, den rücksichtslosen Jungen, die sowieso ständig gegen die alte Garde anrennen.

Man konnte sich über Peppones offiziellen Nachfolger nicht einigen und trennte sich mit der Abmachung, am nächsten Morgen um acht Uhr wieder zusammenzukommen.

Und um acht Uhr waren sie denn auch alle zugegen, der ganze Stab, und alle übernächtigt und vor Müdigkeit gereizt.

Eine Situation, die mit Sicherheit in eine Prügelei ausarten würde; das war schon nach den ersten hitzigen Diskussionsbeiträgen klar.

Um neun Uhr waren alle Voraussetzungen für eine tüchtige Abreibung der drei Standhaften Smilzo, Bigio und Brusco gegeben.

Um neun Uhr zehn packte Falchetto den Smilzo beim Kragen und hielt ihm seine dicke Faust unter die Nase.

Um neun Uhr zehn und drei Sekunden hob eine Hand, die an Gewalt einer Strafe Gottes glich, Falchetto hoch und ließ ihn in eine Ecke fliegen.

Hinter dieser Hand kam auch der übrige Peppone zum Vorschein.

Ein Peppone, der vor Gesundheit strotzte.

Der Briefordner lag auf dem Schreibtisch; Peppone ergriff ihn, verbog ihn und riß ihn mit einem Ruck entzwei; die zwei Hälften landeten unsanft in Lungos Gesicht.

„Wer nicht durch die Tür hinauswill, soll sich melden; den befördere ich mit Fußtritten durch die Fenstergitter auf die Straße", erklärte Peppone.

Der Smilzo, Bigio und Brusco starrten Peppone noch immer fassungslos an und brachten keinen Ton heraus.

„Nein, nichts von Wunder", beschwichtigte Peppone sie. „Im Sanatorium haben sie mich sofort noch einmal geröntgt, und dabei hat sich herausgestellt, daß ich die gesündeste Lunge der Welt habe. Die früheren Bilder waren gar nicht meine, sondern gehörten einem anderen Giuseppe Bottazzi vom gleichen Jahrgang, der sich einen Tag vor mir hatte röntgen lassen. Andere Assistenten, andere Schwester, gleicher Name. So etwas kann schon einmal vorkommen. – Auf heute abend dann! Jetzt muß ich noch eine ganz bestimmte Sache erledigen."

Don Camillo empfing Peppone im Pfarrhaus.

„Alles in bester Ordnung, Hochwürden. Ich möchte meinen Brief zurückhaben."

Nach der ersten Verblüffung fuhr Don Camillo ihn an: „Und statt Gott zu danken, denkst du bloß an den Brief?"

„Der liebe Gott hat nichts damit zu tun. Der verwechselt keine Röntgenbilder, und wenn drei Millionen Leute den gleichen Namen und Vornamen haben, kennt er jeden einzelnen und weiß, welcher gut und welcher schlecht und welcher soso lala ist. Euch ist ein feiner Wahlschlager abhanden gekommen, Hochwürden."

„Meine Partei" – Don Camillo deutete auf das Kruzifix – „gewinnt immer."

Peppone wiederholte, daß er den Umschlag mit den Anordnungen für sein Begräbnis zurückhaben wolle.

„Du hast also beschlossen, überhaupt nie zu sterben?" erkundigte sich Don Camillo.

„Ich sterbe, wenn die Zeit dafür gekommen ist", erwiderte Peppone trotzig.

„Inzwischen kann der Umschlag doch hier bei den Pfarreidokumenten bleiben, versiegelt. Niemand weiß, was drinsteht, nicht einmal ich."

„Und wenn Ihr zufällig vor mir sterben solltet?"

„Niemand stirbt ‚zufällig'. Jedenfalls würde das nichts ändern: Der Brief würde versiegelt an meinen Nachfolger übergeben."

„Euren Nachfolger? ... Aber ob man dem trauen kann? ... Ach was, das ist unmöglich, daß Ihr vor mir sterbt. Unkraut verdirbt nicht."

„Auf Wiedersehen, Genosse Unkraut!" sagte Don Camillo.

Das freche Mägerlein

Wie gesagt, wenn Frauen sich in die Politik stürzen, sind sie schlimmer als die heißblütigsten Aktivisten. Während nämlich die für Politik Begeisterten ihre Gewalttätigkeiten häufig zum Wohle ihrer *Sache* verüben, begehen die engagierten Frauen die gleichen Gewalttätigkeiten einzig und allein, um ihren politischen Gegnern Schaden zuzufügen.

Im Grunde ist es derselbe Unterschied wie zwischen dem, der in den Krieg zieht, um sein Vaterland zu verteidigen, und dem, der hingeht, um den Feind umzubringen.

Jo, die Frau des „Mageren", hatte sich bis über beide Ohren in die Politik eingelassen, und da sie eine temperamentvolle Frau war, schaffte sie spielend nicht nur ihren Teil, sondern auch noch den ihres Mannes.

Der „Magere" war an einem Leiden gestorben und hatte sie mit einem knapp dreijährigen Kind zurückgelassen; der Schmerz über den Verlust des Gatten war allerdings vollauf wettgemacht worden durch den üblen Streich, den Jo dabei dem Priester hatte spielen können, indem sie den Toten zivil und unter den Klängen von „Die Rote Fahne" beerdigen ließ.

Jo war eigentlich ein hübsches Weibsbild und noch keine dreißig; sie hätte sich einen neuen Mann nehmen und es besser haben können. Doch um keinen Preis hätte sie auf ihre Not verzichtet.

Sie fühlte, wie die Entbehrungen zu Gift wurden, und der Haß auf die Gegner wuchs von Tag zu Tag und trug sie, denn Haß war ihr Glaubensbekenntnis.

Sie schlug sich durch, so gut es ging: mit Mähen, Dreschen, Traubenpressen, Maisschälen und so weiter. In der toten Saison flocht sie Körbe und Körbchen aus Weidenruten, die sie von Haus zu Haus verkaufte.

Sie arbeitete wie eine Wilde, als bereitete ihr die Mühe an sich die größte Befriedigung. Und auch die unverschämtesten Männer hüteten sich, sie zu necken, denn Jo hatte nicht nur eine schlagfertige Hand, sondern war auch imstande, ganze Rosenkränze von Unflätigkeiten herzusagen, die selbst den berühmtesten Champions wüster Reden den Atem verschlugen.

Der kleine Bub wuchs auf wie ein Fohlen im Wildzustand, und wenn er nicht allein in dem ärmlichen Häuschen inmitten der Felder zurückblieb, sondern die Mutter begleitete, war er dennoch so gut wie allein, denn sobald die Jo ihn in einer Tenne einstellte, wurde ihm lediglich aufgetragen, die Mutter nicht zu „stören".

Mit fünf Jahren konnte der Junge schon Steine schmeißen wie ein Zehnjähriger und einen Baum voller Früchte in weniger als einer halben Stunde ruinieren.

Er stöberte wie ein Trüffelhund in den Hecken die Nester der Hennen auf, um die Eier zu zerschlagen, er streute Glasscherben auf die Straßen und ähnliches mehr; das alles aber tat er insofern mit Stil, als es strenge Alleinunternehmungen waren. Das „Mägerlein" konnte Kollektivkrawalle nicht ausstehen.

Zwar beteiligte er sich an den Steinwurfschlachten der Dorfjugend, aber als Heckenschütze: Er verbarg sich hinter einem Gebüsch oder in einem Graben und schoß von dort aus seine Kiesel gegen die einen wie gegen die andern ab.

Er handelte allein gegen die gesamte Gesellschaft, als Verwüster, als einsamer Saboteur. Mit ungeheurer Geschicklichkeit führte er jeweils seinen Streich aus und verschwand.

Er war klein, dünn und wieselflink und kam überall durch; seine Boshaftigkeit hatte geniale Züge. Am Abend der letzten Kirchweih hatte er sich in den Fahrradabstellraum neben dem Tanzplatz eingeschlichen und es fertiggebracht, leise und unbemerkt an mehr als fünfzig Gefährten die Luft abzulassen, wobei er noch sorglich die Ventildeckelchen wegwarf.

Er wurde nicht erwischt, und niemand hatte ihn gesehen, aber alle sagten: „Das kann nur dieses verflixte Mägerlein gewesen sein!"

Eines Tages besuchten ein paar wackere Frauen die Jo und erklärten ihr mit netten Worten, es wäre vielleicht gut, den Kleinen nicht auf der Straße zu lassen, sondern tagsüber in Don Camillos Kindergarten in Obhut zu geben.

Jo war rot geworden und hatte wutentbrannt geschrien, eher würde sie ihren Sohn gewissen Damen anvertrauen, die sie kenne, als einem Priesterasyl.

„Sagt dem Don Kamel, er soll sich um seinen eigenen Dreck kümmern!" schloß Jo und feuerte eine solche Salve wüster Worte ab, daß die wackeren Frauen im Laufschritt die Flucht ergriffen.

Voll Entrüstung berichtete die Abordnung Don Camillo vom Ergebnis ihrer Expedition.

„Und wie diese Frevlerin Euch genannt hat, das darf ich gar nicht sagen!" rief eine der Frauen und warf die Hände himmelwärts.

„Ich weiß es schon!" gab Don Camillo finster zurück.

DAS Wetter hatte sich zum Guten gewendet, und seit einer Woche verbrachten die Kinder in Don Camillos Hort die wärmsten Nachmittagsstunden im Freien, auf dem Spielplatz. Das Karussell und die Schaukel waren in Betrieb, und selbst die mürrischsten Kinder hatten ihr Lächeln wiedergefunden.

Don Camillo, gemütlich auf dem Liegestuhl ausgestreckt, rauchte seine halbe Zigarre und genoß in aller Ruhe die Sonnenwärme, als er plötzlich das Gefühl hatte, irgend etwas sei nicht so wie sonst.

Der Spielplatz grenzte auf der Dammseite an eine große Luzernewiese, von der ihn ein hoher Drahtzaun trennte. Daß Don Camillo das Luzernefeld jenseits des Zaunes ganz überblicken konnte, war also völlig normal; nicht normal war bloß, daß die Luzerne an einem bestimmten Punkt immer wieder hin und her wogte.

Offensichtlich hockte irgend etwas Lebendiges dort im hohen Gras, und der Jagdinstinkt sagte Don Camillo, daß es sich nicht um ein Huhn oder eine Katze handelte.

Don Camillo rührte sich nicht; er ließ sogar die Rolläden vor seinen Augen herunter und tat, als schliefe er, um desto ungestörter beobachten zu können.

Wenige Augenblicke später tauchte aus der Futterwiese etwas

Dunkles auf, dann etwas Helleres, und Don Camillo fühlte die Augen des Mägerleins auf sich gerichtet. Er hielt den Atem an, und nach einer Weile, von Don Camillos Reglosigkeit beruhigt, wandten sich diese Augen einem anderen Ziel zu.

Das Mägerlein verfolgte das Spiel der Kinder mit so heißem Interesse, daß es schließlich alle Vorsicht vergaß und den ganzen Kopf aus dem Gras streckte, um besser sehen zu können. Doch niemand bemerkte es, und Don Camillo war froh darüber.

Plötzlich duckte sich der Kopf wieder ins Gras und verschwand: Ein großer Gummiball, mit dem die Gruppe der Größeren sich vergnügte, flog, von einem besonders übermütigen Fußtritt getroffen, über den Zaun und landete gute fünfzehn Meter vom Spielplatzrand entfernt in der Luzerne.

„Hochwürden! Der Ball ist in die Wiese gefallen! Dürfen wir ihn holen?"

Don Camillo tat, als schrecke er aus dem Schlaf auf. „Schon wieder?" schimpfte er laut. „Wie oft habe ich euch gesagt, ihr sollt aufpassen! Das Gras darf doch nicht zertrampelt werden! Zur Strafe ist's für heute aus mit dem Ball. Laßt ihn, wo er ist, ihr könnt ihn morgen holen. Und jetzt laßt mich in Ruhe, ich will schlafen!"

Die Buben maulten ein wenig, dann fanden sie einen alten, aus Lumpen genähten Ball und spielten damit weiter, während Don Camillo sich wieder hinlegte und den Schlafenden spielte.

In Wirklichkeit war er wacher denn je.

Zehn Minuten später begann die Luzerne sich zu bewegen, doch der Kopf des Mägerleins erschien nicht wieder. Und das Wogen des Grases entfernte sich vom Zaun. Das Mägerlein schlich sich also davon; allerdings nicht zum Rande der Wiese, sondern, wie die Bewegung im Feld verriet, eher gegen die Mitte zu.

Der Schläuling kriecht quer hinüber, dachte Don Camillo, und verschwindet dann entlang der Hecke am Kanal.

Jedoch das Mägerlein hielt an einer bestimmten Stelle inne, wechselte dann die Richtung und strebte entschlossen nach links.

Der Pirat hatte sich also des Balles bemächtigt und brachte seine Beute in Sicherheit.

„Na, du Strolch!" brummte Don Camillo vor sich hin, als er die Taktik des Graskorsaren durchschaute. „Das hast du fein eingefädelt.

Aber vom Rande der Wiese bis zur Baumreihe mußt du ja doch die Deckung verlassen!"

Das Mägerlein aber war gerissen. Am Rande des Luzernefeldes angekommen, kroch es weiter bäuchlings durch das Gras neben den Bäumen bis zu dem tiefen Graben, der quer zur Baumreihe verlief und in dem es ungesehen davonlaufen konnte.

„Jesus!" flüsterte Don Camillo fast entsetzt, „wer kann einem fünfjährigen Knirps einen so raffinierten Trick beigebracht haben?"

„Don Camillo", antwortete der Gekreuzigte, „wer bringt den kleinen Fischlein das Schwimmen bei? Es ist der Instinkt."

„Instinkt!" knurrte Don Camillo. „Haben die Menschen denn wirklich den Instinkt des Bösen?"

Don Camillo besorgte den Kindern einen andern Ball und verriet niemandem etwas vom Unternehmen Mägerlein. Er hoffte, den Kleinen wiederzusehen: Vielleicht hatte der Ball als Angel und Köder gewirkt. Jeden Tag beobachtete er die Luzernewiese; aber da wogte nichts mehr.

Dann hörte er, das Mägerlein sei krank und könne schon seit einiger Zeit das Haus nicht mehr verlassen.

Tatsächlich hatte der Kleine noch am selben Abend Fieber bekommen. Im Graben hinter dem Luzernefeld hatte er nämlich Wasser vorgefunden, aber da er die Deckung nicht aufgeben konnte, war er weitergekrochen und hatte sich vollgesogen wie ein Schwamm.

Ehe er ins Haus ging, hatte er ein Loch gegraben und den Ball eingebuddelt. Jo war spät heimgekommen und hatte den Buben kalt wie einen Eiszapfen angetroffen.

Zuerst schien es nur eine kleine Erkältung zu sein, die sich mit etwas Wärme und ein paar Pillen kurieren ließ; dann aber wurde die Sache schlimmer, und eines Abends begann das Mägerlein im Fieber zu phantasieren.

Es murmelte immer wieder die gleichen Worte, und erst nach einer ganzen Weile begriff Jo, daß von einem großen Gummiball die Rede war.

„Ist ja schon gut", beschwichtigte ihn die Mutter. „Jetzt wirst du erst einmal gesund, und dann kaufe ich dir den Ball."

Der Kleine schien beruhigt, aber in der folgenden Nacht, als das

Fieber stieg, kam er in seinen wirren Reden wieder darauf zurück: „Der Ball ... der große Ball ...“

„Sei still, reg dich nicht auf! Ich habe doch gesagt, daß ich dir den Ball kaufe, sobald du gesund bist.“

„Nein ... nein ...“

„Du willst ihn jetzt schon? Wenn du brav bist, gehe ich und kaufe ihn.“

„Nein ... nein ... der Ball ...“

Es war offenbar eine fixe Idee. Auch der Arzt sagte, man brauche in dem, was ein Kind im Fieberwahn spricht, keinen Sinn zu sehen.

Als daher der Bub in der nächsten Nacht erneut von einem Ball phantasierte, beschränkte Jo sich darauf, ihn mit „Ja, ja, ist ja schon gut!“ zu beruhigen.

Erst um ein Uhr früh hörte er auf, wirres Zeug zu reden, und schlief, vom Fieber ermattet, ein. Und Jo warf sich zu Tode erschöpft auf ihr Bett.

AN JENEM Morgen war Don Camillo früh aufgestanden und rasierte sich schon um fünf Uhr vor dem kleinen Spiegel, den er am Fensterriegel seiner Kammer aufgehängt hatte.

Es war ein schöner Morgen, frisch und klar, und Don Camillo trödelte mit Pinsel und Rasiermesser, denn einerseits hatte er keine Eile, andererseits konnte er von hier oben weit hinausblicken über die grünen Wiesen, den Damm und die Pappeln hinter dem Damm, und hinter den Pappeln glitzerte der Fluß.

Unter dem Fenster lag der Spielplatz mit dem Karussell und der Schaukel, still und verlassen; in wenigen Stunden aber würde die Bande wieder anrücken. Er lächelte beim Gedanken an die frischen, sauber gewaschenen Gesichter und die Augen, in denen noch kleine Stückchen Traum verweilten.

Er betrachtete den hohen Maschendrahtzaun und die Luzernewiese und dachte unwillkürlich: Dort war er, der kleine Gauner ...

Er fuhr zusammen, als er etwas Weißliches sich durch das Gras bewegen sah. Was es war, vermochte er nicht zu erraten, aber als das Ding nur noch wenige Meter vom Zaun entfernt war, begriff er: Es war das Mägerlein, das wie ein betrunkener Schlafwandler durch das Feld wankte. Das Mägerlein im langen, weiten Nachthemd, das nichts anderes war als ein altes Taghemd seines Vaters.

Er lächelte bei dem Gedanken an die frischen, sauber gewaschenen Gesichter ...

Der Bub stolperte, fiel hin, raffte sich auf und kam näher, und an die Brust gedrückt trug er den großen Gummiball.

Am Zaun angelangt, warf er den Ball. Er wollte ihn auf den Spielplatz werfen, aber der Zaun war zu hoch, und der Ball fiel zurück. Das Mägerlein hob ihn auf und probierte es noch einmal, und wieder prallte der Ball am Zaun ab.

Don Camillo atmete schwer, und seine Stirn war schweißnaß. „Jesus!" flehte er. „Gib ihm die Kraft!"

Das Mägerlein war entkräftet, und die Ärmchen, die aus den viel zu großen Ärmeln des väterlichen Hemdes ragten, sahen noch dünner aus als sonst. Der Kleine konnte sich nur mit Mühe auf den Beinen halten; es verging einige Zeit, bis er den Ball wieder hochzuwerfen vermochte.

Don Camillo schloß die Augen. Als er sie wieder öffnete, lag der Ball drinnen auf dem Spielplatz und das Mägerlein auf dem Rücken in der Luzerne, reglos und steif, wie tot.

Don Camillo fegte wie eine Lawine die Treppen hinunter und war schon im nächsten Augenblick in der Wiese. Er beugte sich nieder, um das Mägerlein aufzuheben, und als er es so leicht auf seinen Armen fühlte, durchdrang ihn Erschütterung und Angst.

Das Mägerlein öffnete für einen kleinen Moment die Augen, und als es sich in den Klauen des großen Mannes sah, flüsterte es: „Don Kamel ..., der Ball ist drinnen ..."

„Fein, fein!" antwortete Don Camillo.

Der Glöckner, der losgelaufen war, um Jo zu benachrichtigen, fand die arme Frau tobend vor Jammer, denn sie hatte eben das Verschwinden des Kleinen bemerkt.

Als sie dann wenig später ihren Jungen im Wohnzimmer des Pfarrhauses auf dem vor das Kaminfeuer geschobenen Diwan liegen sah, blieb ihr die Sprache weg.

„Ich habe ihn ohnmächtig in der Luzernewiese gefunden, vor zwanzig Minuten", erklärte Don Camillo.

„Im Luzernefeld? Was hatte er denn da zu suchen? Jetzt verstehe ich überhaupt nichts mehr."

„Wann hast du schon einmal etwas verstanden!" gab Don Camillo trocken zurück.

Dann kam der Arzt und sagte zu Jo, es wäre nicht im Traum daran zu denken, den kleinen Jungen fortzubringen.

Er gab dem Patienten eine Spritze und erklärte Jo, was sie zu tun habe.

Inzwischen bereitete Don Camillo sich in der Sakristei auf die Messe vor. „Jesus!" wandte er sich an den Gekreuzigten über dem Hauptaltar. „Wie ist das nur möglich? Wie konnte das Kind so handeln, bei der gräßlichen Erziehung, die es bekommen hat? Wer hat es bloß gelehrt, zwischen Gut und Böse zu unterscheiden, wo es doch immer nur im Bösen gelebt hat?"

Christus lächelte: „Don Camillo, wer lehrt die Fischlein schwimmen? Es ist Instinkt. Gewissen kann man nicht lernen, es ist Instinkt. Gewissen ist nicht etwas, das man jemandem gibt, der es nicht besitzt. Du trägst nicht von außen eine brennende Lampe in ein dunkles Zimmer. Die Lampe brannte vielmehr bereits, und das Zimmer war nur dunkel, weil sie von einem dicken Schleier verhüllt war, und wenn du den Schleier wegnimmst, wird es im Zimmer hell."

„Aber wer hat den Schleier von der Lampe weggezogen, die in der Seele dieses kleinen Jungen brannte?"

„Don Camillo, wenn die Finsternis des Todes naht, sucht jeder instinktiv in sich ein wenig Licht. Hör auf, nach dem Wie zu forschen, und begnüge dich mit dem Daß. Danke Gott, daß der Kleine das Licht gefunden hat."

DAS Mägerlein blieb zwei Wochen lang im Pfarrhaus, und Jo sah jeden Tag am Morgen und am Abend nach ihm. Sie kam allerdings nicht herein, sondern blieb draußen vor den Gitterstäben des Wohnzimmerfensters. Sie klopfte an die Scheibe, und wenn Don Camillo öffnete, murrte sie: „Ich bin gekommen, um meinen Sohn im Gefängnis zu besuchen."

Don Camillo antwortete nicht, sondern ließ Jo allein mit ihrem Jungen plaudern.

Aber nach vierzehn Tagen kam Don Camillo einmal unverhofft nach Hause und erwischte das Mägerlein dabei, wie es ihm aus den Reifen des Fahrrades die Luft abließ.

Da stopfte er die ärmlichen Sachen des Kleinen in ein Bündel, hängte ihm das Bündel an den Arm, stellte ihn vor die Tür und sagte: „Fort mit dir, du bist gesund."

Am Abend kam Jo, dreist wie immer, und fragte: „Was bin ich schuldig?"

„Nichts. Die einzige Entschädigung, die du mir geben kannst, ist die, dich hier nie mehr blicken zu lassen, in Ewigkeit amen."

„Amen", knurrte Jo.

Sie ging, aber um ihn zu ärgern, saß Jo am folgenden Sonntag in der Elfuhrmesse. In der vordersten Bank, samt dem Mägerlein.

Als Don Camillo sie vor sich sah, warf er ihr einen fürchterlichen Blick zu, aber aus der Keckheit, mit der sie seinen Augen standhielt, konnte Don Camillo ihre stumme Antwort genau ablesen: Du brauchst mich gar nicht so anzufunkeln, Don Kamel – ich habe keine Angst!

„Sturmwolke"

Für sich allein betrachtet, war es schlicht und einfach ein Dreiradlieferwagen mit geräumiger, tiefliegender, wandloser Ladepritsche und mit Seitenrädern, die viel kleiner waren als das Triebrad hinten.

Es besaß ein solides, hochrot gestrichenes Stahlrohrskelett und vermochte erhebliche Lasten zu transportieren; trotz all dieser schönen Eigenschaften aber war es an und für sich eben nichts weiter als ein Dreiradlieferwagen.

Sobald jedoch der Smilzo dazukam, wurde es zur „Sturmwolke".

Von Natur aus plump, schwerfällig, langsam, verwandelte sich der Lieferwagen des Volkshauses mit dem Smilzo am Steuer in ein kühnes, schneidiges, geradezu pfeilschnelles Geschöpf.

Peppone, der Konstrukteur des Gefährtes, hatte nach Beendigung seines Werkes den Genossen vom Volkshaus erklärt: „Laßt die Reaktionäre ruhig lachen, wenn man wegen der Untersetzung mit dem Ding schnell tritt und langsam vorankommt. Die Hauptsache ist, daß man damit ans Ziel kommt, egal mit welcher Fracht. Ich bin beim Bau des Dreirades dem Konzept der proletarischen Revolution gefolgt, die an Schnelligkeit verliert, dafür an Stärke zunimmt."

Bigio und danach auch Brusco und Lungo hatten sich dem Konzept der langsamen und starken proletarischen Revolution angeschlossen und das Fahrzeug gelobt; als aber der Smilzo an die Reihe gekommen war, hatte er sich auf den Sattel geschwungen und gesagt: „Chef, die Reaktionäre werden nicht dazu kommen, wegen der Untersetzung zu lachen!"

In der Tat lachten die Reaktionäre nicht wegen der Untersetzung – sie lachten wegen der Heftigkeit, mit der der Smilzo strampeln mußte, um den Marsch der proletarischen Dreiradrevolution zu beschleunigen.

„Da kommt die Sturmwolke!" lachten die Leute.

Sie hatten eben nicht begriffen, daß das Ganze nicht eine Bein-, sondern eine Glaubensangelegenheit war.

„Ist die Sturmwolke in Ordnung?" fragte Peppone den Smilzo halblaut.

„Bestens, Chef", versicherte dieser.

Da wandte sich Peppone an die andern Genossen. „Es ist schon nach Mitternacht – geht nur nach Hause. Ich und der Smilzo bleiben noch hier und revidieren die Kartei zu Ende."

Bald danach waren Peppone und der Smilzo allein im Volkshaus.

Sie machten sich eine Weile an der Kartei zu schaffen, dann kam Peppone zur Sache. „Da ist ein heikler Auftrag, und heute nacht wäre es günstig, weil es neblig und der Boden gefroren ist."

Der Smilzo starrte Peppone ratlos an.

„Keine Angst, du verstehst es noch früh genug", knurrte Peppone. „Im Moment brauchst du nur zu sagen, ob du Lust hast, dich für eine delikate Aufgabe einzusetzen."

„Dafür bin ich doch da."

Peppone stand auf, und der Smilzo folgte ihm zu der kleinen Tür, die in den Hof führte.

Nachdem sie den dunklen, stillen Hof überquert hatten, blieben sie unter dem Wellblechvordach stehen, das den Garageneingang schützte.

Vorsichtig öffneten sie das Tor. Drinnen versicherte Peppone sich zuerst, daß der Fensterladen geschlossen war, ehe er eine Taschenlampe anknipste.

„Dreh den Lieferwagen so, daß du ausfahren kannst, und stell ihn dicht ans Tor!" befahl Peppone.

Das ließ sich mühelos bewerkstelligen, denn außer der Sturmwolke stand nichts in dem großen Abstellraum. Als der Wagen so stand, wie der Chef es wollte, ging Peppone weiter in den kleinen Holzschuppen, den man von der Garage aus durch eine dicke Stahltür erreichte.

„Hilf mir diese Reisigbündel wegräumen!"

Der Smilzo gehorchte, und bald war die von Peppone bezeichnete Ecke leer. Besser gesagt: sie war leer bis auf zwei klobige Kisten.

Peppone richtete den Strahl seiner Lampe auf die Kisten, und der Smilzo fuhr heftig zusammen. Er kannte diese Art Kisten genau: Militärmaterial, mit schweren Vorhängeschlössern gesichert und versiegelt.

„Faß an, wir tragen sie hinüber!"

Der Smilzo packte einen Handgriff der ersten Kiste: „Teufel, ist das schwer! Man könnte glauben, es wäre lauter Blei darin!" rief er aus.

„Halt den Schnabel!"

Sie schleppten die Kiste in die Garage und luden sie auf die Sturmwolke.

„Glaubst du, daß du zweimal fahren mußt, oder kannst du beide Kisten auf einmal mitnehmen?" fragte Peppone.

„Das kommt drauf an, wie weit", antwortete der Smilzo. „Am Gewicht liegt's nicht, der Wagen würde sie auch tragen, wenn sie noch schwerer wären."

„So weit wie von hier bis zu meinem Hinterhof", erklärte Peppone. „Aber man muß durch die Gartenstraße fahren und bei der kleinen Schleuse den Feldweg nehmen."

Der Smilzo fuhr auf: „Den Feldweg? Chef, wenn ich dort steckenbleibe, brauchen wir einen Kran, um mich herauszuholen!"

„Dummes Zeug! Der Boden ist gefroren und pickelhart. Und wenn du's nicht schaffst, pfeifst du, dann komme ich."

„Wenn der Boden hart gefroren ist, radle ich mit der Sturmwolke bis auf den Montblanc!" behauptete der Smilzo selbstsicher. „Los, laden wir auch die andere Kiste auf."

Als auch diese auf der großen Ladepritsche stand, legte Peppone dem Smilzo eine Hand auf die Schulter: „Smilzo, sag mir ehrlich: Willst du's wirklich tun?"

„Chef, ich lege den zweiten Gang ein, und dann hält mich niemand mehr auf."

„Smilzo, es geht nicht nur darum, zwei Kisten von hier zu meinem Haus zu bringen. Es geht darum, daß sie hingebracht werden, ohne daß es jemand merkt. Sonst würden wir die Operation nicht um diese Zeit durchführen!"

„Das habe ich schon begriffen. Ich werde sausen wie ein Wilder.

Aber was soll ich tun, wenn mir jemand begegnet? Wegfliegen kann ich schließlich nicht!"

Peppone gab ihm die letzten Anweisungen: „Ich gehe jetzt auf dem normalen Weg nach Hause. In einer Stunde erwarte ich dich auf dem Karrenweg. Du bleibst hier, und wenn es zwei Uhr schlägt, fährst du los."

„Gut, Chef ... Damit ich mich beim Fahren einrichten kann: Ist etwas Zerbrechliches darin? ... Vielleicht etwas, das explodieren kann ...?"

„Es ist Ware, die bei mir zu Hause sein muß. Das übrige geht dich nichts an. Tu, was du kannst: Je schneller du von der Straße wegkommst, desto besser für alle."

Der Smilzo trocknete sich die schweißnasse Stirn.

„Schon gut, schon gut, Chef. Aber vorher muß ich noch auftanken. Ich möchte nicht unterwegs liegenbleiben, weil mir der Sprit ausgeht."

„Grappa?" brummte Peppone.

„Nein, ich brauche Super: Cognac."

Peppone entfernte sich und kam mit einer halben Flasche Cognac zurück: „Paß auf, daß dir der Motor nicht absäuft."

DER Smilzo blieb allein zurück, aber die Schnapsflasche leistete ihm gute Gesellschaft.

Als er es zwei Uhr schlagen hörte, sperrte er die Garage und das Tor zur Seitenstraße auf, nahm noch einen großen Schluck Cognac und trat in die Pedale.

Der Nebel war dicht, aber der Smilzo kannte den Weg auswendig; außerdem hatte der Branntwein ihm merkwürdigerweise den Blick geschärft.

Schon war er auf der Gartenstraße: Die Sturmwolke mit ihrem Cognacbrennstoff lief wie noch nie, und der Smilzo strampelte, als hätte er nicht zwei, sondern sechs Beine.

Das Licht der Laterne bei der Kurve drang schwach durch den Nebel. Nach der Kurve noch hundert Meter, dann kam die Schleuse, und die Sturmwolke konnte im Feldweg verschwinden.

Da ist die Kurve. Der Smilzo hat es eilig, die verflixte Laterne hinter sich zu lassen. Ein letzter Schluck, und er biegt mit Vollgas ein.

Doch genau hinter der Kurve lauert die Gefahr: zwei rote Augen glühen im Nebel. Zwei Scheinwerfer. Zwei Fahrräder. Zwei schwarze Schatten.

Zwei Carabinieri!

„Halt da!“

Die Sturmwolke läuft auf einem Kieshaufen am Straßenrand auf, der Smilzo schnellt aus dem Sattel, fällt in den Straßengraben, steht wieder auf, springt über den Zaun und verschwindet in den Wiesen, vom Nebel verschluckt.

Inzwischen wartet Peppone auf dem Feldweg. Er muß noch mehr als eine Stunde harren, bis der Smilzo vor ihm auftaucht.

„Und die Ware?“ will er wissen.

„Chef, die Carabinieri haben mich bei der Kurve angehalten. Damit sie mich nicht erwischen, bin ich ausgerissen.“

„HALT da!“

Don Camillo – auf dem Rückweg vom alten Bedi, an dessen Sterbebett er gewacht hatte – war eben in die Gartenstraße eingebogen, als er die Sturmwolke mit voller Smilzokraft auf sich zu rasen sah. Um nicht überfahren zu werden, hatte er „Halt da!“ gebrüllt.

Das geheimnisvolle Teufelsfahrzeug hatte angehalten, und dahinter war ein Mann weggeflitzt und verschwunden. Ein Mann, der so stockbesoffen war, daß er doppelt sah und einen Priester für zwei Carabinieri hielt.

Don Camillo stieg vom Fahrrad, näherte sich argwöhnisch dem Gefährt und erkannte es sogleich. Es war nicht schwer zu erraten, daß der Verschwundene niemand anders sein konnte als die „bessere Hälfte“ der Sturmwolke.

Um zwei Uhr nachts fuhr der Smilzo einen Transport, und ausgerechnet auf der Gartenstraße? Für wen denn?

Er dachte an den Feldweg, der von der Schleuse hinter das Haus Peppones führte.

Als er dann die Militärkisten sah, deren Gewicht ausprobierte und feststellte, daß sie verschlossen und versiegelt waren, brauchte er gar nichts mehr zu denken, denn da hatte er schon alles begriffen.

Er legte sein Fahrrad auf die Kisten, schwang sich auf den Sattel des Dreiradwagens und trat in die Pedale. Das Wendemanöver war nicht einfach, aber das Licht der Laterne, das die Kurve erhellte, half ihm, und dann strampelte er los wie eine ganze Schwadron von Smilzos. Er begegnete keiner Menschenseele, und zwanzig Minuten später traf er vor dem Pfarrhaus ein.

Es gelang ihm, die Sturmwolke durch die so weit wie möglich aufgesperrte Tür in den Flur zu zwängen. Und da saß sie nun mit ihrer ganzen höllischen Fracht in der Falle.

Mit einem Stemmeisen knackte Don Camillo rasch die Vorhängeschlösser an den Kisten. Fast ängstlich hob er den ersten Deckel hoch, dann mit festerer Hand den zweiten.

Ein dicker Hund! So etwas hatte er wirklich nicht erwartet.

Um vier Uhr früh holte Don Camillo den Buchdrucker Barchini aus dem Bett, hieß ihn schnellstens in die Kleider fahren, drückte ihm ein Blatt Papier in die Hand und befahl ihm, sich unverzüglich an die Arbeit zu machen.

Um sechs Uhr fanden sich drei junge Burschen bei Barchini ein und bekamen eine Rolle Papier ausgehändigt.

Um acht Uhr, als der Nebel sich verzog, fanden die Leute an allen Straßenecken Plakate angeklebt, auf denen stand:

FUNDANZEIGE

Heute morgen wurden zwei große Kisten aufgefunden, die Tonnen von unverkauften Exemplaren der Zeitung *Unità* enthalten.

Offensichtlich wurden sie von jemandem verloren, der die besagten Exemplare nicht verkaufen konnte und, um sich vor seinen Vorgesetzten nicht zu blamieren, die ihm zugestellten Zeitungen jedesmal aus eigener Tasche bezahlte.

Um sich der lästig werdenden Ware endlich zu entledigen, nutzte er die neblige Nacht aus, um sie auf Schleichwegen nach Hause zu schaffen, vermutlich über den Feldweg, der kurz vor der Schleuse links abbiegt.

Der zerstreute Verlierer der obenerwähnten drei oder vier Tonnen von Exemplaren der *Unità* kann diese im Pfarrhaus abholen.

Um acht Uhr an diesem Morgen begann ein Hohngelächter, und von fünf nach acht bis Mitternacht defilierten alle schlimmsten Reaktionäre der ganzen Zone durch den Flur des Pfarrhauses, um sich von der Echtheit des Fundes zu überzeugen.

Don Camillo hatte die Veranstaltung gewissenhaft organisiert. Er hatte die Sturmwolke verschwinden lassen, die Zeitungspakete aus den Kisten genommen und chronologisch auf dem Fußboden aufgereiht.

Anschläge an der Wand wiesen darauf hin, wie der Umfang der

Bündel ständig zunahm – was bedeutete, daß der Verkauf der Zeitung von Tag zu Tag zurückging.

So lieferte Don Camillo eine exakte Mißerfolgskurve und formulierte interessante Voraussichten für die Zukunft. Am folgenden Morgen gingen die Leute schon früh aus dem Haus, weil sie die Reaktion des Unbekannten kaum erwarten konnten. Und in der Tat fanden sie an den Straßenecken die Antwort:

BEKANNTMACHUNG

Jeder nazifaschistische Reaktionär kann sich bei der zuständigen Verwaltung zu einem guten Preis alte Zeitungen beschaffen, um sie dann als Fundsache auszugeben.

Es ist dies ein raffiniertes und bequemes System, das allerdings eine Stange Geld kostet. Doch das ist ja bei den Knechten der amerikanischen Kriegshetzer zur Genüge vorhanden!

Der Typ wußte sich gut zu verteidigen, und die Leute waren ein wenig verunsichert, denn schließlich sagte er da nichts Unglaubwürdiges.

Trotzdem warteten sie die Entwicklung voll Zuversicht ab, und vierundzwanzig Stunden später erschien das dritte Plakat:

FUNDANZEIGE

Zusammen mit den Kisten voll unverkaufter Exemplare der *Unità* wurde auch das Fahrzeug aufgefunden, mit dem die genannten Kisten in tiefer, geheimnisvoller Nacht transportiert wurden. Nach Aussage von Fachleuten handelt es sich dabei um einen Dreiradlieferwagen, genannt „Sturmwolke". Das Fahrzeug ist im Pfarrhaus zu besichtigen, und der Verlierer kann es gegen Vorweisung des auf den Namen des Herrn Giuseppe Bottazzi ausgestellten Ausweises der KPI abholen.

Das war ein Volltreffer; wieder strömte das ganze Dorf zum Kirchplatz, und da stand die Sturmwolke vor der Pfarrhaustür, wo jedermann sie sehen konnte.

Die Leute wurden nicht müde, sie zu bestaunen, und verweilten in angeregtem Geplauder. Doch da geschah etwas Unerwartetes.

Der Smilzo kam mit der Sturmwolke angeradelt.

Er hielt an, zog ein Plakat aus einer Rolle und klebte es mit vier Pinselstrichen Leim an die Pfarrhausmauer. Und die verblüfften Zuschauer lasen:

„Nach dem Schaden, den Ihr mir zugefügt habt, soll ich wohl auch noch danke schön sagen!“ brachte Peppone zähneknirschend hervor.

BEKANNTMACHUNG

Der Herr Giuseppe Bottazzi ist kein „Herr", und die beim Pfarrhaus zu sehende „Sturmwolke" ist nicht die Sturmwolke.

Diese ist nach wie vor im Besitz des Volkshauses, wie jeder Bürger sich mit eigenen Augen und Händen überzeugen kann. Womit leicht zu beurteilen ist, wer die Verleumder sind, die mutmaßlich auf den Namen Hochwürden Don Camillo hören.

Fassungslos verglichen die Leute die Sturmwolke von Don Camillo mit der Sturmwolke des Smilzo: Sie waren identisch!

Sie waren auch insofern genau gleich, als sie beide kein Nummernschild trugen.

Don Camillo breitete die Arme aus: „Ich kann mir diesen außerordentlichen Zufall nicht erklären; also nehme ich ihn unbestritten hin. Meine Gutgläubigkeit ist allgemein bekannt. Nachdem das Volkshaus Wert darauf legt zu beweisen, daß der gefundene Lieferwagen nicht ihm gehört, behalten wir ihn und übergeben ihn dem Asyl, das ihn dringend braucht."

Don Camillo begegnete Peppone ein paar Tage danach.

„Bist du an deinen Zeitungen interessiert?" fragte er ihn. „Ich habe sie noch."

„Nein", erwiderte Peppone. „Mich interessiert höchstens, warum Ihr auf dem ersten Plakat die Sturmwolke nicht erwähnt habt."

„Wenn man eine Polemik anfängt, muß man die stärkste Patrone immer zurückbehalten."

„Wenn ich nicht irre, hättet Ihr sie besser gleich abgeschossen."

„Du irrst: Wenn ich sie gleich abgeschossen hätte, wärst du gezwungen gewesen, den Lieferwagen zurückzuholen. So aber hattest du achtundvierzig Stunden Zeit, einen gleichen zu fabrizieren, und das Asyl hat jetzt den Wagen, den es schon lange brauchte. Als Schmied bist du immer noch der Größte!"

Peppone grinste höhnisch: „Die Geschichte könnt Ihr dem Pfaffen erzählen!"

„Hab ich ihm erzählt, und er hat gesagt: ‚Stell dir vor, Don Camillo, wie blöd der arme Peppone dagestanden wäre, wenn du nicht vor dem Ausstellen der Sturmwolke das Nummernschild abgenommen hättest.'"

Don Camillo grub das kleine Metallschild aus der Tasche und gab es Peppone: „Das gehört dir – meine Sturmwolke habe ich unter meinem Namen eintragen lassen."

„Nach dem Schurkenstreich und dem Schaden, den Ihr mir zugefügt habt, soll ich wohl auch noch danke schön sagen!" brachte Peppone zähneknirschend hervor.

„Nicht nötig, Peppone. Ich gebe mich mit der Sturmwolke zufrieden."

Schwester Filomena

Peppone steckte bis über die Ohren in Schwierigkeiten. Und das war so gekommen: in den ersten drei Monaten des Jahres hatte sich alles außergewöhnlich gut angelassen, so gut, daß Peppone überzeugt war, sich den neuen Lastwagen leisten zu können.

Es war eine sehr große Verpflichtung, denn sie hatte nicht nur alle seine Reserven bis auf den letzten Centesimo erschöpft, darüber hinaus hatte Peppone noch etliche Wechsel unterschrieben, die er um jeden Preis bezahlen mußte, auch wenn ihm, wie es letzthin leider vorgekommen war, gewisse Verträge für den Transport von Mangold, Tomaten etc., mit denen er fest gerechnet hatte, durch die Lappen gegangen waren.

Zu dieser Bescherung hatten sich weitere hinzugesellt, kleinere zwar, aber nicht weniger unangenehme, und als er auch noch gezwungen war, den jüngsten Sohn zum Arzt zu bringen, weil der arme Kleine von Tag zu Tag weniger wurde, fühlte Peppone sich von aller Gnade wirklich ausgeschlossen.

Der Doktor untersuchte den Jungen sorgfältig und schüttelte dann den Kopf: „Er ist überhaupt nicht in Ordnung", sagte er. „Er muß unbedingt ans Meer."

Peppone lachte laut heraus: „Sie belieben zu scherzen! Ausgerechnet dann, wenn die Partei eine Ferienkolonie im Gebirge organisiert, muß der Junge ans Meer!"

„Mir ist gar nicht zum Scherzen zumute", erwiderte der Doktor kühl. „Wenn Sie zu mir kein Zutrauen haben, lassen Sie ihn doch untersuchen, von wem Sie wollen. Und wenn Sie jemanden finden, der über die Notwendigkeit eines Aufenthalts am Meer nicht meiner Meinung ist, gebe ich meinen Beruf auf."

„Mit Zutrauen hat das nichts zu tun. Ich sage nur, daß ich ihn nicht ans Meer schicken kann, aus dem einfachen Grund, weil die Partei dieses Jahr eine Ferienkolonie in den Bergen organisiert hat. Da gibt es nicht viel zu wählen: Er wird ins Gebirge gehen."

„Der Junge muß dringend ans Meer. Er braucht Jod. Der Pfarrer hat eine Ferienkolonie am Meer organisiert: Schicken Sie ihn also mit dem Pfarrer."

Peppone machte eine ungeduldige Handbewegung.

„Lassen wir die Dummheiten. Der Pfaffe hat Jod, und die Partei hat keines?"

„Nicht der Pfaffe hat das Jod, sondern das Meer hat es. Und da der Pfaffe die Ferienkolonie am Meer organisiert hat, also ..."

„Also gar nichts!" unterbrach ihn Peppone unhöflich. „Der Pfaffe soll hingehen, wohin er will. Mein Junge geht in die Berge. Besser mit der Partei in die Berge als mit dem Pfaffen ans Meer! Die geistige Gesundheit ist wichtiger als die körperliche."

Der Arzt verlor die Geduld.

„Ich kümmere mich nicht um Politik, ich kümmere mich um Krankheiten. Und ich sage Ihnen, daß Sie eine solche Dummheit nicht machen können: Wenn Sie dieses Kind ins Gebirge schicken, ruinieren Sie es."

„Ich schicke es, wohin es mir paßt und gefällt: Über meinen Sohn habe ich zu bestimmen!"

Der Arzt, den die Leute das Doktorchen nannten, war keiner von denen, die sich einschüchtern lassen; er blickte Peppone in die Augen und erklärte laut und mit fester Stimme: „Ihre Parteiangelegenheiten sind für mein berufliches Gewissen uninteressant. Ich werde meine Pflicht bis zum Äußersten tun."

„Tun Sie, was Sie nicht lassen können!" schrie Peppone wütend. „Zeigen Sie mich doch bei der UNO an!"

Der kleine Doktor wandte sich nicht an die UNO, er klopfte an eine sehr viel nähere Tür. Und als er vor Peppones Frau stand, kam er sofort auf den Kern der Sache zu sprechen: „Ich habe Ihren Jungen untersucht! Er muß ans Meer, und zwar schnell! Wenn Sie ihn statt ans Meer ins Gebirge schicken, werden Sie ihn völlig ruinieren. Dann ist es besser, ihn hierzulassen."

Die Frau sah ihn voller Mißtrauen an. „In solchen Angelegenheiten entscheidet mein Mann. Erzählen Sie das ihm."

„Ich habe es ihm bereits erklärt, und er hat mir zur Antwort gegeben, daß er das Kind ins Gebirge schicken werde, weil er über seinen Sohn zu bestimmen habe. Da aber das Kind nicht nur einen Vater, sondern auch eine Mutter hat, habe ich Ihnen die Sache erklärt, wie es meine Pflicht war. Wenn sich also der Zustand des Jungen verschlechtert oder wenn er gar stirbt, tragen Sie beide dafür die Verantwortung."

Peppones Frau fing an zu brüllen: „Die Verantwortung trägt diese widerwärtige, ungerechte Welt! Selbst wenn wir ihn ans Meer schicken wollten – wie denn?"

„Indem Sie ihn für die Ferienkolonie am Meer anmelden", gab der kleine Doktor zurück. „Ich habe Don Camillo den Fall bereits dargelegt, und er ist ohne weiteres bereit, den Jungen mitzunehmen."

Die Frau knallte dem kleinen Doktor die Tür vor der Nase zu, worauf dieser aber gefaßt war, sogar auf Schlimmeres, und er machte sich weiter nichts daraus.

„Wenn ihr statt eines Backsteins auch nur einen Funken Gewissen im Leib habt, bekommt der Junge die Behandlung, die er braucht", brummte der kleine Doktor in sich hinein.

Zum Glück hatten weder Peppone noch seine Frau einen Backstein im Leib. Peppone suchte noch am selben Abend Don Camillo im Pfarrhaus auf.

„Ich möchte bloß wissen, welchen Unsinn Euch dieses unglückselige Doktorchen erzählt hat", sagte Peppone mit drohender Stimme, kaum daß er vor Don Camillo stand.

„Er hat mir erzählt, daß dein Sohn unbedingt ans Meer muß", antwortete Don Camillo ruhig. „Wenn das Unsinn ist, bedeutet es, daß der kleine Doktor verrückt geworden ist, oder aber, daß du verrückt geworden bist."

Peppone lachte bitter: „Ich stecke bis über die Ohren in Schwierigkeiten ..."

„Das weiß ich."

„Der Junge muß ans Meer, während die Partei eine Ferienkolonie im Gebirge macht ..."

„Das weiß ich."

„Und der Unterzeichnete ist gezwungen, seine Wahl zu treffen: entweder den Sohn zu verraten oder die Partei ..."

„Das weiß ich nicht."

„Natürlich wißt Ihr das: Darum habt Ihr dem Doktor gesagt, daß Ihr meinen Sohn zusammen mit den Euren akzeptiert!"

„Nein, Genosse Bürgermeister: Solche Gemeinheiten mach ich nicht. Mich interessiert, daß dein Sohn gesund wird. Die Gesundheit deiner Partei interessiert mich nicht."

Peppone betrachtete ihn mit unaussprechlicher Geringschätzung: „Heuchler!" schrie er. „Wenn ich meinen kleinen Jungen mit den Jungen Eurer Ferienkolonie gehen lasse, wißt Ihr sehr wohl, was für ein großer Wurf das für Eure Propaganda sein wird! Ihr wißt sehr wohl, was die Leute dann sagen werden!"

Don Camillo riß verwundert die Augen auf. „Die Leute? Und was können sie schon sagen? Ich stecke ihn übrigens gar nicht in meine Ferienkolonie, deinen Sohn. Er wird sich drei Kilometer von unserem Strand entfernt bei den Kindern einer piemontesischen Gemeinde aufhalten. Dein Sohn wird dorthin fahren, bevor unsere Kinder abreisen. Meinst du denn, ein so großes, unförmiges Untier wie ich, ein so schlimmer Kerl, der mit einer einzigen Ohrfeige dir und jenem Unseligen, der dir beigebracht hat, den Hut auf dem Kopf zu behalten, wenn du in einem fremden Haus bist, das Fell gerben könnte, meinst du wirklich, ein solcher Kerl stelle politische Spekulationen auf Kosten der Spatzenknochen eines kranken Kindes an?"

Peppone nahm den Hut vom Kopf.

„Wenn Ihr es nicht aus Gründen der Spekulation tut, dann tut Ihr es, um die Seele meines Sohnes zu vergiften. Um ihn mir kaputtzumachen! Um mir den Feind ins eigene Haus zu setzen!"

Don Camillo schüttelte den Kopf. „Dein Sohn wird behandelt werden, wie wenn er in einer kommunistischen Ferienkolonie wäre."

Peppone fing an zu lachen. „Das ist außergewöhnlich!"

„Keineswegs: Dein Sohn wird nur aufgenommen, weil er ans Meer muß. Sonnenbäder und Meerwasserbäder, Spiele, Spaziergänge und so weiter, ganz wie die anderen. Sonst nichts."

„Keine Gebete am Morgen, am Mittag, am Nachmittag und am Abend? Keine Predigten? Keine Heiligenbildchen? Keine geistlichen Loblieder? Keine Messen? Keine Kommunionen?"

„Keine, Genosse Bürgermeister. Der Doktor hat gesagt, daß das Kind ans Meer muß, und wir werden uns nur um seine körperliche Gesundheit kümmern."

Peppone wischte sich die schweißgebadete Stirn.

„Hochwürden", sagte er, „Ihr beliebt zu scherzen, ich nicht. Ich habe ein krankes Kind und stecke bis zum Hals in Schwierigkeiten."

Don Camillo öffnete eine Schublade seines Schreibtischs, zog einen Brief heraus und reichte ihn Peppone.

„Er ist von Schwester Filomena, der Leiterin der Ferienkolonie deines Sohnes."

Peppone ging ans Fenster und las:

> Hochwürden!
> Wir haben einen Platz für das Kind. Ich habe vollkommen verstanden: der Vater ist in einer Zwangslage. Wenn es nicht so gemacht würde, wie Ihr sagt, würde der Junge nicht ans Meer geschickt, und seine Gesundheit müßte darunter leiden.
>
> Mit viel Liebenswürdigkeit, damit er sich dessen nicht bewußt werden kann, wird der Junge jedesmal dann von den Kameraden ferngehalten, wenn diesen in irgendeiner Weise, sei es auch nur indirekt, religiöser Beistand gespendet wird.
>
> Was Ihr da von mir verlangt, ist leicht verrückt, aber ich bin mir bewußt, daß die Vergehen der Väter nicht auf ihre unschuldigen Söhne zurückfallen dürfen. Jedenfalls will ich hoffen, daß Ihr nicht von mir verlangt, dem Jungen aus den Büchern von Lenin und Stalin vorzulesen und ihm beizubringen, er müsse den Pfarrer erschlagen, sobald er dafür groß genug sei ...

Peppone gab den Brief zurück: „Das werde ich ihm selbst beibringen!" brummte er.

Er verharrte ein Weilchen in Gedanken versunken, dann aber fuhr er auf.

„Hochwürden", schrie er, „diese Angelegenheit stinkt meilenweit nach einer Komödie! So etwas ist doch gar nicht möglich. Dahinter steckt ein ungeheurer propagandistischer Schwindel. Ihr habt es darauf abgesehen, mich lächerlich zu machen."

Don Camillo legte seine große Hand auf das Brevier.

„Schon gut", sagte Peppone. „Wie geht es jetzt weiter?"

„Es steht alles auf diesem Blatt. Den Leuten werde ich erklären, daß du ihn auf deine Kosten in eine Pension schickst."

„Und der Doktor?"

„Berufsgeheimnis. Er ist ein anständiger Mensch."

Peppone war noch immer voller Argwohn: „Wenn also der Junge gesund wird, muß ich Euch dankbar sein ..."

„Nein, Genosse. Fühlst du dich verpflichtet, dem Briefträger besonders dankbar zu sein, weil er dir einen Brief bringt? Nimm einmal an, ich sei der Briefträger, der dir Schwester Filomenas Brief gebracht hat."

„Also muß ich der Schwester dankbar sein."

„Nein, sie hat den Brief nur nach Diktat geschrieben. Nicht sie ist der Absender, es ist der dort, der ans Kreuz genagelt ist."

„Seht Ihr? Ich wußte doch, daß es ein Schwindel ist!" rief Peppone.

„Nein, die Verpflichtung, dankbar zu sein, hat nur derjenige, der an Gott glaubt. Du glaubst nicht an ihn, folglich bist du mit dem Gewissen deiner Partei vollkommen im Einklang."

„Hochwürden, fangen wir wieder damit an?"

„Schluß. Wir haben uns nie gesehen. Wir haben nie von Ferienkolonie gesprochen. Nachricht über deinen Sohn bekommst du direkt von Schwester Filomena. Nein, reg dich nicht auf: normaler Umschlag, ohne Absender, an deine Adresse zu Hause gerichtet."

„Mit gleichlautender Kopie für den Pfarrer!" brüllte Peppone.

Don Camillo seufzte: „Wie sehr wünschte ich mir, du wärest es, der dringend und unbedingt Meerwasserbehandlungen braucht! Oh, welch unendliche Freude, dich weit ins Meer hinauszutragen und dich schön tief untertauchen zu lassen, nachdem man dir einen Rettungsring aus Gußeisen umgelegt hätte. Adieu, Berija!"

„Bitte keine Beleidigungen, Hochwürden!"

„Wenn ich dich noch vor einem Monat Berija genannt hätte, wärest du stolz darauf gewesen! O Vergänglichkeit der sowjetischen Angelegenheiten!"

PEPPONES Sohn reiste am darauffolgenden Tage ab. Seine Mutter begleitete ihn, und als sie zurückgekehrt war, wollte Peppone alles wissen.

„Wer hat dich empfangen?"

„Eine Krankenschwester und ein Arzt. Sie haben den Jungen untersucht. Sie haben gesagt, man müsse ihn sofort ans Meer schicken und ihm eine besondere Verpflegung geben."

„Haben sie dir Fragen gestellt?"

„Sie haben alles über den Jungen wissen wollen."

„Und über mich?"

Die Frau zuckte die Achseln.

„Sie haben nicht einmal gefragt, ob er einen Vater hat. Das sind anständige Leute, die sich für die Gesundheit der Kinder interessieren und für nichts weiter."

„Anständig offenbar", gab Peppone zu. „Weinte der Junge, als du ihn allein gelassen hast?"

„Keine Rede davon! Sie verstehen es außerordentlich gut, mit Kindern umzugehen. Und in dem Heim gibt es einen Hof mit einem Karussell, Tretautos und so weiter. Er hat nicht mal gemerkt, daß ich weggegangen bin."

„Karussell, Autos und so weiter", brummte Peppone wütend. „Damit streuen sie dem Proletariat Sand in die Augen."

Es VERGINGEN ein paar Tage, dann traf der erste Brief ein.

Sehr geehrter Herr,
Ihrem Sohn geht es gut. Das Meer schadet ihm nicht. Das ist schon etwas. Hoffen wir, daß es ihm hilft.

Wir verhalten uns in allem und mit allem nach Ihren besonderen Wünschen.

Bis heute ist alles bestens gegangen. Das Kind schläft im Zimmer der diensttuenden Aufseherin, die keine Schwester, sondern eine normale Angestellte ist, und so entgeht es den Morgen- und Abendgebeten und der heiligen Messe.

Während der Andachtstunden und dergleichen geht er in Begleitung einer Aufseherin draußen spazieren. Wir lassen ihn einen Augenblick später zu den Mahlzeiten kommen, so kommt er um das Gebet und das Bekreuzigen herum.

Nun gibt es aber doch eine kleine Unannehmlichkeit zu berichten: Wir haben immer vermieden, daß der Junge an der morgendlichen und abendlichen Zeremonie des Aufziehens und Einholens der Fahne teilnimmt, weil wir uns gesagt haben, daß es sich nicht um eine internationale Fahne, sondern um die normale, dreifarbige Landesfahne handelt. Der Kleine hat das aber gemerkt, weil er aus dem Fenster geblickt hat, und verlangt, an der Zeremonie teilnehmen zu dürfen.

Da der Kleine, der übrigens für seine sieben Jahre sehr lebhaft und aufgeweckt ist, versichert hat: „Wenn ihr mich nicht zusammen mit den anderen die Fahne sehen laßt, schreibe ich meinem Papa, der Bürgermeister ist, und er schlägt euch allen mit einem Faustschlag die Köpfe ein", wäre es uns lieb, wenn Sie uns sagten, wie wir uns in dieser Angelegenheit verhalten sollen.

Hochachtungsvoll — Schwester Filomena

Peppone sah seine Frau an. „Du bist närrisch, ich bin es nicht. Diese verflixte Schwester spielt die Geistreiche, aber wenn sie glaubt, den Typ gefunden zu haben, der sich zum besten halten läßt, täuscht sie sich."

Er nahm ein Blatt Papier und schrieb die Antwort:

Sehr geehrte Frau Leiterin,
es freut mich, daß es meinem Sohn gutgeht. Ich beehre mich, Ihnen zur Kenntnis zu bringen, daß er als italienischer Staatsbürger das Recht und die Pflicht hat, die Fahne des Vaterlandes zu grüßen. Wohingegen die Ungehörigkeit dieses Sohnes bestraft werden muß, weil nämlich sein Vater niemandem mit einem Faustschlag den Kopf einschlägt, sondern die Hände zu ehrlicher Arbeit benutzt.

Der zweite Brief vom Meer traf eine Woche später ein, zusammen mit einem Blatt mit dem Bericht des Arztes.

Sehr geehrter Herr,
ich danke Ihnen für Ihre freundliche Antwort. Wir haben uns nach Ihren Wünschen gerichtet. Wie Sie aus dem beigefügten ärztlichen Bericht ersehen werden, sind die Fortschritte Ihres Kleinen beträchtlich.

Hingegen sorgen wir uns wegen seiner unbesonnenen Unterfangen: Heute morgen, während der Zeremonie des Fahnenhissens, sprang die Schnur aus der Rille der Zugrolle, die oben auf der hohen Stange angebracht ist, und verwickelte sich. Während wir uns überlegten, wie wir das in Ordnung bringen könnten, nutzte Ihr Kleiner die Verwirrung aus, um wie ein Eichhörnchen bis ganz hinauf zu klettern.

Wir alle haben schreckliche Angst ausgestanden und würden es begrüßen, wenn Sie Ihrem Sohn schreiben würden, er sollte nie mehr solche unvorsichtigen Dinge tun.

Ihren Wünschen entsprechend haben wir ihm am Freitag Fleisch statt Fisch gegeben. Jetzt verlangt er, wie die anderen behandelt zu werden, weil er Fisch sehr gern ißt. Wir erwarten Ihren geschätzten Bescheid, um die Sache nach Ihren Wünschen regeln zu können.

Hochachtungsvoll Schwester Filomena

Peppone las den Brief vor, und die Frau geriet sofort außer sich: „So ein Lausbub, der blamiert uns ja gehörig!"

„Im Gegenteil, der macht uns Ehre!" brüllte Peppone. „Du wirst nie etwas begreifen!"

Peppones Antwort war kurz und energisch:

Frau Leiterin,
wenn jemand etwas zum Ansehen der Fahne des Vaterlandes beiträgt, so begeht er keine Unvorsichtigkeit. Machen Sie sich keine Sorgen: Als ich so alt war wie er, kletterte ich auf die Telegrafenmasten, und wenn ich oben angekommen war, machte ich die Fahne.

Im übrigen vergessen Sie nicht, daß die Bottazzis ein dickes Fell haben.

Was den Fisch am Freitag betrifft, so handelt es sich nicht um politische Propaganda, und er kann ihn essen.
Hochachtungsvoll

Dann kam der dritte Brief:

Sehr geehrter Herr,
der ärztliche Bericht wird Ihnen sagen, daß es Ihrem Sohn körperlich von Tag zu Tag bessergeht. Geistig hingegen macht er uns einiges Kopfzerbrechen: Er ist ein Junge, der sehr wenig redet, und anfangs glaubten wir, daß seine Schweigsamkeit der Schüchternheit zuzuschreiben sei. Wir haben jedoch festgestellt, daß er, der sich nach außen hin grob und mitunter auch gewalttätig und damit scheinbar oberflächlich und ungeschlacht gibt, eine freundliche Seele verbirgt und zum Nachdenken neigt.

Er stellt uns von Zeit zu Zeit höchst heikle Fragen, denen wir ängstlich auszuweichen versuchen. Noch vor einer halben Stunde zum Beispiel fragte er mich: „Warum sieht man von den Schiffen zuerst den oberen Teil und dann den Rest?"

Ich erklärte ihm, daß die Rundheit der Erde dies bewirke. Und er: „Wenn die Erde rund ist, wo stützt sie sich auf?"

„Sie stützt sich nicht auf, sie schwebt im leeren Raum."

„Und wer hält sie, damit sie nicht fällt?"

Wie Sie verstehen werden, ist es nicht einfach, sich herauszureden, wenn man nicht, wie bei den anderen Kindern, den Schöpfer in Erscheinung treten lassen darf. Ich habe die Angelegenheit in der Schwebe gelassen: Muß ich zur Antwort geben, daß an der Spitze des Universums Stalin ist, oder muß ich ganz allgemein von der Partei sprechen?
Hochachtungsvoll Schwester Filomena

Peppone ballte die Fäuste.

„Hol ein Blatt Papier und schreib, was ich dir diktiere. Und mach ja keine Geschichten!" brüllte er seine Frau wütend an. „Los:

Sehr geehrte Leiterin,
ich richte dieses Schreiben an Sie, um Ihnen zu sagen, daß mein Mann Sonntag morgen kommen wird, um den Jungen abzuholen.
Hochachtungsvoll

Schick das per Eilboten."

Die Frau versuchte zu protestieren, doch Peppone schnitt ihr das Wort ab: „Wenn die dort es nicht weiß, werde ich es ihr erklären. Wenn ich auch ein Proletarier bin, so habe ich doch meine Würde, mehr noch als die anderen. Ich lasse nicht zu, daß sie sich über mich lustig machen. Wenn sie sich auf meine Kosten amüsieren wollen, täuschen sie sich."

Es war nichts zu machen: Peppone fuhr am Samstagabend los, und nach einer greulichen Reise stand er schließlich auf einem kleinen, blumengeschmückten Bahnhof.

Es war sieben Uhr morgens, und er war zufrieden, als man ihm sagte, daß er bis zur Ferienkolonie drei Viertelstunden zu gehen habe.

Die Wut, die sich durch die beschwerliche Reise noch gesteigert hatte, ließ Peppone die Strecke im Laufschritt zurücklegen, und er schaffte sie in einer halben Stunde.

Er sah das Gebäude mitten im Grünen am Ende eines Gartenweges und setzte sich auf eine kleine Bank. Es war noch keine schickliche Zeit.

Gleich werde ich dieser Pfäffin etwas erzählen! dachte er.

Er kam aber nicht einmal dazu, zweimal ordentlich Luft zu schnappen, denn er vernahm eine leise Stimme: „Herr Bottazzi?"

Er sprang auf und stand vor einer winzig kleinen Schwester, die dünn und schmächtig wie ein kleines Mädchen war.

Sie war noch jung, und ihr Gesicht war sanft und fein.

„Ich bin Schwester Filomena", sagte sie. „Ich warte schon eine Zeitlang auf Sie. Ich habe Ihren Eilbrief bekommen."

Peppone war voller Zorn, aber wie machte man das, einem so winzigen Dingelchen die Meinung zu sagen, das mit einer so leisen und zarten Stimme sprach?

„Ich bin gekommen, um den Jungen abzuholen", brummte Peppone mit gesenktem Kopf.

„Warum? Warum ihm fünfundzwanzig für seine Gesundheit wertvolle Tage rauben? Was haben wir Ihnen getan?"

„Ich will nicht, daß man sich über mich lustig macht", erklärte Peppone.

„Und wer hat sich über Sie lustig gemacht?"

„Ihre Briefe . . . vor allem der letzte."

„Ich verstehe. Weil ich Sie gefragt habe, ob ich Ihrem Sohn sagen soll, Stalin habe das Universum erschaffen. Oder die Partei."

Peppone machte eine ungeduldige Handbewegung: „Lassen wir das. Geben Sie mir das Kind zurück, und reden Sie nicht mehr davon."

Schwester Filomena lächelte: „Sie sind der Vater, und das Kind gebe ich Ihnen zurück. Aber auch damit ist das Problem nicht gelöst. Morgen oder übermorgen wird das Kind Sie fragen, wer das Universum erschaffen habe. Und Sie, verzeihen Sie, was werden Sie ihm antworten?"

„Das ist meine Sache", knurrte Peppone finster.

Schwester Filomena schüttelte den Kopf: „Es tut mir leid, Sie verletzt zu haben. Wenn ich Sie um Entschuldigung bitte, verzeihen Sie mir dann?"

„Nein", sagte Peppone und blickte auf die Spitzen seiner Schuhe.

„Hoffen wir, daß der liebe Gott mir verzeiht. Darf ich Sie wenigstens um einen Gefallen bitten?"

Peppone gab ihr zu verstehen, daß sie es dürfe.

„In Ihrem vorletzten Brief haben Sie geschrieben, daß Sie, nachdem Sie oben auf dem Telegrafenmast angekommen waren, die Fahne machten. Was bedeutet das?"

Das war nicht leicht zu erklären.

„Es ist ein Spiel: Es besteht darin, daß man den Mast unter die linke Achselhöhle bringt, sich dann auf den rechten Ellenbogen stützt und die ausgestreckten Beine von sich schleudert."

Schwester Filomena sah ihn verwundert an. „Das verstehe ich nicht."

Peppone versuchte, den Gedanken besser zu vermitteln, aber er komplizierte die Dinge nur noch mehr. Schließlich zog er die Jacke aus, klammerte sich an den Beleuchtungspfosten und demonstrierte, was es praktisch bedeutete, die Fahne zu machen.

Schwester Filomena sah ihn mit laternengroßen Augen an: „In Ihrem Alter und mit Ihrem Gewicht wagen Sie noch eine solche Übung?"

Dann, während Peppone sich nach der schrecklichen Mühe

schweißgebadet auf die Bank fallen ließ, hob Schwester Filomena die Augen gen Himmel.

„Jesus", sagte sie, „wie schade, daß ein so starker Mann so schlecht ist!"

Schwester Filomenas dünnes Stimmchen ließ Peppone auffahren: „Genug!" flehte er. „Sie geben mir meinen Sohn zurück, und alles ist zu Ende!"

„Nein", erklärte Schwester Filomena autoritär.

„Dann lassen Sie mich ihn wenigstens sehen!"

„Das hängt davon ab, wie Sie um neun Uhr auftreten."

Um neun Uhr kam Peppone mit einem vorzeigbaren Gesicht zurück, und Schwester Filomena ließ ihn eintreten und erlaubte ihm, den Tag zusammen mit seinem Sohn am Strand zu verbringen.

Und als Peppone sich am Abend verabschiedete, fragte ihn Schwester Filomena: „Wie ist das nun, wenn mir das Kind wieder die bewußte Frage stellt, was soll ich ihm antworten?"

„Antworten Sie von mir aus, was Sie wollen, Schwester", brummte Peppone finster und wütend.

Was Schwester Filomena denn auch tat.

„Ceratom"

Ein verbeulter Fiat Topolino hielt auf dem Kirchplatz an, und heraus stieg ein hagerer Mann mit einer großen Ledertasche.

Beim Kirchenportal blieb er stehen, öffnete es einen Spalt weit, streckte kurz den Kopf hinein und marschierte dann stracks auf das Pfarrhaus zu.

Don Camillo genoß das gemütliche Kaminfeuer in seiner Stube. Als er das Klopfen hörte, klang sein „Herein!" wie eine Drohung. Beim Anblick dieses Mickermännchens wurde er wieder friedlich.

„Ich muß nur schnell ein Päckchen abgeben, dann lasse ich Sie sofort wieder in Ruhe", erklärte der Fremde mit traurigem Lächeln und kramte in der Tasche, die er auf den Tisch gestellt hatte.

Das Päckchen enthielt eine Propagandabroschüre gegen die Roten. „Das schickt das Komitee", erläuterte der Überbringer.

„Setzen Sie sich doch!" forderte Don Camillo ihn freundlich auf.

„Hier drinnen ist es angenehmer als in meiner Mausefalle!" seufzte der Fremde und ließ sich vor dem Feuer nieder. „Auf der andern Seite – Geschäft ist Geschäft."

Don Camillo erhob sich, um die Broschüren wegzuräumen und gleichzeitig eine Flasche Fortanella zu angeln. „Sind Sie vom Komitee?" erkundigte er sich.

„Nein. Ich bin ein Freund von den Leuten des Komitees und erweise ihnen gern eine Gefälligkeit. Komitee oder nicht, der Kampf ist ja für alle anständigen Menschen derselbe. Da ich ohnehin die ganze Gegend Dorf um Dorf abklappern muß, macht es mir nichts aus, ein paar Broschüren mitzunehmen. Sie können Porto sparen und sind außerdem noch sicher, daß das Material nicht verlorengeht."

Der Fremde grinste trüb vor sich hin und nahm einen kräftigen Schluck Wein. „Das wird mich ein bißchen aufheitern", stellte er fest. „Ich hab's nötig."

Don Camillo setzte sich wieder. „Wenn man fragen darf", forschte er, „was genau ist denn Ihr Geschäft?"

„Ach, reden wir nicht davon, Hochwürden!" jammerte der Fremde. „Es ist der unglückseligste Beruf der Welt. Aber wenn man eine Familie zu ernähren hat, kann man eben nicht zimperlich sein."

Don Camillo wartete.

„Ich reise", erklärte der Mann melancholisch. „Ich versuche Ware zu verkaufen, die niemand haben will. Ich bin als letzter zur Firma gekommen, die guten Plätze hatten sich schon die andern geschnappt. Mir sind nur die kleinen Ortschaften geblieben, die Dörfer!"

„Was verkaufen Sie denn?"

„Nichts!" antwortete der Reisende. „Ich mache Geschäfte wie einer, der am Nordpol Eis oder auf den Dolomiten Schiffsanker verkaufen möchte. Lassen wir das, Hochwürden. Vergessen wir einen Augenblick unsere Sorgen."

Der Mann leerte sein Glas in einem Zug, und Don Camillo füllte es von neuem. Die Neugier zwickte ihn: Was zum Kuckuck mochte dieser Pechvogel bloß verkaufen?

Der Fremde schüttelte den Kopf: „Hochwürden", sagte er halblaut, „wissen Sie, was ‚Ceratom' ist? Nein, zerbrechen Sie sich nicht den Kopf, ich sage es Ihnen: ‚Ceratom' bedeutet ‚Cera atomica' – Bohnerwachs."

Er nahm einen Schluck Wein, ehe er fortfuhr: „Verstehen Sie? Ich muß Bohnerwachs verkaufen, wo es keine Fußböden zum Bohnern gibt. Wo alle Böden aus Ziegelstein sind."

Don Camillo hielt es für seine Pflicht zu widersprechen: „Es gibt aber auch hier Dielen- und Kunststeinböden. In der Drogerie wird jedenfalls Bohnerwachs verkauft."

Der Mann lächelte traurig: „Eben. Ich habe die beiden Drogerien hier aufgesucht und weiß alles. Bei dem, was an Bohnerwachs verkauft wird, reichen die Lagervorräte noch für mindestens fünfundzwanzig Jahre! Außerdem ist mein Produkt neu – ausgezeichnet und preisgünstig, aber neu, und die Leute sind Neuem gegenüber immer mißtrauisch. Privat verkaufen darf ich nicht; ich bemühe mich, mit den Gemeinden ins Geschäft zu kommen, mit den Organisationen, die Säle, Vereinslokale, Theater, Kinos besitzen. Aber leider sind die zu neunzig Prozent in den Händen der Roten, und bevor ich bei diesem Pack anklopfe, verhungere ich lieber!"

Wieder stärkte er sich mit einem langen Schluck. „Das muntert mich wirklich auf!" stellte er fast fröhlich fest. „Und so nötig hatte ich es noch nie! Wissen Sie, Hochwürden: Kilometer um Kilometer in dieser Mausefalle über gräßliche Straßen durch die Schneewüste fahren ..., und wenn man am Abend zusammenzählt, merkt man, daß man die Zeit und das Benzin draufgezahlt hat!"

Er wühlte in der Tasche und zog ein Bestellbuch heraus, das er Don Camillo aufgeschlagen zeigte: „Da sehen Sie, Hochwürden, die Arbeit eines ganzen Vormittags: ‚Drogerie Piacini in Torricella: Ceratom, 1 große.' Verstehen Sie? Nachdem ich zwei Stunden lang geredet habe, bestellen die eine zum Ausprobieren. Und eigentlich auch das nur, damit sie mich los wurden."

Don Camillo betrachtete die Bestellung und wiegte den Kopf: „Wirklich kein Anlaß zur Fröhlichkeit!"

Der Mann trank einen Schluck und berichtete lebhaft: „Aber das ist ja gar nicht wahr! In Fiumetto habe ich ebenfalls ein Geschäft abgeschlossen: Der Pfarrer dort ist einer der wenigen, die Holzdielen in der Kirche haben, und da hat er, auch zum Ausprobieren, eine Dose gekauft. Allerdings nur eine kleine, zu zweihundert Gramm."

Er zeigte Don Camillo das Döschen und erklärte: „Ich hatte zwei als Muster bei mir, und da verkaufte ich ihm die eine direkt. Auch darum, weil ich mich nicht getraue, der Firma eine Bestellung für eine einzelne kleine Dose vorzulegen."

Don Camillo schaute das Döschen mitleidig an und fragte: „Ist die große Dose sehr groß?"

Der Mann holte eine Büchse aus seiner Tasche: „Ein Kilo. Das ist nicht viel, aber das Produkt wird erst eingeführt, und da ist die Firma froh, wenn sie eine Dose probeweise anbringt. Denn wer dieses Wachs einmal verwendet, der bleibt auf jeden Fall dabei! Es ist wirklich außergewöhnlich gut."

Don Camillo hielt den Moment für gekommen, seine Entscheidung zu treffen: „Ich würde es gern ausprobieren", sagte er. „Lassen Sie mir auch eine Dose hier."

Erstaunt blickte ihn der Reisende an.

„Eine Dose? Und was wollen Sie damit, Hochwürden? Ihren Ziegelboden bohnern?"

„Hier im Haus habe ich Ziegel, aber in der Kirche ist ein Dielenboden", betonte er stolz. „Letztes Jahr neu gemacht."

„Hochwürden", seufzte der Mann, „Sie sind ein feiner Mensch; um mir zu helfen, sind Sie sogar imstande zu schwindeln. Danke! Auch das muntert mich schon auf. Wenn Sie einmal Dielen haben, dann erinnern Sie sich bitte an mich."

Don Camillo stand auf und ging zur Tür; der Mann leerte noch hastig sein Glas, nahm seine Tasche und folgte ihm. Er glaubte, das Gespräch sei beendet, und wollte sich draußen verabschieden, doch Don Camillo faßte ihn beim Arm und führte ihn über den Vorplatz in die Kirche.

„Also – sind das Holzdielen oder nicht?" fragte er triumphierend.

Der Fremde bückte sich und berührte mit dem Finger die matten, trüben Dielen.

„Bei diesem Wetter bringen mir die Leute tonnenweise Schmutz herein. Aber der Boden ist sehr schön!" Er netzte seinen Zeigefinger mit Speichel und rieb damit über eines der Holzbretter: „Sehen Sie, wie das glänzt? Aber man kann ihn nicht ständig bohnern, weil das Wachs beim nassen Aufwischen immer weggeht. Da würde man ja Tonnen von Bohnerwachs brauchen."

Der Mann lachte. Er nahm die große Dose aus der Tasche, öffnete sie, fischte aus der Tasche noch einen Lappen und bestrich eine der Dielen mit einer dünnen Schicht Ceratom. Mit einem zweiten Lappen polierte er das Holz auf Hochglanz. Dann ging er schnell hinaus und kam mit einer Handvoll Schnee zurück.

„Hochwürden“, sagte er, „versuchen Sie jetzt, die Diele naß zu machen!“

Don Camillo verstrich den Schnee energisch auf dem Brett, bis er ganz geschmolzen war. Dann wischte er mit einem Lappen die Diele trocken – und sie blieb glänzend.

„Ceratom“, erklärte der Mann, „ist wie ein Lack, der das Wasser nicht durchläßt. Sozusagen ein Kristallbelag auf den Dielen.“ Wieder ging er hinaus, trat in eine Pfütze und schmierte mit der Sohle so lange auf der ceratomisierten Diele herum, bis sie eine einzige Schmutzfläche war. Die wischte er mit dem Lappen ab, und das Holz strahlte wie zuvor.

„Einmal alle zehn Tage mit Ceratom bohnern genügt vollständig“, schloß er frohlockend.

Sie traten auf den Kirchplatz hinaus.

„Danke für die Gastfreundschaft und auf Wiedersehen, Hochwürden“, sagte der Mann und tat, als wolle er in seinen Kleinwagen steigen.

Aber Don Camillo faßte ihn erneut am Ärmel und zog ihn mit sich ins Pfarrhaus. „Eine angebrochene Flasche will ausgetrunken werden“, erklärte er.

Sie setzten sich wieder ans Kaminfeuer.

„Ich möchte es wirklich ausprobieren“, meinte Don Camillo. „Wieviel kostet eine Dose?“

„Dreihundert Lire. Die kleine.“

„Und die große?“

„Vierhundertfünfzig, also nur wenig mehr. Aber lassen wir das, Hochwürden. Ich will nicht das Gefühl haben, Ihnen etwas ‚anzuhängen‘. Bleiben wir lieber gute Freunde.“

Da fing Don Camillo an zu lachen: „Freundschaft ist eine Sache, Bohnerwachs eine andere. Ich nehme zwei Dosen. Nein, drei. Drei große.“

Der Mann schüttelte den Kopf: „Entweder eine oder gar nichts! Mir liegt etwas an der Freundschaft. Sie probieren das Ceratom aus, und wenn Sie damit zufrieden sind, schreiben Sie mir zwei Zeilen an diese Adresse, und ich lasse Ihnen so viele Dosen schicken, wie Sie nur wollen.“

Der Mann füllte den Bestellzettel aus, und Don Camillo griff zum Portemonnaie. „Wieviel bin ich Ihnen schuldig?“

„Nichts. Ich darf kein Geld entgegennehmen. Sie zahlen, wenn Sie die Ware bekommen. Also eine große, Hochwürden?"

„Ja."

„So, das wär's. ‚Ceratom – 1 Gr.' Kontrollieren und unterschreiben Sie. Die Unterschrift ist nicht für mich, sondern für die Firma, natürlich."

Don Camillo unterschrieb und bekam den Durchschlag.

Der Mann hob sein Glas: „Gott sei Dank ist dieser Landstrich, dieser Käfig von entfesselten Roten, nicht die reine Hölle. Für den, der hungert, hat selbst eine Brotkrume ihren Wert, denn wenn sie auch nicht zu sättigen vermag, nährt sie doch die Hoffnung. Die Hoffnung braucht so wenig, um zu leben: ein Bröselchen Brot, übergossen mit dem Vertrauen in die göttliche Vorsehung, und weiter geht der Marsch!"

Don Camillo begleitete ihn zum Auto und sah ihm nach.

Ich hätte ihn zum Mittagessen hierbehalten können! bedauerte Don Camillo im Gedanken an das Brotbröselchen mit der Sauce des Vertrauens in die göttliche Vorsehung.

Es vergingen vierzehn Tage, da traf eines Nachmittags die Post mit dem Lastwagen vor dem Pfarrhaus ein, lud eine riesige Kiste ab, ließ Don Camillo eine Empfangsquittung unterschreiben und fuhr weiter.

Don Camillo öffnete die Kiste und fand darin hundertvierundvierzig Kilodosen Ceratom.

Im Besitz von rund anderthalb Doppelzentnern Bohnerwachs, erhielt er tags darauf auch einen Brief der Fabrik:

> Geehrte Firma,
> gemäß Ihrer Bestellung No. soundso vom Soundsovielten übersandten wir Ihnen franko Domizil ein Gros Ceratom zum vereinbarten Preis von Lire 450 pro Dose, wobei wir Ihnen als besonderes Entgegenkommen die Umsatzsteuer im Betrag von Lire ... sowie die Verpackungskosten nicht verrechnet haben. In der Gewißheit, Sie mit unserer Lieferung zufriedenzustellen, und in Erwartung Ihrer geschätzten weiteren Bestellungen zeichnen wir mit vorzüglicher Hochachtung.
>
> Anlage: Wechsel auf 30 Tage im Betrag von L. 64800 (vierundsechzigtausendachthundert).
>
> Irrtum vorbehalten.

Irrtümer lagen freilich keine vor; die Leute hatten es bloß unterlassen, am unteren Rand des Briefes noch hinzuschreiben: „Wir haben Don Camillo hereingelegt, der sich erst jetzt, mit anderthalb Doppelzentnern Ceratom am Hals, vorsichtig erkundigt und dabei erfahren hat, daß ‚1 Gr.' nicht eine große Dose, sondern ein Gros – kaufmännischer Ausdruck für 12 Dutzend – große Dosen bedeutet."

Don Camillo dachte nicht im Traum daran, Krach zu schlagen. Er hatte nur die eine Sorge, hundert von den hundertvierundvierzig Dosen so gut zu verstecken, daß niemand im Dorf merkte, wie man ihn zum Narren gehalten hatte – was der Gemeinde noch dreißig oder vierzig Jahre lang Stoff zu allgemeiner Heiterkeit geliefert hätte. Er kannte seine Pappenheimer!

Don Camillos zweite Sorge war, wie er die vierundsechzigtausend Lire zur Einlösung des Wechsels auftreiben sollte.

Vierundsechzig Tausendernoten zusammenzukratzen ist für einen armen Hungerleider von Pfarrer fast dasselbe, wie einen Hammerschlag auf den Kopf zu bekommen. Und zwar jeden Tag einen Hammerschlag, denn geliehenes Geld muß man zurückgeben.

Don Camillo schnallte sich den Gürtel enger, bis es nicht mehr ging; als er wegen einer fälligen Zahlung so tief in der Klemme saß, daß er nicht mehr aus noch ein wußte, begab er sich zu Peppone. Der stand in der Werkstatt und wühlte im Bauch eines Traktors herum.

„Herr Bürgermeister", erklärte Don Camillo möglichst unbefangen, „könntet ihr für das Gemeindehaus und für euer Volkshaus nicht ein paar Dosen Ceratom brauchen, ein ausgezeichnetes Bohnerwachs? Es wäre eine günstige Gelegenheit. Ein Freund, der sich in Schwierigkeiten befindet, hat sich an mich gewendet."

Peppone hielt in der Arbeit inne und starrte Don Camillo erbost an: „Wer ist der Dreckskerl, der es Euch gesagt hat?"

Don Camillo breitete unschuldig die Arme aus.

„Hochwürden, laßt Euch geraten sein, den Mund zu halten! Wenn diese Geschichte herumkommt, nehme ich es Euch persönlich übel. Gewarnter Priester, halb geretteter Priester!"

Don Camillo seufzte: „Der Scherz mit der großen Dose und dem Gros Dosen ist gar nicht lustig, Genosse Bürgermeister."

Peppone ballte die Fäuste: „Zum Kuckuck! Was soll einer, der gerade lesen und schreiben kann, von Gros und klein verstehen? Ich habe schließlich nicht Latein studiert!"

„Was hat das damit zu tun? Ich habe es studiert, aber deswegen liegen jetzt trotzdem hundertvierundvierzig Dosen Ceratom in meinem Keller."

Peppone fuhr hoch. „Nein!" schrie er.

„Doch", gestand Don Camillo demütig.

„Ehrenwort?"

„Ehrenwort!"

Da warf Peppone den Hut auf den Boden und tanzte wie ein Wilder darauf herum.

Don Camillo schüttelte den Kopf. „Na schön, jetzt weißt du's – aber was hast du davon?"

„Ich? Nichts! Die Hauptsache ist, daß Ihr eins auf die Schnauze bekommen habt!"

Don Camillo seufzte. „O menschliche Torheit! Wenn dir ein Ziegel auf den Kopf fällt, was freust du dich, daß auch deinem Nächsten ein Ziegel auf den Kopf fällt?"

„Ihr seid nicht mein Nächster", stellte Peppone klar. „Ihr seid ein Volksfeind, und der Schaden, der den Volksfeind trifft, ist ein Vorteil für das Volk."

„Richtig", gab Don Camillo zu. „Und der Schaden, der den Volksfreund trifft, ist dagegen zum Nachteil des Volkes, denn die hundertvierundvierzig Dosen Ceratom zahlt nicht der Genosse Peppone, die landen auf dem Konto der Gemeindeverwaltung."

Da pflanzte sich Peppone vor Don Camillo auf. „Nein, Herr Pfarrer! Dieses verfluchte Bohnerwachs muß ich selber bezahlen, weil ich es bestellt habe, und wenn ich die vierundsechzigtausend Lire der Gemeinde in Rechnung stelle, schlagen mich Eure Banditen von der Opposition ans Kreuz wie Jesus Christus!"

„Wie den Räuber Barabbas", berichtigte Don Camillo.

Peppone nahm seine Arbeit wieder auf, aber plötzlich hob er den Kopf vom Motor des Traktors. „Hochwürden, etwas möchte ich wissen: Wie hat er sich Euch vorgestellt?"

„Er sagte, er komme vom Komitee. Er hat mir eine Broschüre gebracht."

„Dasselbe in Grün!" rief Peppone. „Komitee auch bei mir, und ein Umschlag mit dem Bild der neuen Friedenstaube darin. Wirklich ein gerissener Bursche! Aber wenn der mir in die Finger gerät, dem drehe ich den Hals um, das schwöre ich Euch!"

Er spuckte an die Wand, dann steigerte er sich immer mehr in seine Wut: „Wenn der mir in die Finger fällt, dann packe ich ihn um den Hals, knalle ihm eine hinter die Ohren und frage: ‚Gefällt Ihnen dieser Typ? Ausgezeichnet. Dann schicke ich Ihnen ein Gros davon.'"

Don Camillo kam nicht dazu zu antworten, denn Peppone machte auf einmal Augen wie Wagenräder.

Vor dem Werkstattor hatte ein verbeulter Topolino angehalten.

„Er ist es!" sagte Peppone mit erstickter Stimme. „Versteckt Euch dort drin. Vielleicht kommt er herein. Er hat mich im Gemeindehaus aufgesucht und weiß nicht, daß die Werkstatt mir gehört!"

Tatsächlich betrat das Mickermännchen mit der Ledermappe in der Hand die Werkstatt.

Als Peppone sich umdrehte und sein Gesicht zeigte, versuchte der Mann wieder aus dem Tor zu flitzen. Aber dort stand breitbeinig Don Camillo.

Der Reisende wurde leichenblaß. „Ich hätte gern einen Viertelliter Öl für den Motor", stammelte er.

„Fest oder flüssig?" erkundigte sich Peppone und näherte sich mit dem Meßbecher dem Faß mit der Pumpe.

„Flüssig", antwortete der Mann zitternd.

Peppone füllte den Meßbecher und reichte ihn dem Reisenden. „Trinken Sie es hier oder lieber draußen im Auto?"

Der Mann schaute Peppone und dann Don Camillo an und begriff, daß es kein Entrinnen gab. Seine Augen füllten sich vor Angst mit Tränen.

„Hier", flüsterte er. „Draußen im Auto sitzt meine Frau."

Ergeben führte er den Becher an den Mund. Da riß ihm Peppone den Becher aus der Hand, ging hinaus, hob die Haube des Kleinwagens und goß das Öl in den Motor.

Der Mann lehnte an der Werkbank. „Sie können gehen", sagte Peppone.

„Wieviel kostet es?" ächzte der Mann.

„Nichts: Gratis-Service zum Kennenlernen des Produkts. Gehen Sie nur."

„Ich möchte ja, aber bei mir spuckt der Anlasser", erklärte der Ärmste mühsam, an die Werkbank geklammert.

„Wieso? Sie haben doch keinen Tropfen von dem Öl getrunken!" wunderte sich Don Camillo.

„Gewiß, Hochwürden, aber es ist, als hätte ich den ganzen Becher geleert."

Peppone holte aus einem Schränkchen eine Flasche Cognac und schenkte ein Gläschen ein, das der Mann in einem Zug hinunterstürzte.

Don Camillo steckte ihm eine halbe Toscano-Zigarre zwischen die Lippen, fischte mit der großen Zange ein glühendes Kohlestück aus der Esse und zündete sie ihm an.

Der Mann rauchte ein paar Züge, dann löste er sich langsam von der Bank.

„Läuft's jetzt?" fragte Peppone.

„Die Kupplung rutscht noch ein wenig", antwortete der Mann bei den ersten zaghaften Schritten, „aber es kommt schon."

Sein Gang wurde zusehends gelöster, und am Tor drehte er sich um: „Auf Wiedersehen", sagte er und schaffte es, seiner Stimme einen beinahe heiteren Klang zu geben. „Und wenn Sie etwas benötigen, haben Sie ja meine Adresse."

„Danke – für den Augenblick sind wir bedient", knurrte Don Camillo.

Der Mann stieg ein, und der Topolino startete.

Peppone war mit der ganzen Sache durchaus nicht zufrieden. „Ich bin immer der, der draufzahlt", maulte er nach einer Weile. „Ihr seid mit einer halben Zigarre davongekommen, aber ich habe ihm Öl und Cognac geben müssen!"

„Und dazu mußt du mir noch achttausend Lire borgen", sagte Don Camillo. „Ich habe Schulden gemacht, um das Bohnerwachs bezahlen zu können, und jetzt stecke ich in der Klemme."

Peppone schüttelte den Kopf. „Ich leihe kein Geld aus!" rief er. „Gebt mir zwanzig Dosen Wachs, wenn Ihr die achttausend Lire haben wollt."

„Ausbeuter der Geistlichkeit! Du bescheißt mich um ganze tausend Lire!"

„Macht, was Ihr wollt: Geschäft ist Geschäft!"

Don Camillo holte die zwanzig Dosen. Als er damit wiederkam, öffnete Peppone die Tür zu dem kleinen Kämmerchen hinter der Werkstatt: „Legt sie zu den andern hundertvierzig."

Dann verschloß er die Tür wieder und fragte: „Glaubt Ihr, daß er es wirklich getrunken hätte?"

„Nein", antwortete Don Camillo. „Denn wenn du ihn gelassen hättest, hätte ich es verhindert."

„Und was machen wir jetzt mit dem ganzen Bohnerwachs?" murrte Peppone.

„Interessiert mich nicht. Schließlich müssen wir das Ceratom nicht mitnehmen ins Jenseits."

So besehen war das Problem schon viel leichter, und auch Peppone beruhigte sich.

Don Candidos Tomaten

Das von Peppone & Genossen betreute Gemeindegebiet war in sechs Ortsteile und eine Republik aufgeteilt.

Ursprünglich bildete das kleine Nest La Pioppina eine eigene Pfarrei, das heißt, es besaß außer der Kirche auch ein Pfarrhaus und eine Pfründe, die es dem amtierenden Priester erlaubten, bei Unwetter ein Dach überm Kopf zu haben und mit hinlänglicher Regelmäßigkeit seine Mahlzeiten einzunehmen.

Eines bösen Tages indessen bekam der große Fluß Lust auf das Grundstück, das die Pfründe ausmachte und das just ein Teil des fruchtbaren Landstreifens zwischen dem Fluß und dem Damm war.

Solche Scherze liebt er, der große Fluß: Tausend Jahre lang beleckt er ein Stück Boden, ohne daß etwas passiert, und dann fängt das Wasser mit einemmal am Ufer zu nagen an, nimmt Bissen um Bissen und frißt es völlig auf.

Oder aber es geschieht das Gegenteil: Unvermittelt fällt es dem Fluß ein, Land zu verschenken, und ein armer Teufel, der zwischen Damm und Wasserlauf ein Streifchen Pappelhain besitzt, findet sich plötzlich als Herr eines großen, fetten Landgutes wieder.

Dem Boden der Pfarrpfründe spielte der Fluß den Streich der ersten Sorte und hörte erst wieder auf, Land zu fressen, als er keine zehn Meter vom Pächterhaus entfernt war, das am Damm lehnte und in dem niemand mehr wohnen wollte, da vorauszusehen war, daß es bald dem Schicksal des übrigen folgen würde. Und in der Tat, als das Hochwasser kam, löste das Gebäude sich darin auf, und als die Fluten sich verzogen, lag da nur noch ein Haufen schlammbedeckter Ziegelsteine.

Der alte Pfarrer von Pioppina machte dennoch weiter; in ein gewisses Alter gelangt, lebt man ja aus reiner Trägheit fort. In einer unschönen Nacht aber brannte das Pfarrhaus nieder, und der Ärmste rettete von seiner Habe nur die eigene Haut. Und da nicht einmal daran zu denken war, das Geld für einen Wiederaufbau zusammenzukratzen, starb der arme Alte.

Mit dem Pfarrer von Pioppina starb auch die Pfarrei von Pioppina.

Die priesterlosen Pioppiner gingen zum Bischof, um zu protestieren, doch der Bischof hob nur betrübt die Arme: „Meine lieben Kinder, es gibt keinerlei Gründe, die so große Opfer rechtfertigen könnten, wie sie gebracht werden müßten, um die Pfarrei Pioppina am Leben zu erhalten."

„Wenn die Pfarrei immer existiert hat, heißt das aber, daß es doch Gründe gibt", wandte der angesehenste der Abordnung ein.

„Nein, meine Kinder", erwiderte der Bischof. „Ihr braucht euch nur an die Geschichte eurer Pfarrei zu erinnern, um das zu begreifen."

Die von der Abordnung wußten von der Geschichte der Kirche von Pioppina nur das eine: daß es ihre Kirche war.

Da rief der Bischof seinen Sekretär, ließ sich ein dickes Aktenbündel aus dem Archiv bringen und zeigte den Leuten alte Papiere: „Bis zum Jahre 1780", erklärte der Bischof, „war Pioppina keine Pfarrei und hatte keine Kirche: die geringe Einwohnerzahl und die Nähe des Hauptdorfes machten das überflüssig. 1780 aber starb, allein und ohne direkte Erben, ein gewisser Negrini, der ein schönes Haus, ein schönes Stück Land und einen Beutel voll Goldstücke besaß. Und in seinem Testament stand, wie ihr gesehen habt, klipp und klar: Ich vermache mein Geld der Gemeinde für den Bau einer Kirche in Pioppina, ich vermache ihr mein Haus, damit es als Pfarrhaus verwendet wird, und ich vermache ihr mein Land für die Errichtung und den Unterhalt der Pfarrei von Pioppina. Andernfalls geht mein ganzer Besitz an den Soundso über, meinen Vetter dritten Grades. Und so entstand und lebte die Pfarrei Pioppina.

Jetzt aber, da das Pfarrhaus zerstört ist und der Fluß sich die Pfründe genommen hat, können wir nichts weiter tun, als Don Camillo zu beauftragen, daß er jeweils an den Feiertagen von Sankt Hippolyt und Sankt Maurus, den Schutzheiligen von Pioppina, herüberkommt, um in eurer Kirche die Messe zu lesen. An den übrigen Tagen wird es euch nichts schaden, die paar Schritte zum Dorf zu gehen."

„Es geht nicht um die Entfernung", antworteten die von der Abordnung, „es geht ums Prinzip."

„Das Prinzip jedes guten Christenmenschen ist es, nach dem Paradies zu trachten, auch wenn er den Gottesdienst nicht am Wohnort genießen kann. In Pioppina gibt es keinen Tierarzt; wenn bei euch ein Stück Vieh erkrankt, lauft ihr doch auch ins Dorf und holt den dortigen. Wollt ihr behaupten, das Heil eurer Seele sei weniger wichtig als die Gesundheit eines Kalbes?"

Die Abordnung kehrte nach Hause zurück und berichtete, was der Bischof gesagt hatte, und die Leute hörten aufmerksam zu, ohne Einwendungen zu äußern.

Dieses finstere Schweigen aber stellte – in geschichtlicher und geographischer Hinsicht – den Gründungsakt der Republik Pioppina dar.

Von dem Tage an nämlich begann in Pioppina die moralische Loslösung vom Hauptdorf, unter dem Motto: „Wir wollen nicht vom Dorf abhängig sein, weder in bezug auf den Priester noch in bezug auf das übrige."

Obwohl sie dreimal so weit zu gehen hatten, besorgten sie alle Einkäufe im Hauptort der Nachbargemeinde. Inzwischen richtete Cimossa, der Wirt des „Mohren", zu seiner Kneipe mit Bocciabahn und dem Tabakverkauf noch einen Gemischtwarenladen ein.

Man fand einen jungen freien Arzt, der in Pioppina ein kleines Ambulatorium eröffnete und die Einwohner der neuen Republik in seinen Kundenkreis einschloß.

Solchermaßen vom Gemeindearzt befreit, versuchten die Pioppiner sich auch des Tierarztes zu entledigen. Als ihnen das nicht gelang, beschlossen sie feierlich: „Die Tiere können dem Hauptort unterstellt bleiben; die Hauptsache ist, daß wir, die wir kein Vieh sind, die Unabhängigkeit erlangt haben."

Das alles ging still vor sich, doch das Manöver war bald klar, und noch klarer wurde es, als Cimossa, der Kneipenwirt und Chef der kommunistischen Zelle Pioppina, Peppone aufsuchte und ihm sagte: „Chef, alle Genossen von Pioppina wollen nicht mehr von der Sektion des Hauptdorfes abhängig sein."

„Das ist ja zum Lachen! Die Genossen der andern Ortsteile hängen auch alle von der Gemeindesektion ab; sind die Genossen von Pioppina denn anders als die der übrigen Teilorte?"

„Nein, Chef, die Genossen sind gleich. Nur Pioppina ist anders."

Die Roten von Pioppina waren eine kräftige Bande, kernig und jederzeit bereit, die Ärmel hochzukrempeln. Peppone machte also gute Miene zum bösen Spiel: „Genosse, das verstehe ich. Aber denk daran, daß Kirchturmpolitik eine der schwersten Gefahren für den Sieg der Sache ist. Nichts darf die Genossen trennen. Ein Genosse von Pioppina muß sich mit den Genossen von Peking als gleich betrachten, selbst wenn sie verschiedene Hautfarben haben."

„Einverstanden, Chef. Aber zwischen Pioppina und Peking ist der Abstand weniger groß als zwischen Pioppina und hier."

Wenn es so stand, halfen wohl keine Einwände mehr. „Was möchtet ihr denn? Unmittelbar dem Provinzverband unterstehen?"

„Nein. Die Zelle Pioppina wird zur autonomen Sektion Pioppina umgewandelt."

„Ach so – du hast es dir in den Kopf gesetzt, Parteibonze zu werden."

„Nein, Chef. Sobald nämlich die Unabhängigkeit der Sektion anerkannt wird, wählen wir dich zum Sektionsobmann."

„Na schön, aber bleibt dann nicht alles, wie es war?"

„Nein, alles wird anders. Wir unterstehen nämlich nicht mehr der Sektion der Gemeinde, sondern dem Genossen Bottazzi."

Im Grunde hieß das nichts weiter, als daß man ein wenig Schreibpapier mit dem Briefkopf „KPI-Sektion La Pioppina – Der Obmann" bedrucken ließ. Und daß man die normalen Briefbogen benutzte, um die Befehle an die übrigen Ortsteile zu schicken, und die neuen Briefbogen, um die Befehle nach Pioppina zu schicken. Um eine Abspaltung zu vermeiden, lohnte es sich schon, ein paar Lire zu opfern. Und alles funktionierte denn auch tadellos. Als der Smilzo einmal das falsche Papier erwischte und in Pioppina ein Schreiben mit dem Briefkopf der Gemeinde eintraf, wurde es natürlich, von einer Klarstellung begleitet, an Peppone zurückspediert:

> An den Genossen Giuseppe Bottazzi,
> wir erhalten soeben ein vom Obmann der Sektion der Gemeinde unterzeichnetes Schreiben mit Anweisungen betreffend Bezug von Parteibüchern. Wie Du weißt, ist unsere Sektion autonom und nimmt Weisungen nur vom eigenen Obmann, dem Genossen Giuseppe Bottazzi, entgegen.
> Dies ordnungshalber.

Worauf sich Peppone auf Briefpapier der Sektion der Gemeinde für den unabsichtlichen Fehler entschuldigte und auf Briefpapier der Sektion Pioppina die Anweisungen wegen der Parteibücher schrieb.

NACHDEM nun die Republik Pioppina moralisch gegründet war und funktionierte, nahte das Fest von Sankt Hippolyt, einem der beiden Schutzheiligen des Dörfchens, und wie vom Bischof angeordnet, traf Don Camillo vor der Kirche ein, um die Messe zu lesen.

An die Kirchentür war ein Schild genagelt:

Bis zur Rückkehr des amtierenden Pfarrers
GESCHLOSSEN.
Die Einwohnerschaft

Don Camillo verstand den Wink, stieg wieder auf sein Fahrrad und kehrte nach Hause zurück.

Dann geschah etwas Unvorhergesehenes, das niemand bedacht hatte: ein Kind wurde geboren und sollte getauft werden.

„Eher lasse ich es überhaupt nicht taufen, als daß ich es zur Taufe nach drüben bringe", beteuerte der Vater des Kindes.

Da aber hatte er den ganzen weiblichen Teil der Familie gegen sich. Die Diskussion landete nach zwei Tagen auf dem Dorfplatz, unter Beteiligung aller Pioppiner.

Schließlich schien einer das schlagende Argument gefunden zu haben: „Auch als Pioppina noch eine Pfarrei war, wurden die Geburten nicht hier, sondern in der Gemeinde angemeldet. Jetzt, nachdem ihr die Geburt des Kindes in der Gemeinde gemeldet habt, wollt ihr sie dem Herrgott nicht melden. Das heißt ja, daß ihr den Bürgermeister für wichtiger haltet als Gott."

Die Bemerkung gab zu denken, und was neben allem übrigen dem Kindesvater am meisten in die Nase stach, war die Tatsache, daß man beim Unterlassen der Taufe Gefahr lief, den Bürgermeister des Hauptortes zu überschätzen.

„Morgen gehe ich und lasse es taufen", entschied er.

Da mischte sich Cimossa ein: „Bis jetzt wurde jeder in Pioppina Geborene im Kirchenbuch von Pioppina eingetragen. Wenn ihr es im Hauptort taufen laßt, wird es im dortigen Kirchenbuch eingetragen. Mit dieser Amtshandlung verzichten wir von Pioppina auf unser

Don Camillo verstand den Wink, stieg wieder auf sein Fahrrad und kehrte nach Hause zurück.

Bürgerrecht und anerkennen, daß Pioppina keine Pfarrei mehr ist, sondern in allem und für alles vom Hauptort abhängt. Damit akzeptieren wir, eine Kolonie des Hauptortes zu werden."

Von dieser präzisen Folgerung waren alle beeindruckt, und der Kindesvater kam auf seinen Entschluß zurück: „Ich lasse es nicht taufen! Mein Sohn wird kein Verräter der Heimat!"

Schlimm für das arme Neugeborene. Zum Glück tauchte im richtigen Augenblick Don Candido auf.

Don Candido war ein junges, mageres Priesterchen. Vielleicht mehr jung als mager. Vielleicht mehr mager als jung.

Im übrigen war er äußerst schüchtern, und als er auf die Piazza geriet und die Versammlung gestikulierender und schreiender Leute vor sich sah, hätte er am liebsten kehrtgemacht.

Doch er war bereits entdeckt und wurde sogleich umringt.

„Wer schickt Euch?" fragte Cimossa und musterte ihn mißtrauisch.

„Niemand", antwortete Don Candido. „Ich bin nur auf der Durchreise. Ich besuche meinen Vetter in Torricella."

Jemand sprach halblaut einen Namen aus, und gleich ging ein großes Gemurmel los.

„Seid Ihr nicht der Sohn des armen Perini?" fragte eine Frau.

„Ja. Meine Angehörigen sind alle tot, ich habe in Torricella nur noch meinen Vetter Dante Malasca."

„Da habt Ihr Pech, Herr Pfarrer: Gestern früh haben sie ihn zu Grabe getragen."

Der Priester wischte sich den Schweiß vom Gesicht: „Dann hat es keinen Sinn weiterzugehen. Ich begrüße nur noch schnell Don Giuseppe und kehre wieder um."

„Ihr könnt gleich umkehren", brummte Cimossa. „Don Giuseppe ist seit einem halben Jahr tot."

Der Priester bekreuzigte sich.

„Friede seiner Seele. Armer Don Giuseppe. Auch er hat mir so viel geholfen."

„Er war über fünfundachtzig, und seine Zeit war um!" rief eine alte Frau. „Nur schade, daß seine letzten Tage so unglückselig waren."

Man erzählte Don Candido die Geschichte von der Pfründe, die der Fluß verschlungen hatte, und die Geschichte vom verbrannten Pfarrhaus.

Der Priester lächelte traurig. „Eigentlich ist es noch besser gegangen als bei mir."

„Das glaube ich nicht!" widersprach Cimossa. „Kaum möglich, daß in einer Pfarrei noch Schlimmeres passieren kann."

„Leider doch", sagte der Priester. „Ich war seit zwei Jahren in den Bergen. Man hatte mir die Pfarrei Rugino gegeben, ein Dörfchen am Monte Doletta. Bittere Armut, aber gute Luft und eine wunderschöne Landschaft. Vor zwei Monaten tut sich in der Dorfstraße plötzlich ein Riß auf. Tags darauf ist der Riß breiter, und weiter oben am Berg entstehen zwei neue.

Wir räumen alles aus, samt Vieh und Habe, schlagen in Sichtweite des Dorfes ein Lager auf und müssen zusehen, wie der Hang langsam abrutscht. Nach drei Tagen kommt ein furchtbares Wasser herunter."

Der Priester hielt inne und breitete seufzend die Arme aus.

„Alles weggerissen: Häuser, Obstgärten, Pfarrhaus, Kirche. Ich habe den armen Leuten geholfen, so gut es ging. Jetzt, wo sie alle irgendwo untergebracht sind, bin ich weggegangen. Ich warte darauf, daß eine andere Pfarrei frei wird."

Cimossa wiegte nachdenklich den Kopf: „Mit andern Worten, Ihr seid arbeitslos."

„Wenn man das bei einem Geistlichen sagen kann, ja", lächelte Don Candido.

„Ihr seid arbeitslos, und wir brauchen einen Pfarrer!" rief Cimossa aus.

„Bleibt hier, und alles ist in Ordnung."

„Schön wär's! Aber ich kann nur hierherkommen, wenn der Bischof mich schickt."

„Der Bischof schickt weder Euch noch einen andern", mischte sich eine Frau ein. „Der hat seine Gründe, sagt er. Aber auch wir haben unsere Gründe, und wer muß darunter leiden? Die Unschuldigen!"

Sie erzählten dem Priester von dem Kind, das nicht getauft werden konnte, und zeigten es ihm.

„Habt ihr wirklich beschlossen, es nicht taufen zu lassen?" fragte das Priesterchen schüchtern und mit einer leisen Furcht im Herzen, nachdem er festgestellt hatte, daß das Kind überaus blaß und kümmerlich, ja fast schon wie tot aussah.

„Entweder es wird hier getauft oder gar nicht!" antwortete der Kindesvater grimmig.

„Nun gut“, lenkte Don Candido ein. „Wenn es so ist, dann muß eben ich es taufen.“

Und es wurde die feierlichste Taufe in der Geschichte von Pioppina, weil das ganze Dorf daran teilnahm.

Bevor sie aus der Kirche gingen, wollte jedermann im Taufbuch die frische Eintragung lesen, die bedeutete: Die Pfarrei Pioppina lebt noch. Die Freiheit ist nicht gestorben!

Man ließ Don Candido nicht gehen. Man gab ihm zu essen und stellte ihm ein Zimmer zur Verfügung: morgen früh könne er immer noch verreisen.

Als er zu Bett gegangen war, versammelten sich alle Männer von Pioppina im „Mohren“ zu einer außerordentlichen Sitzung, und Cimossa ergriff das Wort: „Er ist jung, anspruchslos, hat keine Stelle und versteht sein Geschäft. Wir tun uns zusammen, und wenn wir ihn brauchen, mieten wir ihn auf eigene Kosten.“

„Und wovon lebt er an den Tagen, an denen wir ihn nicht brauchen? Soll er als Schuhwichsevertreter arbeiten?“ wandte einer ein.

Cimossa, der als treuer Anhänger Peppones auch wie dieser zu denken versuchte, dozierte: „Priester haben zwei Hauptfehler. Erstens, daß sie Priester sind und daher nichts taugen. Zweitens, daß sie essen müssen, auch wenn sie etwas taugen. Ich jedenfalls bin dafür, daß wir morgen früh mit ihm reden.“

Am andern Morgen redeten sie mit ihm: „Herr Pfarrer, wir wären bereit, Euch für die Sonn- und Feiertage Kost und Logis und das Waschen der Wäsche zu offerieren, natürlich auch für die gelegentlichen Taufen, Hochzeiten und Begräbnisse.“

„Das würde mir schon gefallen“, erwiderte Don Candido. „Ungeschickt ist nur, daß ich ... ich, nun, daß ich nicht wüßte, was ich an den andern Tagen tun sollte.“

Daß das Ungeschick darin bestand, daß er auch an den andern Tagen zu essen pflegte, sprach er nicht aus. Und die Leute wußten dieses Taktgefühl zu schätzen.

Cimossa, dem plötzlich einfiel, daß er der Anführer der Roten und infolgedessen ein geschworener Pfaffenfeind war, bemerkte ironisch: „Wenn Ihr statt eines Priesters ein Mann wie wir wäret, würde ich Euch antworten, an den Tagen, an denen Ihr nichts in der Kirche zu tun habt, könntet Ihr ja arbeiten ...“

Don Candido schaute ihn an. „Das Problem für einen Geistlichen ist nicht das Arbeiten, sondern eine Arbeit zu finden, die der Würde seines Amtes und Gewandes nicht abträglich ist."

„Alle anständigen Berufe sind ehrenhaft!" rief Cimossa.

„Es ist keine Frage der Ehrenhaftigkeit", gab Don Candido ruhig zurück. „Der Beruf des Straßeneisverkäufers ist ehrenhaft, aber ich könnte ihn nicht ausüben. Erstens weiß ich nicht, wie man Eis herstellt, zweitens würde ein Priester, der auf dem dreirädrigen Eiskarren herumfährt, die Leute zum Lachen bringen, und das würde ihm und der Kirche schaden. Auch als Schleifer oder Maurergehilfe könnte ich nicht arbeiten. Ich bin ein Bauernsohn aus dieser Gegend und weiß, wie man die Erde bearbeitet. Gebt mir ein Stückchen Land, und ich werde arbeiten."

„Die Pfründe hat der Fluß gefressen!" protestierte Cimossa. „Und hier gibt's keine Grundbesitzer, nur Pächter und Halbpächter. Keiner kann Euch Land schenken."

„Wer spricht denn von Schenken?" sagte Don Candido. „Geben denn die Pächter nicht oft ein paar Ar weiter, wenn etwas gepflanzt werden soll, das viel Arbeit macht, wie etwa Tomaten?"

„Das schon", stimmte Cimossa zu.

„Also gut, gebt mir ein bißchen Land in Halbpacht."

Cimossa starrte ihn an: „Und Ihr glaubt, das schafft Ihr?"

„Mein Vater war noch magerer als ich, und wer ihn je arbeiten gesehen hat, der weiß, daß er soviel leistete wie zwei Männer."

Ein Alter mit weißem Schnauzbart mischte sich ein: „Er ist von guter Rasse. Das Land gebe ich. Aber einen Schlafplatz habe ich nicht."

„Ein Zimmer könnte er bei mir haben", meinte Cimossa.

„Aber wie soll man einen Priester in einer Kneipe einlogieren?"

„Um das Schlafen kümmere ich mich selber", behauptete Don Candido. „Ich weiß, wo ich den Platz finde."

Der erste, der am folgenden Morgen auf den Dorfplatz kam, entdeckte die Neuheit: ein junger Mann im Overall arbeitete in den Trümmern des ehemaligen Pfarrhauses – und es war Don Candido.

Eine Stunde später arbeiteten alle kleinen Jungen von Pioppina in den Trümmern des ehemaligen Pfarrhauses. Und gegen Abend legten auch die Männer, die von den Feldern heimgekehrt waren, mit Hand an.

„Ich brauche nur so viel Platz zu räumen, daß ich ein Zimmer aufbauen kann", erklärte Don Candido. „Die Fundamente sind sehr solid, und zwei Meter hoch stehen die Mauern noch. Ziegelsteine sind vorhanden, so viel man will. Und auch Flachziegel. Die sind vorteilhafter als Falzziegel, weil man auch mit weniger als handbreiten Scherben daraus ein Dach machen kann. Sand und Kies sind nur ein paar Schritte von hier, im Fluß. Und für das übrige ist das Fahrrad da."

Don Candidos Fahrrad war neu und fand schnell einen Liebhaber, und aus dem Geld wurden Mörtel und ein paar Holzbretter für eine Tür und einen Fensterrahmen.

Als der Boden geräumt war, begann Don Candido zu mauern. Das Dachgestühl war leicht zusammenzustückeln, bis auf den Hauptträger, der auch als Firstbalken dienen mußte. Zwei gute Balkenstücke waren da, aber wie sollte man sie zusammenfügen? Don Candido löste auch dieses Problem mühelos: Er mauerte einen dicken Hohlpfeiler mitten ins Zimmer und hatte damit gleich auch den Rauchabzug für den ländlichen Herd aus Ziegelsteinen und Erde.

Von unten gesehen war das Dach ein Greuel, aber es ließ keinen Tropfen Wasser durch.

„Und das ist das Pfarrhaus", sagte Don Candido zufrieden, als das Ding fertig war.

Es war die richtige Jahreszeit, mit dem Pflanzen zu beginnen.

Don Candido hörte auf, Maurer zu sein, und wurde Bauer.

„Wenn alle Priester solche Landwirte wären", sagte Cimossa zu ihm, als er eines Tages persönlich hingegangen war, um sich über den Bauern Don Candido ein Bild zu machen, „dann könnten wir am Tag der Erhebung des Proletariats die Geistlichkeit mühelos unterbringen und zugleich die Landwirtschaft verbessern."

Das sollte heißen, daß Don Candido auch als Landwirt seine Sache verstand. Und Cimossa und Genossen, die aus Gründen der Parteidisziplin die Kirche nicht betreten konnten, nahmen jeden Sonntag draußen vor der aufgesperrten Kirchentür an der Messe teil.

„Das soll keine Verneigung vor dem Priester bedeuten, sondern einen Akt der Solidarität mit dem Arbeiter", erklärte Cimossa Peppone.

„Schon gut; paß nur auf, daß du unterscheiden kannst, wo der Arbeiter aufhört und der Priester anfängt."

„Das kann ich, Chef: Der Arbeiter hört auf, wenn der Priester mit seiner Arbeit auf dem Feld fertig ist. Der Priester dagegen fängt immer an und hört nie auf."

„Gut, Genosse. Herzliches Mißtrauen, so heißt das Motto."

Jedenfalls ging alles gut, bis es den Leuten der Republik Pioppina einfiel, ihre Heiligen zu wechseln.

Eigentlich entsprang die Idee dem Gehirn dessen, der am meisten daran interessiert war: dem des Wirtes Cimossa.

Die Festtage der Heiligen Hippolyt und Maurus fielen nämlich mitten in den August und mitten in den Januar. Und so waren die beiden Kirchweihen der Republik weit und breit die ungeschicktesten: einmal zu heiß, einmal zu kalt. Am meisten ärgerte sich Cimossa darüber: Während es an St. Maurus wegen der Kälte nicht möglich war, richtig Kirchweih zu feiern, war es an St. Hippolyt nicht günstig wegen der Hitze, bei der sich die Leute nicht auf den glühenden, staubigen Straßen aufhalten mochten. So kam Pioppina nie zu einer echten Kirchweih mit Tanz, Verkaufsständen und Touristenrummel. Und während die übrigen bloß moralisch darunter litten, hatte Cimossa, der Kneipenwirt, auch einen beträchtlichen materiellen Schaden davon.

Er war es also, der die Leute aufwiegelte. Und das gelang ihm so gut, daß sich eines schönen Tages Cimossa und die Honoratioren des Dorfes als Abordnung zu Don Candido begaben und ihm erklärten, was das Volk wollte.

„Andere Schutzheilige?" stammelte Don Candido. „Aber warum denn? Haben sie euch etwas Böses getan?"

„Weder Böses noch Gutes. Wir wollen keine Sommerheiligen und keine Winterheiligen mehr, sondern Heilige der Zwischensaison, die das Volk zufriedenstellen und es fröhlich Kirchweih feiern lassen, wie es andernorts der Brauch ist."

Don Candido war völlig verwirrt. „In einem solchen Fall muß man sich an den Bischof wenden", brachte er endlich heraus.

„Den Bischof geht das nichts an", bekam er zur Antwort. „Dies hier ist eine freie, unabhängige Pfarrei, boykottiert von der Kirchenbehörde, aber vom Volk gewollt. Euer Bischof ist das Volk, und das Volk will andere Heilige."

„Wie soll das gehen?"

„Man nimmt die alten Heiligen weg und stellt die neuen an ihren Platz."

„Welche neuen?"

„Sankt Venantius und Sankt Virgilius!" rief Cimossa. „Sie sind schon bereit und bis auf den letzten Centesimo bezahlt. In Cimello, auf der andern Seite des Po, ist eine Kirche überflutet worden, und man baut sie nicht mehr auf, weil auch das Dorf vom Hochwasser zerstört ist.

Die beiden Heiligen von Cimello waren also arbeitslos, genau wie Ihr, Herr Pfarrer. Wir haben sie gekauft und geben ihnen hier einen Posten. Es sind genau die richtigen für uns: Heilige der Zwischensaison. Mitte Mai: Sankt Venantius; Ende September: Sankt Virgilius. Ihr braucht bloß die feierliche Zeremonie vorzubereiten, die am 26. September mit großen Festlichkeiten begangen wird. So was belebt den Fremdenverkehr. Es gibt einen Festzug von blumengeschmückten Barken, die über den Fluß fahren, um die neuen Heiligen, die drüben warten, abzuholen und hierherzubringen. Hier haltet Ihr den Heiligen die Begrüßungsrede und stellt ihnen das Dorf vor. Die Heiligen werden ausgeladen und in einer Prozession mit Musik vor die Kirche gebracht. Ihr geht dann in die Kirche, gefolgt von den Gläubigen, und haltet den alten Heiligen die Abschiedsrede. ‚Ihr habt in Treue und Ehre gedient, ihr habt viel für uns getan' ... und so weiter. Ihr entlaßt sie also elegant, und dann kommen die neuen Heiligen und nehmen ihre Plätze ein. Anschließend feierliche Messe mit Gesang und mit einem Organisten, den wir aus der Stadt kommen lassen."

Die Abordnung stimmte begeistert zu. Ein grandioses Fest!

„Was die Heiligen anbelangt, könnt Ihr beruhigt sein", fügte Cimossa hinzu. „Sie sind besser als neu, denn wir haben sie von einem Spezialisten frisch lackieren lassen. Im übrigen sind sie eine gute Spanne höher als die alten."

„Nun gut", stammelte Don Candido. „Laßt mir nur Zeit, darüber nachzudenken, wie ich die Sache in Ordnung bringen kann."

Als Don Camillo das Priesterchen erblickte, verfinsterte sich sein Gesicht.

„Ich bin Don Candido", erklärte das Priesterchen schüchtern. „Ich wäre der Pfarrer ... der Interimspfarrer ..."

„Der Interimspfarrer der Unpfarrei Pioppina", vollendete Don Camillo mit scharfer Betonung des „Un". – „Ich verstehe. Und?"

„Und nun ist es so, daß die Bevölkerung von Pioppina die Heiligen auswechseln will", flüsterte Don Candido bedrückt.

„Sagt der Bevölkerung, sie soll lieber ihre Köpfe auswechseln. Überhaupt ist das Eure Angelegenheit."

„Ich weiß – aber ich brauche Eure Hilfe."

„Ich Euch helfen?" brüllte Don Camillo. „Einem Geistlichen helfen, der vom rechten Weg abgekommen ist und auf der Straße der Verlorenen wandelt? Einem Rebellen, einem irregulären Priester helfen?"

Don Candido wurde leichenblaß, und seine Augen füllten sich mit Tränen: „Monsignore", stotterte er, „warum sagt Ihr mir so häßliche Dinge? Was habe ich Euch getan?"

„Ach was, Monsignore!" polterte Don Camillo. „Ich bin kein Monsignore und habe nichts damit zu tun. Ihr tut nicht mir etwas an, sondern der Kirche, indem Ihr Euch gegen den Bischof stellt!"

„Ich habe mich gegen niemanden gestellt, das schwöre ich!" beteuerte Don Candido voller Furcht. „Ich arbeite als Priester in einer Pfarrei, die keinen Priester hat, weil er gestorben ist."

„Und wer teilt nach Eurer Meinung den Pfarreien die Priester zu? Der Bischof oder der Obmann der kommunistischen Sektion?"

„Die Pfarrei Pioppina wird von der Kirchenbehörde nicht mehr als Pfarrei anerkannt . . ."

„Eben! Ihr habt Euch willkürlich zum Pfarrer einer aufgehobenen Pfarrei ernannt. Also habt Ihr gegen die Entscheidung der Kirchenbehörde Stellung bezogen. Aber Ihr werdet sowieso demnächst von der bischöflichen Residenz die Quittung dafür bekommen."

„Ich hatte nicht geglaubt, etwas Unrechtes zu tun. Morgen früh verlasse ich Pioppina und lasse nichts mehr von mir hören."

„Ihr solltet aber etwas von Euch hören lassen! Und zum Bischof gehen und ihm alles erklären und Euch entschuldigen."

„Das getraue ich mich nicht."

Don Candido ging gesenkten Hauptes hinaus, und Don Camillo schritt im Flur des Pfarrhauses auf und ab.

Er ist jung und unverständig, sagte er sich schließlich. Man muß ihn auf den rechten Weg zurückführen.

Auf dem Vorplatz stand Filottis Sohn mit seinem Seitenwagenmotorrad.

„Sei so gut", sagte Don Camillo, „und bring mich nach Pioppina hinüber."

Don Candido war nicht im „Pfarrhaus"; nachdem Don Camillo drei- oder viermal an die Tür geklopft hatte, trat er zurück und betrachtete sich die Fassade der sonderbaren Baracke.

„Die hat er mit eigenen Händen gebaut", erläuterte eine alte Frau, die sich zu ihm gesellte.

„Wißt Ihr, wo er jetzt ist?"

„Auf dem Bissi-Grundstück."

Don Camillo stieg wieder ein und ließ sich zum Pachtgut der Familie Bissi fahren. Dort zeigte man ihm einen Karrenweg: „Ganz hinten rechts."

Don Camillo ging den Weg entlang und blieb an dessen Ende vor einem großen Tomatenfeld stehen.

Ein Bürschchen, das mitten im Feld arbeitete, sah ihn und trat näher.

„Was macht Ihr denn hier?" wunderte sich Don Camillo, als er entdeckte, daß das Bürschchen Don Candido war.

„Ich verdiene mir meinen Taglohn!"

Don Camillo musterte das zerrissene Hemd, die geflickten Hosen und die ausgetretenen Schuhe.

„Macht keine Geschichten; auf der Tenne steht ein Motorrad mit Seitenwagen. Ich begleite Euch zum Bischof."

Don Candido setzte sich stumm in Bewegung. Auf der Tenne angekommen, sagte er: „In wenigen Minuten bin ich bereit. Ich wasche mir nur die Hände und ziehe mich um. Ich muß Handschuhe überziehen, die Tomaten machen scheußlich fleckige Hände."

Don Camillo packte ihn beim Hemdkragen und stopfte ihn ohne Umstände in den Seitenwagen.

„Ihr kommt gleich so, wenn Ihr kein Feigling seid!"

Don Camillo schwang sich auf den Sattel.

„Borg dir ein Fahrrad und kehr zurück, das Motorrad brauche ich", erklärte er dem jungen Filotti, der ihm mit offenem Mund nachstarrte.

„Exzellenz", sagte Don Camillo, als er vor dem alten Bischof stand, „ich möchte Ihnen einen unpräsentablen Mann präsentieren."

„Du hast nicht zufällig einen Sonnenstich erwischt, Don Camillo?"

„Nein, Exzellenz."

„Also gehen wir."

Sie stiegen in den Garten der bischöflichen Residenz hinunter.

„Laß den Unpräsentablen dort herein", erklärte der alte Bischof und wies auf eine schmale Tür in der hohen Gartenmauer.

Nach zwei Minuten war Don Camillo zurück und schleppte Don Candido hinter sich her.

„Exzellenz, seht Ihr dieses Häufchen Elend, das ich vor einer Stunde in einem Tomatenfeld aufgelesen habe?"

Der Bischof rückte die Brille auf der Nase zurecht und betrachtete den angstbebenden Don Candido aufmerksam.

Und Don Camillo ergriff den Unglücklichen bei der Schulter und drehte ihn um, damit der Bischof auch die Rückseite bewundern konnte.

„Exzellenz, Sie werden nie erraten, wer dieser Unglückswurm ist."

Der alte Bischof blickte den Armen noch einmal prüfend an, dann sagte er: „Es ist der Pfarrer von Pioppina."

Die unerwartete Antwort raubte Don Camillo einen Augenblick lang die Sprache.

„Exzellenz", stammelte er endlich, „wenn Sie mit ihm zu reden haben, kann ich draußen warten."

„Warum denn?" rief der alte Bischof ärgerlich. „Was ich ihm sagen mußte, habe ich bereits gesagt: Er ist der Pfarrer von Pioppina."

Er erhob sich vom Bänkchen und schritt zum Palast zurück.

„Exzellenz!" rief Don Camillo ihm nach. „Die Gläubigen von Pioppina wollen ihre Heiligen wechseln. Sie wollen keine Winter- und keine Sommerheiligen mehr, sondern zwei Heilige der Zwischensaison."

Verblüfft blieb der Bischof stehen: „Zwei Heilige der Zwischensaison?"

„Ja, Exzellenz. Sie haben sie in einer überfluteten Kirche auf der andern Seite des Po gefunden und wollen sie in einer großen Feier mit Barken herüberholen."

„Mit Barken?"

„Ja, Exzellenz, mit Barken. Und er soll die Willkommensrede für die neuen Heiligen und dann die Abschiedsrede für die alten Heiligen halten. So hat es die Bevölkerung beschlossen."

„Und er macht mit?" fragte der Bischof und zeigte mit seinem Stöckchen auf Don Candido.

„Nein, Exzellenz."

„Was macht er denn?"

„Er zieht aus und überläßt die Seelen dieser Pioppiner Wirrköpfe ihrem Schicksal."

„Wenn Ihr Sankt Maurus und Sankt Hippolyt anfaßt, entweihe ich die Kirche!" sagte der alte Bischof und fuchtelte mit dem Stöckchen in der Luft herum. „Was Sankt Virgil und Sankt Venantius angeht ... na schön, sollen sie sie nehmen. Dann hat Pioppina eben vier Schutzheilige. Für so törichte Leute ist es besser, vier Schutzheilige zu haben als bloß zwei. Sag das dem Pfarrer von Pioppina."

„Es wird mir eine Verpflichtung sein, Exzellenz", versprach Don Camillo.

Der alte Bischof entfernte sich. Don Camillo zog Don Candido, der immer noch auf dem Kiesweg kniete, an einer Schulter hoch, ging mit ihm durch die Gartentür hinaus und hob ihn unsanft in den Seitenwagen.

In Pioppina trafen die beiden Heiligen der Zwischensaison ein. Sie kamen auf der Barke angegondelt, und es war eine großartige Feier.

Sie wurden herzlich willkommen geheißen, dem Winterheiligen und dem Sommerheiligen vorgestellt und an deren Seite in ihr Amt eingesetzt.

Auch Don Camillo war zugegen, als einfacher Beobachter. Am folgenden Morgen eilte er in den Bischofspalast, um genau Bericht zu erstatten. Zum Schluß überreichte er dem alten Bischof ein Körbchen voll prachtvoller Tomaten: „Die schickt Euer Exzellenz der junge Bauer, der vor einiger Zeit hier gewesen ist."

Der alte Bischof nahm das Körbchen und ging auf die Tür zu. Da stürzte der Sekretär herbei: „Geben Sie nur, Exzellenz!"

„*Vade retro!*" befahl der Bischof und setzte ihm das Stöckchen an die Brust. „Das gehört mir, und wehe, wenn jemand es anfaßt!"

Er schloß sich in seinem kleinen Privatschreibzimmer ein, setzte sich an den Tisch und betrachtete das Tomatenkörbchen lange. Und die ganze Zeit hatte er den blassen, zerlumpten jungen Bauern vor Augen, wie er im Garten gekniet hatte.

Dann fiel ihm auf, daß die prallen, rotglänzenden Früchte wie lauter Herzen aussahen. Ihm war, als sähe er sie klopfen.

„Gesegnetes Dörfchen Pioppina", flüsterte er vor sich hin. „Du hattest zwei Schutzheilige, jetzt hast du vier. Mehr als vier ... beinahe fünf."

In diesem selben Augenblick kniete ein junger Bauer am Rande eines Feldes des entlegensten Pachtgutes von Pioppina und betete: „Herr, gib mir die Gnade, daß ich immer arm bleibe, damit ich stets den Trost meiner Arbeit behalten darf.“

Dann bekreuzigte er sich, stand auf, nahm den Spaten, der an der letzten Ulme lehnte, und begann umzugraben.

Über den Damm flog ein Engel und blieb stehen, um Don Candido bei der Arbeit zuzusehen ...

Laßt mich doch keinen Unsinn schreiben, Brüder! Die Engel fliegen nicht über den Damm.

Eigentlich müßten sie es ab und zu doch tun. Das meine nicht nur ich, das meint auch der alte Bischof.

Giovanni Guareschi

„Mein Wohnsitz ist in der Landschaft von Parma, an einem Ort, der Roncole-Verdi heißt, weil dort Verdi geboren wurde. Mein Geburtsort dagegen ist ... ein verlorenes und unbekanntes Dörflein in der Ebene mit Namen Fontanelle ...

Meinen Geburtsort habe ich nicht selbst erwählt. Doch – wenn es mir auch schlecht gelungen ist, Italiener zu sein – bin ich gar nicht unzufrieden mit meiner Nationalität und würde sie auch mit keiner anderen tauschen ..."

Dieses Bekenntnis zu seiner Heimat, zur italienischen Provinz Emilia, die den südlichen Teil der Poebene einnimmt, legt Giovanni Guareschi in seinen autobiographischen Notizen ab. Unverkennbar spiegelt sich diese Landschaft auch in allen seinen Geschichten und Romanen um Don Camillo und Peppone wider, denen ein sensationeller Erfolg beschieden war. Guareschis Bücher wurden in zweiunddreißig Sprachen übersetzt, und weit mehr als zehn Millionen Bände haben ihre Käufer und begeisterte Leser gefunden. Die Verfilmungen mit dem unsterblichen Fernandel in der Hauptrolle sind weltberühmt geworden.

Diese „neuen" Geschichten stammen aus dem Nachlaß des Autors, den der Sohn erst lange nach dem Tod des Vaters gesichtet hat. Guareschi ist im Jahre 1968 im Alter von sechzig Jahren gestorben – nach einem bewegten Leben „als Elektriker, Korrektor, Volkszählungsbeamter, Erzieher, Plakatentwerfer, Kulissenmaler, Karikaturist und Holzschnitzer" –, so hat er es selbst dargestellt.

1945 gründete er die satirische Zeitschrift *Candido*, deren Herausgeber und Chefredakteur er bis 1961 blieb. In diesem Blatt sind übrigens auch die ersten Don-Camillo-Geschichten als Fortsetzungsserie erschienen. Diese Kontinuität und der anhaltende Erfolg seiner vier Romane verraten sehr viel über den Schriftsteller Guareschi: Er ist sich und seinen Hauptfiguren immer treu geblieben – und auch seiner humorvollen Darstellung augenzwinkernder Versöhnlichkeit.

DIE TEUFELSROSE
Deutsche Buchausgabe: „Die Teufelsrose“ (Touch the Devil)
Scherz Verlag, Bern und München

DER JUNGE, DER SEINEN GEBURTSTAG VERGASS
erschienen im Otto Maier Verlag, Ravensburg 1982
Titel der Erstausgabe: „Der Schädel des Negerhäuptlings Makaua“; Müller & I. Kiepenheuer GmbH Verlag, Potsdam 1931

SPÄTE LIEBE

... UND DA SAGTE DON CAMILLO ...
Deutsche Buchausgabe: „... und da sagte Don Camillo ...“
(Gente cosí/Mondo piccolo)

Die ungekürzten Ausgaben von
„Der Junge, der seinen Geburtstag vergaß“,
„Späte Liebe“ und
„... und da sagte Don Camillo ...“
sind im Buchhandel erhältlich.

Die ungekürzte Ausgabe von
„Die Teufelsrose“
wird 1984 erhältlich sein.